长江三部曲

鄢国培 著

长江三部曲

第三部 沧海浮云

重庆出版社

图书在版编目（CIP）数据

沧海浮云 / 鄢国培著. -- 重庆 : 重庆出版社, 2025. 8. -- ISBN 978-7-229-20438-9

Ⅰ. I247.5

中国国家版本馆CIP数据核字第20251YS788号

沧海浮云

CANGHAI FUYUN

鄢国培 著

策　　划:徐宪江

责任编辑:李　子　刘　丽

责任校对:刘小燕

装帧设计:潘振宇

重庆出版社 **出版**

重庆市南岸区南滨路162号1幢　邮编:400061　http://www.cqph.com

重庆出版社有限责任公司品牌设计分公司制版

重庆市国丰印务有限责任公司印刷

重庆出版社有限责任公司发行

全国新华书店经销

开本:710mm×1000mm　1/16　印张:41.5　字数:789千

2025年8月第1版　2025年8月第1次印刷

ISBN 978-7-229-20438-9

定价:138.00元

如有印装质量问题,请向重庆出版社有限责任公司调换:023-61520678

抗日战争胜利

国民党反动派发动内战

在重庆制造了震惊全国的“较场口事件”

党的地下组织积极领导并团结爱国民主人士和革命群众

对敌展开了惊心动魄、艰险曲折的斗争

回到石牛场

小镇依旧

经历廿年风云变幻

人事沧桑

目录

第一章 / 008
第二章 / 030
第三章 / 052
第四章 / 071
第五章 / 094
第六章 / 115
第七章 / 132
第八章 / 152
第九章 / 172
第十章 / 193

第十一章 /214
第十二章 /237
第十三章 /259
第十四章 /279
第十五章 /304
第十六章 /322
第十七章 /343
第十八章 /362
第十九章 /381
第二十章 /406
第二十一章 /423
第二十二章 /444
第二十三章 /471
第二十四章 /490
第二十五章 /511
第二十六章 /531
第二十七章 /550
第二十八章 /569
第二十九章 /591
第三十章 /610
第三十一章 /628
第三十二章 /646
后记 /656

第一章

一

窍角沱河街上摆满了地摊。许多下江人为了凑集回乡的盘缠，将衣物、书籍、家具等稍微值钱的东西，都在地摊上廉价出售。

轮船客票的黑市价比往常高出几倍，还不易买到。载客的木船像雨后春笋般冒了出来，窍角沱江边便停靠着好几艘。

搭木船出川要冒很大的风险，滩多浪急，触礁沉没的消息在报上时有所闻。

抗战八年，终于盼到了胜利，许多逃到四川来的人，都想早点出川，回家乡去。这类人可分为三等：

第一等，要算达官富商，他们早搭乘飞机出川接收自己的产业或敌产，抢先发“胜利财”去了；

第二等，要算中产阶级或达官富商的眷属，他们买不到或是买不起飞机票，不需要花那种代价抢时间，便搭乘轮船出川，也可以随身多带一些财物；这类人很多，民成公司轮船的顶篷上载客也运不赢；

第三等，多是一般商人、贫苦知识分子或学生，八年抗战时，生活在陪都和西南各地，像做了一场可怕的噩梦，终于熬过来了。他们苦恋故土，急于想回乡看望久失音信的亲人，不愿再等，只好冒险搭乘木船出川。

窍角沱江面上还有几艘美国军舰在这里抛锚；舰上放下了小汽艇，发出引擎的啸叫声，鼓着汹涌的浪涛，接送水兵上岸、回舰。

岸上不时可以看见歪戴着船形军帽的美国水兵，吹着口哨，搂抱着浓妆艳抹、烫着鬈发、扭着屁股的女人闲逛。这种女人大家背后称她们为“江妹”，与“吉普女郎”成为抗战胜利美军进川后的两大“特产”。

窍角沱公口茶馆生意兴隆，坐满了茶客。茶桌上空呈十字形挂着五彩缤纷的万国旗，交叉处是一面稍大的V字旗——这是同盟国胜利的标志，茶馆酒肆都这样布置，成了最时髦的装饰。

路保长在抗战中发了家，目前出了山，成了窍角沱码头袍哥上的舵把子，坐了第一把交椅。

他端坐在后面挂着关公画像的茶桌边，面对着大街，红光满面，左顾右盼，有点儿睥睨一切的气概。

新进来的茶客都向他弯腰点头，拱手问候。他只微微点头表示答礼。

路保长身边方凳上坐着一个妖冶的女人，手里拿着一把圆形的绢扇，徐徐给他打扇。这个女人叫银瓶，是路保长在抗战胜利后才娶的姨太太，可算是“胜利夫人”。

银瓶穿着一件半透明的乔其纱旗袍，隐约可见贴身穿着的麻纱针织汗衣——这是战后最流行的时髦装束。

她嚼着口香糖，这是随着美军带进的舶来品，摩登女人和白脸青年都想方设法要弄到这种糖，成了风靡一时的奢侈品。

干柴棍仍然提着竹篮在茶馆内游来逛去，叫卖篮内的东西。除了望日葵和西瓜子外，篮里还有几包美国香烟；买不起整包香烟的人，也可买零支抽，它成了茶馆内的畅销货，人人都以能衔一支美国香烟为荣。

这种美国热卷遍了整座山城，不会讲英语的人，也学会了招呼叫“哈啰”，伸出大拇指叫“哦克”，点头说“也司”，摇头说“诺”。

干柴棍经过八年抗战，仍然是那样干瘦，只不过原来笔直的身躯现在变得伛偻，头发已花白了。

茶馆里原来畅销的望日葵现在却滞销了，茶客大都嫌嗑瓜子太土气，时兴买几颗包着印有洋文玻璃纸的水果糖放在茶几上，剥开玻璃纸丢进口中嗡着。剥开的玻璃纸还舍不得丢掉，理伸展后，郑重地摆在茶几上，故意将印有洋文的一面朝上，以示阔气。其实，哪有偌多美国水果糖，大都是陪都的产品。为了迎合顾客的心理，包糖的玻璃纸上全印上英文，没印一个中国字。顾客大都不识洋文，明明印的英文是“中国造”，也可以权充舶来品，有见识的人看来，真是十分可笑的。

干柴棍一手提篮，一手拿着一包美国香烟晃动着。他也学会了几句时髦语：“哈啰，米司脱，请抽美国香烟，‘菲利普’的，货真价实，道地的美国货，可以代替吗啡、梭梭!”

干柴棍为迎合有吸毒瘾的顾客心理，硬说美国香烟可以代替毒品过瘾。他的宣传果真立刻见到了实效。一个满脸烟容，不断打哈欠、流泪水的茶客向他招手：“干柴棍，过来，我买两支美国香烟试试!”

“来啰!”干柴棍快步走过去。

他递过香烟收了钱。竹篮边上插着一支点燃的信香，是专供顾客点烟用的。他见顾客已将香烟衔在唇上，随手拔起信香给顾客点烟。

“干柴棍，我也买两支试试!”又有一个茶客在大声喊。

“来啰!”干柴棍应声回答。

他边走边摇晃着手中的香烟：“哈啰，请抽美国香烟，‘菲利普’，货真价实，道地的美国货，可以代替吗啡、梭梭!”

二

席卷陪都的美国热，前几天被中共领袖毛泽东亲赴重庆谈判的头号新闻所冲淡。茶客的话题改变了。他们大都喜形于色，议论着时局，关心内战打不打得起来。

卖报的报童刚在茶馆门口出现：“看报，看《大公报》《新民报》《益世报》……《新华日报》，看中共领袖毛泽东与蒋委员长谈判的新闻，看周恩来在新闻招待会上的发言，看……”

茶馆内到处有人扬着花花绿绿的钞票叫喊着：“来，买份《大公报》!”

“来，买份《新民报》!”

更多的声音是喊：“来，买份《新华日报》!”

报童应接不暇，口里应答：“来啰!”

国民党当局虽然允许《新华日报》在陪都公开发行，但还总是派特务捣乱：报童常常挨打，《新华日报》常被特务硬性没收；所以在陪都街头很难买到《新华日报》，目前报童到处叫卖《新华日报》是罕有的事。

报童手中的一沓《新华日报》一会儿便卖光，“先生，对不起，《新华日报》卖光啰！买份《大公报》吧!”

茶客们展开报纸，窸窣声一片片响起，没有买报纸的茶客也凑过去浏览别人手中的报纸。有的读报出了声，茶馆内一片嗡嗡响。

接着，一些人便高谈阔论起来，议论国共是否还会合作，一些人在一旁听得十分专注，不时提出一些自己不理解的问题，听到的是七嘴八舌的解答。

只有少数人对此不感兴趣，冷漠地注视着一切，伸懒腰，打哈欠。

爱谈美国的原子弹如何如何，以及美国的摩天大楼怎样高耸入云的茶客也闭上嘴，谁也不愿听这些已经听腻了的话题。

路大爷看不惯茶馆内的一切，这些茶客好像忘记了他的存在和尊严。他听不惯这些高谈阔论：共产党、毛泽东、周恩来、自由、民主、要和平、反内战……这些名词和字眼钻进他的耳朵嗡嗡直响，弄得他心烦意乱。他很想公开制止茶客谈论，但这股热潮比前几天的美国热来势更猛，报纸上天天登载着毛泽东与蒋介石握手的照片，以及蒋介石的讲话：信誓旦旦地保证要实行民主政治，继续国共合作，给民众以言论、集会的自由，解散特务组织，释放政治犯等。路大爷摸不清目前的形势，也制止不了大家的高谈阔论，只好无可奈何地听之任之。

他端坐在关公像前，端着盖碗茶没精打采，脸上没有表情，冷冷的目光盯着那些兴高采烈的茶客。

他窝着一肚子火无处发泄。坐在他身边的银瓶忘了给他打扇，含笑望着一个议论风生的茶客，听得十分专注，显出感兴趣的样子。

路大爷再也忍不住了，他找到了发泄的对象，眉毛一竖，将手中的茶碗蓦地往地上一摔，发出“哗啦”一声响，一脸怒容地大声叫嚷：“妈哟，你这个婊子也想成精，以为天要变，共产党马上要在重庆闹共产，我给你点厉害看看……”

银瓶听到茶碗摔碎声，以为是路大爷失手掉在地上的，正想叫人换上一碗茶来，听到路大爷大声叫嚷，不晓得是对着她骂的。待路大爷伸出巴掌要掴她，她才惊惶地问：“路大爷，你……”

“啪”的一声脆响，她脸上已挨了一巴掌。银瓶一愣，一手捂住面颊，从惊愕中醒悟过来，两股泪水从眼角淌下，觉得十分委屈：“你打，你打，让你把我打死……”

她撒起泼来，一头向路大爷胸前撞去。

路大爷往后一让，被银瓶的头顶得贴在关公的像上。他挥舞拳头：“共产党是你爹，是你娘……你敢撒蛮，老子捶死你！”

银瓶见路大爷的拳头不过虚张声势，并没真打在她身上，胆子更壮了，大声哭闹着：“你打，你把老娘打死……”她用头不断向路大爷胸前撞击。

几个兄弟伙上前将银瓶拉开，连哄带劝地推到后房去了。

这一闹，早惊动了满座的茶客，几个胆子小的，早卷起报纸溜走了。

路大爷喘着粗气，见左右站着的都是他的兄弟伙，蓦地站起身，一掌击在桌上，瞪着一对三角眼，大声吼叫：“老子这里是公口茶馆，以后再不许在这里谈论共产党。”他口沫飞溅，指着木柱上贴着的早已褪了色的纸条说：“休谈国事，哪个不遵守，给我打他龟儿！”

许多茶客不满地注视着路大爷，却没有一个敢出面与他理论。

路大爷左右顾盼：“孙老幺，以后哪个敢再来公口茶馆卖共产党的报纸，也打他龟儿的。”

他喊完骂完，喘着粗气坐了下来，茶馆里变得鸦雀无声，气氛显得十分紧张。从里屋传来银瓶嘤嘤啜泣的声音，清晰可闻。

路大爷板着脸坐了一会儿，银瓶啜泣的声音不断飘来，他的心软了，觉得需要进去好言抚慰她几句。他打了一个哈欠，慢悠悠地站起来，两手背在身后，迈着方步进内房去了。

几个茶客悻悻地站起身来，匆匆离开了茶馆。

这时干柴棍不知从哪里冒了出来，一手提篮，一手晃动香烟：“哈啰，米司脱，请抽美国香烟，‘菲利普’的，……可以代替吗啡、梭梭！”

那篮边插的信香袅袅地冒着青烟。

三

路大爷有个儿子叫路其文，在精益中学读过几天初中，由于不守校规被开除了。

路大爷差点要捆着打他，气得吹胡子：“杂种，你不好好读书，将来要当败家子！”

路大爷几个老婆，可就这么一根独苗，平时娇宠惯了。

路其文自恃有母亲疼爱，并不害怕。他学过几天英文，记得几个单词，喜欢故意卖弄。他一本正经地说：“发仁[1]，你个字不识，还不是挣下了这么大的家业。”

路大爷气昏了，举起手杖要打他：“杂种，你欺老子没读过书。你贵州骡子学马叫，说清楚，‘发仁’是啥？是不是骂人的话？”

路太太在旁忙上前将路大爷拦住：“不用生这大的气，其文不读书怕啥，将来跟你学袍哥，顶替你当舵把子还不是有出息！”

路大爷只好一顿脚：“给我滚！”

---

1 英语谐音，父亲。

路其文一鞠躬："发仁，偿客由[1]了！"他一伸舌头转身跑了。

自从抗战胜利以后，窍角沱河街上经常有美国水兵闲逛，路其文显示自己精通英语，常上前"哈啰，哈啰"地与水兵攀谈，混充内行。

路大爷手下一些兄弟伙故意凑趣："路大爷，其文会说洋话，是窍角沱码头上难得的人才，将来一定有出息，为我们码头争光！"

路大爷听了，乐在心中，表面谦逊说："这娃娃懂啥，还望各位拜弟多栽培！"

他对路其文说洋话不再反感，家中若有宾客，有时故意炫耀，让路其文出出风头。他将路其文喊来，当众假意考问："其文，舵把子三字，用英语啷个说？"

路其文面不改色，毫不思索地应声回答："英语叫打格[2]！"

路大爷见他随口答出，得意地捻着胡子又问："观花婆[3]呢？"

路其文从容回答："彭寿[4]。"

路大爷家中的宾客多是码头上的袍哥，不单洋文，连中文也不认识几个字；就是有人懂得洋文也不敢戳破。赞美声、恭维话响成一片："老子英雄儿好汉，有出息！""世兄弟将来为美军当翻译，定可光宗耀祖！"

路其文不禁也飘飘然，逢人便喜欢叽里呱啦乱说一通，胆子越来越大。

他不知从哪里弄来一套丝光卡其美军便服，一顶船形帽歪扣在头上，像没上笼头的马，整天东游西逛。

今天，路大爷在茶馆打银瓶借题发挥的时候，路其文正从朝天门坐渡船回到窍角沱。

他一步跳上岸，两手抄在裤袋里，吹着当时的流行歌曲《吉普女郎》，边走边盯着路上的摩登女人，可是，他却没有看见一个漂亮的，于是无聊地站住，望着江面上的几艘美国军舰出神。他见一艘舰上的汽艇靠在不远处的岩石边，一个水兵坐在船头上东张西望。

路其文还没玩够，不想马上回家，于是他吹着口哨向小汽艇走拢去："哈啰！"接着向那个水兵跷起大拇指："Very good！"

---

1 英语谐音，谢谢。
2 英语谐音，狗。
3 四川话，巫婆。
4 英语谐音，铅笔。

那个水兵正因语言不通感到无聊，立刻眉开眼笑，站起身迎上前，转动着淡绿色的眼珠子与路其文搭话。

这个美国水兵比手画足地说了一通，路其文连一个词也没听懂，只是摇头："诺，诺！"

他见身后已拥了一群看热闹的人，马上强振精神，装出听懂的样子，点着头："三个牛当不了马骑[1]……"他也不断用手比画着，叽里呱啦乱说一通，还笑嘻嘻地耸耸肩。

美国水兵当然听不懂他说的话，迷惑地一摊手，摇摇头，用英语说："我不明白你的话！"说完望着路其文发怔。

几个在沙滩上玩耍的娃儿，拍着手，在人群里乱钻，并叫嚷说："快来看啰，假洋人在与真洋人说话啰！"

围观的人越来越多，在后层的人踮着脚尖仰头看不见，居然有人端来板凳，站上看稀奇。

美国水兵听不懂路其文的话，见路其文也听不懂他的话，显出失望的样子，扭头准备走回小汽艇。

路其文生怕露馅出洋相，飞快抛出一句捡来的英语："先生，你看天边的景色多美！"

美国水兵立刻回过头来，笑逐颜开地回答，并从袋里摸出一包香烟，塞到路其文手中，又一阵叽里呱啦。

路其文装出听得仔细，又笑又点头："也司……"

美国水兵真以为路其文听懂了他的话，便手舞足蹈地说个不停，并返回小汽艇，拿来一大听美国罐头送给路其文。

路其文十分兴奋，连连说："三个牛当不了马骑……"美国水兵更加高兴，摸出一盒口香糖递到路其文手上。

路其文乐得合不拢嘴，一连说了几个"三个牛当不了马骑"。

美国水兵听路其文老是说几个令人莫名其妙的单词，有些急了，口里叽里呱啦，并反复做着手势。

---

1 英语"非常感谢你"的误读。

亏路其文还是知道几个英语单词，他听美国水兵话中有“Girl”这个字眼反复出现，加上看美国水兵的手势，已猜到是要他带路去找漂亮女人。

路其文暗暗吃了一惊，蓦地一扬手：“Goodbye!”他双手捧着水兵送他的东西，匆匆转身，分开围观的人群走了。

那个美国水兵圆睁双眼，惊讶地望着陡然离去的路其文，显出失望、愤慨的样子，口里叽里呱啦，显然在骂着粗话……

路其文捧着美国水兵送给他的东西，兴致勃勃地往回家的路上走着。他遇见熟人便吹嘘说：“这是我新结识的美国朋友送的！这位美国朋友在美军司令部做大官，还约我去司令部任职。嘿，我懒去得！”

路其文迎面碰见何大名。他与何大名是小学时的同学。他拦住何大名，又将那些话添枝加叶重说了一遍。

何大名自从在清华中学毕业后，目前还没找到工作，只是不时渡江到青草坝民成公司船厂找点零活干，贴补家用。他虽与路其文同过学，因看不惯路其文的纨绔相，平时很少往来。

何大名含糊地应付了几句，正想离开，可是，路其文硬拉住他不放，并将香烟、罐头、口香糖，一一拿给何大名看。

何大名无可奈何地站在那里，待看到那听罐头时，忍俊不禁，“扑哧”一笑。

路其文一脸不高兴，问：“你笑啥？未必我说的话有假！”

何大名忍住笑，指了指那听罐头，说：“路其文，你上当了，这听罐头不是给人吃的，是狗食罐头！”

路其文晓得何大名高中毕业，还是高才生，清华中学的英文教学在陪都是有名的。他听了，不觉一愣，口气有些游移：“何大名，你莫瞎说，你哪个晓得这是狗食罐头呢?”

何大名指着罐头，解释说：“路其文，罐头商标上这句英文翻译成中文便是狗食罐头，是美国人专门用来喂狗的。”

路其文惊愕地“哦”了一声，将罐头上的商标翻来覆去仔细看了一阵，虽不全认得，但其中有“Dog”一词，想来何大名的话不错。他脸一红，讪讪地说：“管它是啥罐头，反正是美国朋友送的，同样珍贵。”他一扬手，急匆匆说了声：“Goodbye!”就丢下何大名走了。

四

路大爷在茶馆后房打躬作揖给银瓶说了许多好话，银瓶才破涕为笑。

适逢有几位来窍角沱拜码头的袍哥，路大爷设宴招待，大家刚刚入席，路其文就闯了进来。

“发仁，马仁！”路其文站在席边说，“这是我美国朋友送的……”他又吹嘘了一番，并把捧着的东西递给路大爷看。

路大爷听惯了“发仁”“马仁”这种称呼，晓得他是喊的父亲、母亲，所以并不责怪。他听路其文鬼吹，竟信以为真，高兴地哈哈一笑，向在座的客人介绍：“这是犬子！新结交了不少美国朋友。”他接着将路其文递给他的香烟、罐头、口香糖，拿给客人传观了一遍。

路其文不晓得小妈在英语里怎么说，所以对银瓶也称“马仁”，与路太太一样称呼，银瓶因此特别喜欢。路其文平时缺钱花，银瓶反而比路太太大方，因此路其文背着路太太格外向银瓶讨好。

路其文见银瓶不断瞟着那盒口香糖，于是知趣地从路大爷手中拿过来，递给银瓶：“马仁，我将这个孝敬你！”

银瓶咧开猩红的嘴唇笑着说：“哎哟，其文真是孝子，我正缺这种糖。”

她将口香糖拿在手中，喜形于色，也讨好路其文说：“其文，你是路家的独苗苗，千万不要到美军司令部去做事。将来他们万一带你漂洋过海到美国去，路家的产业谁来继承！连我也舍不得你走。”

路其文比她小不了几岁。她说到最后一句时，水汪汪的眼睛向路其文一瞟。

客人七嘴八舌地凑趣，称赞路其文博学多才，也劝他不能去美军司令部任事。

路大爷听后当然十分高兴，当场将那包美国香烟拆开，向每个客人敬上一支。

客人们点燃香烟吸了一口，个个称赞：“好烟，美军司令部大官抽的香烟毕竟不凡，市面哪能买到？”

路大爷更加高兴，吩咐路其文：“其文，把这听美国罐头拿去打开，请各位拜兄都尝一尝！”

路其文听了后，吓了一跳，迟疑着，半晌没出声。

客人们错以为路其文舍不得拿来请客，忙辞谢说：“不必，不必，路大爷留着自家吃！”

路大爷怕客人多心，催促说："其文，拿去打开！"

路其文无可奈何，只好将罐头拿下去，用刀撬开。

他心里怀着鬼胎，将罐头打开后，才松了一口气。他看罐头里装的并非我们常用来喂狗的馊菜、馊稀饭之类，原来是一听烧熟的猪肉排骨。

路其文赶忙将罐头里的排骨倒进一只景德镇出的瓷腰盘里，虽然闻到一股酸气，却以为美国狗大概喜欢吃醋，排骨里是加了老醋的，并没意识到罐头里的排骨已经变质。

白瓷腰盘刚端上桌，客人们已伸长颈子好奇地打量着盘里的排骨。

路大爷用筷子一点："不用客气，大家请！"他接着哈哈一笑，"来，真正开一次洋荤！"

许多双筷子伸到腰盘里，一会儿，盘里便只剩下一点残汤了。

客人们将排骨拈进口里，个个都在皱眉头，却没有一个人说不好，反而齐声夸赞说："味道真鲜，原来美国人也喜欢吃醋！"

有的客人居然咂着嘴唇，显出很满意的样子。

五

尽管路大爷不让人在公口茶馆讨论有关国共两党谈判的新闻，但由于抗日战争的创伤还没愈合，民众大都反对打内战，谈判能不能成功，是大家深切关心的问题，所以，茶馆里人们依然悄声议论时局，只是在谈论到共产党、毛泽东的时候变得十分谨慎，用一个心照不宣的手势代替。

路大爷叫人撕下已经褪色的、写有"休谈国事"的旧纸条，新贴上写着"公口茶馆，禁谈国事"的纸条，比原来的更加醒目。

报纸上公布了"双十协定"，陪都顿时沸腾起来，工农商学兵，各界的队伍都走上街头，个个提着样式别致的灯笼，喊着庆祝口号，像长江呼啸的浪涛，卷过陪都的每个角落。

窍角沱公口茶馆内，也经不起这种浪涛的冲击，茶客个个像喝了"大胆药"，无视路大爷的尊严，也无视公口茶馆"禁谈国事"的戒律，"双十协定"成了谈话的主要内容。

路大爷心里恼火，看着这些茶客翻白眼。他想发作，但感觉到气氛不对，不敢触犯众怒。他摸不清蒋介石的葫芦里卖的啥药，也弄不清哪股河水发了！他看见报纸登载着毛泽东和蒋介石的照片，那些便衣稽查陡地在茶馆里销声匿迹，令路大爷揣摩不定：噫，难道国共还要长期合作是真的？他觉得自己也不知不觉卷入了这股浪潮。

抗日战争前，他家住在石牛场附近，亲眼见过石牛场吃大户的风潮。他当时不过是收十多石租谷的小粮户，吓得单身出走到涪陵，拜在罗天成手下当个老幺。石牛场吃大户的风潮平定下去，他又回乡；不久，红军从乌江边经过，听说红军不管大小绅粮都要一律杀掉，吓得他贱价卖了田地，拖着一家几口人逃到重庆，在窍角沱开个杂货店住下来。他在罗天成手下混过，凭着是“罗天成的兄弟伙”这块招牌，巴结上窍角沱原先的舵把子，当上了保长。在八年抗战中，卖壮丁，乱摊捐税，他也发了“国难财”，托人在石牛场买田地，买房产，现在已是收一百多石租谷的大绅粮了。原先在窍角沱开的杂货铺早关闭不干了，他靠放债收利，一年有几十万元的收入。目前，他当上了舵把子，有钱有势，但听人提到共产党，就心惊肉颤，往年石牛场的旧事便兜上心头。

路大爷不安起来。他识字不多，看不懂报上的内容，只是尖着耳朵听这些茶客的议论；听得多了，对于“双十协定”的内容也有了一个大致的了解。他强作镇定，暗地忧心忡忡，整天不见有笑脸。

有个躺在凉椅上的茶客，穿安安蓝布长衫，胸襟上别着一支自来水笔，戴着一顶灰呢半新博士帽，态度文雅，从外表看，很像一个中学教员。

路大爷天天看见他坐在那里，一言不发，只是一支接着一支地抽香烟；夹香烟的两个指头已熏得焦黄。路大爷觉得他的相貌很陌生，以前从未见过，有时不免多看他几眼。

一天，路大爷蓦地看见从街边上趱进一个穿西装没打领带的中年人来。路大爷眼睛一亮，认识这个人姓张，外号叫“事事通”，是玄坛庙稽查处的便衣稽查，已好久没在茶馆露面。

路大爷正想起身与“事事通”打招呼，但“事事通”却佯装不认识他似的转过脸去寻找座位。那个像中学教员模样的人身边躺椅正好空着，“事事通”大模大样地在那个空位上坐下，高声喊着：“堂倌，泡碗沱茶！”

路大爷是明白人，也佯装不认识，没起身招呼他，但是他却装作漫不经心的样子不断留意着“事事通”的动静。“事事通”的到来，使路大爷不觉暗喜。他抱着幸灾乐祸的心情看热闹：这些天有些茶客胆大包天，公开在茶馆里称赞毛泽东，这下可要倒霉了！他忍不住想笑。

“事事通”付了茶钱，摸出一支烟来向邻座借火，趁机问：“先生贵姓?”

那个中学教员模样的人，瞥了一眼“事事通”，爱理不理地回答：“鄙人姓郁。”

“事事通”点燃了香烟，亲热地攀谈：“啊，郁先生……”他偏着脑袋假装想了想，“郁先生好面熟，仿佛在哪里见过?”

郁先生斜睨了“事事通”一眼，惊诧地问：“真的，那真太巧啰！”

“事事通”摸出烟匣一揿，从烟匣里弹出了一支香烟：“郁先生，请抽烟！”

郁先生坐正了身子，接过香烟：“请问贵姓?”

“敝姓胡，还望郁先生多关照！”“事事通”含笑回答，乱说个姓敷衍他。

“事事通”见郁先生将香烟衔在唇上没点燃，摸出打火机扭燃递过去：“郁先生，请点烟！”

路大爷把“事事通”这动作看在眼里，认为他表演得太笨拙：“事事通”刚才找郁先生借火，这时又用打火机给郁先生点火，这是一个大的破绽……

郁先生好像毫无警觉，点燃香烟后，反而变得热情起来，原来冷漠的脸上有了笑容：“胡先生，别客气！”

“事事通”像对老朋友似的拍了拍郁先生的肩膀，说：“郁先生，我记不清了，你在哪里任职?”

郁先生喷了一口烟：“穷教员……”

不待郁先生说完，“事事通”抢过来说：“对，我在哪个学校见过郁先生，好像是……”他装出回想的样子。

“懿训女中……”郁先生说。

“对，是在懿训女中见过！”“事事通”说，“在黄桷垭……”

他立刻转换了话题：“郁先生，懿训女中已经停办，你打算……”

“我是没有靠山的穷教员，被解聘啰！”郁先生愤愤地发起牢骚，“我连遣散费也没领到，目前靠卖衣物过日子。”

“事事通”显出十分同情的样子：“郁先生，你为啥不去教育局请愿？前几天去请愿的教师几百人，听说都领到了一笔钱！”

“去过，去过……”郁先生悻悻地摇头说，“这些国民党的官僚，哪顾教师的死活!”

“事事通”也像不得志，长叹一声：“怪不得有人说国民党是刮民党，只晓得刮老百姓的血汗。”“事事通”说话的声音很大，满座的茶客都惊奇地望着他俩，不少的茶客都认识“事事通”，没有一个人敢插嘴。

郁先生上了圈套，真把“事事通”当成了与自己一样怀才不遇、潦倒落魄的知识分子，点点头说：“胡先生说得对，国民党是刮民党。”

他感叹地说：“前几天毛泽东接见陪都教育界的代表，我去听了。共产党尊重知识，尊重知识分子，讲民主，讲自由，比蒋介石顾民族大义。毛泽东说，欢迎我们去延安……”

路大爷见那位郁先生上了“事事通”的圈套，果真吹捧起共产党和毛泽东，眼看他马上便要坐牢，心里不由透出一种说不出的痛快！这些天压抑在心头的闷气顿时化为乌有……

“事事通”想不到没费多大力气，郁先生便上了圈套，不仅吹捧共产党，还自动说出他曾参加过中共领袖毛泽东的招待会，谅郁先生绝非社会名流，倘若与共产党没有关系，怎能参加那种招待会？吔，说不定从郁先生身上可以找出中共地下党的线索……

“事事通”心中暗喜，他不愿再耽搁时间，陡地跳起，摸出“派司”，往郁先生眼前一亮，冷笑一声：“郁先生，请你跟我往稽查处走一趟。”

他随即掏出手枪，瞄着郁先生前胸。

事出意外，满座的茶客都目瞪口呆，个个惊骇异常。

郁先生开始一愣，继而仰头哈哈大笑，撇撇嘴，轻蔑地说：“老兄，请你把‘派司’和手枪收起来，谨防走火！开不得玩笑。”

“哪个与你开玩笑？走!”“事事通”依然声色俱厉地说。

郁先生仍然安坐不动，“事事通”见他毫无惊慌的表情，也暗感奇怪，一时不晓得如何对付。他举着手枪僵持了片刻，正想进一步行动，郁先生已掏出一个他熟悉的“派司”递过来：“胡先生，请看一看!”

“事事通”一惊，他收起自己的“派司”，接过郁先生的“派司”来一看，原来这位郁先生是中统的人。他将手枪收起，立刻赔笑说：“大水冲了龙王庙，中统和军统是一家，请你别见怪!”

路大爷看到这里，不觉有些失望，搞了半晌，原来是一场闹剧。

茶客们表情各异：有的惊讶，有的畏怯，有的轻蔑……

“事事通”与郁先生都觉扫兴，彼此的身份已公开暴露，再留在这里实在无味，先后灰溜溜地走了。

路大爷虽然文化程度不高，却从这场闹剧中悟出点板眼。他暗想：“看来蒋委员长并非真搞国共合作……嘿嘿，耗子别想成精，这窍角沱码头依然是我路大爷的天下哩！”

六

尽管政治上风风雨雨、内战的阴影笼罩在民众的心头，但是重庆庆祝同盟国胜利的庆祝会仍是盛况空前，十分热烈。

窍角沱码头上也要放焰火。天刚擦黑，河街岩滩上便黑压压站满了人，只见人影憧憧，包白帕子的头在晃动。

焰火架搭在一块高高的岩石上。封大嫂家的阁楼后窗边，站着何大名和封丽华，敞开的窗户正对着焰火架。

何大名仍穿着学生装。丽华刚洗过发，湿漉漉的发丝披散在肩上，穿着一件花布衫，紧紧地偎在何大名的身边。

丽华明亮的眸子望着何大名：“大名哥，人人都说焰火好看，你说呢？”

何大名抹了一把被江风吹乱的头发，“唔”了一声。近来，他情绪十分低沉，原以为高中毕业后，可以找到工作，但是至今他还赋闲在家。他明白封丽华问他，是故意挑逗他说话，怕他闷出病来。

封丽华见何大名仍然凝视着黑沉沉的夜空，轻轻用手肘碰了他一下：“大名哥，你说呢！”

何大名缓缓地将脸转向丽华，见她丰腴的脸蛋瘦削了，一对眼睛显得特别大，特别明亮，像夜空中闪烁的星星，亮晶晶的。他晓得因为他没找到工作，丽华经常在纱厂加班，想多挣点钱来贴补家中的生活，所以消瘦了。每当他见丽华劳累一天，迈着沉重的脚步，拖着疲惫的身躯回来的时候，他就十分感动，一种负疚的心情使他异常难过。

他摇了摇头：“唔，我也没见过焰火，想必很好看！”

丽华与何大名从小青梅竹马，感情很深。有何大名在身边，她便有一种说不出的愉快，但何大名自从那次吻过她，便再也没有类似的亲热。她是一个外表恬静，内心炽热的姑娘，又正当豆蔻年华，所以封大嫂向女儿暗示要招赘何大名当女婿以后，她常在梦中笑醒，见到何大名会脸红，这使她美丽的脸蛋更加娇艳，爱情的火苗在她心中越烧越旺。她期待何大名再搂抱、再吻她，对她作进一步的表示。她失望了，虽然何大名对她依然那样关心友爱，但她渴望的不止这些。她暗暗恼恨自己，以为是那次何大名吻她后，自己假装嗔怪过他，以致吓得他不敢再与她亲热。为了弥补她的过错，有几次，她主动挑逗他，搂住他的脖子，仰头微张着嘴唇，热情地凝视着他。可是何大名好像不懂得她的用意，并没有俯下头来与她亲吻。她心头的爱情罩上了一层阴霾，以为何大名并不爱她。丽华难过得曾躲在被窝里哭过，可是她的性格是开朗的，这种忧郁不久就消散了。她认为自己太多心，何大名不会不爱她！她对他太了解了。丽华将这种爱情封闭在心头，默默地拼命工作，凡是封大嫂对何大名没想到的事，她都想到了。她提醒妈妈："大名哥的衬衫坏了，需要买一件新的。""大名哥的皮鞋破了，也需要买双新的。""妈，大名哥不能穿得太土气，他要找工作便要衣装啊！"

封大嫂爱自己的女儿，也爱大名。她尽量省吃俭用，凡她能办到的，都照丽华的意思办了。

封丽华晓得何大名羞于向封大嫂要零用钱，便将自己背着封大嫂攒下的私房钱，悄悄塞进何大名的衣袋里。

何大名起初以为是封大嫂干的，后来才知道是丽华。此刻，何大名想着丽华的种种好处，感动得流下泪水，一把捏住她的手说："丽华妹，你对我太好了！……"

这时，封丽华听见脚步声，晓得是封大嫂进房来了，原准备与何大名说话，张开的嘴又闭上了，本能地挪动一下身体，与何大名拉开一点距离。

"妈，快来坐下，马上要放焰火了。"封丽华边说边端来了两个方凳。

封大嫂在门背后取下毛巾揩了揩手，走过来在方凳上坐下，微笑着说："有好多年没见放焰火啰，还是……"

封丽华并没留意听封大嫂的话，她指着空凳说："大名哥，你坐下呀！"

何大名不肯坐，推让说："丽华，你上工累了一天，应该你坐！"

封大嫂面向丽华说："傻丫头，再端一个凳子来都坐下，有啥不好！"

"妈，你会说，窗边哪摆得下三个方凳嘛！"丽华辩解说。

封大嫂站起身来："你们坐在这里看，我下楼去，站在坡上看得清楚些！"

"舅妈，你……"何大名想拉住封大嫂。

封大嫂摇了摇手，出房门走了。

封丽华拉了何大名一把："大名哥，妈不坐就由她去吧，我们坐。"她随手塞给何大名一把磁器口的盐炒花生。

"看，放焰火呐！"何大名指着河坝说。

丽华已经看见一个人站在焰火架下点燃了一只火炮，火炮屁股喷着火花，发出"嗞嗞"的声响，沿着一根细线升向焰火架，瞬间，便点燃了焰火。

点燃的焰火包发出"噼噼啪啪"的爆竹声，像莲花开瓣。"哎哟！"封丽华两手捂住耳朵，畏怯地往何大名身边靠了靠。

"看，日本飞机！"何大名兴奋地说。

一架日本飞机在焰火架上沿着一根看不见的线，绕着轴心飞转，连机翼上的太阳旗也被火光照得十分清晰。日本飞机丢下一串串炸弹，在人群头上炸开，五彩缤纷的焰火四溅，拖着长长的尾巴呈抛物线落下，像喷泉一般。

"看，高射炮开火呐！"丽华惊喜地说。

像魔术般，蓦地显出高射炮的轮廓，炮筒一连射出好几发曳光弹，将日本飞机击中，"轰"的一声，飞机着火了。接着一声巨响，飞机炸开，化成一团火球，绚丽的光华四溢……

看得正兴奋，封丽华听见楼梯响，以为是封大嫂回来了。她仔细一听，是皮鞋着地的声音，猜不出是哪个来了。她扭过头去看着房门口，显出惊诧的表情……

七

路其文在房门口出现，丽华也与他在小学同过学，所以认识他。她脸上的笑容蓦地收敛了，也没站起来招呼他。

"何大名，走，有件重要事情找你！"路其文瞥了丽华一眼，拉着何大名便要往外走。

何大名不愿去，想挣脱他："哎，啥事？我不去！"

"走嘛！"路其文还是第一次到这里来，不容他再说，"事关重大，走！边走边说。”

何大名仍站住不动，望着丽华。

路其文十分认真地说：“事关重大，刻不容缓！”

何大名被路其文拉出门外，见他这样着急，不明白出了啥事，只好跟他走下楼。他嘱咐丽华：“我去一会儿便回！”

路其文还向丽华一扬手：“Goodbye！”一只眼睛向丽华眨了眨，吹了长长的一声口哨。

何大名跟着路其文走到河街，站住说：“你说呀，啥事？”

路其文用手一指：“你看……”

何大名顺着他的手指看去：焰火早已放完，但河坝里仍然灯火辉煌，踩高跷，车车灯……一些余兴节目正在进行。一个美国水兵被狂欢的人群抬起，举得很高。这个水兵的船形帽早被挤掉，光着头，双手的大拇指跷起，扬扬自得地大声怪叫：“OK！ Very good！”

路其文哪肯错过这种出风头的机会，他说：“何大名，我们去找这个水兵摆摆龙门阵！”

何大名想到那天碰见路其文把狗食罐头当宝贝的事，心里对他很反感，扭身想走：“我有事，不能奉陪！”

路其文紧紧拉住他不放：“大名兄弟，今夜帮我一个忙。我听不懂的洋话，你暗地指点我。明天我请客，进大城去玩！”

何大名仍摇头要走。路其文不断说好话，他只好跟在路其文身边。

路其文正想拉着何大名挤进人群找那个美国水兵，何大名已看清抬美国水兵的人是路大爷手下的兄弟伙：“看，他们将美国水兵抬到公口茶馆去了！”

路其文也看见，兴高采烈地说：“是我叫他们抬到公口茶馆去的，走！”

他们走到公口茶馆门口，一个小老幺迎上前：“路大爷叫你快去当翻译！”

公口茶馆门口被看热闹的人群围得水泄不通，那个小老幺大声吆喝：“让开，让开，翻译来了。”分开众人给他们开路。

路其文生怕何大名跑了，紧紧拉住他往里挤。

路大爷已将那个美国水兵安置在上座，自己在下方作陪，身边坐着银瓶。

那个美国水兵叽里呱啦说了几句，见路大爷不懂，便不再理他。桌上摆满了杂糖，如麻片、寸金、花生占之类，美国水兵好奇地端详着，并没吃。

路大爷见路其文来了，一脸堆笑，向美国水兵介绍说："这是犬子，懂洋话!"他十分高兴，今夜能将美国水兵抬到公口茶馆来招待，认为可以抬高自己的身价，也可以让路其文当众出出风头，炫耀他懂洋文。

美国水兵当然听不懂路大爷的话，绿莹莹的目光投到路其文的身上。

路其文见这个美国水兵并不是上次送狗食罐头给他的那位，但在众目睽睽之下当翻译，心里有点发虚。亏他十分镇定，大模大样在侧面坐下。他回头看何大名站在他身后没走，胆子壮了些，轻声对何大名央求："兄弟，千万助我一把。"

这时他才面向美国水兵，咳了一声，说："哈啰，古得奶踢[1]! What is your name? [2]"

美国水兵听他问晚安，不觉喜形于色，待听他见面就问姓名，语气生硬，立刻变得不快。但他毕竟遇到一个能讲英语的人，便用英语回答："先生，晚安！我叫汤姆。"

汤姆伸出手与路其文握了握，立刻急不可待地说："先生，请你带我去舞厅，妓院亦可。我会给你报酬。"说着，随即摸出一枚美国硬币，向路其文晃了晃。

路大爷忙问路其文："他说啥?"

路其文哪能听懂，他忙回头瞥了何大名一眼，示意他递点子，但何大名并没有在背后悄悄告诉他。他猜测何大名也听不懂。

路其文无奈，只好装出听懂的样子，用英语回答："先生，是。"

汤姆听后，喜得合不拢嘴："OK!"

路大爷等急了，催问："他说啥?"

路其文派头十足地给路大爷翻译说："他说，路大爷仁义，顶好。中国袍哥都是好样的英雄，他代表美国袍哥向你们致敬!"

路大爷一听，乐得合不拢嘴，惊喜地说："啊，美国也有袍哥，他也海过!"这个美国水兵居然晓得他路大爷，叫他唧个不乐!

接着，路大爷一本正经，按照袍哥会客时的规矩，双手握成拳状，举到眉端："请问拜兄，在美国哪个码头进步，身居哪个龙位？兄弟迎风来迟，还望拜兄海涵……"

1 英语谐音，晚安。
2 英语，你叫什么名字?

他说完，转向路其文，示意他快翻译。

路大爷说的这些袍哥话，可能连精通英语的行家也难译出，但却难不倒路其文。他得意忘形，不再等何大名递点子，毫不思索，立刻面对汤姆叽里呱啦说了一通。

美国水兵汤姆直摇头，不满地面对路其文叽里呱啦。不等路大爷催促，路其文又胡诌一通："他说，他说……他是纽约义字号上的三哥，还说天下袍哥是一家，邀请你以后方便时去纽约撞码头，他们会送大笔盘缠给你，永世也用不完。"

何大名听路其文装模作样骗路大爷，差点"扑哧"笑出声来。他晓得刚才汤姆说的尽是催促话，他要路其文快带他去舞厅或妓院，已等得不耐烦了。

路大爷信以为真，精神一振："啊，他们也是义字号，还同一个字派，真巧!"

他露出谄媚的笑容，连说："好，好。我啥时都方便，马上动身去纽约撞码头也行!"

路其文又叽里呱啦地翻译。

汤姆听不懂路其文的翻译，见路其文还没带他去舞厅或妓院，感到失望。这时，他不再留意路其文，一对碧蓝的眼睛紧盯着路大爷身边的银瓶。

路大爷身边的银瓶，见汤姆看她，也惊奇地打量着汤姆，嫣然一笑。

汤姆见银瓶长得十分漂亮，并望着他微笑，误会了银瓶的意思，以为她是妓女，在挑逗他。

汤姆蓦地怪叫一声："哈啰!"立刻向银瓶丢去一个飞吻，瞪着圆圆的眼睛，用英语说："啊，美丽的女人!"

他从身上掏出两枚黄灿灿的硬币："美丽的女人，给你，陪我睡觉!"并向银瓶招手。

何大名听懂了汤姆的话，暗暗吃了一惊，晓得路其文如此瞎胡闹，马上便会惹出一场事来，他想提醒路其文，但已迟了。

路其文见自己的西洋镜没人识破，又信口瞎编："汤姆先生说，他与银瓶大嫂初次见面，将两枚金币权作见面礼，请笑纳!"

路大爷拱手说："不敢当，太客气了。"

他见银瓶没去接汤姆递来的金币，拐了她一下："你去收了吧，莫辜负他的好意!"

银瓶故意忸怩作态，咯咯笑着站起来，扭着屁股过去，站在汤姆身边，伸手接过两枚金币，正想返回，想不到汤姆已将她一把揽进怀内。

事出意外，大家都惊惶失措，不晓得如何办！路大爷见银瓶在汤姆怀里惊叫挣扎，才回过神来，陡地跳起，气急顿足，怒视着汤姆大声叱责：“吔，你们美国袍哥这么不讲理，难道舵把子的女人也可调戏?”

汤姆当然听不懂路大爷的话，对他毫不理会，仍然搂住银瓶……

路大爷毕竟对美国水兵有些敬畏，不敢掏出匕首来见红的。他急得抓耳挠腮，猛然想到美国水兵不懂他的话，忙对路其文说：“杂种，你快翻译！”

路其文也慌了手脚，忘了叽里呱啦装腔作势：“汤姆先生，这是路大爷的内眷，我的小妈，你怎能胡来，快放开手……”

路大爷一顿足：“叫你翻成英语，哪个也说中国话?”

路其文晓得这回不是叽里呱啦可以混过去的，一时没有主意，只是翻白眼。

幸好何大名这时上前拉了汤姆一把，用英语说：“先生，这是绅士内眷。你要胡来，这位绅士会将你丢进长江喂鱼的！”

何大名说的英语虽不十分流利，但汤姆是听得懂的，他见路大爷凶光毕露，围观的人个个摩拳擦掌，像要上前动手的样子，才面露出惊惶和迷惑的神态，松手将银瓶放走了。

银瓶啼哭着，奔到路大爷身边，已披头散发，旗袍胸襟被揉皱了：“我不想活呐，我要去投江，女人的名节……”

路大爷见银瓶要往外奔，怕她真会寻短见，急忙拉住，叫人劝进茶馆后房。

何大名向汤姆说了一阵，汤姆像明白过来，起身向路大爷一弯腰，口里叽里呱啦。

路大爷认识何大名，见汤姆改变了态度，晓得何大名真懂英语，将路其文丢到一边，面对何大名问：“他说啥?”

何大名翻译说：“汤姆说，这是误会，向你表示歉意。”

路大爷十分扫兴，认为在大庭广众之中丢了面子，又不敢公然对美国水兵进行报复。只好说：“我要他在关圣人前烧香赔罪，洗掉我的晦气！”

路其文晓得闯了祸，又丢了脸，坐在一旁发呆，没发一语。

何大名将路大爷的话翻译给汤姆听了。汤姆见自己身后拥着几个凶神恶煞的人——这都是路大爷的兄弟伙，他晓得溜走为好，连给银瓶的两枚金币也不敢要回，说了声：“再见！”扬长而去。

路大爷想阻止汤姆，但又不敢，他晓得万一引起外交事件，自己是吃不消的，干看着他走了。

汤姆走后，路大爷一肚子火出在路其文身上：“你龟儿不懂装懂，老子今天要捶死你！”

路其文赶快绕着茶桌躲避，口里嚷道：“你晓得个屁，我只懂英语，他是美国人当然不懂得，唧个乱怪我！”

路大爷也绕着桌子追：“你龟儿还要嘴硬，老子捶死你。”

路大爷在桌子边追了几圈，哪追得上？累得直喘气。

第二章

一

抗战胜利以后，人们不再怕敌机的空袭，在抗战中迁往南岸居住的人家，进城要过江渡水，实在不方便。有条件的人家都迫不及待地纷纷搬回大城。

大城里的住房不难找到——原先挤住在陪都的达官贵人、富商巨贾，大多要搭轮船东下，或者乘飞机离开重庆。他们在抗战中征用和购置的洋楼、小公馆，顿时空了出来，急需出售和顶让。因此，许多深宅大院、绿树红楼，不久便易了主人，留下山石亭榭，任人凭吊感叹。

民成公司乘机用贱价买进了一些房产。朱佳富也将家从南岸文峰塔下的民成新村搬回了大城，与高伦一家合住在一个有花园的宅院内。住址在两路口，院墙内有两栋不相连的小洋楼，他们各住一栋。

朱佳富回石牛场去迁葬他父亲的坟墓，至今还没回重庆，朱家卧室外的客厅内显得格外静谧。在这严冬季节，窗外光秃秃的槐树枝上，有一只小鸟在枝间跳跃鸣啭。

早晨有雾，仿佛会是一个晴天，但地面上的浮雾散尽，空中的云层却越来越厚，阴沉沉的，令人有一种压抑感。由于没有空袭的威胁，山城的民众格外喜欢晴朗的天气，可是多雾的重庆，却不易盼到这种天气。

朱家的客厅与住在民成新村时大不一样，一套崭新的西式家具，十分豪华。正面墙上挂着一幅杨宝瑜的油画像。烫金的画框异常精致，镂刻着玫瑰的图案。

这幅画像是杨宝生在抗战初期于真武山上给杨宝瑜画的，后来重新画过，比原来的尺幅大得多：杨宝瑜站在一块岩石上，一对热情明亮的眼睛凝视着远方，将她温婉娇柔、优雅典丽的神韵再现在绚美斑斓的油彩之中，线条是那样地柔和动人。

杨宝生已在美专毕业，由于他造诣颇高，受到徐悲鸿的赏识，被留校任教，在陪都美术界已有了小小的名气，成了画坛引人注目的后起之秀。徐悲鸿还为他在夫子祠开过一次画展。这幅杨宝瑜的画像展出，激起了参观者的浓厚兴趣，不少人停留在油画前惊叹，久久不愿意离去。许多富有的收藏家，见标明这幅画像是非卖品时，都显出失望的表情。

法国牧师李约瑟也去参观过杨宝生的这次画展。当他走到这幅画像前，立刻伸出双手惊呼起来：“啊，我的上帝，多么美丽的女人，造物主将女人一切美好的东西都集于她一身！啊，世间绝没有这样的女人，这是一幅精湛的艺术品。画家以他超人的才华，丰富的想象力，创作出这样美的形象，维纳斯为之逊色。啊，达·芬奇的《蒙娜丽莎》也为之黯然！”

他的表情十分夸张。忘情的赞叹，使一群参观者立刻聚拢在他身边好奇地打量着这幅油画，引起一片赞美声。

李约瑟自从离开黄玉庵公馆以后，一直在七星岗福音堂任神职。袁静芳的自杀和赵小姐的死——这些往事，曾在陪都掀起过小小的波澜，有人怀疑是他所为，有过不少流传，但他以彬彬有礼的风度，绅士般的高雅，学者似的言谈，很快赢得了陪都上流社会的敬爱，这些流传不久便销声匿迹，再也没人谈及。

李约瑟闹出这场事，虽然没有被戳穿出丑，但仍然受到教会的训诫。从此，他对自己的行为十分检点，这几年循规蹈矩，确实过着清教徒的生活，不再去拈花惹草。他赞助抗日，热心慈善事业，标榜自己是中国人民最忠实的朋友，居然成为陪都社会名流，时常在报端露名。

李约瑟兴奋地对陪同他的接待员说：“先生，我要买这幅油画！”

穿着西装的接待员含笑解释说：“先生，十分抱歉，这幅画已标明是非卖品！”

李约瑟两手一摊，摇了摇头：“啊，太遗憾了。”他碧眼里露出怅惘的目光，恋恋不舍地凝视着这幅画像不动。

接待员耐心地站在李约瑟身后等候，过了一刻，见李约瑟仍然看得入迷，客气地催促说：“先生，只有这一幅是非卖品，请先生鉴赏其他油画！”

“不，我一定要买下这幅画！”李约瑟忘情地大声叫嚷说，“先生，请你带我去面见这位画家，我愿出高昂的价格，买下这幅画！”

接待员沉吟一下说：“先生，孔二小姐也曾想买下这幅油画，但画家杨宝生连见也不愿见她。我看……”

李约瑟表情夸张，这目中无人的叫嚷，早惊动了展览室，许多人都惊讶地望着他。

李约瑟用食指比画着：“不，不，先生，你错了。你不了解一个真正的艺术家！”他带点卖弄的意味说，“我最了解这样的艺术家：他们大多清高，蔑视权贵。像孔二小姐这样浅薄、不懂艺术的豪家小姐，当然会引起杨先生的反感，所以不愿见她。但是，我……”

李约瑟一口中国话说得十分流利。他的声音越来越高：“但是，我是法国人，法国的绘画是世界第一流的。中国许多知名的画家都曾留学法国学画，杨先生的老师徐悲鸿先生就是留法的，所以我一眼便可以看出杨先生的画，具有法国气派，令人倾倒。我自幼在巴黎受法国绘画艺术的熏陶，自问是艺术家的知音。中国有‘伯牙碎琴’的传说，我是外国的钟子期啊！我想，这位造诣颇高的画家杨先生，一定会乐于见我的。”

在展览室隔壁小房休息的杨宝生，早被李约瑟大声阔气的议论所惊动，自动走了出来。

接待员瞥见杨宝生含笑走过来，忙向李约瑟介绍：“杨宝生先生来了。”

李约瑟立刻惊奇地打量着杨宝生，见他穿着一套米呢浅灰西服，戴着同色的博士帽，原来竟是唇红齿白的英俊青年。他迎上前与杨宝生握手：“啊，想不到你这样年轻、英俊，就有如此高的艺术成就，我向你祝贺！”

杨宝生不善交际，听这个碧眼棕发的外国人当众称赞他，十分兴奋，像处子般红着脸，显得有些腼腆，不安地搓动两手，半晌才回答：“承先生夸奖，我实在不敢当！”

接待员晓得杨宝生不认识李约瑟，在一旁介绍说：“这位先生是七星岗福音堂的李约瑟，法国里昂人，酷爱艺术，是一位收藏家。他想……”

杨宝生见李约瑟戴着一顶法国便帽，打着蝴蝶状的领结，气度随和不凡，猜不出他的身份，这时才晓得他是牧师，不由肃然起敬：“啊，原来是李约瑟牧师，久仰你的大名，我家几代都是基督教徒，能认识你，实在太好了。”

李约瑟一听，不觉大喜：“啊，怪不得你有这样的才华，因为上帝在你心中长存，得上帝的仁慈，赋予你一副艺术的头脑。我为你祈祷，愿上帝更多地赐给你智慧和幸运！”他边说边在胸前画着十字。

展览室里许多参观的女士，都瞪大了眼睛，惊奇地打量着杨宝生，显出景仰钦佩的神态，很想上前与杨宝生交谈。

杨宝生顿时成了众目睽睽的焦点，他感到窘迫，脸上的红晕扩散到耳根，羞得说不出话来。

半晌，他才急出一句话来：“请李牧师到客室坐！”他们跟在接待员身后走进了客室，面对面坐下。

李约瑟迫不及待地说：“杨先生，我要买那幅人物肖像画，拿去陈列在教堂里。”

杨宝生说：“牧师先生，那幅人物肖像画是非卖品，无论你出多少钱，我是不会卖的。因为……”他嗫嚅着半晌没说出。

李约瑟眨了眨眼：“杨先生，看在上帝的面上，请你割爱卖给我吧！你是伯牙，我是钟子期啊！”

杨宝生犹豫了一下，终于说：“牧师先生，因为这幅油画是我家姊的肖像。请原谅，我是绝对不会出卖的！”

李约瑟惊诧地“啊”了一声，半天没出声。他暗想：“啊，上帝！世间真有这么娇美的女人，原来并非画家想象出来的美的化身！”他愕然了。

杨宝生说：“等这幅画像展览完毕，我马上就赠送给我的阿姊！”

李约瑟晓得要买这幅画像已无希望，忍不住问：“你阿姊是谁？在重庆吗?”

杨宝生告诉了他。

李约瑟晓得朱佳富，也听人说过朱太太长得很美，但从没见过。他忘情地自言自语：“啊，原来是朱佳富先生的太太杨宝瑜女士！真的长得这么美……”

杨宝生不觉涨红着脸，神情有些尴尬……

朱佳富家中客厅里的这幅画像便是展览会结束后，杨宝生送来的，一直挂在这里。

这时，响起一阵低微的脚步声，杨宝瑜缓缓地从卧室走进客厅。她在浅色薄呢的旗袍外，罩上一件深色的羊毛绒线衫，体态依然是那样苗条，举止是那样端庄恬静。由于她平时保养好，又善于打扮修饰，粗看她的外表，仍如三十许的少妇，绝对看不出已经年近四十。

杨宝瑜安闲地走到一张茶几边站住，细长的眉尖微微一蹙——她已看见茶几上蒙上不少灰尘。

她是十分爱好洁净的，晓得汪嫂忘了做清洁。自从抗战前失去春燕后，汪嫂一直在朱家帮佣。杨宝瑜虽感不称心，但也无可奈何。抗战八年中，居住在南岸郊区，杨宝瑜也经受了锻炼，许多家务事都由她自己动手。

杨宝瑜站住，犹疑了一下，她晓得汪嫂此时在厨房帮忙，于是没有喊她，自己回到卧室，系上一件白府绸紫色荷叶边的围腰，在油光黑亮的头发上包上一条遮灰的纱巾。

她拿着一根鸡毛掸子回到客厅，动手掸扫着茶几上的尘埃……

她蓦地听到汪嫂那熟悉的脚步声，停住了手中的撣子，注视着客厅门口。

汪嫂跨进客厅门："哦嗬，太太，让我来打扫。厨房里打杂事做不完，厨子偏不要我走。"

杨宝瑜将鸡毛撣子递给汪嫂，取下头巾，撣拍掉肩上的灰尘，然后解下围腰。

汪嫂边用撣子撣灰边说："今天较场口开大会，听说热闹得很，太太，你不去看看！"

杨宝瑜晓得汪嫂一张嘴啰唆，懒得搭理她。

她心不在焉地走了几步，蓦地站住吩咐汪嫂："你隔会儿给厨子说，叫他中饭多加两个菜，要选舅少爷喜欢吃的弄出来。"

"太太，今早舅少爷不是来电话，他要去较场口参加陪都各界什么庆祝大会，恐怕今天不会来公馆！"

杨宝瑜淡淡地瞥了汪嫂一眼："开会，难道中午还不散？他会来吃中饭的。"

汪嫂摸了一下自己的额头，忍不住笑了："是哦，还是太太说得对，顶多散会迟一点儿，中饭还是要吃的。"

说到这里，汪嫂蓦地想起了："哎呀，有件事忘了给你说……"

杨宝瑜见汪嫂失声打张的样子，不禁问："啥事？"

汪嫂脸上却显出微笑："刚才公司来电话，朱先生已从涪陵搭船回重庆，今天下午到。"

杨宝瑜点了点头："啊！我知道了。"

她转身正准备离开客厅，汪嫂又在喊："太太，慢走，我还有事没说完哩！"

杨宝瑜只好站住，等汪嫂说下去。

汪嫂拍了拍自己的额头："哎呀，我本是来向你通报事情的，看你自己动手打扫客厅，我慌了手脚，将要通报的事情也忘了。看我……"

汪嫂要不是看见杨宝瑜在蹙眉尖，她还会说一大堆废话。

"其实也不是啥大事！高太太派人来催过几次，她们三缺一，请你快过去搬庄搓麻将！"

"晓得了！"杨宝瑜懒懒地回答了一声。

抗战胜利以后，民成公司的业务蒸蒸日上，几千里长江上都有民成公司的船舶在运行。陆祖福正集中精力处理向加拿大购新船的事务，所以朱佳富比以往更忙一些，难得在家待一天。前几天，朱佳富回石牛场去迁葬父亲的坟，说以前他父亲死时葬得太寒酸，如今要重新加以厚葬。杨宝瑜一个人在家，更显得寂寞无聊。幸好，这里离美专不远，杨宝生常来看她，她才不致过分寂寞。

高太太则不一样，在抗战中，她协助高伦开展一些抗日救亡工作，难得有空闲。抗战胜利以后，她认为应该松口气，想过几天安闲日子。抗战前，她本就喜欢搓麻将牌，杨宝瑜虽不喜欢打牌，因不便过分扫高太太的兴致，每请大多到场凑个角，陪高太太玩牌，借此也可以排遣个人的寂寞。

杨宝瑜回到卧室内，坐到梳妆台前重新梳过头。不用施粉，她脸蛋天生的细嫩白皙，一对蛾眉也不用描画。她从不用胭脂和唇膏，自有一种淡雅的风韵。

她拿着精致的进口纹皮钱包走进客厅，向汪嫂吩咐说："汪嫂，隔会儿舅少爷来了，或是打电话来，你马上到高家来叫我。"

"太太，是。"汪嫂回答说。

汪嫂眨了眨眼，露出狡黠的目光，故意问："太太，朱先生回来，要不要叫你?"

杨宝瑜与朱佳富在感情上的裂痕，从不愿让人知道，在人前都是极力表示亲热。但机灵异常、由于好奇心爱刺探主人秘密的汪嫂早有觉察，猜出朱太太关心杨宝生胜过朱佳富，夫妇俩不很亲热。

杨宝瑜很不喜欢汪嫂那狡黠的目光，但不便说什么，回答说："当然也去叫我——但朱先生上午不会到重庆，涪陵来的客船下午才到哩!"

汪嫂没再说什么，目送着杨宝瑜离开了客厅……

杨宝瑜走出家门，穿过一条砖铺的小路，便到了高家的住房。刚走上高家的台阶，高太太便笑盈盈地从大门口迎住她。

高太太亲昵地拉住杨宝瑜的手："朱太太，今天他们都到较场口开会去了，难得这样清静，我们好好搓八圈!"

高伦是政治协商会议的代表，这段时间天天都有不少客人来这里打听会议的情况，客厅里常常坐满人，谈笑风生，十分热闹。高太太的牌局只好改在高伦书房里进行。

杨宝瑜很有礼貌地向高太太问过好后，便与高太太肩并肩走进大门。经过客厅时，果见客厅内空荡荡的。

高太太边走边说："抗战胜利啦，该过几天安生日子，但你高伯偏不晓得保养身体。前几天开政协会议，沧白纪念堂天天有特务寻衅闹事，连郭沫若、李公朴都挨了石头，虽没打伤，也怪紧张的。我天天为他担惊受怕，可他还若无其事，乐哈哈的，你看急不急人？政协会议总算胜利结束，连气都没喘一下，又要开啥庆祝大会。昨晚有人来放信，说今天开会又有特务要捣乱，他们偏不怕。唉，你高伯像盼啥喜事一样，昨晚一夜没睡安稳，天亮便迫不及待地走了。今天该不会……算呐，不谈这些，老头子硬是把我的话听不进去。管他咧，我们打我们的牌。”

对于目前的时局，杨宝瑜晓得一些，朱佳富不愿与她多谈政治上的事，她都是从杨宝生口中晓得的。

杨宝瑜听高太太说有人放信，今天开会有特务捣乱，不觉暗自忧心忡忡，担心杨宝生会不会遇到意外！

她并没将自己心中的担忧说出来，反而含笑安慰高太太说：“高伯母，您放心，像高伯这样有声望的国民党元老，这些特务哪敢动他一根毫毛！”

高太太已撩开蜀锦门帘：“朱太太，请进！”

杨宝瑜总记挂着杨宝生，对于朱佳富今天回重庆，心中反而淡漠。她担心杨宝生的安全，打牌的兴致十分低落。

除了高太太外，其他两个牌角，杨宝瑜都是熟识的，是高太太的内亲。她们相互客气几句，便坐下搬庄……

二

“政治协商会议”经历二十三天的反复斗争，终于就政府组织、施政纲领、军事问题、国民大会、宪法草案等五个问题，达成了协议，于二月一日闭幕。

由“政治协商会议陪都各界协进会”等十九个团体发起举行的“庆祝政协成功大会”，很快便得到各方人士的响应。

经过一番筹备，祝捷大会决定在二月十日上午九时半，在较场口广场举行。

这天全市欢腾，许多商店门口张灯结彩，像办喜事一样。山城民众，人心振奋，挂着微笑争谈国共两党又将合作，共建中华。他们认为内战可以避免，大家可以过几天安生日子啰！

远在一二百里外的学生，许多住在乡下的教授、学者和知名人士，提前一天就到了城内，借住在大城内的学校里。

今天高伦不听高太太的劝阻，坐着家用的黄包车到较场口时，不到八点钟，离正式开会还有一个半小时。

民众比高伦还到得早，较场口已坐满了黑压压的人群，连通向广场去的几条街道也十分拥挤，远远就可以听见学生们唱歌的声音，气氛异常热烈。

高伦坐的黄包车通过和平隧道后，便不能再前进了。交通警察只许执有特别通行证的吉普车、小轿车、摩托卡通行，由宪兵为它们开路，可以往前再驶行一段，到临近较场口的背街处停靠。

高伦只好下了黄包车，叫车夫将黄包车停在莲花池附近等他，自己杵着手杖，步行到较场口广场。

高伦见参加庆祝大会的工人也来了不少，其中海员队伍最整齐，个个穿着民成公司的芝麻布制服，秩序井然，席地而坐。

高伦经过海员队伍时，许多认识他的海员向他招手问候："高老好！"

高伦点头微笑，挥手作答。

戴着红袖章维持秩序的几个人中，高伦认识其中的张阿德和杨佑成——他俩都是原涪陵公司的船员，高伦站住与他俩攀谈几句，然后才离开。

最令高伦满意的是海员乐队，陆祖福从加拿大经美回国时，买回了全套铜管乐器：大号、小号锃锃亮；大鼓、小鼓的铜圈闪晶晶。队员穿着一色麦尔登呢制服，帽徽、肩章、袖章都是金线绣的。今天大会特地请他们来为典礼奏乐。队员个个显得年轻、英俊。

高伦不免站住将乐队多看了几眼，脸上显出自豪的微笑。

主席台是临时用木料和南竹搭成的，除正面以外，都用白色幕布围住。

高伦见大会请来维持秩序的宪警往来巡逻，十分认真；一些在人群中穿梭兜售食品的小贩高声叫卖；个个脸上都很轻松，现出笑容，气氛显得很正常。他暗想，有人报信说今天大会有人捣乱，恐怕不实，顶多是有人故意制造紧张气氛，想恫吓参加大会的人。他不由得松口气，感到放心。

主席台四周留出一段空旷的地方，不晓得是留给哪个单位的，十多个警察守住不让人走进。高伦虽感奇怪，但并没十分在意。

主席台前一个年轻的画家架起画板，准备描绘今天动人的场面。那个画家远远向高伦招呼："高老，您好早！"

高伦见这个画家是杨宝瑜的弟弟杨宝生，主动上前与他握了握手，还闲谈了几句，然后他才拄着手杖，踏着咯吱咯吱响的便梯，走上了主席台。高伦还站在台边上，向四周扫视了一遍，只见无数的旗帜和攒动的人头像海洋一般。离开会还有一个多小时，参加会议的便有这么多的人到场，今天的大会一定会开得十分热烈。他笑眯眯地异常高兴。

大会工作人员已迎上招呼："高先生，您好早！"随即将大会主席团标记递给他。高伦接过标记，立刻别在左胸前。

"高先生，时间还早，请到后台休息！"大会工作人员含笑说。

高伦点了点头，又回头向主席台四周观察了片刻，见一切正常，才往后台走去。

大会总指挥李公朴听到声音，已从后台迎着他："高先生，请到后台休息！"

高伦与李公朴在这段时间里是常见面的，站着寒暄了几句，并肩走进了后台。

后台已坐着十多个人，高伦认识其中的陆祖福、章乃器、马寅初等，他们站起身客气了几句，重新坐下。

李公朴将高伦感到陌生的几个人，一一作了介绍，都是一些知名人士，彼此说了几句久仰之类的客气话。

李公朴事务比较忙，安顿好高伦后，匆匆到前台去了。

陆祖福从国外回来不久，穿着崭新的西装，做工精致考究，质地高级——自从抗战胜利以后，他经常与外国人打交道，早不穿芝麻布制服。他含笑说："高老，你真是老当益壮，白发皓眉仍精神矍铄，神采不减当年。现在离开会还早，为啥不在家多休息一会儿！"

高伦指了指马寅初："看，马老早到了，我已落后！"

马寅初含笑说："人老了，比年轻时更喜欢热闹，更怕寂寞啊！"

马寅初是有名的经济学家，人品、学问都为人们所景仰。尤其是他在抗日中公开抨击过四大家族发国难财，主张将他们的财产充公作抗日经费，由此惹恼了蒋介石，曾被送进军统的集中营关押过。马老毫不气馁，至今仍然热心参加各种社会活动，常在公共集会上露面。他与陆祖福、高伦等人都是老朋友，还曾考察过民成公司，极力称赞陆祖福是难得的实业家，故此他们的私交很深。

高伦看了看，见参加会议的政协代表只有他一人提前来了。他说："时间真的还早，同意参加今天庆祝大会的政协代表有周恩来、李烛尘、沈钧儒、罗隆基……他们还没来呢！"

章乃器耳尖，听到前台说话的声音，先站起身说："听，郭沫若的声音，他来了!”

大家顿时静下来，果真听见郭沫若在与李公朴说话。

李公朴连声说:“郭先生，于女士，请先到后台休息一会儿。”

李公朴领着郭沫若进后台来了。大家一看，郭沫若身后还跟着郭夫人；一个年轻的保姆抱着一个小孩……一家六人都来了。

大家起身客气了几句，各自又坐下。

“郭先生，你好!”陆祖福与郭沫若私交很深，他们已多时不见，故此陆祖福特地笑眯眯地向他问候。

“陆先生，听说你出国去了，何时回来的?”郭沫若回问说。

不等陆祖福答话，郭沫若看见马寅初在座，就转向马寅初问候:“马老，你好!”

马寅初含笑点了点头:“郭先生好!”

李公朴捻着胡须说:“今天郭先生合家赶来参加会议，真正难得!”

郭沫若用手托了托鼻梁上的眼镜架，说:“争民主，反内战，共建中华，是不分老弱妇孺的，人人有责嘛!”

章乃器最喜欢开玩笑，耐不住在一旁打趣说:“郭先生说了一半，还有一半没说出!”

李公朴催问:“章先生，快说，还有哪一半?”

章乃器指了指于立群:“郭先生离不开小妹妹，小妹妹也离不开郭先生!”

大家忍不住一齐笑了。

郭沫若微笑不语，瞥了一眼身边的夫人于立群。

于立群脸上飞起了红云，一对明亮的大眼睛望着章乃器说:“章先生真爱说笑话!”随即她腼腆地低下头，望着自己的鞋尖，紧紧偎着郭沫若。

郭沫若却很大方，态度从容倜傥，一手搂着于立群的细腰，一手握住她的纤手，选个空位坐下。

于立群不再羞涩，安排保姆等人就近坐下。

突然从主席台四周传来一阵杂乱的脚步声，人声鼎沸。

一会儿，听到前台传来争吵的声音，有个沙喉咙在高声嚷叫:“吔，未必我们不是民众团体代表；快把主席团标记发给我们，废话少说!”

章乃器立刻分辨出这是谁的声音，陡地改变了颜色:“一定又是那个市农会的刘野樵来寻衅闹事!”

李公朴露出警惕的表情:“我出去看看!”李公朴出去后,听他在向沙喉咙解释……

高伦吃了一惊,警觉地问:“谁,刘野樵是谁?”

章乃器冷笑一声:“哼,这个刘野樵是市农会的理事,袍哥大爷,昨天跑到我家吵闹,说他代表市农会、市教育会等八团体,声称要参加庆祝大会,并强行要当大会主席团主席。因为他们以前拒不参加筹备会,现在又来无理取闹,我义正词严地驳斥了他们,这个刘野樵自知理亏,灰溜溜地走了。想不到他们……”

前台传来杂沓的脚步声,许多人在争吵,显出一片混乱的样子,章乃器立刻闭住嘴。

是李公朴的声音,嗓子很高,气急而愤慨:“你们要干什么?哪来的军乐队?下去,下去!……”

高伦首先站起身来:“看来这个刘野樵存心捣乱!诸公暂息,待我出去协助李公朴先生应付一下!”他急忙走到前台去了。

马寅初取过他身边的手杖,往地板上杵得咚咚响,气得吹胡子:“这些流氓、特务,什么事都可以干出,成何体统!”

高伦走到前台不觉一惊:前台上挤满了人,居然冒出一个军乐队站在台侧。李公朴被一群流里流气的人围住,几个工作人员和新闻记者在劝解和护卫着李公朴,乱成一团。

主席台四周留出的空旷地方,这时已站满了一群歪戴帽子斜穿衣的人。他们吹着口哨,尖声怪叫起哄。维持秩序的宪警这时不知躲到哪里去了。

那个沙喉咙的刘野樵,抓住李公朴的前襟:“老子今天要当主席,你给我爬开点!”

李公朴气得面色青黑,不住说:“岂有此理!真正岂有此理!……”

这时,台下刘野樵带来的人在高声哄闹:“我们公推刘野樵担任大会总主席!”

“开会,开会!”“军乐队奏乐!”

台侧的军乐队居然七零八落吹奏起来……

刘野樵撇开李公朴,几步抢到麦克风前,大声宣布:“承蒙诸位公推我为总主席,现在我宣布……”

高伦奋不顾身跨前几步,想推开刘野樵:“总主席是李德全,你怎敢……”

高伦还没靠近刘野樵，一个蓄牛角胡子的人上前揪住高伦往台侧拉；高伦挣扎着，但毕竟气力不支，仍被他拉到台侧才松开手。

高伦仍想扑上前，阻止刘野樵在麦克风前叫嚷。

那个蓄牛角胡子的人便是窍角沱的袍哥路大爷。他是石牛场的人，在罗天成手下当过老幺，当然认识高伦。他拦住高伦的进路，双手叉腰说："高先生，我看在罗天成大爷的面上，不想让你伤筋损骨，但你要落教点，赶快走开吧！不然，休怪我不讲义气。"

高伦推开他上前，气呼呼地说："刘野樵，这次会议蒋先生也表赞同，你怎敢……"

路大爷马上变了脸："吔，你敬酒不饮要饮罚酒，兄弟伙，将高先生请下台去！"

立刻上来两名老幺，不问青红皂白，将高伦挟持着拉下台去了……

参加大会的学生和工人，因为离主席台较远，开初不晓得发生了啥事，后来知道了情况，顿时骚动起来，奋力想奔向主席台来救护。

原先维持秩序的宪警不晓得从哪里钻了出来，结成了一道人墙，不许学生和工人靠前，先是争吵，后来便相互扭打起来……

在后台休息的诸公，早坐立不安，越听越不对。

郭沫若站起身，向身边的于立群关照了几句，急速走到前台。

在混乱中，一个工作人员已从刘野樵手中抢过麦克风，大声说："请大会总指挥李公朴讲话！"

几个人护卫着李公朴，推开刘野樵的人，挤到麦克风前。

李公朴正准备对着麦克风讲话，刘野樵在一旁怪叫："兄弟伙，给我打他娘的，哥子以后有赏！"

刘野樵本身就是中统特务，他手下的兄弟伙许多也是特务，立刻从身上掏出铁尺之类的凶器，大打出手。

路大爷特别卖力，他扑上前，一把揪住李公朴的胡须，使力往旁边拉。

李公朴忍痛挣扎着，不肯离开麦克风，大声斥责："你们这群暴徒，哪里还有半点民主……"

路大爷将李公朴的胡须扯了下来，因为用力过猛，自己差点跌倒。

李公朴下颌顿时渗出血珠，不住往下淌。

郭沫若开始大声呼叫："不许打人，有话慢慢说！"但谁也不理他。

他见李公朴的胡须被扯掉，忙跨上前想护住李公朴。但他是斯文人，哪能上前！

路大爷将手中扯下来的胡须往旁边一甩，见李公朴仍在大声怒斥，于是凶相毕露地说：“李公朴，你硬要跟着共产党闹民主，看老子的脚头硬不硬！”他猛地一脚，踢在李公朴的臀部上。

李公朴站立不稳，往前一扑，栽下主席台去了。

台下的一群暴徒见李公朴从台上栽下来，立刻如狼似虎地围上去……

郭沫若一步跳下去，愤怒地大吼一声：“不许打人，住手！”

李公朴挣扎着从地上站起，他头上已挨了一铁尺，鲜血如注，顺着脸颊往下滴。

围住李公朴的那群特务蓦地听到郭沫若一声吼，弄不清他是谁，暂时收住手脚，呆呆望着他。

一个认识郭沫若的特务窜过来：“吔，郭沫若，别人怕你，我不怕你。你要代替李公朴挨打也可以！”说完，他一掌往郭沫若面部打去。郭沫若头一偏，没被打着，鼻梁上的眼镜却被打飞了……

高伦被挟持着走下主席台，因为他用力挣扎，闪了腰。他听到郭沫若和李公朴的声音，忙捂住腰，挤进人群想救他俩……

杨宝生的画架早被一群人踩得稀烂，他与他们理论，背上挨了两砣。他蓦地看见刚赶来参加大会的沈钧儒被一群暴徒围住，拉扯起来，顿时忘了自身的安危，大声喊：“他是沈钧儒，你们不能动手打他……”他话音还没落，头上便挨了一铁尺，眼前顿时天旋地转，跌倒在地上，失去了知觉……

愤怒的学生和工人们，终于冲破了国民党宪警的防线，像狂涛般卷了过来：“狗特务，看打！”

“抓住他，抓住他，不要将这个暴徒放走！”

到处响着工人和学生的怒吼声，相互搏斗着，扭打着，怒骂着……

刘野樵带来的流氓和特务渐渐不支，纷纷败退，哎哟声，惊叫声，个个脸上露出惶恐的神情，不到片刻便抱头鼠窜，逃跑得无影无踪。

一群海员向高伦这里跑过来。高伦认识领头的是张阿德，忙喊住：“来，快将李公朴先生护送到医院去！”

张阿德手上拿着一块砖头当武器，刚才与流氓和特务搏斗，他头部也受了伤，殷红的鲜血涔涔地往下淌。他仿佛不晓得自己受了伤，吩咐两个海员轮流背着李公朴，自己亲自带几个人护送，急匆匆走了。

一群认识郭沫若和高伦的学生拥了过来，七嘴八舌地问：“郭先生，高先生，你俩受伤没有？”

郭沫若眯缝着眼，弯腰在地上摸索：“哎呀，我的眼镜，眼镜……”

几个学生帮助他寻找，附近找遍了，始终没见眼镜的影子。

高伦毕竟有点军人的风度，毫不犹豫地说：“我不要紧。你们快将郭先生护送走，这里仍不安全！”

郭沫若幸好没受伤，但失掉了眼镜看不清路，只好让两个学生扶持着他，刚走了两步，这时才记起于立群他们：“慢点，扶我去主席台，看我的太太和孩子还在不在那里！”

两个学生只好扶住他，护卫着往主席台走去。没走好远，于立群带着保姆、孩子正在寻找他。迎面碰见，于立群惊喜地叫了一声：“郭先生，你……”她奔上前，拉住郭沫若双手，哽咽起来。

郭沫若听到于立群在哽咽，吃了一惊：“你……你们挨打没有？孩子好吗？”

于立群没回答，反而失声哭泣起来。

郭沫若看不清于立群身后的保姆和孩子，错会了她的意思：“说呀，难道你们也挨了打？”

于立群这才止住哭泣说：“不，我们都很好。”

郭沫若如释重负般吁了口气：“唉，那……你哭什么！”

于立群眼角又滚出了几颗晶莹的泪珠：“看你被他们弄成这样，叫我……”

郭沫若安慰她说：“不要哭，我不是还好吗，只是丢掉了眼镜，十分不便。”

于立群眼角挂着泪珠，忍不住抿嘴笑了……

高伦见郭沫若一家被护送走了，他扭伤了的腰虽然疼痛；但记挂着马寅初、陆祖福、章乃器、沈钧儒等人的安全，捂住腰说：“走，我们到主席台去查看一下！”

高伦被一群海员、学生簇拥着走上了主席台，台上空荡荡的，桌椅等物东倒西歪，狼藉一片。

高伦走下主席台，见杨宝生满脸血迹模糊，倒在地上不省人事，忙俯下身查看，见他还有呼吸，连忙叫道：“快，将他尽快送到医院急救！”

杨宝生顿时被人抬着走了。

高伦焦急万状，问：“马老……他们呢？”

这时，高伦身边一个学生兴奋地指着前方：“高老，看，周恩来先生来了！”

高伦不觉惊喜地问：“周先生在哪儿？”

刚说完，他也看见周恩来跨着大步急匆匆地迎面走来。

高伦迎上几步，关心地说："周先生，这里的局面如此混乱，你怎么来了？安全要紧，你快快离开吧！"

这时，较场口广场上确实十分混乱，无数人在呼叫，奔跑，嘈杂的人声和杂沓的脚步声乱成一片。

周恩来在高伦的面前站住，举目四顾，面色沉郁而严峻："高先生，我正在开会，听到这里出了这么大的事情。许多朋友的安全，令我担忧挂心，怎能不赶来呢！"

周恩来只带了两名随从，站在他身后护卫。一群学生自动上前团团围住，将他护卫在中心，并向他控诉着刚才特务和流氓们的暴行，有的人说得声泪俱下。

周恩来见高伦捂住腰不断皱眉，惊问说："高先生，你受了伤？"

高伦苦笑说："不要紧，腰扭伤了。"

周恩来立刻向身边的副官说："用我的汽车，马上将高先生送走！"高伦不想走，拗不过周恩来的情意，由副官用车将他送走了。

周恩来带着人将主席台附近一带查看了一遍，遇见十多个受伤不能走动的伤员，立刻派人将他们护送到较场口附近金汤街市民医院救治。会场地上留下一摊摊血迹。

周恩来目睹较场口广场特务们的暴行，牵挂着沈钧儒、李公朴诸公的安全，心情格外沉痛。他摸着浓黑的剑眉，不胜悲愤地说："蒋先生哪有丝毫和平的诚意！政协会议达成的协议墨迹未干，他们便如此公开践踏民主，纵容流氓和特务在光天化日之下制造如此骇人听闻的惨案！"他的声音越来越激昂，"这是什么社会公仆！这是什么国家！"

三

杨宝瑜陪高太太打麻将牌，说不清为啥，她总有些心神不宁，记挂着在较场口开会的杨宝生。

这些年来，在她空虚的心灵中，上帝和杨宝生所占的分量比朱佳富重。上帝毕竟远在缥缈的苍穹，看不见，摸不着。她是尘世中的血肉之躯，需要在现实中寄托她的精神，消耗她潜在的热情。杨宝生虽然是她的异母弟弟，但这个年龄比她小得多的弟弟，从小便小鸟依人般在她身边亲昵，姊弟之爱中多少还混合着一种类似母爱的成分在内。她对朱佳富越失望，倾注在杨宝生身上的热情便更炽烈。每当杨宝生英俊的面庞在她面前出现，她明亮的眼睛顿时闪烁着火一样的光芒，掩饰不住她心里的喜悦。

杨宝瑜眼见杨宝生长大成人，成为很有才华的画家，听到人们称赞他，她就会感到莫名地快乐和满足。

每当杨宝生事忙，几天没来看她，她便会坐卧不宁，心神不定，担心杨宝生会遇到意外或生病。这时，她就会去美专看他，亲眼见杨宝生好好的，才舒一口气，眼里闪着泪光，暗自祷告："啊，我的上帝，请你永远赐福于他，我愿为他承受一切痛苦和不幸！"

但是近来杨宝生却很少来看她，不知道他整天忙什么！每当她问他，他总闪烁其词，说话吞吞吐吐。

杨宝瑜十分清高，她不愿听朱佳富谈公司、谈轮船、谈财富，听得实在腻了。朱佳富可摸透了她的心意，难得与她谈这些。而杨宝瑜却希望杨宝生仍然像以前那样，毫无保留地向她敞开心灵。她想知道杨宝生的生活，想知道他的欢乐和痛苦。但杨宝生近来变了，除了仍对她表现出敬爱之外，蓦地将他的心扉向她关闭上，对她不厌其烦的询问，显得心不在焉，甚至露出不耐烦的神气。

杨宝生这种陡然的改变，令杨宝瑜感到惊讶，也感到怅惘。

杨宝瑜暗暗猜测过："他已长大成人，我仍把他当作孩子。丘比特的箭大概射中了他的心，也许他在谈恋爱了。"

这种猜测使杨宝瑜感到惊喜："啊，上帝！他应该谈恋爱，我也该有一个弟媳呐！"

杨宝瑜以为她猜准了。她询问过杨宝生，见杨宝生脸红不语，更以为猜对了。

杨宝瑜惊喜地说："啊，你真在恋爱，愿上帝赐福于你！"

杨宝生面红筋涨，矢口否认，令杨宝瑜感到意外。她说："阿弟，你不该瞒我，我爱你胜过爱我的生命。我只有为你祝福，为你高兴！"

阿姊对他的爱，杨宝生是深信不疑的。从童年时起，他就十分爱他的阿姊，姊弟的深情一直心心相印。

杨宝生急了："阿姊，上帝可以为证，凭耶和华的名义我可以起誓……"

杨宝瑜伸出纤手捂住杨宝生的嘴："阿弟，不用起誓，阿姊相信你。你已到恋爱的年龄，但愿基督帮助你，能找到一个美丽贤惠的姑娘，白头偕老！”

杨宝瑜想给他物色对象，但杨宝生总是摇摇头：“阿姊，我感谢你的盛情，我还很年轻，有许多事情要集中精力去做，一个艺术家，还有社会的责任……”

杨宝生对政治如此热心，令她不解。她不便强求他，从此再没提这事……

杨宝瑜一心记挂杨宝生，忘了摸牌。牌桌边三对眼睛都惊诧地望着她；而杨宝瑜神思恍惚，对面前的一切仿佛视而不见。

高太太只好碰了一下杨宝瑜的手背，催促说：“朱太太，该你摸牌！”

杨宝瑜一惊，仍木然地凝视着高太太，好像不明白高太太的话。

高太太见状，不觉好笑：“佳富才离开重庆几天，你便失魂落魄，如此思念，真是伉俪情深呐！”

杨宝瑜脸一红，仍不明白高太太为啥突然这样取笑。

高太太忍住笑，又碰了一下杨宝瑜的手背，说：“朱太太，该你摸牌，为啥想得出神！”

“哦！”杨宝瑜这才猛醒过来，脸更红了。

她慌乱地摸了一块牌，连看也没看清立刻打出。

“碰！”高太太兴高采烈地大叫了一声，“和呐，满贯！”

杨宝瑜今天当然输得最多，高太太独家赢了，其他两个牌角陪着输，不时投向她一种不满的目光，杨宝瑜却毫不觉察。

四圈牌打完，按理还有四圈；重新搬庄时，汪嫂急匆匆跑来报信：“太太，医院来电话，较场口出事了，舅少爷受了重伤……”

杨宝瑜头脑里“轰”的一声响，她担心的事真成了现实。她不待汪嫂说完，脸色蓦地变得苍白，像立不稳似的扶住汪嫂才站了起来。

她极力克制自己，没忘向高太太她们说了一声：“我去看看，失陪了。”

高太太听说较场口出了事，杨宝生受了重伤，那老头子……她没挽留杨宝瑜，也担心高伦的安全，她十分焦急不安，想派人去打探消息。

杨宝瑜走出高家大门，泪水已从眼里涌出，忍不住悲切地叫了一声：“阿弟！……”她“哇”地哭出声来。

高太太派去打探消息的人还没走，高伦的黄包车夫跑得气喘吁吁地回来了。

高太太看见老魏神色慌张，迫不及待地问：“高先生呢？”她的脸色也变了。

老魏不等气歇定：“高太太，不好了，较场口出事啰，听说郭沫若和李公朴都挨了打，到处扯起了地皮风[1]乱成一锅粥！”

他咽下一口唾沫，喘了口气，接着又说：“街上人心惶惶，有人说……有人说，凡是跟着共产党反对国民党的人都跑不脱，像那年在打枪坝一样，要开红山[2]啰！还说连周恩来也跑不脱……”

“哎！”高太太惊惶不安地说，“老魏，高先生呢？你嘞个一个人跑回来了！”

老魏苦着脸说：“高先生叫我把黄包车停在莲花池附近等他，街上扯起了地皮风，人乱跑，我费了九牛二虎之力才挤到较场口，广场已空荡荡的，连人影也没见一个，地上东一摊、西一摊的血迹……找不到高先生，我只好拉着空车回来了。”

高太太毕竟见过大世面，她想了想，立刻吩咐说：“老魏，你快去较场口附近打探消息，找到高先生的下落，就打个电话回来！”

老魏从肩上取下葛巾揩了一把汗，连茶也没喝一口，就急匆匆走了。

高太太想给中共代表办事处打个电话，问一下情况，拨了几次，电话总是拨不通；蓦地望见老魏又返回来了，她放下电话惊讶地问：“你嘞个又回来啦？”

老魏兴冲冲地说：“我走到门口，碰见高先生回来了，是中共代表办事处的汽车送回的。”

“人呢？……”高太太已看见高伦捂着腰，慢吞吞地进来了，忙迎上前扶住，“哎呀，老头子，你也挨了打，伤势不轻吧？”高伦在沙发上坐下，摇了摇头：“不要紧，不过扭了腰。”

“哟，扭伤了腰还说不要紧，不要忘了你已经不是小伙！逞啥能啰。”高太太抱怨说，“待我看看！”

高伦推开高太太的手，蓦地站起身，气昂昂地说：“我马上去见蒋先生，当面质问他……”

高太太吃了一惊，一把拉住他：“老头子，你去不得，怎能往虎口里送！”

高伦不理会高太太的劝阻，挣脱手：“老魏，拉车，去曾家岩蒋先生官邸！”

高太太深知高伦的脾气，知道劝阻不住，让他去又不放心，于是说：“我也去，陪你！”

高伦皱了皱眉：“太太，只有一辆黄包车，你别去……”

1 四川话，流言，谣传。

2 指王陵基制造的“三三一”惨案。红山，是杀人流血的意思。

高太太不满地说："老头子，我与你并肩坐一辆车，也丑不了你！"

"唉，太太说这干啥！"高伦见高太太气鼓鼓的样子，低声柔气地说，"曾家岩坡陡，老魏拉两个人，啷个拉得动嘛！"

高太太一撇嘴："我打电话叫公司派车来！"

高伦怕高太太缠住他不放，边说边走："太太！我快去快回！"高太太只好叹口气，让高伦走了。

高伦走后不久，许多关心较场口事件真相的朋友一齐赶来了，把高公馆不大的客厅挤得满满的。

高太太一个人应酬，忙碌异常，刚才陪同打牌的两个内亲也留下帮助高太太招待客人。

客厅里闹哄哄的。他们彼此打探情况，传说各种消息。一提到国共两党合作的前景，政治协商会议的协议能否实现，大家都唉声叹气，个个脸上都像今天的天气一样，罩上了一层阴霾，显出心情沉重的神态……

高伦很快便回来了。大家不约而同地站起来，迎上前围住询问："高先生，见着蒋先生没有？"

"高老，蒋先生的态度如何？"

高伦板着面孔一语不发，由高太太扶着他坐下。

高伦向大家扫视了一遍，愤激地说："侍从室的人说，蒋先生已去南京。我要求会见陈布雷，也没见着。他们今天竟敢在光天化日之下大打出手，并且打的都是素孚众望的社会名流、学者，实属空前罕见。不讲信义，成何领袖?！成何国家?！哎哟……"高伦越说越激动、愤慨，忘了腰疼，身子一扭动，蓦地一阵钻心的刺疼，不觉捂住腰，苦着脸呻吟了一声。

四

杨宝生被人抬进医院后，处于昏迷状态，他的头部被铁尺击伤，缠满了纱布，血污渗透纱布，显出紫黑色的血斑。

经过抢救，他苏醒过来，要护士打电话到公馆；接着又昏迷过去。由于失血过多，他的脸色十分苍白。

杨宝生在昏迷中，觉得眼前浮动着团团的黑云，自己的身体轻飘飘的，一会儿上升……一会儿下沉，脚下是滔滔的沧海，他像铅锤般掉进大海里，高山般的浪涛迎面扑来。他觉得窒息难受，时而被抛到浪尖，时而被甩下浪谷……他觉得自己快被淹死，挣扎着，拼命地挣扎着，一种临死前的恐怖感，使他竭力想呼喊，喉咙却像被棉絮堵住，怎么也喊不出来，变成了一阵喃喃的低语，时断时续："阿姊……救救我……阿姊……救救我……"

杨宝生仿佛听见了杨宝瑜轻柔深情的声音："阿弟，我在这里……阿弟……"这声音忽远忽近，像游丝般消失了。

杨宝生在模糊中感到一只柔软的手在轻轻地抚摸他的头额，抚摸他的眼睑，抚摸着他的面颊……

仿佛这已是许多年前的事，只有他的阿姊时常这样抚爱他，他觉得十分舒适，立刻安静下来……

杨宝瑜赶到医院，看见病床上躺着昏迷不醒的杨宝生，一阵难过心酸，她几乎晕了过去，颤抖的嘴唇不住翕动，反复说："上帝，我的上帝，请你救救他吧!"她哆嗦的嘴唇顿时失去了樱桃般的红润。

杨宝瑜抚摸着他，心灵在痛苦地呻吟。见他一张面孔呈现出死灰色，毫无光泽，她忍不住伏在杨宝生的身上啜泣起来。她的泪水滴在杨宝生的面颊上，含着哭音呼唤："阿弟，我的阿弟，睁开眼看看我，看看我呀!"

杨宝生仍紧闭双目，对她的呼唤毫无反应。

她绝望地继续呼唤："啊，阿弟，阿姊绝不能失掉你！……"她蓦地疯狂般大声叫喊："医生，医生，快救救他，救救他呀!"

医院里，连走廊也住满了受伤的人，医生和护士十分忙碌，听见杨宝瑜的叫喊，一个年轻的医生走过来，用听筒听了杨宝生的胸部，安慰她说："太太，你不用着急，他不过失血过多，一会儿自会苏醒过来，没有生命危险!"

杨宝瑜安静了一些，她伸出一只手臂，将丝绸的衣袖绾上去，露出晶莹洁白的臂肘，用祈求的声音说："医生，快将我的血抽出，给他输血呀!"

医生向她解释说："太太，没有验血型，怎好随便输血。他的心脏跳动得很正常，很快会苏醒的。"

杨宝瑜见杨宝生的嘴唇在微微翕动，眼睑开始眨闪，仿佛有了生气。她继续呼唤："阿弟，你睁开眼，阿姊在这里……"

杨宝生发出一声低微的呻吟，眼睛缓缓地睁开了。

杨宝瑜惊喜地叫道："啊，上帝，他终于苏醒过来了。"她抓住他的手，目不转睛地注视着他。

杨宝生无神的目光慢慢亮起来，他虚弱地喊了一声："阿姊！"又乏力地将眼睛闭上。

"啊，阿弟，你心里好受吗？"杨宝瑜关切地问。

杨宝生挪动了一下身体，眼又睁开了，脸上有了点血色："阿姊……"他想挣扎着坐起来。

"别动，别动，听阿姊的话！"杨宝瑜说。

杨宝生果真顺从地安稳躺着，望着杨宝瑜，他嘴角露出了一丝笑意，随即便闭上眼疲乏地睡去。

杨宝瑜见杨宝生的面色越来越红润，呼吸也很均匀，不觉松口气："主啊，感谢你！……"

她这时才打量着病房，见狭窄的病房中住着十多个伤员，汗气混合着药味，仿佛还有一股血腥气。她蹙了蹙眉。

汪嫂匆匆地寻来了："太太，朱先生回来了，他……"

杨宝瑜回头向汪嫂"嘘"了一声，示意她小声些，不要惊动宝生。她眉尖又一蹙："朱先生为啥不来看看宝生？"

汪嫂眉开眼笑地讨好说："朱先生来了！你看……"杨宝瑜果然看见朱佳富迈着方步走进病房来了。

朱佳富看见了杨宝瑜，立刻加快脚步奔过来，显得十分关切："宝生弟怎么样哪？"

杨宝瑜眼里闪着泪光，没有回答。

朱佳富环顾了一下四周，望着杨宝瑜说："宝生弟不能在这样的平民医院里医治，我们马上把他送到仁济医院去！"

朱佳富这个主意正说到杨宝瑜心坎上。她不禁露出了笑容，深情的目光默默望着朱佳富。

朱佳富已难得见到杨宝瑜如此深情的目光，他欣喜地暗想：看来这次马屁拍对了！

第三章

一

横跨在石牛河上的龙济桥，像一座长长的走廊搁在几个石桥墩上。碧蓝的河水缓缓从桥下流过，潺潺的水声像催眠的儿歌。在桥上歇息的过路人，喜欢扶在年久失修的栏杆上吹风，凝视着河底鹅卵石上泛着鳞光的鱼儿出神。

桥廊顶上盖着青瓦，由于年代久远，瓦沟缝隙里，长满了宝塔草，在微风中颤抖。

凭栏向远处眺望，靠近岸边隔一定距离就有一处像巨轮般的水车被急流冲击转动着，发出吱嘎而有节奏的低吟；水车上盛水筒里舀起的河水从高空倾泻下来，反射出五彩缤纷的阳光，注入汇水槽内，流进稻田里。重峦叠翠的远山连亘绵延，起伏不断，极目望去，也望不到尽头。

青山脚下，沿石牛河两岸都是稻田，绿茸茸的秧苗长势很好。今年风调雨顺，眼看抗日战争胜利后有一个丰收的年成，在稻田薅秧的农夫唱着悠扬高亢的山歌，此起彼伏，一片欢乐的景象，个个脸上挂着笑容。

离龙济桥的下方几百米处，用乱石砌了一道不甚牢固的拦河堰，被拦阻的河水流向右岸，碾房内的石碾靠水力冲动碾米。

这碾房是一座石砌的矮屋，屋顶盖着厚厚的稻草和麦秸。

碾房里静悄悄的——现在正是青黄不接的月份，有稻谷来碾米的农户很少，正是淡季。

几声咳嗽，碾房粗糙的木门“吱”的一声打开了，走出一个四十多岁的男人来，他便是碾房主人金四。

金四自破落后，将剩下的一点余产卖尽当光，最后生活无着，只得守着这座变卖不出去的碾房维持生活。

亏他戒绝了鸦片烟，能放下架子，不用雇工，亲自来照料这座碾房。幸好他人丁不旺，无儿无女，树倒猢狲散，如今孤身一人，碾房的收入勉强可以糊口，抗战八年那样艰辛的生活，也终于熬过来了。

金四赤脚穿着一双毛耳草鞋，披着一件破旧的白细布汗衣，上面打满了各种颜色的补丁，布纽扣一颗也没扣上，袒露出胸脯，几条肋骨显现在瘦瘦的皮肉下。

他戒了鸦片烟后，脸膛比以前红润，一对眼睛也有了光彩。

金四衔着叶子烟杆，迈着方步，挺胸往前跨了几步——这点架子，目前仍放不下，显得十分可笑。他在闸门前站住了，一只脚踩在闸门上，轻轻咳了一声，一口痰吐进河水里，河面上荡起一圈小小的涟漪。

他吧嗒了几口烟，白铜烟锅里的一撮烟叶已烧成灰烬，再也吸不出烟来，便顺手将烟锅在闸板上磕了磕，磕掉了烟锅里的烟灰。

金四长长叹了口气，抬头望了望偏西的太阳，眼看今天又要空过，至此还没一个主顾上门碾米，他神色十分沮丧。

他没精打采地打了一个哈欠，用指头揩了揩眼眵，又低低地叹了口气。

他望了望龙济桥上的景象，见还有一些人在桥上没散，就扣上了纽扣，将两手抄在身后，迈着方步，矜持地走上河岸，无聊地往龙济桥走去。

因为太阳已经偏西，正是趁凉赶路的好时光，中午在桥上歇凉午睡的挑夫早已走得精光。桥廊上只剩下几个卖小吃的妇女还待在那里，手上纳着鞋底，懒洋洋地注视着稀疏的几个行人，企图卖完摊上的食品再走。

金四漫无目的地走到桥头停住了。他站在一座低矮的土地庙前，无聊地望着一堆正在燃烧的草鞋出神。

这土地庙其实算不了庙，不过是一个神龛。神龛里供着两个泥塑的菩萨：土地公公旁边坐着土地婆婆。菩萨脚边的青石香炉里，插满了还没燃完的信香，袅袅的青烟四散，弥漫在神龛的上空。

神龛前的石槽里好多双草鞋燃烧着，冒出呛人的烟雾——这是走远路的行人路过这里，从他们微薄的收入中省出点钱来买信香和草鞋在土地菩萨前焚化，跪下叩几个响头，求土地公公和婆婆保佑他们路途平安，不发痧屙痢，更打不得摆子，能平安归来。

龙济桥头的土地庙处于官道要津，是由涪陵通往贵州山区的必由之路，香火比别处更显兴旺。抗战中，百业凋敝，商旅几乎断途，这土地庙曾冷落过，香炉和石槽不知去向，土地菩萨也缺脚少手，四周长满了青草。自从抗战胜利以后，山里的土特产，如桐油、猪鬃、松香、五倍子等，均成了出口的畅销货；从重庆经涪陵转口进山的布匹、棉纱、盐巴以及小百货之类的商品，在山区也很紧俏，这条官道上的商旅又渐渐多起来，顿改冷落的景象。这土地庙也时来运转，香炉和石槽被人从河坡上找回来，好事的善男信女凑钱为土地菩萨重塑了金身，头上披满了一条条红纱。他俩笑得合不拢嘴，望着过路的行人显得格外神气。

龙济桥上也热闹起来，附近的农户将盐茶鸡蛋、柿饼、核桃、花生等食品，送到桥上卖给过路人，赚点零钱贴补家用，度过春荒；石牛场上的小贩也赶来设摊，摆满了桥廊两边。木桥板虽然年代久远，已经开始朽烂，被人踩得嘎嘎响，但仍能经受住考验，承受得了这些重量。

一到中午暑气过重，力夫多不愿在石牛场上歇息，宁肯在这桥廊的荫庇下停下担子过午充饥，因为这里河风凉爽，农户自产自销的食品比石牛场上卖的价廉物美，所以像这样不赶场的闲天，反比石牛场热闹。

金四在土地庙前闲站了一会儿，又打了个哈欠，从身上掏出一支金堂卷烟，跨前一步，弯腰凑近红红的香头上点燃，慢慢吸着，走进了桥廊。

桥上卖食品的人大都是金四以前的佃户，金四虽破落到目前的地步，但在身边总留有几支金堂卷烟，好在人前吸用，表示自己仍很阔气。

金四一只手握着叶子烟杆，故意将碧玉烟嘴露在拇指上端，含有炫耀的用意，表示他的身份毕竟不凡。

一乘滑竿搁在桥廊边，坐滑竿的绅士是个胖子，正坐在滑竿边歇息，他把走拢来的金四当成了一般的乡下人，神气十足地斜睨着金四，大声说："喂，今天我要赶夜路进山，要请个零工在轿前提灯笼，你愿去吗?"

金四开初没意识到这个人是叫他，毫不理会地左顾右盼；待这个胖子叫了几次，并有些发火了："喂，那个拿烟杆的瘦子，你耳聋不成！为啥不开腔?"

金四这才晓得是叫他，神态十分尴尬，顿时涨红着脸，望着胖子叫嚷说："人有姓，树有名，你是啥……"他见这胖子气派得很，毕竟感到气馁，将"东西"两字咽了回去，改口气昂昂地说，"你看，我是帮人提灯笼的那号人吗?"

"哦，看你不出，好大的口气!"那个胖子轻蔑地说。

金四张口结舌不晓得怎样对付。一会儿，他解嘲般地"嘿嘿"干笑了两声，向胖子靠近一些，将手中的叶子烟杆递到那个胖子手中："啧啧，让你开开眼界，下力人手中有这样的烟嘴吗?"

那个胖子傲慢地瞟了一眼烟嘴，依然轻蔑地说："这样的料石烟嘴，一角钱可以买两个，有啥稀奇!"

"料石烟嘴？啧啧，连这样名贵的碧玉也认不出，还神气啥!"金四一把夺回烟杆，用衣袖仔细拭了拭碧玉烟嘴，露出不悦的表情，"不是我吹，石牛场还找不出第二只这样的烟嘴!"那个胖子觉得金四的样子十分可笑，不觉端详了他一会儿，心中一动，这人好面熟，不晓得在哪里见过……

金四回身正要走开，那个胖子蓦地一惊，他记起来了："喂，你莫不是金四少爷？"

金四精神陡地一振，急速回过身来，眉开眼笑望着胖子说："你，你认识我？"

那个胖子顿时改变了态度，居然欠起身来表示敬意："哦，真是金四少爷，失敬，失敬！"他挪动了一下身子让出位置来，"请坐！"

金四真是受宠若惊，这些年来许多熟人见他就躲，十分冷淡。这胖子穿着不凡，对他如此亲热尊敬，令他十分兴奋。他装腔作势地咳了一声，尖着几个指头抚平了头上的分发，拍了拍衣衫上的灰尘，然后慢吞吞地坐下，又咳了一声。

"唉，一混就是十年，你简直变了，我差点没认出你来！"那胖子无限感叹地说。

金四凝视了那胖子一会儿，见面貌陌生，实在想不起他是谁。这些年，金四也变圆滑了一些，故意说："先生好面熟，请问贵姓大名？"

"我姓黄，叫黄吉辉。"黄吉辉自我介绍，见金四仍现出迷惘的样子，接着说，"噫，你忘了！你拆金家大院卖砖卖瓦那年，我与你做过一笔大生意，代我亲家买了你不少砖瓦……"

"哦！"金四确实想起来了，他脸上的笑容顿时收敛。他拆金家大院零卖的那年，买他旧砖瓦的人不少，大都已无印象，单单这个黄吉辉给他留下的印象很深。他是大山里的土豪。

金四的脸色一沉，斜睨着他说："原来是黄先生！你比当年发福，浑身长了不少膘……"当年黄吉辉买他的砖瓦，他是吃过大亏的，接着愤愤地说，"当年你给我的砖瓦钱，银洋中掺了不少哑板，我吃亏不小！"

"哪有此事！"黄吉辉仍然笑盈盈地说，"金四少爷，今天故人相逢，我请你去石牛场喝冷靠杯，赏不赏脸？"

悭吝异常的黄吉辉，居然主动提出请金四喝酒，两个轿夫不禁感到诧异，回头望着他俩。

黄吉辉常年住在大山里，对于平坝里的变化不全知情。他明知金四破落，请他喝酒自有他的打算。

金四已多年没见有人请他喝酒，于是忘了再提哑板的事，顿时眉开眼笑地假客气几句："怎好无故叨扰，累你破费！"

这些年，金四剩下一个嘴馋的毛病，身上只要有钱，便会买回一只猪头，打上一斤干酒，管他呢，今朝有酒今朝醉！近来因碾房是淡季，维持三餐粗茶淡饭都成问题，已多时不见酒荤了。他不等黄吉辉再邀，接着说：“我正准备去石牛场，黄先生有酒兴，我可以奉陪。”

黄吉辉认为金四虽然破落，但他家的管事熊世发如今成了石牛场显赫的人物，利用金四可以巴结熊世发，对于巩固自己在大山里的地位是有好处的。他试探说：“你家管家熊世发成了石牛场的大绅粮，一定常照看你！”

提起熊世发，金四立刻露出悻悻的表情，积压在胸中的怨气直冲脑门。他冷冷一笑：“哼，不要提他！熊世发哪里还把我放在眼里，这龟儿子忘恩负义，我们早不来往。”

金四想到人情冷暖，世态炎凉，长长叹了口气：“古话说，三贫三富不到老，我金四才四十多岁，说不定将来……”他没把话讲完，又摇头叹息不止。

黄吉辉已从身上掏出一盒“八百壮士”牌香烟，正想抽出一支递给金四，金四已做好接烟的姿势，但他听完金四的话蓦地改变了主意，既然金四目前与熊世发已断绝来往，再与他周旋已无意义。黄吉辉脸上立刻收敛起笑容，将拿出的一盒香烟又揣回身上，像针锥屁股似的急急站起身，吆喝轿夫说：“走，快赶路，怕进山赶不上幺店子。”

黄吉辉坐上滑竿，两个轿夫抬着，走出龙济桥。金四哪里晓得黄吉辉已变卦，紧跟在滑竿后面，一心想与他去石牛场喝冷靠杯。他跟着到了桥头土地庙前，才想起碾房门还没锁上，于是说：“黄先生，请你稍待片刻，我去锁上碾房门便来。”

黄吉辉这时才知道金四还跟在身后，他偏过头去，冷冷地一拱手：“金先生，改天请你喝酒，今天便不奉陪了！”他不再理金四，大声催促轿夫：“抬快点，莫慢吞吞的。”

金四十分惊愕地望着远去的滑竿，猜不出黄吉辉为啥变卦，惹得他一场空欢喜。

二

金四望不见滑竿影子还呆呆地站在那里发愣。一会儿，他才若有所悟地一顿脚，向地上吐了一口唾沫：“呸，势利鬼！谁稀罕你请我喝酒？想当年……唉，对这种人怎能说实话！”金四十分懊丧地垂下头。

他蓦地自言自语："熊世发呀，你太无情无义……"他嘴唇翕动，从齿缝里吐出模糊不清的语音。

他迁怒到熊世发身上，想起当年熊世发趁火打劫不说，还逼他将唯一剩下的小妾咏莲送到郑大小姐烟馆里当烟堂倌，以致逼得咏莲上了吊，落个人财两空，如今剩下孤身一人……

金四本不愿回想这些令人惆怅和痛苦的往事，今天被黄吉辉撩动，这时却一齐兜上心头。他脸上显出痛楚的表情，长长叹口气，摇头晃脑地吟起李后主词："春花秋月何时了，往事知多少！小楼昨夜又东风，故国不堪回首月明中。雕栏玉砌应犹在，只是朱颜改。问君能有几多愁？恰似一江春水向东流。"

他反复吟咏，右手拿着叶子烟杆轻轻击着左手心："问君能有几多愁？恰似一江……"

金四读过诗书，本可以当个教书匠混混，因咏莲被他逼得上吊死了，弄得乡中人人对他侧目，名声太臭；不说无人延聘他教书，就是自办私塾，也无人送子弟上门。

金四吟诗的声音消失了，蓦地想到自己的破落是朱佳富所造成的，眼里不觉露出恶狠狠的凶光，他恨不得要食朱佳富的肉才能泄愤……

"唉……"金四又是一声长叹，蔫耷耷地往碾房的方向走了几步，便停住了。他实在不愿回碾房去，在低矮的茅房里与耗子做伴。他迟疑了一阵，回过头又踱进桥廊。

桥廊里显得更空荡，几个小贩正叽叽喳喳摆龙门阵，看见走过来的金四，马上便沉寂了。

金四看见一个中年的农妇坐在一张矮竹凳上，面前竹篮里还有十几个盐茶鸡蛋，一把瓦酒壶旁边摆着几只酒杯。他晓得瓦酒壶里盛着自烤的小醇酒，是卖给过往客人吃的。金四已嗅到浓烈的酒香，但他身无半文……

金四站在竹篮边有些犹豫，他晓得自己在农民中还有点余威：要是赊账，他们不敢不赊，他认识这个农妇，便搭讪招呼说："许二嫂，今天生意好！"

许二嫂黄黄的刮骨脸上立刻露出忐忑不安的神情，因为金四不止一次赊欠过，从未见他还账，也不敢向他要。她惊惶地用双手捂住篮里的盐茶鸡蛋，抬头强装出笑脸："啊，是金四少爷。嘿，我家中没盐吃，找亲戚借了几个鸡蛋煮熟来卖，想卖点钱称盐……"

许二嫂见金四仍站住不走，死盯着鸡蛋和酒壶吞口沫，忙说：“看，太阳偏西快落山，我卖不掉，只好提回去归还人家！”她再不看金四一眼，提起竹篮匆匆走了。

金四脸上顿时绯红，神色十分尴尬，觉得异常扫兴。一会儿，他喃喃自语说：“哼，生怕我赊她的，真是……”他有些累了，颓然地坐在走廊边的木板上。

金四看见有一个人从桥头踱进了桥廊，这人两肩和双臂上搭挂着五光十色的丝绸衣衫。他眼睛一亮，认识这人是吴荒货——金四以前常卖旧物给他，故此十分熟识。

这吴荒货走乡串街贩卖的旧衣物大都来路不明：有人说是小偷的赃物，有人说是盗墓贼从死尸身上剥下来的尸衣。大家宁肯信其有，不肯信其无。正经人家多不会买他的衣物，只有少数不明真情、贪图便宜的人去与他打交道。

吴荒货四十多岁，突出的眉骨下有一对小眼睛，因高度近视又没配戴眼镜，所以常觑着眼瞟人，因此得了一个绰号，叫吴觑觑。

吴觑觑在远处没看见金四，边走边抖动着搭挂在身上的丝绸衣物叫卖：“相因货，相因卖，八团花马褂丝绸裤，锦缎旗袍马甲带……”

吴觑觑在金四面前站住，正想向他兜售，蓦地认出是他，改口说：“啊，金四少爷，你好！”

他觑眼瞟着金四微笑，露出满口被烟熏黑的牙齿。

吴荒货与金四还有一段为外人不知的交情：他曾代盗墓贼销过两支金簪子，惹起熊区长的怀疑。吴荒货眼看要败露，情急生智，找到金四许给他好处，由金四出面，承认是金家的旧物，托吴荒货卖的。熊世发果真信了，吴荒货才免除了一场灾祸。

“吴荒货，好久不见，这些时日你到哪里去了？”金四满脸不高兴的神色，因为那次吴荒货许给他的钱，还差欠几千元呢！

吴荒货明白金四不高兴的原因，不等他开口催讨，立刻腾出一只手，掏出一卷花花绿绿的钞票凑近眼前数了数，递到金四手中：“这是两万元。物价涨了，我不会让你吃亏！”

金四不觉喜出望外，将这卷钞票紧攥在手心里，笑眯眯地说：“好，够朋友，隔天我请你喝酒！”

吴荒货也没再停留，点头说了一句客气话：“改天我去碾房拜望你！”

他继续往前走，抖动着丝绸衣物，边走边用嘶哑的嗓子叫："相因货，相因卖，八团花马褂丝绸裤，锦缎旗袍马甲带……"

金四目送着吴荒货走出了桥廊……

三

金四躺在床上辗转不能入睡，翻了一个身。一会儿，地板下排水沟淙淙的流水声像催眠曲一般，使他迷糊起来。

离床头不远是一座砻子，砻子里没清扫净的谷粒引来一群耗子钻出钻进，发出"吱吱"的欢快的争食声。

吃饱了谷粒的耗子开始在室内互相追逐嬉戏，从金四盖的棉被上奔跃而过，有时还会在床头停留下来，好奇地凝视着金四在白天的睡态。

在屋角的灶旁堆着一堆糠壳——这是稻谷加工后留下的废物，他用作燃料，烧锅煮饭。

灶台上零乱地摆着几只没有及时清洗的碗筷，熏黑的墙壁上有一个壁龛，龛里放着盐罐和油瓶，屋顶的稻草上积满了细尘吊子，在微风中晃动。

屋中央是圆形的碾槽，石碾磙安静地留在槽里。碾槽里十分光亮洁净，来加工稻谷的人没有留下一粒碎米，连米糠也扫光了，像用水冲洗过一般，露出青石如镜的表面。

一扇方形小窗射进的光柱，在地上留下了一块明亮的光斑。

金四还在熟睡。射进的光柱渐渐暗淡，室内物体的轮廓变得模糊起来，最后只剩下一片黑沉沉的影子。耗子在暗淡的室内显得更欢，发出"吱吱"的打架声和"咚咚"的奔蹿声，丝毫没有惊醒金四，他依然发出低沉的鼾声。

吴荒货昨天给他两万元，好比雪中送炭；今天上午有人来碾过一场米，又好比锦上添花。他照例用一只圆弧形的木卡子往碾槽里一卡，卡子内的稻米便算作加工费，可以吃好几天呢！

中午他美美地喝了一瓦壶小酢酒，剩下半边猪头肉还没动，连锅台也没收拾便关上门睡觉，已整整睡了一下午。

室内一片漆黑，在锅台上嬉闹的耗子绊翻了一只碗，发出很响的叮当声。他的鼾声消失了，惊醒过来还不愿睁开眼，用手拍了拍床沿，嘴里发出"嘘嘘"的警告声。一阵“咚咚”响，耗子惊惶地窜逃了；一会儿，屋梁上传来了耗子的窸窣声，又“吱吱”地叫起来。

许多年来，金四便是这样混着日子，对耗子的打闹早已习以为常。他不再发出“嘘嘘”的警告声，只听见身下的稻草沙沙响——他翻了一个身，仍然闭着眼。他眼前浮动着以往金家大院的生活情景，仿佛是仍躺在宽大漂亮的宁式床上……

——他早无睡意。在无聊中，他有一套消遣的办法，靠追忆以前显赫富贵的日子来消除他眼前难耐的寂寞。追忆以后，他多少带点精神上的满足和自得其乐，认为自己毕竟不是凡人，是经历过大富大贵来的。他常以《红楼梦》中的故事和人物来作自我安慰：我算啥？贾府何等势派，最后还不是落个树倒猢狲散的悲惨命运。人生如梦，富贵荣华不过是过眼烟云，贾宝玉最后只得遁入空门当和尚……

好像他也成了悟禅的长老，超脱于尘世的高僧，顿时心情十分松快。他接着还会怡然地吟诵着空空道人的《好了歌》：

世人都道神仙好，只有功名忘不了！古今将相在何方？荒冢一堆草没了……

他看佛经，也看庄子的著作，要不是他认为和尚的生活也十分清苦，准会上金佛山去拜抓手和尚为师，削发为僧，死后也可到西方极乐世界享福。

破落时，他不过三十岁，正是壮年。当春天到来、猫儿“喵喵”叫春的时候，他也有过性的冲动，不禁想到吊死的咏莲，心中一直感到内疚。咏莲吊死那夜的情景时常在他心头萦绕，使他异常不安。

那夜，咏莲噙着泪水站在他面前哀求：“少爷，我嫁鸡随鸡，嫁犬随犬，求你不要送我去当烟堂倌，我愿守你一辈子，不管你多穷，我都跟着你……”

金四听后不觉也黯然神伤，他叹口气，垂头半晌不语，想到除此无法偿清郑大小姐的欠账，只得狠下心来，强装出笑脸，甜言蜜语地说：“咏莲，我养不活你，当了烟堂倌不会挨饿，比跟着我好！”

咏莲急了：“少爷，我不用你养活，我会干活，我会……”

金四心中一阵烦躁，板着脸将手中的一只茶杯往地上一摔，发出“哗啦”的破裂声。

咏莲一怔，像不认识金四似的呆看了他一会儿，脸色灰白，喃喃地说了一句：

"你心好狠……"她不再央求，默默转身进里屋去了。

一会儿，金四听不见屋里的动静，他低声喊："咏莲，咏莲！……"

他没有听见应声，以为是咏莲故意赌气不回答，这是对他大男子权威的挑战。金四提高声音，含着怒气喊："咏莲，咏莲！……"

金四依然没听到应声，他的公爷脾气顿时发作，拿起烛台，怒冲冲走进里屋，仰头望见吊着的咏莲，不由恐惧地惊叫一声："哎，你……"他浑身抖颤着退了几步，差点吓得摔倒在地上。半晌，他强振着胆子，将咏莲从绳套上取下。她早断了气，无法救活了。

这些年来，每当夜深人静，碾房外那棵黄桷树上站着的鬼灯哥（猫头鹰）啼叫，他会吓得用棉被捂住头，生怕咏莲的冤魂来向他索命……

金四终于睁开眼，一阵窸窣声，他擦燃一根火柴，室内飘散着火柴的硫黄味。

金四坐起，点燃了壁龛里的桐油灯，昏黄的灯光照亮了室内。

他从枕边摸出一支金堂卷烟，凑近桐油灯点燃，慢慢地吸着，徐徐吐出烟圈。

金四还不想起床，他从枕下掏出一套石印的《红楼梦》——这几本小说和几本佛经与他朝夕相伴，因为年代久远，书纸已泛黄，书页四角已开始翘角破烂。

要在往昔，为了节省灯油，他是不会夜间看书的，现在有了吴荒货给他的两万元——虽说法币贬值，仍够他快活过几天。金四背靠在床栏上，将手中的书凑近灯光，边抽烟边看书。

一支卷烟吸尽了，他将烟蒂杵熄，放进一只瓦钵里。瓦钵里已积存了十多支烟蒂，他已学会这样过日子，万一无钱买烟，这些烟蒂仍可以过瘾，白白扔掉太浪费。

金四皱了皱眉，肚里咕咕叫，想起今天贪睡还没煮晚饭吃。他不想起身烧火煮饭，弯腰从床下的瓦坛里取出几只油炸麻花来，边看书边往嘴里塞着麻花，嘴巴嚼个不停，发出"嘎嘣""嘎嘣"的声音。

金四蓦地听见有人敲门："嘭、嘭……"

他放下书，匆匆将麻花塞进口里，待吞咽下去，才问："哪个？"

多少年来，晚上是难得有人上门找他的，金四不由得有些惊异。

金四听见门外一个嘶哑的声音在回答："我……金四少爷，开门！"

金四辨别不出是谁的声音。他下床来披上汗衫，拖着一双破烂的布鞋，哒哒哒地走到门边，侧耳贴在门上问："你究竟是哪个？"

“难道我的声音你听不出来？快开门！”

金四取下门杠，拉开门闩，来人迫不及待地推门闯进屋内。

金四看清闯进来的是吴荒货：“啊，是你！吴觑觑，这夜深你来干啥？”

因为桐油灯太暗，吴荒货弯腰摸索着走到床边，自动坐在床沿上：“看你这么警惕小心，未必还怕有人拉你的肥猪！”

金四重新关上门，走到吴荒货身边：“我哪里还有什么肥猪？穷得只剩一张口——要吃饭。”

吴荒货见屋角烧着一堆糠壳火，室内弥漫着烟气，感到呛人，于是说：“这么热的天还捂糠壳火，你不怕热，难道不怕将你熏成了腊肉？”

金四对于吴荒货突然到来并不表示欢迎，他认为与吴荒货太亲密有失他的身份。他一脸不高兴的神色：“怕烟熏！我又没请你来。”

吴荒货脸上笑眯眯的，他对金四的冷淡并不介意：“嘿，我怕你一个人太寂寞，陪你喝杯酒！”

金四这才看清吴荒货带来了一个有盖的竹书篮，正从书篮里取出酒菜。他紧绷的面孔松弛开，有了笑容：“你哪晓得！屋里夜蚊子多，捂个糠壳火，可以将夜蚊子熏走。”他的语气变得友好了。

金四忙端过一张小桌，让吴荒货将酒菜摆在桌上，假装客套说：“来者是客，唧个好叫你花费，太不像话，太不像话！”

吴荒货将带来的酒菜全放到桌上。因为光线太暗，金四从壁龛里端过桐油灯放在桌子角上，他用小篾片拨了拨灯芯，照得亮了，才看清桌上碗里的菜肴：一碗红油卤牛肉，一碗凉拌蒜泥白肉，一碗麻辣鸡块，还有一包摊开的椒盐花生米。

不等吴荒货开口，金四端来了两只旧板凳。他一时找不到酒杯，干脆拿来了两只海碗盛酒。这两只海碗刚放进水桶里浸洗过，还湿漉漉地淌水。他摸索了一阵，没找到洗帕，胡乱用衣袖揩了揩，各人面前放上一只。

吴荒货却比金四仔细，将碗凑近桐油灯瞟了瞟，见碗里还沾有菜屑没洗净，于是他掏出手巾重新揩过才放心。

吴荒货先给金四斟上酒，然后才给自己碗里斟上。他不等金四拿来筷子，便尖着两个指头先从碗里拈出一片红油卤肉塞到嘴里，贪婪地咀嚼着。

金四闻到酒香四溢，晓得不是乡间的小酢酒，他不等吴荒货请酒便低头凑近碗里喝了一口，咂得舌头啧啧响，高兴地称赞说：“好酒！”

金四拈起一块蒜泥白肉，见几块肉片没切断还粘连在一起："嘿，你的刀法不行!"

吴荒货正准备伸筷去将粘连的肉片分开，金四已急急塞进口中："味道不错，噢，味道不错!"

吴荒货喝了一口酒，带点炫耀的意味说："酒，是上好的白沙干酒；这些下酒菜么，是我从石牛场上太白酒楼买来的。"

金四顾不得答话，一股劲地喝酒吃菜。

一会儿，吴荒货脸上露出谄媚的笑容，故意奉承金四两句："我晓得你是经过大富大贵来的，没有好酒好菜，我哪敢送上门请你!"

金四听见这类奉承话，不觉飘飘然，有些忘形地说："三贫三富不到老！我金四少爷目前卧薪尝胆，总有一天会光复祖业，重建金家大院，那时……"

吴荒货瞟着金四，伸出大拇指："好！有志气。金四少爷真有那一天，我吴荒货愿与你去打更守夜，就怕您嫌弃!"

金四含糊哼了一声，心中暗想，真有那一天，让你吴荒货给我打更守夜，岂不又将我的家业偷去当荒货卖……

金四没说出心里话，一时冷了场。他怕吴荒货多心，便显出热情的样子，拍了拍吴荒货的肩膀："真有那一天，我啷个会让你做下贱活。我先送你几百块银洋，让你在石牛场上开个荒货铺，不用再将荒货披挂在身上走乡串街。"

吴荒货见金四说得十分认真，心中暗暗感到好笑，他不露声色地夸赞说："金四少爷真够朋友，讲义气!"

金四不禁长叹了一声。他差不多把吴荒货当成风尘中的知己，唏嘘说："唉，世态炎凉，目前我穷困潦倒，想不到你却这么重情意……"

"不谈这些。喝!"吴荒货端起酒碗说。

金四的兴致又高起来，他俩边谈闲话边狼吞虎咽，不一会儿，瓦壶里的酒便空了，最后，连碗里的菜屑也被拈净吃光。

吴荒货掏出手巾抹了抹嘴。随即取出半包"自由花"香烟，递给金四一支。

吴荒货喷了一口烟，瞟着金四，眼里闪烁着令人捉摸不透的光亮。他沉默着，边吸烟边用一根银针剔着齿缝里的食物残屑，不住偏头向地上吐，发出"呸呸"的声音。

金四胡乱将桌上的碗筷移到锅台上，冲了两杯酽茶放到桌上，一人一杯。

吴荒货呷了一口茶，感到有一股油腥味，晓得金四没将锅洗干净，便烧开水；他只皱了皱眉，没有说啥。

一会儿，吴荒货扔掉了烟头，瞟着金四说：“金四少爷，你近来晓不晓得朱佳富的情况?”

金四一愣，脸色顿时改变，腮上的肌肉抽搐了一下。他迷惑地望着吴荒货说：“你提他干啥?”

吴荒货淡淡地说：“随便谈谈。”

金四有几分醉意，一些往事立刻浮上心头，眼里闪着凶光，咬牙切齿地说：“我恨不得喝他的血，食他的肉方才解恨。”

吴荒货一对小眼睛狡黠地眨了眨，装出漫不经心的样子，说：“朱佳富去年冬天回乡迁葬祖坟，好阔气！”

金四扁了扁嘴唇：“啥稀罕！想当年我安葬先严时，比他阔气得多！”

吴荒货“嘿嘿”干笑了两声。室内烟雾缭绕，他觉得闷热，拿起金四床头一把篾笆扇扇了扇，轻轻咳了一声，往地上吐了一口浓痰。

因为碾房没开闸，河水早漫过了河堰，发出哗哗的声响，地板下排水沟淙淙的流水声也听不见了。

吴荒货的脚边满是渣屑，他将两腿叠着，翘得高高的。两个人不断抽烟，半包“自由花”很快便空了。吴荒货将空纸盒置于左手心上，迅速用右掌一击，被压缩的空气胀破了纸盒，发出清脆的一声：“啪！”他慢吞吞地说：“金四少爷，朱佳富害得你家破人亡，难道你不想报仇?”

“报仇?”金四的目光像燃烧般喷着火，脸色更加难看，“我与朱佳富有不共戴天的仇恨，哪会不想报仇？可是……”

他想到朱佳富在社会上的地位越来越显赫，自己与他相比，真是天上人间，要复仇谈何容易！瞬间，他眼里的火焰消失了，蔫耷耷地垂下头来。

半晌，金四长叹一声，自己安慰自己：“俗话说，君子报仇三年，小人报仇眼前。我总有一天……”他情绪激动起来，陡地一掌击在桌上，“三贫三富不到老，老子总有一天……”

桌上的茶杯也被震得跳动了几下。

吴荒货冷冷一笑：“三年——现在已过了几个三年，要是我……哼！”

金四吞吞吐吐地说：“报仇，谈……谈何容易，我卧薪尝胆……”他泄气地一声叹息。

吴荒货坐正了身子，显得十分诚恳关心的样子："金四少爷，大路不平旁人铲——我为你不平。其实，眼前就有你报仇的机会，不晓得你有无胆量？噢……"他把尾音拖得很长，眨了眨眼。

"啥机会？……你哄我肚皮暂时不疼！"金四摇了摇头，表示不相信。

吴荒货又呷了一口茶，轻轻咳了一声："去年冬天，朱佳富回家迁葬祖坟，好阔气……"

他重复了刚才说的一句话，停顿了一会儿，才接着不紧不慢地说："听说重新陪葬的金银财宝不少。噢……"

他瞟着金四不再说下去。

金四丝毫没听懂吴荒货的话意，轻蔑地撇撇嘴："哼，那点金银财宝算啥！安葬我家老太爷时，单是陪葬的黄金……"

金四说顺了嘴，差点将他家的隐秘说出，他陡地想起有人传说吴荒货与盗墓贼有关，感到自己失言，干咳了两声，端起茶杯喝茶不再说话。

吴荒货将金四的神态看在眼里，暗暗好笑。他故意装出没留意金四的话，皱着眉头说："哎，你不要打岔，听我把话说完。朱佳富弄得你倾家荡产，你为啥不去挖他的祖坟？"

金四骤听这话，不觉一惊，他注视着吴荒货的面孔，说："你涮啥坛子！我挖了朱佳富的祖坟，他岂肯善罢甘休！这是砍头的事，莫办灯[1]！"

"哼！胆小鬼。"吴荒货轻蔑地撇撇嘴，"那，你几时才能报仇？"

金四作古正经说："君子报仇三年……"

"哎，金四少爷，你这些自欺欺人的话顶屁用，要是我……"吴荒货露出感叹的样子。

金四望着吴荒货，讷讷地说："我，我……"

吴荒货轻言细语地说："噢，你偷偷去挖了朱佳富的祖坟，他远在重庆，在乡间纵有耳目，只要做得机密，哪会晓得是你干的！噢，你悄悄挖了他的祖坟，将他老子的尸骨撒在荒郊喂大猫，岂不报了仇？何况，坟里陪葬的金银财宝偌多，

1　四川话，开玩笑，也与涮坛子的意义相似。

你得了这笔财喜，便可以重振家业，有啥不好！”

金四这时有些明白，惊望着吴荒货说：“你，你是叫我去盗墓？”他以前连想也不敢这样想。

吴荒货见金四那副草包相，晓得不激他几句不行，于是说：“算了，你哪有这个胆量？不要再说报仇，你还是卧薪尝胆，过一辈子穷日子算了！”

“笑话，笑话！我无这个胆量？你不要把人看扁了，我金四少爷见过世面，绝不是懦夫。我是……我是嫌这样做太下作！”金四额上暴出青筋辩解说。

吴荒货义形于色地说：“啥叫下作？当初朱佳富用美人计骗赌，未必还高尚？金四少爷，我为你着想，一报还一报，这是两全其美的事，天公地道！”

金四沉思不语，这主意确实很有诱惑力，他依然优柔寡断，有些忧心忡忡地说：“唉，朱佳富将祖坟砌得那样牢固，单凭我……哪能挖动！”

吴荒货笑出声来：“嘿，这不用愁！”他拍了拍胸脯，“金四少爷，你是金枝玉叶，这种事哪用你亲自去动手！只要你一句话，我吴荒货甘愿为朋友两肋插刀，绝不皱眉。”

“你……”金四摇摇头，“你也是秀气人，也挖不动啊！”

吴荒货见状，晓得不用再绕弯子，于是说：“金四少爷，朱佳富如此欺侮你，江湖上的朋友早为你不平。只要你吩咐一声，我的朋友们都愿为你效力！”

金四被吴荒货一激一捧，早已飘飘然，他十分欣喜自慰，想不到他仍有号召力。他显出矜持的笑容，不再犹豫，脚一顿：“好，干！”

“有种！——真不愧是金家的龙种。”吴荒货跷着大拇指赞扬，以便将他拴牢。

金四已得意忘形，喷着酒气，伸手拍了拍吴荒货的肩膀说：“我倘若能光复祖业，报了仇，绝不忘你辅佐之功，哈哈……”他仰头欢快地笑了。

“哈哈……”吴荒货见金四答应下水，也乐得合不拢嘴。

他俩将凳子搬拢一堆，低声议论了一阵，直到油干灯草尽，吴荒货才起身告辞：“你耐心听信，不出十天，我便可以将人约齐……”

金四拱了拱手。

送走吴荒货，碾房外远处传来了公鸡的啼叫。天快亮了，金四伸了个懒腰，打了个哈欠。

四

吴荒货拖金四下水，自有他的用意。他们以往销赃特别是金银玉器等贵重物品，要冒很大的风险，极易惹人注目，所以不敢公开出售，全靠窝主转手，因被压价，卖不出好价钱。

上次为卖金簪的事，他们幸好拉出金四去承当，才免去一场灾祸。这事却给吴荒货一伙人很大的启发：倘若能拉金四下水，让他出面销赃，既可以少担风险，也可卖出好价钱来。金四虽然破落，零星出售一点珍贵饰物，是可以掩人耳目的；何况当今石牛场的区长熊世发在金家大院当管事多年，慑于舆论，对金四是不敢公然大不敬的。他们可以利用金四这种关系作掩护。

几天以后，吴荒货果真带了几个人。

深夜里，碾房里烛光明亮。因为窗上蒙上黑布，远看碾房，漆黑一片。明亮的烛光照见正面墙上挂着的一幅古装画像——《水浒传》里的时迁，不晓得这位水浒里的好汉，怎会成了他们供奉的祖师！

墙下小方桌上供着香案，一只量升里装满白米，权当香炉，插着一把点燃的信香和一对大红蜡烛。

他们个个神情庄严，低声说话，动作麻利，行走无声。

吴荒货带来的四个同伙，使金四大吃一惊，其中三人他都认识：一个是场上打更的苏幺爸；一个是石牛场善堂里说善书的白先生，一个是常在龙济桥上糊纸风车卖的叫花儿孙癞头。

另有一个四十岁左右、额上有块伤疤的王疤子，金四还是第一次见面，不清楚他的根底。

金四原以为吴荒货所说的江湖上的朋友，一定个个长得威武豪气、有一身过硬本领的英雄，想不到除了说善书的白先生，其他个个长得奇形怪状、十分平庸。尤其是那位初次见面的王疤子，额上那块疤痕格外显眼，一对浓眉令人望而生畏。

金四不觉心中暗暗懊悔，要他与这些不三不四的人同一条船，混在一起，实在有失身份。但是，他晓得既已答允，生米煮成了熟饭，这些人心狠手毒，帮规很严，要是反水不干，肯定会送他上西天，想反悔也迟了。

祭奠祖师时迁的仪式开始了。他们公推金四当大哥，其余按序排列：老二吴荒货，老三白先生，老四苏幺爸，老五王疤子，孙癞头居尾。

金四居首，按序排成一行。他们先向时迁挂像行了三跪九叩大礼，然后拜大哥，互相跪拜。

金四像做梦一样，他本不懂得这些礼节，由吴荒货在身边指点，机械地做着各种动作。他觉得此时真像唱戏一般，十分可笑。他见个个异常认真，气氛肃穆，自己也不敢马虎，一脸正经地跪拜叩头。

接着由白先生取出事先写好的誓约，用说善书那种抑扬顿挫的音调念着……

金四没将誓约的内容全听懂，因为里面夹杂着很多黑话和行话，一些语句断断续续地钻进他的耳里："丢人卖客捆粽子……""点水反水开红山……""昧良私吞吹灯笼……"

白先生念完誓约，金四耳里还嗡嗡响，他呆呆地站得很周正。六只海碗一字摆在桌上，白先生上前斟满酒。

吴荒货递给金四一只大红公鸡，他机械地接过；待王疤子从绑腿里摸出一把尖刀向他伸过来，他不由吓得后退一步，浑身哆嗦，十分惊惶地望着尖刀不转眼。

吴荒货见状，急从王疤子手中接过尖刀来："大哥……"他示意金四割鸡头饮血酒。

金四一会儿才会过意来，接过尖刀。割鸡头时，他拿刀的手不住颤抖……

喝过血酒，接着是砍香头。

王疤子从背后抽出一把鬼头刀，上前在香案边跪拜后，一把取起量升里的信香，放在石碾转轴桩上。他凶神恶煞的目光在每个人脸上扫过，然后厉声说："哪个不守誓约，形同香头……"他举起鬼头刀，只见白光一闪，"咔嚓"一声，砍下的香头四散，溅起无数火星。

礼毕，撤了香案，碾房里的气氛才松弛下来。

"大哥，这是一只金戒指，别嫌弃！"

"大哥，这是米芾的扇面，请留下玩！"

"大哥，这是一只琥珀鼻烟壶，送你解闷！"

连看起来凶神恶煞的王疤子，这时也十分和气和恭顺，双手送给他一只银手镯。

金四眼见凭空得了这么多礼品，脸上顿时有了笑容，连说："多谢众弟兄，我愧领了。"

吴荒货最后拿出一个红纸封，里面装满钞票："大哥，这些现钞你拿去用！"

金四接过红纸封，心中很是感动，觉得这些江湖朋友虽平常，但确实很重义气，比起那些势利小人来不晓得要强多少倍。他刚才失悔的心情早飞向九天云外，怀里捧着这些礼品，笑望着面前的几张面孔，激动地说："众弟兄如此厚爱，我金四绝不有负于你们！"

"大哥，请入席上坐！"大家七嘴八舌地说。

酒菜是吴荒货他们带来的，早已摆满一桌。因为凳子不够，他们也不讲礼信，站的站，坐的坐，蹲的蹲，兴高采烈地吃喝起来。

第四章

大家喝到五分醉意，渐渐忘形，不像开初那样怕弄出大的声响，于是，划拳行令，互相取笑，说话粗野下流。

金四初次同这些人交往，一时不习惯，仍感到与这些粗人称兄道弟未免有辱斯文。他面露怏怏的神色，默默无言地坐着，情绪十分低落。

吴荒货见金四不欢的样子，为了提起他的兴致，拍了拍巴掌，大声提议说："今晚我们与金大哥初次欢饮，哪个出来助一助酒兴？"

孙癞头端着酒杯，站起身来："请金大哥干杯！"接着自告奋勇说，"我来耍点小玩意给大家助兴。"

金四看见孙癞头那副邋遢相，心中就感到恶心；他嘴角牵动了一下，装出笑容，勉强干了一杯。

孙癞头放下空酒杯，在金四面前摸出一只小竹方盒，揭开竹盖，凑近亮光，让大家看清，盒里盘绕着一条手指粗细的白花蛇。他手指却很灵巧地轻轻捏住蛇颈取出它来。白花蛇一阵扭动，立刻在孙癞头手腕上绕了几圈，小小的三角蛇头昂起，吐出舌信，还发出嘶嘶的叫声。

金四并无惊异的表情，叫花子耍蛇是司空见惯的事，他没精打采地坐在那里看。

孙癞头从手腕上取下白花蛇，蓦地抓住蛇头往鼻孔里塞……金四这时才大吃一惊。他晓得白花蛇有剧毒，倘若被它咬一口，很难活命。

孙癞头面带笑容，镇定自若地将整个蛇身一点一点塞进了他的鼻孔里，最后连蛇尾也望不见了。接着，他张开口，白花蛇却从他口里钻了出来……

金四忍不住跟着大家喝彩："好！"他低头抿了一口酒，脸上有了笑容。

孙癞头将从口中钻出的白花蛇放回小方盒内，大家以为这个节目已经结束，殊不知孙癞头又张开口，从他口中又钻出一条蛇头来……

王疤子兴奋得蹦了起来，一拳击在桌上："好，孙癞头真有一手，白花蛇一会儿便生出个崽崽！"

金四虽看过叫花儿耍蛇，但从未见过这种耍法，也不觉忘形大叫："好！"

王疤子离座说："大哥，你干杯，看我来献丑！"金四毫不推辞地干了一杯。

王疤子拉着孙癞头到了门边，要他平举两手与身体呈十字形，背贴在门板上。

孙癞头按王疤子的吩咐，背贴在门板上，口里笑嚷："王疤子，你喝醉酒莫办灯，谨防失手！"

王疤子后退几步，从他绑腿上抽出四把小钢叉，齐握在右手中："孙癞头，莫动，看叉！"他略微瞄了瞄，一扬右手，只见一串寒光向孙癞头飞去……

孙癞头吓得惊叫一声："哎呀……"

王疤子掷出的钢叉像长有眼睛一般，分成四处——两颈边，两腋下——均匀钉牢在门板上，有分毫差错便会伤着人。

"好，王老五掷的叉真绝！"大家喝彩。

孙癞头不等王疤子拔出钢叉已大声吵嚷："吔，王五哥，把兄弟当成靶子开心，万一酒醉失手……"

王疤子拔出钢叉，十分得意地拍了拍胸："我王疤子玩飞叉几时失过手！齐姑娘几代人的真传被我学到手……"

金四不晓得王疤子说的齐姑娘是谁，也不便问，只好隐忍着。

孙癞头走过来归座，他哭笑不得的表情惹起一阵哄笑。一阵杯筷响，大家一齐干了杯。

吴荒货瞟着白先生说："白老三，你为啥稳坐钓鱼台，把你的拿手好戏露一手出来，让大家解解闷嘛！"

白先生头发往后梳拢，胡子刮得光溜溜的，举止文雅，两手小拇指蓄着长长的指甲。他推辞了几次："不会，不会。"后来经不住大家催促，只得站起身来，"金大哥，请喝酒，我表演个小戏法助兴！"

金四点了点头："好，我喝！"

大家的目光都集中在白先生身上，见他双手捂住面孔往下一抹，原来白皙的面皮陡地变成了紫绛色，好似关云长的面孔一般……

金四以前常听白先生说善书，想不到他却会这样神奇的戏法，忍不住抢先叫："好！"

白先生又用双手捂脸一抹，马上恢复了原状，依然那样白皙。

碾房内一阵喝彩，响起了"噼噼啪啪"的鼓掌声。接着，吴荒货和苏幺爸也作了表演，不过障眼小戏之类，没啥奇处。

金四脸上一直挂着微笑，觉得这些新结拜的弟兄也有可爱之处。

这台酒一直喝到石牛河两岸公鸡啼叫，个个喝得大醉。吴荒货带来了鸦片烟和烟具，摆在床上过瘾。

苏幺爸、王疤子、孙癞头他们早已东倒西歪睡熟了。吴荒货和白先生过足了烟瘾，也劝金四烧几颗烟泡。

金四戒烟是出于无奈，他假意推辞了几句，哪禁得起别人劝请，也横躺在铺上吞云吐雾起来。

二

白生先翻看了皇历，选定了他们认为的吉日良辰，晚上在金四碾房里聚齐。

他们迷信得很，在下水[1]之前，十分虔诚地祭过了祖师时迁，敬过有关的神祇，个个喝过了符水；为了安抚葬者的鬼魂不作祟，他们还烧了纸钱，泼了水饭，暗祷葬者灵魂升天，许下为他做道场的愿心……

金四的精神紧张，第一遭干这种事，不仅胆怯，还怕死鬼报复，而且想到一旦被发现后的后果，更使他不寒而栗。他晓得既然已斩过鸡头，喝过血酒，发过海誓，不干就是反水，这些人肯定不会轻饶他。事已到此，他只好硬着头皮干下去。

为了给自己壮胆，他还额外给金大癞子烧了一篇祷文，祈祷父亲的亡灵保佑他去报这家仇。有了报家仇这项理由，他空虚的心灵觉得有了依靠，顿时理直气壮了。他想起朱佳富害得他倾家荡产，仇恨的火苗便在他心头越烧越旺，腮帮上的肌肉不断抽搐，眼里闪烁着阴森的光。他咬牙切齿地说："我今夜要亲手将朱家老狗的尸骨撒向荒野……"

"嘿！真不愧龙种，大丈夫应该有这样的气概。"吴荒货跷起大拇指称赞，为他鼓气。

他们喝过酒，吃饱饭，已是二更天，收拾好烟灯，锁好碾房门，便出发了。

金四紧跟在白先生身后，因为他是新手，指定苏幺爸走在他身边照料。

金四赤手空拳，其他的人手里都拿着器具。除挖锄、钢钉等常见器具外，金四还见他们拿着一些奇形怪状、从没见过的特制器具。他当然猜不出它们的用途。

1 黑话，行窃。

孙癞头提着一盏夜行灯。这灯点的是菜油，四面不透光，只在底部开个洞，透出一个圆形的光斑照在路上，远处是看不见这光斑的。倘若有人走近，只将灯往地下一搁，光斑立刻便看不见了。灯的一面还装有暗门，打开暗门便可以照亮一个方向，当一般灯使用。这种夜行灯不怕风吹雨淋，构造十分精巧，不晓得是哪个朝代、由哪个工匠发明的，一直沿用至今。

金四以前听说过这种夜行灯，今夜才亲见了。他除了惊叹夜行灯精巧外，还暗暗感到不解：现在时兴的手电筒比这夜行灯方便可靠，为啥还用这古老的灯具?

他们选择的时间很适当，此时月黑风清，将近午夜，小路上行人绝迹。除了不时传来一阵犬吠声外，荒野里一片寂静。

他们个个脚步轻捷，走得很快，只有低微的沙沙声，像微风吹过树林发出的声响，一点儿不刺耳，更不易惹人注意。

只有金四笨手笨脚，不时踢起路上的小石头，发出声响，惹得苏幺爸发出“嘘嘘”的声音警告他。遇到难走的崎岖路，苏幺爸还扶着金四缓缓向前走。

吴荒货虽是觑觑眼，但长期练出了过硬的夜行本领，不仅没掉队，步子还十分轻快，没得声息。

金四由于过分紧张，喉头发起痒来，不住咳嗽。他咳得虽轻，但在寂静的荒野里传得很远，惹得四处狗叫。

苏幺爸急了，他递给金四一块纱布，叫他揉成一团塞进嘴里。金四只得照办，咳嗽声果然变弱了……

朱佳富迁葬的祖坟离“野农山庄”不远，金四从未去过。快到“野农山庄”时，气氛顿时变得紧张起来。

白先生不时回过头来，低声关照金四，叫他千万不要弄出声响。

行进的速度慢了下来，个个小心翼翼地摸索着前进。

他们没有夜行衣，每人披了一大块青布，彼此都看不清，只见一些模糊的黑影在往前移动。

他们离开大路，在灌木丛里拨开齐膝深的茅草，匍匐着悄悄前进……

“野农山庄”的暗影在前面隐现，八字朝门前竖着旗杆和石斗——郑区长在前清不过是秀才，不应立杆竖斗；这是辛亥年后，他自竖的，借以在乡中抖威风。粉墙外，几棵黄桷树郁郁苍苍的巨大躯干掩荫着宅院。

宅院内响起了几条恶犬的吠声，一会儿便响到了粉墙外：“汪汪……”

金四生怕恶犬向他扑来，十分惊惶地发着抖。

苏幺爸轻声说："不要怕，等我去……"他时起时伏，跳跃向前，一会儿便消失在苍茫的夜色中。

不久，狗吠声蓦地沉寂了。

金四不晓得苏幺爸用啥法制服了这几条恶狗，他蹲在路边，稍微定了心。

苏幺爸摸回来了，轻轻招呼说："快走!"他们又往前悄悄爬行，不久便到了坟场。

金四影影绰绰看见坟场外的石砌矮墙便站住了。他觉得阴森森的，十分令人可怕，脚杆开始打闪闪。

苏幺爸拉了金四一把，示意跟他走。

金四没看清矮墙内的坟堆，便跟在苏幺爸的身后走开，他出着粗气，跌跌撞撞往旁边走了十多步。

苏幺爸站住了，凑近金四耳边说："上树!"他指了指路边一棵高大的柏树。

金四本没爬过树，这时由于紧张，手足不大听使唤，他双手抱住树干，爬了几次都滑了下来。

苏幺爸无奈，只好在树下托住他的双脚往上送，看金四已双手抓住了第一道树丫才松手。

金四攀住树丫想撑上去，但他力气太小，手打滑，没抓牢，"呼"的一声落了下来，横跌在地上。他"哎哟"一声，忍不住呻吟。

"嘘!"苏幺爸警告他。

金四只好忍住疼，苦着脸，不敢再发出声音。

苏幺爸听了听四周的动静，见无异常的响动，才上前扶起金四，低声问："大哥，跌伤没有?"

金四坐在地上轻轻哼了一声。他后悔不已，干这种勾当，不仅冒险，还苦不堪言。他摸了十多里夜路，已累得手软脚耙，这一跤跌得不轻，只觉腰眼发出阵阵的刺疼，即使没跌伤骨头，也扭伤了腰筋。

苏幺爸半晌没听见金四回答，虽看不清金四的面孔，也能猜出他脸上的表情，他心中暗暗抱怨吴荒货，为啥要将这个草包公爷带来，目前真成了大家的累赘。

苏幺爸还负有观风的重任，不能再耽搁，他只好扶着金四走了几步，在乱石堆后藏好，低声吩咐："千万不要弄出声响!"

苏幺爸安顿好金四，转身回到柏树下，看不出他年过半百，却还像年轻人那样敏捷，轻轻纵身一跃，便如猿猴般攀上树去了……

金四坐在乱石堆上，双手捂住脚踝嘶嘶吸气。他的脚踝已经肿胀，像针扎般疼痛，腰部的疼痛反而减弱了。

金四晓得悔也无益，目前的处境随时都有被人发现的危险，他顾不得疼痛，凝神观察着四周的动静。

他朝“野农山庄”方向谛听了半晌，像死一样的沉寂，稍感宽心，轻轻吁了一口气。从坟场方向不时传来微弱的声响：嗒、嗒、嗒——像水珠滴进水缸里；沙、沙、沙——像风吹树叶；丁、丁、丁——像马虾在弹着钳足……

金四不晓得他们用啥方法隔音，只传出这点声响，不觉感到惊诧。他原以为挖开坟墓一定会弄出巨大的响声，原来并非如此，想不到这些貌不出众的朋友却有一套绝技！他镇定下来。

金四心中的恐惧淡了，顿时又感到脚踝传来的疼痛加剧了。他想呻吟又不敢，只是咬紧牙顶住。

过了一会儿，金四感到疲倦异常，渐渐进入恍恍惚惚的蒙胧状态，似睡非睡……

不晓得过了多少时候，金四在蒙胧中蓦地听见几声“呱、呱、呱”的凄厉啼叫，他不由一惊，立刻清醒了——乡中传说这种叫声是鬼叫——他下意识地想逃跑。

金四跑了两步，忍不住脚踝的疼痛，陡地跌倒在地上。

“呱、呱、呱”的叫声飘飘浮浮，时高时低，一个怪影仿佛向他扑来，金四抱住头差点惊叫起来。

“嘘！大哥，你哪个搞出这大的声息！”苏幺爸下了柏树，向金四走拢来。

金四听出是苏幺爸的声音，像得救似的拉住苏幺爸的手：“鬼，听，这是鬼叫！”

苏幺爸不满地轻声埋怨说：“哎，金大哥，你连鬼灯哥的叫声也听不出，哪来鬼叫！”

金四定了定神，果真看清不远处的一棵板栗树上站着一只猫头鹰，一对绿森森的眼睛正对着他，令人生畏，仍“呱、呱、呱”地叫着！

金四松口气，弄得不好意思，他壮起胆子凑近苏幺爸耳边问：“他们得手没有?”

苏幺爸正想回答，从坟场突然传来两声阳雀叫：“巨巨阳，巨巨阳!”这是约定的暗号，是唤他俩过去。

苏幺爸也装阳雀叫：“巨巨阳，巨巨阳!”

他回头拉了金四一把，兴奋地说：“他们已经得手，我们快过去!”

金四苦着脸说：“哎哟，我脚踝肿得像鼓槌，哪里走得动啰!”苏幺爸低沉而急速地问：“啷个搞的?”

“我的脚跌伤啰!”金四沮丧地说。

这时四山都响起了“巨巨阳!”——真的阳雀开始啼叫，天将破晓，已看见东方天际显出一点灰蒙蒙的曙光。

苏幺爸焦急地说：“天快亮了。快，我背着你走!”陡地，从“野农山庄”内的碉堡上响了一枪：砰!

苏幺爸一顿脚：“糟了，破了风[1]!”他背起金四就跑。

苏幺爸跑到坟场前，白先生焦急地站在那里等他俩：“上山，到慈虎岩!”

苏幺爸气喘吁吁地问：“吴荒货他们呢?”

“在前面!”白先生见苏幺爸背着金四，“啷个搞的?”

苏幺爸边走边回答：“金大哥伤了脚……”

白先生来不及细问：“快跟着上山，我先走了!”

苏幺爸背着金四走得慢，走到密林边已看不见白先生，听到追来的枪声越响越近，枪子儿在头顶上飞过，发出“嘘哧、嘘哧”的尖啸。

金四生怕苏幺爸会丢下他逃跑，伏在他背上，死死抓住他的双肩不放。

苏幺爸背着金四也钻进了密密的松树林。林内一片漆黑，苏幺爸摸索着往山上爬了一段路，他实在背不动了。

苏幺爸将金四放下，准备透透气，金四错以为苏幺爸要撂下他单独逃跑，在黑暗中他紧抱住苏幺爸的双脚央求说：“求你不要丢下我，我……”他快要哭了。

苏幺爸“唉”了一声：“你真笑人，我们的规矩哪会丢下你不管!”

金四仍没松手，浑身索索抖。

1　黑话，被人发现。

苏幺爸耳尖，已听到传来树枝的断折声，晓得“野农山庄”的人已追进松林来了。

他忙说：“快，我背你走！”

金四挣扎着站起，扑到苏幺爸背上。苏幺爸背起金四又摸索着往上爬。

幸好追进松林来搜查的人有禁忌，不敢点火把，他们互相很靠近，但谁也看不见谁。

苏幺爸很快便将追来的人丢到身后，彼此的距离拉远了。

苏幺爸虽然很累，但丝毫不敢放慢速度，凭他多年来的丰富经验，晓得追来的人正在后面紧追不舍，因在黑影中怕遭暗算，他们一时不敢太靠近他俩，是等待天明后捉活的。

苏幺爸见曙光已从树丛缝隙间透进，再隔一会儿在林中便可以看清物体，背着金四这个沉重的包袱，像这样慢的前进速度，是很难逃脱的，必须趁现在摸黑还看不清物体的时机，采取对策才行……

苏幺爸站住，定了定神，他打清了方向，然后陡地往左拐，背着金四走了一段路。他异常小心地前进着，尽量不弄出声响，不留下痕迹。

苏幺爸十分准确地摸索到一个地方，他背着金四，伏在地上，手脚并用地拨开一丛灌木，爬进了一个十分隐蔽的生矶[1]。

苏幺爸放下金四，吩咐他千万不要弄出声响。他坐在生矶里轻轻喘气，不住打量着生矶进口处，留神谛听生矶外的动静。

金四弄不清这是啥洞，他背靠着石壁，觉得石壁光滑平整，不像天然的洞穴。洞里弥漫着一股令人憋气的霉味，金四感到胃里作翻，强忍住才不致呕吐。他用手摸了摸地上，也觉得光滑平整，很像石板，还有一些棍棍棒棒样的东西，零乱地散在石板上，看不清是些啥！

苏幺爸紧挨着金四，感到他气息已经匀净，便将一颗小丸塞到金四手中：“快咽下！”

金四以为是提神的鸦片烟泡，忙丢进口里，咀嚼了一下，才尝出不是烟泡，是有强烈芳香的丸药。他干咽了下去。

1 古墓葬。

金四惧怕异常，想到被人捉到的后果，情绪越来越低落，沉默着没说半句话。

苏幺爸冒惯了这种风险，毫不在乎地闭目养神，但一直留意着生矶外的动静。

天已大亮，从生矶洞口透进一点亮光来。

金四这才看清他与苏幺爸藏在一个古老的生矶里。

——这生矶由几块长长的青石板构成，形状很像一副大棺材。死者不用棺木直接葬进生矶里，一个生矶葬进好几具尸体：有成人、妇女和小孩，显然是一家人合葬在一起的。生矶一半掩埋在泥土里，大都鳞次栉比地一层一层紧挨在一起，有点像蜂房，像是埋葬着一个部落或一个家族；当然也有单个存在的生矶。金四躲藏的这个生矶，便是孤零零地湮没在灌木和荒草之中，不易被人发现。

生矶里陪葬的器物大都是木碗、骨簪之类，说明当时这一带生产力很落后，墓主社会的地位都不高。但是，偶尔在较大的生矶中，也发现很少的青铜器，如铜矛之类，这恐怕是酋长和家族首领的墓葬吧！死者大都赤身露体，少数穿有节麻衣物，因年代久远，早已风化成碎片。

这些古代的墓葬，在抗日时期却立了功勋，成了这一带老百姓的防空洞；虽承受不了炸弹的直接冲击，但足可以抵挡流弹和炸弹爆炸后横飞的碎片。

金四低头看清，他脚边零乱地摆着几具骷髅，还没烂掉的长发一绺绺残存在旁边；原先摸到的棍棍棒棒，原来便是墓主的白骨。金四虽然感到害怕，心里怦怦跳，但他晓得目前的处境并未脱离搜捕的危险，只好强壮胆子隐忍着。

苏幺爸在金四身边紧闭双目，半晌没有动静，仿佛已经睡熟了。

金四几次听见生矶外传来脚步声，他紧张地张着口，惊惶的目光紧盯着生矶洞口。

苏幺爸并未睡熟，每当生矶外有响动，他立刻便会睁开眼警惕地望着……

幸好，搜捕的人从外面走过，始终未发现这个生矶，响着的脚步声又走远了。

半晌没听见生矶外有响动，静极了，不时传来林中雀鸟的鸣叫，声音悦耳而欢快。

他俩仍不敢走出生矶。苏幺爸真的睡熟了，发出低沉的鼾声。

金四感到饥饿，并且口渴难忍，不住用舌头舔着干裂的嘴唇，露出疲惫的倦容。

他蓦地想起自己的脚踝已半晌没感到疼痛，用手抚摸着脚踝，差点惊诧得叫出声，原来肿胀已消退得无影无踪。他活动了一下脚踝的关节，并站起身弯腰在原地踏了两步，只有一点儿轻微的疼痛感。

金四一阵欣喜，头部碰着了生矶顶板，他忍不住弯腰双手捂住头："哎哟!"

苏幺爸被惊醒了，惊讶地望他。

金四用肘拐了拐苏幺爸："噫，苏幺爸，你刚才给我吞的是啥丸药，哪个有这么大的效力，脚踝消了肿，已经好多了!"

苏幺爸嗔怪地斜睨了金四一眼，撇撇嘴，十分平淡地说："有啥大惊小怪！干我们这一行，免不了挨打受损伤，身边谁不带两颗救急药丸!"

他放慢语调说："这药丸么，是祖师一代一代传下来的秘方，若无奇效，干我们这一行的岂不绝了种!"

金四沉默了，无语地坐下。

苏幺爸补充了一句："其实，身边没带药丸也不要紧，将自己屙的尿喝下，一样可以治内、外伤！喝童子尿更好。"

这本是江湖客极普通的医药常识，金四却闻所未闻，他惊讶地"哦"了一声。

苏幺爸欠身站起来往洞口走去，金四惶恐地说："苏幺爸，你莫走，我独自留在生矶里有些怕!"他畏怯地望了望脚下的骷髅。

苏幺爸皱了皱眉，只好安慰他说："金大哥，胆子是练出来的，你能喝一次生人血，就不会感到害怕!"

金四惊骇地望着苏幺爸，生怕苏幺爸也会喝他的血似的，浑身有点颤抖。

苏幺爸见金四那副脓包相，不觉感到好笑："金大哥，其实我也没喝过生人血，不过听人这样说。"

金四如释重负般吁了一口气。

苏幺爸和颜悦色地说："我出去观一下风，一会儿就回来!"

金四无可奈何，只好眼巴巴望着苏幺爸走出生矶，消失在洞口。他不敢望生矶里的骷髅和白骨，紧闭着眼，拇指和食指不住捻动，像数着佛珠，口里默念着他新学的《金刚经》来壮胆。

金四默念了一阵《金刚经》，不见苏幺爸回来，他焦急不安地注视着生矶洞口，考虑自己是否出去看一看究竟。

他陡地听见生矶外传来一阵窸窣响，摸不定是谁来了，正感紧张时，苏幺爸已笑嘻嘻地在生矶口出现了，不由得松口气。

苏幺爸弯腰钻进生矶。他采回了一些红红黄黄的野果，金四都叫不出名来。

苏幺爸将一捧野果塞到金四怀里："金大哥，吃点东西解解饥渴，我们好爬山。”

金四早将野果往嘴里塞，虽然味道有些酸涩，但仍吃得津津有味……

金四吃完了野果，觉得有了一点儿生机，这时才想起他们：“吴荒货他们该不会被捉住落网了吧?”他感到担忧。

苏幺爸吃完了野果，“呸”地往地上吐了一口残渣，拍拍手，自信地说：“他们绝不会失算，肯定早到慈虎岩啰!”

金四半信半疑地问：“你……何以见得?”

苏幺爸对金四带点文绉绉的语句很不习惯，他皱了皱眉头：“没听见追捕的人响枪，他们肯定跑脱了。”

金四点了点头，没有再问。

苏幺爸侧耳听了听生矶外的动静，转头对金四说：“金大哥，外面已风平浪静，我们不能再待在这里躲风，你能走吗?”

金四摸了摸脚踝：“走走看!”

金四跟在苏幺爸身后钻出了生矶，骤见白花花的阳光，眯了眯眼。他深深地吸了几口气，空气里有浓郁的松香味，十分清新。

正是割松香的季节，林中的每棵松树下段主干上都被松香匠用剜刀剜出螺旋状的斜槽，松香由斜槽中淌出流下，树脚都积了一摊松香。

苏幺爸十分机警地留意动静，走在金四前面领路，不时站住，回头等到金四撵上后，再匆匆开路前进。

他们不敢走现成的小路，怕会遇上埋伏。苏幺爸十分熟悉这里的山势，能在危岩和荒草中寻出可以下脚的路来。

金四一跛一跛，走路十分吃力，累得气喘吁吁，他脚踝仍有些疼痛，不过不甚厉害。

道路确实难走。苏幺爸身上仍披着夜间那块当保护色使用的青布，不时取下，站住揩汗。他见金四的脚跛得越来越凶，于是取出一把小刀来削下一段树枝，递给金四当手杖。

金四拄着树棍，跟在苏幺爸身后，一瘸一拐走着毛狗[1]路，遇到险坡陡坎，苏

1 豺狗。

幺爸就扶他一把。

金四想不到这个平时被他看不起的打更匠，却如此讲义气，并没丢下他逃走；要不是他，自己一定会被人捉住，坐牢不说，也太丢脸了。

金四不由对苏幺爸产生了好感，时时用感激的眼光望着他。苏幺爸领着金四爬过好几道山脊，一山又比一山高，山势越来越险奇，也越荒凉僻静，沿途看不见一个人影。

太阳偏西，血红的阳光涂抹在山峦上，映得密林树梢上一片金黄，像浓墨重彩的风景画。

金四无心观赏高山上这种壮丽隽秀的美景，他一心看着脚下的路，生怕摔倒。他俩通过了一片原始森林，地上积起的几尺厚的松针，一股酸腐味扑鼻。

苏幺爸见金四的情绪越来越低沉，不笑不语，显出十分疲惫的神态。他说："金大哥，走出这片密林便到了慈虎岩，快了！"

金四听说快到慈虎岩，顿时提起精神，加快了速度往前走。

苏幺爸紧张的神态陡地松弛了。他敞开衣襟，露出蓝粗布汗衣，缓缓往前走，居然边走边唱起道情：

咴蓬蓬、蓬蓬、咴蓬蓬……
迎面来了一道姑，
眉儿弯弯嘴涂朱，
细腰纤纤如加箍，
两眼圆圆两颗珠，
此人便是何仙姑，
咴蓬蓬、蓬蓬、咴蓬蓬……

苏幺爸唱道情的声音猛然止住，他已听到前面有响动，立刻警惕地后退了几步，拉了金四一把，一齐躲进了一棵爬满了藤萝的古树后……

金四不晓得发生了什么意外，紧挨着苏幺爸，嘴唇顿时变得苍白，毫无血色，脚杆打着闪闪。

密林深处传来了一声"巨巨阳"的叫声，苏幺爸立刻变得十分轻松，拉了金四一下："不要紧，是自家人！"

苏幺爸与对方应答了几声“巨巨阳”，加快脚步迎过去。

王疤子从一棵榕树后走了出来：“哎，苏幺爸，你们为啥这时才到？”

苏幺爸满脸不高兴：“你们跑得好快，我带个彩号唧个走得赢！”

王疤子已见金四拄着树枝一瘸一拐地走拢来了，迎上去关心地问：“金大哥，是不是挂了枪花？”

金四摇了摇头，十分沮丧地说：“哎哟，摔伤了脚踝！”

“来，我背你，吴荒货他们在慈虎岩等急啰！”王疤子让金四趴在背上，背起便走。苏幺爸紧紧地跟在后面。

三

一幢麻石砌的茅草房出现在慈虎岩的山窝里。屋后一笼翠竹，屋前有个三合土[1]的晒坝，晒坝边上有几棵榕树，垂入土中的气根有酒杯粗细——在平坝里，这种榕树已罕见。

榕树华盖似的树冠下，摆着几张条凳和小几。吴荒货他们起身，从榕树的阴影里迎了出来。

吴荒货见王疤子背着金四，焦急不安地问：“金大哥是不是挂了花？”

苏幺爸抢前一步回答：“金大哥扭伤了脚，幸好没伤筋骨！”

一条叫黄二的猎狗窜上前，像通晓人性的样子，围绕着王疤子脚边闻嗅，发出表示亲昵的呜呜声。

白先生抹了抹头发：“走，背进屋里去！”

王疤子走进堂屋，将金四放下，扶他在火塘边的长条凳上坐好，用衣袖揩了揩自己脸上的汗，才在金四身旁坐下歇息。

高山里的火塘有多种用途，所以一年四季都生着火。时近夏天，火塘里燃着一个树疙蔸，火势很小，飘荡的袅袅青烟可以驱赶山蚊子。

火塘上有一个吊着的方形烤架，挂满了腊肉、香肠、野味……这些腊味食物被火塘的烟熏得黑乎乎的，往下淌着油，滴在柴火上发出“吱吱”的声音，散发

1 石灰、煤渣灰、细砂混合的泥土。

出一股香味。

烤架正中，吊下一个可以升降的钩子，钩子上挂着一个瓦茶壶，它离火焰的距离能够任意调节，使用十分方便。

苏幺爸看瓦茶壶升得很高，壶嘴冒着热气，晓得壶水已经烧开过，一阵清茶香气迎面袭来。他实在渴极了，取下当壶盖用的陶碗，吹去碗里的积灰，倒满了一碗紫酱色的浓茶，靠近嘴边便咕噜咕噜地喝个光。他感到十分痛快，咂了咂舌头，吸气发出嘶嘶声，然后才将陶碗里余下的茶渣泼到柴灰里。

苏幺爸解了渴，他倒了一碗递到金四手中，亲切地说："大哥，喝茶！"

金四见茶水的颜色虽然难看，但清香四溢，也不客气，接过来几口喝干了。

金四刚将陶碗递回苏幺爸手中，一个女人大声粗气嚷叫，从厨房跨进堂屋："啧啧啧，稀客！稀客！"

金四眼前一亮，一张女人秀气的面孔映进他的眼帘。这女人不过三十多岁，浓眉大眼，鬈鬈浓发梳向脑后，绾了一个发髻，罩着黑丝线的发网，髻上横插着一支银簪；穿一套粗蓝布短衫裤，十分洁净，将衣袖绾到肘部；肤色黄中透红，露出健康的色彩。她端着一筲箕炸开的苞谷花，放在金四身边的小方桌上，笑眯眯打量着金四说："你一定是金大哥！"

金四见她一张稍嫌大点的嘴巴，露出一口整齐的白牙，连珠炮似的说个不停，像与金四十分熟识一般，毫不怯生："吴荒货、王疤子这几个背时鬼，丢下你不管！我已骂了他们一个下午……"

她眼波流动，改变了话题："金大哥，你一定饿慌了，先吃点苞谷花压压饥欠，等会我再摆出酒菜给你压惊！"

金四已猜出她是这里的女主人，但从没听吴荒货他们提说过她，所以不晓得唧个称呼，显得有些迟疑。

吴荒货坐在火塘边，跷着二郎腿笑眯眯地说："她的嘴巴大，金大哥叫她母夜叉好啦！"

金四明知吴荒货说的是笑话，当然不会那样称呼，于是他含糊地称了一声"大嫂"，这是四川人对妇女的一般称呼。他说："大嫂，难为你关照，我确实饿了，这苞谷花好香！"

金四已抓了几把苞谷花塞进嘴里。

这女人斜睨着吴荒货打诨说："你嫌老娘嘴巴大，为啥偏跪下央求我，要杵香!”

吴荒货反而面皮薄，显出讪讪的尴尬表情：“嘿嘿，齐姑娘这张嘴真不饶人!”他不再开玩笑，向金四说，“她娘屋姓齐，我们大家都叫她齐姑娘!”

金四见吴荒货没提到她男人的姓名，猜想她一定是寡妇，但初次见面，当然不便打听她的根底，他只是欠身客气说：“齐姑娘纳福，我太叨扰你了。”

齐姑娘转向金四，抿嘴一笑：“看，还是金大哥读过书，见过世面，说话文绉绉的，不像他们粗人说粗话。”

她见金四不住往口里塞苞谷花，并没喝茶，于是大声粗气地说：“金大哥，光干吞苞谷花不喝茶唧个行；你比他们娇贵，喝不惯火塘里的粗茶，待我给你冲碗黄糖水!”

齐姑娘转身要走，被苏幺爸赶上拦住，嬉皮笑脸地说：“吔，给金大哥吃糖水，不能忘了我。有了新交不要忘了旧情啰!”

齐姑娘顺手摸了一把苏幺爸的面颊：“幺儿子，不会忘了你。等老娘招待好客人再给你喂奶，莫急!”

白先生坐在凳上闪着腿，不甘落后也插进嘴来：“怪不得齐姑娘胸襟下的一对奶子胀鼓鼓的，原来生了苏幺爸这个私娃子!”

不等苏幺爸说话，大家一阵哄笑。

齐姑娘春风满面地走了。一会儿就从厨房端来一碗冲好的黄糖水，递到金四手上：“金大哥初来乍到，优待你，请喝!”

她暂时丢下金四，用指头叩了苏幺爸头上一下：“幺儿子，把火生旺些!”

苏幺爸脆生生地回答：“噢，娘，生火算我的。”他咯咯笑着，拿起火钳拨火，向火塘里加柴。

齐姑娘手脚十分麻利地将瓦茶壶取下煨到热灰里，又换上了一只大砂罐；砂罐里装满了汤和肉食。她将挂钩往下一拉，使砂罐离火苗近些。火苗舔在砂罐底上，一会儿，便发出“吱吱”的响声，冒着热气……

齐姑娘匆匆进厨房去了。

苏幺爸将塘火烧得很旺，烤得额上出汗。他揭开砂罐盖看了看，指指点点说：“金大哥，看，齐姑娘多疼你，煮了这么多腊肉，嘻，有香肠和血豆腐，还有腊麂子肉!”

金四不习惯这种玩笑，只是红着脸，望着苏幺爸笑。

苏幺爸加上几根湿柴火，火苗被压下去了：缕缕的浓烟在堂屋内弥漫。吴荒货被熏得泪流不止，呛得咳嗽：“咃，苏幺爸，你唧个在生火哟！安心把我们熏成腊肉不成！”

苏幺爸忙抽出插在炉灰里的斑竹吹火筒，一头抵拢柴火，一头凑近唇边使劲吹……

“蓬”的一声，柴火陡地蹿起很高的火苗，燃得“啪啪”作响，堂屋的烟雾慢慢消散了。

金四边喝糖开水，边向吴荒货他们叙说他与苏幺爸今天的遭遇……

苏幺爸不时插话补充几句。

砂罐里的汤烧开了，肉食在汤中翻滚着，阵阵的香气扑进鼻里，惹得大家的视线都集中在砂罐上，不断咽着口沫——他们实在饿了。

金四叙说完，吴荒货也口沫飞溅谈起他们的收获：“龟儿朱佳富把祖坟修得好结实，外面砌的青石捻过、渗进葫豆泥的灰缝……撬开外椁还有内棺，都是用坚硬结实的云板做的。格老子不是我功夫硬，哪能这么快得手！龟儿朱佳富这几年在外头发了横财，金银多得没处用，偏要放在死人身边往土里埋。偌多金银玉器，害得老子几个轮流背，背也背不动……”

金四专注地听着，忍不住问：“朱家那老狗的尸骨呢？”

吴荒货笑眯眯地说：“棺材里的尸骨经过这么多年还没烂，成了干绷绷的腊尸，我们弄成几大块，费了很大力气，才从打开的洞中拖出坟外。去他娘的，丢到坟场外去啰！金大哥，要是时间够，我们会叫你亲自丢掉它报仇，哎，时间不够……”

金四心头立即浮起报仇后的痛快感，他不觉对这些被他原来看不起的朋友肃然起敬，认为这些朋友个个疏财仗义，性情豪爽，比起熊世发这种势利小人不晓得强多少倍！能与他们结交真值得！早把胆怯懊悔的心情丢到九霄云外。

四

慈虎岩齐姑娘办出的这顿夜饭十分别致，金四还是第一次尝试，处处觉得新奇。

大家围着火塘坐着。火塘里依然烧着柴火，在这种季节里，金四感到很热，他不住抹汗。但吴荒货他们却习以为常，毫不感到热似的，互相打闹取笑。

火塘里亮光四溢，不用点灯，整个堂屋都可以照见。

在火塘的四角各摆上一张小几，各种腊味切成大块大块的，全盛在一只瓦钵里，每个小几上摆上一钵，瓦钵边配上几碟家常咸菜，如豆豉、风豆干之类。肉汤里放进新笋，也是每个小几上一钵。

火塘四方在热灰里煨着四只齐膝高的小酒瓮——小瓮里装的是甜酒酿，系用高粱米加曲发酵，然后将小酒瓮窖进土中，年数越久越香醇，也很珍贵，是这一带的特产，有独特的地方风味。这种甜酒酿一般是不出售的，山里人都酿这种酒，根据经济状况，少则十瓮八瓮，多则几十瓮，窖在地下，需要时再取出饮用或送亲戚——凡有喜庆，至亲如姑母、舅妈之属便会在小酒瓮上贴上红喜字送情，表示庆贺。

齐姑娘将猎狗黄二关在门外放哨，他们十分放心地开怀畅饮。

小酒瓮封口的猪尿泡膜已打了两个洞，插进两根中通的竹管，从竹管里冒出阵阵清醇的酒香。吴荒货已衔住竹管贪婪地吮吸着瓮中的酒酿，嘴唇咂得啧啧响，称赞说："好酒！"他嬉皮笑脸地望着齐姑娘红通通的脸蛋说："齐姑娘，今天是啥喜庆？你啷个舍得起出陈年酒酿请客哟！"

齐姑娘正在用火钳拨火，她黑白分明的眼珠向金四一转，接着露出嘴角两个酒窝一笑："金大哥是贵客，初次进山到慈虎岩；你们又得了财宝，这不是喜庆是啥！"

白先生也在咂嘴说："这酒好香，怕窖了十多年，是不是？"

齐姑娘放下火钳，抹了抹披散在前额的一绺散发，坐正了身子说："白先生真识货，这酒还是闹红军那年下窖的。"

苏幺爸扳着指头算了算："哎哟，快十二年啰。"

吴荒货望着王疤子笑了笑："王疤子，你与齐姑娘相识已十二年了，日子过得好快！"

金四见王疤子没有答话，只顾吮吸着酒酿，大家的目光都射向他，"哄"的一声笑了。

金四不明白他们笑啥，跟着嘿嘿笑了两声。这个女人，也引起了他的兴趣。他一直偷偷打量着齐姑娘，但看得都不真切。这时他与齐姑娘同饮一只酒瓮，才仔细地看清楚：齐姑娘身体结实健壮，皮肤黑里透红，鹅蛋脸上五官匀称，露出白牙闪着珍珠般的光泽；一对眼珠灵活滴溜，目光毫不避人，热情放荡。

金四见齐姑娘不时也在偷偷打量他，不觉自作多情，认为齐姑娘对他有点眉目传情的样子，噫，大概有意于他……

金四虽见过很多女人，但自破落后，已打了多年光棍，使他一见齐姑娘便入了迷。他自认为长得比吴荒货他们清秀，文化教养都比他们强，齐姑娘喜欢他是理所当然的事。他琢磨齐姑娘对他的一言一笑，仿佛都含有情意，越想越像……

他在房里没有看见男主人，猜测她一定是寡妇，嘿嘿……金四心里在自得地暗笑。

金四弯腰衔着竹管喝酒，故意凑近齐姑娘，与她耳鬓相挨；而齐姑娘毫不在意，并没回避。他嗅到她浓发上的菜油香，更使他神魂飘荡，忘了疲累。

大家边吃边喝酒，一会儿，个个脸上都出现了酒晕——这种酒酿入口有股酸甜味，仿佛十分平和，但后劲很大。

火塘挂钩上吊着瓦水壶，壶嘴喷着蒸汽，水早已滚滚开。他们不时取下水壶向瓮里冲进开水，边冲边喝，酒味依然浓郁，冲到五次以后才慢慢变淡。

金四觉得王疤子有些反常，在齐姑娘面前显得有点拘谨，甚至有点腼腆羞涩的样子，不觉有些奇怪。

其他的人都与齐姑娘说笑取闹，唯独王疤子规规矩矩，只顾闷声喝酒吃菜。

齐姑娘嘻嘻哈哈，在这个人头上敲一下，把那个人的胡子捋一把，也用粗俗话回敬几句，举止粗犷、轻佻。但她唯独不与王疤子笑闹，只是不时用眼角扫他一下，仿佛对他很冷淡。

但是，金四却注意到齐姑娘除了给自己碗里不断夹菜，也给王疤子夹进碗里，并且夹给王疤子碗里的菜都是经过挑选，比夹给自己的菜好，都是净瘦肉。

金四还注意到齐姑娘虽用眼角扫视王疤子，但那目光饱含深情，闪着一种令人艳羡的光亮。

金四越留意齐姑娘这些细节，越使他心中不自在——难道齐姑娘竟会钟情这个面目丑陋的王疤子？他心中生起了醋意……

金四胡思乱想一阵，自己也觉无聊、可笑。他与齐姑娘不过初次见面，凭啥去妒忌别人！

苏幺爸离齐姑娘很近，他借着酒兴，索性装出厚脸皮："齐姑娘，刚才你说要喂我吃奶，让我自己来吃！"他真的向齐姑娘胸前伸过手来。

齐姑娘不等苏幺爸的手碰着她，"啪"的一声脆响，一掌猛击在苏幺爸的手背上，用力推开，撇撇嘴："幺儿子，你再嘴馋，老娘要教训你！"

她见苏幺爸并没死心，又要伸手过来，她俯身从火塘里拿起一块前半截燃烧着的干柴，做出要向苏幺爸手下杵去的样子："你敢！"

苏幺爸做了一个怪相，"嘿嘿"干笑了两声，缩回手去。

齐姑娘将燃烧着的柴放回火塘，望着苏幺爸哈哈大笑："幺儿子，你还不是老娘的对手！"

吴荒货笑眯眯地望着王疤子，取笑说："不要与齐姑娘闹啰，谨防有个人要吃醋！"

一阵哄笑，大家的目光一齐集中在王疤子身上。

王疤子将头低着，默默用脚踢着火塘边的枯树叶。

齐姑娘斜睨了王疤子一眼，撇撇嘴："哼！王疤子敢吃醋，难道不怕老娘给他几巴掌！"

孙癞头喝了酒，被塘火烤得一阵燥热，他用手搔着发痒的头皮，也趁热闹说："齐姑娘哪会将奶给苏幺爸这个假私娃子吃，我晓得她一对胀鼓鼓的奶，今晚是留给王疤子吃——他才真是她的幺儿子！"他说完还用手拐碰了碰王疤子。

火塘边又是一阵开心的哄笑。

齐姑娘笑着对孙癞头说："你龟儿子只会耍蛇，晓得个啥！"

瓮里渗进几次开水，酒味渐渐淡了，火塘里的火苗小下去，余下一塘红红的炭火，映得个个人脸上更红了。

堂屋里的光线太弱，齐姑娘点上几支松香烛，插在炉灰上照明。她大声说："瓮里的酒喝淡了，大家要把饭胀饱！"

五

吃过了晚饭，已经夜深了，人人都有倦意，坐在火塘边不住打哈欠。但他们谁也没有说要去睡，就抽着叶子烟醒瞌睡。

屋外起风了，吹过丛林发出惊涛骇浪般的呼啸声。屋顶的茅草被吹得簌簌响，像要将屋顶揭去似的。

在屋外放哨的猎狗黄二经不住风吹，从狗洞里钻进屋来，躺在火塘边打着瞌睡。

吴荒货站起身对齐姑娘说："齐姑娘，多点几支烛，将堂屋照亮一些！"说着，他便出屋去了。

齐姑娘早将松油烛又点亮几支，插在矮几上的烛台里。

吴荒货回来时，提着一个沉甸甸的布口袋，他把袋口朝下将袋里的东西抖到矮几上，只听金银玉器发出清脆的碰击声在几上滚动，堆成了小山，在昏黄的烛光中闪着黄灿灿、白晃晃的亮光，把大家的眼睛都看花了。

吴荒货乐哈哈地说："伙计，大家看看，朱佳富的财富太多无处使，偏往土里埋。我们取出来快活用上几天，他也不吃大亏。嘿，只当还埋在土里嘛！"

孙癞头本是瞌睡虫，早一个哈欠接着一个哈欠。按例，现在该由吴荒货把得来的财喜扒成几堆，一人得一堆。他忍不住催促说："吴二哥，快扒成几堆分吧，我眼皮都快要睁不开啰！"

吴荒货摇了摇头："不忙，不忙，暂时不分！"他反将矮几上的财喜抓进口袋里装好。

孙癞头觉得奇怪，迷惑地问："为啥不分？"

吴荒货坐下，从白先生手中接过烟杆，向白先生努了努嘴："白老三，你口齿清楚些。给大家说明白。"他将铜烟斗对着塘里的红炭，将熄灭的烟叶点燃吧着，斜瞟着白先生。

白先生轻轻咳了一声："这次财喜多，大家分了这么多金银玉器很打眼，一时又拿到哪里去脱手，卖出好价钱？"

孙癞头瞌睡也没有了，他十分不乐意地说："白三哥说得好笑，虎有虎路，蛇有蛇路，手上有东西还怕卖不出去！"

白先生乜了孙癞头一眼，冷冷一笑："孙老幺，你莫冲壳子！除非你将这些金银玉器去换糖吃。要卖么，就是下涪州[1]去，也不易找到这大的买家；即使有人买，人家不怀疑你的来路才怪！怕只怕，你前脚走，后脚就有差人给你戴项链和镯子[2]，不掉脑壳也要牢死。你信不信？"

孙癞头自知白先生说得在理，但他不肯认输。赌气说："这……怕啥，掉了脑壳颈上只有个疤！"

苏幺爸推了孙癞头一把："孙老幺，白先生说得有理，你不怕死，但会拖累

1 涪陵的旧称。
2 铁链和手铐。

大家。”

孙癞头却有一股犟劲，气昂昂地扬头说：“我孙癞头好汉做事好汉当，我落了监绝不会丢人卖客，哪个会拖累大家？”

王疤子这时才开了口：“孙老幺，这不是赌气讲狠的事。你不过卖给窝主，哪能卖出好价钱，犯不上冒这种险。把你这个犟脾气收起来，还是让白三哥把话说完，我们大家再商量！”

金四入伙不久，虽是大哥，也不便插嘴，何况盗墓他没出啥力气，反累苏幺爸为他冒风险。他一直在偷觑齐姑娘，见她坐在火塘边纳鞋底，不时望着王疤子出神，显出心不在焉的样子。

齐姑娘今晚第一次与王疤子搭腔：“王疤子，想不到你心里还有点名堂，怪不得……”

她舌头一伸，将准备说的话咽了回去，“嘿嘿”笑了两声，耳际现出了一朵红云，低下了头。

王疤子显出局促不安的样子，大家越觉得他俩可笑，不晓得打的啥谜，只有他俩自己明白。大家一阵哄笑。

齐姑娘白了大家一眼：“笑啥？未必你们吃了笑婆子尿？无缘无故笑！”她若无其事地仍纳着鞋底不理睬。

金四见齐姑娘与王疤子的神态，心中酸溜溜的，自己也吃惊为啥会这样！

孙癞头摸着头，立刻让步：“好，让白三哥说下去。”

白先生笑着，友善地拍了拍孙癞头的背心：“老幺，哥子们绝不会让你吃亏！”

他转向金四说：“金大哥，这事要仰仗你才行！”

“仰仗我？”金四很觉意外，迷惑地望着白先生说，“我……我能干啥？”

吴荒货连连打着哈欠，白先生晓得他的鸦片烟瘾发作了。白先生说：“吴二哥，你先去过瘾，有事时再叫你！”

吴荒货果真站起身，提起那只布口袋，拿着点燃的几支松油烛照明，一个人离开了堂屋。

白先生目送吴荒货离开了堂屋，才慢吞吞地说：“金大哥，等风声平息一些，由你出面到重庆去，将金银玉器陆续出手。你是经历过富贵的人，万一有人盘问，你就说是挖到你父亲留给你的窖藏，轻易便可掩盖过去！”

金四听说叫他办这事，真是一桩美差，不禁喜形于色，拍了拍胸：“只要兄弟伙看得起我，信得过我，我拼上一条命也要办妥。去重庆的盘缠由我出，在我份内扣除。要是我私昧一文钱，定遭天雷打！”

金四过分热心，自我表白一番，又赌了重咒，显得有些做作，有点“此地无银三百两”的味道。

这伙人都十分豪爽讲义气，没人对他起疑心，反而七嘴八舌劝止：“金大哥不用赌咒发誓，这样做反显得你我兄弟太生分。我们既然一起喝过血酒，斩过香头，就成了同生死、共患难的弟兄。江湖上的规矩：钱财事小，义气贵重！”

孙癞头眼见吴荒货已将布口袋拿走，今晚肯定不会分财喜了，他虽不大乐意，也晓得自己犟不过大家。他打了一口哈欠，瞌睡虫来了，推了推王疤子：“你快坐到齐姑娘身边空位上去，我要在凳子上扯伸睡觉！”他伸了一个懒腰。

王疤子犹疑了一下，见齐姑娘已用目光示意他过去坐，这才起身绕到齐姑娘身边坐下。

山里人一般很穷，由于交通不便，运到山里出售的棉布贵得出奇，大都买不起，一家人仅有一床棉被的人家很多，并且絮胎多是麻绒做的，又硬又重，也不太暖和。所以一家人常年睡在火塘边，反比盖麻绒絮热和。火塘边的长凳因此做得又长又宽，十分牢固，实际也当床用。冬天，大雪封山，山里人衣衫单薄，甚至赤身露体，一般都不离开火塘出外活动，守在火塘边度过寒冬。幸好，山高林密，烧的柴火不愁，在夏天早备好烧一个冬天的。

孙癞头从凳下拿出一个木枕头——其实只不过是一截方木上挖个凹槽——他将青布披风往身上一裹，倒头侧身而睡。一会儿，他便发出鼾声睡熟了。

金四蓦地听见屋外晒坝传来老虎的“呼呼”吼叫……连地皮都颤抖起来。他改颜变色，嘴唇发抖，指着屋外：“老……老虎！”

齐姑娘撇撇嘴，乜了金四一眼，毫不在乎地说：“有啥稀奇它是来给我守门的财神！”

齐姑娘指了指墙壁：“它不听话，我就剥它的皮！”

金四这时才注意到墙上钉着两张虎皮，他望着齐姑娘那秀气的脸蛋，不禁呆住了。

第五章

一

金四听到阳雀叫，以为还在做梦——这是他们的联络暗号！他蒙眬了一会儿才睁开眼，蓝底白花的帐顶映入眼帘；帐帘外透进的光线微弱，他以为时间还早，又闭上眼养神——昨晚睡得很迟，公鸡已啼叫了两遍。

他闻到枕上有一股菜油的清香，知道这是齐姑娘留下的，屋内这唯一的床铺是齐姑娘睡的；因为金四是初到的稀客，便让给他一人睡。他猜想，齐姑娘昨夜一定也与大家睡在火塘边。

对于齐姑娘，金四有一种新奇的感觉。他以前见识过各式的漂亮女人，都不如齐姑娘这样大胆直率，粗犷放荡。从她闪烁着火一般的眼睛里，亮着无限潜在的热情，她那健壮匀称的体态还多少带点挑逗的肉感。

齐姑娘的影子在金四脑际清晰地晃动，他想倘若能与这样的女人勾搭，一定十分有趣。

他头下是齐姑娘睡过的方枕，粗布的枕芯内灌满粟米壳，头部稍一转动，粟米壳便发出窸窣的声响。除了齐姑娘头发留下的菜油香外，金四仿佛从白粗布的棉被上闻到另一种女人特有的幽香，这肯定是齐姑娘以前留下的体泽，令他神魂飘荡，产生遐想。

俗话说："饱暖思淫欲，饥寒起盗心！"金四这些年来历尽艰辛，肚儿常没填满，哪有心肠想女人？要不是饥寒的威胁，他肯定不会与吴荒货为伍；既然入了贼伙，暂时的温饱，加上心灵的空虚和恐惧，需要寻求官能的刺激来寄托，支撑他的精神。齐姑娘火一般的热情，山茶花般的容颜，怎能不叫他动心！他十分自信，认为像齐姑娘这样粗野轻佻的女人，他完全伸手可得。

金四仍闭着眼胡思乱想。他想到齐姑娘看王疤子那种眼神，便自作多情地怜惜起齐姑娘来，认为她太可怜，王疤子不但面目丑陋，而且哪里懂得对女人温存？真是饥不择食，齐姑娘好比一朵鲜花插在牛屎巴上。只有他才懂得……

屋外传来齐姑娘银铃般的声音，金四心中一颤，打断了他的遐想……

齐姑娘大声阔气地说："王疤子，你们那个金大哥还睡得像一条懒虫。太阳当中了，叫不叫他吃中饭哩？"

齐姑娘对他的语气含有轻蔑的意味，金四说不出是啥滋味，心中很不自在，连王疤子回答齐姑娘说些啥，也没听清！

又是齐姑娘的声音："他好吃懒做，再大的家当怎会不败？坐吃山空……"

齐姑娘刹住了自己的话头："哎哟！我这么大的声气，他该不会听见？"接着传来她咯咯的笑声。金四可以想象到齐姑娘正用手捂着嘴，水汪汪的一对眼睛望着王疤子在笑。

齐姑娘的议论显然是对他而发，刚才说他"懒虫"，这时又说他"好吃懒做"……金四的脸不自觉地红了。

金四听见碗筷响，晓得齐姑娘与王疤子已坐在火塘边吃饭。沉默了一会儿，蓦地传来齐姑娘压低的声音，传进金四耳里仍然很清晰："你，快把这两只鸡腿吃光……"

显然齐姑娘正给王疤子夹鸡腿，又听见王疤子推辞说："早晨你给我煮了六个荷包蛋，我吃下还没消化，肚里胀鼓鼓的。"

传来齐姑娘不悦的声音："枉为男子汉！连六个荷包蛋也消受不了。"她接着用命令的口气说，"吃下，快把鸡腿吃下！"

"吃，好，我吃……"王疤子带点勉强的口气说。

沉寂了一会儿，金四听到外面板凳轻轻响了一下，传来一阵零乱的声音，这些声音金四很熟悉。他心中一震，忙坐起身，凝神谛听着……

王疤子的嘴巴像被什么捂住，传来他断断续续、模糊不清的话音："莫……莫闹，碗……谨防碗……"

屋外只传来齐姑娘和王疤子的声音，金四不晓得吴荒货他们哪里去了，大概堂屋只剩下他俩。他根据这些声响，可以猜想到，这时齐姑娘正搂住王疤子在亲嘴调情。一种莫名的妒火，陡地从金四胸中升起，他迅速地跳下地，赤着脚悄悄走到门边站住，从门缝里往外看——

大门敞开着，强烈的阳光射进堂屋，金四感到目眩，一会儿，他才看清堂屋内的景象：果真，齐姑娘像蜜糖似的紧紧搂住王疤子，咂的舌头一片啧啧响，十分放荡热烈。

王疤子挣扎了几下，最后忍不住用他粗壮的手臂将齐姑娘抱起，放倒在火塘边的条凳上……

金四看得呆了，他蓦地听见"哗啦"一声响，是饭碗跌碎的声音。

王疤子一惊，松开了齐姑娘。

齐姑娘迅速从条凳上坐起，边理零乱的发绺边站起身，嘻嘻笑着离开了堂屋。

王疤子弯腰收拾着饭碗的碎片……

金四既艳羡又妒忌，离开了门边，撩开帐帘，坐在床沿上发呆。他这时感到脚踝仍然有些刺痛，苏幺爸昨天给他吃的药丸，原来并没根除他脚踝的损伤。

山里的房屋窗户少，一方面是防猛兽侵入，一方面是为了保暖。因玻璃在山里成了罕见的奢侈品，一般人是用不起的。

金四定了定神，他心不在焉地打量着四壁，见墙上粘着几张生兽皮，其中居然有一张扁担花的老虎皮；想不到齐姑娘这样秀丽的女人还能猎虎，他不由露出惊奇的表情。

墙上还挂着猎叉、火药枪、火药角之类的狩猎器具……

一个小窗开得很高，很像一个圆洞，射进一道强烈的光柱；光柱里无数微尘像有生命似的浮动着。

屋外传来十分欢快的鸟叫声，有阳雀、布谷鸟、山雉的鸣啭，给幽静的山间平添了许多生气。

金四穿好衣衫，却寻不着他穿的草鞋，只见床沿下放着一双半旧的圆口鞋，猜不定是不是给他预备的。

金四正望着地上的圆口鞋犹豫，齐姑娘推开门进房来了，门框发出“吱嘎”的一声响。

齐姑娘站在金四面前，红扑扑的脸蛋上，一对眼睛笑眯眯地望着他：“金大哥，昨晚睡得好吗?”

金四觉得眼前一亮，精神顿时一振，他贪婪地望着齐姑娘那张充满了青春活力的面孔，目不转睛。

齐姑娘见金四的神态，不觉捂嘴一笑。

金四装出刚起床的样子，伸了个懒腰，摇头晃脑，带点卖弄的意味：“春眠不觉晓，处处闻啼鸟——一觉睡到大天光，真好睡!”

齐姑娘惊讶地望着他，对他的话不全懂。她笑了，觉得他有一股可笑的穷酸味。

齐姑娘指着那双圆口鞋说：“这是我那个死鬼留下的，送给你穿!”她接着寻出一双粗布袜，递到金四手中。

金四接过粗布袜，心中甜丝丝的。她将死去的丈夫遗物送给他，岂不有意……

金四忘了穿袜，望着齐姑娘那山茶花似的面孔出神。齐姑娘灼热的目光毫不避让地与他的目光交斗，极富诱惑力。

金四伸出手去，想摸齐姑娘的脸蛋，齐姑娘不等他的手挨近，一掌击在他的手上，立刻沉下脸来："金大哥，你知书识礼，放尊重点！"

金四脸上羞得通红，正想用话圆，齐姑娘却咯咯笑着，一阵风似的走了。

金四摸摸额头，干笑了两声："这女人……"

二

金四在火塘边坐下吃中饭，王疤子告诉他，吴荒货他们不等天亮就下山去了。

金四问："他们为啥这么急？"

不等王疤子回答，坐在一边的齐姑娘抢先回答："金大哥，你问得稀奇，他们哪个不走？亏你还是读书人，难道没心眼？"

金四见齐姑娘含着笑容，他停住筷，盯着齐姑娘那对水汪汪的眼睛说："齐姑娘，不瞒你说，我读过的诗书可以装两船。哎，我生性耿直，就是缺少点心眼！"

齐姑娘扁了扁嘴："少吹，读书人就是心眼多！我们山里的那个黄吉辉，下坝去读过两年私塾，心眼就多了，坏得出奇！"

王疤子难得开口说话，他不以为然地说："齐姑娘，话，不能这样说，黄吉辉算啥读书人！读书人中好人也不少。"

齐姑娘冒冒失失说了一句："我不信，金大哥连江湖上的规矩也不懂，他刚才……"

金四心中有冷病，吃了一惊，怕她说出刚才的事，面色顿时显得很紧张，惊惶地注视着齐姑娘……

幸好，齐姑娘蓦地刹住了话头，伸了伸舌头，瞥了王疤子一眼："不谈这个……金大哥，你快吃饭！"

金四紧张的神态松弛下来，低头吃饭。

王疤子迷惑地望着齐姑娘，张了张口，但终于没问啥。

齐姑娘弯腰往火塘里加了一把柴，抬起头来，笑望着金四说："金大哥，我给你说，吴荒货和白先生他们都是石牛场上常露面的人，朱家的墓被盗，这方圆几十里肯定要闹动，他们假若恰恰在这几天没在场上露面，岂不惹人猜疑！哎，你连这也想不到，真是……"

金四“哦”了一声，他蓦地将饭碗搁在矮几上，慌张地说：“哎呀！不好。”

齐姑娘和王疤子都不解地注视着他。

金四站起身又坐下，心绪不宁地说：“我碾房偏这两天关上门，他们也会怀疑到我啊！”他埋怨说，“吴荒货他们走时，为啥不叫我一声，这……”

齐姑娘不满地斜睨着金四说：“金大哥，你嘟个埋怨他们！他们走的都是毛狗路，又是黑夜，你脚上又有伤……”

齐姑娘停顿了一下，望着金四露齿一笑：“他们原也想背着你下山的，是我做主将你留下。你想，你的脚伤靠坝子里那些草药先生医治哪行？他们尽哄钱。隔会，我叫王疤子去山上扯把草药来，让我给你敷上，包管两天就好！”

金四听齐姑娘如此说，早忘了疑虑，看来，齐姑娘对他……金四吃过饭，放下碗；齐姑娘倒了一杯热茶递到他的手中说：“金大哥，你吃不惯苞谷米，等会我叫王疤子翻过山坳去买点稻米回来，我焖炬饭给你吃！”她十分殷勤地说。

金四客气地说：“齐姑娘不要太劳神，这苞谷饭香得很。”他这些年常挨饿，说的也是实话。

王疤子出去一会儿，果真扯回了一把草药。齐姑娘把王疤子叫进房去叽咕了一阵，王疤子肩上搭着一条粗布袋出门去了。

金四晓得王疤子买米去了，他假装不晓得，只剩下他与齐姑娘，他巴不得。

齐姑娘拿着草药说：“金大哥，到外面晒坝边榕树下去坐，我给你敷药。”

金四却说：“齐姑娘，火塘边暖和些，就在这里敷药。”齐姑娘蓦地仰头弯腰大笑，满口雪白的牙齿在闪闪发亮。

金四被笑得莫名其妙：“嘿嘿，你莫非吃了笑药，有啥好笑？”

齐姑娘伸直腰，忍住笑：“你们坝儿里读过书的人真好笑，怪不得叫书呆子。外面太阳当空照，初夏天难道还冷，未必你在打摆子！”

金四的神态颇尴尬，讪讪地干笑了两声。

“来，你脚疼走路不便，让我扶你出去。”齐姑娘大方地上前搂住金四的膀子，扶着他一步一步往晒坝边榕树下走去。

金四多年没亲近过女人，他闻到女人特有的幽香，接触到齐姑娘柔软的身体；好像站在空中的云朵上，眼前一片白晃晃，他什么也看不见，呼吸顿时急促起来。

齐姑娘不时开朗地咯咯笑着，边扶着他边不断关照：“小心，阶沿坎高……小心，脚下有青苔，防滑……”

她说话时嘴唇差点触到他的面颊，呼出的气息热热的，金四真像酒醉似的快瘫倒在地上。

齐姑娘只得更紧地搂着他，生怕他会跌倒。

金四错会了齐姑娘的意思，以为是齐姑娘故意挑逗他。他陡地停住步，忘了一切，大胆地将手伸到齐姑娘的胸部……

齐姑娘一愣，并没抗拒，只是微微躲闪着，像一个被人搔痒的孩子，咯咯地、天真烂漫地嬉笑着。

金四得意非凡，他认为已经勾搭上这个女人，再也克制不了自己的欲火，忘了脚疼，他见晒坝四周有葱茏的树丛掩蔽，估计王疤子一时不会回来，于是拦腰将齐姑娘抱起平放在晒坝上，扑在她的身上。

齐姑娘被金四放倒在晒坝上，仍咯咯笑，口里说："龟儿子，看不出你斯斯文文还有一把蛮劲!"

她左躲右闪在地上滚动，也用手搔金四的胳肢窝……

待金四出着粗气用力扯她的裤子，她咯咯的笑声戛然而止，露出意外惊愕的表情，脸上顿时改变了颜色。她略用力将他一推，金四被轻飘飘地推向一边，在地上滚了两转才停住。

齐姑娘蓦地跳起，站在金四面前，现出一脸怒容，两手叉腰："啧啧，看你长得像个人样，原来你对我没安好心!"

金四也感意外，他挣扎着站起，显得手足无措，茫然地望着齐姑娘发怔。

那条猎狗很通人性，见齐姑娘在斥责金四，立刻从晒坝边蹿过来，扑上前汪汪叫。

"嘘——"齐姑娘挥了挥手，那条猎狗又摇着尾巴跑开了。

金四惊惶不安地解释，显得语迟："我……不过……没有坏心……你切莫……"

齐姑娘的口气稍微平和了一些："江湖上的规矩你不懂！我是王疤子的相好，你与他是结义的弟兄，岂能背着他干这种事！他要是晓得，准会两刀捅死你。再说，我也不喜欢你这苕哥儿那副酸相!"

金四见齐姑娘竖着柳眉，满脸怒气，他实在难以理解这个女人，既然让他……为啥又将贞操看得这么重，他呆了一会儿，终于讷讷地说："齐姑娘，你莫……莫生气，你……"

他想到王疤子那副耍刀的凶相，要是晓得他调戏齐姑娘，真会捅他两刀的……

金四越想越怕，见齐姑娘仍然横眉怒眼对着他，感到惊惧异常，竟不顾体面，在齐姑娘面前双膝跪下，苦着脸说：“齐姑娘，我跪下给你赔礼，望你千万……”

他见齐姑娘转过头去不理他，看不清她脸上的表情。他急了，几乎用绝望的声音继续央告：“我不是人，我错了，齐姑娘，大人不记小人过，望你……”

齐姑娘回过头来，眉毛动了动，口气缓和了一些，嘴一撇说：“哪个稀罕你下跪，快起来自己到榕树下坐好！”

齐姑娘扭头进堂屋去了。

金四心中七上八下，站起来，苦着脸，一瘸一跛地硬撑着走到榕树下，在竹凳上坐下发呆。

一会儿，齐姑娘从堂屋走出来了，她手中拿着草药，还取来了一块破布。

齐姑娘搬过一个矮竹凳，靠近金四脚边坐下，替金四卷起裤脚，察看他的脚踝……

金四暗暗观察齐姑娘的表情，见她脸上冷冷的，看不见半点笑意，也看不出有半点愠怒，令他捉摸不定，心中忐忑不安。

齐姑娘察看完毕，将草药放进口里嚼烂，然后吐到手心中，抹到金四损伤的脚踝上，轻轻抹匀净。

她手指的动作十分轻柔，不断抬头观看金四是否有痛楚的表情。

金四见齐姑娘仍这样细心给他敷药，不觉有些感动，越发觉得齐姑娘可爱。但齐姑娘一直冷若冰霜，不再像先前那样毫不拘束地亲昵嬉笑，不由不使金四感到惆怅，他不敢再去挑逗齐姑娘。齐姑娘那张美丽的面孔离他很近，现在他也不敢正视她；偏过头去，假装看着那边的密林。

齐姑娘敷好草药，用破布细心给他包扎好，站起身来，用平静的语气说：“金大哥，敷上这种药，包你明天就能自在地走路。”

齐姑娘转身走了几步，回过头来站住，露出整齐的白牙一笑：“看你失魂落魄的样子，叫人有些心软。金大哥，你是初犯，以后不要这样冒失；我好心好意招待你，要放正经些！”

金四难为情地干笑了两声。

齐姑娘咬着她鲜嫩的嘴唇凝思了一会儿，仿佛还想说几句，但她迟疑了一下，没有再说啥，扭身走了。

金四心中的疑惧消失了，望着齐姑娘健美的身影，轻轻叹了一口气，没精打采地垂下了头。

三

金四在第二天果真可以自在地走路，齐姑娘给他换过一次药，第三天，他便可以照样奔跑了。

这两天，齐姑娘再没让王疤子走出晒坝一步，几乎与他形影不离。金四没有机会，也不敢再去勾搭齐姑娘，只好死了这条心。

晚上，金四不再受优待，独自睡在火塘边的长凳上。他虽然破落，晚上这样睡觉却从来没经历过。

齐姑娘每夜都与王疤子关上房门睡在一起，从门缝里传出的嬉笑声，使金四更难以入睡。他对王疤子不由得产生妒忌，也暗暗艳羡。他想不通齐姑娘为啥对王疤子如此钟情，对齐姑娘与王疤子的身世，金四一无所知，一时也无处探听。

王疤子本来寡言少语，对金四虽说不上殷勤，但还是十分友好的。

金四每夜睡在长凳上听隔壁戏，对他真是一种折磨，他恨不得早早离开慈虎岩。

第四天，吴荒货派孙癞头上山传信，要接金四立即下山。

一旦要走，金四却有一种说不出的难舍之情。他对齐姑娘，对这间深山里的茅草屋，以及对那棵垂满气根的榕树，都感到依恋。

金四独独对于王疤子有一种说不出的妒恨，但他并没表露出来。他临走时客气地向齐姑娘和王疤子谢了又谢。

金四脱下齐姑娘给他穿的布鞋和布袜，要还给她。

齐姑娘面红筋涨，不悦地说："金大哥，你看不起人是不是？再穷，这布鞋、布袜也送得起。你住了几天，该不会硬给房饭钱?"

金四只好丢下草鞋，仍然穿上布鞋布袜，齐姑娘才笑了。

金四告别时，齐姑娘正在厨房里忙。他站在堂屋里提高声音说："齐姑娘，多谢啰，我走了哟！"

"慢走，我不送啰！"齐姑娘在厨房内回答。

金四很想再见齐姑娘一面，但齐姑娘并没有出来送他。孙癞头已站在门口催促：“金大哥，快走！”他不好意思进厨房去，故意找话说：“齐姑娘，有空下平坝来玩几天！”他接着瞥了王疤子一眼，不情愿地补了一句：“跟王疤子一道来！”

“要来的，我不送了，请慢慢走！”齐姑娘仍没出来。

金四不好再停留，只得走出堂屋，跟在孙癞头身后离开了茅草屋，怏怏地上了路。

王疤子只送到林间小路，金四连与王疤子打声招呼也忘记了。

孙癞头领头带路。他用一根木棍拨开带刺的灌木和茅草，尽走的毛狗路；金四走得很慢，他的衣襟常被野刺挂住，喘着粗气，十分吃力。

孙癞头走惯了这种路，边走口里还边哼着莲花落：

的的哒、的的哒……

大清早起赶早市，

癞头讨饭背趸时，

没得哪个把钱赐，

饿了一天难求食，

……

的的哒、的的哒……

孙癞头唱得正热闹，蓦地闭上嘴，停步侧耳细听；金四差点踩着了他的后脚跟。

金四也听见从来路的密林深处传来“巨巨阳”的啼叫声。

孙癞头顿时笑逐颜开地对金四说：“王四哥追来了，不晓得有啥事？”

他尖着嘴唇回答了两声“巨巨阳”！

金四心中有冷病，刚才齐姑娘没出来送他，有些反常。听说王疤子追来了，他蓦地改变了颜色，心中惊疑不定。

孙癞头见金四惶惑不安的神态，当然不会晓得他有心病，解释说：“王四哥追来了，想必有啥话说，不会有啥风险！”

“巨巨阳”的叫声越响越近，孙癞头不断应声：“巨巨阳！”

金四忐忑不安地注视着响着“巨巨阳”的方向，从灌木丛中现出王疤子的上半身，他手中持着一把鬼头刀，边走边用刀拨开枝叶和茅草，像闪电般走拢了。

王疤子在金四面前站住。他见金四脸色苍白，惊畏地望着他手中锃锃发亮的鬼头刀发抖，脸上露出惊讶的表情。

孙癞头也觉金四神色不正常，走拢几步，笑指着刀说："王四哥，快收起你手中的鬼头刀，金大哥没见惯这种凶器！"

王疤子"哦"了一声，忙将鬼头刀往背后腰间一插收好，说："金大哥，在山间行走不带利器不行，你以后也要学会使用这玩意才方便嘞！"

金四一颗心放下了。他定了定神，脸上蓦地红了。他问："老四，你慌慌张张追来干啥？"

王疤子喘了口气，从肩上取下一个白花蓝底印花包袱，当面打开，说："金大哥，齐姑娘陡地想起叫我追上送两样东西给你。"

金四听说是齐姑娘特地叫王疤子追上送东西给他，早忘了刚才的惊虑，顿时眉开眼笑，十分兴奋地说："不敢当，累齐姑娘费神！"

王疤子没与金四客套，指着摊开的包袱交代说："这两坨麂子肉，齐姑娘昨天忘了给你吃，送给你带在路上充饥；这一包丸药是骨科药，以后万一骨折骨损，用烧酒送下立见奇效。齐姑娘还说，连印花包袱也一起送给你。"

王疤子交代清楚，又重新将包袱包好，递到金四手中。

金四怔怔地望着印花包袱发呆，眼前浮现着齐姑娘的影子，耳边仿佛响着齐姑娘银铃般的声音，这女人对他时冷时热，真摸不透她的心思……

金四不敢多想，怕王疤子生疑，收起了邪念，一本正经地说："老四，多承你跑了一趟，恭敬不如从命，我愧领了。你回去对齐姑娘说，多谢她，我……"

金四想表白自己是重情义的人，怕说多了露破绽，陡地收住口，也学他们的样，双手一拱表示告别。

王疤子再没多说："金大哥，隔几天在石牛场见！"

他抽出鬼头刀转身，用刀拨开灌木走了，一会儿便消失在密林中。

孙癞头见金四站在那里，仍捧着齐姑娘送给他的包袱出神。他轻轻咳了一声，拍了拍金四的肩膀："金大哥，齐姑娘是女人中的这个……"

孙癞头伸出大拇指："她是女中豪杰！"

"唔……"金四点了点头，"老弟，走。"孙癞头没再说什么，在前开路。

走了一会儿，齐姑娘的影子老在他心头出现，抹也抹不掉。他禁不住边走边向孙癞头探问："老幺，齐姑娘原先的男人姓啥，死去多久了？"

孙癞头回头瞥了金四一眼，边走边回答："齐姑娘原先的男人姓黄，有个绰号叫夜猫子，阴阳颠倒，晚上不睡觉，白天却睡不醒。唉，齐姑娘命苦！"

他们脚下的路越发难走，孙癞头专注开路，顾不上再说话。

金四的衣衫常被野刺挂住，也顾不上再问，一心走路。

走过这段难走的山路，金四紧追了两步，缩短了他俩之间的距离，问："你……你刚才说齐姑娘命苦，啷个回事？"

孙癞头停住脚步回过头来，语气含着不满："你走得喘气，偏打破砂锅问到底；我走累了，没精神回答你。"

金四神情有些尴尬，讷讷地辩解说："这，这……我不过随便问问，谈谈说说不易感到疲累嘛！"

孙癞头点了点头："你说的也对，一路摆谈不觉路远！"他继续往前走，金四紧跟在他身后，不便再问。

他们走到一段平坦的山岩，孙癞头停住步回头说："金大哥，我肚子饿了，在这岩石上坐下歇息一会儿，吃点东西再走。"

金四早累得气喘，用衣袖拭着额上的汗，一屁股坐下，他也学孙癞头的样子，双脚盘膝而坐。

一阵山风吹来，将地上的枯叶卷起飘散，金四说："啧啧，好凉爽！"

孙癞头坐了一会儿，见金四稳坐不动，露出不高兴的神情说："金大哥，未必你是金身罗汉转世？"

金四迷惑地注视着孙癞头，一时弄不懂他说这话的用意。

孙癞头见金四望着自己发愣，只得将话点明："只有金身罗汉转世才不吃人间烟火，难道你还不饿？"

"哦！"金四明白过来，"饿，我啷个不饿哟！"

"那……你为啥还不拿出来？"孙癞头说。

"拿，叫我拿啥？"金四惊望着孙癞头。

孙癞头指了指金四放在脚边的包袱："既然饿了，快把齐姑娘送给你的麂子肉拿出来大家吃嘛，装啥呆！"

金四原以为孙癞头带着充饥的吃食，这时才明白过来。说实话，他真不愿将齐姑娘送给他的麂子肉拿出来呢！

金四见孙癞头一脸不悦的神色，只好说："笑话，我金某素来大方。"

金四慢吞吞地解开包袱，拿出几块麂子肉，在手上掂了掂轻重，选出两块轻些的，递了一块给孙癞头，自己留下一块，余下又放回包袱内。

孙癞头咬了一口手中的麂子肉，称赞说："好香，齐姑娘舍得放盐！"山里的盐巴比较干贵，所以孙癞头这样说。

金四一点一点将麂子肉撕下放进口中慢慢咀嚼，仿佛在细细地品味。

孙癞头一会儿便将手中的麂子肉吃光，他用舌头舔着嘴唇，贪馋地望着包袱，不满地说："金大哥，这么小一块麂子肉，不够我填牙缝。你能不能再……"

金四不等孙癞头说出，忙将包袱包好，生怕孙癞头会自己动手抢似的。

孙癞头见状，冷冷一笑："不够朋友，吝啬鬼！"

金四脸一红，辩解说："老四，我怕你吃多了麂子肉会口渴！结果找不到水喝！"

孙癞头再没说啥。将几个手指在破衣衫上揩净，偏过头去望着岩脚，一会儿，他紧绷着的脸舒展开来，低低唱着莲花落取乐：

齐姑娘、王疤疤，
好汉捡朵花，
哪个都羡他。
孔雀配乌鸦，
…………
的的哒，的的哒……

金四咽下了最后一口麂子肉，听到孙癞头唱词中有齐姑娘与王疤子，问道："喂，孙老幺，齐姑娘这么标致的女人，啷个偏会喜欢王疤子？"

孙癞头停住唱，轻蔑地瞥了金四一眼，半晌才回答："你晓得个屁！王疤子人虽丑，心眼好，讲情义。"

金四见孙癞头气鼓鼓的样子，顿时沉默了。

孙癞头眨了眨眼："金大哥，看样，好像你也喜欢上齐姑娘了。"接着冷笑一声："嘿嘿！"

金四本亏心，听孙癞头一点破，顿时满脸通红："老……老幺，莫……莫乱说!”

孙癞头脸上像罩着一层严霜:“关照你,我们江湖上的规矩,既然是结义弟兄,不兴背后捣鬼;犯了这条,人人都可以让他吃刀子!”

金四心中一震,强作镇静地说:“老幺,我读过圣贤书,哪能……”

孙癞头不待金四说完,粗暴地打断了他的话:“废话少说,看,太阳已偏西,快走!”他站起身先走了。

“等等,老幺。”金四忙站起身,挎上包袱,生怕孙癞头丢下他,无法认路下山。他急急追上孙癞头。

只听脚步沙沙响,他俩都没说话,沉默着走了一会儿。孙癞头蓦地停住步,金四埋头往前走,差点踩着孙癞头的脚后跟,忙收住脚。孙癞头脸含笑容地指着一条下山的小路说:“金大哥,这条小路直通山脚,并无岔路,到了山脚,你自能识路回石牛场。”

金四有些犹豫地问:“孙老幺,未必你不下山?”

孙癞头说:“金大哥,你空自知书识字,连这点道理也不明白!”他吐了一口唾沫,“我与你一起下山,岂不惹人生疑?我另绕道回石牛场。”

“啊!”金四点了点头。

金四与孙癞头分手,往下走了一段路;树木逐渐稀疏,已能看见山脚下像碧带似的石牛河蜿蜒流过,不禁舒了一口气。

四

金四边往山下走边回味着这几天的经历,恍如梦境,但明明不是梦,是真实的遭遇,他现今成了盗墓人的同伙,令他不寒而栗。想到齐姑娘,他心里便翻滚起来,怎也忘不了这个惹人喜爱又令人捉摸不透的女人。

王疤子、吴荒货这些人令他可亲,也觉可畏,引他进入了一个新奇的天地,看到石牛场底层的另一个侧面。

金四不安起来,觉得他今后的命运难以预测……

一只野兔蓦地从路边草丛中蹿出,吓了他一大跳。他眼望着野兔又消失在草丛中,忍不住叹息了一声。

金四继续往下走,仍边走边胡思乱想。他想到已将朱佳富的祖坟挖开,暴尸荒野，总算报了多年来的宿恨，顿时浑身轻松起来，有一种说不出来的痛快。

金四安慰自己：“管他妈，既已被吴荒货他们拉下了浑水，悔也无益，总比鼓着眼挨饿受冻好。唉，人生在世……”他口里嘟嘟囔囔，将心中想的话吐出了声，自己吓了一跳，忙收敛住心神。

金四已走到山脚，松林外便是一片苞谷地，播种的苞谷还只有几寸长的苗。他停住步，屏息听了松林外的动静，没发现什么异常的声音，才迈开步走出松林。

金四刚出松林，突然被一群穿灰军服的区丁围住——他们埋伏在土坎下，金四事先没发现。

一个瘦猴样的人露出两瓣金牙，举着连枪[1]对准金四的前胸，吆喝说：“啥人？举起手来！”

金四吓得颈子往下一缩，差点撒腿回头跑，但他晓得已不能逃跑了。他脑际一闪念，不单跑不脱，岂不是自行暴露？

金四强作镇定，他没有举起手来——因为他已看清举着连枪对准他的人，是熊世发手下的邢班长。彼此是认识的。

金四大模大样地说：“咦，邢班长，啷个连我也不认识，快把枪放下，谨防走火！”

下山时，金四尽走的毛狗路，本来已经破旧的衣衫又被挂破多处，显得十分狼狈。邢班长一时仍没认出他，后退了一步，厉声大叫：“再不举手，我开枪了！”

金四见邢班长仍然那么严厉，错以为邢班长已晓得他与盗墓有关，是故意埋伏在这里捉拿他的，吓得战战兢兢举起双手，硬着头皮叫嚷：“吔，邢班长，啷个不认黄[2]，我是金四少爷，难道你没认出！”他平时爱在熊世发面前摆旧架子，在熊世发的部下人面前更是如此，所以熊世发对他敬而远之，不愿与他亲近，但也不便发作。

邢班长这时才辨认出金四，也吃了一惊，晓得熊世发平时也要让他三分，忙将连枪收回，放进腰间的枪盒里，赔笑说：“啊，原来是金四少爷，你……为啥弄成这般模样，差点没认出来！”

金四一时不晓得如何回答，神情有点慌乱。邢班长又见他衣衫挂破多处，破

1　能连发的一种手枪。
2　四川话，不讲交情，不留情面。

布片在风中飘动，骤看他与叫花子无异，生了疑心，问："金四少爷，你在山上干啥?"

金四晓得自己倘若再显出慌乱的样子，更会惹人怀疑。他自恃与熊世发的关系，估摸邢班长并没拿住啥把柄，胆子顿时壮起来。

金四矜持地扫了邢班长一眼，露出不屑于回答的样子，索性往路边一块石头上坐下，才缓缓地说："邢班长，我金四少爷现今落魄，难道我上山寻朋友混碗饭吃也犯了法？哼，看你这副凶相，难道是熊世发叫你这么对待我？走，我找熊世发去理抹清楚!"

邢班长见金四的口气这么硬，他又没寻出啥破绽，只好赔笑说："金四少爷，请不要见怪，实话对你说，朱佳富先生的祖坟被盗，郑老先生告到州里[1]，专员大人责成熊区长定时破案。熊区长急得很，叫我封山搜查，至今还没捉住盗墓贼，所以……请金少爷海量包涵!"

邢班长态度开始软化，金四的口气反而咄咄逼人："吔，难道把我当成盗墓贼？好，请邢班长将我浑身上下搜查一遍，你也好回去交差!"

邢班长因听说朱佳富愿出巨额赏金捉拿盗犯，他贪功心切，说："金四少爷既然如此说，恕我斗胆了。"

他真的上前将金四身上搜查一遍，把包袱打开看过，没发现啥可疑的东西。

金四虽然破落，还从没有人敢这样放肆对他搜身，他见邢班长没搜出啥把柄，便大声闹嚷起来："好，你邢班长竟把我当成贼，我找熊世发去！他纵容部下胡作非为，不给我赔礼道歉、我是不依的。我要联合金家全族到涪陵控告熊世发欺主昧良、诬陷宿绅；我要投诉川东各地码头，请舵把子们评理，我还要联合前区长郑甫林……"

邢班长被金四一闹嚷，反而失了主意，他晓得熊世发与金家的关系，加之金家在石牛河一带也是大族，金四的族人平时没人愿管他的冷暖，但遇到这种事情，也会趁机借题发挥；倘若事情闹大，对他是不利的。

邢班长马上改变了态度，堆着笑脸赔罪说："金四少爷不必生气，改天我去府上赔礼，任打任罚由你!"

1　指涪陵，旧叫涪陵州。

金四开初闹嚷还有点心虚，现在见邢班长已退缩，更是气势汹汹：“赔礼？哼，哪有这样撇脱！”

他索性上前抓住邢班长：“你，你是啥东西？龟儿子！狗东西……”

邢班长身后几个区丁忙上前劝解，见劝不住，早有一个区丁向熊世发报信去了。

金四见邢班长仍不住赔礼，胆子更壮，死死抓住邢班长的衣领不放，忘了利害，竟一口唾沫迎面吐到邢班长的脸上，口中骂个不停：“狗东西，龟儿子！……”

邢班长是兵痞出身，干过几天土匪，见金四当众这么骂他，还吐了他一脸唾沫，觉得脸面难堪，一股火气往上涌，铁青着脸：“金四，你不要不识抬举，还耍公爷威风，你穷得像个叫花儿，说好话你不听，休怪我无礼了！”

邢班长双手扭住金四肩膊用力一推，文弱的金四当即仰面跌倒在苞谷地边。

金四“哎哟”叫着，从地上挣扎站起，向前一步，用颤抖的指头点着邢班长的鼻尖：“邢猴子，你敢行凶殴打我，我与你拼了！”

他忘了一切，像牯牛般将头往邢班长胸部撞去。

邢班长身子一侧，金四收不住脚，往前扑倒在地上；邢班长冷冷一笑，一脚踏在金四背上，正挥拳要打……

熊世发离此不远，听到区丁报告，一会儿便赶来了，见状忙大声制止：“住手！”

邢班长一惊，忙收住拳头，收回脚；脸上露出悻悻的表情，站在一边说：“报告区长，我奉命在这里搜查，金四从山上下来，不听上服，竟斗胆骂人！”

熊世发穿着一件青绸长衫，戴着一顶灰色博士帽，手中拄着手杖，站在金四面前：“金四少爷，快请起来！”

“熊管事，我受你部下如此欺侮，你管不管？”金四不肯起来，反而在地上打起滚来。

熊世发胸宽体胖，头发虽已花白，但精神仍很好。他皱了皱眉，心中十分讨厌金四还喊他叫熊管事，摆公爷架子，但表面上不便发作——因为他晓得这些年树大招风，暗中反对他的人不少，金家和郑家是石牛场的两大族，不是好惹的；何况他还是石牛场的舵把子，也得装出讲仁义的样子。

熊世发只好弯身亲自将金四扶起，装出笑脸说：“公爷，我迟了一步，使你受了委屈，请你海涵。”

金四见熊世发将他扶起，他做出不肯善罢甘休的样子，仍逼迫熊世发说："熊管事，邢猴子如此欺侮我，你管不管?"

熊世发无可奈何，只好面对邢班长说："你晓不晓得，我一直十分尊重金四少爷，你怎敢这样无礼!"

邢班长心中不服，低声咕哝了一句："妈的，是他向老子撒泼……"

熊世发原想责备邢班长几句，给金四圆点面子好收场，想不到邢班长竟敢当面顶撞他，不觉有了真气，举起手杖朝邢班长背上打了一棍："你敢顶嘴！来人呀，把邢猴子的连枪下了，捆起送到区公所，关起再说!"

熊世发身后站着的两名卫兵莫斑鸠和杨二娃应声上前，将邢班长腰间的连枪取下，用绳子捆了，交给两个区丁将人押走。

金四的气焰顿时更高："熊管事，你纵奴欺主，未必没天理!"

熊世发最忌讳金四仍用以前主子的口气与自己说话，他已给了金四面子，金四反而不识时务，他心中暗感恼火。近几天为朱佳富的祖坟被盗，郑甫林趁机在攻击他，他并不怕郑甫林，但对朱佳富不得不格外当心。他在金家大院当管事时，已领教过朱佳富的手段，何况现时朱佳富比当年大不一样，已成了航运界的著名人物，认识无数达官显宦，更是惹不得。眼前金四一闹，倘若被郑甫林利用，对他十分不利。

熊世发只好隐忍住，装出笑脸："公爷，你言重了。我熊某是重情义的，我定不轻饶邢班长，替你把气出够，怎样?"

金四见熊世发面部的表情变化了几次，他这时渐渐冷静下来，也觉得再闹下去可能会讨个没趣，于是借机收场。他苦着脸说："熊管事，光出气顶啥用？你看，我衣衫被邢班长撕成这样，叫我以后穿啥?"

熊世发见金四说得可怜巴巴，想到他以前的势派，不觉有所感触，于是说："公爷，我赔你一件新衣衫，还送两万元给你花用，不要发愁!"他马上掏出一沓钞票递到金四手中。

金四不觉喜出望外，眉开眼笑地说："熊管事，你真讲情义!"

熊世发不愿再与金四纠缠，他向身边的人吩咐："快，把我坐的滑竿抬来，送金四少爷回府!"

金四听熊世发这样吩咐，不禁得意忘形，笑逐颜开地说："熊管事，多谢你，哪天有空，请到敝府玩玩!"

熊世发听后不觉暗笑，勉强含糊应付了他几句，将他送上滑竿抬走。

五

金四回到碾房，熊世发果真给他送来一件家机布的长衫。

经过这几天的奔波和惊骇，金四发高烧病了。碾房里连烧饭送水的人也没有，他只得硬撑着起床，干这些杂事。碾房很久没人上门碾米，砻子和风车上已结满了蛛丝网，幸好手中有熊世发送给他的两万元钞票，短期内不愁吃喝。有时，他干脆走到龙济桥上，买点现成的吃食回来食用。

金四有点奇怪，以前常蹲在龙济桥头的孙癞头，他一次也没碰见，不晓得跑到哪里去了，吴荒货、白先生他们也不见踪影。

金四开始不安起来。病好后，他显得焦急烦躁，整天像热锅上的蚂蚁，在碾房内外走出走进，猜想吴荒货这几天不来找他的原因。

他几次想上石牛场去找吴荒货他们，但不敢贸然去冒险，因为孙癞头曾交代过，叫他不要去石牛场找他们，有事时，他们自会来找他。可是……

金四蓦地猜想：吴荒货他们该不是将那些金银玉器私分掉，丢下他远走高飞了？他越想越像，暗暗懊悔自己在慈虎岩时为啥不附和孙癞头的意见，将那些财物当场分掉……

一会儿，他又想到自己下山遇到邢班长搜身的事，又暗自庆幸没有当场分掉，否则带在身上，后果不堪设想！

多时不下雨，石牛河的水快干涸了。金四睡在床上听不到哗哗的流水声，也听不到远处水车悠扬的欢唱——往昔，这些声音像催眠曲般送他进入梦乡。

夜，静静的，只有耗子的奔窜，不时打破碾房内的宁静。

金四在床上辗转翻动，稻草发出沙沙的响声。他睁着双眼望着黑黝黝的屋顶想心事，由于捂的糠壳火已经熄灭，没有烟熏，夜蚊子猖狂起来，嗡嗡乱飞，叮得他苦不堪言。他不时拍打身上的蚊子，口里嘟囔着：“龟儿夜蚊子……”

他干脆坐起来，摸索着寻找火柴，想点亮桐油灯看书。他刚摸着火柴盒，窗外透进一道白花花的闪电，接着传来隆隆的雷声。起风了，吹得屋顶的稻草簌簌响，掉下来的扬尘撒了他一脸。他放下火柴盒，边掸抹着脸上的扬尘，边“呸呸”地吐着口水。

他划燃一根火柴，桐油灯亮了，昏黄的灯光在风中闪跳。

闪电、闷雷搅动了宁静的夜空，金四仿佛听见了低微的敲门声，待他侧耳细听，又寂然了。

他刚把枕下的书摸出，又响起了敲门声，他听得十分真切，不再犹豫，撂开书下床，拖着鞋走到门边问："哪个?"

"我，快开门!"

金四听出是孙癞头的声音，心中一喜，急急打开房门，一股风吹进，桐油灯被吹熄了，孙癞头的黑影闪了进来。

金四关上房门，摸着火柴盒想点灯，孙癞头制止说："金大哥，摸黑说几句，我马上要走!"

"为啥这慌张?"金四在暗中问。

"金大哥，听说你下山时遇上邢瘦猴，我们担心他们会怀疑你，万一暗中有人监视……所以我们不便来找你。"孙癞头低声说。

"哦，原来你们是怕这个……"金四心里的谜底才解开来，"老幺，邢瘦猴并没搜出啥把柄，熊世发哪会怀疑我？何况邢瘦猴被熊世发关在区公所监牢里，你们也太胆小了!"

他俩站在黑影中彼此都看不见对方的表情。孙癞头的声音："唉，金大哥，你还蒙在鼓里，熊世发第二天便放出那邢瘦猴，这几天他带着区丁在石牛场闹得鸡飞狗跳，到处搜查呢!"

"哎，有这等事，我真还不晓得!"金四声音里充满了惊惶。

孙癞头说："吴二哥叫我通知你，你可以借口下涪陵去治病，到了涪陵后不要停留，立刻坐船到重庆，自有人到码头接你，引你去见白三哥。"

"白三哥在重庆?"

孙癞头"唔"了一声，表示回答。

听说要他到涪陵转船去重庆，金四心中十分高兴。涪陵——他去过一次，就是抗战前去给罗天成的三姨太庆寿，中了美人计，成了他败家的起因。至于重庆——他一次没去过，听人说要比涪陵繁华十倍不止，已向往多年，苦不能去。

金四兴奋地表示赞同："好！这盘缠……大概要不少吧!"

孙癞头不等金四说完，当即递给他一沓钞票："大哥，盘缠——早给你准备好了，这是一万元……"

金四听说只有一万元，现在物价飞涨，这点钱哪够去重庆？他吞吞吐吐地说：“这……点钱，怕……不够吧？”

孙癞头摸黑拍了拍金四的肩膀：“吴二哥给你考虑得十分周到，怕你身上带的钱太多，会惹人怀疑。你放心，沿途都会有人接待你。”

金四话音仍存疑虑：“哪个接待我？他们认识我吗？”

“呃，不用担心！”孙癞头将一把篾扇递到金四手中，“这是一把常见的篾扇，带着不离身，凭这作印记。”

金四见吴荒货他们布置得如此周到，疑虑立刻消除了，高兴地说：“好，我后天便走！”

这时，屋外已哗哗地下起暴雨来，金四划燃火柴，点燃桐油灯：“孙老幺，坐一会儿，我还有一壶酒，有一包盐煮猪耳朵……”

不等金四说完，孙癞头急不可待地说：“我不能久留，吴二哥还等着我去回话！”他拉开门，冒雨走了。

“孙老幺，戴顶斗笠……”

金四听不到孙癞头应声，晓得他已走远，于是不再说啥，悄悄地关上门，还加上闩。

第六章

金四虚张声势地扬言要去涪陵治病，将碾房也托人照看，稍事安排，便买了一双麻耳草鞋，走上了去涪陵的青石板官道。

第一次出远门，他也像其他人那样在龙济桥头的土地庙前烧了香，焚化了一双价廉的水巴虫草鞋，跪下叩过头，暗祷土地公公和婆婆保佑他路上清吉平安：空手出门，抱财回乡；若能如愿，将来定为菩萨挂红送匾，重塑金身。

金四背着一个青布包袱，穿上熊世发赔给他的衣衫。由于家机布太厚实，在这种季节穿上赶长路嫌太热，他将前襟掀开，露出黄黄的瘦胸脯，又将下摆撩起，扎在腰间的布腰带上。他手中拄着一根藤杖，头上戴一顶草帽，一手还拿着孙癞头给他作为印记的篾扇。

金四仔细打量过这把篾扇，是用青篾皮编的，由于年代久远，青篾已转成橙黄色。扇上写着几个大字“金佛闲客”，笔力平常，大概出自乡间的私塾先生之手。

金四头顶炎炎的烈日赶路，汗流如雨，不住挥动着篾扇，这作印记的扇子也很实用。

金四对这次出门又喜又忧，忧的是前途未卜。许多年前下涪陵，仆从如云，坐在轿上前呼后拥；如今形影孤单，踽踽独行，出门在外，人地生疏，万一不测，自己是否能应付？孙癞头说沿途有人照应的话是否确实？……他心中忐忑不安。

他经过石牛场时，躲在一家冷酒馆里喝了两盅白沙干酒，有了一点儿醉意。

他在官道上缓缓前行，边走边观赏着石牛河两岸的风光。金四自破落后，觉得无颜见人，平时连石牛场也很少去，整天在碾房和龙济桥一带生活，将自己禁锢在那个狭小的天地里。

这些年，石牛河两岸变化不大，由于年深日久，官道上的青石板被人踩得光溜溜的，磨蚀成坑坑洼洼的形状。

路边的野草开放着五彩缤纷的小花，丛生的灌木间，绿翠、八哥、紫雉……许多小鸟在低矮的枝叶上跳来跳去，他们毫不怕人，不理会响过的脚步声，依然叽叽喳喳地鸣啭。它们的美丽羽毛在阳光中闪烁着令人眼花缭乱的光彩。

岩坎下的石牛河，刚涨过水，平时碧蓝清澈的河水显得有点浑浊，闪着绿黄的波光，看不清水底晶莹的鹅卵石，但河里的游鱼依然闪着银白的鳞光。

这一段石牛河被善堂划为放生河，是禁止捕鱼的，各种鱼类比别处多。

在抗日战争中，这一段放生河也遭过一场浩劫：石牛场曾驻扎过中央军，他们不顾禁止捕鱼的乡规，用打日本用的手榴弹扔进水中炸鱼，水面上立刻会泛起一片白花花的死鱼，捡也捡不尽，石牛河里的鱼类骤然减少。现在，抗日胜利了，中央军开走多时了，河里的鱼类又繁殖起来，但比战前少多了。

因为这里交通闭塞，抗战中躲进四川的江浙人很少来这里，所以这一带较多地保留着古朴的乡风。金四这样的大绅粮破落了，但一群土皇帝又崛起来，像熊世发之流又关起门做土皇帝。生产落后，教育不普及，穷困、愚昧、落后像铁链套在人民的颈项上，老百姓比战前更困苦。在路上随处可见衣不蔽体的穷苦人，甚至大姑娘的乳房也从破衫里裸露出来。

金四走上了一个山嘴，汗流浃背，气喘吁吁。他站住歇息，用毛巾揩拭着汗水。

他喘息刚定，感到难忍的唇干舌燥，十分口渴。

他见左边岩壁上浸出一股龙洞水，淙淙流下，在路边形成了一个小潭，水清见底。金四弯腰掬出水洗过手，然后再掬起龙洞水喝个痛快，嘶嘶地吸了几口气，用毛巾揩了揩嘴唇。

山嘴路边一棵大榆树下，有块石头，由于经常有过路人歇息，石面被磨得光光的，金四觉得这里阴凉，忍不住在石头上坐下，想歇一会儿再走。

山嘴风大，一股凉风迎面吹来，金四忍不住赞美："好凉爽！"

他掏出一支卷烟点燃，吸了几口，徐徐喷着烟雾。

他漫不经心向石牛河对岸望去，不觉呆住了，对岸恰巧是金家大院的旧址。

金家大院早成一片废墟，但树木生命力特强，比当年还茂密葱茏，碎瓦颓垣在一片翠绿中隐现。环抱金家大院的石牛河依然如故，但这些早已不属于他所有，抗战前便廉价典当给熊世发，已典当死了。

金四长长叹息一声，无限感触地说："往事如烟，不堪回首！人啊，三贫三富不到老！"

金四刚才观赏景色的兴致顿时下沉，此时的心情十分灰暗、悲凉。

他木然地垂下头，几滴泪水从眼角涌出。想到他现在已入了贼伙，眼看在家乡快待不住了，这次去重庆不晓得吉凶如何，更不晓得还能不能回到石牛河这块他赖以生息的土地。

在穷苦的岁月中，他时时怀念过去在金家大院显赫的日子，从怀旧中寻求安慰。他挂在嘴里的口头禅：“你算啥！想当年我金四少爷比你阔得多！”但是他抱着简单的行李离开金家大院以后，从没再去过，他怕凭吊往昔的住所。

他饮酒消愁，自我安慰：“人生沧桑自古有，三贫三富不到老，谁也一般啊！”

金四不愿再想这些，他将头扭向别处，不再往对岸望去。一会儿，他低沉的情绪有了变化，脸上露出了笑容。想不到会去重庆，能见识那个比涪陵繁华得多的地方，立刻感到兴奋。他轻蔑地环视着四周：“大丈夫志在四方，石牛河、石牛场太狭窄了，水浅怎能容蛟龙！”他嘴唇翕动，喃喃不清地说，傲然的目光亮晶晶的。仿佛他此去重庆，是去做大官似的，觉得眼前的一切都显得十分渺小。

金四站起身，不再蔫耷耷的，挎着包袱，拄着手杖，扇着篾扇，昂首挺胸地继续走在官道上，那副形态酸味很浓，十分可笑。

金四走了一会儿，不觉走到黄桷树垭口。垭口上那几棵高大挺拔的黄桷树，华盖似的树冠苍苍郁郁，枝繁叶茂，覆盖在垭口上，留下大片阴影。树荫里的几根石条上，坐着几个过路人，旁边摆着几副挑子，正在那里乘凉歇息。

金四觉得脚后跟被草鞋麻耳磨破皮，走一步便发出一阵刺痛。他选择一根无人的石条坐下，脱下麻耳草鞋，见跟脚上沾上了血痕，晓得是刚穿上的新草鞋忘了将毛须捶柔和。于是，他从地上拾起一块小石，将草鞋麻耳和跟脚放在石条上轻轻捶柔和；穿上试试，觉得舒适多了。

一个四十多岁的妇人提着一壶老荫茶从旁边瓦屋中走出，细眉大眼——依然可以看出她年轻时一定长得十分俊俏，她便是杨嫂子。

金四并不认识杨嫂子，石条上坐着乘凉的挑夫都认识她。

杨嫂子将一壶老荫茶往石桌上一搁，大声招呼说：“客，新烧的老荫茶，要喝自便。”

一个挑夫露出一口黑牙搭话说：“多谢杨嫂子，你真贤惠，我在这条官道上挑力，不晓得白喝了你多少凉茶！”

杨嫂子含笑说：“有啥多谢的？水是从坡脚石牛河里挑来的，茶叶是山上采的，不值啥！”

另一个挑夫已不客气地喝完了一碗茶，接过话头：“杨嫂子说得撇脱，石牛河里的水挑上坡要出大力气，茶叶虽是山上采的，好费工啰！何况开水是柴火烧的，柴火么——金贵得很啦！”

不等杨嫂子回答，一个挑夫将烟锅里的烟灰在石条上磕去："杨嫂子，听说你男人在民成公司当了师爷，为啥不搬往重庆享几天福？"

一个挑夫抢着说："杨嫂子去不得重庆，我们过路在黄桷树垭口乘凉，哪个烧老荫茶给我们喝？"

"对，杨嫂子去不得重庆……"大家异口同声说。

杨嫂子亲热地与大家攀谈，浓荫下发出阵阵的笑声，真如一家人似的。

金四一惊，他虽没见过杨嫂子，但记得早年他父亲临终时，把他叫到床边，将自己光绪年间在宜昌江边沙坝杀死杨老大、夺去川江暗礁图的旧事告诉过他，要金四等他死后，多为他做几回道场，免得他在冥府受罪。金四后来果真照办，做了七七四十九天道场。这些已是许多年前的事，但金四还记得十分清楚。

金四不禁端详着杨嫂子，见她衣衫整洁，动作麻利，口齿流利，显出一副精明能干相，在乡间确实出众。

杨嫂子没认出金四，见他没去喝："茶客，难道你不口渴？我烧的这茶……"

金四抬头摇摇。杨嫂子将话咽了回去，她已认出金四，脸上的笑容立刻收敛，蓦地罩上了一层严霜，冷冷地盯着他。

金四接触到杨嫂子的目光，不觉打了一个寒噤，慌乱地低下头。

杨嫂子哪能忘记旧事：那年石牛场天旱，饥民吃大户，金大癞头曾指使熊世发在黄桷树垭口杀害过革命志士，何况她的公公杨老大死得不明不白，人人都说是金大癞头害死的，国恨家仇一直在她心中铭刻着。

金四见杨嫂子一言不发地盯着他，他害怕接触杨嫂子那冷冷的、含有敌意的目光，忙起身挎上包袱，匆匆离开黄桷树垭口。

二

金四离开黄桷树垭口，情绪低沉，有气无力地走了一段路，直到回头望不见黄桷树和树旁的小屋，才振作起精神，往前赶路。

石牛河口有一只摆渡的小船，金四上了小船，摆渡的艄翁边推桨边打量着金四。

金四怕艄翁认识他，会惹出刚才在黄桷树垭口那种不愉快的场面。幸好船上只有他一个渡客，他避开艄翁那有点捉摸不定的目光，低垂着头坐在舱里，将草帽向下压到眉端。

“客，到岸啰，啷个还不上岸?”

金四一惊，抬头一望，小船果真已经靠拢对岸。他站起身，摸出一张钞票：“给你渡钱!”

艄翁淡淡地瞥了金四手中的钞票，并没伸手接。他的目光望着别处，口里懒洋洋地说：“我认识你手中的篾扇，不收船钱!”

金四看看手中的篾扇，又看看艄翁，想起孙癞头的嘱咐，想不到这把篾扇果真有用，脸上露出惊喜的表情。

金四收回钞票，客气了一句：“多谢你!”

艄翁的目光仍然望着别处，仿佛没听见金四的话，待金四从船头跳上岸，他才缓缓转过头来，说：“客，你今夜最好在梅垭歇宿!”

金四惊奇地问：“为啥?”

艄翁已掉转船头，声音仍然懒洋洋的：“有人吩咐过，叫我转告你!”

金四正待再问，小船已离岸划远。他呆望了一会儿，心中暗想：难道这艄翁也是吴荒货的同伙……

太阳已经偏西，映得空中的云朵呈现出绚丽的色彩。金四不再停留，急急往前赶路，他不晓得梅垭离这里多远，想天黑前早点赶到。

去涪陵的官道弯弯曲曲，时而上山，时而下坡，在群山间盘旋回绕。

金四爬上一个山顶，回头眺望，看不见长江的影子，四周是连绵起伏的山峦，望不到尽头。

他不晓得梅垭在哪里，好不容易才遇见一个老头，金四上前问：“喂！梅垭离这里还有多远?”

那个老头冷冷地瞥了他一眼，像没听见问话似的，扭头走开了。

金四以为他是一个聋子，向路边吐了一口唾沫：“妈的！出门不利，老子问路便遇见一个聋子。”

前走不几步，迎面遇见一个挑担的力夫，金四又问：“喂，梅垭离这里还有好远?”

那个力夫放下担子，取下颈上的葛巾揩了一把汗，斜睨了金四一眼：“看你文文秀秀，啷个连问路也不会问?”

挑夫粗声粗气，不满的回答令金四摸不着头脑，不晓得他为啥这大的火气，他望着挑夫发了愣。

金四硬着头皮又问:“喂,我问梅垭离此地还有多远!”

那个挑夫二话不说,挑起担子要走,金四慌了,忙拦住他说:“大哥子,我是初出远门的人,不晓得梅垭离这里有多远,同是出门人,给我指一声嘛!”

那挑夫愠怒的表情缓和了,重新搁下了担子:“我看你像是初出门,向人问路连规矩也不懂。凡人有个称呼,为啥喂呀喂的不讲礼性。”

挑夫拖长声音说:“给你说,遇到长者叫老大爷,岁数比你大点的叫老哥子;除长者外,通称大哥也不错……”

金四神情尴尬,红着脸呆站在那里。他被奚落一顿,还没问明梅垭离这里多远。

那挑夫见金四手足无措的样子,心有些软了。他指着高山说:“翻过那个坳坳,转过一个山嘴,有一林梅树的垭口便是;最多二三里,不远啰!”

金四看太阳快落山,西边天上一片血红的晚霞,归林的乌鸦阵阵飞过,发出“呱呱”的鸣叫,离天黑不远了。他晓得倘若在天黑前赶不到梅垭,万一遇见豺狼虎豹就糟了。他还听说这一带棒老二多,身上虽无多少财物,盘缠若被抢去,叫他如何走到涪陵?更不用说去重庆!

他继续埋头赶路,吃力地踩着石梯往上攀登。原以为二三里路不过抽支烟工夫便可以到,但走了半晌仍没见有梅树林的垭口。他又问过迎面碰见的几个人,仍说还有二三里。他有些气馁,也有一股无名的怨气,走了半晌还有二三里,不晓得这二三里为啥老走不完!

金四赌气不再问了,憋着气往前闷声走。

暮霭四起,连脚下的石梯和青石板也看不清,山峦的轮廓一片模糊。

金四已累得手软脚耙,不时站住:用手杖支撑身体喘粗气。

他高一步、低一步摸索着走了一阵,仍没见有梅树林的山嘴。他忐忑不安,心里犯疑:“噫,莫不是没看清梅树林走过了?”

幸好,这时他看见前面垭口上有一点光亮,在黑沉沉的夜色中时隐时现。金四精神一振,脚步加快了。

他爬上垭口,看见一家幺店子孤零零地出现在路旁,低矮的屋檐下挂着一只招牌灯,却没点亮。屋边有一丛树木,看不清是不是梅树,金四走拢,拉过枝叶一看,心中一喜,果真是一林梅树。

他上前推开虚掩着的房门，一步跨进去，见有一个四十多岁、一脸络腮胡子的驼背坐在柴灶边，跷着二郎腿，衔着烟杆抽烟。

金四问："有铺位吗？"

驼背听见推门声早已转过头来，注视着金四手中的篾扇。他站起身，搁下烟杆打了一个哈欠，懒洋洋地问："嘢个这晚才到？不等你，我早关门睡觉啰！"像十分熟识金四似的。

金四看见驼背一对眼睛闪烁不定，射出狡黠的光亮，笑得令人心悸。他沉思一下，既然摆渡人指定他在此歇店，想来也是吴荒货一伙，是不妨事的。他心中又踏实了。

金四取下包袱，在桌边一张长凳上坐下，随手将包袱放在身边。

驼背上前要拿包袱："客，让我给你拿进房捡好！"

金四吃了一惊，忙用双手按住包袱："不必费心，搁在这里好了。"

驼子松开手，朝金四笑笑，仍坐回灶边，朝包袱看看，又看看金四，闷声抽着叶子烟，缕缕烟雾在屋内缭绕。

金四觉得这驼子贼头贼脑的，不像正经人。他不觉心惊肉跳，暗想：这里莫不是一家黑店！他掏出一支卷烟点燃，警惕的目光不时扫在驼子的身上。

驼子只顾抽烟，气氛僵住了。

金四含笑问："老哥子，你贵姓大名？"

驼子吐了一口唾沫，露出一口不整齐的黄牙："我姓许，喊我许驼子好了！"

他打了一个哈欠，这时才站起身来问："客，你宵过夜没有？"

金四肚里正饿得咕咕叫，见问忙说："宵夜？连夜饭还没吃！添个帽儿头[1]来吃嘛！"

"帽儿头要现煮，你来帮我烧火，我去后园子掐把菜来。要吃腊肉，煎鸡蛋也有，看你舍不舍得吃？"许驼子说。

金四晓得这些规矩，帽儿头算钱，下饭的小菜可以随吃，不另算钱，倘若要加荤菜则要另算钱。他认为许驼子的话带有轻视的意思，于是说："笑话！怕我舍不得吃。有腊肉，有鸡蛋尽管弄上来，有好酒更安逸！"

1 冒尖的一碗米饭，像帽儿，故名。

许驼子把锅里掺好水，回头说："客，坐在灶门边，帮我把火烧旺些！"不等金四回答，他摸黑从后门出去了。

金四这时才仔细打量屋内，一眼柴火灶便占了大半间屋，剩下的空间刚好可以摆一张桌子和四条长凳。供灶神的土台上点着一盏桐油灯，昏黄的灯光不太明亮，屋内的陈设仅能看清一个轮廓。

像这样的幺店子住客稀少，开店的人多是附带经营，平时仍靠种地为生。

金四虽然不愿意帮他烧火，这时也无可奈何，只好紧绷着面孔坐到灶门前的矮凳上，用火钳拨开灶内灰烬中的炭火，抓了一把堆在灶后的松针和茅草塞进灶膛内，拿起竹制的吹火筒对准炭火一吹，先是冒着缕缕的青烟，接着"轰"的一声燃烧起来，冒着高高的火苗，将金四一张疲惫的面孔映得通红。

屋里本来很闷热，从灶门吐出的火苗烤得金四汗流满面。

许驼子捧着一抱牛皮菜进屋来了，他顾不上与金四说话，忙着淘米、洗菜……

灶膛里燃烧的茅草与松针不熬火，一烧便成灰烬，金四不断要将茅草与松针塞进灶膛内，有点手忙脚乱……

晚饭终于烧好，米饭的清香和腊肉的香味在屋内飘散，惹动金四的食欲，不住吞咽涎水。

几样菜肴上桌，金四已坐在桌边。

许驼子将桐油灯移到桌子角上，见金四没招呼他一道上桌吃，脸上顿时显出不悦的样子。

金四并没留意许驼子的表情，他拈了一块腊肉塞进口中，大口大口咀嚼着，一股油从嘴角流出。

许驼子坐在暗影里，注视了金四一会儿，口馋地吞了一口唾沫。

"老哥子，有酒卖吗？"金四边咀嚼腊肉边问。

许驼子站起身懒洋洋地回答："酒，当然有，自烤的小醉酒，要多少？"

"好，先打一壶来！"金四将一块腊肉骨头拿在手中，连啃带嚼，有滋有味。

许驼子点着松油烛，拿着酒壶走进屋里。他揭开酒坛上的干柚子，灌满了一壶酒，然后盖好坛口。他走到门边，蓦地站住，轻声嘟囔说："这人哪像滚江湖的，偌吝啬！不请老子喝酒，好，老子不客气，先喝半壶再说！"他说着，用口衔着壶嘴，咕噜噜一阵响，一口气喝了半壶下肚，然后舒畅地吁了一口气。

金四听见了许驼子喝酒的声响。许驼子喝了酒，将酒壶往金四面前一搁，瓮声瓮气地说："客，酒！"

金四嗅到许驼子说话时喷出的酒香，先揭开壶盖凑近灯光一看，果真只剩下半壶酒，他不愿吃这个亏，大声冲着许驼子质问："吔，一壶酒唧个只有半壶？"

许驼子见被金四识破，他一对有点浑浊的眼珠转了转，嘴角露出一丝冷笑，瞬间便消失了。他"嘿嘿"干笑两声："灯不亮，看不清，既然只装了半壶，待我去与你添满！"

金四哼了一声，将酒壶递到许驼子手上。

许驼子接过酒壶，又执着松油烛进到里房。他并没有去揭开酒坛，站在那里沉思了一会儿，眼里露出凶光："妈的，这龟儿准不是吴荒货和王疤子的人……"

他将酒壶往柜上一搁，从床底下摸出一把亮锃锃的鬼头刀，吹熄了松油烛，摸黑走出房来。

金四听到脚步声，漫不经心地转过头去准备伸手接酒壶："哎，你……"

他见许驼子凶神恶煞举着鬼头刀站在面前，不晓得如何对付，顿时脸面青黑，浑身发抖，呆住了。

许驼子冷笑一声："你说清楚，是不是侦缉队派来的奸细？这把篾扇是从哪里拿来的？"

"我……我……"金四吓得说不出话来。

许驼子见金四这样草包，更惹动他的疑心，将鬼头刀架在金四的脖子上，威迫道："说，你是不是侦缉队派来的？"

金四终于吐出了几句话："老哥子，有话好说，为啥动起武来！"

许驼子不理会他的话，一个劲催迫："少说废话，快说，你是不是侦缉队派来的奸细？"

金四结结巴巴地回答："我……我不是侦缉队……这篾扇是吴荒货叫孙癞头送给我的，叫我用作印记……"

许驼子死死盯着金四的面孔，想从他那张惊惶的面孔上找出破绽来。他眨了眨眼，暗自思忖：看他这副懦弱相，也不像侦缉队，他究竟是？……许驼子不禁有些犹豫起来。

他沉思了一下，指着那个包袱问："这印花布包袱是你自己的，还是别人的？"

金四仍战战兢兢地回答："是……是齐姑娘叫王疤子送给我的。"

许驼子眼里的凶光收敛了一些，“你……你认识齐姑娘和王疤子？”他收回了架在金四脖上的鬼头刀。

金四见他收回了鬼刀头，胆子壮了一些，口齿也清楚了：“在慈虎岩……”他谈了在慈虎岩的经过。

许驼子听金四说的对，又追问了几句，金四都答对了。

许驼子将鬼头刀往墙边一搁：“啊！原来你是新下水的，怪不得不懂江湖规矩——吃喝不分彼此，轻钱财，重义气！不过，你也太吝啬……”

金四一听才如梦初醒，由于自己的吝啬和疏忽，小看了许驼子，差点惹出杀身的祸事。不用说许驼子也是黑社会中人，这孤零零的幺店子，肯定是黑店无疑。

金四越想越怕，亏他反应快，马上哈哈一笑：“老哥子，我叫你添酒，并非真计较酒的多少，是与你闹着玩的。我原以为你早吃过、喝过，所以没请你一同喝酒，想不到你老哥子却多心。好，让我给你赔个礼……”

金四站起，双手一拱，满脸赔笑：“请老哥子坐下，让我先敬你三杯！”

许驼子脸上慢慢有了笑容：“对啰，这才叫话！”

他毫不推辞，在金四对面坐下，让金四给他敬了三杯酒，杯杯照底。

金四十分殷勤地给许驼子斟酒拈菜，许驼子脸上有了酒色，兴致高起来，眉开眼笑地说：“来，我们划拳，比喝闷酒有趣！”

金四只好强振精神与许驼子划拳，十有九输，不过他的酒量大，并不在乎！

许驼子不等金四吩咐，一壶酒喝完又换一壶……桌上的腊肉吃光，他又添加腊肉，还拿来煮熟的盐蛋。

金四不住说些恭维话，许驼子越喝越高兴。金四暗暗松口气，但自己带的盘缠不多，这一餐花费不会少，他暗暗又发起愁来。

幸好许驼子说：“刚才发生误会，险些冒犯，你既然认识齐姑娘和王疤子，我更应照看你，一回生二回熟，今晚这顿酒饭算我为你压惊迎风！王疤子他们的朋友从这条路走，都是住我的店，有我许驼子扎起，一不怕保甲，二不怕侦缉队……”

金四见许驼子如此，才放了心，假意说：“笑话，哪能让老哥花费？坐客吃走客这是江湖的规矩……”他故意卖弄从吴荒货他们那里听来的几句江湖话。

想不到许驼子却发了毛，“啪”地放下筷子，站起身来斜睨着金四……

金四一惊，不晓得说错了啥话，望着许驼子发愣。

许驼子嚷嚷说:“啥子坐客吃走客！我今天偏要你走客吃坐客。这顿酒饭，我要收你一文钱，我许驼子是王八……”他伸出一只手，比画着王八的形态,“你硬要给钱，也是这个……”

金四见许驼子是真心实意请他，忙起身一拱手:“老哥，既然你硬要请，我就恭敬不如从命了。”

许驼子一屁股坐下:“对啰，这才是对红心[1]！坐下，请……”他端起酒杯。

金四坐下，也端起酒杯，说:“请!”他俩喝尽照杯。

“四季财，三结义，两弟兄相好……”他俩又兴高采烈地划起拳来。

三

鸡叫头遍，他俩才停杯吃饭。

金四忘了戒心，拨了一口饭进口，蓦地停箸问:“许驼子，那个在石牛河摆渡的艄翁是啥人？你哪个事先晓得我要来住店?”

许驼子听后，立刻改变了颜色，他警惕的目光盯在金四脸上。金四接触到许驼子的目光，不由打了一个冷噤，背上直出汗。

幸好许驼子的目光一会儿便从他脸上移开，粗声粗气地说:“你是初进江湖，不懂规矩，以后不要乱打听!”

吓得金四不敢出声，一会儿便吃完了饭。

金四见许驼子递给他一杯热茶，气氛缓和了。为了掩饰他刚才的冒昧，金四边喝茶边强装出笑脸，问:“今天为啥没见老板娘?”话出口他又感到懊悔，怕又问出意外来，想到许驼子这种人喜怒无常，真不是味道。

许驼子却哈哈一笑，抹了一把络腮胡子:“干我们这行，随时都可能挨刀坐牢，哪能成家找拖累！要说老板娘么，山前的张寡妇，山后的胡幺姑……都是我的老板娘。”

许驼子眉飞色舞，说得口沫飞溅:“要是你明早不赶路，我带你去找……找一个标致女人……权当……”他嘿嘿一笑，络腮胡子不住抖动。

---

1 四川话，够朋友的意思。

“嘿嘿!”“嘿嘿!”——金四跟着干笑了两声。

许驼子打着酒嗝，端着桐油灯在前引路，将金四安排在房里一张铺着黄篾席的床上睡下。

他将桐油灯放在一张堆满了杂物的柜上，打了一个哈欠，连堂屋里桌上的碗筷也懒得收捡，躺在另一张床上睡下。

金四是第一次看见驼背睡觉，驼背不能仰卧，像一只虾子般侧卧着弯成一团。房里狭窄，两床相距很近，只余一条仅可供人走过的空隙。许驼子面对着金四，口里喷出一股酒味，混合着其他秽气，阵阵向金四袭来，令他感到恶心。他赶忙翻过身去，背对着许驼子。

许驼子蓦地从床上起身下地，响着脚步声到堂屋去了。

金四以为许驼子是去收捡桌上的碗筷，但是他却听到鬼头刀碰击在地上发出的金属声，不由一惊，急转过身来，眼睛半睁半闭，留意许驼子的动静。

许驼子拿着鬼头刀进来了，金四差点从床上惊跳起来。

许驼子并没留神金四的动静，他将鬼头刀仍塞进床下，回头对金四嘱咐说：“夜壶在床脚，我吹熄灯了。”不等金四应声，他“呼”的一声将桐油灯吹熄，房里顿时漆黑一片。

金四走了一天路，虽然感到十分疲惫，想到许驼子刚才凶神恶煞的样子，并且他临睡时还特地出去将鬼头刀拿进房来，藏在床下，形迹实在可疑，万一许驼子见财起意，不念江湖义气，自己岂不枉死在这黑店里?

金四摸了摸垫在枕下的包袱，包袱里的钱财虽不多，刚才还发现许驼子贼眉贼眼不住偷觑包袱……

他越想越觉许驼子靠不住，心中有事，哪里能睡着?

因为天热，床上没有棉被，只有一床单被，已破成烂巾巾，他和衣而睡，干脆将那堆烂巾巾推到脚边上。

金四假装睡熟，连翻身也不敢，睁着一对眼睛留意着许驼子的动静……

许驼子也像有心事睡不着，不断翻身，床架发出咯吱的声音。他还不断用芭蕉扇拍打夜蚊子，“啪啪”地响。

一会儿，许驼子坐起来，在床头摸索了一阵，摸出“叫打链”的钢片，敲击火石，飞出无数小火星，点燃干火绒，然后点燃叶子烟，吧嗒地吸着。

——这里离涪陵仅只一天路程，涪陵就开有火柴厂出火柴，每盒火柴的价值不过相当于一只鸡蛋；但由于习惯，仍有不少人乐于使用这种原始的取火工具。

金四留意着许驼子的动静，见他一支接一支抽着叶子烟，使得室内弥漫着呛人的烟气。除此，许驼子没有异常的举动。他实在太困，两瓣眼皮不断地打架，硬挣了一阵，终于有些蒙眬起来……

不晓得过了多久，一阵响动将金四惊醒，听到窸窣声响，许驼子的黑影子在不远处晃动。

金四陡地坐起，惊问："哪个?""我。"是许驼子的沙声气。

"干啥?"

"喝多了。起夜[1]!"是许驼子在床脚边回答。

金四"哦"了一声。他勉强侧身躺下，神经仍很紧张，生怕许驼子乘他不备下手，他全神贯注地留意床脚边许驼子的动静。

他听见夜壶里在叮叮咚咚响……飘来一股难闻的臊气。许驼子起完夜，摸索着又睡回床上。

金四一个姿势睡得久了，忍不住翻动了一下。

许驼子听见金四在翻身，他面对着金四问："老弟，是不是跟我一样，喝过酒想女人睡不着?"他接着"嘿嘿"干笑了两声，显得邪里邪气。

金四不能再装睡熟，也跟着干笑了两声："嘿嘿!"

他干脆在黑暗里从床上坐起来："许驼子，你这床上好多臭虫，咬得人浑身麻痒，怎么也睡不着。你为啥不用开水把床架缝烫一烫!"

许驼子的声音："烫？你说得撇脱，就是用火烧也弄不干净。你难道没听说："歇店，歇店，臭虫当饭。嘿，你就帮我喂一喂臭虫吧!"

许驼子又在用打链碰击火石取火，金四也想抽烟，他再不敢吝啬，掏出两支卷烟，摸黑递到对面床头："许驼子，请抽我的卷烟。"

许驼子摸着接过卷烟，也没说客气话。

漆黑的房内，闪烁着两支烟头微弱的红光。

金四带点卖弄意味地说："许驼子，这烟要慢慢地抽，才能品出味来，是什加出的淡芭菰呢!"

---

1 小便。

许驼子在暗影中“扑哧”笑出声，不悦地说：“老弟，你真把我当成乡巴佬，淡芭菰有啥稀奇？给你说，古巴出的雪茄我也抽过。”

许驼子停顿了一下，发出长长一声叹息：“想当年我在龚滩河里放筏，哪个不尊敬我许老大，不晓得我许老大的名字？唉……”他声音显出无限感慨的样子。

金四少年时，曾听他父亲讲过一些有关乌江上放筏驾船的事情，他摇了摇头：“许驼子，你吹啥牛，哪有驼子能当放筏老大的？”

“你懂个屁！”许驼子恶声恶气地说。

金四一听许驼子不悦的口气，吓得不敢再作声。

许驼子的口气又平和了，接着说：“我不是生来就驼背，想当年，我也是一个极标致的小伙，长得像篙竿一样伸展！”

他见金四沉默不语，以为他不相信，十分认真地说：“哪个龟儿才谣你！不信？可以去问齐姑娘！”

金四正想开口，许驼子又说：“当年乌江沿岸码头，没有一个妹儿见了我不喜欢，就为女人事，我才成了驼背！”

金四又递给许驼子一支淡芭菰：“反正睡不着，你就摆摆过去的龙门阵！”许驼子说他过去是惹人喜爱的小伙，金四有些半信半疑。

半晌，听不到许驼子出声，要不是他嘴上衔的淡芭菰闪着红火，金四会认为他睡熟了。

许驼子沉默一会儿，蓦地一声叹息：“过去的事我不愿多谈，谈起枉叫人难过。”

他咳嗽了几声，吐了一口痰，声音很低：“乌江边羊角碛镇上，有一妹儿叫齐连香，是齐姑娘的堂姐。齐姑娘那时还是个黄毛丫头。

“齐连香黧黑的面孔，五官却长得十分匀称，柳叶眉下有一对勾人魂魄的大眼睛，是镇上一朵大鲜花。

“齐连香偏爱上我这个放筏匠；我放筏到羊角碛都要偷偷去会她。

“嘿，我过惯了放荡的生活，不愿受家室的拖累，从没想到要娶个婆娘成家。

“这妹儿哭着要嫁给我，我也被她迷住了。答应与她成亲。

“木筏老板罗天成，是乌江里的霸王，他也看上了齐连香，想娶她当小，齐连香偏不愿意。一天，罗天成把我叫去，对我说：‘许老大，乌江岸上的妹儿多的是，我选中齐连香当小，你以后再与她往来，我要打断你的脊梁骨！’

“我不理睬罗天成的上服，与齐连香打得更火热。

“一天晚上，我从齐连香家中出来回筏上去，刚走到乌江边，从芦苇丛中钻出一个黑影向我扑来。我正待喊叫，背脊上已挨了一闷棒，我痛得昏了过去。

“我手下有一个年轻的筏工叫王辉生，原是沿江讨饭的叫花儿，我收留了他。他在筏上听到声响跑上岸，拼命救下我，但他脸上也挨了一刀。

“王辉生忍疼将我送到齐连香家中，齐连香晓得罗天成派人干的事，伏在我身上叫一声：‘哥吔，你挨了打，妹儿心中好心伤’；骂一声：‘罗天成，你这千刀万剐、灭子绝孙的东西好心毒啊！……”

金四听得正出神，许驼子却不摆了。在黑暗中看不清他脸上的表情，可以猜出他很难过。

房里静极了，夜蚊子嗡嗡响。

金四忍不住问：“许驼子，后来呢？”

许驼子怒冲冲地说：“后来……还说屁！我成了驼子，要不亏羊角碛镇上那个骨科医生高明，我连驼子也当不成。”

他停了一下，叹息一声：“多亏王辉生轻财仗义，养伤费全由他想法接济我。他为我脸上受了伤，幸好伤不重，但王辉生从此成了王疤子。”

金四忍不住问：“就是与齐姑娘相好的王疤子？”

许驼子火躁地说：“不是他，是哪个！”

金四沉默了。

许驼子又叹了一声气：“伤好了，我成了驼子，再不能放筏了，我离开了齐连香，离开了龚滩河。”

金四忍不住又问：“齐连香赶你走？”

许驼子像要扑过来打金四似的，挥动着拳头说：“我的齐连香不是那种人！不许你瞎说。”

他平静了：“唉，是我自已离开她的。她长得像一朵大鲜花，我却变成了丑陋的驼子，横看竖看都不相配。我不愿连累她，趁她晚上睡熟后，我没有留下一句话就悄悄走了。”

金四想问，又感到胆怯，怕惹他发火。沉默了一会儿，他递过一支淡芭孤，两人坐在床上默默抽了一阵烟。金四终于忍不住问：“许驼子，齐连香是不是嫁给罗天成当小了？”

“齐连香看得起他那个熊样!”许驼子轻蔑地说,“齐连香从我悄悄走后,哭求着王辉生,要他找我回去。我……”他有点怅惘的样子。

金四问:“齐连香现在在哪里?”

许驼子回答说:“齐连香心灰意冷,她在羊角碛出家当了尼姑。”

金四问:“羊角碛离这里不很远,你现在为啥不去看她?”

许驼子又毛躁起来:“看,还去看个屁,齐连香也是老太婆了,两个丑八怪在一起有啥意思?不如不见!”

金四听见许驼子在伸懒腰打哈欠,一会儿便听见他打起鼾来。

金四仍然毫无睡意,很想问王疤子为啥成了齐姑娘的相好,但现在只好闭上眼睛养神。许驼子刚才一席话,使金四对许驼子熟悉了许多,防范他的戒心也消失了。金四蒙眬了一会儿,慢慢睡熟了……

一阵响声,金四被惊醒了。他惊坐起来,见一扇小窗口射进亮花花的阳光,许驼子笑盈盈地站在他的床前:“老弟,我把早饭煮熟等你好久啰,难道不赶路,还要留在这里晚上听我摆龙门阵?嘿,放筏匠的龙门阵多得很,有荤也有素……哈哈!”

许驼子已把金四当成老朋友似的,语气随和亲切。

金四想到昨晚许驼子拿着鬼头刀搁在他脖子上的情景,真像做梦一样,面前的许驼子真是判若两人。

金四吃过早饭,许驼子高矮不收他的钱;他谢了又谢,告辞许驼子,继续上路。

许驼子也没相送,只说了一声:“慢走!”

金四走出幺店子,可以看清屋旁的一林梅树,在青枝绿叶间已结满硕硕的青梅。

金四站在梅林边不禁动了遐想,冬天银白的冰雪中,梅花开放一片红,一定非常好看,许驼子那间矮小的幺店子也会凭空生辉。

第七章

一

金四离开梅垭，循着蜿蜒起伏的山路走了一程。火辣辣的骄阳在朵朵白云间时隐时现，没有一点风，成群的蠓蚊迎面扑来，爬在面部，贴伏在汗水上叮咬着，用扇子也赶不散，他不断停住步，用巴掌拍击，发出“啪啪”的声响。

他自言自语地诅咒：“龟儿好闷热，风跑到哪里去了？狗日的蠓蚊也欺侮起我金四少爷来了！”

他心中格外烦躁，使力拍击着脸上的蠓蚊，将自己的两颊拍击得泛红，巴掌上沾满了蠓蚊的尸骸和斑斑血点。他像得胜的英雄。自我满足地说：“看，是你蠓蚊狠，还是我金四少爷狠，龟儿子！”他嘴角露出的一丝笑意，带点苦涩味。

山路边上有一条小沟，淙淙的流水异常清澈，他走近小沟边蹲下；先洗净了手，取下草帽，双手掬起一捧又一捧的水从头顶淋下。清水沿着头发淌下，他感到十分凉爽，心头生出一股舒适的快意，长长地吁了一口气。

他用衣袖擦干了脸上的水珠，站起身来，戴上草帽，又继续往前走。幸好沿途的一些树荫下，特别是有龙洞水的地方，都有卖凉水醪糟的农户，花不了多少钱便可以吃一碗；一碗醪糟冲过几次龙洞水喝过后，依然还有醪糟味，可以将肚子灌个饱。龙洞水虽没烧开过，但用来冲醪糟一起喝，也不用担心会闹肚子。在热天，凉水醪糟是赶长路的过客最喜爱的食品和饮料。

今天，金四已灌满了几次凉水醪糟，腆着肚子走一会儿，浑身汗水一出，鼓起的肚子慢慢便消了。

金四走上一个垭口，这里有一棵枝叶繁茂的洋槐树从陡坎的石缝中斜斜长出，然后再向上长。斜斜的一段树干正好可以坐一个人，树皮已被磨得光溜溜的。

金四实在走累了，卸下肩上挎的包袱，将草帽取下搁在包袱上，用扇子不住扇着，一屁股坐在那段光溜溜的树干上歇息。

一阵凉风吹过，头顶上的洋槐树像一把伞，撑开枝叶，迎风晃动，发出簌簌的声响。

金四将扇子放在一边，半眯着眼，赞美一声：“好安逸！”

为了更舒适一些，他背倚在向上长的一段树干上，居然闭上双眼，让阵阵凉风吹拂他的面颊，又说了一句：“真安逸！”

斜斜的树干很有弹性，金四的屁股稍一闪动，屁股下的树干就上下弹动起伏，很有节奏感，有一种催眠的作用。金四昨夜在梅垭与许驼子周旋了一夜，没睡好，这时不觉蒙眬地打起瞌睡来。

开初有人从路上走过，金四生怕别人偷走了他的包袱，还警惕地睁开眼看看；后来实在太困，每当有脚步声响过，他懒得睁开眼睛，只是身子微微动一动，表示自己并没睡着……

一阵飞沙走石的狂风吹过，洋槐树枝干在狂风中大幅度地摇晃起来，金四从蒙眬中惊醒过来，忙跳下地站住，抬头望天。天空中翻滚着黑压压的乌云，一轮骄阳早已无影无踪，天际已在扯火闪，响着闷雷。

金四晓得偏东雨马上要来了，忙拾起草帽戴上，刚松开手，草帽便被狂风掀走了，他往前追了几步，想抓住草帽，但草帽滚动着，飘荡着，已被吹下岩脚去了。

金四呆呆地向岩脚下望了一会儿，犹豫了一下，终于放弃了寻路下岩去找草帽的念头，回头四顾，想找个躲雨的地方。

垭口上，除了这棵生长奇特的洋槐树外，光秃秃的，尽是嶙峋的青石头；在青石头之间的薄土上，种着稀稀朗朗的苞谷，泛黄的叶片在狂风中飘舞。这里没有一间茅房，也没有一间呈人字形的地篷。

豆大的雨点哗哗从空中洒下，金四再不能犹豫了。他挎上包袱，用扇子遮住头部，踏着乱石堆间的一条小路往坡上爬，想寻一个岩龛躲雨。

金四往上爬了几步，面前竟出现了一个山洞，洞口不大，他弯腰钻进洞口后，洞里却十分宽敞，抬头望不清洞顶。

金四松了一口气。他在靠里一根垂地的钟乳石边，找到了一块平坦的青石板；青石板上光洁无尘，显然经常有人坐在这里乘凉歇息。

金四在青石板上坐下，将扇子放在地上垫着包袱。他取出一支什邡雪茄烟点燃，默默地注视着洞口。

洞口被雨幕遮住，透进洞口的光线变得灰蒙蒙的，十分微弱。

金四回头看背后，见是一个陡坎，黑黝黝的看不清深浅；一股凉风从洞里吹出，说明这山洞通得很远，还有其他的洞口。要是十多年前，金四独自坐在这幽深的洞中，洞外电闪雷鸣，狂风骤雨，他会毛骨悚然，惊骇万状。但是如今他却悠闲地抽着香烟，舒适地伸展着四肢，要不是蓦地从洞外撞进三个人来，金四早打起了瞌睡。

首先进来的一个人，边收洋伞边跺着脚：“好大的雨！”

随后进来两个戴草帽的轿夫，抬进了一乘空滑竿。他俩将滑竿靠壁搁下，取下草帽甩抖着雨水。

金四已经看清手里拿着洋伞的那个人，穿着一套薄呢西装，戴着一副金丝眼镜，那张熟识的方脸，金四一眼就辨认出：“啊，朱佳富！”

金四差点吃惊地叫出声来。他心中有冷病，站起身做了一个退缩的动作，但想到身后是陡坎，一时手足失措地站在那里，望着洞口边的朱佳富发呆。

这人果真是朱佳富。他在重庆得到祖坟被盗的消息，心急如焚，丢下公司的事务，坐船回到涪陵。在荔枝园下船后，就叫涪陵办事处的主任给他雇了一乘滑竿，想连夜赶回石牛场。因为公司事务多，不能耽搁，他很快就要返回重庆，所以他如此匆忙，连一个随从也没带。抗日战争前，他就任涪陵轮船公司总经理时，曾回过石牛场一次，那时，这一带十分不清吉，到处有棒客抢劫，所以随身带了背枪的保镖。经过八年抗战，这一带开化多了，棒客都躲到大山里去了。往来的客商络绎不绝，很少发生棒客抢劫的事。朱佳富在去年抗战胜利后，回石牛场迁葬祖坟时，亲眼看见家乡的变化，所以他没带保镖，单身坐滑竿回石牛场，毫无戒备。据他猜测，盗墓人不过几个毛毛贼，绝非棒客所为，不用费多大力气，便可以捉到的。

洞口边有几块石头，虽不甚平整，也可以坐人。朱佳富坐在一块石头上，将洋伞放在脚边，一口小皮箱搁在膝头上。他对面坐着两个轿夫，各拿出一根烟棒，边抽叶子烟边望着洞外哗哗的雨水，沉默不语。

朱佳富坐着歇定了气，口里衔着一支香烟无聊地浏览着洞中的情景，他的目光慢慢移向了金四……

金四见朱佳富的目光向他身上移来，这时他已看清，朱佳富不像带人来捉拿他的样子，也是进来躲雨的，他已不感畏惧。但在这样的场合邂逅，真叫不是冤家不聚头。金四见朱佳富气度雍容不凡，而自己破落不堪，一身装束邋遢破旧，外表一定寒酸可笑。他不愿朱佳富看见他，本能地往后一退，忘了身后是一个不晓得深浅的陡坎，一脚踩虚，身子往后一仰，他两手往前挣扎了两下，惊惶而绝望地大叫一声：“哎呀，救命！”“砰咚”一声栽下坎去了。

朱佳富还没看清金四的身影，听见响声，只见一个人影一晃便不见了。他忙从身边取出一个备用的电筒，照亮着走到坎边，往坎下一照，原来这坎并不高，不过齐腰深，一个人躺在坎下动也不动，有气无力地呻唤。

朱佳富身后跟着的两个轿夫跳下坎去，将金四扶上坎来。

金四原以为这坎下深不可测，早吓得脸色灰白；虽是一场虚惊，他一时还不能回过神来，手软脚炬地听任两个轿夫将他扶到靠近洞口的一块石头上坐下，两眼直直地发愣。

朱佳富在光亮处看清金四的面孔，觉得十分面熟，但一时想不起是谁！他坐下问："我好像在哪里见过你。你是石牛场的人吗？"

金四一惊，他刚有了点血色的面孔又变成了灰白色，神态十分尴尬。他避开朱佳富投射过来的目光，答非所问地讷讷说："我，我……我的包袱？……"他站起身，蹒跚着向洞里走去，到他原先坐的地方坐好，将包袱提起又放下，往脚边挪近一些，偏过头，背着洞口透进的亮光。

朱佳富觉得奇怪，惊讶地打量着金四，蓦地认出："啊，你不是金家大院的金四吗？"

金四一震，因为他偏过头去背着光，看不清他的表情。

朱佳富眼看金四落魄的这副寒酸相，心中不由一阵痛快，把父坟被盗给心上留下的阴霾也吹散了许多。他脸上露出自得的微笑，迈着方步踱到金四身边，觉得已将金家整得如此破落，父仇已报，自己也算有为的朱家子孙，可以慰亡灵于九泉之下，顿时现出踌躇满志的样子："金家四少爷，想不到在这里见到你！你还认识我吗？"

金四的头垂得很低，没有回答。

朱佳富揶揄地说："金家四少爷，你的随从，你的丫头侍妾，他们哪儿去了？怎落下你孤单单、穿上一双草鞋，背着一个破布包袱上路？记得抗战前，你第一次走出金家大院下涪陵，何等气派，何等风光！三姨太现关在上海监狱里，你不念旧情去看看她？哈哈……"

朱佳富的话像一把把利剑插进金四的心坎上，使他已麻木了多年的感情又恢复了知觉，埋藏在心头的回忆又被挑动开来，一阵阵痛楚在他心头扩散，连他的面孔也扭曲变形了。

朱佳富的笑声还没停住，金四蓦地站起身来，面对着朱佳富："我认识你，你变成灰烬我也认识你！朱佳富，你不要太高兴，三穷三富不到老，我金四总有重整祖业的一天……"

金四的面孔十分可怕，阴沉沉地射出凶狠的目光，像要向朱佳富扑过来拼命似的。朱佳富很觉意外，不由退后一步。

金四脸上的表情变化极快，在朱佳富的气派面前，毕竟感到外强中干；他并没向朱佳富扑过去，而是像泄气的皮球，顿时木然地一屁股坐回石头上，蔫耷耷地垂下头。

朱佳富也感到在这样的场合说那些揄揶的话，有失绅士风度；金四要是不示弱与他硬干起来，也不体面。他淡淡一笑："好，有志气!"

他转身回到原处，望了望洞外，见仍然下着雨，电闪雷鸣已止住，雨势减弱了。

他叫轿夫从滑竿上拿下一个纸盒，纸盒里装满了西式小点心。他递到两个轿夫面前："吃呀，等雨停了就上路，今晚摸黑也要赶到石牛场。"

两个轿夫从没吃过这么精美的点心，客气了几句："多谢，多谢!"各取了几块在手中端详一会儿，然后才吞食起来。

朱佳富吃了两块点心，不想再吃了。他偶然瞥了金四一眼，见金四露出贪馋的样子吞口水，于是缓缓走到金四面前："金家四少爷，我们山洞躲雨，也算有缘；请吃点心，不用客气!"

金四凝视了朱佳富一会儿，见不像嘲弄他的样子，心有所动。他今天离开梅垭之后，走了几十里山路，不过吃了几碗凉水醪糟，下雨之后，骤然凉爽舒适，早已饥肠辘辘，想吃东西。他想拒绝，但这样精美的点心，香味阵阵袭来，踌躇了一下，终于禁不住美食的诱惑，装出斯文的样子，尖着五指，抓了几块在手中："多谢!"

这句"多谢!"一出口，金四感到自己太无骨气，脸一红，眼膛下的肌肉颤动了一下，手中的点心像火石似的烫手，差点掉到地下。

每当这种时刻，金四总会自我安慰："怕啥！三贫三富不到老……"

这时金四望着朱佳富，心中说："哼，你害我家败人亡，我挖了你的祖坟，你也没占着斯头[1]!"

他不仅脸上的红晕消退了，还现出自得的微笑，心安理得地吃起点心来。

---

1 四川话，领先，占便宜。

朱佳富并没留意金四的表情，将盒子里剩下的点心连盒递给了轿夫："吃饱了，好赶路！"

雨过天晴，太阳从一朵白云边露出，阳光斜射进山洞来。

朱佳富看了看手表，催促说："躲雨耽搁了时间，要加劲赶路才行！"

两个轿夫收起了烟棒，抬着空滑竿先走出了山洞。

朱佳富紧跟在轿夫后面，走到洞口转过头来，彬彬有礼地向金四说："金先生，再见！"

金四见朱佳富在山洞口消失了，这时才想到朱佳富匆匆赶回石牛场，一定与盗墓的事有关，脸上现出忧心忡忡的样子。

"管它那些！船到桥头自会顺。我金四反正已倒霉到极点，古话说：'否极泰来'，不怕！"

金四站起身来，背上包袱，坦然地随后钻出了山洞。他走上大路，见朱佳富早坐滑竿走了。他的草帽丢失，只好用扇子遮住阳光，高一步低一步，往涪陵的方向继续走。

二

朱佳富在山洞躲雨耽搁了时间，离梅垭还有十多里路，天就黑尽了。

摸夜路的灯笼在涪陵动身时早已准备好，抬前肩的轿夫生得结实颀长，绰号叫"鸡脚神"。他将灯笼斜插在腰带上，长长的把子将灯笼向前方伸出几尺远，可以看清十步以内的道路。抬后肩的轿夫高大肥壮，绰号叫"胖和尚"。他将灯笼挂在滑竿上，低低吊在他前方几尺远的地方，正好可以看清脚下的路。他俩都是摸夜路的能手。朱佳富已说清楚，今夜鸡叫前能赶拢石牛场，每人加两千元的茶钱。为了得到这笔额外的赏钱，他俩在崎岖的山路上行走如履平地，将滑竿抬得很平稳。两根滑竿一闪一闪，发出很有节奏的咯吱声。"鸡脚神"不断在前报路，"胖和尚"在后接着应声。不外前头的人说："月牙清亮亮"，后面的人应声："地下水凼凼"之类。少数是即景编凑的四言八句，大多数是从学抬滑竿时便记牢的现成字句。今夜空中云层很厚，连星星也看不见，哪来的"月牙清亮亮"？"地下水凼凼"倒是实在的。白天下过了偏东雨，青石板路年久失修，到处坑坑洼洼有渍水，因此，他俩行进的速度大受影响。他俩一报一应，声音抑扬顿挫，很像唱歌，在荒漠的黑夜里传得很远，还可以醒瞌睡，忘记疲劳，也可以壮胆，让山上的虎豹听到人声，早早躲窜。

朱佳富坐在滑竿上，灯笼的光亮在眼前时隐时现，忽明忽暗，闪烁晃动；黑黝黝的山石和模糊的树影在四周旋转。一团团绿莹莹的“鬼火”，在远远的山间飘浮，若有若无。

走了很长一段山路，也没看见一家房舍，只是不时从远处传来低低的狗叫，在寂静的群山间回应。山里人节省灯油，睡得早，难得看见一点微弱的亮光。

朱佳富干脆闭上双眼，听任两个轿夫抬着他在盘山路上往前走。他在轿夫唱歌般的报路声中蒙眬起来……

朱佳富正在蒙眬之中，蓦地感到轿夫站住了，他睁开眼，看见一个驼背拦在滑竿前：“鸡脚神，前无村，后无店，就在我幺店子住一夜再走吧！”

许驼子擦黑就守在梅垭路口，想拦住两个住店的。他等了半晌，没有遇上一个过客。现在已近午夜，他正失望地想返回店中关门睡觉，蓦地看见远远的盘山道上有灯笼的光亮向梅垭方向来了，不禁振作精神，又存下一线希望，站在路口瞭望。

灯笼的光亮越来越近，已经听见滑竿闪动的咯吱声，他心中更是欣喜，绝不想放过这笔生意。

滑竿被抬上梅垭来了，许驼子一见抬滑竿的是鸡脚神和胖和尚，他们都是跳过兰交的弟兄，异常熟识，晓得要拉住这笔生意更有了把握。

鸡脚神换了一个肩抬着，回答说：“许驼子，坐滑竿的朱先生有急事要赶回石牛场，改天再给你送笔生意来！”

许驼子不肯放过，低声向鸡脚神叽咕了一阵，朱佳富断断续续听到了几句，他大多听不懂。因为这一带的人差不多都海过袍哥，朱佳富并不惊异，估计他俩说的是袍哥话——亮海底——办交涉。

鸡脚神微偏过头问：“朱先生，梅垭许驼子开的幺店子样样齐全，干净舒适，今夜路滑不好走，要在这里歇夜，鸡叫就上路，包你明天就赶拢石牛场，误不了你的事！”

朱佳富晓得这类幺店子的住客不过是些挑夫、下力人，客房条件差，他倘若住下，被褥的汗气也要把头熏昏。他说：“不住店，摸黑赶往石牛场！”

胖和尚在后说：“朱先生，饭是铁，酒是钢，就是要赶夜路，也要等吃饱喝足才能走，你默倒送了几块点心给我们吃就饱啦！其实不够填我们的牙缝啰！”

许驼子趁机说：“不住店也不要紧，宵过夜再走，我这里有上等的腊肉，陈年家酿，大米饭喷喷香！”

鸡脚神边说边卸肩：“朱先生，歇息一会儿，宵过夜再走吧！”

朱佳富晓得轿夫说的也是实情，因为躲雨耽搁了时间，除了吃过点心之外，确实都没吃过啥东西。他虽不饿，也口渴难忍，只好说：“好吧！”

两个轿夫早将滑竿摆平，朱佳富站起，跨下滑竿，手里提着随身的小皮箱。

许驼子十分殷勤地要从朱佳富手中接过小皮箱来代拿：“朱先生，我帮你提进屋去！”

朱佳富犹豫了一下，终于让许驼子接了过去。

许驼子一手提着从鸡脚神手中接过来的灯笼，一手提着皮箱在前领路。他一脚踢开虚掩着的屋门，从屋内迎面扑来一股燃烧着的熏蚊子的艾蒿味。朱佳富皱着眉、捂住嘴，被呛得咳嗽了几声。

许驼子先将小皮箱放在凳上，用衣袖揩了揩小皮箱旁边空着的一截板凳，将凳上的灰尘拭干净，堆着笑脸说：“朱先生，请坐！”

朱佳富只好勉强坐下。

许驼子点燃几支松油烛，然后将灯吹熄。

胖和尚没有吹熄手中的灯笼，将灯笼把插在门闩上，使屋内亮堂一些。

朱佳富见屋顶被柴火的烟熏得黑黑的，一长吊、一长吊的扬尘在上升的气流中飘动，有时落下一长吊来飘在他的西服上，他忙尖着嘴唇吹去。

鸡脚神渴极了，他抱起灶台上的一把瓦茶壶，噙着壶嘴咕噜咕噜喝了个够，然后用手一抹湿嘴唇，将茶壶递给胖和尚。

胖和尚喝够了，找了一只品碗，满满地倒上一碗，往朱佳富面前的桌子上一放：“朱先生，请喝茶！”

朱佳富望着紫酱色的茶里，还漂浮着几片像树叶一般的茶叶，又亲眼见两个轿夫噙着茶壶喝茶，虽然口渴，但他端起茶碗又放下，实在不敢喝下去。

许驼子铺排鸡脚神烧火，胖和尚在温水锅里用竹刷洗一块熏得像锅底一样黑的腊肉。

许驼子高绾着衣袖，走到朱佳富面前问：“朱先生，除了腊肉之外，还有鸡蛋，清蒸蛋、煎泡蛋——看你如何吃法？酒嘛，有陈年家酿，还有一瓶白沙干酒……”

朱佳富一见许驼子张口说话，露出一口积满牙垢的黄牙，他就感到恶心，哪里还想吃啥东西！他说：“我不饿。你给两个轿夫弄几个菜，腊肉、鸡蛋全可以，要快。少喝点酒，吃过还要摸黑赶夜路！”

他说完停顿一下，又补了一句：“这餐饭由我请客，吃过饭加把劲，早点赶到石牛场！”

因为按这一带的规矩，请滑竿是不供饭的，一切包括在轿钱里，故此，朱佳富才这样说。鸡脚神和胖和尚一听，不禁眉开眼笑，齐声说：“叨光，叨光！”

三

酒菜摆了一桌，不外腊肉、煎泡蛋、煮盐蛋以及家常小菜之类，反正朱佳富有言在先，由他请客；许驼子慷他人之慨，尽幺店子里所有，都办出来招待他的兰交弟兄，在这样的鸡鸣小栈里，可说得上十分丰盛。

朱佳富推说不饿，坐在一边没动箸，其实，他是嫌不洁净。

许驼子用一把锡壶送上一壶陈年家酿：“有好菜不喝酒，没这个规矩；这酒平和，朱先生也喝上一盅解渴！”

朱佳富皱着眉说：“还要赶夜路，酒免了吧。”

幺店子里由于有炉灶格外闷热，朱佳富恨不得他俩早点吃完饭便走。他说完后，见鸡脚神和胖和尚两个轿夫，贪馋地望着锡酒壶，显出不悦的神色。朱佳富怕轿夫认为他吝啬，忙补了一句：“到石牛场后，我请你俩喝个够！”

许驼子不管朱佳富如何说，在他们面前的酒杯里早斟满酒：“朱先生，我晓得你不是不饿，只是嫌我这幺店子做不出好菜。你朱先生在外开轮船公司发了大财，今天回到家乡，俗话说‘美不美，乡中水’，这家乡自酿的酒是该喝一杯的，虽赶不上泸州大曲，但你在外乡是喝不到的。这壶酒算我许驼子为朱先生迎风接驾，不收钱！”

许驼子早从鸡脚神口中探听到朱佳富的底细，他堆着笑脸殷勤异常。

鸡脚神早端起酒杯一饮而尽，说：“朱先生，许驼子既有这样的好意，你是要领情的。我们少喝点，保证误不了你赶夜路。”

胖和尚将酒杯端在手中：“许驼子，朱先生是我们家乡人，你也坐下来一起吃，反正叨他的光。”

要是以往，许驼子巴不得坐下一起吃，但是他却推辞说：“朱先生是贵客，我还要送酒加菜，不客气！”

朱佳富虽不饿，因嫌茶脏没喝茶，所以口中感到很渴。面前酒杯里的酒泛溢着浓郁的酒香，阵阵向鼻孔袭来，他几次想端起酒杯喝下润喉，但听见许驼子与鸡脚神的言谈中夹杂着一些难懂的隐语，且不时向他投过来一种异样的目光。朱佳富没海过袍哥，对袍哥中的海底并不熟悉；但他在涪陵轮船任总经理时，经常与罗天成一伙袍哥中的头面人物打交道，也懂一点儿袍哥中的规矩，晓得袍哥除拜码头时，需要亮海底、说隐语之外，一般情况下，平时是不说的，只有浑水袍哥[1]才是这样。“噫，莫不是进了黑店？”——朱佳富警惕起来，看样，两个轿夫也与许驼子是一路货色。在这荒山野岭，自己一个人，如何对付得了他们？朱佳富想到这里，不觉毛骨悚然。他晓得事已如此，惊惶无用，极力掩饰着自己心中的慌乱，装出从容自如的样子，面含微笑观察着事态的发展。他还侥幸地想，也许是自己神经过敏，不过一场虚惊。但是朱佳富克制住自己的口渴，始终没端杯喝酒。

鸡脚神与胖和尚，抗日战争前干过浑水袍哥，所以熟识许驼子。他们在涪陵已有家室子女，早就洗手不干。他们晓得许驼子也跟他们一样，也早洗了手。今夜看见许驼子蓦地拿出那把早已搁置不用的锡酒壶，都暗暗吃了一惊。因为他们熟识民成公司涪陵办事处的人，所以办事处雇用他俩抬朱佳富回石牛场。要是许驼子害了朱佳富，他俩回涪陵脱不了爪爪。他们用浑水袍哥中的暗语劝过许驼子，说朱佳富认识罗天成，在重庆势力大得很，将来会出事的。

许驼子没有肯定回答，鸡脚神和胖和尚惴惴不安。他们不住打量那把锡酒壶，喝酒和吃菜不是那么有兴味。要是许驼子干出来了，他们只好丢下家小，跟许驼子躲进深山老林去过那种危险的生活，这是他俩不愿意的。但劝阻不了许驼子，为了江湖义气，他俩绝不能坏他的事，只有听天由命了。

许驼子劝酒说：“朱先生，这杯淡酒你是要领情的！”

朱佳富实在渴了，见两个轿夫已喝了两杯不见异常，他端起酒杯……

1　哥老会中的一支，专干抢劫绑票的事，平时都是秘密活动。公开设堂口活动的袍哥叫清水袍哥，与浑水袍哥有区别。

这时许驼子正与鸡脚神斟酒，但锡壶却倒不出酒来：“噫，待我再灌一壶酒来，请你们喝够！”

朱佳富见状，心中一震，端起的酒杯没有喝就放下了。

许驼子拿着锡壶下去添酒去了，朱佳富望着他的背影沉思：他刚才看见锡壶倒不出酒来，马上犯了疑，偌大一把酒壶，为啥斟出五六杯酒便空了？朱佳富暗想，莫非这锡壶就是传说中的鸳鸯壶——这种壶有夹层，通过暗中的机关可以斟出两种酒来；读过古小说的人都晓得这种古老的器皿，朱佳富当然会晓得，但他从未见过这种壶，不晓得这锡壶是不是？

朱佳富想到这些，越感到自己处境的险恶，他暗自懊悔：自以为这条路近几年从未听说出过事，“大意失荆州！”连个保镖也没带，单身坐滑竿连夜回石牛场，是犯了天大的错误，这个许驼子……

许驼子拿着锡壶回来了：“朱先生，啷个还没喝，难道不领情！”

朱佳富将面前的酒杯端起，放到许驼子面前：“许幺师，我借花献佛，这杯酒敬你！”

许驼子立刻眉开眼笑，并不推辞，顺势在空着一方的板凳上坐下，端起酒杯一喝而尽，往亮一照杯。

许驼子将酒喝尽，很出朱佳富意外，难道真是自己神经过敏，疑心太重？……

许驼子给朱佳富重新拿来一只洁净的白瓷杯：“朱先生，这是我收藏很久，平时舍不得用的白瓷酒杯。”他向白瓷酒杯里斟满酒，然后才将自己面前的酒杯斟上，“朱先生，喝！”

朱佳富见两个轿夫神色不自然，露出疑虑的目光望着许驼子，又望着朱佳富面前斟满酒的白瓷酒杯。他疑心始终不能消除，宁肯谨慎一些，婉言说：“许幺师，谢谢你！我不饿，也不想喝酒！”

许驼子晓得朱佳富不会轻易上钩，但他并不焦急。他已打定主意，决定用武力解决，不信三个人对付不了一个文弱绅士！

——本来许驼子已洗手十多年没干这种勾当，今夜遇上朱佳富，将他的小皮箱提进店里时，觉得沉甸甸的，并且发出银圆碰击的金属声。朱佳富的父坟被盗，许驼子虽没直接参加，但他与王疤子、齐姑娘素有交情，早已风闻是他们干的。这次朱佳富赶回石牛场，肯定是为了追查盗墓的事，万一被朱佳富查到蛛丝马迹，王疤子和齐姑娘他们就要遭殃，不如……

许驼子心中一动，觉得干掉朱佳富，既可为王疤子他们免除后患；自己也可以得一笔财喜。所以他拿出多年不用的鸳鸯壶来，想用下了蒙汗药的酒，将朱佳富醉倒再下手。许驼子是老手，在给朱佳富斟的第一壶酒中并无蒙汗药，试探一下之后，倘若对方并无警惕，然后才伺机斟上蒙汗药酒；这样做才会万无一失。

等这壶酒喝光，许驼子没有再劝酒。两个轿夫自行添饭吃过，朱佳富茶饭未沾，许驼子也没劝他。

许驼子心想，此时再不动手，就会眼睁睁让朱佳富走掉。他正要弯腰从脚杆上的绑腿里抽出匕首，准备动手，见朱佳富在笑望着他，目光冷冷的，好像已猜透自己的用意。许驼子不由犹豫地缩回手。他暗自打量着朱佳富，见他从容镇定，露出满不在乎的样子，并且背靠墙壁，防范上很内行。

许驼子暗想，朱佳富不带随从，单身一人敢于摸黑赶夜路，至少他随身带有硬火[1]，咦！不可鲁莽动手，待我……

许驼子站起身来，从朱佳富身边走过，装作被绊倒的样子，往朱佳富身前一扑……

朱佳富在这一瞬间，感到许驼子用手在他腰间摸了一下，明明是在摸清他是否带有手枪，不觉一惊。这次回来，匆匆离开涪陵，他忘了在涪陵借一支手枪防身，是太麻痹，连想也没想到这件事，偏遇上……

许驼子的身子迅速离开了朱佳富，赔笑道歉："朱先生，得罪了你！我绊到一根柴块，差点摔了我一扑趴。"

他在地上果真捡起一根柴块，在朱佳富面前亮了亮。

朱佳富从许驼子深邃狡猾的目光里可以看出，许驼子发现自己腰间没佩带手枪是十分欣喜的，眼看便可能对他动手了。

"许幺师，目前这一带清不清净，有没有棒老二？"朱佳富问得突然，犀利的目光盯在许驼子的面孔上。

许驼子一愣，神色有些慌乱，他想不到朱佳富会陡地问他这话！

霎时，许驼子的神色恢复了正常。他打了一个酒嗝，还伸了一个懒腰，装出

---

1 这里指小手枪。

漫不经心地回答："民国世界，朗朗乾坤，民团清乡像篦子梳头一样，侦缉队也天天在这条官道上跑来跑去，哪来的棒老二！"

朱佳富意味深沉地一笑："有棒老二也不要紧，看……"

朱佳富微抬右手："我袖笼里带有硬火，就是遇上两个也不怕！"

在昏黄摇曳的烛光中，许驼子见朱佳富的左手半缩进袖笼，袖笼外面显出模糊的棱角，好像手枪的样子。许驼子凑近一点想看个真，但朱佳富已将右手缩回，被桌面遮掩住了。

朱佳富将右手拍了拍右胸："这里还有一支备用的小东西。哼……"

许驼子一留神，果见朱佳富西服上装的右胸里面鼓起一个模糊的影子。他心中一惊，信以为真，暗自感到庆幸，果不出自己所料，幸好没有冒失动手。

许驼子一时没有出声。但他并未被吓倒，而是在盘算如何顺利得手……

其实，朱佳富不过急中生智：既然许驼子想弄清他有无手枪，说明他对于硬火还是心存畏惧的；事已至此，别无其他办法！于是，他趁机来个空城计，想将许驼子镇住。他袖笼里不过一支电筒，右胸怀里不过揣着一只眼镜盒。

朱佳富见许驼子眼中露出的凶光消失了，一对眼珠不住转动，晓得他并不甘心就此罢手，又在打啥鬼主意……

朱佳富不让许驼子有思索的余地，见两个轿夫已吃完饭在烧烟，露出心神不安的样子，于是他蓦地掏出一沓钞票往桌上一扔，站起身来逼视着许驼子，想从心理上压倒他："许幺师，承蒙你热情款待，这些钱足够这餐宵夜费，我们要赶路，告辞了！"

他不等许驼子说话，提着小皮箱，几步跨出幺店子，站在门外大声吩咐轿夫，将滑竿抬出赶路。

两个轿夫晓得，许驼子倘若干出来，他俩是脱不了爪爪的，只好丢下涪陵的家小远逃他方。他俩当然不愿再去过那种玩命的生活。心中虽然不愿，他俩又不敢破坏江湖上的规矩，坏许驼子的事，只是眼睁睁干着急。这时见朱佳富有手枪，许驼子有些犹豫没动手；朱佳富已跨出幺店子，在门外喊他俩出去抬滑竿，也巴不得早点离去。赶忙将烟棒收起，插在腰带上，取下插在门闩上的灯笼，抬起滑竿出了门，胖和尚拿着进店时吹熄的灯笼，也顾不上点燃。

许驼子没有想到朱佳富走得这么快，不等他想出主意，便一阵风似的走出了幺店子。

许驼子愣住了。等他回过味来，两个轿夫已将滑竿抬出门去了。许驼子忙走到门口，见朱佳富已远远地站在暗处，吩咐轿夫："我走一段路，再坐滑竿！"

许驼子见朱佳富很内行地抢先站在暗处，而自己却站在明处；不说朱佳富有两支手枪，就是只有一支手枪他也难对付。他只好站在门口不动："朱先生，慢走，以后路过小店，还望你多照顾！"

远远传来朱佳富的声音："许幺师，多谢你了。"

许驼子眼睁睁望着朱佳富一行走下垭口去了……

朱佳富在前头摸黑走下梅垭，边走边留意着周围的动静，看许驼子是否赶来，走了一段路，后面并无动静，他紧张的心情才稍微松弛了一下。

两个轿夫抬着空滑竿，跟在朱佳富后面往前走。在黑夜抬着人摸这样的山路很吃力，朱佳富甘愿不坐滑竿，只是将小皮箱放在滑竿上，自己空手走路，他俩巴不得如此，所以也没劝朱佳富上滑竿。

胖和尚已将灯笼点燃。鸡脚神见朱佳富摸黑走得很慢，说："朱先生，你把我这只灯笼拿去，在前照路。"

朱佳富眼力本来差，在这连星星也看不见的黑夜里摸山路，确实感到吃力，有几次差点摔倒；但他对两个轿夫有戒心，刚才他俩明明与许驼子很熟识，说不定是一伙，所以他不敢坐上滑竿，怕被他俩将自己从滑竿上抛下岩去谋财害命。他犹豫了一下，没有从鸡脚神手中接过灯笼，站住回答说："你俩抬着空滑竿走在前头，我在后面便可以看清路了。"

朱佳富往路边一闪，让轿夫抬着空滑竿由他身边走到前面，然后才保持一定距离，跟在后面往前走。

朱佳富心思多，不愿提着灯笼走在前面，是认为自己在明处，让轿夫在暗处跟在身后，对自己不利，他不能看清轿夫的情况，而轿夫却可以把自己的一举一动看得真切；要是让轿夫看出破绽，确认自己并无手枪，那，自己就有危险。

朱佳富走在后面，把轿夫的举动看得一清二楚，见他俩抬着空滑竿一心赶路，并无异常的迹象。他还一直保持着警惕，注意来路的动静，也听不到异常的声响。

四

摸黑走了一阵，要是许驼子赶来下手，早该来了，朱佳富这时才松了口气。

弦一放松，他手软脚耙，走路越来越感到困难。但他仍不敢冒险坐上滑竿，高一步低一步，强力支持着跟在空滑竿后继续走，幸好两个轿夫见他掉得太远，也放慢脚步等他。

朱佳富觉得自己刚才出了一身冷汗，把内衣也浸湿了。回想在幺店子中的情景，虽然彼此都没露声色，像捉迷藏似的暗斗，但也够惊心动魄啦！十多年来，他辅佐陆祖福办航运，周旋于巨商富贾和达官贵人之间，可以说已经驾轻就熟，游刃有余，很少栽过跟头；但与许驼子这样的人较量，还是第一次。在那千钧一发的时刻，要不是自己硬着头皮，玩了一个花招，恐怕自己此刻已到丰都报到去了。现在想起来还有余悸，自己闹的那套空城计其实并不高明，也是黔驴技穷，只好如此！居然能瞒过许驼子，实属侥幸！自己在大风大浪中都能步险如夷，眼看就要功成名就，要是死在许驼子店中，实在冤枉，也算一出悲剧了。

朱佳富穿着皮鞋走山路，脚后跟打起了血泡，一阵阵钻心的疼痛，使他行走的速度越来越慢。

山脚下传来浪涛的拍击声：哗哗哗……奔流的咆哮声：轰轰轰……

朱佳富的精神不觉一振。他不止一次走这条官道，尤其在少年时期，下涪陵读书，每次都是步行。他从模糊的山势判断：山脚下就是石牛河流进长江的入口，下山过河走一段，便到黄桷树垭口，离石牛场就不远了。过河至石牛场那段路，人烟渐渐稠密，房舍渐多，不像这段路那么偏僻荒凉。但是，从这里到山脚河边的小路上，还有一道险恶的隘口叫石门。两块怪石夹峙，山路两旁，仅能容一人通过，倘若与上山的旅客在石门半途相遇，下山的旅客只好向后退出石门，让上山的旅客通过石门后，才能再进入石门下山——这是多年来不成文的古老规矩，叫作下客让上客。抗战前，由于石门地势险恶，经常发生抢劫案，这石门口上，住有团丁把守；抗战后，这一带很少出事，团丁早已撤走。团丁居住过的土屋，也早废弃无人居住，只剩下几堵颓垣，四周长满了荒草。

朱佳富已看见石门的怪影在远处影影绰绰地出现。他蓦地想到，倘若许驼子抄近路先在石门等候，肯定凶多吉少。他刚才的振奋消失了，忧心忡忡地放慢了脚步。

“朱先生，你走不动，快上滑竿，我们抬你过石门下山！”胖和尚和鸡脚神见朱佳富越掉越远，他们停住脚步，胖和尚回头大声说。

“半夜三更，大声阔气干啥！”朱佳富犯疑地说。

他犹豫了一下，接着说：“你们前面走，我在后面用手枪保护你们过石门。”

朱佳富只好再玩弄这一招吓唬他们。他对两个轿夫仍存着戒心。

“朱先生，你不用害怕，在石门已十多年没出过事，清吉得很！”这是鸡脚神在说话。

朱佳富宁肯摸黑走路，也没用电筒照路，一直将电筒放在袖笼里充手枪，他也怕用电筒照路，目标太大。

他迎着前面灯笼照射过来的微光看了看手表，离天亮还有一个多钟头，远山的房舍里已响起公鸡的啼鸣：谷咕咕……顿时，空谷回音，此起彼应……

朱佳富在暗影中叫道：“歇息一会儿，等天亮再走。”

两个轿夫没有再说什么，将空滑竿顺在路边，留下一盏亮着的灯笼挂在路边一棵野梨树枝上，各自找一块石头坐下烧烟。

朱佳富仍与两个轿夫保持一定距离，寻了一块石头坐下。他从没有受过这样的罪，脚跟一阵阵刺疼，两脚发酸，耙软不堪。他顾不了这些，晓得尚未脱离危险，倘若许驼子在石门等他不着，也会回头寻来的。他连香烟也不敢吸，警惕地留意着四周的动静。因为他留在暗处，两个轿夫坐在灯笼摇曳的灯光下，打着哈欠，默默抽着叶子烟，一瘦一胖模模糊糊的影子看得很清楚。他看不出有啥异常，稍感放心。接着他观察身边一带的地形，依稀可以看出有一条毛狗路，通向山上一些乱石堆。他想，万一有啥动静时，可以在黑幕的掩护下，由毛狗路摸到乱石堆去躲藏。

朱佳富的忧虑不是多余的，因为以前在涪陵轮船公司当总经理时，他从罗天成的口中晓得一些浑水袍哥的情况。他晓得像许驼子这样的人，既然动念，就不会轻易让肥猪[1]跑脱。因为肥猪跑脱后，不但会在浑水袍哥中丢面子，而且反过来自己会暴露，有危险。刚才许驼子虽还没公开动手，但他已晓得朱佳富心里亮堂，绝不会放过朱佳富，留下活口，以招后祸。

朱佳富越想越感到害怕，认准许驼子一定在石门等他。这种人拼起命来，自己真有两支手枪也难保险，何况他……

朱佳富心头发冷，加之天亮前路边的青草已凝结上露珠，他的袜子和裤脚都

1　指抢劫的对象，有钱人。

被露珠浸透了；山风阵阵袭来，更有凉意，他竟然像打摆子似的寒战起来。

朱佳富心头感到懊悔。他懊悔不该回石牛场来，更不该如此大意，连随从和保镖都不带。但这种懊悔的情绪，只是从朱佳富心头一闪而过，他从来就是这样——认为懊悔、颓丧都于事无益，只有面对现实，迎着艰险，想办法化险为夷，才是上策。他想：他所进入和混迹的上流社会，尔虞我诈，弱肉强食，不过是用伪善的面纱掩饰起来的“浑水袍哥世界”。他凭一介寒士的资格，以他的权谋和机变，避过一个个暗礁，绕过一个个陷阱，躲过一支支暗箭，最终证明他是生活的强者。象许驼子这样的浑水袍哥，他认为比起那些大亨，没有啥了不起！他刚才不是略施小计，便安全从幺店子大摇大摆走了吗？也许认定许驼子会绕道到石门等他，完全是自己紧张过度产生的神经过敏，到头来不过一场虚惊，自己吓自己……

朱佳富想到这里，觉得自己的胆子壮起来，不再寒战了。他甚至摸出烟盒，抽出一支香烟，想点燃过过烟瘾。在暗影中他露出蔑视一切的冷笑：“哼，管它那些！兵来将挡，水来土掩！”为自己壮胆。

朱佳富刚想扭燃打火机，蓦地听到从石门方向传来令人生疑的声响，低沉、微弱，似有若无。他松弛了的心弦立刻重新绷紧起来，忘了一切，专注地凝神细听……

一阵沙沙声越响越近，越来越清晰，他已听清不止一个人的脚步声。一个光点陡地从转拐处出现，领头的一个人提着一盏灯笼，身后跟着几个黑黑的身影。他们的脚步轻捷，显然是摸惯了黑路的夜行人。

领头提灯笼的人陡地看见野梨树下的两个轿夫，很觉意外，立刻停住脚步，厉声问：“干啥的?”

鸡脚神懒洋洋地回答：“干啥的？抬滑竿的！你们没见路边的滑竿!”

领头的那个人提着灯笼走过来：“抬的哪个?”

胖和尚已经看清：来的几个人，腰上都背着连枪，个个穿着青布短衫裤，摸不清他们是清乡团还是侦缉队。他不敢怠慢，忙站起身回答说：“抬的是朱佳富——朱先生!”

领头的那个人惊喜地说：“啊，接到了!”

他接着自我介绍说：“我是郑区长家的孙队长。郑区长接到涪陵来的电话，叫我们来迎接他。”

孙队长举着灯笼照了照：“咦，朱先生呢！他在哪里？”

鸡脚神指了指：“朱先生在那里！”

孙队长提着灯笼循着鸡脚神指的方向找去，怎也没见朱佳富的影子！他迷惑地问：“轿夫，朱先生哪儿去了？”

胖和尚走了过来，也惊讶地叫起来：“噫，怪咧，刚才还听到朱先生坐在这里发出的声响，唧个一会儿就不见了？”

孙队长只好高声喊：“朱先生，朱先生……”喊声在黎明前的空山里回荡。

“听，先生在答应！”胖和尚指了指乱石堆。

“哎哟，我在这里！”

从乱石堆传来朱佳富的叫唤。

孙队长带着几个家丁循着上山的毛狗路找去，走了几十步，在乱石堆前找到了朱佳富。

——原来朱佳富虽然不断地替自己壮胆，但已成惊弓之鸟，他看见陡地出现了几个人，不觉吓了一跳，认定是许驼子在石门口等他不着，已循路找来了。他不顾一切，按原先看好的藏身之处摸去，黑夜中，他摔了一跤，再也走不动了；只好坐在乱石堆边观看动静。

朱佳富听明是郑区长派来接他的人。他认识孙队长，也听出是孙队长的声音无疑，一颗七上八下的心才安定下来。他欣喜异常，晓得自己再不会有危险，本想自己摸下大路去，不晓得是摔伤了还是皮鞋后跟磨破了的血泡刺疼，踉跄了两步，又跌倒了，只好叫唤着，答应孙队长。

孙队长扶住朱佳富问：“朱先生，你唧个跑到这里来了？”

朱佳富迟疑了一下，回答说：“我……我解手……”

他晓得在这里不便多说，扯个谎掩饰过去。

孙队长见朱佳富走路艰难，问：“你，你唧个搞的嘛？”

朱佳富说：“跌了一跤！”

“伤着筋骨没有？”

朱佳富见问，站住活动了一下手脚，只是脚后跟被磨破的地方，疼得厉害，摇了摇头：“还好，还好……”

孙队长见朱佳富那副狼狈的样子，觉得他迂腐可笑：“哎，朱先生偏这么多讲究！在这荒山野岭，又是漆抹黑，绝不会有其他过路人，你不在路边解手，偏摸黑走这么远……”

朱佳富任孙队长埋怨，也不解释，由孙队长扶着走下坡来。

对江山顶已现出鱼肚白，朦胧的曙光洒向山脚下的江面上。这时已有赶早路的旅客响着杂沓的脚步结队走过。

朱佳富连一步也走不动了，自己也觉得惊异，从梅垭到这里起码二三十里，凭自己一副眼力不强的近视眼，居然摸黑走了这么远，不能不说是一个奇迹。

当他坐上滑竿，由孙队长带来的几个家丁簇拥护卫着往前行时，不由长长吁了一口气。

第八章

朱佳富一行到了野农山庄，郑甫林早得信迎到八字朝门前："佳富，你嘞个这时才到？我昨天接到涪陵来的电话，估计你不过半夜就可以到的。我硬等你到半夜，感到不放心，才叫孙队长循着下涪陵的官道去接你！"

朱佳富下了滑竿，将怀里的小皮箱交给孙队长先拿了进去。

一轮朝阳照得八字朝门亮堂堂的。朱佳富含糊回答一句："在路上遇到一场偏东雨，躲雨耽搁了时间……"

他向郑甫林身边的一个妇人问候："郑伯母，你老身体好！"

其实郑甫林的妻子不过三十多岁，是续弦的，站在郑甫林身边很像他的女儿。她穿着一件青缎隐花旗袍，两只手腕上都戴着碧玉手镯，一头油光滑亮的黑发往后梳拢，绾成一个发髻，横插着一支包金簪子。淡淡眉毛下，有一对灵活的眼睛，显出一副精明能干的样子。一双缠过又放开的文明脚上，穿着一双家制的贡呢绊带鞋，鞋尖上还绣着一朵红牡丹。她脸上的汗毛刚用麻线粘上糠壳灰绞尽，一张圆脸显得容光焕发。她笑眯眯地望着朱佳富，回答说："朱先生，一听说你要来的消息，我们都喜得一夜没睡好觉，尤其是春娃子，他闹着要跟孙队长去接你……"

她回头从身后拉过一个十五六岁的少年："咦，春娃子才怪咧，朱哥到了，反躲在身后害起羞来，快叫朱哥嘛！"

春娃子是乳名，他的学名叫郑春生，是郑太太的独生子，发蒙迟，目前才在石牛场中心小学毕业。上次朱佳富回来迁葬祖坟，他与朱佳富混得很熟，说他将来要到重庆读中学。

郑春生长得十分秀气，模样儿像他妈，一对眼睛闪晶晶，有一副聪明相。他未语先脸红，像羞姑一般，上前向朱佳富一鞠躬："朱哥好！"他的声音像蚊子哼。

朱佳富握住他的手："春生，我是来接你上重庆读书去的，去吗？"

郑春生抬起头来，含有怨意的目光瞥了郑太太一眼："妈不让我去，怕我到重庆学坏了，只叫我住到罗天成伯伯那里，在涪陵读中学。"

"学坏，到重庆读书嘞个会学坏？"朱佳富含笑问。

郑太太接过来回答："不要听春生瞎说，我们是嫌重庆太远，涪陵离这里近些；等他在涪陵读中学毕了业，人也大些，再到重庆读大学岂不好！"

"啊！原来是你们不放心……"朱佳富的话还没说完，被轿夫的话打断了。

鸡脚神颀长的身材站在朱佳富面前说:“朱先生,我们走啰,今天还要在石牛场找回头生意!”

胖和尚已迫不及待地扛着空滑竿走得远远地,等着鸡脚神。

鸡脚神不等朱佳富回答,反身就走。

“喂,慢!”朱佳富伸出手做了一个动作。

鸡脚神站住,回头望着朱佳富,他的眼里露出惊惶不安的神色。

轿钱早已在涪陵付清,但他们连朱佳富答应赶到石牛场后给的茶钱也不讨,急急想走,十分明显——他俩生怕许驼子的事会牵连到他们,自己心虚,想尽快溜走。

朱佳富一见便明白他俩的意思,对于梅垭幺店子的事,许驼子虽没公开干出来,但他已确认是黑店无疑。自己受了一夜惊吓,原想到石牛场后,立刻告诉现任区长熊世发去抓人,但现在朱佳富已改变了主意。他晓得像许驼子这样的浑水袍哥,在这一带仍有很大的势力,他们组织细密,纪律严格,成分复杂,重义气,轻生死。当年金大癞子得罪了他们,被他们报复,杀掉三个儿子,金大癞子也只好龟缩在金家大院不敢出门,才得幸免。目前,他们的势力虽然已经减弱了,但也不能小看。朱佳富认为,既然许驼子并未公开干出来,自己也没受啥伤害,何苦去招惹他们,结下仇怨。像许驼子这样的人,自己日后也许可能还用得着,所谓“山不转路转,磨盘不转磨扇转!”不如气度大点,卖个人情,装聋作哑算了。

朱佳富淡淡一笑,从身上掏出几张钞票递到鸡脚神手中:“你俩既然急着要去,我也不挽留,昨夜你俩辛苦,这点钱不成意思,拿去喝杯水酒!”

鸡脚神脸上不安的表情消失了,堆着笑:“多谢朱先生!”

朱佳富又掏出一沓钞票,在手中掂了掂,慢吞吞地说:“许驼子昨晚……”

他见鸡脚神又紧张起来,马上又加快了语气:“承蒙他热情款待。你与他带个信,叫他放心。我朱某也是讲义气的,这点钞票送他表示个意思,交个朋友嘛!”

朱佳富的举动,使鸡脚神很意外,他开初一怔,随即十分感动地跷起大拇指,说:“好,朱先生如此仗义疏财,真是当今的宋公明。朱先生以后倘若有啥事用得着我们弟兄伙,我们愿为你两肋插刀……”

朱佳富不愿再与他多纠缠,不等他说完便挥挥手:“这倒不用!我只是喜欢广交朋友,去吧!”

鸡脚神一手抱颈,一膝微弯,另一膝着地,打了一个千。他随即站起,双手合拳举到眉端："朱先生，后会有期！"反身大踏步走了。

郑甫林见两个轿夫走远，疑惑地问："许驼子是谁？你为啥送他这么多钱？"

朱佳富踌躇了一下，他晓得对郑甫林说了实话，会节外生枝，惹出事来。于是平淡地说："许驼子是开幺店子的幺师……"他简单敷衍了几句。

郑甫林当过区长，对于浑水袍哥的内幕也略微晓得一些。他对朱佳富的解释并不满足，仍疑惑地说："刚才那个叫鸡脚神的轿夫，打千时一手抱颈，这是浑水袍哥的礼行。打千是表示无限敬重，一手抱颈的意思是，兄弟愿为你丢脑壳抛性命。佳富，这些人是招惹不得的。"

朱佳富故作不知，装出一副惊讶的样子："啊，原来打千行礼还有这些讲究。"他笑眯眯地补了一句，"郑伯，管他是浑水或清水，不干我们的事就少管为妙，你说呢！"

郑甫林也晓得不能与浑水袍哥结怨，否则他们报复起来，令人防不胜防，他沉默了。

郑太太慌里慌张地指了指天边："哎呀，你看，太阳又升了一竹竿高，白晃晃地照得人眼睛发花。我们把朱先生挡在门外说个不停，快请进，到堂屋里坐下慢慢说嘛！"

朝门旁边，有一棵高参入云的银杏树，高高的枝杈上架着一个喜鹊窝，一只喜鹊扑打着翅膀从窝里飞出，站在枝头上闹喳喳叫个不停。

郑甫林哈哈一笑，指着喜鹊说："贵客到，喜鹊叫。佳富，请！"他一摊手，客气地请朱佳富领先进朝门。

朱佳富客气地谦让说："在郑伯面前，世侄怎敢僭越，还是郑伯、郑伯母请！"

他们谦让了一阵，朱佳富只好拉着郑春林的手一起跨进朝门。

花圃篱笆边，站着一个十四五岁的丫头，笑盈盈地望着朱佳富，抿嘴不语。

朱佳富主动停住脚步招呼："菊花大姐，你好！"

菊花羞涩地答了一句："朱先生好！"

菊花的眉目长得有点像少年时的春燕，人也聪明伶俐，朱佳富上次回石牛场，住在郑家，便是菊花照料他的生活。

菊花开始称朱佳富叫少爷，朱佳富叫她称先生，说少爷这个称呼太陈旧。朱佳富对人比郑区长大不相同，总是轻言细语，态度平易近人，菊花觉得新奇，对他很有好感。

朱佳富伸出手要与菊花行握手礼，菊花将手往身后一藏，咯咯笑着跑开了。

郑甫林边走边摇头，不以为然地说：“佳富与丫头讲平等，讲这些礼信，我看大可不必！”

朱佳富哈哈一笑，停住步观看着花圃内的花草：圃内姹紫嫣红，盛开着各式花卉，各自争妍斗艳，令人目不暇接。

郑甫林自从丢掉区长、被熊世发取代以后，他新修了这座家院，取名“野农山庄”，说他学陶潜隐退，以耕读为本。他当然不会真当野农，家中请了几个长工，为他代耕山庄四周的自耕田。但这花圃中的花草却是他自己照料培植的，也赶得上一般花儿匠的水平。他给朱佳富介绍：“这是大丽花，这是孔雀尾，这是……”

有些花名朱佳富熟悉，有些他感到陌生。他不时插问两句，郑甫林带点炫耀的意味一一解释。

郑太太不耐烦地催促：“花嘛，隔会慢慢看，快请朱先生进堂屋坐！”

郑甫林含笑说：“王二妹说得对，请朱先生堂屋坐。”

郑太太娘屋姓王，所以他这样称呼。

堂屋里正中摆着楠木香火架，案上供着“天地国亲师”的香火牌位，摆着香炉和铜磬——由长子早晚烧香敲磬，祭天地和祖宗的古老风俗，至今仍然没有改变。

堂屋香火架前，摆着两行太师椅和茶几，朱佳富与郑甫林客气几句，才分宾主坐下。郑太太叫菊花泡上盖碗茶，亲自到厨房铺排，准备早餐去了。

朱佳富看到香火架，不禁想到自己少年时期，在家也曾早晚烧香叩头。自他跟杨宝瑜进了基督教，早不兴这一套，基督的圣像和十字架代替了烧香叩头。因此，朱佳富对朱家的列祖列宗，一直怀着一种负疚的心情。抗战胜利后，他迫不及待回乡迁葬祖坟，予以厚葬，便是出于这种心情。这次他得到父坟被盗、暴尸荒野的消息，不顾一切匆匆回到石牛场，也缘于此。

朱佳富起身，打开由孙队长先拿到堂屋的小皮箱，取出一对沉甸甸的金戒指，递到郑甫林手中：“郑伯，来时匆匆，这对金戒指送给郑伯母，不成敬意，请笑纳！”

郑甫林拿着两只金戒指早已眉开眼笑：“佳富，我们是世交，何故如此破费！”

适逢郑太太走了进来，晓得这是朱佳富送的，口里说：“哎呀，朱先生又送偌大的厚礼，不敢当得！”她从郑甫林手中拿过戒指，双眼已被金灿灿的亮光照花了。她戴在手指上，端详了一会儿，然后抹下来，走进内屋收捡去了。

郑甫林衔着玉石嘴的叶子烟杆，喷了一口烟，缓缓地说：“贤侄，都怪我疏虞，致使贼人盗墓，失去金银玉器等殉葬品都是小事，令尊暴尸荒野，弄得他在九泉之下不安是大事。我实在愧对令尊于九泉之下！”

朱佳富一听不觉黯然神伤，半晌才说：“郑伯，这哪能怪你！只怪佳富德薄，致使先严泉下还遭此变故。唉……”

郑甫林等朱佳富情绪平静下来，才将坟墓被盗的经过向朱佳富扼要地说了一遍。

二

吃过了早饭，朱佳富本很疲乏，却不听郑太太要他到客房歇息的劝告，坚持要去被盗的坟场看看。

朱佳富见坟墓被挖得一片狼藉、父亲的尸骨虽已重新收殓，安置在坟旁临时搭的户棚内，但此情此景怎不叫他神伤！

他的面色一直阴沉不语，回到野农山庄坐在堂屋的太师椅上，一连抽了几支香烟，对郑甫林的安慰话，仿佛听而不闻；郑甫林只好闭上嘴，空气像凝结了一般。

垸坝里一群寻食的母鸡不时发出咯咯的声音，一只大红鸡冠的公鸡扑着翅膀飞到低矮的鸡舍上，用睥睨一切的神态引吭高唱：谷咕咯…

朱佳富虽然留学英国，但对中国的“孝”字，仍看得很重。他以前设下圈套，使金四落个破产的下场，是为了要报父仇；现在重新厚葬父坟，为的是光宗耀祖。如今坟被盗，倘若不捉住盗贼，他会落个不孝的坏名。

朱佳富蓦地将手指间大半截香烟在烟缸里杵熄，灰暗的目光陡地闪亮：“郑伯，你看盗墓的事，是不是浑水袍哥们干的？”郑甫林没有立刻回答，他捻着花白的胡子沉思了一下，摇了摇头说：“从没听说过浑水袍哥会干挖墓的事！”

郑甫林喝了一口茶沉思后，语气更肯定：“不可能是浑水袍哥干的。他们迷信得很，不愿得罪鬼神……再说，他们也标榜忠孝节义，不可能干出这事。不过……”郑甫林瞥了朱佳富一眼，口气变得有点犹疑：“不过，他们恩怨分明，倘若曾与浑水袍哥结过叶子[1]，那……他们可能会干出这种事来。”

朱佳富说：“我自幼离家，不会与浑水袍哥结下怨仇；倘若我父亲曾与浑水袍哥结下叶子，他以前的坟早就被他们挖了。这盗墓事发生在重新迁葬以后，肯定为的是钱财！”

郑甫林点了点头，但随即又摇了摇头：“倘若单纯为了钱财，不论是浑水袍哥或是毛毛贼干的，他们都不会将令尊的尸骨从棺材中取出抛到荒野。他们既然这样干，我看既为钱财，也为仇怨！”

朱佳富表示赞同：“郑伯言之有理，这人会是谁呢?”

他皱着眉垂头苦思，一会儿，抬起头来，若有所悟地说：“既为钱财，又为仇怨……郑伯，你看是不是金四干的?”

郑甫林眼睛一亮，接着又表示怀疑：“当然金四的嫌疑很大，他现在穷，需要钱财；他与你家有世仇，也很可能要报仇……不过……”

郑甫林停顿一下然后说：“从现场的情况看，据行家说，在坟上挖的洞，干得漂亮利落，不是盗墓的惯犯绝对达不到这种水平；而金四手无缚鸡之力，哪能有此本领！再说，他是有名的草包公爷，也无报仇的勇气。”

朱佳富回想到昨天在山洞躲雨时的情景，金四那副样子确实窝囊，稍有志气的人绝不会接受他给的点心，真是草包，无用。他觉得郑甫林说得有理，不禁沉吟起来：“会是谁呢?”

朱佳富焦躁地站起身来，在堂屋里徘徊思索，他蓦地站在郑甫林面前：“郑伯，你看……”

他陡地将话咽回去，左右四顾，见堂屋内只有郑甫林，才接着说：“郑伯，你看，会不会是熊世发干的?”

郑甫林很觉意外，他惊诧地望了朱佳富半晌，才问：“何以见得?”

朱佳富坐回原位，点燃一支香烟，吸了一口：“郑伯，熊世发以前干过浑水袍哥，后来做了金家大院的管事才归了正。他在金家大院做了两代人的管事，如今金家破落，他可能来个一箭双雕：既为金家报仇，又可得一笔财喜……”

郑甫林长长地“哎”了一声，摇头说：“你说得虽有点道理，但我认为熊世发

---

1 结下怨仇，袍哥话。

不会干这种事。”

朱佳富望着郑甫林。听得十分专注。

“熊世发如今当上区长多年，已成为石牛场的首富，平时掌红吃黑，自有人送钱给他用，哪能干出这盗墓的下贱勾当？至于熊世发为旧主报仇，更不可能。他对金四十分冷淡，从没怜惜资助，惹得金四到处骂他。”

朱佳富仍固执己见：“郑伯，熊世发这种人啥事都可以干出，不能说怀疑他没一点道理！”

郑甫林被熊世发抢去区长一职，一直耿耿于怀，但他仍不能同意朱佳富的判断：“贤侄，我最了解熊世发，但这事绝不是他干的。发生盗墓事件以后，他亲自带区丁来侦破，十分认真。”

朱佳富心中万分烦躁，他斜睨着郑甫林：“郑伯，那，你说是谁？”

郑甫林对朱佳富的生硬语气毫不介意，他说：“据愚伯看，不过几个毛毛贼干的事。当时孙队长他们在碉堡上发现坟场有响动，几个黑影窜进树林中上山跑了。他们没有枪，也没有丝毫抵抗的意思。”

郑甫林端起茶碗，沉吟一会儿，把茶碗往茶几上一放：“佳富，石牛场上有个觑觑眼叫吴荒货，平时走街串乡卖荒货，卖的荒货来路都不明不白，旧衣和尸衣全有。他与一些毛毛贼暗中都有来往，倘若是盗墓的毛毛贼干的，这个吴荒货一定知情。”

朱佳富急不可耐地说：“郑伯，你为啥不叫熊世发把他抓起来审问！”他认为这线索有价值。

郑甫林摇了摇手：“我当了那么多年区长，对这种人还是了解的。他们公开销赃，没得人理抹。除了他们有复杂的社会背景依仗外，还有一个要诀：‘狡兔不吃窝边草’！销售的赃物都是从远远的外地买来，那些毛毛贼很少在本地作案，因此他们与本地方的人没有多大的利害关系；相反，他们还按时向本地方的侦缉队、警察局的实权人物进贡。所以，地方维持治安的人员不仅不会理抹他们，外地追查到这里来，还会主动通风报信，袒护他们。别看那个吴荒货一对觑觑眼，外貌不扬，哎，神通大得很！他在袍哥中的地位不低，除非有了真凭实据，捉他容易放他难啊！搞得不好，各码头的袍哥大爷都会站出来为他说话，浑水袍哥也暗中叫你吃板刀面……下你身上的零件[1]。”

朱佳富搔了搔头，在这方面的知识，他自愧不如郑甫林。这个吴觑觑在石牛场卖荒货已经二三十年，朱佳富少年时也曾见过他。吴荒货浑身搭满五颜六色各式衣衫的那副怪样子，还惹动过他的好奇心，尾随在他身后看稀奇。听大人说，他卖的衣衫多是赃物和盗墓贼从死人身上剥下的尸衣。但是，不仅他没有想过，连许多人都没想过，为啥从没人去理抹过吴荒货？现在听郑甫林说出个子曰[2]，他又增长了见识。

朱佳富望着郑甫林欲语又忍……

郑甫林好像已看穿朱佳富的心意，不等他开口，便说：“佳富，令尊与我是同榜的秀才，情谊很深，在我眼皮子下被人盗了墓，我也恨不得早日抓到盗墓贼以正法典，以慰令尊泉下之灵。古话说，‘欲速则不达！’你不用性急，我已布置了人对吴觑觑进行监视，目前还没看出有啥破绽！这好比钓鱼一样，只要塘里有鱼，他们迟早是会食饵的。倘若真是吴荒货或与他有瓜葛的人盗了墓，等风声一过，他们盗得的财宝肯定会出手变钱，那时……”

他说到这里，伸出右手五指做出一个抓捏的动作，冷冷一笑：“哼，那时他们就跑不脱啰！”

朱佳富用商量的口气问：“郑伯，你看，我要不要向熊世发加点压力？”

十分自信的朱佳富，这时的口气居然像一个小学生向老师请教，因为郑甫林的分析已使他折服——这套学问在英国剑桥大学是学不到的。

郑甫林皱着眉头摇手：“不可，不可。”

“为啥？”朱佳富迷惑地问。

“贤侄，这事交给我来办！”郑甫林说，“目前绝不能公开雷厉风行去追查，要来个明松暗紧，要让盗墓贼以为风声已过，他们才能快点将手中盗来的财宝销赃脱手，我们才能早点寻出蛛丝马迹，将贼人捉到。”

郑甫林见朱佳富低头不语，接着又说：“这种毛毛贼，都是找一升米吃一升米，吃空再去找。绝没有长久抱着金娃娃饿饭的道理，不出十天半月，他们便会冒险销赃的。”

1　指割耳朵，挖眼珠之类。

2　原指孔子说，四书中常用语，这里指说出个道理。

朱佳富问："郑伯，你说的固然有道理，倘若是本地的毛毛贼所为，他们岂能在本地销售，监视吴荒货未必能有所获啊!"

"对，贤侄说得有道理!"郑甫林点了点头，"这点我早预计到。但这种毛毛贼多系无业的游民和穷困无生计的庄稼人，他们没多少文化，也无多大见识，平时顶多到过涪陵，更远，比如到重庆去销赃，他们连想也不敢想。他们眷恋故土，一般是不会远走的。他们销赃的地点，顶远不过涪陵，只要与罗天成打个招呼，没有不破案的。"

朱佳富仍表疑惑："郑伯，先严殉葬之物多系金银珠宝，在涪陵哪能卖好价钱，他们只有到重庆……"

不等朱佳富说完，郑甫林捻着胡子哈哈笑起来："佳富，不要忘记了他们是毛毛贼，不是具有生意人头脑的买卖人。一个金戒指，他们顶多换一斗米吃；一个银项圈，他们顶多换一顿肥肉淡酒喝……对金银珠宝的价值观念，他们与一般人不一样。"

朱佳富原以为自己一回乡，马上便可以追查出盗墓贼，听郑甫林一番话后，晓得破案还不是一朝一夕的事。他没有请示陆祖福，擅自离开重庆回乡来，当然不能久待。他沉吟了一阵，说："郑伯，破案的事我就重托你了。"

郑甫林拍了拍胸："你放心，包在我的身上。"

朱佳富显出难过的神态："先严的骨殖还需要重葬，我做后人的才得心安。郑伯，破案的事暂且不谈，关于重葬的事还要仰仗老伯！我在石牛场不能久待，要从速办理才好！"

郑甫林义形于色地说："这事易办。趁你在此，一切现成，只需两天便可以重葬好。倘若你急于回重庆，我也不便留你，因你有重任在身。至于以后做道场超度亡魂等事宜，交我办理好了。有钱好办事，金佛山上的高僧，一请便可以下山来石牛场做法事!"

郑太太走到堂屋门口窥看过两次，见他俩在说正经事，没有惊动便走了。这时她走进堂屋，打断了他俩的话头："话要说，中饭也要吃，酒席早已摆好，请朱先生过去坐席!"

郑甫林瞥了郑太太一眼："哪个这么早就吃中饭，早饭吃下还哽在胃里呢!"

郑太太指了指屋外的天空："早啥，太阳都偏西了，旋杀猪旋办，叫朱先生挨了饿!"

朱佳富刚才听到远远传来牲猪恶辣辣的号叫，想不到是旋杀猪招待他。他客气地说："伯母，我不是外人，何必旋杀猪讲这大的礼行！"

郑太太的目光一波动："不旋杀猪唧个行，今天不逢场，石牛场上的屠房照例不兴杀猪卖肉。像你这样的贵客到来，未必让你光吃腊肉，那像啥样子哟！你不晓得……"

郑甫林晓得郑太太的话口袋一打开，半晌也收不住。他见朱佳富虽然含笑在听，但已几次捂住嘴打哈欠，晓得他昨夜赶路至今还没休息，于是不等郑太太说下去，站起身含笑说："佳富，请！"

朱佳富确实倦了，他也想早点吃过午饭，好好睡个觉。

三

朱佳富睡得很香甜，他蒙眬听到郑甫林在天井里大声骂人，终于将他吵醒。他睁开眼一看，斜阳的余晖从另一边的窗户透进，晓得快近黄昏了。但他仍觉昏沉沉的，马上又闭上了眼。

临天井的那扇窗虽然关闭着，但郑甫林骂人的声音越来越响亮，将窗纸都震抖起来。

"孙疙瘩，你交来的小春麦子还不够塞牙齿缝。你说，啥叫'二五减租'，是哪个跟你说的？"这是郑甫林的声音。

半晌，才听到一个苍老微弱的声音在回答，说得结结巴巴，听不十分真切。

"听杨嫂子说的！这个婆娘我晓得，原先在万天宫卖过汤圆，听说她的男人目前在民成公司当师爷了，这些年没再卖汤圆！"

郑甫林气汹汹地说："孙疙瘩，我告诉你，所谓'二五减租'，不过是共产党扯的地皮风，区公所正在追查，这个杨嫂子说不定就是共产党！"

郑甫林的声音缓和了一些："孙疙瘩，你以后再不要说'二五减租'这种事，我不念在是老主老客，早送你到区公所坐鸡圈[1]，当共产党办！"

他的声音又缓和了一些："孙疙瘩，你想，蒋委员长最恨共产党，他唧个会采

1 鸡圈，指监牢。

取共产党的办法搞啥减租，切不可听信谣传。我经常看报，哪会不晓得！要是当真有这事，你想哪会不出布告的道理！”

接着又是佃户结结巴巴的声音，像蚊子似的讲了一阵。

“胡说，区公所已经领回布告，只是没张贴出来?”郑甫林跳着脚怒吼着，“你说，这又是哪个跟你说的？把人交出来，要依律法办！快说，快说……”

孙疙瘩可能被吓住了，半晌也没听到他结结巴巴的声音。

“是不是那个杨嫂子说的！”郑甫林不放松地追逼。

“不是杨嫂子说的。那，又是哪个？说不出人来，就是你造谣，就把你送到区公所去法办！”郑甫林声音气咻咻的。

一阵沙沙的脚步响，天井里传来了郑太太的声音：“老头子，你把孙疙瘩叫到外面去说，朱先生在睡觉呢！”

一阵杂沓的脚步响，他们走远了，天井里重归沉寂。

朱佳富再也睡不着了，他起床穿戴好，在室内徘徊了几步。

郑太太听到声响，站在房门外，撩开门帘，伸进头来看：“朱先生，为啥不再睡一会儿？背时的老头子，站在天井里大声阔气把你吵醒了。”

不等朱佳富回答，她放下门帘，在房门外喊：“菊花，菊花……”

“噢，来咧！”菊花响着急促的脚步声。

“朱先生起床了。快打洗脸水！”郑太太吩咐说。

一会儿，菊花用铜盆端进一盆温温的洗脸水：“朱先生，请洗脸！”

菊花将铜盆搁到洗脸架上，上前折叠好被褥，含笑说：“朱先生，有事再叫我！”她撩开门帘走了。

朱佳富洗过脸，他的脚后跟依然很疼，换上一双蓝缎绣花拖鞋，慢慢撩开门帘走出客房。

太阳已落坡，透进天井的光线灰蒙蒙的。朱佳富穿过天井，走进堂屋。堂屋里的太师椅上坐着郑甫林，他板着的面孔还是显出生气的样子。一见朱佳富，郑甫林欠了欠身子：“请坐！”

朱佳富坐下不久，菊花不用吩咐，用托盘送上两碗新泡的青茶。

等菊花走后，郑甫林长叹一声：“佳富，乡里扯地皮风，都说蒋委员长要公布‘二五减租’，佃户缴小春地租都拖延不缴，将来秋收后，这股地皮风还不平息，叫我们绅粮唧个办！”

朱佳富见郑甫林口口声声说“二五减租’是地皮风，晓得他久居乡间不看报，也少与外界交往，如此孤陋寡闻，实在令他暗暗好笑。他慢吞吞地说：“郑伯，这‘二五减租’的事，不全是扯地皮风啊！”

郑甫林圆睁着双眼，惊望着朱佳富：“哎，难道是真的？”

朱佳富点了点头，十分认真地说：“郑伯，当然是真的。蒋先生除‘二五减租’外，同时提交参议会和立法院通过的还有另一法案：《兵役法》……”

郑甫林抢过话头说：“《兵役法》我晓得，石牛场上和通衢要道都有布告，蒋委员长说要‘戡乱救国’，所以要征兵，三丁抽一，不听保甲长话的，独子也得抽！”

朱佳富不禁瞥了郑甫林一眼，对他尾后这一句“不听保甲长话的，独子也得抽”深有所感。显然郑甫林没有认真看过新公布的《兵役法》，这一句话肯定是下面的保甲人员随心所欲，按需加上愚弄人的。乡里的黄泥巴脚杆大多没文化，看不懂布告，只好听任保甲长们任意加减，而中过前清秀才的郑甫林也如此说，不能不使朱佳富感到惊讶。

郑甫林确实没仔细看过新公布的《兵役法》，不过一瞥而过，看了前面的大标题。“不听保甲长话的，独子也得抽”，果真是他听来的。不单郑甫林，在乡间稍有体面的绅粮，他们有恃无恐，不论三丁抽一或两丁抽一，不过是官样文章。打国战[1]打了八年，被抽去打仗的还不是黄泥巴脚杆，绅粮家的子弟再多，从没有人中过签，如今打内战，绝对不会例外。所以他们对于什么《兵役法》，根本漠不关心。《兵役法》公布以后，只有那些黄泥巴脚杆十分惶恐，看不懂公告，只好四处打听《兵役法》的内容。眼看今年这个丰收年带来的喜悦，也消失得无影无踪，个个愁眉苦脸，唉声叹气，预感厄运就要降临到他们的头上。

可是对于“二五减租”，郑甫林这类绅粮当然会特别关注。他接着问：“佳富，你说蒋委员长是将‘二五减租’同时交参议会和立法院通过，那么，为啥《兵役法》贴出了布告，为啥‘二五减租’不见布告？”

朱佳富正想回答，见郑春生进堂屋烧香来了，暂时停住了话头。

郑春生烧过香刚走，郑太太又踅进堂屋来了。她回头高声叫着：“菊花，菊

1 指抗日战争。

花，快点灯来。”

她听到菊花的应声后，才转头嗔怪地说：“老头子，天黑下来，也不叫菊花点灯，让朱先生坐在暗影里摸黑，仿佛是我们吝啬灯油，故意怠慢客人。”一会儿，菊花送上一盏美孚灯。

朱佳富欠起身与郑太太客气几句。

郑甫林急于想知道个究竟，催促说：“佳富，你说，为啥‘二五减租’不见布告?”

郑太太一听是在谈“二五减租”的事，不等朱佳富回答，她一屁股坐在朱佳富对面的太师椅上，露出愤愤的神态：“朱先生，眼看今年是个丰收年，我们可以收十成的租谷，不晓得从哪里扯来的地皮风，硬说今年要实行‘二五减租’，闹得个个绅粮不安，我看要将扯地皮风的人查出，惩办几个才行，不然叫我们绅粮啷个过日子？从盘古到扁古，绅粮收地租是天经地义的事，哪听说啥‘二五减租’……”

郑甫林制止说：“王二妹，你少说几句，听佳富说好不好!”

郑太太的话戛然而止，一脸悻悻不悦的样子望着朱佳富。

朱佳富喝了一口茶，不紧不慢地说：“郑伯，道理很简单。《兵役法》对那些参议员和立法委员没有多大的利害关系，反正抽壮丁抽不到他们的子弟，所以很快就通过了。但是，这‘二五减租’可不一样……”

朱佳富说到这里，郑太太那一对经过眉钳修整过的弯弯蛾眉的眉尖往上一挑，圆眼睛一闪亮：“对啰，那些参议员和啥立法委员，一定都是有钱有地的绅士，他们不帮着绅粮说话，难道会帮佃客说话!”她悻悻的表情消失了，露出放心的样子。

郑甫林瞥了郑太太一眼：“莫打岔，听佳富把话说完!”

朱佳富望着郑太太的面孔，含笑说：“伯母说得对，这些参议员和立法委员都是有钱人，他们也不愿‘二五减租’，所以‘二五减租’的法案，讨论来讨论去，拖延至今还没有通过!”

郑太太笑盈盈的眼波瞟着朱佳富：“阿弥陀佛！不通过就好了。”

郑甫林仍不放心，忧心忡忡地问：“佳富，你看，参议会和立法院拖而不决，时间长了，这‘二五减租’的事，是不是就不了了之了!”

朱佳富偏着头思索了一下，他摇摇头说：“蒋先生要办的事，参议会和立法院哪敢公开对抗！我看，迟早是要通过公布的。”

“啊！”郑太太极富表情的面孔显出愕然的神色，嘴张得大大的，露出一口不太整齐的白牙。

郑甫林皱眉不语，一会儿又问：“佳富，蒋委员长一贯反对共产党，为我们绅粮撑腰。这次，他为啥要提出‘二五减租’，帮佃客说话？那么，为啥还征兵？内战还打不打？”

郑太太也迷惑地说：“是呀，蒋委员长为啥帮佃客说话？”

朱佳富觉得这么浅显的道理他们都不懂，他眉头蹙了蹙，只好解释说：“蒋先生征兵是为了打内战；实行‘二五减租’也是为了打内战……”

“怪咧，这才怪咧！”郑太太像与人争吵的样子叫嚷，“打共产党是为了我们绅粮照旧吃收租饭；共产党还没来，就自己先减租，这又为了啥子嘛？唧个可以说也为了打内战！”

她说完气鼓鼓地嘟着嘴，两手交叉抱着手膀望着朱佳富。

朱佳富轻言细语地说：“伯母，抽的壮丁都是穷苦佃客多，要他们去打共产党，不搞‘二五减租’，不让他们得点好处，他们会为绅粮们卖命去打共产党吗？蒋先生这样做也是不得已。”

“不论唧个说，减租——我们坚决不答应。蒋委员长他要讨好佃客，要佃客甘愿为他去打共产党；不晓得他想过没有，要不是我们上田赋，缴捐税，他用啥养活军队？要是减了租，我们就不上田赋，不缴捐税，看他唧个办？”郑太太越说越有气。

郑甫林叹息一声：“王二妹，说气话有啥用！”

他转向朱佳富，焦急地问：“佳富，照你说，‘二五减租’是迟早要公布实行啰！”

朱佳富慢吞吞地说：“照我看，迟早会公布《二五减租法案》，至于要认真实行……可能不那么简单。”

“为啥？”郑甫林紧盯着朱佳富问。

“道理很简单，目前政府和法院的官员，哪个没有房地产，他们会认真执行‘二五减租’？绅粮不同意减，佃客到哪里告去！所以嘛，到头来不过一纸空文。”

郑甫林如释重负般吁了一口气，惊喜地说：“佳富，你言之有理，言之有理！”

他见郑太太仍不欢的样子，于是说：“王二妹，你不用担心。倘若真公布了

'二五减租'，熊世发是现任区长不好出面，我愿承这个头，把石牛场的绅粮召集在一起商议，大家坚决不减一颗租谷，看这些佃客怎么办！他们总不会到南京去找蒋委员长控告。王二妹，你放心，共产党没来，石牛场还是我们绅粮的天下，这些穷佃客还不是要乖乖听我们的。"

朱佳富是没有一亩田地的，他对"二五减租"并不如郑甫林那样关切，含笑看看郑甫林，又看看郑太太，点上一支香烟吸着不再说话。

郑太太叫菊花给她拿来了白铜水烟袋，她衔着烟嘴咕噜噜烧着水烟。她不断将烟吹吹往上提起，吹掉斗里的烟渣，要是烟渣在斗里粘得太牢，她还得从脑后的发髻上取下一支银簪将烟渣挑去，然后才插回原处，重新装好烟丝再吹燃纸捻——她尖撮着嘴唇吹气，随即伸出舌尖将嘴唇间的通气道陡地堵住，红红的纸捻头立刻烧起了明火将她的面孔照亮，连眼睫毛也清晰可见。她点燃斗里的烟丝后，轻轻将纸捻吹熄……如此循环，她的动作十分协调利落而又极富节奏感。

郑太太停住烧水烟，抬起头来望着朱佳富，说："这个世道总不让我们绅粮过几天抻抖日子。抗战八年，我们虽没出人当兵去打仗，但是叫嚷什么'有钱出钱，有力出力'，田赋年年加，租谷又加不起来，遇到灾荒年成连收租也难，这些佃客奸狡得很。抗战胜利了，以为可以过几天伸抖日子，哼，居然闹啥'二五减租'，开天辟地至今，也没听说过。当绅粮收租吃饭真难，倒不如朱先生你们做生意好！你看，石牛场上那个牛偏二、韦毛牛，现在都比我们阔气，还有那个……"

朱佳富含笑问："伯母，你们为啥不改行做生意？"郑太太一时语塞，哼了一声没回答，又继续烧水烟。

郑甫林接过话头回答，神态十分矜持："我们是书香门第，岂能去做市侩！"

郑太太吹熄了纸捻撇撇嘴："你郑伯说得对，他好歹也是前清一名秀才，门前立过旗杆竖过斗[1]的书香门第。叫我们不顾体面去经商，宁肯饿死也不干！"

朱佳富晓得石牛场至今仍很闭塞，中国封建社会延续了两千多年，虽然辛亥革命结束了封建王朝的统治，但这种重农轻商的思想还很普遍，对生意人有偏见，十分鄙薄生意人。他本有意问那么一句，听他们如此说，脸上的笑意就收敛了。

郑甫林城府较深，他注意到朱佳富脸色的变化，感到当着朱佳富鄙薄生意人，

1 秀才无这种资格。

有点当着和尚骂秃头的味道。他忙改口说："其实，对于生意人也不能一概而论，拿佳富来说，办航运多么有气魄，不像愚伯只能守着一点儿薄产收租谷过日子！"

朱佳富脸上有了笑容，十分精神地说："世伯，你说得对，对生意人不能一概而论。拿民成公司来说，股东中原是大地主的不少，他们还成了有财有势的实业家。收租谷吃饭实在落后，在欧美也早被淘汰。连共产党也保护工商业，有识之士应该懂得目前世界的潮流……"

郑太太对朱佳富后来说的一些话似懂非懂，她听起来不感兴趣，放下水烟袋客气了一句："朱先生慢谈，我去厨下看看。"她起身走了。

郑甫林为了礼貌，装出专注在听，不时点头表示赞同，其实他心中仍惦记着"二五减租"的事，暗自在盘算……

朱佳富越说越兴奋，他陡地说："郑伯，我一直想为石牛场的乡亲做点公益事业……"

郑甫林的精神蓦地一振，不等朱佳富把话说完，他急急抢过说："好呀，佳富能关心故乡公益，令愚伯钦佩。我们善堂正缺少经费，你可以捐一笔巨款，将来为你刻碑永志；这志文嘛，当然由愚伯亲拟喽！"

朱佳富晓得郑甫林以前是个穷秀才，后来经办善堂才成了绅粮，他的话还没完全说出，郑甫林就趁机先提这……

朱佳富脸上有点哭笑不得的表情，半晌他才摇摇头说："我对于善堂的事不感兴趣！"

"那……你对善堂不感兴趣，许多年前你不是常说'教育救国'吗？我目前是中心小学的董事长，你捐一笔可观的钱办学也是一样。"

郑甫林说后，见朱佳富只是"唔"了一声，端起茶碗喝茶不语。他迟疑了一下，问："佳富，你说，究竟要办啥公益？"

朱佳富的兴致已不如先前高，斜睨了郑甫林一眼，说："月前土特产出口到外国很赚钱，这一带每年运销到重庆去的猪鬃、桐油，以及五倍子等都是大宗生意。我想在石牛场建立一家猪鬃厂和一家炼油厂，就地加工成半成品，运到涪陵直接装船，运往上海转销海外。这样做，减少了小商小贩的居间流转，节约了运价，成本会大大降低，很有竞争能力。这是一举两得的事：地方增加了收入，我们也有利可图。"

"啊，原来是这种公益！"郑甫林失望地说。

朱佳富异常认真地说：“郑伯，你不要看轻，这比你办善堂，办学校还要有油水！”

郑甫林被朱佳富一语戳破，脸上顿时露出讪讪的表情，他想分辩几句，但被朱佳富止住：“郑伯，我把细账算与你听……”

他早看见茶几下面的搁板上有一架十三桥的算盘，弯腰取出，放在膝头上，将右手衣袖向上卷起一点儿，皱着眉吹了吹算盘上的积灰，然后边说边拨动珠子算细账：“……你看，有对本利！”

郑甫林被说得动了心：“佳富，你准备如何开办，我能干点啥？”

朱佳富兴致高起来，笑眯眯地说：“由你担任董事长，我派个经理！股本嘛，我们各出一半。”

郑甫林摇了摇头：“我哪有现金出股本啰！”

朱佳富说：“郑伯，把田地卖了入股，省得担心‘二五减租’！”

郑甫林一惊，差不多要蹦起来：“啥？叫我卖了田地入股！我又没发疯，守着租谷过日子不舒服，去入股！晓得你这生意能不能真赚钱。”

朱佳富晓得不易说动郑甫林，这样的前清秀才当然十分守旧。他淡淡说了一句：“郑伯，你以后慢慢斟酌，这样的生意比你收租强呀！”

郑甫林平静了。他望了望朱佳富：“你真要办，我当董事长也可以，地方上的事情由我出面替你维持……”

朱佳富以为郑甫林已回心转意，猜想他不过想提出对自己有利的条件，面上又有了喜色。因为他晓得要在石牛场办这样的工厂，非把郑甫林拉拢不可，否则无法应付地方上的各种势力。

郑甫林说得吞吞吐吐：“至于股金……至于股金好商量。我……我占二成干股就行了。”

朱佳富见郑甫林那副神态，心中很是反感。他不愿再与他议论这件事，淡淡地说：“郑伯，以后再商量吧！”

郑甫林纠缠不舍说：“佳富，我占二成干股你嫌多，我们是世交，少点也可以！”

朱佳富敷衍地说：“占二成干股并不多。在石牛场办工厂的事，我不过随便说说，真要办，还不是那么容易呢！”

“啊”！郑甫林露出失望的神色。

朱佳富去拜访过熊世发，因熊世发是区长，他不得不屈尊敷衍；顺便拜托他一定要追查出盗墓贼。

熊世发满口答应，说他要尽全力“为朱先生效劳”。

没等朱佳富将他父亲的尸骸重新葬好，他一连接到两封电报——石牛场只有邮政代办所，电报经过涪陵邮电局用电话传送，由区公所收到电话后，记录下来送给他的。

电文很简短，但语气很急：

“余已回国返渝，盼急回，有要事商讨。勿误！陆。”

另一封电报意思相同，只是加了“火急”二字。

朱佳富没有得到陆祖福许可擅自回到石牛场，本不想在石牛场多待。父坟被盗，赶回重新收殓重葬，不过聊尽人子之心。接到陆祖福的电报后，他心中纳闷惊讶，不晓得陆祖福为啥提前匆匆返国！

他对郑甫林说：“郑伯，先严尸骨刚重新收殓入土；新土未干，我只得返回重庆，诸多未了事宜，拜托老伯照料！我留下的款项不够，以后自会给你汇来。”

郑甫林满口答允，说：“令尊生前与我至交，理应帮忙，请石匠重新修缮坟山，以及请金佛山的高僧下山做道场，都由我包了。你就放心吧！”

临行前，郑甫林还送给朱佳富一把古扇：“佳富，愚伯收藏多年的一把古扇，送给你留个纪念。”

朱佳富打开古扇一看，见是朱耷的作品，古香古色，不像赝品——他并不精于此道，只是这么猜想。

朱佳富客气推辞了几句：“郑伯既然珍藏多年，一定十分喜爱，你留下清玩吧，我怎好愧领夺爱！”

郑甫林以为朱佳富看轻这把古扇，他作古正经地说：“佳富，八大山人的真品留传下来已经不多，这虽仅是一副扇面，你切不可看轻，可能还稀世难寻呢！”

朱佳富含笑说：“恭敬不如从命，小侄就愧领了。”

郑甫林还准备了一些土特产送给朱佳富，不过腊肉、香肠之类。他不便推却，也只好道谢收下。

朱佳富家住桥塘，离这里不过十里路程。朱家人丁不旺，近亲没有，还有几房远亲。朱佳富没亲自回桥塘，只是派人给几房远亲送去一些礼品。这几房远亲眼见朱佳富在外十分发达，闻讯纷纷赶到野农山庄看望，对他亲热巴结，也送来了许多土特产，除了核桃、花生之类，还有红苕干、洋芋片、苞谷泡……收拢便是一大担。

朱佳富怎好将红苕干、洋芋片和苞谷泡这些不能登大堂的食品带回重庆，只得留在野农山庄没带走。

郑甫林还派孙队长带人护送他到涪陵，还亲自送他一程到龙济桥。

熊世发也赶到龙济桥给朱佳富送行。

朱佳富临别时，又重新嘱托熊世发务必要把盗墓贼捉住，早日破案。

…………

朱佳富坐在滑竿上，前后有人簇拥护送，与他单身回来时大不一样。

他们一行人通过梅垭时，朱佳富特别留意，见许驼子的幺店子虚掩着门，却没见许驼子的影子。朱佳富晓得他心虚，故意躲开了，但幺店子虚掩着门，说明许驼子并没对他心有疑惧远走。他没有对任何人谈说许驼子的事，采取大事化小，小事化无的宽容态度。他自信自己处理很得当，否则，他与这种人结下叶子，此时的心情不会这样轻松。

梅垭一闪而过，滑竿走了好远，朱佳富回过头去，还可以看见梅垭许驼子幺店子旁边的那一棵葱绿的梅树，在微风中摇曳晃动。

第九章

一

朱佳富坐船回到重庆，轮船刚在千厮门码头靠好趸船，便看见董绍孙站在趸船上，问驾驶台里的船长：“朱先生呢?”

不等船长回答，朱佳富将头伸出甲板的栏杆外，揭下博士帽扬了扬，大声说：“董先生，我在这里!”

跳板刚搭好，董绍孙第一个上了船，一气爬到三楼。

朱佳富在楼梯口迎住他：“董先生，惊动你的大驾亲临码头接我，实在领当不起!”

董绍孙从西装口袋里摸出一张雪白的手绢，揩了揩额门上的汗珠，喘了一口气：“今年气候反常，还没入伏便这样热!”

朱佳富将手中的纸扇递到董绍孙手中：“董先生，扇一扇凉。”

董绍孙拿着纸扇轻轻一甩，纸扇“哗”地打开来，他先看了看扇面，不觉惊叫了一声：“哟！朱先生，这是八大山人画的扇面，在哪里买的?”

朱佳富含笑说：“是一位世伯送的，不晓得是不是真迹?”

董绍孙并不精于此道，没有加以鉴别，边扇边说：“陆先生从加拿大回国后，在上海只待了一天，便迫不及待地坐飞机回到重庆，焦急得很，所以接连几封电报催你急回!”

朱佳富问：“为啥这么急?”

董绍孙的手一晃动，纸扇“哗”的一声合上了。他递还给朱佳富：“一言难尽，等会你自会知情。走，汽车还在街口等，陆先生和郑董事长要我接你马上去金城饭店，他俩在那里恭候大驾呢!”

朱佳富脸上露出惊讶的表情——因为陆先生办事从来就是从容不迫，这次连家也不让他回，确属罕见。他疑惑地问：“陆先生有啥急事相商?”

董绍孙向左右张望一下，轻声说：“这里不是谈话的地方，我们走吧!”

朱佳富便不再问。“等等，我收拾一下东西!”他返回房中，一会儿提出随身带的小皮箱。不等吩咐，一个穿白色制服的茶房抢前接过，跟在身后，送他俩下船。

两乘预先准备好的凉轿停在沙滩上。他俩各自坐进凉轿，轿夫踩着石梯坎将轿子抬上了水巷子街口。

他俩下了轿。一辆福特牌小轿车早停在街边候着，司机正用鸡毛掸子打扫车身上的灰尘，远远望见他俩，忙放好鸡毛掸子，拉开车门，含笑弯腰："请上!"

朱佳富与董绍孙并排坐在后座。司机关上车门，手扶着方向盘按响了喇叭，偏过头来望着董绍孙。

董绍孙简短地吩咐了一句："金城饭店。"

司机驾着小轿车往前行驶。街边上摆满了吃食摊，行人十分拥挤，过街的人穿梭不停，小轿车不时减车速，响着喇叭开路。

这时暮色朦胧，山城华灯初上，歪戴船形帽的美国兵开着吉普车，搂抱着浓妆艳抹、袒胸露臂的吉普女郎不时迎面开来，街心上的行人顿时向两边惊叫，飞奔躲让，乱成一团。

无数五光十色的霓虹灯广告和商店招牌在车窗外晃过，令人目眩。

抗战胜利后，像雨后春笋般兴起的跳舞厅和有歌星演唱的酒吧间，处处可见，刚入夜间，生意分外兴隆。一对对衣着入时的青年男女，手挽手，昂首挺胸，态度十分矜持地进进出出。看热闹的行人堆挤在门口，好奇地向里面打量。舞厅和酒吧间里透出绚丽迷离的灯光，不断变换闪烁。"蓬嚓嚓，蓬嚓嚓……"的鼓乐声响得异常热烈欢畅；歌星软绵绵的、像没睡足似的歌声在街头夜空中飘荡。

许多衣衫褴褛的叫花儿，紧跟在一对对寻欢作乐的男女身后讨钱，一直跟到门口才停住脚步。

朱佳富见身旁的董绍孙闭目养神，他也闭上双目，正在蒙眬的时候，小轿车缓缓地停住了。

金城饭店门口站着一个侍童，一顶天蓝色的船形帽歪扣在浓黑的发上，穿着水手服，显得很神气。他急步上前拉开车门，用英语说："先生，晚安！请进。"

董绍孙先跨出车门，朱佳富跟在后面，随手塞一张钞票给侍童当小费。

侍童手里拿着钞票，谦恭有礼地一鞠躬，仍用英语说："先生，谢谢。"他说完，急步抢先拉开金城饭店新装的弹簧门，等董绍孙和朱佳富进去后，才松开手——这些充满了洋味的礼仪，抗战胜利前在陪都是罕见的。美军陆战队到来后，这里顿时变了样，处处都可以看到这样的洋派头。

董绍孙回头对朱佳富说了一声："陆先生他们住在楼上。"

朱佳富见大厅边有电话，于是对董绍孙说："你先上楼，我给家中打个电话!"

董绍孙停住步打趣说："朱先生，'一日不见，如隔三秋'，足见你们真是伉俪情深啊！"

朱佳富微微一笑，他没有答话，已走到电话边，拿起话筒拨号码。

董绍孙晓得朱佳富是熟门熟道，便没等他，先踩着螺旋形楼梯上去了……

电话拨通了，接电话的人是汪嫂。汪嫂告诉朱佳富说，太太不在家，跟杨宝生到抗建堂参加一个演讲会去了。

朱佳富在涪陵动身时曾发电报给杨宝瑜，明知他要回家，偏不留在家中等他，令朱佳富有些恼火。他面色一沉，显出愠怒的样子。

汪嫂听不到朱佳富的回话，不住在电话中催问："朱先生，你有啥吩咐吗？"

朱佳富觉得不应在汪嫂面前流露自己的不满，于是强忍住自己的怒气，用平和的声音说："太太回来后，你告诉她，陆先生接我到金城饭店有重要事情商议，可能一时不能回家！"

他放下了话筒，不觉自言自语喃喃说："她近来为啥突然对政治这么关心？……"

杨宝瑜近来确实变了。自从较场口事件以后，她天天守在杨宝生病床边看护，直到杨宝生伤愈出院。不知杨宝生哪来的这种魅力，从此杨宝瑜常跟着杨宝生参加许多社会活动。朱佳富劝告过杨宝瑜好几次，但杨宝瑜置若罔闻。

朱佳富想起这些，心中十分不高兴。当他上楼走进陆祖福常年租下的房间时，才勉强有了笑容，向陆祖福和郑春林问候寒暄。

二

陆祖福一脸疲惫的表情。不到半年时间，他两次到加拿大去谈判造船的事情。漂洋过海，几千里路的旅途劳累，真令他有些吃不消。

嘉陵江的河风从敞开的窗子灌进，不用开电风扇，也觉得十分凉爽。

他们各自在沙发上坐下。茶房送上冷饮便退下去了。

陆祖福端起一杯冰淇淋，有些心不在焉地用银质小勺不住地在杯里搅动。他还穿着在国外穿的那套西装，显得雍容气派。房里四个人，只有郑春林依然是中式打扮，穿着一件杭绸的汗衣。

因为陆祖福穿得齐整，并没叫朱佳富和董绍孙宽衣，他俩只好仍然衣冠楚楚地端坐着吃冰淇淋。

朱佳富不住打量着陆祖福的神色，见他只顾搅动杯里的冰淇淋，半晌不语，憔悴的面容上没有半点笑容，显出忧心忡忡的样子。

朱佳富猜测陆祖福在加拿大定船准是遇到了很大的困难。因为自从抗战胜利以后，民成公司的业务蒸蒸日上，一切都照原先预料的情况发展。离开四川要返回家乡的下江人，如同潮涌一般搭轮东下，民成公司所有的客船都忙不过来，船船客满，连轮船顶篷上也坐满了乘客；客票黑市高出牌价几倍，至今还不衰减。民成公司确实发了一笔可观的胜利财！新增了几十艘轮船还不敷应用，陆祖福喜得常挂着笑脸。最使陆祖福称心如意的是，在上海拥有了第一流的仓库和码头——尽管费了一番不小的周折——他终于在上海立稳了足跟，为他向海洋发展打下了基础。

向加拿大贷款定船的事，在抗战胜利前夕便谈判妥当，正式签订了合同，只是在中国政府出面担保上，宋子文刁难拖延了一段时间。陆祖福通过张群向蒋介石进言，而蒋又出于战后运输需要的战略考虑，终于圆满解决。

因为事关重大，陆祖福不愿假手于人，亲自出国奔波，但是现在……

朱佳富已将一杯冰淇淋吃光，放下了空杯，见陆祖福紧皱着眉，仍在低头沉思不语，不觉有点奇怪，连家也不让他回，便接他来这里，令人费解！

朱佳富当然不便先问，他打开纸扇轻轻扇着。

郑春林却注意到朱佳富手中的纸扇："朱先生，你这扇古香古色，是谁画的扇面?"

朱佳富带点炫耀的语气说："朱耷画的!"

"啊，八大山人的作品!"郑春林十分喜爱字画，"朱先生，请借我一观!"

朱佳富忙欠起身递到郑春林手中："郑老先生精于此道，请你法眼鉴定，看是不是朱耷的真迹，目下伪造八大山人的赝品极多啊!"

郑春林没戴老花眼镜，将手中的扇面拿得离眼睛远远的，眯着眼睛端详了一会儿："好，这是朱耷的真迹无疑。"

他坐正了身子，指点着扇面，继续说："春山岩上这只鹰，眼睛半睁半闭，传神逼真，只有朱耷才有这种愤世嫉俗的深切感情，清高孤傲的性格跃然纸上，别人是伪造不了的。"

董绍孙刚张口想插嘴，郑春林兴致勃勃地继续说："看，八大山人四字落款，似笑非笑，似哭非哭，哭笑不得，也是别人模仿不了的。至于这印章……”

郑春林戴上老花眼镜起身凑近亮处仔细端详了一阵，肯定地连声说：“对，这是真品无疑，看，这印章……”

陆祖福愁眉苦脸地打断了郑春林的话：“郑老，你慢扯这些闲话，我们要商量正经事！”

郑春林对陆祖福带点埋怨的口吻并不介意，立刻刹住了话头：“好，商量正经事！”他归回座位，仍不住观赏着扇面，显得爱不释手的样子。

半晌，郑春林仍不见陆祖福开口，不觉瞟了陆祖福一眼，忍不住面对朱佳富问：“朱先生，这古扇……你是从哪里求得？难得的珍品啊！”

朱佳富笑眯眯地回答了他。

郑春林将纸扇折叠起来，没有立刻交还朱佳富，在手中摩挲玩弄，心爱不舍，口里不住重复说：“珍品，珍品……”

朱佳富明白郑春林的意思，他对古玩虽无癖好，但这是别人所赠……心中有些迟疑。

朱佳富想到公司中元老派对他早存芥蒂，背着陆祖福的面，常常捣鬼掣肘，对自己诸多不便。考虑再三，他终于说：“郑老既然喜爱这把古扇，我就借花献佛，转赠给你。如何？笑纳否？”

郑春林干瘪的面孔上顿时露出欣喜的神情，将古扇紧紧捏在手中、护在怀里，连声说：“愧领了，愧领了。”接着还补了一句，“朱先生真够朋友！”兴奋得脸上现出潮红色。

朱佳富正想客气几句，这时，一直沉默不语的陆祖福却开了口，冷冷地说：“玩物丧志，不可取！”

郑春林不理会陆祖福的话，将扇子打开又折合，折合后又打开，只顾玩赏。

陆祖福犀利的目光，蓦地望着朱佳富，语气较平和，但显得严峻：“朱先生，听说你曾在孔祥熙面前说过，孔老二是打不倒的……这事实不实在？”

朱佳富迷惑地望了陆祖福一会儿，这话他确实说过，是抗日战争中，孔祥熙送给他一部自己特制的“四书”，他说这话有当面奉承、暗含揶揄讥讽的意思，但孔祥熙并没听出弦外之音，还十分高兴呢！

他不明白陆祖福这时为啥要旧话重提，只是点了点头，“唔”了一声，表示回答。

郑春林忘了观赏扇子，也不解地望着陆祖福，听他还说啥。

陆祖福轻轻咳了一声，双手叠合放在膝头上，慢吞吞地说："拿朱先生来说，留学英国，不用说具有西方民主自由的思想，对于一些陈腐的观念是反对的……"

朱佳富预感到陆祖福要批评他什么，顿时神色有些不自然，专注地望着陆祖福，听他说下去。

"可是，朱先生偏偏摆不脱儒家的'孝'字，在抗战胜利后、百废待兴的时刻，正需我辈为国家民族振兴实业、大显身手之际，却丢下工作去厚葬祖坟，追查盗墓……将无数的财富深埋地下，这是封建时代的陋习。不，在封建时代也不乏反对厚葬的明智之士啊！偏偏朱先生却……"陆祖福说到这里见朱佳富已面红筋胀，神情十分尴尬，于是蓦地转变了话题，"不谈这些闲话，先商议正经事，嘿嘿！"

他一反常态，显得有些焦躁，干笑了两声，不安地挪动了一下身子。

董绍孙见气氛被陆祖福弄得有些紧张，怕朱佳富羞赧会暗暗恼怒，忙接过话头，面对朱佳富说："陆先生这两天心情烦躁，他眼巴巴望着你这个智多星回来解决疑难……"

他转向陆祖福说："陆先生，我们开会吧！"

朱佳富神情缓和了，含笑说："陆先生批评得对，我也摆脱不了传统观念的束缚，不自觉跟着孔老二走了。"

陆祖福咳了两声："好，我们开会，先商议一下如何对付加拿大魁北克造船公司！"

果然不出朱佳富的猜测，造船处于困境。他关切地问："出了什么事？"

陆祖福没有回答，他用右手捂了捂左胸，脸上的肌肉抽搐了一下，现出痛楚的表情。

在屋角坐着的翁副官见状，忙将随时备用的药片递了两片给陆祖福，并倒了一杯开水递到他手中。

朱佳富从未见过陆祖福有啥病痛，问道："陆先生，你身体哪里不舒适？"

翁副官在一旁代答道："陆先生在加拿大时，急了两天，心脏便出了毛病。"

朱佳富惊讶地"啊"了一声，问："要不要紧？"

陆祖福吃下药片后，缓过气来，舒展地嘘了一口气："不要紧，心脏不过发生早搏，间跳！"

朱佳富不禁失色："那也不轻，要注意休息才行！"

郑春林与董绍孙早知陆祖福心脏欠佳，所以一直在一旁没说话。这时，董绍孙接过话来说道："我们也劝过陆先生，他就是不听。"

陆祖福反而神色自如地说："'民成江山'的理想还没实现，阎王会发慈悲，不会派鸡脚神来捉拿我的。"

他嘴角闪现了一丝笑意。

朱佳富听说陆祖福竟急出了心脏病，晓得事态一定十分严重。他惊问："究竟发生了啥事，令陆先生如此着急！"

陆祖福眉头一皱，长叹一声："唉，事关民成公司的存亡，叫我如何不急！"

郑春林依旧摩挲着那把古扇，不时抬头瞥陆祖福一眼。

董绍孙只顾抽烟不语。

朱佳富扭燃打火机，准备点燃嘴上叼的香烟，这时他蓦地又关熄打火机，将嘴上没点燃的香烟取下来在指间："陆先生，请说个明白！"

陆祖福这时才将他出国的经过，遇到的困境，有条不紊地说了一番。

朱佳富听完"啊"了一声："原来是这样……"

魁北克造船公司与民成公司在战争胜利前夕签订了造船合同，并收到了民成公司第一期预付款。魁北克公司根据以往的经验，估计战后柴油发动机的价格一定会下跌，故此，他们没有将收到的预付款立即去购进柴油发动机。殊不知战后英美各国依然积极扩军备战，都在努力发展远洋舰队和运输商船，因此柴油发动机的价格反常地猛涨。魁北克造船公司眼见无利可图，甚至要亏本，于是大耍无赖，硬要民成公司额外付给五百万美元的补偿金，他们才肯履行合同，否则……

陆祖福忧心忡忡地说："魁北克造船公司不履行合同，我当即向加拿大政府提出交涉；加拿大政府同意调解，我们举行过几次会谈……唉，加拿大政府完全站在造船厂一边进行偏袒，而我们驻加使馆却……"

陆祖福说到这里忍不住激动焦躁起来，一拳捶击在茶几上，唇上的黑髭在颤动："哪个政府都是维护本国的利益，唯独我国这个政府却吃里爬外，他们反向我施加压力，要我同意多出这五百万美元的补偿金！你们看，这令人恼不恼火！"

郑春林一直在玩弄手中的古扇，这时也插嘴："说得好轻巧，叫我们哪里去筹集五百万美元！行政院将外汇卡得那么死。我们找加拿大贷款，每年需付几十万美元的利息，已够伤神费事的。何况宋子文对我们特别厉害，官汇一分也不给！"

陆祖福长叹一声：“是啰，不说过两年便分期向加拿大还本，单是每年应付利息……”

陆祖福向后一仰，头枕在沙发后背上又一声叹息：“我原以为魁北克造船公司两年内便可以按合同交船，我们可以用一部分船去开辟南洋线，马上便可以搞到外汇，还本付息绝不成问题，可以将他们的骨头榨他们的油，我们做无本的生意何乐不为！”

陆祖福愁眉苦脸，有些丧气地说：“想不到他们不讲信用，我们的如意算盘眼看要落空。唉，现在我们倘若不付出五百万美元，他们不会交船，而我们却要按合同逐年还本付息。看，怎么办？我们目前如想不出妥善的对策，眼看民成公司就要完了！”

他说到这里，向大家一望，目光最后停留在朱佳富身上：“看，怎么办！”

朱佳富脸上的笑容收敛了，也觉得事态严重，沉吟着没有发表意见。

郑春林和董绍孙的目光一齐投在朱佳富身上，异口同声地说：“朱先生，你有没有良策，请你赐教！”

朱佳富吸着香烟，望着室顶的天花板出神不语，气氛顿时显得十分低沉。

过了一会儿，陆祖福耐不住用希冀的目光望着朱佳富那张方脸，问：“朱先生，你留学英国，加拿大是英联邦成员国，你比我们熟悉情况，你看，能不能想出一个妥善的办法？”

朱佳富搔了搔头发，迟迟疑疑地说：“陆先生，我看……我看既然通过调解达不成协议，不妨向魁北克造船公司所在地的法院提出控诉……”

不等朱佳富把话说完，陆祖福粗暴地打断了他的话：“这个主意形同儿戏，管啥用！加拿大政府偏袒他们，难道他们的法院还会为我们说话！”

朱佳富惊诧地望着陆祖福，见他说话如此不客气，心中很不自在，只顾抽烟。

陆祖福见朱佳富的神态，懊悔自己太焦躁，目前正是用他之际，立刻表示歉意安抚他：“看，我急的……朱先生不用多心。我们民成公司面临惊涛骇浪，处于风雨飘摇之中，眼看有搁浅沉没的危险，我辈同仁必须精诚团结，沉着应战，才能化险为夷啊！”

他叫：“翁副官，替朱先生开汽水！”

翁副官立刻起身，开了几瓶汽水放到茶几上。

陆祖福顿了一下：“俗话说，‘哪管你要债的英雄，只怕欠债的真穷！’我亲自到加拿大才晓得，这魁北克造船公司不过是一家小企业，家底薄，亏不起本，他们已扬言，倘若我们不追加五百万美元的造价，他们便要宣布破产……”

陆祖福又焦躁起来：“这些龟儿竟要起无赖来了，无耻的讹诈！你想他们一旦宣布破产，我们顶多成为债权人，最多能分他们几条没造好的空船壳和破旧的设备，而一千五百万美元的民间贷款……唉……”

他说到这里，沉重地呼了一口气，用手捂了捂左胸。

翁副官见状，以为他心绞痛又发了，忙上前递药片和开水。

陆祖福没伸手去接，摆了摆手：“不用!”

翁副官拿着药片和开水退到一旁去了。

朱佳富蓦地受到了启示，金丝眼镜后的一对眼睛射出兴奋的亮光，不慌不忙地说：“陆先生，你不用急，办法还是有的，我们来个釜底抽薪，定可以转危为安!”

陆祖福深知朱佳富，开始见他抓耳搔头，智多星也束手无策，不免感到失望；这时见朱佳富脸上露出深沉的微笑，晓得他已经有了主意，也感振奋，忍不住猛站起身往朱佳富靠近一步，迫不及待地问：“朱先生，请说明白，哪个釜底抽薪?”

朱佳富笑得十分得意，仍坐得端端正正，边说边做着手势：“陆先生，古训说，‘以其人之道反治其人之身’。我们怕他们宣布破产，未必加拿大政府不怕我们……”他故意不将话全部说出，带出酸味地用手指画了一个圆圈。

陆祖福头脑反应快，他已悟出朱佳富的意思，连声说：“言之有理，朱先生言之有理!”他疲惫的面容顿时振作起来，有了笑容。

郑春林不解其意，迷惑地望着他俩。

董绍孙耐不住猜这哑谜，问道：“朱先生说个明白，让我也增点见识!”

朱佳富慢条斯理地点上一支香烟，淡淡一笑：“很简单，我们也可以直率地告诉加拿大政府，倘若硬要我们追加五百万美元，我们也只好宣布破产。那么，他们也收不回贷款，让他们也来分几条旧船吧?”

董绍孙沉思了一会儿，口气有些犹豫：“朱先生，刚才陆先生说过，‘哪管你是要债的英雄，只怕欠债的真穷！’魁北克造船公司底子薄，亏不起，恐怕真要破产，并且……并且我们这笔贷款与造船公司无关，这……”

朱佳富带点卖弄的意味：“董先生，你只知其一，不知其二。我们这笔民间贷款是由加拿大政府担保才贷出的，倘若他们收不回这笔贷款，嘿嘿……”他喷了一口烟雾，“西方的政府确实是金融家的公仆。公仆放烂了账，贷款给我们的金融财团岂肯善罢甘休，纵使不能逼使内阁辞职，也该经管的部长倒霉。这一千五百万美元能否收回，关系到加拿大政府的切身利益，岂有坐视之理。不论魁北克造船公司是真穷或假穷，加拿大政府都会为他设法维持，比如给以低利贷款，给以出口津贴……这是他们的事，我们便不用管了。”

陆祖福心中感到赞佩，跷起大拇指说：“朱先生真如汉之张子房，蜀之诸葛亮。不是先生一语指明，我茅塞哪能顿开！”

他不由松了口气：“民成公司有救，诚先生之功，我辈同仁定会额手称庆，真天助我也！”

郑春林因朱佳富刚才送给他一把有价值的古扇，听陆祖福如此称赞他，不觉也帮腔说：“朱先生非凡人，真了不起！”

陆祖福脸上的阴霾顿时消散，泛出兴奋的红光。

董绍孙偏爱寻岔：“朱先生，万一加拿大政府自恃强大，逼使我国政府给我们施加压力，他们绝不让步，岂奈他何！”

朱佳富冷笑一声：“哼！对我们施加压力，宋子文难道不晓得我们真会破产！我们也叫真穷啊！”

他嘴角显出一丝嘲弄的笑意：“董先生，这些政治家再蠢也不会不识及此！为万一起见，我还可以通过英国大使馆的彼特利克去当说客，向加拿大政府晓以利害，就万无一失了。”

陆祖福摸出怀表看了看，兴致勃勃地说：“时间还早，今晚到凯乐舞厅去跳舞，大家松弛一下，乐一乐，由我个人请客！”

连朱佳富也感到吃惊，以往陆祖福认为男女同席也不妥，此时竟主动提议到商业性质的舞厅去跳舞，令人意外，何况他一向节俭，还要慷慨请客呢！

董绍孙是有名的舞迷，近来在上海与交际女和红舞女轧得火热，并会同樊哈儿发起要选上海小姐捧她们。他眉开眼笑连声赞成：“好，太好了！”还补了一句英语，“Very good！”

郑春林忍不住十分感慨地摇头叹息：“想不到陆先生出了几次国便如此开通，真能跟着时代前进啊！”

他眼睛半睁半闭，将古扇放在胸前，有气无力地说：“你们去吧，我这老古董实在看不惯舞场中那些光怪陆离的样子，不愿去摆八字摊出洋相！”

朱佳富虽然是跳舞的行家，但到商业性舞厅去找舞女伴舞还从未有过，不觉有些踌躇，但见陆祖福与董绍孙兴致很高，于是说："陆先生如此盛情，我们是要领的！"

陆祖福见郑春林不悦的神情，他笑了笑，说："郑老既不愿去摆八字摊，那么我就不勉强你去，你在这套房间里歇息吧！"

三

小轿车开到凯乐舞厅，他们下车后，步上台阶，门口上的霓虹招牌灯发出橘黄色的强光，照亮了半边街。

这时已近午夜，舞厅门外却异常热闹，停了十几部小轿车。

陆祖福拄着手杖领头走到门口，翁副官已抢先上前向守门人低语了几句，守门人立刻放下架子，原先紧绷的面孔上蓦地堆满了谄媚的微笑："陆总经理光临，我们不胜欢迎，请进！"他并没叫他们出示门票，偏头一招手："快，陆总经理驾到！"

一位身穿白哔叽制服的茶房快步走了过来，彬彬有礼地一鞠躬："陆总经理，请！"

他回头撩开紫色天鹅绒的帷幕："请！"

陆祖福三人鱼贯而入，被茶房安排在一张铺着雪白台布的圆桌边坐下。茶房恭敬地送上一个精致的描金白瓷碟，放在陆祖福面前；碟里盛着菜单。

董绍孙是跳舞厅里的常客，他瞥了一眼茶房，十分内行，不屑看菜单便吩咐说："三杯咖啡，三客奶油蛋糕！"

在一旁侍立的茶房早从耳轮上取下铅笔，在一沓便笺上迅速记下，弯腰行礼："先生，马上送来！"他转身走开。

董绍孙见朱佳富在望着他皱眉，明白他的意思，晓得他是初进舞厅，许多事情还不清楚；于是轻声向朱佳富解释说："这里只卖点心和饮料，我们都没吃夜饭，只好暂用蛋糕充饥！"

朱佳富眉头松开了，不再说什么。

一会儿，茶房送上了咖啡和蛋糕。他们边吃边打量着舞厅里的情景。

乐队正欢快地演奏着舞曲，吹黑管的乐手对着麦克风边吹奏边做着引人发笑的怪相。

乐队台前一排椅子上坐着几个打扮得妖冶怪样的舞女，浓脂艳粉也难掩盖她们早已逝去的青春年华；几个年轻点的也姿色平庸，坐在那里无人请舞。她们每见一位新进来的舞客，疲惫的面容立刻一振，搔首弄姿递给一个个秋波，做着媚眼。

正中的圆舞池中，一对对男女翩翩起舞，搂腰偎腮，显得十分饿相。

陆祖福本不会跳舞，为了出国应酬，他才学会的。像这样的舞厅他还是第一次进入，本无心跳舞，只是由于多天来使他焦虑不安的难题有了解决的办法，在极度兴奋之余，才提出这个建议。这时他见舞厅中一对对男女，形骸放荡，举动轻佻，不觉有些懊悔，认为不该来此；但是既然来了，并说明自己请客，怎能打退堂鼓，只好既来之，则安之。他不住捂嘴打哈欠，强自振作精神支撑着。

朱佳富眼尖，向舞池里努努嘴示意说："陆先生，你看，他们都在这里！"

"谁?"陆祖福问。

"黄玉庵，潘上由，还有袖珍算盘——噫，这位悭吝异常的袖珍算盘，怎么也学会了跳舞!"朱佳富目光没有离开舞池，低声回答陆祖福。

陆祖福点了点头："啊，他们果真在这里。"他也看清了他们，接着补了一句，"黄玉庵现时成了潘上由的妹夫，两个家族勾得很紧!"

朱佳富曾去参加过黄玉庵的婚礼，只是"唔"了一声。

这时刚好一曲终了，照例要休息一会儿，舞池中的一对对男女顿时四散，各归原位歇息。

黄玉庵也看见陆祖福他们，不觉一愣，很觉意外。他向他们走过来了，一个披散着蓬松鬈发，穿苹果绿绸旗袍的舞女紧偎着也跟他款款走来。

陆祖福主动站起向黄玉庵打招呼："黄先生，你的舞步多娴熟，优美得很。"

黄玉庵自从将山柴胜煤矿廉价盘顶给陆祖福后，一心经营航运业。抗战胜利后，他事先毫无准备，虽有几条客船跑上海，但常出故障，眼睁睁望着民成公司赚大钱，发了胜利财。他目前已无力与民成公司在申—渝段竞争，只好退守上游，改走重庆以上的渝—叙线，有潘家的支持，总算站稳了足跟，不容民成公司在这段航道染指。但是，目前民成公司新增许多大轮船，被淘汰下来的旧船便拼命要挤进渝—叙线，这场争夺航线的白刃战刚拉开序幕……

他竟想不到陆祖福会光临这样的舞厅，不觉感到惊奇。他虽然将陆祖福恨得牙痒痒的，但这时只得强装出笑脸，回答说："我不过逢场作戏，拖黄包车[1]而已！陆先生，我们有多时不见，听说你出国去了，何时回来的？"

陆祖福含糊回答了几句。

黄玉庵见陆祖福穿着考究的西装，完全变了一个模样，显得富态和气派。尤其是陆祖福那唇上的一撮浓髭，经过理发师精心修饰，更增添了几分威严，给人以不敢小视的感觉。

黄玉庵脸上的表情急剧变化，他与董绍孙是亲戚，改向董绍孙点了点头，表示招呼。

董绍孙早站起身问候："大哥，你好？"

朱佳富因黄玉庵抗战前夕，在陆祖福初次宴请他的一次聚会上，对他十分傲慢，所以一向对黄玉庵很冷淡。这时朱佳富并没站起身来与黄玉庵寒暄，只是望着他微笑表示招呼。

朱佳富目不转睛地打量着黄玉庵身边的舞女，见她明眸皓齿，长得十分秀丽，年纪不过十七八岁，胸前的一对乳房在丝绸下像展翅欲飞的小鸟，身材苗条，望人的目光像荡起的涟漪，迷人而放荡。小巧的嘴唇像一颗娇艳欲滴的樱桃……

黄玉庵搂着那个舞女的细腰离开他们走了。朱佳富知道董绍孙对舞女异常熟悉，于是凑近董绍孙耳边问："那个舞女叫啥？"

董绍孙早留意到朱佳富的动静，见他对这个舞女很感兴趣，嘴角露出一丝微笑说："她叫孙小玲，艺名叫小蝴蝶，现在是陪都红得发紫的舞女。"

他眼见朱佳富的目光还在跟着孙小玲的影子转，于是迎合地说："我来叫孙小玲转台子，陪朱先生跳几曲，如何？"

朱佳富未置可否，只是含笑瞥了董绍孙一眼。

董绍孙向旁边的茶房招了招手，茶房迅速走了过来。董绍孙吩咐说："买五十张舞票，叫小蝴蝶转台子！"

茶房认识董绍孙，并没叫他付现金，当即摸出一个小本记下账，十分麻利地转过身，急走几步到了小蝴蝶身边，向她低语了几句。

小蝴蝶缓缓起身，笑眯眯地扭头向朱佳富这边瞥了一眼，转向她身边坐着的

1　不会跳舞的人让人拖着走。

黄玉庵表示歉意："黄先生请稍待，我去去就来！"

陆祖福不懂舞厅里的规矩，他迷惑地问："董先生，买五十张舞票，跳到天亮也跳不完五十支曲子呀！"

董绍孙怕被别人听见会笑话，忙凑近陆祖福解释说："陆先生，舞厅是买舞票送舞女，也像点歌女唱歌一般，哪里真要歌女唱那么多的歌曲！舞客根据舞女的身价，随意买舞票送她，多少不论。像小蝴蝶这样的红舞女，给她舞票送少了，她是不会满意的。"

陆祖福点了点头："唔，原来如此！"

他心中很不以为然，认为花钱捧舞女实在不值，也很无聊。因为他声明今夜由他私人请客，怕人说他吝啬，只是微微皱了皱眉，没有说什么！

董绍孙见小蝴蝶风度翩翩地走来了，忙拉开身边的空椅子："孙小姐，请坐！"

小蝴蝶认识董绍孙，知道他也像黄玉庵一样，是舍得花钱的阔人，只略微向陆祖福和朱佳富抿嘴一笑，便在董绍孙身边坐下，咧开鲜艳的嘴唇，露出白齿，向他飞去一个迷人的眼波："董先生，好久不见，听说你在下江选上海小姐，把我忘在脑后了！"

董绍孙见陆祖福在一旁正襟危坐，怕她再说一些令他尴尬的话，忙介绍说："这是陆总经理！"

小蝴蝶久闻陆祖福的大名，还是第一次见面，不觉惊异地叫了一声："啊！"她睁着圆圆的大眼睛，好奇地打量着陆祖福。

小蝴蝶妩媚地一笑："今后还望陆总经理多照应！"

陆祖福神情十分不自然，勉强点了点头，冷淡地偏过头去。

小蝴蝶原想巴结陆祖福，见他偏过头去不理她，脸上的笑容顿时收敛了。

董绍孙立刻转向朱佳富："孙小姐，这是敝公司的主任秘书朱佳富先生，是他请你转台子的。"

小蝴蝶眼睛一亮："啊！"她好奇地打量着朱佳富，声音充满了惊喜，"啊，你就是朱佳富先生，我读初中时便听过你的名字！"她水汪汪的眼波，紧盯在朱佳富面孔上。

小蝴蝶早听说过，朱佳富善于跳舞，连孔二小姐也十分青睐，加上一些好事者的渲染，给朱佳富罩上一层神秘的色彩，所以小蝴蝶此时脸上闪起兴奋的光泽。

朱佳富接触到小蝴蝶那迷人的目光，心中不觉怦怦跳动。他像一反常态，情不自禁地望着小蝴蝶那张充满青春活力的漂亮面孔，出了神。

他见识过许多女人，并且多是名门闺秀，小蝴蝶没有那种高雅的气度，还处处带着俗气，但朱佳富却觉得小蝴蝶有一种撩动人情欲的无形力量，令他心簇动摇。也许小蝴蝶是天生的尤物，罕见的美人；也许是朱佳富情人眼里出西施——近来杨宝瑜对他越来越淡漠，他耐不住内心的空虚和寂寞，想寻求刺激的关系；而小蝴蝶比名门闺秀肉感，更富刺激挑逗性，正适合他的需要。

朱佳富怕被人看轻，忙收起自己放肆的目光，依然文质彬彬地挺胸端坐，颇有风度地问："孙小姐住过学校，怪不得气度不凡，令人倾慕！"他半真半假地恭维她。

小蝴蝶听了朱佳富这几句很得体的恭维话，感到他确实与众不同，不像黄玉庵那些人，不是对人傲慢，便是吹捧得令人肉麻。她耳目一新，顿时对朱佳富有了好感，黑白分明的眸子一转动，望着朱佳富嫣然一笑，嘴角现出两个圆圆的酒窝儿。她像熟人般与朱佳富攀谈起来，不时用一张粉红色的麻纱手绢，捂住嘴咯咯地笑。

小蝴蝶与朱佳富靠得很近，耳鬓厮磨，十分亲热。

朱佳富见小蝴蝶长长的眼睫毛向上下翘曲，并非人工造就，本是天成，说话时，口中吐出的气息似兰非麝，有一股幽香，不禁有些陶醉，渐渐忘形。

陆祖福见朱佳富在小蝴蝶面前有些失魂丧魄的样子，不断皱眉，很有些看不惯。

朱佳富也觉察到陆祖福的神态，自己也觉荒唐，怕有失体统。见小蝴蝶与他越贴越近，只好挪动了一下身体离小蝴蝶远一点。但小蝴蝶确实对他有一股诱惑力，使他不能自持，目光一直在她漂亮的面孔上转动。

董绍孙要给陆祖福介绍一位舞女，陆祖福冷冷地摇摇头："我歇息一会儿，你们去跳吧！"

他说完这些话，见朱佳富与董绍孙显出窘迫的样子，感到不要让气氛搞得太僵，既来这里，不能太扫兴；于是装出轻松的口吻说："让我独自摆八字摊，你们去玩个痛快，下不为例便是了。"

一个吹黑管的人站在麦克风前先吹响了几声，接着鼓钹响起："蓬嚓嚓……"大号、小号一齐响了。

听到乐曲声起，一对对男女手拉着手纷纷离座步入舞池……董绍孙自点了一位舞女，双双步入舞池……

朱佳富好像对响起的舞曲无动于衷，依然稳坐不动。小蝴蝶不禁迷惑地注视着他。

吹黑管的让到一旁，一个戴船形帽，穿仿制美式女军装的歌女，袅袅走到麦克风前，一甩头，一扭腰，姿态十分妖冶怪样，咧开两瓣红艳艳的嘴唇唱着流行歌曲《红玫瑰》：

玫瑰红玫瑰，
四季常媲美，
玫瑰刺尖锐，
有了她就心醉……

小蝴蝶见朱佳富还是端坐不动，好像不会跳舞一般；她明亮的眼睛不断闪烁——真令她忸怩不安了。这时歌女已唱到第二段歌词：

明明知道她采不得，
采了她会枯萎，
人人爱她，采不得她，
随在花下醉呀……
不采舍不得……

小蝴蝶沉不住气了，她认为精于跳舞的朱佳富请她转台子，却不跟她跳舞是有失光彩的事，如此，她岂不成了比舞女下一等的玻璃杯[1]？她又不便主动催舞。她焦灼不安的神态被朱佳富看在眼里，他认为火候不到，仍安闲地请小蝴蝶吃蛋糕，喝咖啡。

陆祖福也感到奇怪，见他稳坐不动，对小蝴蝶的态度如冷似热，令人捉摸不透。他终于忍不住问："朱先生为啥不跳舞?"

1　专陪客人闲聊为生的女人。

朱佳富好像才被提醒似的，“哦哦”两声，不慌不忙地放下咖啡杯，拉开椅子，弯腰站起来面对着小蝴蝶：“孙小姐，请!”

小蝴蝶顿时站起，主动将右手递过去。

朱佳富轻捏着小蝴蝶的几个指尖，迈着绅士的方步，风度翩翩地进入舞池，然后轻搂她的软腰，踏着音乐节奏轻盈地舞起来……

陆祖福心中的疙瘩已经解开。出国奔波劳累，再因焦虑失眠，他此时眼皮不禁沉重起来，要不是极力克制，真会打瞌睡。他吃了太多蛋糕，已感甜腻不愿再吃，只是不住叫茶房送上咖啡，喝着提神。

舞厅内的灯光迷离闪烁，令他眼花缭乱，目眩头晕。他干脆闭目养神……

小蝴蝶是红得发紫的跳舞皇后，平常一群巨商富贾像一群蜜蜂似的，老围绕着她这朵鲜花转，个个争先斗富取悦于她；她自己也颇矜持骄纵。今夜，朱佳富先给她以冷遇，这时尽力表现出他高超的舞艺，步法轻盈飘逸，节奏明快娴熟，小蝴蝶紧跟慢随，为之倾服，她平时的骄纵气已消失得无影无踪。她不禁对朱佳富感到喜欢，于是施展出一个舞女所有迷人的手段，拼命巴结朱佳富。

朱佳富觉得小蝴蝶胸前的一对极富弹性而挺拔的小乳房若即若离地触在他的胸前，令他产生一种难言的快感。小蝴蝶那娇艳欲滴的樱桃嘴微张着，露出洁白整齐的细齿，不时送拢他的嘴唇，他闻嗅到一股幽兰般的温馨气息。他忍不住注视着小蝴蝶花一般的面孔；而小蝴蝶使人沉醉的目光也一直注视着他……

朱佳富从未在女人面前感到这样心神不宁，他是第一次接触小蝴蝶这样的女人，感到她有一股吸引他的魅力，而这种魅力在大家闺秀身上是绝对没有的。他神不守舍，感到心慌，连舞步也乱了，有两次他差点踩在小蝴蝶银白色的高跟鞋尖上，使他感到发窘。

小蝴蝶见朱佳富入迷的窘态，心中十分自得，脸上透出一种征服者胜利的微笑。她那流动晶亮的眼睛仿佛在说话：哼，看你一本正经，原来不过如此!

小蝴蝶这一瞬间的表情，并未瞒过朱佳富的眼睛。朱佳富蓦地一惊，感到自己的样子一定十分可笑，早失去了平时的矜持和绅士风度。他忙控制住自己，不再理会小蝴蝶的挑逗，一曲终了，才不致闹出什么笑话。

陆祖福迷迷糊糊，待朱佳富他们回归座位，才将他惊醒。

朱佳富与小蝴蝶刚坐下，茶房就急匆匆过来对小蝴蝶说：“孙小姐，黄玉庵先生买一百张舞票，要你转台子!”

本来舞女转台子是常有的事，特别像小蝴蝶这种年轻貌美的红舞女，转台子更是频繁，有时只能屁股点在椅子上表示个意思便会转走。这些发了国难财、现在又发了胜利财的阔人，毫不吝惜，流水般地花着钞票捧舞女取乐，成了抗战胜利后司空见惯的事。这些舞女都学会了应付这些阔人的本领，看谁花钱多，她们就对谁殷勤巴结。

黄玉庵示威性地买了一百张舞票将小蝴蝶转了台子，朱佳富感到受了侮辱，心中很不自在。他见小蝴蝶转过台子去坐在黄玉庵身边，神情冷淡，不时扭过头向他飞来使他着迷的眼波，而黄玉庵却恶形怪状与小蝴蝶摸摸捏捏，不由令他产生了醋意——这是朱佳富以前绝对不会有的。他一阵冲动，没有细细考虑便向茶房招手："喂，叫小蝴蝶转台子，我买两百张舞票！"

董绍孙正给身边舞女的咖啡杯内放法国糖块，听后，不由惊诧地望着朱佳富，感到他这个举动不妙！

陆祖福更觉意外，但是今天是他做东，想制止又有些踌躇。

茶房见惯了这种情景，晓得黄玉庵也是不甘示弱的阔人，巴不得他们如此，心中暗喜。他去了一会儿，小蝴蝶便笑容可掬地走过来了。

小蝴蝶刚坐下，亲昵地与朱佳富低语了几句，茶房掩不住心中的喜悦，急匆匆来到他们面前，对小蝴蝶说："孙小姐，黄玉庵先生买三百张舞票，请你转台子！"

小蝴蝶眉尖微微一蹙，装出不情愿的样子，慢吞吞地站起来，含情脉脉地向朱佳富说了几句抱歉的话，走几步还回头望望他，显出依依不舍的样子。

小蝴蝶的这番做作，是她挑动舞客斗富的一种手段，董绍孙精于此道，司空见惯不以为奇。他与黄玉庵是亲戚，暗暗懊悔自己不该建议朱佳富叫小蝴蝶转台子伴舞，他深知黄玉庵的脾气，一定是吃醋了。但事已如此，他也不便劝止，只好听任他们闹去。

聪明绝顶的朱佳富已被小蝴蝶的美丽迷住，见小蝴蝶不舍离去的样子，不禁恼恨黄玉庵，也不假思索，立刻叫过茶房吩咐："我买五百张舞票，叫小蝴蝶转台子！"

偏这时是乐队间休时间，停舞的时间较长，黄玉庵与朱佳富彼此闹气，都不甘示弱。小蝴蝶在朱佳富与黄玉庵之间转来转去，买舞票越买越多，连茶房也兴高采烈，不等招手便自动走到另一位身边等候吩咐，气氛十分热烈紧张。这惊动了许多舞客，大家都向他俩投来好奇和惊讶的目光，随着便引来许多人的窃窃私语。

董绍孙眼看不对，不住向陆祖福递眼色，要他干预。

陆祖福早就看不下去，他见小蝴蝶刚转台子走开，朱佳富气得脸色发青，忙劝止说："朱先生，你何苦花这种冤枉钱与黄玉庵斗气！你一向反对华而不实，今天为啥异样！"

朱佳富脸一红，头脑清醒了一些，也觉这么干有些荒唐；亏他机智，立刻振振有词地说："陆先生，我并不是捧舞女，黄玉庵在事业上斗不过我们，在这种场合，他也休想取胜！"

陆祖福深深不以为然，皱着眉头说："并非我舍不得钱，朱先生，你看那些小报记者正感无聊，让他们采访去，明天登在报上，后果不堪设想啊！"

朱佳富一愣，陆祖福这几句话无异打了一个响雷，使他完全清醒过来，顿时默默无言，只顾抽香烟。

站在一旁等待着的茶房，半晌没见朱佳富有反应，只好将铅笔头放回耳轮上卡好，带着失望的表情走了。

黄玉庵见朱佳富没再叫小蝴蝶转台子，顿时兴高采烈，发出哈哈的笑声。

乐队又奏起了欢快的舞曲。

董绍孙见朱佳富眼望着黄玉庵搂住小蝴蝶步入舞池，脸上露出怏怏的表情，于是安慰他说："朱先生，我给你再介绍一位舞女，保证美丽不弱于小蝴蝶。"

朱佳富摇了摇头，强装出笑容："小蝴蝶算啥！董先生自便，我想歇息一会儿。"

董绍孙没有再说，自带着舞女步入舞池……

黄玉庵搂住小蝴蝶从朱佳富面前舞着经过，故意现出趾高气扬的样子；小蝴蝶却背着黄玉庵向朱佳富眉目传情。

这时朱佳富完全冷静下来，他装作没看见，安详地与陆祖福谈着闲话，好像忘了刚才的事。

陆祖福已在舞厅坐不安稳，心绪十分不宁，等这支舞曲终了，董绍孙归回座位，他摸出怀表一看："快天亮了，我们走吧！"

朱佳富也觉得没趣，早已兴味索然，当即点头表示同意，并且迫不及待地站起身来。

只有董绍孙还精神十足，舞兴正浓，他虽然不情愿，但也只好点头表示同意。

茶房算过账，递上了账单。

陆祖福摸出支票簿签了一张支票结清了账。

他们走出了舞厅，翁副官早站在小轿车旁等着，准备叫司机将他们一一送回家。

第十章

杨宝瑜一颗心全倾到阿弟身上：杨宝生不欢，她也不欢；杨宝生快乐，她也快乐。

自较场口事件杨宝生受伤以后，她日夜守在阿弟的病床前，面色失去了红润，显得疲惫憔悴。每当杨宝生发出一声声低低的呻吟，她的心就一阵紧缩，眼里常闪着亮晶晶的泪光。

杨宝生不过头皮被铁尺击伤，并没伤着头骨，由于流血过多出现一种虚弱的昏迷，经过一段时间的治疗，他很快便恢复了健康；只是在头皮上留了一条愈合的伤疤，被乌油发亮的浓发一掩蔽，丝毫不影响他英俊的面容。

杨宝瑜欢快地搂住杨宝生的头："啊，上帝，感谢您！感谢您……他终于安全无恙，我多高兴啊！"

她陪着宝生出院后，硬要他住在朱家静养。杨宝生无可奈何，不愿拂逆阿姊的好意，在朱家住了两个月。在这段时间里，是杨宝瑜最愉快的时期。连汪嫂也说："太太，你比以前显得年轻多啦！"

她陪着杨宝生在家谈天，去北泉游玩，去看话剧……

她发现杨宝生满口新名词，许多新奇的思想令她惊讶。她心灵的窗扉关闭得太久，骤然打开，吹进清新的空气，一切都觉得新鲜。他俩常为对人生、伦理、社会等的不同看法，发生争执，最后总是杨宝瑜让步，夸赞杨宝生说："阿弟，想不到你懂得这么多，阿姊落伍了！"

杨宝生住在朱家的时间长了，渐渐感到无聊，他不听杨宝瑜的劝阻，坚持要回美专去继续任教。

杨宝瑜只好说："阿弟，阿姊对你有个要求，不晓得你听不听？"

杨宝生柔和地回答说："阿姊，你说吧，请你不要怀疑我对你的敬重！"

杨宝瑜忧心忡忡地说："阿弟，我希望你除了教学和作画之外，不要去参加社会活动……"

杨宝生不等她说完，便委婉地提出异议："阿姊，时代赋予一个艺术家的责任，不是为艺术而艺术；民众生活在水深火热之中，我能不同他们一起斗争，各自过布尔乔亚的优裕生活吗？我觉得住在这里太沉闷了。"

"阿弟，你不理解阿姊的心，倘若再像较场口那样有啥危险，我会多么难过啊!”杨宝瑜忧郁地说。

杨宝生说:“阿姊,你不放心我,为啥不跟我去参加一些社会活动,对你的精神和健康都会有好处!”

杨宝瑜一想:“咦,这建议很好,可是……”她在家里确实十分闷气,跟杨宝生去参加一些社会活动,心中可能会舒展些。

“可是……”杨宝瑜眉尖一蹙,“你朱哥会反对的。”

“朱哥反对!”杨宝生不以为然,“难道你没有独立的人格,事事听他,他是大男子主义……”

“阿弟,不要说你朱哥的坏话!”杨宝瑜和颜悦色地劝诫杨宝生。

杨宝生不愿阿姊不快,将要说的话隐忍住了。

杨宝瑜踌躇再三,经不住杨宝生的怂恿,她怀着好奇和忐忑不安的心情跟杨宝生去参加过几次会议。她只不过是同一些年轻的教师、学生在一起聚会,谈时势,谈政治,谈民主自由,谈国共两党即将爆发的内战……

她置身于这些热情洋溢的青年人中间,不禁想到许多年前的一些事:那时她在上海读书,还是十分腼腆的少女,也时常参加这样的集会,受过反帝、反封建的新思潮的洗礼;也慷慨激昂地说过,“不自由,毋宁死”。二十年过去了,这些青年人谈的反对独裁,反对美国侵华,仍然没超出反帝、反封建的思想范畴,只不过增添了新的时代内容。她对这些言论并不反感,只是认为稍微过激一点儿。她看不出这样的小型集会有啥危险,感到放心了。

她跟杨宝生去参加这样的集会,开初十分小心谨慎,不让朱佳富晓得。后来朱佳富偶尔知道了,也没有坚决阻止;她一颗心落地,去的次数便勤了。

杨宝瑜今天收到朱佳富要从涪陵回来的电话,她本要到磨儿石码头去接的;但事先答应过杨宝生,同意与他一道去参加一个讨论会。这两者,便不能不权衡了。

她踌躇半晌,心上的天平晃动一阵之后,终于往杨宝生一端沉下去——她不愿使阿弟失望,杨宝生稍有不快,都会令她不安。

她不等那个讨论会结束,就让杨宝生留在那里,独自提前回了家。她虽然对朱佳富感到淡漠,但她一直竭力尽到一个妻子的责任,不愿让人非议。

她回到家中,汪嫂告诉她说:“朱先生打电话回来,船靠码头,就被陆先生接到金城饭店开会去了。”

杨宝瑜听说朱佳富还没回家，心中有些怅惘。她与朱佳富感情上的隔膜虽然越来越厚，夫妻之情毕竟不是轻轻可以从心灵上抹去的；何况朱佳富作为一个丈夫，并无明显的过失。

杨宝瑜顿时变得没精打采地走进客厅，她扭亮了电灯，客厅里显得空荡荡的，豪华的家具在灯光下也像失去了光泽似的。

她坐在靠窗的一张沙发上，江风从窗口吹进，她身穿的细花绸旗袍在风中抖动。

一种寂寞空虚的感觉从她心头升起，她蓦地想：倘若我有一个孩子……

是的，她多么想有一个孩子。有了孩子，也许她不会这么空虚寂寞。

这些年来，她时常跪在圣像前祷告，渴望上帝能赐给她一个安琪儿般美丽的孩子。但是年复一年，她依然如故，连做这样的祈祷也感到厌倦了。

杨宝瑜托着腮正想得出神，高太太家的黄妈冒冒失失地响着脚步，在客厅外大声怪叫："朱太太，高太太叫我来请你，三缺一……"

自从较场口事件以后，高家宾客骤然多起来，这阵子高太太已多时没闲空打牌，黄妈他们的小费也少了。今晚高家来了两个从大邑来的内亲，高太太兴致来了，所以派黄妈过来请杨宝瑜去凑角。

杨宝瑜款款站起身来，黄妈已走到客厅门口，仍然大声阔气兴冲冲地站在门口说："朱太太，三缺一……"

杨宝瑜犹豫了一下，她本厌倦这些应酬，因为高太太对她一直很亲密，加上许多时日没来请，她实在不愿扫高太太的兴，只好勉强答应："好，我随后就来。"

黄妈还嘱咐了几句："快点来哟，三缺一……"看来，她比高太太还性急。

黄妈踏着很响的脚步走了。

杨宝瑜回到卧室，到梳妆台前照了照镜子。她虽然从不搽胭脂，抹唇膏，但多年来的习惯，她对自己仪表的整洁仍然是十分讲究的。

她用梳子抿了抿散乱在鬓边的几丝绒发，重新换了一件淡灰派力司旗袍，在几面穿衣镜中间左顾右盼一阵，见毫无瑕疵后，方才拿起最时髦、比古巴纹皮制品还值钱的玻璃[1]钱包走出卧室。

---

1 即塑料制品。

她走出大门时没忘吩咐汪嫂："等会朱先生回来，马上过去叫我！"

高太太和她的两个内亲早坐在牌桌边等着，杨宝瑜一到就坐下搬庄。

四圈麻将快完了，高家客厅里的客人已走光，高伦也踱进来，站在高太太身边抱膀子。

杨宝瑜看了看手表，时间已过午夜，为啥还不见汪嫂过来叫她，心里不由纳闷，难道朱佳富在金城饭店开会还没回来？令她暗感奇怪。她见高太太他们兴致很高，只好强振作精神，陪他们打牌。

高伦难得有这样好兴致，陪客陪了一天，他还不感到疲惫，连黄妈给他在高太太身边安好椅子也不坐，脸上挂满了笑容，指指点点教高太太出牌。

高伦见高太太要打出一张白板，他拉住高太太的手腕："不，不打这张……"

高太太偏不听他的主意，挣脱高伦的手，用手肘拐了一下高伦的腰部："不听你的，我偏要打！"

"啪"的一声，高太太将一块白板放进了中间的堂子。

杨宝瑜兴奋地喊："碰，和了！"

她将自己的牌推倒，数了数，愉快地说："三番！"

"啊嗬，不听我的话，如何？"高伦含笑责备她说。

高太太偏头白了高伦一眼："走开些，哪个要你在这里多嘴！"

高伦毫不在意，仍在一旁高声议论："太太，你的牌艺如今为啥这么糟？白板是生张，牌快黄哪，岂能随便打出！"

"去，去，你再多嘴，我要恼哪！"高太太眉毛竖起，面红筋涨，真像要恼的样子。

"好，好，我不多嘴。"高伦拖长声音说。

高太太不理高伦，抓起两颗骰子说："该我的庄家！"

她将手中的骰子往堂子里丢去……

高太太的手气很快好转，她和了一个满贯，笑盈盈地扭过头说："老头子，看我的牌艺糟不糟？'灯儿……"她还像青年时一样，欣喜时，爱用舌尖卷起一弹，发出一个颤音。

高伦摇摇头说："活猫子遇见死耗子还算本事！"……

高太太的牌风正顺，已打完了四圈，她兴犹未足："来，再来四圈，搬庄！"

按理还有四圈，高太太的两位内亲本是牌迷，没有提出异议。

杨宝瑜本来兴致就不高，记挂着朱佳富为啥还不回家，常常出错牌，要是再打四圈，岂不要熬个通宵！只有她神情有些犹疑。

高伦这时拐了高太太一下："太太，这四圈牌留到明天再打，今晚该歇息了。"

高太太抓着骰子不放手："老头子去，去，不要多嘴！"

高伦凑近高太太耳边说了几句悄悄话，高太太顿时眼睛一亮，将骰子一放："哎，你为啥不早说！"

她站起身来，将面前的牌往外一推："好，明天再补四圈，今夜太晚啰！"

高太太叫黄妈送走了杨宝瑜，她丢下两个内亲，迫不及待地拉住高伦就往书房拖。

走进书房，高太太顺手关上门，伸出手："老头子，将茜儿的信给我！"

高伦从书桌抽屉里取出一封信递到高太太手中，微笑着，默默地望着她。

高太太一见那黄黄的土纸信封，便晓得是从延安来的信，因为高茜以前来过信，是托中共办事处的人顺便带到重庆来的，所以高太太并不感到十分惊诧。

信封已被高伦拆开，她取出几张写得密密麻麻的信纸，但她眼力已经不行，在不甚强烈的灯光下，看不清高茜那些娟秀的细字，忙叫："黄妈，黄妈，去我房里把老花眼镜拿来！"

高伦把自己的眼镜盒递到高太太手中："将就用一下，黄妈送朱太太还没回呢！"

高太太没再喊黄妈，戴上高伦的眼镜，光度虽然高一些，勉强还能看清。

高太太脸上表情复杂，将信看了一遍又一遍，然后放下："啊，茜儿在延安结婚了，男方还是一位大学生，给周恩来先生做秘书……"

由于过分激动，一颗泪珠从高太太的眼角滚出来，声音带点感伤："她结了婚，我也放心啰。可是结婚时，我却看也不能看她一眼，姓庞的姑爷是啥样也不晓得！"

"噢，邓大姐去南京时，不是给你说过，随时都欢迎你去延安参观！茜儿不也是在信中说，要我们尽快去吗?!"高伦说。

"是的，邓大姐要我去延安看看，我一直顾虑重重。"高太太点了点头，沉吟了一会儿，"老头子，要去，我们就尽快去吧！"

高伦反而半晌不出声，只是皱着眉在室内徘徊起来。

高太太的目光随着高伦的身影转动，等了一会儿，仍不见高伦回答，她催问说："老头子，你唧个不说话呀？我答应去，你又为啥……"

高伦在高太太面前站住了。他口气犹豫地说："现在要去比前两个月难多啦！我与中共办事处的周森先生联系一下再说吧！"

他不觉感叹一声："唉，目前局势很难预测哟！"

高太太一心想到延安去看看女儿和女婿，见高伦的样子，不觉有些生气："你这个老头子才怪咧，一会儿你就变了卦！这是为啥子嘛？"

高伦拉住高太太的手："坐下，听我慢慢说给你听。"

高太太只好与他在一张双人竹躺椅上坐下，两手抄在胸前，气鼓鼓地说："有屁就放，有话快说。"

高伦仍然拉住她的手，在她手背上轻轻拍了拍："太太，不要出口伤人嘛。莫急，听我说……"

高伦停顿了一下，脸上的笑容收敛了："最近我才明白，蒋先生以前高谈和平，信誓旦旦表示他愿与共产党继续合作的诚意，原来不过是一种障眼法，演出的一场闹剧……"

高太太故作惊讶地奚落他："咦，稀奇，稀奇，你为啥也这样说！你以前不是叫我不要把蒋先生看死！说他还是有诚意，不过是他手下人背着他干的坏事。咦，看来你在较场口挨了打，反而把你打聪明了一点儿……"

高伦嘴角抽动了一下："哎，太太莫老戳我的养老疾，彼一时，此一时……莫打岔，听我把话说完嘛。"

高太太见高伦那副尴尬相，忍不住眼波流动地望他一笑。

高伦又拍了拍高太太的手背，继续接上刚才未说完的话："抗战胜利后，蒋先生的兵马龟缩在西南一隅，要接收，要与共产党争地盘，调兵遣将如何来得及！他不过故作姿态，争取时间，让他好暗地调兵遣将。目前蒋先生靠美国人的军舰、飞机，帮他运输，军事上已基本布置就绪，将各地的解放区团团围困住。共产党也早有准备，毛先生来重庆谈判时，亲口对我说过，他们仍然是'人不犯我，我不犯人'，采取'以牙还牙'的政策。国共两党的军队如今在各地都有摩擦，大有一触即发之势……"

高太太蓦地插嘴问："美国的马歇尔不是在调停吗？"

"唉，太太，马歇尔不过与蒋先生在演一出双簧！"高伦说。

他顿了顿，又接着中断的话："单在西安一带，胡宗南就集中了几十万军队，虎视眈眈地望着延安……要到延安，我们哪个进得去嘛！”

高太太摇了摇头：“我不信！国民党的联络官不是在延安与南京之间常来常往，中共办事处的人员也是一样畅行无阻吗?!”她抽回了自己的手。

“唉，太太，我们怎能与他们比！”高伦还是轻言细语地耐心解释，“古话说，两国相争，不斩来使！何况国共两党还没公开打仗，战争是政治的延续，目前正在玩弄政治……”

高太太忍不住“扑哧”一笑：“老头子，你是学习军事的，何时精通了这套，失敬，失敬！”

刚才低沉压抑的气氛顿时变得轻松起来，高伦爽朗地笑了。

高太太见高伦掩住口打了一个哈欠，她站起身来给他新泡了一碗沱茶递到他手中：“老头子，看了茜儿的信，我一点儿瞌睡都没得，你陪我再谈一会儿。”她坐下主动将一只手递到高伦的手中。

一个须眉皆白，一个年近半百，他们私下里仍然这样亲昵，令人艳羡。

高伦喝了一口酽茶，陡地想起：“啊，差点忘了告诉你，李明先生也在延安结了婚。”

“啊，好久都没听到李副官的消息！好，三十多岁的人，早该成家。”高太太颇为高兴地说。

“你猜，女方是哪个?”高伦笑眯眯地望着高太太说。

高太太也望着高伦：“看你的那副样儿，大概这女方我认识，我猜得对不对?”

“对，你猜得对。”高伦跷着大拇指说，“几十年前在九里三分的成都，哪个不晓得你刘家大小姐聪慧绝顶，不然，我哪个会一见钟情……”

高太太轻轻击了高伦胸前一拳：“滚开，哪个还与你说这些！”她脸上竟像年轻人一样飘上两朵红云，红到了耳根。

高伦不再说笑，一脸正经地说：“跟你说，女方就是朱家的春燕，现在恢复了原先的姓名叫张阿苇，听说她的哥哥便是民顺轮的机匠张阿德！”

“真的！”高太太十分惊奇地说，“难道春燕真没死！以前重庆有过流传，说她参加了共产党，混进孔公馆当了宋霭龄的秘书；后来在戴笠的眼皮子底下逃走了。嘿，想不到竟是真的。”

“是周森亲口对我说的，绝不会假。”高伦接着将春燕的情况，扼要地对高太太说了一些。

“呃，不知朱太太晓得不?”高太太说，“要是朱太太晓得春燕还活在世上，会好高兴啰!”

高伦神态庄重，感叹地说：“朱佳富这人有能力，有才气。但是一个人太精明也不好，他办事不大择手段。春燕这事由他一手造成，在唐家沱江边胡乱找了一具女尸冒替春燕，朱太太至今还被蒙在鼓里哪！不过春燕却因祸得福，因此参加了革命，由一个体面的丫头，成了共产党的干部。听说她在延安还成了难得的英语翻译人才，去延安的美国人听了她的翻译也感到吃惊，认为她一定是留学过英、美的知识分子，殊不知她自幼跟着杨宝瑜，不过上过几年小学！你说奇不奇?”

高太太喜形于色地说：“待我明天告诉朱太太，让她早点解开心头的这个疙瘩!”

“嘘，且慢!”高伦伸出手做了一个制止的动作。

高太太斜睨着他：“为啥子?”

高伦沉吟了一下：“这事连美国人都晓得，当然已没有多大的保密性。不过……”

他口气犹疑：“不过，君子要隐恶扬善，你去跟朱太太说了，会种下他们夫妇不和的根子!”

高太太没有说啥，高伦见她现出愤愤的样子，接着说：“太太，你莫性急，等有空我找朱佳富谈一谈，让他自己伺机向杨宝瑜说清楚，岂不比你去说要好些!”

高太太也觉高伦的话有道理，于是说：“那，也好!”

自鸣钟“当当当当”响了四下。高太太捂住嘴打了一个哈欠。

高伦说：“太太，天快亮了，睡去!”高太太离开书房时，高伦还在迈八字步。

二

朱佳富从舞厅回到家，高山巅上已现出灰蒙蒙的曙光。

朱佳富脱去衣服，轻悄悄地睡在杨宝瑜身边，杨宝瑜故意装睡不理他，一会儿朱佳富便在她耳边发出均匀的鼾声。

杨宝瑜再也不能入睡。她刚才对朱佳富通宵不归感到生气，这时不禁对他怜惜起来，以为他在金城饭店开会开了一个通宵，所以才这样疲惫。她躺着不动，连身也不敢翻，生怕会惊醒他。她闭着眼睛静静躺了一会儿，耳里听到窗外传来小鸟的鸣叫，知道天已明亮。她睁开眼，果见亮光已照进室内。她悄悄地坐起，低头看了看朱佳富，见他仍然睡得很香，几天不见，面容有些清瘦了。她发了一会儿呆，想到朱佳富醉心于自己的事业，日夜劳累，十分辛苦；她产生了一种自谴的心情，觉得自己以前对他的责怪太不公平了，作为他的妻子，对他的关心体贴还是不够的……

清晨的江风吹来，还是有点凉意，她感到自己赤裸的双臂也是冷冰冰的，于是她将掀在一边的绒毯，轻轻拉起给朱佳富盖好肚腹。

她下床穿上旗袍，连在梳妆台前梳发，也怕弄出声响。她拿起梳子，蹑手蹑足地走出卧室……

杨宝瑜梳洗完毕，走出大门站在台阶上，眺望着远山和从山脚下流过的长江，江里驶过的轮船不时发出"呜呜"的汽笛声。屋后高坎上的围墙外是一条新修的马路，也不时传来汽车的喇叭声。战后的重庆，早晨仍然像国府在重庆时那么喧闹。

杨宝瑜蓦地听见电话铃响，她连忙到客厅接电话。

电话是杨宝生从南岸打来的，说杨老太爷偶感不适，叫她过江去玩玩，杨老太爷有话对她说。

杨宝瑜的爸爸常闹心绞痛，每次都不甚严重，所以杨宝瑜听后并不特别惊惶。她在电话里回答宝生："我马上过江！"

杨宝瑜推开卧室门，隔着蚊帐见朱佳富仍然睡得很熟。她迟疑了一下，终于没有唤醒他。

她临走时吩咐汪嫂："朱先生昨夜开了通宵会，他近来太辛苦，你不要惊动他。等他醒来，你说我过江看爸爸去了。"

杨宝瑜连早点都等不及吃，她在两路口搭公共汽车到了过街楼，从这里到朝天门码头仍需坐滑竿，等她搭渡船过江，到了弹子石码头，太阳已要当顶了。

她十分爱洁净，近来霍乱在山城流行，所以她虽然感到饿，也没有在馆里吃一点儿东西。

她从趸船走上弹子石码头，远远看见杨宝生站在石梯坎上等她。

杨宝生也看见了她，飞快地从石梯坎迎下来："阿姊，阿姊……"

杨宝瑜也加快脚步迎上去："宝生，宝生……"

他俩相互紧握着手，好像久别重逢一般，其实他俩昨晚九点钟才分手。

杨宝瑜拉着宝生的手，一气走完石梯坎，到沙坝上才站住歇气。

杨宝瑜的胸脯一起一伏，微张着小口喘气，鬓边已被汗水浸湿了。她问：“阿爸的病怎么哪？”她松开了他的手。

杨宝生穿一套银灰轧别丁西服，浅蓝色的吉士衬衫，像他的老师徐悲鸿那样，喜欢打一朵丝绸的蝴蝶领结，颇有一点儿艺术家的风度。

他却没喘气，回答说：“昨晚阿爸的心绞痛发作了几次，现在好些了。”

杨宝瑜不禁失色：“那，为啥不送医院？”

“阿爸不愿去！”杨宝生回答。

不等气歇定，杨宝瑜又拉住宝生的手：“走，快回家去看阿爸。”……

杨家住在南岸弹子石江边一座洋楼里。这洋楼原是法国人太摸尔住过的。自从太摸尔被押解出境回国后，洋楼一直闲空着。杨老太爷见这里离他经营的恒顺厂很近，便廉价将它购置下来做了公馆。

杨老太爷虽属浙江实业家中的前辈，与虞洽卿、薛习永他们很熟识，但他看不惯他们的为人，在上海时虽与他们有过交往，自抗战初期他将丝厂迁来重庆后，一意苦心经营，不问外事，渐渐便与他们疏远了。

抗战八年，生丝出口遇阻，市场狭窄，幸好四川农村养殖桑蚕有悠久的历史，产量高，价格便宜，工钱也较低廉；他织成绸布，竭力开拓内地市场，终于熬过来了。

自从抗战胜利以后，他想将丝厂迁回上海，朱佳富劝阻他说：“爸爸，恒顺丝厂设备已经陈旧，不仅搬迁费用高，就是迁回上海，这些过时的机器也缺少竞争能力，不如留在重庆继续开办，将来可以从外国订购新式缫丝纺织机器，在上海开办新厂，这样便进可以攻，退可以守，比较稳妥！”

杨老太爷早就改变了对朱佳富的看法，认为他有真知灼见，是一个实业家的好料子。听朱佳富如此一说，认为这主意确实高明，于是便打消了将丝厂迁回上海的念头。

胜利后不到一年，由于国际市场需求量增加，恒顺丝物美价廉，在外商中早有信誉，因此产品销路不愁，丝厂的面貌顿时改观，业务发展很快，出现了一派繁荣的景象。

杨老太爷高兴之余，多年来藏在心里的一种隐忧加剧了，感到自己年迈体弱，而宝生对于办实业毫无兴趣，只是醉心于绘画艺术，谁来继承他的事业？这令杨老太爷感到迷茫。本来朱佳富是理想的后继人，他深知朱佳富的才干，倘若将杨家的企业交给他去经营，一定会大大发展；但中国几千年来的传统习惯：传子不传婿，使杨老太爷又感到困惑，所以长期叫他举棋不定。他向杨宝瑜隐隐吐露过想把企业交给朱佳富去经营的意思，使他吃惊的是，杨宝瑜说话吞吞吐吐，好像也不甚同意，更使杨老太爷为此苦恼。

上个月，杨老太爷到上海去了一趟，清理和收回一些产权；回到重庆后，由于旅途劳累，体力更感不支，这长期令他困惑的苦恼，时时在他心头萦回，挥也挥不散。

杨老太爷自十多岁从杭州乡下到上海跟着他的同乡学生意，白手起家，挣下偌大的基业，极盛时代号称“生丝大王”。经过多少商业上的惊涛骇浪，见过多少政治风云！他已炼成一副实业家的头脑，缜密的算计，纵横捭阖的手段，深不可测的城府，冒险家的果断……

杨老太爷经过一番深思熟虑之后，已作了最后的抉择。昨夜他的心绞痛几次发作，吃了几颗保心丹以后虽然缓解，但一种紧迫感使他不再犹豫，他决定找杨宝瑜和朱佳富好好谈一谈。

杨宝瑜与杨老太爷刚一见面，杨老太爷便问：“佳富呢，听说他已从涪陵回来，为什么没陪同你来？”

杨宝生站在一边也想起：“咦，朱哥为啥没来？”

杨宝瑜解释了几句。

杨老太爷“啊”了一声，他想先与杨宝瑜谈一下也好，便没再问。

杨宝瑜在靠近杨老太爷的一张藤椅上坐下，从腋下的纽扣上取下一张麻纱手绢揩拭着脸上的汗。

“大小姐，热毛巾！”

一个标致的丫头给她递上热毛巾。

这里是临江的走廊，撑出去的竹帘挡蔽着强烈的光照，江风阵阵透进，坐在这里十分阴凉。

她问了问杨老太爷的病情，劝他住进医院去。

杨老太爷坐在一张竹凉椅上，做了一个手势，示意那个给他捶背的丫头走开。

他穿一件白丝绸汗衣，清癯的面孔有些泛青，突出的眉棱骨上只有淡淡的眉毛，口里的假牙显得异样白，杭州话中夹杂一些四川音。

他回答了杨宝瑜的询问，立即喟然长叹一声：“我连一个帮手也弗有，全靠自家料理丝厂的事，去住医院，叫我怎丢得下手?”杨宝瑜瞥了一眼杨宝生，蹙着眉尖，默然无语。

给杨宝瑜递热毛巾的那个丫头，又端来一漆盒点心。

杨宝生站在杨宝瑜身边，伸手揭开漆盒盖："阿姊，你看!”

杨宝瑜一看，盒中每格里盛着各式糕团，照家乡的样，糕团上印着金色和红色的蝴蝶印章，显得十分精美。

她不禁呆了。在重庆也有下江人卖糕团，但哪个及这糕团精美。这糕团令她回想起童年时代，她阿妈揭开漆盒盖叫她吃糕团时的情景：她欢快地拍着手笑嚷着，一手抓来一个糕团往嘴里塞，结果嘴唇四周都粘上了黄黄的香面……

她想着，不禁鼻里有点发酸，连自己也说不清原因。

“阿姊，吃呀，这是阿爸新从杭州带回的厨师做的。”杨宝生完全不理解杨宝瑜此时的心情，连连催促说。

杨宝瑜的眼里闪着晶亮的泪光，杨老先生也觉奇怪：“宝瑜，侬为啥弗吃?”

杨宝瑜“嗯”了一声，忙收住自己的思绪和触感，破涕为笑。她尖着手指拿起一个糕团，没有忘记规矩，伸手递给杨老太爷：“阿爸，你先吃!”

杨老太爷嘴角现出笑意，摇了摇头：“侬还嘎讲客气，我交关[1]饱啦!”

杨宝瑜没吃早点，真感到饿啦，她一连吃了两只糕团，向宝生一瞥：“阿弟，你为啥不吃?”

宝生做了一个夸张的表情：“看你那么馋，我怕这一漆盒糕点不够你吃，所以我就……”他用手指做了一个动作，将话省略了。

虽然太阳已当顶，但离开午饭的时间还早。杨老太爷坐正了身子，十分郑重地说：“宝生，我要与你阿姊单独谈一谈……”他向走廊尽头候立等待使唤的丫头挥挥手，“你们都暂时出去!”

杨宝瑜见杨老太爷异常认真的神态，不觉惊讶地望着他。

走廊里只剩下他父女俩。杨老先生双目微闭，像老僧入定般静坐着，半晌不语，仿佛在打瞌睡，更使杨宝瑜捉摸不定，感到迷惑。

江风阵阵吹来，走廊里静极了。河坡码头上传来嘈杂的声音，逆水上驶的木

1 吴语方言中的常用词，此处表示“非常”“很”。

船，两舷伸出无数支木桨，拨动江水，溅起亮晶晶的水花，伴随着船夫“咳哟，咳哟”的号子声，雄浑而悠扬，渐渐远去。

杨老太爷终于睁开双目，声音显得颤抖、苍老：“宝瑜，辰光过得交关快啊。唉！阿爸不觉老格。”

杨宝瑜看见杨老先生枯瘦的脸上刻满了皱纹，不仅满头银丝，一对眼睛也黯然无光，眼白显得异常浑浊，嘴角边几滴涎水正流到下颏往下淌；她忍不住伸出手绢想替他揩拭，杨老太爷一惊，他挡住杨宝瑜的手，自己抽出衣袖里的白绸手绢来揩干了。

他的精神振作了一些，侧头望着走廊栏杆外的江景，像在默默思索什么。

杨宝瑜猜不出阿爸究竟要与她说啥，脸上露出焦虑不安的表情望着他。

杨老先生用手绢揩了揩嘴角，转过头，面对着杨宝瑜，发出长叹：“唉，想到我十几岁从杭州初到上海的光景，真像梦幻一般……人，老得嘎快啊！”

杨宝瑜是最易动感情的人，见阿爸老态龙钟的样子，说出这样的话，勾起了她自己的许多感叹，长长的睫毛边上，泪花又在滚动。

她勉强装出笑容，安慰他说：“阿爸，你并不算老，身体这样硬朗，你将来的日子还长呢！”

杨老太爷嘴角牵动了一下，声音缓慢而沉重：“不仅我老了，侬也快是四十岁的人。唵，为啥现在还没小把戏……美中不足啊！”

杨老太爷最后这几句话击中了杨宝瑜的心病，她顿时红到耳根，将头垂得很低，要不是她强忍住，定会“哇”地哭出声来。

幸好杨老太爷马上把话扯开：“我在上海办厂办得正火红的辰光，正遇上打国仗，要不，我真成了缫丝大王。唉……”

他又是一声叹息，用手绢揩了揩嘴角。他说几句总要停歇一会儿，显得中气不足。

“孩子，不是我愿犯讳——人老了，总有一天会死去。”他说，“我从上海回来后，深感精力不支，心疼病时常发作，极易疲乏……”

杨老太爷说到这里停住，闭上双目，养了一会儿神，然后缓缓睁开眼睛：“宝生……唉，他仕途、经济全然不懂，想我当年十多岁……宝瑜，你是长女，有些事只好与侬讲清楚！”

“阿爸，你……”杨宝瑜眼里噙着一泡泪水，望着杨老太爷，嘴唇都在颤抖。

杨老太爷见状，不禁深受感动，他的声音也变得颤巍巍的：“侬年轻时，我不大关心侬、侬仍这么孝顺我，对侬阿弟十分友爱，令我感到歉疚！”

杨宝瑜听到他提到许多年以前的旧事，几颗晶莹的泪珠从她眼角滚出来，连忙用手绢抹去泪水，装出笑脸：“阿爸，过去的事情还提它干啥！这些年你不是十分疼爱我吗！”

杨老太爷的声音含着悲戚：“倘若我百年之后，你们一定要将我的棺椁送回杭州老家安葬……”

他饱含依恋之情：“我喜欢屋后的六和塔，也喜欢屋前的钱塘江……”

杨宝瑜泪如泉涌，一张手绢都湿透了，她哭音中含着焦虑：“阿爸，你不会死，别再说这些令我伤心的话啦！”

杨老太爷见女儿流露出深厚的父女之情，十分纯真，他孤寂的心灵多少感到一点儿安慰。他脸上露出微笑，慈祥的目光停留在女儿忧伤的面孔上：“傻孩子，人总是会死的，活一百年也要死呀。侬不用难过，目前并不是生离死别的辰光，我给侬讲这一些，不过未雨绸缪，先作安排！”

杨宝瑜悲伤地说：“阿爸，你别再说这些，我的心都快碎了。你是我的亲人，我们都远离家乡，倘若我失去你，剩下我与宝生姊弟俩相依为命，我会多么孤独，我……”

她的声音哽住了。

杨老太爷伸出枯瘦的、青筋虬结的手，抚摸着杨宝瑜的黑发，反而开朗地笑了。他说：“孩子，侬又讲傻话，除了宝生之外，侬还有佳富……”

“阿爸，佳富——他……”杨宝瑜一阵冲动，差点将她心中的苦闷向她阿爸倾倒出来；但她是自尊心极强的人，话到口边终于咽了回去。

杨老太爷一向见他俩在自己面前显得异常亲昵，这时见杨宝瑜仿佛有难言的隐痛，不由惊讶地问：“佳富——他怎样?”

杨宝瑜深悔自己失言，忙掩饰说：“佳富固然对我很好，哪能代替阿爸对我的疼爱呢！”

她说完淡淡一笑，眉宇间仍透出一种莫名的忧郁。

杨老太爷晓得杨宝瑜自幼便是这样的性情，多少带点忧郁，所以他毫不介意，“啊”了一声，舒展地笑了：“孩子，侬又说傻话！”

他见她脸上泪痕斑斑，叫丫头送上热毛巾，让她重揩过脸。

等丫头退下去，杨老太爷说：“唵，佳富交关能干，交关有魄力，又十分聪敏机智。侬说是吗?!”

杨宝瑜一愣，她不明白杨老太爷为啥突然谈这些！她嗫嚅了一下：“唔，是的。”

栏杆外面，一棵依附在岩石缝里生长的黄桷树，枝叶静止不动。杨老太爷感到燥热起来，他正伸手去茶几上拿葵扇，杨宝瑜忙抢先拿在手中：“阿爸，我给你扇!”

葵扇扇出的风，吹得杨老太爷穿的绸汗衣不住飘动。

杨老太爷一声低低的叹息：“当初我要是知道佳富这么能干，绝不会反对你俩的婚姻，这种百里挑一的乘龙快婿，实在难得！宝瑜，侬比阿爸有眼力。”

他见杨宝瑜听后忸怩不安的神态，忍不住哈哈大笑了，露出的满口假牙，在强烈的光照中白森森地闪光。

杨老太爷情绪很好，继续说：“宝生醉心于艺术，不是实业家的材料，我不勉强他。谁来继承我的事业呢？我不能眼见后继无人，让我惨淡经营、苦心挣起来的基业，付诸东流啊!”

他的声音蓦地变得十分严肃：“我经过深思熟虑，决心打破中国历来传子不传婿的陋习，将我的企业交给佳富去经营；他能大展鸿图，我的事业也不会付诸东流……”

杨宝瑜早已猜到杨老太爷有如此意思，也摸透朱佳富早存觊觎之心。在她心灵的天平上，近几年总偏向宝生一侧。她对朱佳富阴沉、不择手段感到反感，认为把杨家的基业交给他去经营，会严重损害宝生的利益。以前杨老太爷对她暗示过，她不便公开反对，只是含糊其词。现在杨老太爷公开提出，她惶惑不安地说：“阿爸，你不能这样办，你绝不要将企业交给他!”

杨老太爷惊愕地望着她，迷惑地问：“为啥?”

杨宝瑜心情十分矛盾，有些话如何能对杨老太爷说？她迟疑了半晌，才吞吞吐吐地说：“阿爸，我觉得佳富不能富，他越富越坏!”

“坏，怎么坏法?”杨老太爷皱着眉，他对杨宝瑜的话无法理解。

杨宝瑜说：“我觉得他积聚的财富越多，市侩气便越浓，书生气习就消失得越快!”

杨老太爷又哈哈大笑了。他说：“侬又说傻话！书生气消失，正是他成熟的表现。要在这样的社会站稳脚跟，要发展实业，靠迂腐的书生气不行啊！”

他停顿了一下：“我以前反对你俩的婚姻，正是讨厌他那种书呆子气习；我现在器重他，正是喜欢他已经具有实业家的头脑和生意人的气质……”

杨宝瑜从没听阿爸赤裸裸说过这样的话，惊得她张开嘴，愕然地望着他。

杨老太爷越说越激动：“宝生只具有艺术家的浪漫气质，即使他愿意抛开艺术，我也不能交给他去经营，他会一败涂地。一个男人倘若像侬这样单纯、善良，他准会饿死！弱肉强食，这是自然界的规律！也是我们实业家的信条。竞争，竞争，强者才能生存。”

杨宝瑜觉得，杨老太爷说这些话时，枯瘦的面孔变得可怕起来，目光冷森森地，异常阴沉，眼泡下的肌肉在抽搐颤动。但这不过一瞬间的事，杨老太爷马上又变得温和慈祥了。他继续说：“孩子，侬不用吃惊害怕，我不过略为掀开一点儿帷幕，让侬窥见一点儿事物的原貌。侬太清高了，太单纯了。愿上帝保佑你！”

杨宝瑜声音很低，仿佛在自言自语：“阿爸，你说得太可怕了。我要为你祈祷，侬会长寿健康的。上帝教我们要知足，我但求温饱，世间有我一席立足之地便行了。阿爸，你不要将产业交给朱佳富去经营，他会……”

杨老太爷不等她说完，暴躁地打断了她的话，用固执的语气说：“我绝不改变主意，我已立下遗嘱交给我的法律顾问保存着。”

“啊，阿爸，你考虑太欠周到……”杨宝瑜也十分固执，还想劝说杨老太爷改变主意。

杨老太爷不等她说完，口气严肃，神色坚定地说：“我的决定是经过一番深思熟虑，才慎重作出的。我再说一遍，我不再改变我的决定！”

他偏着头望着栏杆外凝思了一会儿，轻轻一声叹息，转过头来用柔和的目光望着杨宝瑜：“孩子，要知道创业难，保业更难。只有朱佳富才能保住我的事业，并会使它发展壮大；他会成为中国的缫丝大王！”

他放缓语气说：“至于产权，侬与宝生各一半，佳富代为经营而已！”

他见杨宝瑜还想说啥，做了一个手势：“我倦啦，让我静静地休息一会儿吧！”他闭上双目往后一躺，一会儿，便仿佛睡熟了。

杨宝瑜只好站起身来，悄悄地离开了走廊。

三

朱佳富睡到中午以后才起床。他听说杨宝瑜过江看杨老太爷的病去了，忙吃过中饭，准备赶过江去。

这时却来了一位客人，朱佳富只好留下陪他。

这客人便是李约瑟牧师。他穿一套淡色凡尼丁西装，雪白的衬衣领上打着一条紫色领带；新刮过的络腮胡，留下了一片淡青色。

他缓步走上朱家的台阶，向坐在台阶上择菜的汪嫂问："请问，朱太太在家吗?"

他一口四川话说得相当流利。

汪嫂站起身来，拍了拍围腰上的菜屑和泥灰："啊！李牧师，太太不在。"

李牧师由涪陵福音堂的王牧师带着来过几次，所以汪嫂认识他。

李牧师显出失望的样子："啊！太不巧啰!"

他犹豫了一下，取出一张名片在上面签写了一行字，准备递给汪嫂："我留一张名片，请你等朱太太回来后交给她。"

汪嫂的手上沾有泥灰，她没伸手去接："李牧师，朱先生在家，你有话给他说也一样嘛!"

汪嫂准备往里走去通报。

"不用劳神啦！既然朱太太不在家，我改天再来!"李牧师改变了主意，将名片又放回衣袋里。

他不等汪嫂回答，取下挂在肘弯上的手杖，拄在地上，转身就走。

汪嫂见他名片也没留下就走，惊讶地望着他。

"汪嫂，哪个?"

朱佳富闻声走了出来。

李牧师刚走下台阶，听见朱佳富的声音，不晓得为啥，他显得有点慌乱。

"找朱太太的李牧师!"汪嫂的声音。

李约瑟几次来，朱佳富都不在家。这时朱佳富已走出大门，迷惑地问："哪个李牧师？……"

朱佳富已看见李约瑟的背影，马上将话咽回去。

李牧师蓦地回转身，脸上露出惊喜的表情，将手杖挂回肘弯："啊，原来朱先生在家，我不会白跑一趟啦！”

他伸出双手，热情地奔过去，握住朱佳富的手摇晃着。

汪嫂转动着黄眼珠子，眨了眨，脸上露出惊讶的表情望着李约瑟：明明告诉他朱先生在家，为啥装出才晓得的样子？令她迷惑不解！

朱佳富觉得这面孔十分陌生。外国牧师到他家里来是常有的事，比如那个王牧师，每次从涪陵来，都要来朱家看望他们。所以朱佳富不觉奇怪，客气地对他说：“请客厅坐！”他还嘱咐了一句，“汪嫂，倒茶！”

李牧师一直亲昵地拉住朱佳富的手不放，并排走进客厅才分手坐下。

李约瑟正好面对杨宝瑜的油画像，他不禁目不转睛地望得出神。

朱佳富掏出香烟：“先生，请抽烟！”

李约瑟看得忘了形，不觉用法语说了一句：“啊，维纳斯，现代东方的维纳斯！这个女人真美，令人垂涎！”

幸好朱佳富不懂法语，见他的神态，晓得他在赞美。朱佳富面孔上露出得意的微笑。凡见过这张油画的人，无不称誉，所以朱佳富毫不介意。

朱佳富重说了一遍：“先生，请抽烟！”

这次朱佳富的声音说得稍大点，李约瑟一惊，感到自己失态，他苍白的脸上立刻通红，摇了摇手：“谢谢，我不会抽烟！”

他的神态极不自然，偷觑着朱佳富——因为他不知朱佳富懂不懂法语，有些心虚。待他看见朱佳富面含微笑，态度平和，没有不悦的颜色，一颗心才落了地。

朱佳富自己点燃香烟吸了一口，问：“先生，面生得很，请问……”

李约瑟夸张地画了一个十字：“我以基督的名义向你祝福，愿上帝在你心头长存！”

朱佳富的眉头皱了皱。

李约瑟掏出一张名片递过去：“朱先生，请看！”

朱佳富接过一看，脸色顿时改变。他不认识李约瑟，却晓得他曾经做过黄玉庵公馆的家庭牧师；关于他的传闻，闹得重庆满城风雨，朱佳富哪会不知？

他脸色不由一沉，这只阴险的黄鼠狼窜到我家里来干啥？他见名片上还有一行字：

杨女士：来访未晤，有便请到舍下谈谈。

朱佳富暗暗一惊，不晓得杨宝瑜何时竟与他交往起来；他原以为李约瑟是找他来的。

李约瑟见朱佳富在看那一行小字，才晓得自己忙乱中拿错了名片；事已如此，他已不可能收回，何况写下的一行字十分一般，不可能惹起朱佳富的注意。李约瑟暗自恼恨自己，他一向胆大，为啥竟在朱佳富面前有点心虚胆怯！

李约瑟强行使自己镇定下来，神色自若地说："朱先生，我们福音堂准备举行一次祈祷和平的弥撒，并为抗战中失去父母的孤儿募捐，素闻朱太太对基督十分虔诚，热心公益，我们想请她参与这件善事；很遗憾，恰好她不在家！"

朱佳富蓦地露出笑容："原来是李约瑟牧师，久仰，久仰。"

他认为黄鼠狼窜进家门，固然可疑，暗自防范就行了。倘若此时摆在面孔上，反让人笑自己气量狭小，城府太浅，于是他顿时改变了态度。

他也画了一个十字："上帝的心肠是慈善的，他的使者也会有一副圣洁的糍粑心肠。你是基督的使者，请接受我——一个基督徒对你的敬意。李牧师，这样的善事我一定极力赞助。我没有时间参加，我委托我太太代表我的诚意。等她回家，我就会告诉她，她定会去你处听你的调遣。"

朱佳富的表情十分动人，虔诚的目光异常柔和。李约瑟竟把朱佳富带点揶揄味道的话信以为真，不觉乐得眉飞色舞。他装腔作势地画着十字："啊，上帝活在我的心中，也活在一切人的心中。基督将赐福给一切虔诚善良的子民。赞美吧，祈祷吧，基督将……"

朱佳富差点骂出口来：滚开点，这些对付凡夫俗子、愚昧众生的鬼话也敢在我面前卖弄，真是在孔夫子面前卖文章……可是，等李约瑟说完之后，朱佳富却笑容可掬地说："李牧师，不要只顾说话，未必你口不干，请喝茶！"

李牧师果真端起茶碗品了一口，润了润喉咙，然后又夸夸其谈……

他不过谈一些圣经上的故事，劝人要虔信上帝才不至于进地狱之类的话。尽管李牧师口才流利，讲得抑扬顿挫、有板有眼，那一张苍白的脸上显出一副悲天悯人、好似圣者的表情，但朱佳富觉得他是一个并不高明的演员，不看对象是谁，一律卖同样的善书文，实在滑稽可笑！

朱佳富不断抽香烟，连过江去看杨老太爷的事也忘了似的，听任李牧师说下去。他在暗自想：像李牧师这样浅薄无聊的人，居然将黄玉庵公馆弄得不能安宁，实在令人费解！……

朱佳富看太阳已经偏西，才打断李约瑟的话："牧师先生，你谈的哲理真是太美妙了。不过……不过我还有些事情需要办理，改天再登府拜访，听你讲道吧！"

李牧师这时才看出朱佳富神情冷淡，自己讲了半天，看来并不太受欢迎。他只得起身告辞。

朱佳富将李约瑟送出客厅便站住："牧师先生，慢走，我不送了。"

李约瑟彬彬有礼地含笑弯腰："朱先生别客气，请留步！"他拄着手杖，挺胸收腹，矜持地迈着步子走了。

朱佳富走到电话机旁，正想拨电话给公司要车，送到过街楼，好在朝天门过江去杨公馆。他还没拿起话筒，电话铃响了。

这电话是杨宝瑜打来的，叫朱佳富不用过江，她马上就回。

朱佳富接到电话，独自抽着香烟在客厅里徘徊，他时而皱眉，时而微笑，不晓得他又在思索什么！

第十一章

一

陆祖福将公司事务安排一番，要匆匆离开重庆去上海，再出国到加拿大。

临行前夕，他又在金城饭店那套常年包下的房间里召开了一个小会。这时，霍乱病在陪都秋老虎的暑热下十分猖獗。郑董事长年事已高，早到北碚自己的小别墅中消夏去了，所以这次会议只有朱佳富和董绍孙参加。

翁副官端上一盘切成小块的红瓤西瓜，笑眯眯地说："这是我们民成农场种的西瓜，特送来请你们尝新的。"

"尝新?"董绍孙脱去了西服外套，穿着一件美国进口的红吉士衬衫，还打着艳丽的花色领带，将衣袖绾得高高的，"已过了立秋，西瓜快上水倒瓤了，才送来尝新!"

陆祖福穿一件白府绸衬衫，没打领带，他从木盘里拿起一块西瓜正在端详，接口解释说："这是前次我出国时，路过美国，一个农场主邀请我去参观他们的农场，我顺便向他要了一包优良品种的西瓜籽带回国来，要我们办的试验农场培种，下种迟了几天，所以这时才成熟。"

他咬了一口红色的瓜瓤，啧啧称赞说："不错，味甜纯正，瓜籽也少。咦，你们为啥不吃!"

董绍孙摇摇头说："立秋过后，吃西瓜容易拉肚子，得上霍乱就糟了。"

陆祖福不以为然地说："你哪来这么多讲究？要染上霍乱菌才会得病，这新开的西瓜，哪来的病菌!"

他转身对朱佳富说："朱先生，他怕……让我们多吃几块!"

朱佳富只好从木盘里拿起一块西瓜，勉强啃了一口，不觉也赞美说："嘿，味道还真不错!"

他接着补问了一句："不晓得这西瓜的产量高不高?"

陆祖福已啃完了手中的西瓜，放下了西瓜皮："这……我还没问他们。"他又从木盘里拿起一块。

董绍孙依然没有动手吃西瓜，跷起二郎腿，吸了一口烟，向外吐着烟圈。旁边的风扇呼呼地吹着，吐出的烟圈立即被风吹散了。

没吃完的西瓜由翁副官撤下去。茶房送来了热毛巾，他们揩过了手脸。

陆祖福坐正了身子，马上便提到需要商议的事情："我和董先生下午便要坐飞机去上海，朱先生这几天很劳累，这样炎热还找你来开会，实在抱歉！”

朱佳富只是笑了笑，表示回答。

陆祖福轻轻咳了一声，望着地毯上的图案凝思了一会儿——这是他的习惯，喜欢事先将要讲的话理出头绪，所以他的废话很少，出口成章，往往记录下来便是一篇可以发表的文章，不需作大的增删。

“抗战胜利以后，按政府规定，凡对抗战有功的个人和团体，都发给一笔胜利奖金。在这一年的时间内，政府里的公务人员早已发放，连招商局也得到了一笔可观的现金。但是……但是我们民成公司在抗战中的成绩卓著，有功于国家民族，这是有目共睹的事实。为了保证抗战中的军事运输，日机炸沉、炸损我公司无数船舶，损失十分惨重！由于宋子文百般刁难拖延，民成公司至今却未得到政府分文奖金和补偿……”

陆祖福一口气说到这里，声音高昂起来，情绪显得异常激动：“目前，政府船舶调配委员会到处扣留民成公司的船舶充作军差，只给少量补贴，我们公司已入不敷出。唉，长此下去……不堪设想啊！”

朱佳富抽着香烟专注地听到这里，忍不住插嘴说：“我早劝过陆先生不要辞去交通部次长职衔，你要是不辞，船舶调配委员会怎敢如此放肆！”

陆祖福沉默不语。他不仅辞去了交通部次长，凡是他在政府中挂名的差事都一齐辞去。他有自己的想法：自从抗战胜利以后，他雄心勃勃，想集中精力办好民成公司，但他一直下不了决心。今年初，发生了较场口事件，他目睹国民党特务纠集流氓捣毁会场，殴打民主人士，自己也差点挨打。国民党这种倒行逆施的行为，激起了各界人士的公愤，许多头脑清醒的爱国人士，纷纷辞去了在政府中的挂名职务。他也被卷进了这股热流，趁机辞去了那些职务。

陆祖福抬起头来，望着朱佳富说：“我既已辞去，就不用多说了。”

董绍孙将烟头往烟缸里一丢：“陆先生，我们不是为此早向五院都递过请愿书，啷个至今没有下落哟？”

陆祖福“噢”了一声，望着董绍孙：“董先生，报上登过一段《五院谣》，难道你没有看过？唉……”

董绍孙历来难得看报，他迷惑地摇了摇头。

朱佳富点了点头：“我看过，有五句我至今还记得！”

他停顿了一下，接着带点卖弄的意味背诵出来：“行政院吊儿郎当；立法院讲讲谈谈；司法院湖北同乡；考试院叮叮当当；监察院碑帖图章……”

要不是陆祖福打断了他的话，他还会将《五院谣》注释一番。

“请愿书顶屁用!”陆祖福唇上的胡髭又颤动起来。历来他异常容易激动，对政府牢骚满腹：“老百姓将国民党喊成刮民党，他们只会搜刮老百姓。像薛习永这号人反而成了抗战功臣，而我们民成公司……”他面颊的肌肉抽搐了一下，做了一个捂胸的动作。

董绍孙关切地说：“陆先生，我看你的身体不好，心脏是人的要害部位，要趁早治一治才行啰!”

“治病?”陆祖福做了一个有力的手势，“目前正是民成公司成败的关键，我哪有时间治病!”

董绍孙欲言又忍，他很想代替陆祖福去加拿大逛逛，言不由衷地说：“我看，去美国买旧船，去加拿大办交涉，由朱先生代劳一趟，你留在国内养息几天!”

“不行，朱先生要留守重庆，非我亲去不可。”

本来，朱佳富也曾自告奋勇揽过这出国的差事，其实他去顶合适，既精通英语，又熟悉美国和加拿大的政情，并且在加拿大可以通过彼特利克为他疏通，在美国有陈继思和孔令仪夫妻照应——自从他帮助和成全了他们的婚姻，陈继思和孔令仪经常与他有书信往来，多次邀请他去美国到他们家做客——但是陆祖福暗中有自己的算计，对朱佳富和董绍孙存着戒心，不愿假手他人去办这事。

陆祖福见朱佳富脸上露出不悦的表情，感到自己刚才把话说得太生硬。他望了朱佳富一眼，缓缓地说：“本来……朱先生去也合适，唵，留守重庆指挥公司的全局工作太重要，哪里去找与朱先生一样能干的人啊！朱先生，你的担子不轻咧!”

朱佳富听陆祖福这样一说，脸上不悦的表情消失了，假装谦逊地说：“陆先生过奖，比佳富强的人多得很!”

其实，陆祖福并没忘记抗战初期，孙思瑜揭发朱佳富受贿的事，表面不信，暗地却防范着他。国外给回扣已是公开的秘密，所以，他一定要亲自办理。这种想法，他未对任何人透露过，只有他自己明白。

董绍孙只顾抽烟，没有再提这事。

陆祖福掏出怀表看了看时刻，不觉皱眉说：“谈了将近一个钟头，我们还没谈到正题，要抓紧时间才行!”

陆祖福就是不怕耽误上飞机，还是照他预先安排好的时刻表进行工作和休息，这是他一向养成的习惯。有人背后送给他一个绰号叫“标准时间”，比小什字路口的标准钟还要准，是难得出故障的。

陆祖福立刻作古正经地说：“我出国前，先需在南京把这事办妥：要政府给民成公司发一笔胜利奖金，岳军对我说，美军在远东作战用的一批登陆艇留下给了中国，薛习永他们从蒋先生那里分到了二十艘改作商用；我们民成公司一定要争取分到一些登陆艇，作为民成公司在抗战中的损失补偿。这次我先去上海见宋子文，不行，我就去南京见蒋先生。”

朱佳富嘴角露出一丝冷笑：“哼，找宋子文哪能解决问题，他比孔祥熙还令人恼火，我们让他在民成公司当了常务董事，虽说是挂名，他从不到会，但我们也算一种妥协，给了他面子。哼，自他就任行政院长以来，百般袒护扶植薛习永，千方百计限制我们的发展，最后不过仍想吞掉我们，他哪能……”

陆祖福不等朱佳富说完，深有牢骚地说：“宋子文确实不是东西！但是……明知求他无用，也得先去求他呀！你想，他毕竟是行政院长，不好跨过他直接去求蒋；待他拒绝后，那时我自去找蒋先生不迟！”

朱佳富摇头苦笑说：“我想宋子文不会立刻回绝你，他们惯用的手法是‘研究研究，考虑考虑’……所以《五院谣》中说，行政院吊儿郎当，便是指此！他们饱食终日，对工作极端不负责，只会营私中饱！”

陆祖福点了点头，对朱佳富的话表示赞同。他淡淡一笑，说：“这次我不怕他研究研究，也不怕他吊儿郎当，我到上海找他不过走过场，虚应官场文章，主要去南京找蒋。”

董绍孙看陆祖福说得十分轻松，不住摇头说：“陆先生，谁不晓得蒋宋孔陈穿的是连裆裤，找蒋先生未必能解决问题！”

“不，不……”陆祖福摆了摆手，“你们只知其一，不知其二，国民党现在内部派系越来越多，这是蒋先生统治的策略。他对各派系采取平衡手法，分而治之，派系之间互相牵制，对他十分有利。朱先生与我第一次见面长谈时，不是曾经说过，要我们利用他们派系的矛盾，在夹缝中求生存，是吗？”

他不等朱佳富回答，接着说：“我尽量拉拢政学系便是此意，在节骨眼上，岳军和嘉璈会在蒋面前为我说话。蒋先生不是草包，搞运输非靠我们不可，他不会不知道！”

朱佳富明白陆祖福的意思，连声称赞："陆先生的见识确实高人一等。蒋先生目前要对付共产党……"

陆祖福立刻将话岔开："不再谈这件事了。我们研究另一个问题！"

他停顿了一下，轻轻咳了一声："为了左右逢源，利用国民党中各派系的矛盾，我准备成立一个顾问室，将每个派系中的智囊人物聘请一位来当我们公司的顾问，用高薪、高福利待遇养着他们；一旦有事，便委托与这个派系亲近的顾问去办交涉，打通关节，岂不事半功倍，省力得多。再说，他们谁也垂涎民成公司这块肥肉，我们来个门户开放，让他们互相牵制，对我们有利。每个派系都有信得过的人在我们顾问室，他们人人放心，人人满意。"

朱佳富不觉一惊，望着陆祖福赞佩说："陆先生，非胸中大有丘壑，这种绝招是想不出来的，妙，绝！"

董绍孙半信半疑："陆先生，这些派系中的智囊人物，会应聘吗？"

陆祖福只是瞥了董绍孙一眼，转对朱佳富说："朱先生对国内政界的情况十分熟悉，你先拟一个名单，看该请哪些人当顾问，造出经费预算，等我由加拿大回国后立即成立，这是刻不容缓的事。"

陆祖福由于太兴奋，从沙发上站起，双手抄在背后，在室内徘徊起来。一会儿，他站在朱佳富身边说："我们成立顾问室的真实意图，切不可再对任何人透露；成立时可以向外说，我们是广罗人才，发展实业，振兴中华。"

陆祖福犀利的目光停留在董绍孙脸上："董先生，一定要保守机密啊！"

董绍孙的面孔一红，晓得陆祖福有些对他不信任，马上显出悻悻的样子："陆先生，你好像对我……"

"不要误会！"陆祖福忙解释说，"我们一贯是肝胆相照，请你参加这样的会，便是绝对信任你啊！"

陆祖福又踱了几步："顾问室不设在重庆，设立在南京最合适。自国府迁回首都，南京成了政治中心，比设在重庆方便。"

陆祖福又摸出怀表看了看："好，话就说到这里。朱先生，总公司的这副担子要倚重你来挑。"

他走到董绍孙身旁，亲昵地拍了拍董绍孙的肩头："绍孙，上海嘛，当然请你代劳啰！"

二

因为长江已经涨水，珊瑚坝飞机场的跑道被洪水淹没不能使用，上飞机早改在离重庆几十里的白市驿机场。

因为陆祖福还有许多话需要对朱佳富交代。所以朱佳富陪同上车，将他与董绍孙送到白市驿。

离上飞机还有半点钟，他们默默坐在候机室内，要说的话都说过了。

朱佳富感到无聊，见机场小卖部有零售当天的报纸，他去买了一份，仰卧在沙发上看报。

他蓦地看到一段新闻，惊惶地说："糟糕，这真是……"

陆祖福见朱佳富的神态，惊讶地问："朱先生，出了啥事？"

朱佳富强作镇定说："事情已经过去将近两个月，为啥这时才登出？"他将手中的报纸递到陆祖福手中："陆先生，你看！"

董绍孙伸过头就陆祖福手中的报纸看着，不禁也惊诧地说："噫，真怪，这家小报为啥现在还登早已过去的事！"

小报上一行大字标题首先跳进陆祖福的眼中：

红舞女小蝴蝶遇财神，航运大亨花钱似水

本报讯　前不久凯乐舞厅为捧红舞女小蝴蝶出的奇闻，轰动了山城。航运大亨陆祖福和朱佳富到舞厅取乐，红舞女小蝴蝶见来了财神，当即向他俩献媚。朱佳富当即被小蝴蝶的色相迷住，为了争风吃醋，他不惜花钱似水，与×公争相购买舞票取悦小蝴蝶。小蝴蝶与朱佳富周旋不足一小时，上百万现钞的舞票已落入美人手中，山城为之轰动……

陆祖福看下面还有许多不堪入目的下流描写，不禁也大惊失色："朱先生，我原说这些小报记者会……"他蓦地闭上嘴，紧皱着双眉。

朱佳富已镇定下来："事隔近两月，其中肯定是黄玉庵在暗中捣鬼！"

董绍孙摇头说："黄玉庵也是争买舞票的一方，他难道不怕牵扯自己？"

陆祖福瞥了董绍孙一眼，面对朱佳富问："你何以见得是黄玉庵在其中捣鬼？"

朱佳富说："这篇小报新闻为啥没点黄玉庵的名，也没点出董先生，这不是很明白的吗?!”

陆祖福“嗯”了一声，微微点了点头：“这猜测有道理!”

董绍孙偏过头去，他不便再说啥。

这时麦克风里已在喊叫，要去上海的旅客从机场入口进场登机。

陆祖福站起身嘱咐朱佳富说：“朱先生，小报登出这样的新闻很伤脑筋，可以将一个人的名声搞臭，这种社会影响的作用不能低估。朱先生，这事由你酌情处理，要不惜代价收回这种不良的影响。这些小报无非想敲竹杠，花点钱是少不了的。”

朱佳富点点头说：“陆先生请放心，这点小事不费我吹灰之力，管教……”

陆祖福皱着眉说：“朱先生不可大意，这些小报记者难缠得很，杀鸡要用牛刀，必须认真对付才行!”

朱佳富送他们上了飞机，眼见飞机起飞后才走出机场，坐车回重庆。一路上，他脑际老萦绕着小报上那则新闻，盘算着如何去应付他们。

朱佳富坐车直接回到办公室。他处理了几件公事，发现周围的气氛有些异常，有的人在窃窃私语，见了他立刻闭上嘴。他走到哪里，都有异样的目光跟随着他。

朱佳富知道这是小报上那篇新闻引起的。他在公司里已感到极大的压力，而社会上如何议论，这是完全可以想象的。

朱佳富认为陆祖福说得对，看来杀鸡要用牛刀才行。

他感到刻不容缓，要立即处理这件事情。他给这家小报主笔打了一个电话，请他马上到公司来见他。

这家小报的主笔行动异常迅速，朱佳富刚抽完两支香烟，门房便拿着他的名片来通报。

朱佳富接过名片一看，原来这主笔叫丁宫保[1]，与那位传说中修筑江北厅城墙的皇亲同姓。

朱佳富一见这姓名就反感，不禁皱了皱眉头。待看清名片右上端几行小字，写的是丁宫保的头衔后，他的眉梢立刻舒展开来。

丁宫保的头衔是：

1 宫保是清朝的官称，地位极高。

留英剑桥大学文学博士

英国皇家新闻学会荣誉会员

××报主笔

朱佳富不觉对这位还没见面的丁宫保肃然起敬，并且还是剑桥大学的校友，令他十分欣喜。

朱佳富拿着名片沉思片刻，马上又产生了怀疑。照说，像丁宫保这样的学者，现在虽然寻职困难，但何至于去做小报主笔，专写黄色新闻，造谣滋事。何况，在重庆的剑桥大学校友，他都有过来往，单单对这个丁宫保，却毫无印象，从未听别人说过。

朱佳富没再细想，立刻吩咐门房："请，请丁先生进来。"接着，他又迟疑了一下，感到接待这样的学者不能这样怠慢，于是跟在门房身后，迎了出去。

他走到公司门口，见丁宫保不过二十多岁，穿一套花里胡哨的廉价西装，指上戴着两枚沉甸甸的金戒指，打着火红色的领带，戴着一副宽边墨镜，拄着一根司力克，唇上却蓄着两撇柳叶胡，打扮俗气，举动轻佻。

朱佳富不觉一愣，与他想象中的学者模样完全不符。

丁宫保听门房介绍，晓得迎出来的便是朱佳富，忙将司力克挂在左手肘弯上，伸出右手握住朱佳富的手摇了摇，中国话里夹杂着一些英语单词，发音不很正确。洋泾浜英语的味道很浓："哈啰！你好，米司脱朱。幸会，幸会！"

朱佳富十分失望，但既已迎出，只好与他客气几句："能见到丁先生，鄙人无限荣幸，请！"

丁宫保大摇大摆跟在朱佳富身后进入客厅，派头十足地取下博士帽连同司力克递到茶房手中，不等朱佳富招呼便一屁股坐在正面的沙发上，跷着二郎腿，一双火箭三接头的皮鞋不住晃动。

茶房敬上烟茶后，退出了客厅。

朱佳富故意用英语问："丁博士在剑桥大学何时取得学位？指导老师是谁？"

丁宫保吸了一口烟，腮帮鼓得圆圆的，用食指轻轻敲击着腮帮，一串串小烟圈从他尖着的嘴唇喷出。他眨了眨眼，显然没听懂朱佳富的英语，所答非所问地说："鄙人接到朱先生的电话，立刻赶来领教，我们一回生二回熟，还望朱先生以后多照看!”

他接着用洋泾浜英语说了一句:“三个牛!”

朱佳富已完全明白丁宫保是一种啥人，嘴角露出一丝轻蔑的讪笑，冷冷地说:“丁先生，我请你来是想给你打个招呼:贵报今天有关我与陆先生的那段新闻，多有失实之处……”

不待朱佳富说完，丁宫保一对有点浮肿的单眼皮不住眨动，闪射出一股令人厌恶的狡黠光芒:“朱先生，哪些地方失实?望赐教!”他边说边晃动火箭皮鞋，说完仍悠闲地吐着小烟圈。

朱佳富皱了皱眉头，露出不屑与丁宫保多谈的样子，立即开门见山地说:“丁先生，请你老实告诉我，黄玉庵先生给你多少钱，你才这样干!”

丁宫保诡谲地一笑，伸出大拇指做了一个夸张的动作:“OK!”

他接着说:“朱先生真是名不虚传，不愧为陆先生的智多星，你一猜便着。不过……”

他猛吸了一口烟，又吐了一串串烟圈，然后说:“不过朱先生只猜对一半，这段新闻确实是黄玉庵先生提供的材料，但我可没要他半文钱!”

丁宫保蓦地将烟头往地上一丢，站了起来，在朱佳富面前走来走去，火箭皮鞋底上钉的铁掌碰击地板发出咯咯的声响。他挺胸正色:“我是英国皇家新闻学会的荣誉会员，晓得新闻事业是最神圣的事业，新闻记者虽叫无冕皇帝，但它与权势和金钱都不相关。我晓得新闻的真实性好比处女的贞操，是纯洁的，绝不容许嫖客侵犯。打个比方说吧，譬如……”

朱佳富原以为丁宫保会否认这则新闻与黄玉庵的关系，想不到他却满口承认，并且装腔作势高谈阔论，一时弄不清他的意图何在，只好耐心地听他说下去。

丁宫保一腿伸直，一腿弯曲不住弹动，他已谈得忘形，渐渐做出许多流里流气的动作。不用朱佳富敬烟，反正三炮台的烟厅就在茶几上，他不客气地自取。一根烟叼在他嘴上，很熟练地运用嘴唇的嚅动，将香烟从左嘴角移到右嘴角，又由右嘴角移回左嘴角。一支还没有抽完，又接上一支，几支香烟斗接在一起，有筷子那么长。

朱佳富听他越谈越不像话，不仅一口袍哥话，连在妓院中常用的术语也不时出现，十分粗俗下流，不堪入耳，并且越谈越不巴题，不禁露出不耐烦的表情。

丁宫保好像毫不理会朱佳富不耐烦的表情，他一屁股又坐回沙发上，将一只脚跷得高高，火箭皮鞋随着他说话的节奏，有板有眼地闪动着。

朱佳富心里的火气不断上涌，真想给丁宫保几个耳光，叫他滚蛋。他强忍住涌上的火气，马起脸打断了丁宫保的话头：“丁先生，我很忙，没有时间与你闲扯，我们……”

丁宫保像弹簧般从沙发上跳起：“朱先生，我也很忙，要不是你打电话请我来，我还不会光临贵公司。”

丁宫保装腔作势地整了整领带：“既然朱先生很忙，我们改天再谈吧！Goodbye！”

他做出要走的样子。

朱佳富原先没想到这种人如此难缠，只好说：“丁先生稍等片刻，我们打开窗子说亮话，直率地谈一谈，不绕弯子。”

丁宫保一屁股又坐回沙发上，没看朱佳富：“请朱先生赐教，我还有几个约会，请快！”

朱佳富也望着自己的皮鞋尖：“丁先生，我们就痛快点说。你明天在贵报登出一则更正，承认这则新闻报道失实，并致歉意，当然我会给你一笔钱作为补偿！”

他晓得这种人无非想敲竹杠，答允给他钱没有解决不了的事。

“朱先生是有名的航运巨头，我晓得你很有钱，俗话说，‘有钱能使鬼推磨’嘛！而我丁宫保却很穷，不瞒你说，确实很需要钱用。不过……”丁宫保一本正经地说，“不过，名誉是人的第一生命，而新闻是神圣的事业。我明天登出这样的更正启事，朱先生固然可以保住名誉，而我们报纸的名誉呢？我丁宫保的名誉呢？”

朱佳富再也控制不住自己的感情，带点威胁地说：“丁先生倘若拒绝我这个建议，我们公司的常年法律顾问都是第一流的律师，我们会提起控诉，你们报纸会因造谣中伤而被罚款，被封闭！利害关系，请丁先生权衡！”

丁宫保哈哈大笑，站起来吹着口哨在朱佳富面前绕了一圈，用轻蔑的口吻说：“朱先生不用威胁我，控告呀，罚款呀，封闭呀，我全不在乎！”

丁宫保用揶揄的口吻说：“朱先生有中国第一流的律师，‘有钱能使鬼推磨’嘛。不过我可以直率地告诉你，就是打官司，有黄玉庵先生这样的社会名流出庭做证，你未见得可以胜诉；退一万步说，即使我败诉，罚款——我一无动产，二无恒产，报社连个办公地点也没有，顶多宣布破产便万事大吉。封闭——哈哈，我更改一个报名照样出报；可是朱先生……”

他说到这里冷冷一笑：“哼，哼……”

朱佳富见他面临的对手完全是一个无赖，真叫“判官好办，小鬼难缠”。他这把牛刀面对这只小鸡显得无能为力，十分虚弱，正应了中国一句俗话：“老爷怕官，官怕痞子”，弄得朱佳富哭笑不得。

朱佳富不愿在丁宫保面前示弱，他斜睨着丁宫保问：“丁先生，难道你真不要钱？我晓得你这小报不过销售几百份，靠卖报收入是养不活你的。”

丁宫保的脸不免红了红，瞬间，他的脸色便恢复了正常，在朱佳富面前又迈起方步来，右手的拇指和食指一捻动，发出清脆的一声响，又卖起狗皮膏药：“新闻是神圣的事业，而名誉是人的第一……”

朱佳富明白丁宫保故意把弦绷紧，意在索取高价，并非真不图钱。他不愿把事情弄僵，怕人耻笑他连丁宫保这样的无赖也对付不了，于是他的口气变得温和起来：“丁先生，我们交个朋友。你说吧，要多少钱？我是够朋友的。”

丁宫保一听，掩不住内心的欣喜：“好，我们都坦率地谈。是的，朱先生说中了我的要害，单靠卖报收入是不能维持生活的。”

他伸出一只手搭在朱佳富的肩上，装出亲昵的样子，朱佳富腮帮颤动了一下，露出十分尴尬而又无可奈何的表情。

“朱先生，我也是够朋友的。”丁宫保笑眯眯地说，“你明确地说，给我多少钱？不要把我当成叫花子，以为可以随便打发几个都行！”

朱佳富见丁宫保收回了搭在他肩上的手，如释重负地吐了一口气。他当即摸出支票本，签了一张支票递到丁宫保手中，慷慨地说：“这是五十万元的现金支票。丁先生，你该满意啰！”

丁宫保将手中的支票用指头弹了弹：“朱先生果真漂亮，这五十万元在战前确实不少，现在一张电影票价两千元，够我看两百五十次电影，我是十分满意的啰！不过……”

丁宫保又将支票弹了两下：“不过，我不能全做主，朱先生，我要借用一下电话，准备与一个伙伴商议商议，看他的意见如何。”

朱佳富没想到丁宫保这样难对付，暗自感到懊悔，不该由自己直接出面找他，不仅有损自己的身份，也助长了丁宫保的气焰。以前像这类事务，公司设有交际处专负其责，朱佳富从未过问。因为这事与他有关，他不愿让更多的人知情，所以没令交际处去办。但事已至此，办不好会落下笑柄，只好由自己处理妥善。

朱佳富指了指屋角的电话：“丁先生不用客气，请便！”他说完冷眼注视着丁宫保，看他再耍啥花招。

丁宫保大摇大摆走到电话机旁，嘴角仍叼着由几支斗接成、有筷子长的香烟，袅袅上升的烟雾熏得他半眯着眼。

他装腔作势地拨电话，发出“嗒嗒嗒”的字码转盘声。

“喂，是黄公馆吗？请黄玉庵先生听电话……”丁宫保用小指头上长长的指甲挖着鼻孔，对着话筒说。

朱佳富晓得他在装神弄鬼，分明是抬出他们事业上的竞争对手黄玉庵来讹诈，感到他可厌可恶。

朱佳富这时安闲地抽着香烟，见丁宫保为了多敲几个钱，不惜像小丑般表演一番，也觉得他可笑可怜，他焦躁的情绪已经过去，变得从容安详，嘴角露出一丝微笑，认定不过多花几个钱，没有啥了不起！

丁宫保停顿了一会儿，继续对着话筒：“啊，是黄先生吗？是这样……现在朱佳富先生就在我身边，他答应给我五十万元，要我明天在报上登更正启事，并向他们道歉……你的意见……给我两百万元……让我考虑考虑再给你回信。Goodbye！”

丁宫保慢条斯理地放下话筒，回到沙发上坐下。又轻轻咳了一声，偷觑着朱佳富的表情，又咳了一声，装出为难的神态，面对朱佳富说：“朱先生，刚才你亲耳听见，黄玉庵先生不让我登更正启事，答应给我两百万元。朱先生，你看……”

朱佳富嘴角露出一丝轻蔑的微笑，反问道：“丁先生，你看呢？……”

丁宫保十分得意，他晓得自己这些表演会收到预期的效果，不再绕弯：“钱嘛，多了也不占手，朱先生是商场中人，五十万与两百万，你看，我要哪个！”

朱佳富晓得对付这种人不能显得太软弱，否则会遗下无穷后患。他冷笑一声：“丁先生，我给你一百万元，多一个也不添。倘若你不识好歹，不怪我不够朋友！要严厉对待你。”

丁宫保“啧啧”两声：“哟，看朱先生如何严厉对待？我要请你赐教！”

他气势汹汹地站起身来，望着朱佳富。

朱佳富反而放缓了语气，不轻不重地说：“丁先生，我只要打个电话给石大爷，你要多少钱，都可以到他手上去拿！”

朱佳富晓得对付丁宫保这种人，只好以牙还牙，他搬出重庆袍哥上的总舵把子石大爷来。

丁宫保一愣，他当然晓得石大爷的分量，听朱佳富的口气很硬，弄不清他与石大爷究竟有多密切的关系。他蓦地带点歇斯底里叫嚷："我不怕，我也有一伙弟兄！"

朱佳富晓得他不过嘴壳子还硬，已显得色厉内荏，于是乘胜进一步追逼："丁先生，愿意与我交个朋友，快将这一百万元拿去，我以后还可以给你好处。不然……我失陪了。"

丁宫保身边急差钱用，生怕连这一百万元也要落空，又怕朱佳富搬出重庆有名的流氓头子石大爷来对付自己，恐怕在重庆码头便难再混下去。他沉不住气了，焦急地说："朱先生慢走，有话好商量嘛！"

朱佳富刚站起来又坐下，露出悻悻的表情望着丁宫保不语。

丁宫保望着朱佳富赔笑说："朱先生，这样……这样好不好，我愿与朱先生交个朋友，一百万元我收下，不要再添，但是……但是我还有一群朋友靠这生活，靠山吃山，靠水吃水，这一百万元确实不够分配。唵，为了朱先生不致太费，我们又得到实惠，我有个办法，不晓得朱先生愿不愿听？"

朱佳富用冷淡的声音说："请讲！"

丁宫保脸上堆满了笑："目前去上海的船票紧张，我有几个朋友急着要去上海，请朱先生帮忙，批给我十张船票——当然票价照付，不会让你再费，怎样？"

朱佳富听后不由得沉吟，丁宫保虽没讲明，他岂有不明白之理：目前去下江的轮船票俏得很，黑市已高出票价几倍，丁宫保将这十张船票拿去卖黑市，可以赚一笔钱。他本不想答应，以前批给人优先买票是常有的事，但有意让人优先买票拿去卖黑市还不曾有过，倘若由他开例，其他高级职员照来，后果严重……

朱佳富继而一想，倘若不答应他，这种流氓文人岂肯甘休，定会撩起更大的风波，犯不着与这种人结怨……

丁宫保见朱佳富沉思不语，催问说："朱先生，如何？"

朱佳富权衡再三，终于吃下这个苦果："丁先生，我是痛快人，就依你的办！"

丁宫保乐得手舞足蹈，一副轻狂相毕露："朱先生，我也是痛快人，更正启事明天一定见报！以后朱先生如若要用我，打个招呼便行！"他从朱佳富手里拿到另一张五十万元支票，以及去优先购买船票的便条，立刻起身告辞，握住朱佳富的手摇了摇，一扬手：“Goodbye!”

握手时，朱佳富闻嗅到从丁宫保身上散发出来的一种劣等香水的气味，感到作呕。他勉强送出客厅便站住：“丁先生慢走。”

“Goodbye!”丁宫保又一扬手。

朱佳富见丁宫保兴高采烈地走了，不觉站在客厅门口发了一阵呆。他十分沮丧，想不到他这位令许多显赫的对手感到敬畏的高手，今天会如此被动，终于听任丁宫保这样的小人物敲竹杠。他也暗自感到懊悔，那夜不该被小蝴蝶迷住心窍，干出那样的荒唐事，最令他不安的是：万一杨宝瑜听到了风声，他俩已经貌合神离的感情，一定会受到新的冲击！

三

朱佳富回到家中，不待他问，汪嫂就禀告说：“太太陪着舅少爷去抗建堂看话剧《孔雀胆》，说明不在家吃夜饭！”

朱佳富点了点头：“唔，晓得了。”

他回到卧室，脱去了西服外套，取下领带，单穿着一件白底蓝条府绸衬衫。汪嫂端了一盆热水进来：“朱先生，洗脸！”

朱佳富用热水洗了脸，觉得凉爽一些，趿着一双黑缎绣花拖鞋踱进客厅。他站在杨宝瑜的油画前，目光在画上停留了片刻，脸上露出了微笑。杨宝生画的这画像，确实很传神，将杨宝瑜的美表现得更逼真。他想到杨宝瑜对他说过几次，要他陪他们去看《孔雀胆》，他答应过，但事情太忙，便忘记了。

朱佳富叹了一口气，缓缓地踱着，离开了画像。他心中一阵燥热，额头上刚干的汗水，又变得湿漉漉的。他扭开了台扇，呼呼的风将他的衬衫吹得鼓起，一绺头发掉下，在眉上飘动。

他将那一绺黑发抹回头上，眉头皱了起来，他想到丁宫保的事，想到那则新闻在社会上的影响，绝不是更正启事可以消除的。他在思索，花那么多钱要丁宫保登更正启事是不明智的，还能产生“此地无银三百两”的效果，真如一句俗话所说：“一堆狗屎拨开更臭。”但是，除此之外，他是否能有更好的方法去挽回那种不良影响呢?

朱佳富想到这里不觉摇了摇头，他确实想不出更好的方法，只有这样办，至少可以挽回一点儿面子！

再大的事也从没这样使朱佳富心神不安。他理解这个社会，因为至今他还寄人篱下，没有形成自己的坚实基础——包括自己的财力和声望。他晓得自己这些年来，靠他纵横捭阖的手段，为民成公司的发展立下了汗马功劳，由一个寒士成为社会瞩目的人物。从表面上看来，他在民成公司内部超越了许多人，成为陆祖福视为心腹的显赫人物；为此，遭到许多人的忌妒，也有许多人艳羡他。朱佳富是聪明绝顶的人物，晓得陆祖福暗中却提防着他，在办事中，他拿着陆祖福的令箭，想怎么办便怎么办，但是没有得到陆祖福的同意，他处处会遇到掣肘，调人调不动，用钱支不出，手下的办事人，对他彬彬有礼，软拖硬顶，他却没有一点儿办法。

朱佳富深知自己地位的脆弱，公司中元老派为他设置了无数陷阱，稍不慎便会掉落阱中。像丁宫保这样的事，对于有些人来说，即使小报登出这样的艳闻，并不会损害他们一根毫毛，由于这些人实力雄厚，根基牢固，社会舆论会偏向他们，反而会说："某公风流倜傥，真非凡人"；或者说："某老南征北战，战功赫赫，原来却有名士风度，可敬，可佩！"但对于像他这种根基浅薄的人，自会受到苛责，甚至从此身败名裂。

朱佳富曾暗自用八个字概括过，他这些年是："轰轰烈烈，空空洞洞"，不过是一名高级的食客或智囊；他的命运依然操在陆祖福手中。

当然，这些年他也暗自积攒了一些私产，但说不上雄厚，最多只能让他过富裕的生活，不愁吃穿而已。

这些忧愁是朱佳富的心病，他暗自盘算过，要充分施展自己的抱负，不仰人鼻息，必须要拥有自己的工厂、自己的企业，才能在社会上真正地稳固站牢。由于陆祖福太精明了，他不敢放手去干，至今还只是一种向往。

近来，杨宝瑜的父亲向朱佳富透过一点儿口风，想把他的基业交给朱佳富去经营，这是朱佳富梦寐以求的，有了这些基业，他会如虎生翼，不再那么脆弱了。

目前发生了丁宫保这样的事，倘若被杨宝瑜和杨老先生晓得，这后果……朱佳富想到这里，怎能不忧心忡忡！

朱佳富站起身来，烦躁地关上风扇，但客厅内如此炎热，他伸手又想将风扇扭开，手到半途改变了主意，立刻将手缩回。

离吃夜饭的时间还早，他想起已多时没到高伦那边去，于是回到卧室重新穿上外套，打好领带，换上皮鞋。他走到阶沿，向站在阶沿上的汪嫂嘱咐了一声："我过高家去玩一会儿，一会儿便回家吃饭。"

朱佳富走过一个小花圃，迎面碰见了黄妈。

黄妈远远便打了个哈哈："朱先生，好巧，高先生叫我去请你，不请，你就来了。"

黄妈在高家帮工已二十多年，进高家时一头黑黝黝的浓发，如今不仅花白，已稀稀的难掩住头皮。不过，她是接近五十岁的人，黄黄的牙齿还十分完好，步履还那么矫健，做事依然是那么麻利。连说话还是喜欢大声阔气的。

朱佳富跟在黄妈身后往高家走去，他边走边问："黄妈，往天远远便可听见你家客厅传出来说话声，为啥今天如此清闲雅静的！"

黄妈回答说："下午来的客人才散场，晚上来的客人还早啰。"

他们刚走上台阶，高伦已闻声迎出大门："朱先生，请进！"

客厅里的客人果真散了。朱佳富刚在沙发上坐下，高太太便走了进来，他站起身招呼："高伯母，你今天没打牌？"

"朱先生请坐！"高太太是长辈，客气地说了一句，便在高伦身边坐下说，"自从较场口出了那场事，我家客厅中贵客不断，只有抗战前夕在涪陵荔枝园家中才有这样热闹，议论国事，提抗议，商量成立啥子中小企业工商业者联合会……我与黄妈招待客人忙不过来，最近还请了一个何嫂来照料，烟茶哪，留饭哪，我哪有闲空打牌！"

她瞥了高伦一眼，见他额上涔涔出汗，将手中的葵扇递到高伦手中，高声喊着："何嫂，何嫂……"

一个女人清脆的声音在客厅外回答："噢，来啰！"

高太太说："拿两把葵扇来！"

一会儿，何嫂拿着两把葵扇走进客厅，递到高太太手中。

高太太身子前倾，将一把葵扇递给朱佳富。

朱佳富是第一次看见何嫂，见她不过二十多岁，穿一套白底蓝花洋布短衫裤，脑后一条长辫十分蓬松，一眼便可看出她是烫过发的，后来才改梳成目前这样的独辫子。脸上虽没搽脂抹粉，一对眉毛细细的，显然是经过人工修饰的。一张鹅蛋脸，颧骨稍嫌高一点儿，要不，会十分秀丽的。鼻子两旁有许多雀斑，是常搽香粉留的痕迹。很明显，何嫂是过惯了都市生活的女人，不像汪嫂那么朴实。

何嫂离开客厅时，还回头瞥了朱佳富两眼。

朱佳富晓得客厅内顶上的吊扇，只有客人众多时才打开。高伦说，电扇吹多了会叫人筋骨疼，还是用葵扇好，所以平时是不大开电扇的。

朱佳富摇着葵扇，问高太太："高伯母，这个何嫂怕不是乡下人吧？"

高太太点了点头："她是巴县渔洞溪的人，自幼在重庆长大的。"

高伦接过话头补充说："是公司护航队的汪队长介绍来的。这女人比黄妈机灵，听说还读过几天初中，我们正缺这样一个用人！"

"汪队长……"朱佳富惊诧地说了一声，立刻又将话咽了回去。

他晓得这个汪队长是高伦过去的旧部，在涪陵公司时便是护航队长。朱佳富正想再说什么，高伦已扯到另一个话题："佳富，自你从涪陵回来后，我一直没时间与你闲谈。我多年没回涪陵，想听听你回乡的见闻。"

高伦有时称他朱先生，有时亲昵地称他佳富，他与朱佳富的父亲本是至交，一向把他当侄子看待。

朱佳富从涪陵回来后，公司的事太忙，到高家来过几次，客厅内都是宾客满座，许多事不便深谈。他心中有些奇怪，高伦为啥在这时眼巴巴请他来闲谈！

高伦在问："盗墓的人至今查获没有？"

朱佳富摇了摇头："哪里查获哟！"

他轻轻叹了口气，显出伤神的样子："墓被盗，家父的遗骨被抛弃荒野，遭此不幸，佳富委实难安。我这次回乡收殓父骨，重修了坟墓，让家父在九泉之下得以稍安。事事多亏郑世伯照应，我省力不少。"

高伦赞许地点了点头："你做得对，不愧朱家的好子孙！"

高伦是新旧交替的人物，受过旧伦理的教育，朱佳富在抗战后回乡重新厚葬他的父亲，高伦曾夸赞过他，现在他又赞扬他。

高伦也认识郑甫林，顺便问及："甫林兄已多年不通音讯，他现在身体还好吗？"

朱佳富从旁边茶几上的香烟厅里取出一支烟点燃，回答高伦说："郑世伯自被熊世发夺去区长一职，他心灰意冷，不想再卷入仕途，以耕读为本，闲时饮酒吟诗，真是自得其乐。续弦的郑伯母美貌贤惠，十分称他的心。"

高伦听后无限感触，吟诵了一句："田园将芜胡不归……"

他接着说："甫林兄能享受这样的清福，实在是神仙过的日子，稻菽香，菜羹甜，粗衣淡食比美味佳肴还强啊！”

高伦越说越激动，感触越深：“辛亥革命时，我曾经说过，等推翻清朝统治，建立共和，革命成功后，民众丰衣足食，我便隐退回家耕读，过那‘疏食而遨游’的逍遥日子；殊不知推翻了清朝，军阀割据，民众生活在水深火热之中。救民众于水火是我的夙愿，只好带兵北伐。我又想，等打倒了军阀，我便解甲归田，带着妻女回乡去过那‘采菊东篱下，悠然见南山’的田园生活。唉，不等北伐成功，由于我不同意蒋先生清党的主张，被他夺去兵权，回家当了老百姓。我又想实业救国，振兴我堂堂中华，办起了涪陵轮船公司——佳富，这段时间的情况你是晓得的，日本侵略我们，抗日的烽烟四起，在这民族存亡的危急关头，我辈炎黄子孙哪能坐视！连我女儿也卷入了民族解放的潮流。盼呀盼，八年抗战终于胜利了，以为可以过几年安生日子，享几天清福，谁知……”

高伦说到这里，喟然长叹一声：“唉，麻雀跳到粗糠里，原来又是一场空欢喜！”

这时，汪嫂寻来说：“朱先生，夜饭熟了，回家吃饭！”他们才感觉到暮色已经朦胧，客厅里还没开电灯。

高太太站起身，开亮了电灯，客厅内顿时亮堂起来。她挽留说：“朱先生就在舍下吃便饭，何必回去吃呢！”

她不等朱佳富回答，转对汪嫂说：“你回去对朱太太说，我留朱先生在这里吃便饭。”

高伦听汪嫂回答说朱太太不在家，于是硬挽留说：“佳富，我还有话与你谈，既然朱太太不在家，你就不用客气啰！”

朱佳富已站起来，这时又坐下，对汪嫂吩咐：“你回去吧，我就在这里叨扰了。”

高太太见汪嫂走出门去，她含笑客气地说：“朱先生，你与老头子谈谈，我失陪了。”

朱佳富欠身说：“高伯母，请便！”

高伦等高太太离开，面色立刻显得异常严肃，炯炯的目光停留在朱佳富的那张方脸上：“朱先生，我与令尊曾是莫逆之交，所以我一直把你当成我的侄辈看待……”

高伦的声音蓦地变得十分严峻：“我对你的才华异常赏识，一贯扶持你。古话说：富贵不淫，贫贱不移，方是英雄本色……”

朱佳富听高伦的语气，已猜到他要说什么，不禁显得局促不安。

高伦说了几句做人的道理之后，果真提起小报上登载的新闻：“听说你在舞厅与人争风吃醋，大捧舞女，竟然挥金如土，这事可真？”

朱佳富这时反而镇静了。他点了点头，从容回答：“有这事。那次是陆先生一时高兴，邀我们去舞厅跳舞……”

他接着将事情的经过说了一遍，当然掩盖了自己被小蝴蝶迷住的一些细节。

朱佳富最后说：“这事是黄玉庵背后下的烂药，指使小报干的。我已采取了措施，明天这家报纸会登出更正启事的！”

高伦见朱佳富直言不讳，将他的话全部信以为真，语气变得缓和了一些：“嘿，陆先生出了几次国，啷个变得这么开通！”

他皱了皱眉：“这些小报无事还要生非，你们那样不检点，他们岂会放过！”

高伦端起茶碗喝了一口茶，继续说：“朱先生，在公司里，他们都把你当成我的人，你闹出啥黄色新闻，连我也觉得不光彩。”

高伦的口气又严肃起来：“抗战时期，你与孔令俊交往，也闹得满城风雨，要不是小报记者畏惧孔令俊的权势。早见报啰！”

朱佳富心中委屈，迟疑了一下，终于申辩说：“高伯，我以前就对你说过，我与孔令俊交往纯粹是正常的社交，她那一副男人的气派也挑动不起我的情欲！你想，我们要搞出一番事业来，不多结识一些有权势的人，行吗？这次去舞厅不过偶尔为之，我本无心捧小蝴蝶，黄玉庵当众显示豪富，给我们难堪，我能不反击？还不是为公司争气！”

高伦一听便认为朱佳富是巧言诡辩，不觉有气，说话的声音提高了一些，句句击中朱佳富的要害：“朱先生，有权势的人物多得很，你步公馆派的后尘去巴结臭名远扬的孔令俊？将你自己摆在与盛老七之流为伍的地位，不可取嘛！我对这样的裙带风一向是深恶痛绝的。你说，挥金如土捧舞女是为公司争气，真是千古奇谈！”

朱佳富没再分辩，默默地吸着香烟，脸上露出不服的表情；高伦也沉着脸，端着茶碗不住用碗盖擀着浮在上面的茶沫不语。气氛顿时显得很僵。

这时高太太走进客厅来了，见状已明白了几分——对于小报上登的那则新闻，她早见过，晓得高伦叫朱佳富来主要为这件事，所以她故意避开。

高太太摸透高伦的脾气，晓得他说话不留情面。她在高伦身边坐下，故意谈笑风生地说："朱太太对话剧很感兴趣，前几天我们一道去看《升官图》，朱太太说，把她肚子都笑疼了。这剧真令人发笑，表演得真实毕肖，把目前官场中的洋相出尽啰!"

高太太的几句话顿时让僵硬的气氛变得活跃轻松起来。

朱佳富含着微笑说："宝瑜本不爱看话剧，宝生喜爱，她是陪他去的。"

高太太用赞叹的语气说："朱太太对她那位异母弟弟十分友爱，听说她那被日本飞机炸死的继母对她并不慈爱，实在可贵可敬！像朱太太这样人品好、心肠好的女性，在目前这样的社会里，真是千里挑一地难找啊!"

朱佳富依然含着微笑说："伯母对她太过誉了!"

高太太说到这里，瞥了一眼高伦，好像漫不经心地提起："原先朱太太身边的那个春燕，也是出类拔萃的姑娘，实在令人思念疼爱!"

朱佳富听高太太蓦地提到春燕，他局促不安地望着高太太，一会儿才缓缓地说："是呀，春燕确实不错，可惜……"

他借着点烟，以下的话便含糊过去了。

高伦也像无意中提起："朱先生，春燕的尸体真埋在万国公墓?"

朱佳富一惊，惶惑不安地注视着高伦，见高伦神态自然，他的表情才恢复了正常。

高太太的目光闪烁不定地望着他，朱佳富顿觉异常，想到春燕在孔公馆那件事，暗地里已在山城流传，他猜到高伦也许听到了啥风声，既然戴笠没捉住春燕，高伦是有名的国民党左派，说不定早从共产党那里听到有关春燕的消息。要不，为啥他夫妇都提到春燕？高伦尤其问得蹊跷。

朱佳富说话变得十分圆滑谨慎："当年在唐家沱找到春燕的尸体，我也没细看，全凭警方通知，发胀的溺水尸体已模糊不易辨认。这具尸体是我带人收殓，埋在万国公墓里的。"

高伦点了点头，不再绕弯子："朱先生，我还听说戴笠怀疑到孔公馆的吴秘书就是春燕，曾安排你与吴秘书见过面，你辨认的结果如何?"

高太太虽没插嘴，但一直注视着朱佳富脸上的表情。

朱佳富听高伦点出这事，一丝不安的表情从他脸上一掠而过，他更加小心，不敢马虎，毫不犹豫地回答说："是的。有这回事!"朱佳富边说边留意高伦夫妇的表情，一本正经地说："吴秘书确实像春燕，容貌，神态，声音，无一不肖，把我也吓了一跳！"

高太太这时忍不住插嘴："听说你当场否定是春燕，是吗？"

朱佳富听高太太问出这样的话，事情已经很明白，他们定知春燕的下落，不过试探他是否诚恳，不觉暗自庆幸自己判断不差，不然会给高伦夫妇留下极坏的印象，对他大大不利。

朱佳富点了点头："是的，我当时对戴笠说，吴秘书只是貌似春燕。"

高伦认为朱佳富并不像他预想的那样坏，对人还是没踩假水，马上透出了笑容："佳富，你为啥要否认？"他语气平和亲切。

朱佳富一挺胸，显得慷慨激昂的样子："高伯，我纵不能投身革命，也断不会为虎作伥。春燕由我家出走，已令我内疚。她既然隐瞒了真实姓名和身份进入孔公馆，一定有原因。我想，春燕绝不可能成为日本间谍，那么，一定与共产党有关——是的，春燕成为共产党的可能性很大，在涪陵时，她就十分崇拜李明，我是看得出来的……"

高伦不觉与高太太相视一笑。

朱佳富毫不停顿地继续说："我若当场承认吴秘书便是春燕，岂不等于出卖了共产党。高伯，我一心搞实业，因此参加社会活动少一些，我也是热血之躯，对共产党历来有好感……"

这时何嫂进来了，朱佳富顿时闭上嘴。

何嫂向高太太低语了一句："太太，是不是开饭？"

高伦见朱佳富的话猛然停住，催促说："佳富，你说下去！"

朱佳富瞥了一眼何嫂，端起茶碗喝茶。等何嫂走后，他才接着说，声音蓦地压得很低："我与李明先生私交很深，高伯你是晓得的……"

朱佳富看见何嫂又进来了，于是草草将话收住，含糊地说了一句："总之，我是不会出卖朋友的。"

高太太晓得何嫂又是来催促吃晚饭，不等她走拢来，便挥手说："给厨子说，稍等一会儿。"

何嫂答应一声："好，我去说。"便迅速反身走了。

高伦忍不住兴奋地夸赞："你做得对！为人应该这样。"

高太太对朱佳富的反感也消除了，她笑眯眯地说："朱先生，老实跟你说，春燕的事情我们全晓得!"

高太太的话原在朱佳富的意料之中，他却故作惊讶地说："哎，你们全晓得，实在意想不到。春燕现在在哪里呢?"

高伦接过话头说："佳富，你不是外人，实对你说，我昨天接到中央驻渝办事处转来茜儿的信，茜儿已在延安结婚，要我们去延安参观……"她还简单说了男方的情况。

朱佳富立刻站起来道贺："啊，高妹结婚哪！大喜，大喜！我定要邀约一些人来高府热闹一番。"

高伦忙摇手："不可，不可！佳富，你晓得就行啰，切不可张扬。"

高太太喜上眉梢："朱先生不是外人，我隔两天办两桌，自乾叔和二婶刚从南京回来，路过重庆；甫澄嫂也在这里，请他们来吃杯淡酒，到时要请朱先生伉俪来给我陪客。"

朱佳富连声说："这杯喜酒我们一定是要喝的。"

他坐下望着高太太问："伯母，高妹的信中一定提到春燕啰!"

高太太回答说："是的。春燕也在延安。朱先生，你猜，春燕与哪个结了婚?"

朱佳富惊望着高太太："谁?"

高太太笑逐颜开地说："李明!"

"啊……"朱佳富一怔，他面部现出复杂的表情，腮帮上的肌肉颤动了一下。

高伦也乐哈哈地说："春燕与李明正好是理想的一对。"

朱佳富虽说晓得春燕还活着，但春燕出走后的有些情况他还一无所知。听春燕已与李明结婚，他心中十分不悦。他原想将春燕嫁给彼特利克先生攀门高亲，想不到反而成全了李明，这真是阴差阳错。

朱佳富不愿高伦夫妇看出自己不悦，勉强装出笑容说："高伯说得对，他俩正是理想的一对。这样的好消息，我回去一定告诉宝瑜。她一直认为春燕死了，想到这就郁郁不欢。她听了这个消息，不晓得会多么高兴!"

高太太赞同说："是的，你早该告诉她!"

朱佳富听高太太说出"早该"两字，不觉脸一红。

第十二章

杨宝瑜独自坐在客厅内的沙发上，凝眸沉思，正感无聊，汪嫂进来通报：“朱太太，李约瑟牧师求见！”

李约瑟牧师近来邀请杨宝瑜参加过几次基督教会举办的祈求和平大会，故此熟识了。她一贯对于外国牧师怀着赤子之心般敬爱，认为他们远涉重洋传教，是为了挽救人们的灵魂，这种献身精神是令人钦佩的。这位李牧师比涪陵那位王牧师学识渊博，谈吐不凡，除了谈一些教义和圣经上的故事外，还谈一些当前形势和科学技术上的新成就，诸如原子弹、火箭，以及即将征服月球之类的新闻和知识。

杨宝瑜长期封闭在朱公馆狭小的天地里，看的书籍都是欧洲文艺复兴时期的文学作品，除此之外，很难看到新的书报。对于朱佳富那些有关经济方面的外文书报，她英语程度低，看起来十分吃力；何况对那些市场、成本、利润、竞争、金融方面的论述，她本来就感到厌恶。

因此，对于李约瑟将宗教与科学合为一体的谈话——虽然十分浅薄——她确实听得津津有味。

李牧师不仅谈吐不凡，举止彬彬有礼，还十分知趣，只要杨宝瑜稍有倦意，他便很快恰到好处地结束了他的谈话，起身告辞。

杨宝瑜一听李牧师求见，她脸上现出了微笑：“请，有请！”

她缓缓站起身，迎到客厅门前。

李牧师穿一套银灰色西装，戴着法国便帽，他一见杨宝瑜，便站住画了一个十字：“啊！朱太太，愿上帝赐福于你。我今天来不会打扰你吧！”他一只手上拿着一张卷筒状的报纸。

“不会，不会。”杨宝瑜含笑说，“欢迎，欢迎！李牧师，请客厅坐。”

李牧师在客厅里坐下，杨宝瑜亲自送上一杯红茶，汪嫂端上了一盒西式糖果。

李牧师面对着杨宝瑜的那幅肖像画，他端着红茶凑近唇边却没有喝，望着那幅油画出神。

“啊！朱太太，令弟真是一位杰出的画家，这油画真是了不起的杰作！”他将红茶杯放回茶几上，把卷成筒状的报纸不经意地放在另一只茶几上，双手叠合在一起，放在膝头上，望着坐在对面沙发上的杨宝瑜，“朱太太，你现在的模样一点儿也没有变化，还是那样年轻，那样美丽！”

杨宝瑜的双颊立即泛出了红晕，她听到李牧师这样称赞，不觉仍像少女般感到羞涩。不过，她眼睛亮亮的，掩饰不住她心里的喜悦。她年近四十，听到这样的称赞，比少女时还感到安逸。

杨宝瑜在少女时期，就喜欢背着人独自对镜，顾影自盼，为自己的美丽感到欣喜。近年来，她见自己无论如何修饰，眼角浅浅的尾纹仍然很显眼。青油油的黑发居然出现了几根银丝。开初她无限震惊，细心地将几根银丝拔去，可是，后来渐渐增多，她只好听之任之。

自此，青春行将逝去的阴影在她心头缠绕不休，她感到怅惘，感到惶恐，感到颓丧，但也无可奈何！她一反常态，有些怕照镜子了。

现在她听到李约瑟这样的赞美，叫她如何不感到欣喜和宽慰！但她毕竟不是少女，脸上露出不安的表情。

李牧师适可而止，立刻转变了话题，庄重地说：“朱太太，我们福音堂想给流浪街头的儿童募捐……”

杨宝瑜“啊”了一声，错会了李牧师的意思，不等他说完，立刻慷慨地说：“李牧师，我是一个虔诚的基督徒，我一定尽力解囊相助！”

“不，不，我不是这个意思！”李牧师摇摇头说。

杨宝瑜惊讶地注视着李牧师。

李牧师接触到杨宝瑜的目光，立刻补充说：“朱太太愿意解囊相助，这当然好，不过……”

他停顿了一下，继续说：“我的意思是……”他将话忍住了，现出迟疑的样子。

杨宝瑜落落大方地说：“李牧师，你尽管说吧！只要我能办到的，我一定办！”

李牧师微微一笑：“其实也没有什么大不了的事！”

他端起茶杯抿了一口茶：“我们想举行一次别开生面的义演，为流浪街头的儿童募捐。想请一些社会名流的教友参加演出！”

“啊！”杨宝瑜惊愕地望着李牧师，摇手说：“牧师先生，我一不会跳舞，二不会唱歌……”

李牧师一耸肩：“啊！我的上帝，朱太太——你不仅有一副美丽的外容，还有谦逊的美德，令人钦佩！我想……我想请朱太太在义演中担任报幕员。”

杨宝瑜的脸又变成绯红色，不安地说："李牧师，当报幕员我更不行，我的平话[1]说得太糟糕。"

"不要紧，你可以说四川话嘛！"李牧师说。

"这……我说的四川话更不行！"杨宝瑜的神情显得有点狼狈。

"啊！你多么谦逊！"李牧师说，"朱太太就说杭州话也行！"

"唉，连杭州话也说得不准呀！"杨宝瑜的声音变了调，差不多有点哭音。

李牧师惊讶地望着杨宝瑜，不明白她为啥急成这样，忙说："朱太太，你的声音像银铃般悦耳，不论说哪种话，怎样说都很动听，看在上帝的面上，请不用推辞了。"

杨宝瑜脸上的表情恢复了正常，她从来不会应酬，更不会说客套话："啊，李牧师，我不推辞，因为这是上帝对于流浪儿童的恩泽，我一定尽力去做。"

"好，好！你对上帝如此虔诚，上帝会赐福于你！"李约瑟画了一个十字。

"李牧师，请用些糖果！"杨宝瑜含笑说。

李约瑟拈起一颗巧克力放进嘴里，称赞说："啊！这巧克力一定是进口货，中国是做不出来的。"

这巧克力果真是美国货，是陆祖福从国外带回送给他们的。杨宝瑜只是望着李牧师微笑不语，没有作答。

沉默了片刻，李约瑟咽下了巧克力。

杨宝瑜见杯里的红茶已经冷了，于是给他换了一杯热腾腾的茶，又提着装着牛奶的银壶问："李牧师，加点牛奶好吗？"

"谢谢！"李约瑟欠了欠身。

杨宝瑜给他杯里冲进牛奶后，将银壶放在一边，揭开一只镀上克罗米的糖罐盖："李收师，请自己加糖！"

李约瑟拈起一块糖："啊！这是真正的法国糖啊！"

杨宝瑜见李约瑟又说准了，接口说："这是黄玉庵先生送给佳富的。"

李约瑟蓦地听到杨宝瑜提到黄玉庵的名字，神态立刻显得十分不自然，眼膛上的肌肉颤动了一下。

---

1 指北京的普通话，北京旧称北平。

杨宝瑜没留意李约瑟的表情，殷勤地说：“李牧师，这红茶也是美国货哩！你趁热多喝点！”

李约瑟从容地端着杯子喝了几口：“对，这红茶味道很纯正！”

他放下杯子，轻轻咳了一声：“朱太太，还有一件事情要求你帮忙。”

杨宝瑜诚恳地说：“李牧师，只要我能办到的，我一定去办，你尽管说吧！”

“听说朱先生琴艺高超，用小提琴奏出的乐曲极富魅力，我们还想请朱先生登台演奏！”李约瑟说完，才留意到杨宝瑜红润的面庞蓦地变得十分苍白，像瘫痪无力般仰靠在沙发上。

他不解地望着杨宝瑜问：“朱太太，你……你是不是病了？”

杨宝瑜强自振作精神，摇了摇头：“不，我只是感到乏了。”她生怕李约瑟窥破她心底的秘密，坐正了身子，勉强装出笑容，但这笑多少仍带点抑郁的味道。

李约瑟站起身来：“朱太太，今天就谈到这里，我还要到法国领事馆去办点事，反正离义演时间还早，改天再来拜访！”

杨宝瑜也没多挽留，客气了几句，她亲自送李牧师到朱公馆的大门口。

她没精打采地回到客厅，刚才李牧师提到朱佳富与小提琴，意外地触着了她心底的隐痛，使她想到许多往事，她一生的命运，多少是与朱佳富那小提琴有关的。

杨宝瑜的目光停留在墙角上挂着小提琴黑漆琴匣的地方，琴匣上早已积满了厚厚的灰尘。汪嫂做清洁不顶认真，往往将墙角漏掉。杨宝瑜不愿接触那琴匣，只因朱佳富十分认真地挂在客厅里，原先摆在显眼的地方，杨宝瑜找不出理由反对，后来由她挪到了墙角不显眼的地方。

朱佳富以前兴致高的时候，喜欢拉上一曲，杨宝瑜说不出为什么，对朱佳富拉出的琴声已不感到欢快，渐渐感到厌恶；开初她还极力忍受着，后来实在难以忍受，不等他拉终一曲，她便捂住双耳：“亲爱的，你别拉了，你别拉了！”

朱佳富惶惑地放下琴，惊诧地望着她：“宝瑜，为啥？”

杨宝瑜蹙着眉说：“我头疼。你的琴声会引起我的头晕！”

“啊！”朱佳富惊异地一声感叹。

从此，朱佳富再没拉过琴了。

杨宝瑜此时望着积满灰尘的琴匣发怔，冷泉边上听琴的情景仿佛已经十分久远，大有隔世的感觉。但春燕出走自杀前的一幕，随着时光的推移，在她心头上没有变淡，反而越来越清晰。

春燕临走前，将朱佳富的琴推到地上跌破——现在这琴是朱佳富花了两千元美金从香港买回来的，比原先那把琴珍贵得多，春燕称那琴为魔鬼的琴。当时春燕的脸色白中透青，暴发出一阵狂笑："小姐，你善良仁慈的心，被路吉福的琴声迷住了，这琴是罪恶的根源。"接着春燕还发出一阵撕心裂肝的狂笑……

这些情景，这些声音，不时在她脑际呈现，令她困扰不安。

杨宝瑜发出一声长长的叹息，目光离开了琴匣，颓然坐在沙发上。她蓦地看见茶几上卷成筒状的报纸，晓得这是李牧师遗忘在这里的。她站起身来走到茶几前拿起报纸，想追出去送给李牧师。她走了一步又迟疑起来，估计李牧师已经走远，便改变了主意坐在沙发上。

杨宝瑜漫不经心地展开报纸，见是一份小报，她正想卷上，一行标题蓦地跳进她的眼帘，她心中一动，迫不及待地看下去……她看完后，脸色变成死灰，痛楚地一声低吟："啊，我的上帝，难道这是真的，他竟然在舞厅里玩起舞女来了！"

她捂着脸，像一个蒙受委屈的孩子，"哇"地一声哭了。

天黑下来，汪嫂走进客厅，她扭亮电灯，原以为客厅里没人，骤然看见杨宝瑜坐在沙发上发呆，不觉奇怪："太太，朱先生来过电话，他可能要迟一些才回家，叫我们不用等他回家吃晚饭！"

杨宝瑜仿佛没听懂汪嫂的话，怔怔地望着她。

汪嫂又重新说了一遍。杨宝瑜才"唔"了一声："晓得了。"

汪嫂见杨宝瑜眼睛红红的，像刚哭过，她没有立刻退出客厅，不住打量着杨宝瑜。

杨宝瑜眯着眼，感到电灯光太强，她不愿引起汪嫂的注意，说："汪嫂，我觉得不舒适，不吃晚饭了，你关上灯，我要安静休息一会儿！"

"是！"汪嫂关上电灯走了。

汪嫂摸够了杨宝瑜的脾气，再也没进来打扰她。

杨宝瑜坐在黑暗里不知过了多久，墙外远处传来的喧嚣早已沉寂，只剩下卖炒米糖水的叫声，时高时低，若断若续——夜，已经很深了！朱佳富还没回来。要是以往，杨宝瑜认为他公务繁忙，谅解胜过哀怨。但自从看了小报上那则新闻后，她的心情完全改变，想到朱佳富时常深夜不归，自己轻信他公务繁忙的话，原来并非如此！她想象，朱佳富此刻一定搂抱着那个叫小蝴蝶的舞女在……她觉得难以忍受。

她以前也嫉妒过，想到上帝说嫉妒是罪恶，就很快释然了。可是现在……杨宝瑜想得很多，回想着近几年朱佳富的举止，越想越觉可疑。

“啊！上帝，叫我如何办呢！”杨宝瑜喃喃地低语着。

她抬头张目四顾，客厅里黑压压地像一个深不可测的黑洞，又像一只怪兽正张开大口向她步步逼近，要一口吞下她去。

她又如坠入了无底的深渊，惶惑、惊恐、骇异，最后，面前是一片空虚。

她耳朵出现了幻觉，是一阵缥缈优美的琴声在耳际响起……若有若无，令她不易捉摸。

啊，这是冷泉边上朱佳富拉出的琴声，确实十分感人，她说不出地怅惘。那时，朱佳富确有路吉福的魔力，能将那只低劣的廉价提琴拉出那么令人陶醉和碎心的美妙旋律来。至今回想起来还令她困惑不解，她那时却如醉如痴被琴声征服了，不顾一切地热恋上他。啊！那琴声却像一股暖流渗进她孤寂的心灵，谜，谜，谜一般地爱上了这个异地人……“不，那时朱佳富确有令人爱恋之处啊！”杨宝瑜并没有发出声音来，她心灵在挣扎，在为自己辩解。

啊！二十年岁月流水般地逝去，人世的沧桑何等令人可怕！朱佳富现今不再是清贫的书生，自己也不是风华正茂的少女。她要想去寻回冷泉边上那种纯真的境界已经不可能了。

她以前不愿多想，心灵慢慢麻木了。她听到过许多有关朱佳富与孔令俊的暧昧传闻，虽感骇异，但却无实据。她也不愿进一步弄清，宁肯相信朱佳富的解释是真实的，她害怕揭开朱佳富那含情脉脉的面纱使自己处于绝望的境地。她接受朱佳富的爱抚，就像贪饮鸩酒一样，借以麻醉自己。

杨宝生不久前曾向她指出，认为她像笼中的金丝鸟，只有冲破那用柔情编织的牢笼，到广阔的天地里去呼吸新鲜空气，才会有真正的生活乐趣。她听后十分动容，跟着杨宝生去参加一些社会活动，但是她发现自己与他们的思想差距太大，再也鼓不起勇气去冲破所谓的牢笼。在朱佳富一阵抚爱，一阵甜言蜜语之后，她便会十分感动，愿意为他作出牺牲——尽管最后留下的仍是一片空虚和惆怅。

她心灰意冷，相信这是上帝的安排。她别无所求，只想做个贤妻良母，她日复一日，月复一月祈求过上帝，但是上帝始终不降福于她，送给她一个安琪儿般的美丽孩子，这更增添了她心灵的寂寞和空虚。

朱佳富嘲笑过她像林黛玉似的多愁善感，布尔乔亚妇女的无病呻吟。他越来越不理解她，她也难以理解他，彼此都有一种难言的陌生感。

杨宝瑜是受过较高教育的女性，丰富的物质享受抵消不了精神上的压抑。她也觉得自己变得像老处女似的孤僻、古怪。因为她除朱佳富以外，没有爱过任何男人，初恋便定了终身大事。由于她爱情的专注，爱情的幻灭更令她痛苦不堪。

小报上的消息，像一个大炸雷，将她惊呆了。朱佳富编织的网罗住她的柔情脉脉的面纱，被撕破了，她再不能为自我安慰找到遁词、现实是多么无情啊！

她确实对人生感到绝望，在暗影中，她发出一阵低声的抽泣。她无声地说："上帝啊！世俗令人感到可憎、可厌，让我到修道院做一名苦修女吧！"

要是有亮光，一定可以看到杨宝瑜流着泪水的脸庞是多么苍白，呈现出像圣母玛利亚一样圣洁的表情；要是让她脱去身上华贵的衣衫和装饰，披上青绸长袍，衬上雪白的硬领，她真像修道院出来的苦修女，令人怜爱。

外面起风了。窗外那棵槐树发出窸窣的声响。一道闪电，可以看清杨宝瑜刚才那苦修女般的神态消失了，双眼显出迷惘的目光。她毕竟是世俗的贵妇人，有极其强烈的内在热情，除了宗教和名门闺训的精神束缚外，她也曾受过民主思想的洗礼，要想真去当苦修女，可不是那么容易啊！

闪电停止了，外面下着雨，客厅内又像坠入无底深渊似的一片漆黑。朱佳富还没有回来。门前响过几次脚步声都不是他，是回高家去的人。

在她记忆中已经淡忘了的春燕的影子，仿佛在漆黑的夜空间出现，清晰地在眼前浮动。

"小姐，我现在对你抱有好感，你也是不幸的，愿上帝能让你保持良知，使你幸福！"

——这是春燕出走前对她说的几句话，她还清晰地记得。她自己目前是否保持着良知，不易说清。她早已认识到自己做了逼使春燕出走自尽的帮凶。她不止一次向上帝作过忏悔，祝福春燕的灵魂早登天堂。春燕的预言，说她也是不幸的，想不到却成了谶语，变成了现实！

十年过去了，她虽然零星听到过春燕没死的流言，但这怎么可能呢？她是不会相信的。

前些年，每逢清明节，她还去曾家岩万国公墓扫墓，随着时间的推移，春燕的影子在她心头渐渐淡忘了，已有许多时日没再去过。

现在她遇到这意外的刺激，春燕的影子在她的心头复活了，像幽灵般在她心头徘徊。

一阵凉风吹进，杨宝瑜蓦地打了一个寒噤，笼罩在眼前的黑暗，令她感到害怕。窸窣一阵响，杨宝瑜站起身摸进内室，扭亮了顶灯，掩上了房门，心里才踏实了一些。

她木然地呆立了一会儿，缓缓走了几步，打开房内的保险柜，取出一只精致的黑漆木匣，轻轻揭开匣盖。匣里除了一些首饰外，还有一束信件。

她取出首饰一件件仔细品味——这些都是她母亲留给她的纪念品——往事如烟，她觉得过去的事情恍如梦境，回味起来自有无限的感触，她的眼睛又湿润了。

杨宝瑜看完了首饰，犹豫了一下，终于拆开那束信件，一件件取出来看。

这些信大都是朱佳富最初写给她的，一行行字迹跳进她的眼帘：

……个人的不幸，国家的灾难，民族的危机，有热血的青年岂能坐视。

列强欺凌，军阀横行，长夜漫漫，封建礼教吃人，“不自由，毋宁死！”吾辈青年乃黄帝子孙，天下兴亡，匹夫有责，岂能迟疑消沉？

读书救国，引进西方之文明，振兴实业，国富而民强，列强自然畏而怯步，则民族有望，中国有幸。

…………

杨宝瑜看完这些信，接着又看朱佳富写给她的另一封信——事隔多年，一封封信仍保持得如此完好，说明她是多么珍惜那段时间的恋情：

巍巍峨眉，莽莽金佛，实不能比拟小姐情操的高尚。

滔滔长江，滚滚乌岷，哪及小姐的友谊深远。

…………

杨宝瑜边看手指边颤抖，信纸也簌簌地颤响，她紧抿着嘴唇，不让自己哭出声来，她眼睛噙满泪水，纸上的字迹渐渐模糊了。……

杨宝瑜一阵伤感，想到此刻朱佳富也许正在与那个叫小蝴蝶的女人在一起荒唐；一阵压抑不住的冲动，她划燃了一支火柴，想将这些信件烧毁，因为留下徒自叫人惆怅。

由于她的手指颤抖不停，划燃的火柴熄灭了。她重新划一支火柴，由于用力过猛，火柴梗折断了，没能划燃。

她没有再划火柴，只是望着手中的火柴匣发怔。

她一动也不动地过了片刻，叹息了一声，蓦地改变了主意，仍然将散开的信件整理束好，放回匣内。

她的目光被匣底上的一支断簪吸引住了——这是春燕出走那天给她梳头，听到要将她嫁给彼特利克时，春燕在惊愕惶恐中，不小心跌碎的那支翡翠发饰。

杨宝瑜取出拿在手中看了一会儿，负疚的心情油然而生，她低低细语："啊，上帝，让春燕在天国安息吧！我对不起她，我……"只见杨宝瑜嘴唇翕动，声音十分模糊……

杨宝瑜收拾好匣子，仍放回保险柜内锁好。

她觉得双眼发涩，无力地坐在床边的沙发上，闭上了双眼……

一阵皮鞋响，朱佳富回家来了。他在公司里被几件急待处理的事情留住了，所以这时才回家。

因为已经午夜以后，他没叫汪嫂开门，掏出身边的钥匙，自己开门进来了。

他走进卧室，见顶灯还亮着，杨宝瑜头靠在沙发背上，一头依然乌黑的浓发散开来，滑到洁白的沙发套上，闭上的双眼现出长长翘曲的眼睫毛。在朱佳富的眼中，她此时睡态是那样动人，虽然徐娘半老，但仍不失当年的动人风韵。

朱佳富一手搭在杨宝瑜的肩上："亲爱的，对不起，公司里有事累你久等了。"

杨宝瑜仍然紧闭双眼，毫无动静。

朱佳富以为杨宝瑜因他回家迟了，在生他的气，他已司空见惯，不以为意。

朱佳富微微一笑，坐在沙发上，伸出一只手搂住杨宝瑜的颈项，他正想俯身下去亲吻……

杨宝瑜陡地像被烈火烧灼一般从沙发上蹦跳了起来，声色俱厉地说："走开，不许靠近我，永远永远也别靠近我！"

她想到朱佳富也许刚吻过那个小蝴蝶再来与她亲热，这是她不能忍受的，因为她认为小蝴蝶这样的轻佻舞女一切都是肮脏的。她有洁癖，认为有玷自己的圣洁。

杨宝瑜如此怒气冲冲地对待他，朱佳富很感吃惊，以前是从未有过的。

朱佳富惊愕地望着杨宝瑜那张生气的面孔，觉得她目光中有一股逼人的寒气。他呆了呆，试图再向她解释："亲爱的，我确实很忙，冷淡了你，还望你谅解！"他想握住杨宝瑜的手。

杨宝瑜的嘴唇在哆嗦，她后退了一步："你撒谎也撒的够多了，再也骗不了我！"她用手指着门外，"出去，请你出去！"

她见朱佳富仍然站在那里不动，不晓得她哪来的这股力气，双手将朱佳富往门外一推。

朱佳富没提防杨宝瑜会如此对待他，一个趔趄，差点跌在门外的地板上。待他站稳脚跟，正想回头说话，只听"砰"的一声响，卧室门被关上了。

朱佳富觉得杨宝瑜的性情一贯温柔，从没生过这么大的气；这反常的举动，令他迷惑，也感到有气。

客厅内一片漆黑，他开亮了壁灯，悻悻地坐在沙发上。卧室内半晌没听见动静，灯光也熄灭了。

朱佳富坐在沙发上生了一会儿闷气，他原想杨宝瑜不过因他回家迟了，不用多久，她会息怒的，自会叫他进卧室去。他不相信杨宝瑜真会让他在沙发上睡一夜，因为这里连一条毛毯也没有！殊不知等了一个多小时，仍不见卧室里有动静，他才感到事态严重。

朱佳富搔了搔头，心想："我也太傻了，女人嘛，总要男人先去要求和解的。"

他从容走到卧室门前，轻轻敲门："宝瑜，宝瑜……"他喊了半晌，用耳贴在门上听，听不到房内有啥声息。他不能放大声音叫，因为被用人听见，传出去会被人笑话的。最后他只好怏怏地离开了门边，坐回沙发上。

外面的雨早住了，但阵阵凉气从窗户吹进，他如何能在沙发上睡觉？何况杨宝瑜这反常的举动，令他捉摸不定，他毫无睡意，想找一本书来看，但客厅里怎么也找不到一本书。

朱佳富顺手拿起茶几上的一张报纸，摊开一看，他惊呆了。他已看清这张小报正是许多天以前，登载他在舞厅胡闹的那张。

"啊！原来还是让她晓得了！"他不禁有些紧张。

朱佳富低头沉思了片刻，站起身又走到卧室门边，轻轻敲门："宝瑜，你开门，我有话要与你解释清楚！"

朱佳富仍听不到杨宝瑜的回音，这时他心中十分懊悔。"唉，一时不检点竟惹出一连串的麻烦，看来不是三言两语可以让宝瑜的怨气平息……”他心中想。

朱佳富从未在沙发上睡过觉，何况连盖的毛毯也没一条。他劳累了一天，实在疲惫不堪，终于躺在沙发上，蜷缩着身体，模模糊糊地睡着了。

朱佳富在沙发上一觉醒来，强烈的阳光已从窗口射进，他想到昨晚发生的事情，立刻从沙发上站起身来。

他见卧室门开着，急忙几步走了进去，想与杨宝瑜解释一番。可是房里哪里有杨宝瑜的影子？他想：“她一定在外面散步去了。”

朱佳富想到外面去寻杨宝瑜，在走道上，迎面碰见汪嫂。

不等朱佳富问，汪嫂主动向他说：“朱先生，朱太太一清早过江回娘家去了！”

“啊！”朱佳富不安地徘徊了几步。

他猜测杨宝瑜一定回娘家向杨老太爷投诉去了，心中暗自焦急：“糟糕，糟糕！……”

朱佳富对杨家企业的经营控制权觊觎已久，他在杨老太爷面前下过一番功夫，晓得杨老太爷早已改变了当初的偏见，对他有了好感，并已露出口风，很快就会将杨家的企业交给他去管理经营。唉，眼看就要到手的财喜，偏出了这样的倒霉事！倘若杨宝瑜向杨老太爷一投诉舞厅的事，那……

说实话，要说朱佳富现时变了心，不再爱杨宝瑜了也不是事实。这些年来，他野心勃勃，醉心于他的事业，整天忙忙碌碌交际应酬，陪杨宝瑜的时间便少了。他认为一个丈夫，只要给妻子带来优裕的生活就行了。他俩近来产生的隔膜，他无法理解，认为自己委屈，杨宝瑜太孤僻，性格太怪异。

朱佳富已养成了实业家思考的方式，首先权衡利害得失。这时他来不及多想他与杨宝瑜的感情问题，而是考虑一旦杨老太爷为此改变主意，不再将企业交给他去管理经营，对自己的前程损害太大了。

他脚一顿，决定暂时丢下公司的事情，先妥善处理这件事情，向杨宝瑜解释安抚一番，挽回自己的被动局面。

朱佳富向公司打电话要车，不等公司的小轿车开来，便胡乱洗漱一番，穿戴齐整，拄着司力克到大门外去等待。

汪嫂已给朱佳富准备好早点，惊诧地望着朱佳富匆匆而去的背影，喊：“朱先生，早点准备好了，你难道不吃就走？”

朱佳富连头也没回，急急回答了一句什么话，汪嫂连一个字都没听清楚。

二

杨宝瑜一夜未合眼，这么早回到娘家，连杨老太爷也感到惊诧。

杨老太爷坐在书房的太师椅上，问：“宝瑜，看你神色不定，这么早过江来一定有啥重要事情？”

杨宝瑜忍不住眼泪簌簌地往下淌：“朱佳富——他……”她声音便哽噎住了。

杨老太爷皱着眉，舔了舔干瘪的嘴唇。

“阿爸，你……你自己……看！”

杨老太爷从杨宝瑜手中接过那张小报，他从裤带上吊着的眼镜盒中取出老花眼镜，目光在小报上搜寻了一会儿，终于看到了那则新闻，看完后，将小报撂到一边，慢条斯理地收起老花眼镜，脸上没有一点儿表情，望着杨宝瑜沉默不语。

杨宝瑜的情绪平静了一些，她边拭眼泪边说：“阿爸，朱佳富这样荒唐，我想回到娘家暂住，与他分居。我是一个虔诚的基督徒，我的身体和灵魂是纯洁的，我不愿与他住在一起，玷污我的清白！”

杨老太爷听完后，清癯的脸上，神情依然淡漠，他凝视着高几上的一盆君子兰，出了一会儿神，然后轻轻咳了两声，声音缓慢温和：“孩子，你不要过分激动，也不要感情用事，要能宽恕人，才是美德。”接着，他的声音提高了一些，语气带点不满的意味，“你还像年轻时那么任性，为了这么一点点小事，竟要与丈夫分居；我觉得你太轻率！”

杨宝瑜原以为阿爸知道这事后，一定会异常生气；见他淡漠冷静已觉意外，听到杨老太爷居然带点指责的意味规劝她，不由感到惊讶。

杨宝瑜踌躇了一下，说：“阿爸，这怎么算是一点小事！他也是一个基督徒，竟去捧形似娼妓的舞女，是不信守教规的行为。我心灵上受不了这样的打击。我……”

杨老太爷仿佛没有听见她的话，微闭着双眼，没有反应。

杨宝瑜见杨老太爷这样，一时失掉了主意，她不由得鼻里发酸想哭。

半晌，杨老太爷睁开双眼，“唵”了两声，接着说：“孩子，一个人要在社会上干一番事业，他必须交际，何况爱美之心人皆有之，英雄也难逃美人关。贪恋醇酒美人，固然可以令人意志消沉；但适可而止，也可以激发人去进取，去大胆地想象。所以一个生命力旺盛的人，风流韵事会特别多！一个有魄力的实业家，偶尔到灯红酒绿的舞厅去松弛一下拧得太紧的神经，我认为未尝不可！”

杨老太爷见杨宝瑜用骇异的目光望着他，显然被这番话惊住了。

杨老太爷的声音变得更柔和，继续说：“孩子，你不明白一个实业家，要面临许多强劲对手的挑战和竞争，这竞争是激烈的，甚至是残酷的。就像驾着一叶小舟在沧海上航行的水手，时时在惊涛骇浪中挣扎搏斗，稍有不慎，就有覆舟的危险。他们的神经长期处于紧张状态，不去稍微寻欢作乐，轻松一下，他们的神经能持久吗？孩子，你与佳富日夜厮守已近二十年，应该懂得一个实业家的性格，早应学会做一个实业家的贤内助、好妻子！”

杨宝瑜听后，差点惊叫起来。啊，这些她从未听过的怪论，竟然出自阿爸之口，她真不敢相信是真的。她不安而焦灼地说：“啊，阿爸，你怎么说出这些荒唐怪异的话为朱佳富辩解！啊……”

她觉得阿爸说这番话实在令人迷惑，难于理解；她想驳斥，但在尊长面前，她习惯了恭顺，只好将许多想说的话忍住了。

杨老太爷又闭上双目。他没有回答杨宝瑜。

杨宝瑜感到自己目前孤立无援，十分委屈。她忍住眼里滚动的泪花说：“阿爸，我实在难以理解你的话。想当初我爱朱佳富年轻上进，是一位有正义感、事业心的正派书生，那时你拼命反对我与他结合；而今，朱佳富正派的书生风度消失殆尽，他学会了伪善狡诈，极端利己自私，为人不择手段，你却百般为他开脱，这是为啥？”

杨老太爷蓦地睁开眼睛，陡地发出一阵笑声。“孩子，你说得很对！”杨老太爷收敛了笑容，十分认真地说，“我当初不喜爱他，正因为他是一个不明世事的书生。我喜爱的女婿应该是有务实精神的能干人。而今，朱佳富经过二十多年来的磨炼，他已变成我喜爱的那种人。朱佳富已具备了实业家的气质、头脑，他是难得的佼佼天才……至于他其他的缺陷，我认为是微不足道的小节！”

“啊！”杨宝瑜终于忍不住惊叫一声，“上帝啊，一切都颠倒了过来，多可怕啊！”

是的，杨宝瑜与她阿爸在对朱佳富的看法上颠倒过来了。这种戏剧性的变化，杨宝瑜是难以理解的。

杨老太爷坐正了身子，面对着杨宝瑜问：“孩子，你认为阿爸为人怎样？”

杨宝瑜迷惑地望着杨老太爷，一时不晓得如何回答才好！

“孩子，说呀!”

杨宝瑜犹豫了一下，回答说：“阿爸，我是你的女儿，怎么好评论你的为人！基督没有这样的教规。”

杨老太爷脸上露出一种令人难以捉摸的微笑。他说：“孩子，你不要把天下一切事物看得太认真，看得太美、太理想，其实，上帝身上也是有瑕疵的……”

“哎，阿爸，你怎么竟说出这种渎神的话!”

杨老太爷神色自若，说话的声调异常平静：“孩子，你还是那么天真无知。耶稣是圣母玛利亚的儿子，也是凡人的躯体。他要是万能，怎会被钉死在十字架上，他要是先知，怎会收下犹大这个叛徒！所以说上帝也是有瑕疵的。”

杨宝瑜被这些话吓得改变了脸色，连嘴唇也苍白了。她声音在打战：“啊！这些话太可怕了！阿爸，你以前为啥天天教育我要笃信上帝，要我作一个虔诚的基督徒?”

杨老太爷没有丝毫掩饰，反而将话说得更露骨：“孩子，我入教是为了发展实业的需要，为了能得到外国人的支持。唉，我是行将就木的人呐，你是我唯一的女儿，我是第一次向人吐露真情，因为你把一切都要求得太理想，会成为你不幸的根源。我现在应该给你重新上一次人生的课，也许对你有所裨益。其实，我一天也没有相信过上帝的完美。我劝人笃信上帝，是让人不会离经叛道，走上异端，也是自己的一种点缀。其实真正相信上帝存在的人并不多。孩子，许多人句句不离上帝，只不过上帝会为自己的现世享受带来好处；孩子，尽管不相信上帝的存在，但切莫在口头上说出，要显出笃信的样子，否则会给你带来比进炼狱还可怕的横祸。现在虽没有宗教裁判所，但还有比这……”

不等杨老太爷把话说完，杨宝瑜眼里露出惊恐不安的光芒，双手捧住自己的双颊：“啊，太可怕了。阿爸，你是不是在说胡话！朱佳富也曾像你一样在高伯伯面前说过类似的话！上帝，上帝啊……”

杨老太爷的声音很柔和，也很慈祥，说话井井有条，不像神经错乱的样子。他认真的语气，使杨宝瑜安定下来：“孩子，我把这些话告诉你，是想说几句真话，让你知道事物的真相，是阿爸爱护你，是我留给你的宝贵财产。朱佳富也说过类似的话，说明他确有真知灼见。俗话说，英雄所见，大体相同!”

杨老太爷轻轻咳了几声：“其实，在年轻时谁也荒唐过，谁都有自己心底的秘密！我当年单人到上海学生意，要不学会权谋机变的奥妙，怎能白手起家，在江浙实业家中成为前辈？孩子，朱佳富倘若真有这类的过失，只要不伤大雅，你最好学聋装哑。古话说：‘憨人憨福’，聪明人烦恼太多啊！”

“不，阿爸，不论你怎么说，我忍受不了这样的屈辱，要我学聋装哑如何办得到？因为我头脑清楚并非白痴！”杨宝瑜从惊骇中苏醒过来，固执地说。

杨老太爷刚才一阵冲动，说了一些他不该说的话，这些话也是他心中的肺腑之言。他沉默了一会儿，微微叹息了一声，说：“孩子，我不勉强你，有一天你会明白这些道理，但那时你……”

一个侍女前来通报：“朱姑爷来了！”

杨老太爷收住了话，不假思索地吩咐：“将朱姑爷请到这里来！”

杨宝瑜站起身，准备避开。杨老太爷忙劝止：“孩子，你不用任性避开。”

杨宝瑜迟疑了一下，在阿爸面前她一贯是温顺的；她勉强坐下，低下头望着自己的皮鞋尖。

一阵皮鞋响，朱佳富来了。

杨老太爷欠起身向朱佳富含笑招呼：“啊，佳富来了。请坐！”

杨宝瑜的头垂得更低。

朱佳富好像从没发生啥事一样，先面向杨宝瑜说：“宝瑜，我今天有空赶来，陪你看阿爸！”

他不等杨宝瑜作出反应，立刻上前亲昵地握住杨老太爷青筋虬结的手：“阿爸，你的心脏病好些没有？要不要过江去住几天医院，仁济医院的张大夫我熟识，他是留英的医学博士，擅长医治心血管疾病。”

杨老太爷听任朱佳富握住他的手，慢吞吞地回答：“这种病时好时坏，这几天已不胸闷，住院……我不习惯，还是在家静养好些。”

杨宝瑜站起身来，脸上显出悻悻的样子，想离开这里。

朱佳富忙放开杨老太爷枯瘦的手，笑眯眯转身说：“宝瑜，我有许多话要与你说，莫走！”

杨老太爷也劝止：“宝瑜，坐下，坐下！”

杨宝瑜无可奈何地又坐下。

侍女送上烟茶。朱佳富在杨老太爷和杨宝瑜之间的椅子上坐下。他见杨宝瑜的神态，晓得她一定将小报上登载的新闻对杨老太爷说了。他只好硬着头皮装作不知，思想上已作好了准备，顶多受杨老太爷一顿训斥。他早想好了为自己辩护的话，只要随机应付，想来是不会酿成大变的。

杨老太爷做了一个手势："佳富，你坐得靠近我一些，我要与你好生谈谈！"

朱佳富将椅子朝杨老太爷搬近了一些。他见杨老太爷脸上没有特殊的表情，猜不透他心中如何想！他怀着惴惴不安的心情，强作镇定，只顾抽烟。

他见杨老太爷在打量他，半晌也没出声。朱佳富晓得杨老太爷久经风霜，是一个城府极深的人，以前曾亲口对他透过风，准备将杨家的企业交给他去经营管理，这是朱佳富梦寐以求的事，他有了杨家的企业，自己就有了坚实的基础，便可以改变目前寄人篱下、为他人作嫁衣裳的处境，就像长了翅膀，可以作一个名副其实的实业家了。但是时至今天，杨老太爷好像忘记了一样，再没提及此事，朱佳富晓得杨老太爷早已在留意观察考核他，自己绝不能露出半点性急的样子，在杨老太爷面前需要处处小心，尽量让他看到自己的长处，否则便会让即将到口的美食跑掉。唉，在这节骨眼上，偏惹出了舞场风波……

杨老太爷越沉默不语，越令朱佳富忐忑不安。他晓得目前由自己先开口解释舞厅里的事对自己不利，会越被动。他内心虽然紧张，但极力装出平静的样子，抽烟喝茶，还不时打破沉闷，向杨老太爷说一些得体的家常话。

杨老太爷双眼时睁时闭，只是含糊地微微点点头，口里发出"唔唔"的声音，表示回答。

杨宝瑜低垂着头，朱佳富看不清她脸上的表情。

终于，杨老太爷睁开双眼，开了腔，声音严峻而郑重："佳富，你现在如此荒唐，不要忘记你是一个基督徒！做人的道理你应该懂得，难道还要我来教训你！"

朱佳富假装不明白，故作惊讶地说："阿爸，我不明白你的意思，我……"他显出无辜和委屈的样子住了口。

"你真不明白?!"杨老太爷从没当面用这种口气与朱佳富说过话，"宝瑜，你讲讲，让我来评评理！"

杨宝瑜抬起头来吃惊地望着杨老太爷——她与朱佳富结婚到现在，即使在自己亲人面前也从没说过朱佳富一句坏话；现在要她来诉说朱佳富的错处，一时还不习惯，转不过这个急弯。

她嘴唇嗫嚅了一会儿，一句话也没说出，最后垂下头只是用手绢拭泪。

朱佳富见杨宝瑜难过的样子，他有些不安起来，想到杨宝瑜平时对自己柔情蜜意，不觉有些感动。他暗自懊悔，惹出这次舞场风波，是自己失于检点，难怪杨宝瑜如此气恼——因为爱情是自私的，没有一个女人甘愿与别人分享爱情。朱佳富顿时忘记了自己睡沙发的事，要不是杨老太爷在场，他立即便会走过去，求她宽恕，抚慰她一番。

杨老太爷没有再要杨宝瑜自己说，他沉着脸说："听说你去舞厅捧舞女，报纸当成丑闻登了出来，唵，这成何体统?!"

朱佳富见杨老太爷已点明，他"哦"了一声，装出才明白的样子，说："阿爸，有家小报确实登载过这样的事。但事实并非如此，当时有陆祖福先生在场，他在生活上是极方正古板的人，不信，你可以问他。"

杨老太爷鼻子里冷冷"哼"了一声。

朱佳富停顿了一下，说："阿爸，我们确实去跳过舞，但并不是报上登出的那个样。这……这是黄玉庵在事业上较量不过我们，他用钱收买了一个小报记者，造谣中伤，妄图……"

朱佳富接着将那天晚上在舞厅的情况向杨老太爷作了一番叙述，也是说给杨宝瑜听的。当然，朱佳富隐瞒了一些并不光彩的细节。

杨老太爷故作严厉的姿态，是平息杨宝瑜的怨气；听朱佳富说得尽情尽理，口气立刻缓和了："啊，原来如此!"

杨老太爷马上转对杨宝瑜说："孩子，实业界的斗争十分复杂，那些办小报的人专靠拨弄是非，维持生计。他们造谣中伤，散播流言蜚语，种种手段无奇不有。你倘若轻信小报上的话，岂不自寻烦恼？影响夫妻多年的恩爱感情，更不合算!"

杨宝瑜终于被逼出一句话来："阿爸，朱佳富现在练就了一副诡辩的才干，对他的话也不能轻信!"

朱佳富一听这话，不禁显出黯然神伤的样子，语音沉痛："阿爸，想不到连妻子也如此不相信我，我朱佳富纵掏出心肝别人也不会相信，悠悠苍天，你太不公平……"他的声音哽咽住了，眼镜片后的一对眼睛居然泪花滚动。

杨宝瑜想不到朱佳富竟会如此沉痛，她的心肠顿时软了几分，垂下头用手绢拭泪。她心中暗想："上帝啊！也许我对他太过分了!"她反而不知所措，有些惶惑不安。

朱佳富偷觑着杨宝瑜的神态，见她已被自己的声容所动，开始软化，于是掏出一张报纸递到杨宝瑜手中："宝瑜，我在事业上遇到挑战，我多么希望你能理解我啊！你看，这是最近的报纸，他们已作了更正，真相已经大白。你不用生气，只怪我忙于事业，对你关心太少！”

杨宝瑜已听惯了朱佳富的这类抱歉话，并不动容，相反，她感到厌恶，她没有看报纸，将它撂到一边去了。

“拿来让我看看！”

杨老太爷掏出老花眼镜戴上，从朱佳富手中接过报纸，看得十分仔细。

“好！”杨老太爷放下报纸抬起头来，伸出大拇指称赞，“反击迅速，这才是实业家的气魄！”

朱佳富听杨老太爷大声称赞，他脸上的阴霾一扫而尽，不觉喜形于色，竟得意忘形地说：“阿爸，我真正的反击还在后面呢！”

他衔着一支香烟，徘徊了几步，然后站在杨老太爷面前说：“我已掌握住黄玉庵一件见不得人的隐私……”

朱佳富蓦地想到这些话会使杨宝瑜反感，马上把话忍了回去。

杨老太爷没有深问朱佳富究竟掌握了黄玉庵什么隐私，他立刻表示赞许：“对，以其人之道反治其人之身。一个实业家应该有这样的胆略！”

杨老太爷仿佛猜透了杨宝瑜的心意，向她解释说：“孩子，这些事你永远也不能理解。弱肉强食，生存竞争，是不择手段的；倘若悲天悯人，讲仁慈、宽恕，那么，一定会被人吃掉！这是一场极其残酷的游戏啊！”

朱佳富原以为杨老太爷定会站在杨宝瑜一边令他难堪，见他处处帮自己说话，真想上前拥抱这个枯瘦老头：“阿爸，你多好啊！”

杨老太爷沉默了一会儿，凝视了朱佳富片刻，脸上露出庄重的神态：“我老了，精力不支，也想过几天清静的日子。”他的声音确实显得中气不足。

他轻轻咳了几声：“佳富，我已对你作了多年的观察，早已改变了我最初对你的看法。你经过这些年来的磨炼，没有了酸腐的书生气习，已具备了一个实业家的气质，办事有胆略，有魄力，懂得办实业的一些诀窍。我想……”

朱佳富眼巴巴望着杨老太爷，已猜测到他将要说的话，但杨老太爷说到节骨眼上又沉吟起来。他心中焦急，但表面装得十分平静。

杨宝瑜心上的天平早偏向杨宝生一侧，杨老太爷要将杨家的产业交给朱佳富去经营管理，她一直不表赞同。她与朱佳富相处多年，晓得将来杨宝生继承父亲的遗产会落空。但朱佳富毕竟是她的丈夫，她的心情一直十分矛盾复杂。她这时吃惊地抬起头望着杨老太爷。

杨老太爷暴发了一阵咳嗽，朱佳富慌忙上前给他轻轻捶背："阿爸，你太累，应该休息了。"

杨老太爷果真点了点头："好，我真感到乏了，我回卧房歇息一会儿，有些话改天再说！"

朱佳富一听，心中暗自懊悔，眼看杨老太爷要明确说出他早已盼望的话，他不该说那句巴结客气话，让这事又拖下去了。但懊悔已经无益，他见杨老太爷已经颤巍巍站起身来，就上前扶住他说："阿爸，我送你回卧室去！"

杨老太爷挥了挥手："不用，你陪宝瑜谈谈！"

朱佳富扶他走了几步，便由一个侍女接着扶了进去。

杨宝瑜目送着杨老太爷走出门，她也站起身来准备离开。

"宝瑜！"

朱佳富这一声含满深情的呼唤，杨宝瑜犹豫不定了。

"请你坐一会儿，等我说几句肺腑里的话，你再走，好不好！"朱佳富表情十分诚恳。

杨宝瑜只好勉强坐下，冷冰冰地说："请说吧！"

朱佳富不安地走动了几步，停留在杨宝瑜身边，一手扶在她坐的椅背上："宝瑜，你近几年对我有误解，我确实对你关心不够，一个人精力有限，我专心致力于事业，自然……唉，你要谅解我啊！"

杨宝瑜的嘴唇动了动，但她并没有说话。

朱佳富接着几乎声泪俱下地说："宝瑜，想当年我与你冷泉边上邂逅，我乃一清贫的书生，承你青睐，助我留学英伦，并不畏压力，毅然与我结成夫妻，离开天堂般的杭州，千里迢迢跟我到了边陲的四川，我有今日，实属你所赐。知遇之恩，贫贱之交，我片刻也没忘却，我岂能忘恩背义有负于你！我一心想振兴实业，搞出一番大事业，于国于家皆有利，绝不会对你有二心。但愿你能消除误解，我俩白头偕老，成千古佳话！"

杨宝瑜有些动容，愠怒的表情消失了。她觉得朱佳富有一股令人难于摆脱的魅力，说他的话是假，好像又是真；说他的话是真，好像又是假。这真真假假令她矛盾痛苦，心情复杂难言。

刚才朱佳富这番话，仿佛情真意切，句句击中在她极易感动的心坎上，引起她对于往事的无限依恋。她面部表情急剧变化，最后撇了撇嘴，仍然沉默不语。

朱佳富见他的话已收到了预想的效力，晓得这次倘若不使出更大的力气，改变点方法，很难让杨宝瑜回嗔作喜。他这时蓦地想到自己目前不仅要使出力气，对付事业上的强敌，此外，还要绞尽心思，安抚妻子，搞不好有受内外夹击的危险。他自问在生活上一向并不荒唐，而杨宝瑜却常闹别扭，分散他不少精力，心中的一股怨气，油然而生，觉得自己仿佛孤立无援，深受委屈，他真的动了感情，几颗眼泪从眼眶里滚出来，长长一声叹息："唉，皇天昭昭，我心可鉴，宝瑜……"

杨宝瑜听朱佳富这一声含着沉痛哭音的呼喊，心头不由一震，惶惑不安地惊看着他。

朱佳富顺势拉过她的手，柔情地抚摸着："宝瑜，上帝可以做证，只要你一句话，我可以抛弃一切，跟你回到杭州去教书度日。啊！杭州那碧蓝的湖水，微波荡漾；低垂的柳丝轻拂水面……啊，那冷泉清清的淙淙流水，闪射着月儿的清辉，真是诗一般的境界！"

杨宝瑜忘了抽回自己的手，听任他抚摸着，她的目光变得柔和了。一会儿，她迷惘地摇摇头说："不可能。你是在编织一个幻梦！"

朱佳富并不辩解，继续用他那富于表现力的语言和神情说："宝瑜，等陆先生在加拿大办完事务回国后，我先陪你回杭州去旧地重游。我想，一别十多年，我们以前亲手栽种在冷泉边上的那棵丹桂树，一定长得枝叶繁茂，令游人玩赏，称羡不已了！"

杨宝瑜忘神地脱口而出："听人说，冷泉已面目全非，抗战八年，已被日本人糟蹋得不成样子；那棵丹桂树恐怕早已不存在了！"

朱佳富另一只手搭在杨宝瑜的肩上："那棵丹桂树不存在不要紧，我们可以重新栽上一棵嘛！"

杨宝瑜轻轻叹口气："说实话，自抗战胜利以后，我多么想回杭州去看看啊！"

朱佳富将杨宝瑜双手合在一起紧捏着："一言为定，等陆先生回国后，我们马上坐飞机去，坐轮船实在太慢！"

杨宝瑜脸上有了笑容："你真不食言！"

朱佳富正色说："不信，我可以发誓！"

杨宝瑜不知不觉被朱佳富软化了。她激动地搂住朱佳富的腰，将脸偎近他的腹部："佳富，那太好了！"

朱佳富低下头在杨宝瑜发上轻轻一吻："宝瑜，你看江边上那棵黄桷树多美！走，我们出去走走，站在那棵树下观赏江景，好吗？"

杨宝瑜松开手，往朱佳富手背上轻轻一击："厚脸皮！"

他俩紧挨着走出了书房，走出了杨公馆，缓步往那棵黄桷树走去。

朱佳富站在黄桷树下，轻揽着杨宝瑜的腰肢，这时他才暗暗松口气，脸上掠过一丝得意的微笑。

他脸上的微笑瞬间消失了，想到春燕的事如何向杨宝瑜说清楚，不觉皱了皱眉。

杨宝瑜没留意朱佳富的表情变化，她依偎着他，正望着一艘顺流而下的轮船出神。

第十三章

一

由于舞场新闻引起的风波在朱佳富家中暂时平息了，一切恢复了正常，他再也不用担心会在客厅睡沙发。关于春燕的事情，朱佳富决定拖下再说，他不愿再在家中引起一场危机，因为目前他要集中精力处理公司的事务，要一步步实现他野心勃勃的计划。

一天下午，朱佳富处理完公司的事务，准备早点回桂花园家中。

他走出公司大门，正要钻进小轿车，一个人从街边走上前来，向他招呼："哈啰！米司脱朱，你好！"

朱佳富收住脚，抬头一望，眉尖一蹙，但很快便舒展开，现出笑脸："啊！丁博士，你好！"

这位冒充留英博士的小报主笔丁宫保，穿一身白哔叽西装，脚上穿一双新近在陪都流行的古巴火箭皮鞋。花格衬衫打着一条花里胡哨的丝领带，高高跷起的飞机头，油光蓬松；没有戴礼帽，手上拄着一根自得来手杖[1]，戴着一副茶晶平光眼镜。人没走拢，一阵雪花膏的香气，早向朱佳富袭来。

朱佳富十分厌恶丁宫保那副轻佻的小白脸相，但他晓得对这种人还是不得罪为妙，并且有时还可以派点用场。他向丁宫保迎了一步，握住他的手，装出热情的样子："丁博士，你往哪里去？"

丁宫保立刻眉飞色舞地攀谈起来："米司脱朱，我丁某人够朋友，更正启事按时登出，这笔交易你一点儿没吃亏！"

朱佳富被丁宫保敲了一笔竹杠，这时听他如此说，真有些哭笑不得，神态极不自然；他怔了一下，勉强周旋说："我也没亏待你啊！"

丁宫保没有马上离开的意思，摸出一只美国制自动烟盒，一揿按钮，从烟盒小圆孔中冒出一支香烟："米司脱朱，请抽烟！"

朱佳富迟疑了一下，只好伸手接住，丁宫保自己也叼上一支，只听"啪"的一声响，烟盒一端的打火机冒出绿莹莹的火苗。他给朱佳富点上烟，然后才自己点燃，撮着嘴唇喷了一口烟雾，说："米司脱朱，我们不打不成相识，以后倘有用

1　一种藏有暗剑的手杖。

得着我丁某处，一定为你效劳!”

朱佳富心中不由一动，蓦地想到要对黄玉庵进行报复的事，这段时间事务太忙，把这事拖延下来，面前站着的丁宫保，不是正可以利用吗?!

朱佳富顿时改变了马上回家的初意，主动向丁宫保邀请：“丁博士，我请你去咖啡馆坐坐，好吗?”

丁宫保做了一个夸张的表情，活像一个忙人，抬起手腕看了看表，显出为难的表情说：“哎，不巧得很，我正有一个约会，张笃伦市长正在等着接见我，说他有重要新闻发布!”

朱佳富差点忍不住笑出声，见他分明是拿架子，对他感到厌恶，淡淡一笑：“丁博士，既然你如此忙，那就改天奉请吧!”

朱佳富一口一个丁博士，本含有讥讽揶揄的味道，但丁宫保却得意非凡，他想摆摆架子。不料朱佳富说完，已回身要钻进小轿车，他才慌了手脚：“米司脱朱，且慢!”

朱佳富回头望着他：“丁博士还有啥话?”

丁宫保装出踌躇的样子，说：“既然米司脱朱诚意相邀，这点面子我是要给的。你稍待片刻，待我给张市长的秘书打个电话，只好改期再去采访!”

朱佳富见他表演得十分低劣笨拙，言谈举动都俗不可耐，只好隐忍住，含笑说：“丁博士，那，我就在这里恭候!”

“好的，好的!”丁宫保举起右手扬了扬。他大摇大摆要走进民成公司大门去打电话，却被门房阻住：“你会哪一个?”

丁宫保态度十分傲慢，指了指站在小轿车旁的朱佳富：“我是朱先生的挚友，他等着我去咖啡馆取乐。我要打个电话……”

朱佳富听他如此说，心中暗感恼火，但只好隐忍住，不便发作。

门房果见朱佳富站在小轿车边像在等待，马上堆满笑：“请！门房内有电话!”

丁宫保走进门房内，假意拨通了电话，对着话筒说：“哈啰，是市长秘书吗?我是××报的主笔丁博士，请你转告市长，我今天太忙，实在抽不出时间去采访他……不行，不行，我今天实在太忙……OK……Goodbye!”

丁宫保大声阔气，不仅朱佳富在外听得很清，连过路的行人也停住脚步，好奇地向里探视。

一会儿，丁宫保趾高气扬地走出来了，他拍了拍朱佳富的肩，连米司脱的称谓也免去了："老朱，张市长的秘书在电话中与我说了许多好话，要我不要改期，我没有答允。你看，我够朋友吗？"

丁宫保神气十足，装模作样地大声说话，早惊动了公司里的人，几个职员从大门边伸出头来看稀奇，惊讶的目光向他们投过来，显然，都为朱先生竟与这种人交往感到迷惑。

朱佳富差点改变主意不再邀他去咖啡馆，正当他迟疑之间，丁宫保不等招呼，大模大样钻进了小轿车后座，伸出头来向朱佳富招手："老朱，快上！"

事已至此，朱佳富只好钻进小轿车与丁宫保并肩坐在一起。他神情淡漠，并没与丁宫保搭话。

丁宫保毫不留意朱佳富的神态，俨然以主人的口吻向司机吩咐："喂，到香港咖啡厅！"

朱佳富一惊，他晓得这香港咖啡厅是陪都一处极下流的娱乐场所，凡上层社会的正派绅士是很少涉足的。朱佳富从没去过，听人说那里不仅有庸俗的歌女唱淫秽低级的黄色艳曲，还有无数吉普女郎陪着美国兵在那里逗笑寻欢。上次他去凯乐舞厅造成很坏的影响，现在去香港咖啡厅这极下流的地方，不仅有失体面，万一……

朱佳富偏过头去："丁先生，香港咖啡厅太吵，换一个地方……"

不等朱佳富说完，丁宫保又拍了拍他的肩，打断了他的话："老朱，香港咖啡厅也设有极清静的雅座，你跟我去包你满意。嘿嘿，那里漂亮风骚的妹儿多得很，我都认识。她们给我送了一个雅号叫'风流天子'。我的笔名叫'脂粉排长'，嘿嘿，我的情妇不止一排了，我将来要改名叫脂粉连长，还要当军长呢！"

朱佳富听他越说越不像话，他重说了一遍："还是改一个地方吧！"

"不，不！"丁宫保固执地说，"别处我不去。老朱，是不是心疼钱！不要紧，有我，白吃白玩都行，这些妹儿谁不巴结我？我写文章在报上一捧，她就上天；一贬，她就下地。"

朱佳富还是有些犹豫，丁宫保又吩咐司机："快开，去香港咖啡厅！"

朱佳富只是耸耸肩。司机见朱佳富并没再说，以为他同意了，于是将车发动，向香港咖啡厅驶去。

二

小轿车在香港咖啡厅门口停住，丁宫保先下车。

朱佳富仍在犹豫，丁宫保催促说：“老朱，你进香港咖啡厅看看；不行，我们再换地方也不迟！”

朱佳富被他硬拉下车，天还没黑，他站在门口便可看见咖啡厅里亮着五颜六色的炫目灯光，单这一点便与心心餐厅大不一样。他听丁宫保如此说，心里也活了，心想，姑且进去看看再说。

朱佳富跟在丁宫保的身后，步入用彩色玻璃珠子串成门帘的大门，茶房远远便跑过来，堆着笑招呼：“丁博士光临，欢迎，欢迎！”

连坐在酒柜后的老板也迎上来寒暄：“丁博士，好几天不见，茶房，快安个上好的座位。”

他俩被茶房安在正对乐队平台的一张桌前，茶房不等吩咐，立刻送上两杯热腾腾的咖啡和几碟冠生园做的西点。

平台上的乐队正奏着乐曲。朱佳富一听便晓得是一个十分蹩脚的乐队，发音不准确，也不协调，怪声怪气的。

一个穿得花里胡哨，涂着浓脂艳粉的女人站在台上唱歌，眼波流动，立刻向丁宫保飞来一个媚眼，撅着屁股，扭着腰肢，边唱边做出放荡的动作。她的声音有些嘶哑，说不上珠圆玉润：

幺妹十七八，
风骚又轻佻，
有学她不上，
偏把吉普女郎当，
OK，哈啰！
…………

这个女人唱到这里，不断向邻座的几个美国兵递着飞吻。几个美国兵立刻怪声大叫：“好！顶好！Very good！”夹杂着刚学会的中国话，站起身手舞足蹈地送着一个个飞吻……

丁宫保乐得哈哈地笑起来，得意地对朱佳富说："老朱，这个女人叫赛周旋，陪都新出现的歌坛新星，了不起的天才。她唱的这首歌是我写的歌词，目前在陪都风行一时，几乎人人会唱！"

"哦！"朱佳富嘴角露出一丝嘲讽的笑意，"丁先生写出这样的歌词实在是非凡的天才，古今罕有！"

丁宫保毫不觉察朱佳富的话含有讽刺，乐得飘飘然："朱先生过奖了，古今罕有说不上。不是我丁某吹牛，陪都诗坛上像我这样的佼佼者，确实数不出几个！"

朱佳富忍住笑，点了点头。

一群奇装艳服，袒背露胸，体态妖娆的女人在顾客身边卖弄风情，一阵阵荡笑到处飘飞，相互打情骂俏，轻佻露骨地挑逗；乱哄哄一片嘈杂声，有时连歌声也被湮没了。

几个美国兵左拥右抱着年轻的吉普女郎，口里叽里呱啦，发出放纵的淫邪笑声。

一个个打扮得十分标致的女侍者，像几只彩蝶在桌间穿梭飘浮。

酒气、烟气混合着廉价脂粉和香水的香气弥漫在空间，将空气污染得异常浑浊，令人感到窒息。

果真，丁宫保认识的女人不少。他们桌边立刻飞拢来一群女人，不断向丁宫保献殷勤，和他笑闹。

有的叫："哈啰，丁博士来了！要不要与我杵个香！"

有的喊："丁诗人光临，别光照看赛周旋，也帮我编首歌唱唱！"

媚眼、猩红的嘴唇、高挺的胸脯……像走马灯似的围着丁官保转。

丁宫保扬扬自得，毫无顾忌地捏这个的脸蛋，摸那个的屁股……真是恶形怪状。

朱佳富有些坐不住了。他顾忌太多，万一在这里碰见熟人，叫他脸面往哪儿搁？这里找不出一个像小蝴蝶那种姿色的女人，不过他是第一次到这种地方来，好奇心也驱使着他：既来之则安之，看一会儿再说。所以他没有提出马上走。

丁宫保见朱佳富在一旁受冷落，他指着朱佳富向那些女人说："财神爷驾到，你们哪个不理睬他？"

这些女人早好奇地在打量丁宫保身边坐着的朱佳富，觉得他穿着齐整讲究，但他目不斜视，挺胸坐得十分规矩，一脸古板正经相，毫不理会搭白，仿佛没看见她们是一群惹人喜欢的漂亮女人。她们听丁宫保如此说，不禁相互贴着耳朵说着悄悄话，发出哧哧的笑声。到这种场合来的男人，哪有猫儿不吃荤的？显然把他当成了宝气[1]在讪笑。

丁宫保见他的话并没引起她们的看重，于是正色说："你们笑啥！他真是财神爷。我说出来，你们要吓一跳！"

朱佳富的神态骤然紧张起来，他不断向丁宫保递眼色，叫他不要说出来。但是丁宫保哪里理会这些！他提高了声音说："这位先生就是民成公司的主任秘书，目前代总经理职务，是航运大王陆祖福先生的得力干将，大名鼎鼎的朱佳富先生。"

这些女人的见识比小蝴蝶差得很远，说到民成公司她们是个个知晓的，提到陆祖福她们也晓得，但对朱佳富这个名字却很陌生。她们间或接待过民成公司的处长、科长之类的人物，已经把这些人当成了不起的财神爷，经丁宫保这一介绍，这些女人不禁肃然起敬，讥笑声顿时止住，惊奇艳羡的目光一齐投到朱佳富身上。她们从吃惊中醒悟过来，纷纷向他讨好，个个搔首弄姿向他做着各种媚态。朱佳富被花团锦簇般的女人包围住，耳朵里充塞满莺声燕语，令他感到眼花缭乱，不晓得如何应付好，陡地现出一副可笑的窘态。

朱佳富正在惶惑之间，蓦地看见炫目的镁光灯一闪，他马上吓得改变了颜色，站起身来，看是谁人在向他拍照。

原来是邻座一个美国兵举着照相机在给一位吉普女郎拍照，镜头并没对准他。

虽是一场虚惊，但朱佳富头脑清醒过来了。他没有坐下，对丁宫保说："丁先生，这里实在太吵闹，我们改天另约地点叙谈吧！"

丁宫保见朱佳富要走，哪里肯放过，忙说："朱先生嫌这里吵闹，换一个地方好了，何必改天再叙谈！嘿嘿……"

朱佳富没有直接回答丁宫保。他叫来茶房，递给他几张钞票："不要找零，余下作小费！"

"谢谢朱先生！"茶房堆笑说。

朱佳富分开围绕在他身边的几个女人走了出来。"朱先生，不要走！"

1　四川话，迂腐傻气，近似上海人称十三点，二百五。

朱佳富站在香港咖啡厅门口，寻找公司的小轿车，丁宫保追了出来，大声喊叫。

公司的小轿车开过来，停在他们的身边。

“朱先生，这里正戏还没上场，好玩的在后头，你不要走……”

朱佳富摇了摇头。

丁宫保马上改变了主意：“朱先生，你既然嫌这里吵闹不便叙谈，好，我们上楼去，楼上是旅馆部，我们开个房间好好谈一谈！”

朱佳富犹豫了一下，勉强点头同意：“好吧！”

他见丁宫保紧缠不放，晓得对这种人是请鬼容易送鬼难，今夜借势办妥反击黄玉庵的事情也好！

朱佳富上前两步向小轿车里的司机低声吩咐了几句，小轿车开走了。

丁宫保是熟门熟道，他走在前头将朱佳富领上了楼。

果然楼上比较清静。丁宫保向迎上前来的旅馆经理招呼说：“冷经理，这位是民成公司的主任秘书、代总经理、留英的经济学硕士，孔二小姐的挚友……”

丁宫保啰里啰唆将朱佳富的头衔介绍了一大串，然后才说：“朱佳富先生是我的密友，留英时的同学……”

那位冷经理蓄着小八字胡，穿着一件长衫，他对丁宫保这种人已司空见惯，所以并不惊奇，国字脸上看不出有啥特异的表情。亏他有耐心，听完了丁宫保的介绍，他才向朱佳富弯腰致意：“久仰，久仰！”

朱佳富接触到冷经理惊诧的目光，仿佛对他与丁宫保在一起混有些不解。丁宫保真是信口开河胡吹，朱佳富比他年长，怎么成了留英的同学？朱佳富不悦地望着丁宫保。

丁宫保向冷经理说：“我与朱先生有事相商，给我安排一套上好的房间！”

冷经理不再与丁宫保多说，喊来了一个茶房，将他们领到临江的一间房里。

这间房很大，没有套间，也没有卫生间，显然这旅馆是临时改建的，设备并不十分舒适；但房内的布置十分精致，一套西式家具也颇考究，从敞开的窗口可以眺望奔腾的长江。这时，暮色浓黑，山城亮起万家灯火，倒映在江水上，密密麻麻，在波涛中闪烁跳跃。江风阵阵吹来，令人精神一爽。

丁宫保向茶房吩咐了几句。一会儿，茶房便送上来咖啡和西点，原来这旅馆和楼下的咖啡厅是一家，要这些东西是极方便的。

茶房没有马上离去，笑望着丁宫保问："丁先生，你们点哪两位小姐来陪伴！"

朱佳富一惊，本来在上海叫"玻璃杯"陪伴是极时髦也极平常的事，这本与从前叫妓女出局没有本质的区别；不同的是，"玻璃杯"一般只是陪伴客人闲聊并不卖身，也不许客人动手动脚，只是文质彬彬地像朋友似的交谈。只有当两人熟识了，才可以轧姘头，当然客人是要付钱的。其实"玻璃杯"不过是变相的妓女，披着一层二十世纪中期文明的罩衣而已。在重庆碰"玻璃杯"，是抗战胜利后刚引进的海派风气，还不十分流行。

朱佳富在抗战胜利后曾去过上海，由董绍孙带领，也去碰过"玻璃杯"。"玻璃杯"大都谈吐文雅，气度落落大方，吴侬软语像银铃般十分悦耳；他认为倒也别开生面，不伤大雅。但是朱佳富刚才在楼下已领教过那些女人，个个粗俗不堪，姿色也极平庸，妖冶放荡，没有一点儿风雅的气度。朱佳富眼界甚高，要他与这些女人鬼混，他还缺乏这样的勇气。何况目前倘使不检点，再闹出事来，那就太麻烦了。朱佳富不待丁宫保开口，抢先说："不用，不用。我与丁先生有要紧事需要单独谈谈！"

丁宫保却乜视着朱佳富，用不乐意的口气说："谈事怕啥！边玩边谈。"

他不等朱佳富同意，吩咐茶房说："叫琼妮女士和兰娜小姐！"

茶房客气地弯腰说："是，丁先生！"退出房去了。

丁宫保向朱佳富吹嘘说："刚才那位唱歌的赛周旋，她的芳名叫琼妮，是我给她取的英文名字。她原是傍电杆的玩家[1]，我发现她天生一副好嗓子，就送她去歌舞班学会唱歌，经我写文章一捧，成了香港咖啡厅的红歌星！"

传来了敲门声，丁宫保起身走到门边："请进！"

门推开了，像一个彩色绒球般的女人跨进门，扑到丁宫保的身上，踮着脚搂着他的脖子"啧"地亲了一口，娇声说："小丁，你这几天……"

丁宫保怕琼妮会说一些他不愿朱佳富听到的话，便推了她一把，后退了一步："嘘！有贵客在这里！来，我给你介绍一下。"

他伸出右手捏住琼妮左手的几个指头，转身迈着舞蹈似的步伐，走到朱佳富面前才放开手："米司脱朱，这是陪都超级红歌星琼妮女士。"

1　四川话，低等妓女、上海叫野鸡。

他接着介绍朱佳富："这是民成公司的主任秘书……我最好最好的密友！"

琼妮女士用歌星谢幕时的优美动作，一手牵起长裙下摆，露出长及腿根的丝光长袜，向朱佳富一弯腰，咧开阔大的红嘴唇一笑，露出门齿上一颗金灿灿的镶牙："谢谢朱先生赏光！"接着又弯了弯腰，"请朱先生以后多捧场！"

她紧挨丁宫保并排坐在双人沙发上，抿着嘴望着朱佳富笑。

朱佳富见琼妮脸上抹上一层厚厚的粉，描的细眉下，一对双眼皮眼睛转动十分灵活，长长的翘曲的假睫毛分外夸张，高高的胸脯是一对毫不颤动的假乳，涂着颇不高明的黑眼圈像一对宽边眼镜框。朱佳富略微挪动了一下身体，一只手扶在沙发臂上，神情有些不自然。

丁宫保叫的兰娜小姐也来了。他给朱佳富介绍过后，便叫兰娜紧挨着朱佳富坐在沙发上。

这位兰娜不像琼妮那样矮胖，体态苗条而瘦弱，胸部平平的，还是一位尚未充分发育成熟的少女。丁宫保照旧介绍说："这是我的密友……"之后，兰娜秀声秀气说了一声："朱先生好！"她便局促不安地低下头，两手不住捻弄自己低垂到肩上的绺绺卷发。

丁宫保只对兰娜的情况作了简单的介绍："这位兰娜小姐是现代的林黛玉，总是那么腼腆害羞，多愁善感，时时垂泪。哈哈，我猜想朱先生一定喜欢含蓄点的女性，高兴咏缠绵悱恻的调调儿，所以我给你点了她，你是会称心的。"

他说到这里伸手摸了一把琼妮的脸蛋："我可喜欢热烈、奔放、香艳、肉感的女性，我的小宝贝……"他搂住琼妮的颈项与她"啧"地亲了个嘴。

琼妮撮着嘴唇在丁宫保脸颊上杵了一下，留下一个唇膏印，借势滚到丁宫保怀中抚摸着他的下巴，撒娇说："小丁丁，你说介绍我到唱片公司去灌片，为啥不兑现……"

"我的小宝贝，你不性急，有我为你捧场，还怕成不了大歌星……"

丁宫保边说边揽住琼妮，肆意调情。

朱佳富很不习惯，他从未见过这种放荡下流的场景，只是端坐不动。他几次想与丁宫保谈正经事，但丁宫保一心在琼妮身上，仿佛房内除他与琼妮外，已没有任何人存在。

兰娜见朱佳富不像丁宫保那样恣意调笑，她几次靠近朱佳富想紧偎着他，但朱佳富毫不理会，甚至挪动了一下身子想避开她。她以为朱佳富不喜欢她，胆怯地不敢再偎过去，望着朱佳富发愣！

朱佳富只好端起杯子喝咖啡，喝了一口便皱了皱眉放下。这咖啡不单质量低劣有股怪味，并且煮熬也不得法，很难下咽。

刚才异常清静的楼上，渐渐热闹喧嚣起来，陪都娱乐场所的夜生活慢慢趋向高潮。

隔壁房里的胡琴声“杀鸡杀鸭”，异常刺耳，一个女人的尖嗓子和着琴声在唱京戏……

另一侧的房间内不知在干啥，不时碰得墙壁咚咚响……

不知哪间房里在搓麻将，窸窸哗哗的搓牌声还夹杂着一群男女的嬉笑声……

朱佳富点上一支香烟，无聊地瞥了身侧的兰娜一眼。兰娜忙向他装出极不自然的笑脸，可怜巴巴地望着朱佳富，显出不安的表情。

朱佳富并不理会兰娜的表情，他转望着香烟头袅袅上升的青烟出神沉思。

丁宫保正与琼妮搞得火热，蓦地凑近琼妮耳边说了几句悄悄话。

琼妮咯咯笑着，一拳轻轻击在丁宫保的胸上，娇嗔地说：“小丁丁坏死了！”

朱佳富听不清丁宫保向琼妮说些啥，但见琼妮从丁宫保怀里挣起来站在沙发边，边斜乜着丁宫保媚笑，边理着被搞乱的头发和揉皱的衣衫。

丁宫保站起身说：“朱先生，我们在这里你不能自在地与兰娜玩乐，我陪琼妮去另开一个房间，歇息一会儿再来！”

不等朱佳富回答，他搂着琼妮的腰走了。

丁宫保走后，房间内只剩下他与兰娜。他仍沉默着，不断抽烟。朱佳富迟疑不定，考虑是不是还留在这里等丁宫保来谈事！

“先生，你不喜欢我吗？”兰娜焦灼不安地偷觑了朱佳富一阵，见他仍对自己十分冷落，嘴唇动了几次，终于鼓起勇气怯生生地向朱佳富搭白。

兰娜没有听见朱佳富的回答，露齿一笑，笑得十分凄婉：“先生，我会令你高兴的。我会唱歌，我也会跳舞，你要我哪个服侍你都要得！”

朱佳富冷冷地回答了一句：“对不起，我没有这样的兴致！”

兰娜眼里蓦地闪动着泪光：“我今天挣不到两万块钱，我家中……”她扑上前拦腰抱住朱佳富，将脸贴在他的脸上。

朱佳富闻嗅到一股劣等香水的气味，兰娜贴在他脸上的脸蛋热乎乎的。他感到手足失措，生怕这时有人撞进，特别是像丁宫保这样的小报记者，那就会……

吃一堑，长一智，经过那场舞厅风波，他不得不谨慎。

朱佳富不再犹豫，他决定不再等待丁宫保。他轻轻推开兰娜，高声叫着：“茶房，茶房!”

兰娜以为是朱佳富因她不会服侍奉承生了气，是叫茶房来赶她走的。

兰娜畏怯得浑身发抖，结结巴巴地说：“先……生，你……做个好事……我……”

她眼里露出惊恐的目光望着朱佳富。

朱佳富仍高声叫着：“茶房，茶房……”

兰娜木然地坐在那里，目光变得呆滞，显出绝望的表情。

茶房推门进来问：“先生，啥事?”

“算账!”

茶房惊诧地看看朱佳富，又看看兰娜，也错以为是兰娜得罪了客人，忙赔笑说：“先生，兰娜下水不久，不会服侍客人，请你多包涵。先生倘若不喜欢兰娜，我给你换一个，包你满意!”

“算账!”朱佳富仍然这样说。

“是，先生。”茶房答应一声走了。

一会儿，茶房送上账单。

朱佳富摸出皮夹取出钞票送到茶房手中付了账，吩咐说：“你对丁先生说，我有急事不能在这里久候，改天再与他叙谈!”

朱佳富走了两步，兰娜蓦地跳起身追上拉住他的衣袖哀求说：“先生，你不要走，我会讨你喜欢的，我今天不能挣到两万块钱……”

这里哪是啥咖啡厅、旅馆？分明是下等妓院，要朱佳富放下架子在这里寻欢作乐，他即使不怕社会舆论，也没这大的勇气！他觉得有失身份。

两万块钱还不够去蓉村吃一顿像样的川菜，而兰娜却如此看重。朱佳富不愿与兰娜多纠缠，他又取出一沓钞票塞到兰娜手中。

兰娜意想不到朱佳富会给她这么多钱，她望着手中印着蒋中正像的钞票怔住了。她瘦瘦的双手在发颤，半晌才吐出一句话：“多谢先生！……”

朱佳富走到街上，他循着街边走了几步，寻找公司的小轿车。他走到一家大百货公司门口，听到一个女人银铃般清脆的声音在叫他：“朱先生，朱先生……”

朱佳富一惊，他看见街边停着一辆吉普车，一个打扮时髦的漂亮女人站在车边向他招手。

朱佳富眼睛一亮，脸上顿时现出了笑容，几步迎上前去：“孙小姐，你好！”原来这女人是小蝴蝶。

小蝴蝶主动伸出指甲上涂着紫红蔻丹的手让朱佳富握了握。她张开小巧的嘴唇说：“朱先生，多时不见，我真惦记着你呢！”

为了这个女人，朱佳富不久前才吃了苦头，但小蝴蝶有一种说不出的魅力吸引着他；他犹豫了一下，站住和她攀谈起来，解释说：“孙小姐，我公司事务太忙，所以没再去舞厅……”

小蝴蝶乌黑的眼珠灵活地一转动，望着朱佳富莞尔一笑，嘴边露出两个小酒窝：“朱先生，我晓得，是小丁丁敲了你的竹杠杠，所以你不敢再来舞厅，是不是？”

朱佳富望着小蝴蝶那张标致的面孔：“没有这样的事，孙小姐不要听信谣传。”

小蝴蝶从她开得很低的鸡心领尖摸出一张花绸手绢捂嘴一笑：“朱先生，你尽管来，小丁丁再敢胡作非为，我定不饶他，一定为朱先生出气！”

朱佳富觉得小蝴蝶每一个动作都十分妩媚，他实在舍不得走开，问：“孙小姐在这里等谁？”

“等孙处长呐！”小蝴蝶指了指吉普车，“这是他的车。”

“哪个孙处长？”朱佳富问。

“喃喃，警备司令部稽查处的处长——你都不晓得？”

朱佳富暗吃一惊。他晓得这位孙处长叫孙大胜，原是戴笠的人，目前十分巴结毛人凤，是特字号的大人物。

朱佳富不愿撩惹这种特字号人物，怕又为小蝴蝶招来一场不愉快，于是他一扬手：“孙小姐，再见！”

小蝴蝶抿嘴一笑：“想不到朱先生也怕他！”

朱佳富的神情有些尴尬，他正想辩护几句，小蝴蝶没再留他：“朱先生，有空请到我家中来玩！”

“好的，好的！”朱佳富以为小蝴蝶不过顺口一句应酬话，也没问她家住哪里，点了点头，回身便走。

“慢！”小蝴蝶蓦地将朱佳富叫住，她从小皮包里掏出一张名片递到朱佳富手中，“朱先生，这上面有我住的地址，有空一定请来玩！”

朱佳富接过名片，郑重地放进西服上装小口袋里，笑容满面地说："孙小姐，我一定去拜访，再见!"

朱佳富走了十多步，找到了公司的小轿车，他上车前忍不住朝小蝴蝶望去，只见小蝴蝶也在笑眯眯地望着他，并向他扬手，重说一句："朱先生一定请来玩!"

"好的，好的!"朱佳富也扬手回答。

小轿车开动了。朱佳富坐在车里，眼前还浮现着小蝴蝶那迷人而甜蜜的笑容。

他摸了摸衣袋里的硬纸片，心里想："嘿，这女人真逗人喜爱!"

三

小蝴蝶见朱佳富上车走了，还望着小轿车消失的方向出神。

"啊，我的宝贝，你在看啥？看得如此出神!"

小蝴蝶一惊，她见是孙处长来了。

"让我久等！你到哪里去了?"小蝴蝶不悦地说。

孙大胜一张圆脸，穿着一套美军丝光卡其的便衣，大约四十多岁，腮帮上有一道浅浅的刀痕，颜色显得分外红一些。胡子刮得光光的，样子十分神气。

"上车!"孙大胜头一偏，对小蝴蝶说，"我送你上舞厅!"

小蝴蝶上了车，坐在司机座旁，问孙大胜："你呢?"

孙大胜没有带司机，由他亲自驾驶车子。他在司机座上坐好，按了一下喇叭，才回答小蝴蝶："送你到跳舞厅，我要去参加一个重要会议!"

"嗯，不嘛，要你陪我到舞厅玩!"小蝴蝶撒娇说。

孙大胜伸手拧了一把小蝴蝶的脸蛋："宝贝，等舞厅散场，我派车来接你!"

小蝴蝶没再说啥！对于这个孙处长，她并不喜欢，只是畏于他的权势，不得不敷衍他。

孙大胜将小蝴蝶送到凯乐舞厅。他没有下车，望着小蝴蝶走进舞厅后，才将车开走。

孙大胜将车开到枣子岚垭紧挨漱庐的一家公馆门前停下。这里已经停了一长串小轿车和吉普车，显然他已经迟到了。

孙大胜跳下吉普车，整了整军便服的领带，将圆盘军帽重新戴得周周正正——因为今天这次会议非比一般，像他这样的上校官儿只能是起码货，本来轮不上他这种级别的军官参加。因为他是复兴社的旧干家，自戴笠因飞机失事摔死后，他巴结上保密局的新头脑毛人凤，常陪毛人凤的老婆云中燕打麻将，所以也邀请了他。

今天这次会议便是由云中燕主持召开的。

——云中燕是她的外号，她本姓向，名叫影心，是军统局的老牌女特务，原是戴笠手下的得意女干将。她是一位带点神秘色彩的传奇人物，由于她会化妆和善于修饰，许多年过去了，从外表看去，仍不见老相，谁也说不准她的确切年龄！

她长得并不漂亮，一对单眼皮眼睛，加上一只微塌的鼻梁，一张大嘴巴却有一口整齐的好牙。经过化妆和修饰，细长的眉毛下一对眼睛能勾人魂魄；涂上唇膏，大嘴巴变成了娇艳欲滴的樱桃小口。精心梳理的发式，将一张马脸掩遮得恰到好处，成了一张动人的瓜子脸。

云中燕吸引人的地方还不在此，经过长期锻炼，她有令人一见便产生好感的风度：华而不丽，对人温柔而善解人意；落落大方，态度不卑不亢，谈吐文雅有致；感情有时十分奔放热烈，令人感到有一股豪气。

还是抗战前在南京发生的一件事：于右任极看不惯戴笠一伙人的专横跋扈，时常在蒋介石面前说复兴社的坏话。戴笠不动声色，派出了云中燕在一些于右任参加的场合露面。这位于胡子童心不死，不久便对云中燕入了迷，不仅给云中燕写去了求爱信，还背着人，当面向云中燕吐露他的相思之苦。云中燕施展她高超的伎俩，对于右任若即若离，好像有情又似无情，让于右任可望而不可即，弄得他失魂落魄、茶饭无心、坐卧难安。恰在这时，云中燕蓦地在公共场合销声匿迹，去得无影无踪。于右任正在惆怅之际，却收到了一个大信封，是戴笠寄给他的，大信封内装着于右任写给云中燕的全部信件。戴笠还附上一张便条说："云中燕是复兴社的干部，想不到于老先生平时对复兴社的同志那么反感，偏偏会爱上复兴社的女人……"

于右任好比挨了当头一棒，心头涌起了酸甜苦辣各种滋味，自认晦气，吃了一个哑巴亏。从此他深知复兴社这伙人惹不得，再不敢在蒋介石面前说他们的坏话。

抗战中，云中燕到北方迷上了汉奸殷汝耕，嫁给他当了小老婆，为军统局立了一大功。有个文人写了一个剧本叫《野玫瑰》，为云中燕捧场，后来又被改编成《天字第一号》搬上银幕。因此，云中燕顿时身价百倍，被毛人凤看中，娶她做了老婆。

紧挨漱庐的这家公馆，原是戴笠当年藏娇的艳窟，现在成了云中燕在重庆的栖息之处。

孙大胜走进公馆的侧门，守门的警卫认识他，没有查验他的证件，便放了他进去。

他穿过一个小花园，到了一幢一楼一底的小洋房前。他走进小洋楼，看见楼下客厅已坐满了人，这些人他大都认识，官衔都比他高。

会议还没有开始，云中燕还在楼上没下来。孙大胜取下军帽，小心翼翼地找了一个僻静的角落坐下来，把军帽放在沙发面前的茶几上。从一端看过去，每人面前茶几上放的军帽正好在一条线上，摆得十分整齐。

孙大胜刚坐下，他身边一个穿长衫的中年人点头向他招呼，声音很轻："老孙，你啷个这时才来?"

孙大胜偏头细看，原来他身边坐着的是西南行辕督察处的科长牟玉佛。他与牟玉佛是时常在牌桌上见面的。他低声向牟玉佛说了几句，接着递了一支香烟过去，"啪"地扭燃了打火机，给牟玉佛点上烟。

客厅里灯火辉煌，到处烟雾缭绕，谁都没有大声说话，笼罩着一种肃穆的气氛。

牟玉佛喷了一口烟，望着孙大胜的面孔不住笑。

孙大胜见他笑得有点蹊跷，问："老牟，笑啥?"

牟玉佛指了指他的脸颊，讥笑说："老孙，你到哪里去幽会来?"

孙大胜一脸正经说："莫涮坛子，我从办公室来的。"

牟玉佛忍不住笑出声："老孙，用镜子照照，你脸颊上还留着明证呢!"

孙大胜果真掏出一面小圆镜照了照，他吓了一跳，见自己脸颊上留下了一团唇膏的印迹。他十分尴尬地干笑了两声，忙掏出手绢对着镜子毛毛糙糙地将印迹揩拭干净。他收起圆镜，将舌头一伸："老牟，你要不关照我一声，一会儿让毛夫人看见了，那就成了笑话，说不定要受一顿训斥!"

牟玉佛淡淡一笑，没有再与孙大胜搭讪。

一会儿，听到一阵楼梯响，大家以为是云中燕下楼来了。熟识云中燕的人都晓得她的厉害，连毛人凤也畏她三分；客厅内顿时鸦雀无声，一个个坐得十分端正。

一个穿美式军便服的年轻女人首先走进客厅，腰皮带上两侧各挂一支左轮手枪，银盘似的面孔上有一对机警的眼睛，犀利的目光往全场一扫……

牟玉佛邻座一位不认识云中燕的军官，向身边坐着的人用惊异的声调说：“啊，毛夫人好年轻！”

“不是毛夫人，这是毛夫人的贴身警卫姚兰小姐，外号人称‘一点红’！”

“啊……”这人沉默了。

这姚兰是由云中燕从小培养训练成的女特工，不仅机警异常，还能双手使枪，有弹不虚发的硬功夫。她面貌长得十分秀气，善解人意，但心毒手狠，是一个杀人不眨眼的魔鬼，故此有些人背后送了一个“一点红”的外号给她，即开枪见血的意思。

姚兰一手按着一支左轮枪的枪把，刚在门边站好，随后进来一个穿阴丹士林布旗袍的女人，看相貌不过十七八岁，文雅秀丽，举止大方，彬彬有礼，很像大学一年级的女学生，显出很有教养的样子。

孙大胜认识这女人，她是云中燕的秘书玛丽女士。她与姚兰一文一武，是时刻不离云中燕左右的心腹。根据经验，他晓得只要玛丽一出现，云中燕就真的来了。他向刚才那位不认识云中燕的军官瞥了一眼，带点卖弄的意味说：“玛丽女士是夫人的影子，看，夫人来了！”

果真，玛丽轻轻喊了一声：“夫人驾到！”云中燕陪同一个美国军官威尔逊上校缓步走进了客厅。

客厅内坐着的人一齐站了起来，目光都投向云中燕，行了一个注目礼。

云中燕今天没有打胭脂、涂唇膏，穿一件毛葛旗袍，平底布鞋，朴素得像一个家庭主妇，只是精心画过眉，将一双眼睛衬托得格外妩媚。

云中燕与威尔逊上校并排走到当中特意空下的一张长沙发前，她客气地先请威尔逊坐下，然后目光向全场一扫视，温和地一笑，双手做了一个动作：“请坐下！”

云中燕耳垂吊着的钻石耳坠不住晃动，发出耀眼的光华，令人目眩。

她矜持地轻提旗袍下裾，离威尔逊一定距离坐下，随意地跷起二郎腿，一只脚上穿的平底鞋高高跷起，鞋尖上绣的一朵野玫瑰，人人都可以看清。

姚兰与玛丽照例在她身后坐下。

云中燕笑容满面介绍说：“这位是美国司令部的威尔逊上校，他长期在海军陆战队服役，是我们最诚挚的朋友梅乐斯将军的得力部下。威尔逊上校在重庆出生，十二岁才回到美国去受教育，也是我们可以信赖的朋友……”

许多人对威尔逊感到陌生，听说他是梅乐斯的部下，当然也是做情报工作的特工头子。云中燕如此郑重其事地介绍，大家不觉肃然起敬；不等云中燕介绍完，客厅内顿时响起了一阵热烈的掌声。

威尔逊矜持地挥手向大家致意，等掌声停息，他缓缓站起身来，两手抄在裤袋里，昂首阔步，在客厅中间徘徊起来。大家的目光望着他的身影在转动。

威尔逊站住，先说了几句英语，不等玛丽翻译，他已改用中国话说起来，说得十分流利，带着明显的重庆腔：“朋友们，我是重庆出生的娃儿，我的父亲许多年前便到重庆来传教，父母都老死在重庆，他们的尸骨还安葬在曾家岩的万国公墓里。根据美国的法律，我是当然的中国公民。我是以朋友的身份，还以一个中国公民的身份，参加美军陆战队，到了远东帮助中国抗击日本法西斯主义。日本法西斯投降了，我们同盟国胜利了！”

威尔逊坐回沙发上，摸出一支烟斗，划燃一支火柴点燃，吧吧地吸了几口，徐徐喷着烟雾。

他脸上的笑容收敛了，棕色的眉毛皱了皱，目光蓦地变得十分阴沉，说：“我们的任务还没有完成，共产党要实现共产主义，我们自由世界面临着共产党的威胁。贵国的共产党不要和平，他们挑动内战，要搞阶级斗争，马歇尔将军尽了最大努力调停……”

威尔逊一耸肩一摊手：“白费力气！”

“我们还要帮助贵国打共产党，现在各地已发起了对共产党解放区的进攻，不久，我们定将消灭他们！”威尔逊说到这里停顿了一下，他吧了吧烟斗，烟斗里的烟丝已经熄灭，他将烟斗重重地往茶几上一搁，发出“咔”的一声响，又站起身来环视了大家的面孔，“你们都是贵国的栋梁，反共前哨的英雄！梅乐斯将军虽然走了，但美国不会离开中国，我们还将继续合作反对共产党，军统局也好，保密局也好，都是反共的尖兵！”

威尔逊回头向云中燕笑笑：“夫人，你说是吗！”

云中燕叼着一支象牙短烟嘴，烟嘴上刚点燃一支香烟一亮一闪，袅袅冒着青烟。她没有回答，只是有礼貌地微微一笑。

“是的，夫人已赞同我的话！”威尔逊又面对大家说，“可是，你们这些反共尖兵近来在打瞌睡……”

威尔逊十分傲慢地扬头望着室顶上的浮雕，仿佛在细心观赏这些艺术品。由于亮着的枝形装饰灯的强光刺激，他微眯着眼……

客厅内这时格外肃静，由于威尔逊刚才最后一句话带有训斥的意味，大家神情有些紧张，面面相觑，最后都把目光投到云中燕的身上，看她有啥反应。云中燕默默抽着香烟，依然含笑望着威尔逊。

“是的，周恩来走了，跟着国府移居到南京去了，但是共产党并没有走，他们不仅有公开的机构：中共重庆办事处，公开的报纸：《新华日报》；而且他们还有许多看不见的地下组织在活动！”威尔逊平视大家说。

威尔逊的语气越来越激烈：“重庆近来反美情绪越来越强烈，示威呀，请愿呀，要我们美军撤出中国去！岂有此理，这是我国政府绝对不能容忍的！中国是礼仪之邦，也违反贵国的传统道德！其他如学生罢课，工人罢工，时有所闻，什么反内战，反饥饿，争民主，争自由……闹得真欢。”

威尔逊冷冷一笑：“这些说明什么？说明共产党的地下组织十分活跃，他们在煽动学潮、工潮。而你们这些反共尖兵在干什么？你们抓到多少共产党员？破获过多少个共产党的地下组织？”

威尔逊恶狠狠一挥手：“你们这些党国的柱石，在我看统统成了饭桶！有负已故戴笠将军的栽培，有负梅乐斯将军的期望！”

威尔逊气鼓鼓地坐回沙发上，拿起茶几上的烟斗磕得咚咚响。

云中燕脸上的微笑收敛了。威尔逊这番话不仅是对在座的保密局骨干训斥，分明还隐隐伤着毛人凤。

云中燕脸上悻悻的表情瞬间便消失了。她款款站起身，含着深沉的笑意：“威尔逊先生，不用生气，喝口茶润润喉，歇息一下再发火！”

威尔逊一怔，他已感到云中燕对他的话不满：“谢夫人！”

他真端起茶几上的红茶喝了一口，蓦地“嘿嘿”笑了几声：“像我们的夫人，她曾为党国立下过不朽的功绩，一直令我钦佩；毛人凤先生也是一位超群的特工领袖，梅乐斯将军不止一次对我夸过他。只要我们中美真诚合作，一定可以找出共党地下组织，将他们一网打尽！”

威尔逊这些话带有明显讨好云中燕的意思，客厅内的气氛才陡地缓和了。

云中燕坐回原位，望着威尔逊，只见他正微微晃着二郎腿。

威尔逊有点神经质地蓦地站起，急速徘徊了几步，步子慢慢舒缓下来：“我是美国军人，也是在重庆出生的当地中国公民，我既熟悉美国，也熟知中国……”

威尔逊边走边说，陡地站住，停顿了一下：“前几天，重庆大学有位留美的教授对我说，美国兵军纪太糟，中国人民很反感。所谓军纪太糟，不外是美国兵远离家乡，而东方女人实在长得美，惹得他们行为浪漫一点而已。在美国来说，男女关系平常得很，在一起玩乐一番，各走各的路，好比在一起打一场高尔夫球一样简单，体现了人权和自由的精神。可是中国人太封建，把贞操看得比生命还贵重，这早已不合世界的潮流，应该改变。我们美国军队在贵国多住一些时间，贵国人民会习以为常，多见不怪，也会模仿我们美国这种高度文明的行为……”

威尔逊这番即兴演说，连在座的许多军官都接受不了，不断皱眉。要不是云中燕打断他的话，威尔逊还会滔滔不绝地说下去。

云中燕站起身来：“威尔逊先生，许多名媛淑女早在漱庐等待，为了欢迎威尔逊先生代表美国与我们合作，一场盛大的舞会正在恭候阁下光临！”

“OK。这太好了。谢谢夫人！”威尔逊眉开眼笑，照例用几句英语结束了他的演说。

云中燕见威尔逊坐下了，她也跟着坐下，提起旗袍下裾仍跷着二郎腿。

“夫人，请你谈谈！”威尔逊文质彬彬地偏头面对云中燕说。

云中燕一笑，笑得那么温柔、甜蜜，谁见了也不敢相信她就是许多人谈起便会色变的杀人女魔。

云中燕的话十分简洁，她轻言细语仿佛在与家人谈心：“毛先生委托我与威尔逊先生进行合作，将梅乐斯将军创建的事业推向一个新的高度；保密局将以反共辉煌的战绩而永垂史册。我们都是复兴社的老同志。让戴笠将军在天的英灵为我们而感到骄傲，人人要无愧于反共尖兵的光荣称号……”

云中燕最后用英语结束：“中美友谊万岁！向梅乐斯将军致敬！”

威尔逊首先鼓掌，接着客厅内响起了一阵掌声。

云中燕站起身：“威尔逊先生，请！”

云中燕与威尔逊先退出客厅，其他人才鱼贯而出。

孙大胜事先不晓得有舞会，他边走边想：倘若今晚能将小蝴蝶带来伴舞，那该有多好！

牟玉佛边走边打哈欠，对于跳舞，他却没有孙大胜那样的兴致！

第十四章

一

朱佳富在香港咖啡厅楼上的旅馆部与丁宫保不辞而别，第二天，丁宫保就迫不及待地到民成公司找朱佳富来了。

朱佳富坐在总经理室内，从茶房手中接过名片，略微沉吟一下，吩咐说：“将丁先生安排在会客室，请他稍候！”

朱佳富晓得对丁宫保这种人不能显得过分热心，否则他不晓得自己的骨头有多重，会变得轻狂起来。

一会儿，茶房前来催促：“朱先生，那位丁先生说他忙得很，要你马上去见他！”

朱佳富微微一笑，说：“我这时也很忙。你对他说，倘若丁先生没时间等待，请他改天再来！”

等茶房走后，朱佳富从椅子上站起身来，口里衔着一支香烟，在室内悠闲地踱起方步。

没有多久，茶房又回来了：“朱先生，那位丁先生不肯走，说有急事要见你！”

朱佳富站住，慢吞吞地回答：“那，就叫他耐心地等一会儿！”

茶房答应一声，转身刚走了一步，朱佳富唤住他：“慢！”

茶房转身惊望朱佳富。

朱佳富片刻才说：“你对他热情点，常去添开水，递香烟，他还要催请，你不用再来通报，只说我忙得很。唵，我一小时以后再去见他！”

他见茶房还站在那里等他继续吩咐，于是一挥手：“去吧！”

朱佳富硬是过了一小时才步出总经理室。他穿过一道回廊，刚走到会客室门口，便看见丁宫保焦急地在门口探望。

丁宫保看见了朱佳富，顿时喜出望外：“哎，朱先生，你累我好等！”

朱佳富神情冷淡，口里“唔”了一声。他对丁宫保伸过来的手视而不见，继续往会客室里走。

朱佳富不冷不热地说：“丁先生，请坐！”

丁宫保坐下，装腔作势地整整领带，掸掸衣袖：“朱先生，昨天为啥不告而别?”

朱佳富“哦”了一声：“丁先生很忙，我掌管这么大一个企业，上自叙府，下至上海，几千里长江的营运要靠我指挥，还有新开辟的南洋航线也要我运筹，当然会比丁先生更忙一些，还望丁先生谅解！”

“哪里，哪里！朱先生太客气了。”丁宫保的气焰比昨天低多了，他欠身含笑说。

朱佳富一抬手：“丁先生，请茶！”

丁宫保端起茶喝了一口，他暗暗观察朱佳富的神态，见朱佳富半晌不出声，显出心不在焉的样子。他今天来不像上次，坐了半晌冷板凳，朱佳富才来见他，他琢磨朱佳富的表情不冷不热，与昨天比起来已判若两人，不晓得是真忙，还是故意冷淡他。

上次在朱佳富这里敲的钱，哪经得起他那么花销，早已囊空如洗。昨天朱佳富说有要事与他商谈，他喜在心间，晓得一定有财喜将到手。殊不知，他因被琼妮迷住，没等朱佳富提说正经事，就把朱佳富撇在一边，自和琼妮另开房间玩乐去了。朱佳富不告而别，虽然留下足够的钱付账，不用他掏一文腰包，但眼见上门的生意跑掉，他不胜懊悔，所以今天亲自上门请见！

丁宫保见朱佳富好像忘了似的，半晌没提商谈的事！他想主动询问，又怕被朱佳富看出他性急俯就，不易搞到好价钱。两人沉默相持了一会儿，气氛搞得很僵，还是丁宫保耐不住，先打破沉默：“朱先生，香港咖啡厅那位兰娜小姐有许多艳闻；我讲与你听，包你认为十分有趣……”

不等丁宫保说完，朱佳富露出为难的样子，站起身来，打断了他的话：“丁先生，我实在忙得很，改天再陪你闲谈！”

丁宫保以为朱佳富要走，连忙伸出手像要抓住朱佳富似的：“朱先生，你慢走，我有话与你说！”

朱佳富显出无可奈何的神态坐下：“好，丁先生，请说！”他不动声色地便反客为主，取得了主动。

丁宫保只好嗫嚅地提及：“朱先生，你昨天不是说有要事与我商议吗？只要用得着我丁某的地方，你尽管说，我定为你效劳！”

朱佳富故作惊讶状：“哎，我昨天说过这句话？……”他假意思索片刻：“啊，对了，我说过！”

丁宫保急不可待地问：“那，请朱先生快说，要商谈啥事？”

朱佳富平淡地说：“我听到一点儿谣言，想向丁先生请教。你是新闻界灵通人士，我想丁先生一定也听到一点儿风声!”

丁宫保不觉忘形自吹起来：“朱先生算是找对了。我在陪都新闻界有个绰号叫‘万事晓’！凡陪都社会上的真传或谣言，我没有不晓得的。”

朱佳富见丁宫保那张因雪花膏搽得太厚显得白腻的面孔上，露出一副自傲的表情，他不禁暗暗好笑。

丁宫保见朱佳富抽着香烟含笑望着他，半晌没说话，又催促说：“朱先生，请问!”

朱佳富说：“陪都有谣传，说黄玉庵先生家中有个叫素萍的丫头，黄先生一时发兴奸污了她，后来他又将素萍赶出了黄公馆。素萍被赶出黄公馆后，却为黄玉庵生了一个儿子……”

丁宫保一时眼睛泛亮，像猎狗嗅到了猎物一样的兴奋，他边听边点头：“是的，是的，有这样的谣传……”

朱佳富蓦地刹住：“丁先生，既然你晓得这谣传，那么我就不多说了，请问是真是假?”

丁宫保哪是事先知道？他在瞎充万事晓。不管真有这谣传，还是朱佳富放出的流言蜚语，都是好生意上门来了。他正听得十分专注，极力不将自己的欢喜露上眉端，但朱佳富却不说下去了，他暗感失望，说：“朱先生，你说下去，看你听到的东西是不是走了样?”

朱佳富点点头：“好吧，让我说完也好!”

朱佳富继续说：“……黄玉庵不认自己的亲生儿子，反累素萍去坐了几天牢……”

丁宫保不敢再插嘴，生怕打断了朱佳富的话。

朱佳富最后说：“有人说得有眉有眼的，连素萍现在的住址也说得清清楚楚!”

“朱先生，你快说，素萍现在的住址在哪儿?”丁宫保慌忙摸出笔记本，忍不住急声问。

朱佳富故意说：“待我查一查!”

他摸出记事本来翻了一阵，陡地一合，轻轻淡淡地说：“十八梯正街……”

丁宫保将地址一点儿不漏地记下来。

朱佳富问：“丁先生，你看，我听到的谣言是不是走了样?”

“这个嘛……”丁宫保偏着头故作思索，“我晓得的与朱先生所说的大同小异，不过我晓得的更详细！我看这谣言不大可信，没有多大新闻价值!”

丁宫保捡好笔记本，神情装出淡漠的样子。

朱佳富望着丁宫保笑而不语。

“不过，不过……”丁宫保觑着朱佳富说，“不过这谣传倘若朱先生要用它来报复黄玉庵，我丁某可以考虑为你效劳！”

朱佳富摇头正色说：“丁先生，有句俗话说，冤家宜解不宜结，我丝毫没有报复黄玉庵先生的意思。相反，既然丁先生认为是不大可信的谣传，凭你丁先生在陪都新闻界的影响，我看你最好为黄先生解释几句，不要让这些流言蜚语到处泛滥！”

丁宫保原以为朱佳富与他谈的目的是想利用他报复黄玉庵，他从中可以领到一笔可观的报酬。听了朱佳富的解释后，他显出失望的样子，半晌才有气无力地说：“朱先生宽宏大量，真是君子风度！”

朱佳富站起身来：“丁先生，我实在太忙，改天有空再闲扯！”

丁宫保只好站起身来：“朱先生，今天告辞了。”

朱佳富把丁宫保送到公司门口：“丁先生，慢走！”

丁宫保因朱佳富表示不愿报复黄玉庵，他没从中得到好处虽感失望，但他心中已有了主意。朱佳富说的谣传对他绝不会毫无用处，目前，他必须尽快去十八梯正街找到那个素萍，何愁不发一笔意外的财喜。他向朱佳富一扬手：“Goodbye！”

朱佳富眼见丁宫保匆匆而去，他镜片后的眼睛眨了眨，望着丁宫保远去的背影，嘴角露出一丝深沉的冷笑。

二

丁宫保岂能放过朱佳富为他提供的线索，不用费事，他很快便找到了素萍，亲见了她给黄玉庵生的儿子，把事情的来龙去脉搞了个清楚……

当黄玉庵在卧室内正与新娶的夫人潘俐英谈家常，门房递了一张名片在他手中，他边看名片边皱眉头。

“哪个？”潘俐英靠在沙发臂上伸过头去看。名片上印着：

留英剑桥大学文学博士

××报主笔

潘俐英不以为奇，淡淡地说：“原来是位留英的学者！”

黄玉庵也不愿与这种人招惹，上次利用他整朱佳富，完全出于不得已。

他鼻里哼了一声，轻蔑地说：“他是个狗屁学者，是一个不学无术的无赖和骗子！”

潘俐英是潘上由的嫡亲妹妹，见过大世面，她听黄玉庵如此说，不禁睁着一对眼睛，瞄着黄玉庵惊讶地问：“那，你为啥还与这种人往来？”

黄玉庵只是“唔”了一声，他当然不便将他利用丁宫保诋毁朱佳富的事告诉她。

——上次丁宫保得了朱佳富的钱，在报上登了更正启事，这种不守信义、两头敲竹杠的行径令黄玉庵十分恼火，但也无可奈何！

现在丁宫保倏地找上门，估计不会有好事。黄玉庵将名片往旁一搁，显出厌恶的表情：“叫他走。就说我正陪客，没空见他！”

他接着补了一句：“这位姓丁的以后上门，你不用通报，推说我不在家就行了。”

黄玉庵握住潘俐英的手没说几句话，门房又转来了：“大少爷，这位丁先生不肯走，他说事关黄先生的名誉，非同小可，一定要面见黄先生，关照一声！”

潘俐英起了疑心，她望着黄玉庵说：“玉庵，既然事关你的名誉，那非同小可。你累了，好好歇息一会儿，让我替你代见！”

黄玉庵虽不晓得丁宫保要谈什么事，但他在外的荒唐事确实太多，他不觉一惊，忙制止说：“哎，俐英，这种人难缠，你何必屈尊去见他！这丁宫保不过是一家野鸡报纸的主笔，一天无事生非，靠讹诈过日子，他如此说，不过要我见他，哪会真有什么大事？”

黄玉庵立刻转对门房说：“叫他在外客厅坐候，我一会儿便去！”

潘俐英也觉得自己去亲见这个陌生人有些出格，不去为好。

黄玉庵不慌不忙又同潘俐英说了一阵闲话，才脱下拖鞋，换上潘俐英递给他的皮鞋，说：“俐英，让我去把这个姓丁的打发走，回头来我还有许多知心话给你说！”他轻轻将潘俐英的手捏了一下。

潘俐英见黄玉庵神态从容，不像心中有冷病的样子，便不再疑惑了。

“玉庵，快去快回，我等着你！”潘俐英目光闪着柔情地望着黄玉庵说。他们新婚不久，真有点寸步难离的样子。

黄玉庵点点头：“好，我一会儿就来！”

他走出卧室，穿过走廊，走到门房隔壁的外客厅。

丁宫保见黄玉庵跨进客厅，一改往昔谄媚的神态，仍大模大样地坐在太师椅上，抽着香烟，只淡漠地向黄玉庵一点头，表示招呼。

黄玉庵强忍住自己对丁宫保的厌恶，随便在一张太师椅上坐下：“丁先生有何贵干？我忙得很！”

他免除了客套话，开门见山，语气生硬。

丁宫保对黄玉庵的淡漠并不介意，见黄玉庵没向他敬烟，于是自己掏出一只银烟盒来，慢吞吞地取出一支香烟在茶几上顿了顿，然后接上原先燃着的烟蒂，衔在嘴上，含笑不语。

黄玉庵有些不耐烦地说：“丁先生，我忙得很，要是没啥事，改天再闲坐吧！”

丁宫保仍然不慌不忙，用幺指上的长指甲挖着鼻孔里的鼻屎，口里向外吐着一个个烟圈，半晌才大模大样地说：“黄先生，不用性急，你忙——我也不闲！”

黄玉庵见丁宫保露出一副阴阳怪气的模样，他面孔顿时一沉：“丁先生，我要失陪了！”

黄玉庵刚站起身，丁宫保上前按住他的双肩：“黄先生，莫性急，请坐下，等我把话说了再走——不多，只几句！”

黄玉庵只好坐下，冷冷地说：“快，我洗耳恭听！”

丁宫保从身上摸出一张写满了小字的稿纸，欠身递到黄玉庵手中：“请黄先生过目——这是我从同行那里见到，偷偷取来关照黄先生一声。看，我多够交情！”

黄玉庵见丁宫保今天态度反常，不像往日那样巴结奉承，显得十分傲慢，仿佛成竹在胸，有恃无恐，他已预感到丁宫保来意不善。但他认为区区一个丁宫保没啥了不起，勉强接过稿纸，低头瞥了一眼。稿纸上的蝇头小字写得十分潦草。他的眼镜盒又没带在身边，于是皱了皱眉，轻蔑地撂还丁宫保：“请丁先生代为念一念！”

丁宫保衔的香烟头上一段长长的烟灰掉在自己的胸襟上，他掸了掸灰，又细心吹个干净，将烟蒂放在烟灰缸上，这才装腔作势双手捧着稿纸低念道：

本报讯　有素萍者，家住本市十八梯正街，原系黄玉庵公馆侍婢，有幼子黑狗，现年五岁……

……

不等丁宫保念完，黄玉庵脸上的颜色顿改，额上冷汗涔涔。这篇新闻将素萍的遭遇说得十分详尽，连他街头不认子，致使素萍蒙冤坐牢这类隐私也不疏漏……

丁宫保念完后，故意郑重其事地将稿纸折叠好放回身上，用手掌压了压。他站起身咳了一声，从衣架上取下呢博士帽："我丁宫保言而有信！黄先生，不再打扰你，告辞了！"

黄玉庵明知是丁宫保在捣鬼，晓得这事要真在小报上张扬开，那，关系非小！他刚与潘俐英结婚不久，潘家也是重庆市的头面人物，要是潘家变脸，他不仅会名誉扫地，对他目前的事业也会十分不利。

黄玉庵只好强忍住对丁宫保的厌恶，装出笑脸赔笑说："请丁宫保先生留步，好好商量嘛！"

丁宫保看看手表，露出为难的样子说："黄先生，我还有一个重要约会——再说，这稿子是我从同行一个朋友处偷偷拿来的，马上要尽快还回去；要是迟了，他发稿时找不到，叫我如何去见朋友?"

丁宫保嘴里虽然这么说，但他已将取下的博士帽放回原处，仍坐回原位，望着黄玉庵微笑。

黄玉庵连声叫茶房，吩咐给丁宫保重新泡上一杯名贵的白毛茶，还亲手奉上一支菲利普香烟到丁宫保手中。

黄玉庵见丁宫保已坐定，故意装出平淡的语气说："这篇新闻纯属造谣诬蔑；要是真登出来，我要向法院起诉！"

丁宫保蓦地站起身，冷笑一声："黄先生，这新闻是真是假我没去调查，不过看在我俩的交情上，特地来向你关照一声。既然黄先生无此事，要向法院起诉……这是你的事，我尽了朋友的情谊，告辞了！"

黄玉庵晓得这分明是丁宫保前来敲竹杠，连素萍的住址也弄得一清二楚，不知他是从哪里跟踪得到线索？这令黄玉庵惊疑不安，捉摸不定。

看来不花钱是不行的——黄玉庵实在厌恶与丁宫保多纠缠，于是开门见山地问："丁先生，你要多少钱？请痛快说吧！"

因为这话说得太赤裸，丁宫保的脸上不禁泛红，但这只是瞬间的事，他随即跷着大拇指，笑逐颜开地说："痛快，黄先生真落教！"

丁宫保拍了拍胸："我丁某也是落教的，都来个直来直去，痛快点说。黄先生，我帮你代为了结此事，你出两千万元，如何？"

虽然目前法币贬值，但这两千万元也不是小数目，黄玉庵听后不禁大吃一惊："要这么多！不行。"

他盯着丁宫保，脸上露出怒气。

丁宫保的口气却很松动："黄先生，你是生意人，岂不闻'漫天叫价，就地还钱'嘛！"

黄玉庵犹豫了一下，忍疼说："给五百万元！"

"黄先生，添点！"丁宫保笑扯扯地说。

……

黄玉庵最后添到一千万元，丁宫保露出勉强的神态说："好吧，要现金支票，不收本票[1]！"

黄玉庵很快就将现金支票签给丁宫保，他想尽快结束这场不愉快的会见。

丁宫保收过支票，将那稿纸递给黄玉庵："银货两讫不误！"

"黄先生，这事包在我的身上，以后有啥差错，你打我丁博士的耳光！"

丁宫保见黄玉庵早站起身来做出送客的姿态，只好起身告辞："黄先生，以后还望你多照看！"

黄玉庵含糊应了一声："唔！"

丁宫保走到门口，又转过身来："黄先生，实话对你说，这篇新闻的线索是朱佳富先生提供的，你赶快将素萍母子妥善转移安置。要不，朱佳富先生还会做手脚，那，我就管不着了！"

"哎……"黄玉庵如梦初醒，他这时才知是朱佳富用同样的办法报复他。

"黄先生，Goodbye！"

丁宫保转身像女人走路般扭着屁股走了。

黄玉庵望着丁宫保背影消失后，如痴如呆，他蓦地一顿足，咬牙切齿，自言

---

1 银行和钱庄出的一种钱票，供结算用，兑现要贴水打折扣。

自语说：“朱佳富，朱佳富，走着瞧吧……”

黄玉庵阴沉地一声冷笑。

三

黄小芸正要走出黄公馆，迎面看见黄玉庵站在那里，脸上露出阴沉的冷笑，不禁吓了一跳，她忙往一丛夹竹桃后躲闪。幸好黄玉庵并没看见她，匆匆从她眼前走过回住房去了。

黄小芸一伸舌头，待看不见黄玉庵的影子才从夹竹桃后走了出来。

她坐渡船过了江，在过街楼坐上黄家自备的小轿车——自从她在清华中学毕业后，没考上名牌大学，后来考进了美专。她虽没绘画的天才，但从小也爱画猫画狗，进这样的学校，她也觉十分满意；何况美专的课程不多，比较自由，不像其他大学那样学习紧张。

黄小芸轻轻对司机说了一声：“去美专！”

司机是常送黄小芸上学的，他立即驾车飞驶。车到胜利碑附近时，险些撞着了一个埋头想穿过街心的人。

“嘎”的一声，司机来了一个急刹车，车头刚要碰上那人的腿部时便停住了。

黄小芸随着急刹车上身往前一冲，额部碰在前座的软靠背上，虽没伤着哪里，也着实吓了一跳。

司机从车窗伸出头骂道：“你龟儿没长眼，要找死去投长江。”

那人是一个青年，穿着一件新制的蓝卡其中山服。他也被惊呆了，惶惑地站在车前不知所措！

黄小芸这时已看清那人是谁，也伸出头去惊喜地叫：“何大名，是你！”

何大名见车中坐着的是他在清华中学时的同班同学，顿时面红筋涨，神情十分尴尬。

司机见黄小芸认识这个人，才缩回头来，止住了谩骂。

何大名向黄小芸一点头，转身想急速走开。

黄小芸见何大名要走开，她推开车门下车追了两步：“何大名，何大名……”

何大名只好站住，冷冷看着这个穿着银灰派力司旗袍的妙龄少女，勉强点头招呼：“黄小姐，你好！”

黄小芸兴奋地一把拉住何大名的手臂："大名同学，今天真巧，遇见你我十分高兴！"

这时，一辆小轿车响着喇叭开过来，在街心不便多站，黄小芸回头对司机说："你将车开到五四路，在那里等着我！"

不等小轿车开走，黄小芸拉着何大名走上人行道。她站住四下看了看："我们到新生市场逛逛去！"

由于黄小芸对他依然是那么热情，何大名那副尴尬的窘态消失了。他从黄小芸手中抽回自己的手，犹豫了一下："好吧！"

他与黄小芸并排往新生市场走去。

他俩走过街边一个个地摊，小贩们抖着五颜六色的货物拦路向行人兜售，大声叫嚷："玻璃丝袜、玻璃皮鞋、玻璃丝汗衫——新到的美国货，相因卖，相因卖，不计血本，要吗?"……

这些塑料和人造丝的低劣制品，从美国像潮水般涌入中国内地市场，成了抗战胜利后陪都的一大特色。

这些廉价的美国货不仅在陪都街头泛滥成灾，在一些大百货公司的橱窗和货架上也摆满了标有美国货字样的商品。由于美国货的倾销，许多国产货都销不出去。工厂倒闭，工人失业的消息，报纸上天天都有登载，成了严重的社会问题。

许多初进城市的乡里人，听说这些五光十色的商品是玻璃制成的，个个都动了好奇心，在街边停住脚步，从小贩手中接过货物来细心端详着，摩挲着，露出疑惑和惊奇的样子，不愿释手。

何大名与黄小芸好不容易才绕过了这些拦路兜售的小贩，并肩走进了新生市场。

这新生市场是抗战胜利后才兴办的一家综合性大商场，专卖高级舶来奢侈品，从衣物到鞋帽从派克笔到罗来克斯手表，从巴黎香水到英国脂粉，从巧克力糖到克宁奶粉……可以说应有尽有。

此外，商场里还有跳舞厅，酒吧间，咖啡馆，以及一些卖精制小吃、具有地方浓郁特色的吃食店。这些店子的名称也是稀奇古怪的美国名称，如"百老汇跳舞厅""菲利普百货公司""好莱坞酒吧间"……

黄小芸多时没逛新生市场。进门不远新开张的一家吃食店十分引人注目，她拉了何大名一把，在店门前站住了。

这家吃食店叫"丘三馆"，在一片洋里洋气的门面当中，独自显出古香古色的中国气派。店前檐下挂着几盏玄黄色绢制的宫灯，宫灯上画的是宫女的众多形象，一个个秀丽典雅，气度不凡。宫灯低垂的玄黄色流苏在微风中轻轻飘荡。门上挂着黄底黑字的匾额："丘三馆"。铺面两侧挂着一副檀木雕镌的对联：

皇家御厨炖鸡专家

民间红案炸煎高手

这家新开张的丘三馆不仅门面独出一格，而且引起了许多好事者的猜测议论。因为重庆原有一家"丘二馆"，也标榜是御厨皇家风味，以清炖母鸡汤驰名山城。现在又冒出一家"丘三馆"来，大家猜测一定是丘二与兄弟丘三分了家，丘三自己出来另开一家丘三馆。这种猜测，以讹传讹，人人信以为真。

其实，开这家丘三馆的老板与丘二素无瓜葛，乃是一位被编余遣散的国民党军官。在国民党军队各派系倾轧中，这位失意的军官见丘二馆清炖鸡汤誉满山城，于是他灵机一动，竟异想天开办起了这家丘三馆。开张不久，生意就十分兴隆，夺去了丘二馆的生意。丘二馆的老板十分恼火，曾找人去理抹过。丘三馆的老板解释说：一般人称兵叫丘八，退伍军人减去伍；剩一个数字叫三，所以叫丘三馆。丘二馆的老板无可奈何，只好自认晦气。

黄小芸说："走，到里面去逛逛！"

黄小芸边走边问何大名："你没考大学，现在哪里做事？"

何大名脸一红，嗫嚅半晌："我……我在家……"

黄小芸见状没再问，抿嘴一笑，已猜测到他还没找到职业，于是自告奋勇说："不要紧，等我向爸爸说一声，要他给你在永华航运公司安排一个工作！"

何大名不觉一喜："黄小芸，真的？"

黄小芸点了点头："我怎会骗老同学！"

"谢谢你！"何大名感激地说。

他蓦地想起自己还没问黄小芸的情况："黄小芸，你目前在读哪个大学？"

黄小芸一摆头，齐耳根的短发飘动了一下，十分自得地回答："在美专学画！"

"哎，你……你学美术？"何大名偏头望着黄小芸的面孔，显出惊异的表情——因为他们同学时，何大名晓得黄小芸在美术上的造诣上是平庸的。

黄小芸咯咯一笑。她注视着何大名英气逼人的面孔说："你奇怪是不是？告诉你，我没考上重庆大学，却轻易考上了美专。美专的课程不难，也不用天天住在学校上课。像我们女孩子可比不上你们，只要混上几年，有张大专文凭便行了。反正是……”

她蓦地停住口，将反正是要嫁人的后半句咽了回去，脸不由一红，瞟了何大名一眼，便避开何大名的目光望着别处。

“啊！”何大名惊叹了一声。

他们边走边谈，逛了一家又一家商店，商店里陈设的舶来品琳琅满目，看得人有点眼花缭乱。

黄小芸并不想买东西，不过看看热闹。

他们走到百老汇跳舞厅门口，听见里面传出悠扬的乐曲声。他俩都好奇地停下脚步想进去看看。

黄小芸不会跳舞，也从没进过营业性的舞厅，她正在犹豫之间，但见几个美国兵撞了过来，向她招手：“哈啰，冰铁壶格儿……”

何大名立即上前迎头拦住美国兵，用英语说：“这位是有地位的大家闺秀，你们不得无礼！”

不等美国兵回答，他拉着黄小芸反身便走。幸好美国兵并没追来，他们走了很远，看不见美国兵的影子才放慢了脚步。

黄小芸吓得煞白的脸这时才有了血色。她喘了口气：“这个美国兵真是岂有此理！”

何大名安慰她说：“不用怕，这些美国兵在闹市是不敢撒野的。”

刚才何大名从容上前拦阻美国兵，给黄小芸留下了极好的印象。她往何大名身边偎紧了一些，望着他点了点头。

黄小芸很久不见何大名，仿佛还有许多话对他说。她约他逛新生市场，是想找个幽静的咖啡馆谈一谈。但咖啡馆都有美国兵出入，她不愿再到这种地方去。

他俩走回丘三馆门口，黄小芸见何大名正停步仰头望着丘三馆门口的宫灯。此时丘三馆中食客不多，有两个雅座空着，她也有些饿了，于是提议说：“何大名，我们进丘三馆去喝碗炖鸡汤，怎样？”

何大名身上只有很少一点儿零用钱，单看丘三馆那种气派，喝一碗鸡汤肯定要许多钱……

黄小芸见何大名迟疑的神情，已明白他的意思，尽量说得不使他难堪：“何大名，说清楚，今天由我请客，下次你再请！”

她不容何大名再迟疑，毫不避嫌地拉住他的手：“走，进去吧！”

何大名被黄小芸拉着手已惹来了不少好奇的目光——因为他俩的穿着悬殊。

何大名反而没有黄小芸大方，忙抽回自己的手，涨红着脸，抢前一步跨进了丘三馆……

坐下不久，堂信便送上两碗炖鸡汤。盛鸡汤的碗是在景德镇定制的，白瓷碗里外均绘有九条黄色的龙。碗里鹅黄色的汤中放有两只细嫩肥美的鸡腿，发出扑鼻的香味。

何大名先喝了一口汤，确实感到异常鲜美，加进汤中的白胡椒粉也多少适度。他忍不住赞美一声：“好汤！”

黄小芸喝了一口汤便放下碗，掏出一张白绸绣花手绢揩了揩嘴：“何大名，那次我按你写的地址到玄坛庙河街去找过你，不巧得很，适逢你不在家，会着了令妹，不晓得她转告你没有？”

“唔，我妹妹向我说过！”何大名抬起头来回答。

“那……”黄小芸蹙着眉尖增添了几分妩媚，眼波往何大名脸上一扫，“你为啥不到黄公馆来玩？我一个人在家真闷得慌，真想有个同学来谈谈文学，谈谈艺术。再说，凭我们六年共用一张书桌的同学之谊，我也会帮助你找个像样的工作。”

何大名几次想去黄公馆看望黄小芸，但他自惭形秽，穿一身芝麻布制服比黄公馆中的听差也不如。他有一种自尊心，觉得像黄小芸这样的小姐，未必还把他摆在心上，何况开口求人难，何必去自讨没趣。他几次要走进黄公馆的大门，终因胆怯而离开了。

何大名当然不愿说出这种心情，他结巴了一阵：“我……我这些时忙，几次……几次想去看望你，终于没去成！”

“啊！”黄小芸眼里闪着热情的光辉。

她接着说：“你不是在写诗吗？”

何大名惊讶地望着黄小芸：“你唧个晓得！”

黄小芸莞尔一笑：“你还想瞒我！我在《新民晚报》上看见你写的一首诗，标题是《夜》，对吗！”

何大名的眼睛亮起来，想不到黄小芸会留意到他发表在《新民晚报》上的一首小诗：“是的，你看过？”

黄小芸含笑点头:“老同学的作品,我怎会不留意,你听,我还背诵得出呢!”

她轻声背诵起来:

华灯初上,
江中撒满了阴冷的星星,
恶魔的影子踏着水波在游荡,
黑沉沉的梦魅般的夜,
像巨石沉重地压在我的心间。
我不愿这样窒息而死,
我要寻求东方的米罗修斯,
掏出丹柯的心将夜空照亮,
…………

何大名不等黄小芸背诵完,惊喜异常!想不到黄小芸不仅看过,而且背诵得一字不差,他十分感动。一会儿,他亮亮的眼睛马上暗淡了,一想到现实,他不由叹息一声:“唉,自从在清华中学毕业以后,我一直失业在家吃闲饭。堂堂男儿,却靠丽华妹做工养活我。我心中苦闷只有写诗来发泄,偶尔也向报纸投寄,有时也能发表一篇。唉!”

黄小芸蓦地低垂着头,也发出一声低低的叹息。她抬起头来望着何大名说:“我喜爱这首诗,引起我心中的共鸣!”

“你……你也有苦闷?”

“是的,我也有苦闷。我住在偌大一个黄公馆内,觉得四周空荡荡的,我的心灵也是空荡荡的。家中人没有一个真正关心我,理解我。我感到沉闷、压抑、窒息,还有一种莫名的恐怖。我母亲临死时的样子……”

她的声音低下去,眼里有了泪光,最后沉默了。

何大名觉得黄小芸说的都是真心话,仿佛他俩的距离缩短了,彼此有了新的了解。他想安慰黄小芸几句,但一时找不到适当的话语,只是望着黄小芸出神。

丘三馆里的顾客渐渐多起来,黄小芸不愿在这里多谈:“何大名,炖鸡汤快凉了,我们喝了快走!”

他俩喝完鸡汤,黄小芸叫茶房算账,何大名也没与黄小芸客气,由她付了钱。

他俩走出新生市场，何大名见黄小芸在看手表，于是借口说："黄小芸，我今天还有事要去办，改天去看望你！"

黄小芸还要去美专上课，也没挽留他。她家的小轿车停在五四路，离这里还要走几分钟，她扬了扬手："Goodbye!"

"Goodbye!"

何大名匆匆告别走了。他哪里有事要办？转过会仙桥，他便放慢了脚步，心情沉重地踯躅在街头，茫无目的地走着。

四

黄小芸到美专上完课，因为有家中的小轿车，往返比较方便，她很少在学校住宿。她回到家，走过一个长廊，听见黄玉庵在客厅里说话的声音，晓得她爸爸在会客。她放轻了脚步，想悄悄溜过去，但黄玉庵已从半开的门间看见了她："小芸，小芸!"

黄小芸放快了脚步，想假装没听见躲开，可她新嫁的继母潘俐英已追出客厅门，提高嗓音叫她："小芸，你爸爸叫你呢!"

"啊!"黄小芸方才收住脚，"妈，你也在这里。"

她的声音平板，缺乏热情，带点敷衍的味道。

自从潘俐英嫁进黄公馆，黄小芸很久没叫她一声妈。为此，黄玉庵声色俱厉地斥责过她。黄小芸无奈，才勉强喊了第一声。

潘俐英出身名门，虽然并无多大姿色，但毕业于求精中学，有一定文化教养，对黄小芸还算和气。

潘俐英穿一件驼绒里翠缎夹旗袍，新烫的卷发向后梳拢，用一只黄灿灿的金发夹卡在一起。颧骨显得太高，单眼皮，微塌的鼻梁，长得并不俊俏。

"你舅舅来了，快进来见过!"潘俐英说。

黄小芸晓得所指的舅舅便是银行家潘上由。她略微迟疑一下便跟在潘俐英身后走进客厅。她先向坐在沙发上的潘上由行了一个鞠躬礼，声音低而模糊："舅舅好!"然后她才向黄玉庵行礼问安，默默低垂着头，忸怩不安地站在一旁。

潘俐英显得十分亲热地把黄小芸拉过来，揽着她坐在自己身边，摩挲着她的颈项说："小芸，你看看，舅舅送给你一件生日礼品，我想你一定会喜欢的。"

潘俐英从茶几上取过一只锦盒打开，递到黄小芸面前："小芸，你看！"

黄小芸见锦盒里是一只黄灿灿系有金链的赤金长命锁，不禁望着长命锁发怔，一颗泪珠从她眼眶里滚出来。

潘俐英觉得奇怪："难道你不喜欢？"

自从黄老太太在抗战胜利那年去世以后，这两年谁也没关心过她的生日，连她自己也忘了。想不到有些令她反感的潘上由却提前给她送来了生日礼品，还是这么值钱的赤金长命锁，她不禁十分感动，也触动了她由于失去慈婆贤母而留下的心灵创伤，故此她情不由已滚出了一滴泪珠。

黄小芸忙回答说："我……我喜欢。谢谢舅舅！"她捧着锦盒笑了。

潘上由仍然那么肥胖，剃得光光的头上泛着亮光。他手上颈上套着一挂紫檀木佛珠，不时用手指捻捏珠子，要是穿上袈裟与和尚没有二样。他仰头打了一个哈哈，露出满口整齐洁白的牙齿："不用谢。小芸真乖巧！"

——潘上由公馆中的尼姑庵依然存在。许多年过去了，由于不断更新，尼姑庵里的尼姑总是那么年轻。开初，在陪都有关罗汉戏尼姑的流言使他十分尴尬，后来时间久了，许多人见怪不怪，再也没人背后取笑他了。平时，峨眉山来的和尚向他化缘，他能慷慨解囊，因此还落下好佛的美名。这些年银行业不景气，他宁肯削减银行里的开支，也不肯关闭尼姑庵，减少一个尼姑。近年来，他手颈上的佛珠不离手，喜欢与人讨论佛经，仿佛更皈依佛法了。潘上由这位妹妹因姿色平庸，在择婿上，高不成低不就，年近三十岁还没出嫁。这次潘、黄两家联姻，毋宁说是经济上的结合。近年来，潘上由大量投资土特产出口业，而黄家在这方面是老马识途，积累了多年的经验，加之永华航运公司也办得渐渐有了起色，可以解决出口的运输问题，所以潘上由诸多事情都需要仰仗黄玉庵；黄玉庵自从与薛习永闹翻之后，黄家的元气大伤，需要潘家的财势来给他的企业注射强心剂。自潘、黄两家联姻之后，永华公司的实业大大加强，虽说不上在川江里与民成公司平分秋色，但在重庆至宜宾一段航道上，依靠潘师长的地方势力，占着明显的优势，陆祖福对永华公司垂涎三尺，也无可奈何！

"来，我给你戴上！"潘俐英取出长命锁给黄小芸戴上。

黄小芸被潘俐英摩挲着颈项，觉得痒酥酥的，她娇憨地躲闪着，许久没人这样抚爱她，她不由对潘俐英产生了好感。

黄玉庵看着这融洽和睦的家庭气氛，见黄小芸一改平时对继母的冷淡，心中也觉高兴，含笑望着她们。

“小芸，今年你的生日我让你提一个要求，我尽量满足你的愿望！”黄玉庵从未这样和颜悦色对黄小芸说过这么慷慨的话。

“乖女儿，你快说，大大敲你爸爸一笔竹杠！”潘俐英带点夸张的表情说。

“对，大大敲你爸爸一笔竹杠！”潘上由也在一旁鼓动说。

黄小芸坐正了身子，她惊喜地注视着黄玉庵那张微笑的面孔：“爸爸，真的？”

黄玉庵正色说：“当然是真的，爸爸还会诳你？说吧！”

黄小芸抿着嘴想了一下，眼波一动：“爸爸，我在清华中学读书时有位同学，他父亲在轮船上做工，妹妹在纱厂干活，他很肯用功，是班上的高才生，文学上的造诣很高，会写诗。他因为家里穷不能升大学，连一个职业也找不到。爸爸，你是不是能给他安排一个工作？”

黄小芸的要求颇使黄玉庵感到意外，他脸上的笑容消失了。他问：“是男同学还是女同学？”

黄小芸见黄玉庵的神态骤然变得十分严厉，吓得望着黄玉庵发怔，显出畏怯的样子。她既已将话说出口，已经覆水难收，迟疑了一下，只好硬着头皮说：“是男同学。”她的声音很低，不敢正视黄玉庵威严的目光。

黄玉庵的神态变得更严厉了。他斜睨黄小芸教训说：“小芸，你怎能与这种不三不四的人交往，不要忘了你的身份！”

黄小芸反而镇静了，不晓得从哪儿来的勇气，回嘴说：“爸爸，他是一个力求上进的正派青年，怎说他是不三不四的人呢！”

黄小芸竟敢顶撞他，黄玉庵觉得有失自己的尊严，他怒容满面正想发作，被潘上由打个哈哈阻拦了：“嘿嘿，小芸不错，有一副菩萨的心肠，能救人于困苦之中，这正是佛家所主张的——善矣！玉庵，基督教不是也主张博爱吗？这都与佛家的主张是一致的。”

因为黄、潘两家宗教信仰不同，联姻时还很费了一番周折，最后是潘家作了让步，让潘俐英进了基督教。

黄玉庵不便在客人面前发作，紧绷的面孔松弛开来，“嘿嘿”干笑了两声，神态极不自然，但紧张的气氛陡地缓和了。

潘上由笑望着黄小芸说：“小芸所荐的人一定不差，既是一个力求上进的青年，又有文学的造诣，想来文字上的功底一定不差，这样……”

潘上由稍微沉吟一下："我身边正好缺一个文字上的秘书，可以叫他担任。小芸，这人叫啥名字？"

黄小芸正感失望，也觉难堪，听潘上由如此说，不觉喜上眉梢，忙回答说："他叫何大名！"

"好！一言为定。叫他明天就到潘公馆报到！"潘上由说。

"上由，你……"黄玉庵想阻止，潘上由向黄玉庵伸出一只巴掌，示意他不用再说。

他转对黄小芸说："小芸，事情就这样谈定了！你各自玩耍去吧！"

黄小芸立刻站起身，欣喜地说："谢谢舅舅！"她有礼貌地一鞠躬。接着十分拘谨地转向黄玉庵，声音像蚊鸣："爸爸，我走了！"

又对潘俐英说了声："妈妈，我走了！"

潘俐英含笑点点头，站起身拉着黄小芸的手，将她送出客厅。

五

黄玉庵见潘俐英拉着黄小芸的手亲昵地走出客厅，将茶碗端在手中喝了一口放下，望着坐在对面沙发上的潘上由说："上由，以前民成公司事事占先，我次次败北，皆非战之罪！只因我从先严继承下来的摊子均系因循守旧的人操纵把持，背的包袱过重，不像民成公司那样的新企业，一开始便采用西方先进的管理方式，是轻装上阵……"

潘上由衔着雪茄烟，半眯着眼睛静静地听着，看不出他脸上有啥特殊的表情。

黄玉庵叹口气，无限感慨地说："我痛感不立志革新，很难与民成公司竞争。我费尽力气摆脱了法国人的控制，想不到又进了薛习永这些人设置的陷阱中，被害得差点破产。我只好极力保住永华公司的航业部，但基础太弱，处于风雨飘摇的危机之中，时时都有被民成公司吞并的危险。这事我想得很多，倘若我再不奋发图强，将来怎有颜面见先严于九泉之下！"

黄玉庵说到这里，两个黑洞似的眼睛顿时发出炯炯的亮光，仿佛他顿时年轻了许多，轻松地笑了笑："嘿嘿，兵家有云：置之死地而后生——确有道理。我多年没戒绝的瘾癖终于戒绝了，这纯全是逼之功也！我丢掉了一些祖业，'塞翁失马，焉知非福？'把包袱也丢掉了不少！像严条师、喻舅爷这些守旧掣肘的人，怎会自动离开永华公司？我趁地盘缩小重组机构的机会，采取快刀斩乱麻的办法，去芜存菁，人事上大加整顿，重振旗鼓，大胆革新企业，才使永华公司有了起色。上由，我们已结骨肉之亲，在事业上要互相提携，唇齿相依，要枯荣相共才好。你看呢?”

潘上由睁开半闭的眼睛，衔的雪茄烟好像已熄火，他吧了吧，烟头又闪着红光，口里喷着烟，简单说了一句:“这何用说得!”

黄玉庵见潘俐英回到客厅，吩咐说:“俐英，你将法国人送我的咖啡熬上两杯，让二哥提提神!”

他见潘俐英答应着走了，接着说:“上由，我看，你下定决心在永华公司多投进一些股份，我们也像陆祖福一样到国外多造一些轮船，不信敌不过他们!”

潘上由注视着黄玉庵的面孔半晌不语，好像他心里盘算不定。

黄玉庵迫不及待地催问:“二哥，你看如何?”

潘上由摇摇头:“我看，我看……”

他吞吞吐吐地说:“我看你先稳住阵脚，不忙于大量扩展。哎，你要战胜陆祖福是不可能的，现在他羽翼已经丰满，享有很高的国际声誉，加拿大主动贷款给他造船，基础越发巩固……”

潘上由停顿了一下:“陆祖福最近到蒋主席那里去诉苦，说他在抗战中出过力，被日本飞机炸沉了不少船，但却没得到一文钱的胜利奖金，眼看民成公司快倒闭了。听说陆祖福说得流泪——也有人说没流泪——总之，蒋主席被说软了心，加之他通过国际上的朋友代为疏通，蒋已决定拨给他二十艘中字号和华字号登陆艇——这本是美军在二战中登陆用的——交给陆祖福改作商用，一文钱也不收白送他。你想，等到马力大适合川江航行的华字艇一开进川江，他的实力有多大!”

黄玉庵还是第一次听到这消息，惊得张开嘴呆住了。半晌，他才回过神来疑惑地问:“是不是真的？我不信蒋主席会这么慷慨。难道薛习永他们不从中打破，甘愿陆祖福增添偌大的运输实力!”

“当然是真的啰!”潘上由正色说，“蒋主席诚然不是慷慨人，但自有他精明的考虑。你想，蒋主席要打内仗，四川的壮丁和粮食靠哪个运出川？有人说陆祖福用泪水软化了蒋主席，其实并非如此！陆祖福是聪明绝顶的人，他是摸准了蒋主席的心意，以民成公司倒闭相威胁，触着了蒋主席最敏感的神经，所以才这么开恩，无偿拨给他这么多军艇改作商船!”

黄玉庵愁眉苦脸，十分惊惶不安地说：“如此说来，我在渝—叙这段航道取得的优势，眼看就要靠不住啰！”

潘上由见潘俐英带着侍女用托盘送上两杯咖啡来，他说：“上由，先喝杯咖啡提提神！”

潘俐英挥手让侍女拿着空托盘退下，她紧靠着黄玉庵坐下。

潘上由喝了一口咖啡，连声称赞：“不错，只有非洲热带出的咖啡才有这么浓郁的味道！”

他见黄玉庵忧心忡忡的样子，于是安慰说：“玉庵，你保持渝—叙这段航道优势绝不成问题。据我所知，华字号登陆艇吃水较深，顶多开到重庆；重庆以上航道水浅，它是开不上去的。我开的贸易公司全靠叙府一带的土特产出口，我也会全力保你维持这种优势。至于中、下游的航运，你就要量力而行。人贵有自知之明，我看你就不用与民成公司较量啰。你现有的船舶单运我们自己的货物也不够调度，我可以投资到国外去打几条快船以敷使用。这样……”

潘上由说到这里沉吟一会儿，然后说：“我向永华公司投资；你也将黄家经营的土特产字号作为投资并入我办的贸易公司，潘家与黄家来个全面合作，互利互存。你看，如何?”

潘俐英在一旁怂恿说：“玉庵，二哥提的办法好，潘家与黄家的资产加起来是可观的，银行家加上实业家，谁也不敢小看！有这样厚实的基础，我们不仅不怕民成公司吞并，在偌大一个重庆城里，哪个敢觊觎？这才是枯荣相共呀！”

黄玉庵沉默无语，他原想劝说潘上由向永华公司投资加强自己的实力，以便重振黄家的基业，却没想到潘上由提出潘、黄全面合作的建议，他一时很难判断这样干对自己是否有利，他缺乏机敏，不晓得如何回答，一对眼睛又像两个黑洞茫然地望着潘上由不知所措！

潘上由瞥了黄玉庵一眼，嘴角露出一丝冷笑，随即打了一个哈哈，马上把话引开：“玉庵，黄公馆坐落在南岸实在不便，现在不用担心空袭，曾家岩自国府搬迁至南京后，空出许多公馆，我们何不搬到曾家岩去住，这样两家往来也近便。”

黄玉庵含糊“唔”了一声，他心中暗自盘算，潘上由提出的建议确实很有吸引力，但按目前的实力，黄家已开始衰落，大不如从前的气势，倘若不倍加小心，偶有失误便有被潘家吞并的危险。嗯，还是与潘家保持一定距离，进行有限的合作比较适当，这样才能保持黄家的独立性……

潘俐英见黄玉庵沉默不语，呆呆地想心事，她用手肘轻轻拐了一下他的腰部："玉庵，二哥问你的话，你啷个不答声！"

黄玉庵一惊，"啊"了一声，忙答道："黄公馆的地基是先严聘请有名的地舆先生选定，点穴在真武山这股龙脉上，背山临水，龙盘虎踞，可保黄家历久不衰，怎好随便搬动！"

潘上由两片厚实的嘴唇一撇，轻蔑地说："无稽之谈！玉庵受过高等教育，怎能迷信阴阳先生的神谈鬼说？太蠢！"

黄玉庵听潘上由当面说他太蠢，心中很不痛快，他没细思便反唇相讥："二哥也受过科学洗礼，潘公馆内的尼姑庵常年木鱼声声不断，也不算聪明！"

潘上由脸色蓦地一沉，腮帮上的肥肉抽动了一下。

潘俐英听黄玉庵说话冒失，触着了潘家最敏感的问题，暗为黄玉庵捏把汗。她晓得潘上由虽不是军人，但深受她大哥的影响，虽然喜欢打哈哈，但手段仍是很毒辣，生怕闹翻会对黄玉庵带来不利。她正想转圜改变紧张的气氛，潘上由蓦地哈哈一笑："老弟这张嘴不饶人，哥哥甘拜下风！"

潘俐英见潘上由脸上有了笑容，她才舒了口气："玉庵，这里空气不好，被你们抽烟弄得十分浑浊，何不陪二哥到我们花园里去走走？"

黄玉庵也觉自己太冒失，露出含有歉意的笑容："二哥，兄弟说话莽撞，请勿见怪！"

他先站起身来："俐英说得对，到花园里去换换新鲜空气。至于潘、黄两家全面合作的问题我赞成，有些细节还须从长计议，我还要与舍弟谈谈才能定。"

潘上由也缓缓地站起身："好。秋天的景色不错，听说你家的百日菊品种繁多，我今天去开开眼界！"

"二哥不用说客气话，潘公馆内的花园誉满山城，哪个不晓得！"黄玉庵一摊手，"二哥，请前行！"

潘上由没讲客气，大摇大摆走在前面，黄玉庵紧跟在后面，他们向花园走去。

潘俐英见他们走远才自去料理家务，忙她的去了。

六

黄小芸兴奋异常，因为潘上由答应让何大名去潘公馆当秘书，她为何大名感到高兴。

她回到自己卧房外的画室。画板上正钉着一幅勾勒出来的人物素描——这是老师布置的作业，明天上课便要交上去。

她坐上画板前的转椅上，手里执着画笔，偏着头凝神注视了一会儿，然后下笔修改涂抹着。

一会儿，她放下画笔，不知怎的，她觉得心神不定，不能静下心作画。何大名的影子老在她心头徘徊。

对于何大名，她有说不出的好感。他们同窗六载，她认为何大名不仅长得英俊，而且在文学上的才华令她钦佩。她曾经公开说过，她喜欢有点淡淡忧郁的诗歌，而何大名的诗里流露出的情绪正合她的口味。她曾约何大名到黄公馆来玩，可是何大名却从没来过。她在黄公馆里，感到沉闷无聊，很想有一个爱好文学的朋友来闲谈解闷。

她曾经去窍角沱找过何大名，但进入那条河街，便令她踌躇不前。这一带住的都是工人和贫民，居住的房屋低矮破旧，街道潮湿肮脏，使人难以下脚。最使她不安的是那些人的惊讶目光，像她这样穿着阔气的小姐在贫民窟出现，当然惹人注目。

她经受不住那些打量她的目光，不等找到何大名的住处，便慌忙离开了那里。

黄小芸找出了信纸，想给何大名写封信，将潘公馆录用他的好消息告诉他，以便何大名能迅速去潘公馆报到。

她写了几张信纸，结果又撕毁了。写得平淡，很难表达自己的真实感情；写得太热情，又认为不妥。最后，她蓦地改变了主意，决定还是亲去窍角沱一趟，当面把这好消息告诉何大名。

黄小芸出了黄公馆，行走在江边崎岖的小路上，她陡地停步，想到上次去窍角沱的情景，有些迟疑起来。

黄小芸见太阳偏西，再不能耽搁，终于鼓起勇气，继续往前走。

黄小芸走上了河街，她提起旗袍的下摆，仔细打量地下的路，放慢了脚步。她生怕会踩在污水凼里打脏她脚上穿的那双乌黑泛亮的精致皮鞋。

她终于探询到何大名的家。当她走近楼梯脚准备上楼的时候，一群衣衫褴褛的小孩簇拥在四周看稀奇，使她十分难堪。

黄小芸犹豫了一下，蹙着眉向这群孩子挥了挥手："讨厌，走开些！"

几个调皮的小孩学着她的声调和动作："讨厌，走开些！"

黄小芸感到懊悔，认为不该亲来这里。既然已经来了，她只好硬着头皮将旗袍下摆提起上楼梯。

这楼梯年代久远，在露天里风吹日晒，虽然随时在修理，但仍显得太破旧；走在上面摇摇晃晃，像上轮船上的吊梯一般，楼梯"吱嘎吱嘎"响得很凶，像随时都可能塌下。黄小芸停住步想退回去，踌躇一番之后，还是继续往上走去。

听见脚步响，封大嫂迎了出来，惊诧地望着黄小芸，以为她找错了人家。问她："小姐，你找哪个？"

黄小芸停住步端详了封大嫂，她猜测这一定是何大名的母亲，因为何大名没有向她细谈过他的家事。她含笑问："你是何伯母吧？"

封大嫂摇了摇头："我家不姓何，小姐，你找错人家了。"

"咦，隔壁的人明明说在这里，啷个……"

黄小芸想了想，再问："请问，这楼上是不是还有一家住户姓何？"

封大嫂摇摇头："住的独门独户，只有我一家姓封！"

黄小芸只好说："对不起，我找错人家了。"

她刚想转身下楼，这时封丽华闻声走了出来。她刚下工不久，洗过的头发还没晾干披散在肩上。

黄小芸看见封丽华，惊喜地回过头："咦，你不是何大名的妹妹吗？"

封丽华一怔，她以前到清华中学去过，认识黄小芸；但那时她的穿着比现在朴素。封丽华将面前这位阔小姐装束的人打量了一会儿，才辨认出来："啊，是黄小姐，请屋里坐！"

她转对封大嫂："妈，她是大名的同学，就是玄坛庙黄公馆的大小姐！"

"啊，请屋里坐，黄小姐！"封大嫂热情地说。

黄小芸脸上露出不悦的表情："不进去了。何大名在不在家？"

封大嫂一看黄小芸的表情，晓得她误会了。她解释说："我家姓封，何大名是我家的外甥，从小跟我家长大！何大名进大城去了。"

"啊！"黄小芸这才释然了。她脸上显出了笑容，但听说何大名不在家，又露出了失望的样子，"真不巧！"

封丽华上前亲昵地拉住黄小芸的手："黄小姐，走，屋里坐。大名一会儿就会回来的。"

黄小芸也很喜欢封丽华，高兴地一同进了屋。

黄小芸见屋内家具虽然简陋，但主人家十分能干，打整得干干净净。

封丽华将她安排在一张木椅上坐下。封大嫂递上一杯热茶，还用青花的瓷碟子装上望日葵，端到方桌上，笑眯眯地说：“黄小姐，我们贫民小户没啥东西好招待你，嗑几颗葵瓜子吧！”

“伯母，不用客气！”黄小芸有礼貌地欠了欠身。她抓了几颗望日葵在手里。

她还是第一次到工人家中来坐，她没嗑瓜子，好奇地打量着屋内，然后与封丽华攀谈了几句。

封丽华也好奇地打量黄小芸的发饰和装束，有些拘谨地回答了黄小芸的问话。

黄小芸见天色暗了下来，她不愿久等何大名，于是将她手中没嗑的瓜子放回碟里，掏出手巾将手揩净：“伯母，何大名托我给他找工作的事已经谈妥！”

黄小芸露出得意的笑容。

“啊！谢谢黄小姐！”封大嫂和封丽华都喜出望外。

“黄小姐，多承你帮忙，大名到哪里工作？”封丽华兴奋地问，两颊呈现出娇艳的红色。

黄小芸抹了一下飘到眼际的一绺发丝，微笑地望着封丽华：“到我舅舅家潘公馆去工作，当秘书。你说，这工作好吗？”

封丽华点了点头，含羞抿嘴“唔”了一声。

提起潘公馆，当时陪都不知的很少。封大嫂连声说：“多谢黄小姐帮忙，大名总算没白读书！”

黄小芸看看手上的小方表，站起身来告辞：“丽华，伯母，天不早了，我要回去了。你们告诉何大名，叫他明天务必去潘公馆报到！”

封大嫂问：“黄小姐，大名去潘公馆找谁呀？”

黄小芸觉得封大嫂问得有道理，偌大一个潘公馆，一般人轻易进不去，更难面见潘上由，公馆里的人未必晓得这事！再说，她舅舅当时答应得太痛快，也使她不大放心，设若是一句玩笑话，岂不令何大名尴尬，自己也会难堪！

黄小芸沉吟一会儿，说：“伯母，叫何大名明天中午在上清寺邮局门口等我，我亲自带他去潘公馆。”

封大嫂谢了又谢，她与封丽华一直将黄小芸送到玄坛庙后才回。

第十五章

一

何大名由黄小芸介绍到潘公馆当秘书以后，好像进入了另一个天地：兴奋、好奇和空虚，在他心灵里交替出现。

他没有多少工作可做，只是为潘上由代拟一些普通信件。根据秘书室王主任的简要指示，由他写出信件的初稿，再由王主任过目认可后，何大名才誊写清楚发出。

不过何大名必须日夜守在潘公馆里，外出要向王主任请假。

何大名拟的信件不过应酬文章，但是要按一定的格式来写。这些都是新八股，内容虽是贫乏机械，经秘书主任稍加指点，他很快便掌握了写这些信件的要领，王主任再挑剔也找不出啥差错，还在潘上由面前夸赞过他哩！其实写这些文章只需在《书信大全》之类的应用文书籍中照抄下来，照实际情况稍加改动便行了。

潘上由开初叫王主任送上几封何大名代拟的书信过目，考核他的文字功夫究竟如何。他认为还可以，以后便没再过问了。

潘公馆豪华的夜生活，何大名初见感到惊诧。白天，公馆内死气沉沉；入夜之后，公馆内通宵达旦，灯火辉煌。客厅内宾客满座，到处人影憧憧，笑语声喧，充满热闹的气氛。

有时举行家庭舞会，门前小轿车摆成一长串；汽车的喇叭声不时扰乱了夜的宁静。蓬嚓、蓬嚓……鼓钹之声在静夜里传得很远，站在岩坡下的嘉陵江边也清晰可闻。

何大名初进潘公馆，不过一名小秘书，当然轮不上他去招待宾客。

他住在公馆里花园一角的平房内，与一个年老的花匠老邢为邻。他俩各住一间小小的单房，何大名房内只比花匠老邢多一张写字台，只有简单的几件实用家具，小小的房间显得空荡荡的。

何大名可以坐在小窗前的小写字台看书写字，作赋吟诗，闷了时，便站在门前的小台阶上眺望嘉陵江的景色，听听小火轮驶过时发出的汽笛声在低谷中回响。

潘公馆内的花园，入夜以后与主宅相反，显得特别恬静，客人是很少到花园里来的。

何大名住房前面的台阶下，有几棵老槐树，在高高的枝杈上有几个鸦雀窝，几棵槐树的暗影在夜色中显得十分苍凉，令人感到阴森。

远处亭台花榭的模糊轮廓在暮霭中时隐时现，若远若近，像一群野兽在阴影中隐伏着，伺机要向人扑来似的。

在一片浓荫的黑影中，尼姑庵的飞檐若隐若现，显露出菜油灯的亮光——在现代化的城市里，居然还有不愿点电灯的——梆梆的木鱼声在夜空中飘浮，十几个尼姑念经的嗡嗡声与风吹树枝发出的呜咽声混在一起。

对于这个尼姑庵，何大名听过有关它的传闻。他进入潘公馆后只是远远地看看，对尼姑庵里的一切多少有点神秘的感觉。

白天，公馆的正宅里像死一般寂静，而花园中却充满了生气。三五成群的尼姑自由自在地在花园中游逛，鱼池边、花圃旁，都有她们的踪迹。

她们缺少笑容，走路时，丝绸的袈裟窸窣发响，一个个表情淡漠，脸色苍白，光光的头上，青幽幽的发楂间透出白皙的头皮。可能是经过精心挑选，她们大都长得五官端正，貌美俊俏。

何大名想到"罗汉戏尼姑"的谣传，他好奇地留意观察，除潘老太太常去庵内上香拜菩萨之外，几乎没有闲杂人去尼姑庵。潘上由要逢初一和十五才去庵内敬香，从未单独在庵内逗留。

主管尼姑庵的尼姑叫妙南，已三十多岁，数她年长，常带两个贴身的年轻尼姑去潘老太太房中闲谈，停留的时间都不长。

有一天，何大名散步到了尼姑庵的篱笆前，听见有两个尼姑在谈话的声音。他好奇地扶住篱笆向里探望，见篱笆内一棵柏树下有一条长石凳，两个尼姑各坐在两端，仿佛中间摆着棋盘在下棋。何大名想看清她俩下的啥棋，站的时间稍久了一点儿，蓦地一只手搭在他的肩上，轻轻一拍……

何大名回头见是花匠老邢。老邢一手捏着花锄，神色惊惶不安地低声关照他："快走开!"

何大名对老邢不安的神态疑惑不解，他仍扶住篱笆扭头望着他。

老邢惊惶四顾，见花园内没有其他人，他的神色稍微镇定了一点儿，声音里含满了焦急："你找死，快离开!"

何大名问："为啥?"

老邢没有回答他，鼻里"哼"了一声，摇摇头走开了。

何大名摸不着头脑，见老邢郑重其事的模样，也不敢久留，便匆匆离开了篱笆。何大名由老邢的神态联想到，潘公馆中的男仆和雇员都没人进花园散步，其中必有缘故。

后来，何大名问起老邢，老邢见问，苍老而黧黑的面孔上蓦地十分严厉。他作古正经地警告他说：“年轻人，潘公馆内是不许多嘴多舌的，爱管闲事会给你带来横祸!”不等何大名再问，他急速离开了。

何大名与老邢相处的时间久了，发现老邢的胆子特别小，像避瘟神般躲着门前那几棵老槐树，宁肯绕道走也不愿贴近它们。有时老邢实在不得已非从那几棵老槐树边走过时，会面露恐怖的表情，惶惶不安地匆匆走过。遇到闷热的天气，晚上何大名坐在老槐树下乘凉，老邢宁肯躲在小屋内挥扇淌汗，从不到屋门口乘凉。

何大名的胆子本大，但老邢这些奇异的怪脾气，给他心理上造成一种压力，也觉花园里的气氛阴森压抑，有一种莫名的恐怖，与潘公馆正宅洋楼内热闹和谐的气氛大不相同。

何大名工作上很少接触潘上由，偶尔相遇，不等何大名招呼，他就先停住脚步，笑眯眯地问他几句，如“住在潘公馆习不习惯?”“对工作满意吗?”

不等何大名回答，潘上由立刻就丢下他走了。潘上由还很少责骂下人，自诩宽厚传家。何大名不相信潘上由是那种口蜜腹剑的小人，但老邢的态度，花园里无形的恐怖气氛，使何大名难以解开这个谜。

小心为妙！何大名再没冒昧靠近过尼姑庵，有时，蓦地撞见尼姑，他便主动避让躲开。

一天深夜，刮着大风，屋前几棵老槐树的枯枝被风吹断，发出“咔嚓咔嚓”的断裂声。接着雷鸣电闪，哗哗地下起暴雨。雨声、风声混合在一起，再加上嘉陵江水的咆哮声……狂风像要把何大名他们居住的小房刮走；暴雨像要将这座小房漂浮起来冲下岩去让江水卷走!

何大名并不感到害怕，紧闭上门窗，坐在写字台后读着海涅的诗集，沉浸在诗的深邃意境中而忘神。

他的住房与老邢的住房紧邻，原是一个套间，后来将两房相通的一道门关闭隔开。

何大名模糊听到关闭的隔门有人敲击，他放下诗集扭头惊问：“哪个?”

他没有听到应声。谛听了一阵，仍是寂然。他以为是自己的幻觉，低下头准备继续读诗。敲门声又响起来，响亮而急促。

何大名起身走到隔门前站住问："老邢，是不是你敲门？"

"何先生，是我，快将隔门打开！"老邢的声音很大，有些颤抖，饱含惊惶。

何大名不晓得发生了啥事。因为老邢很少与他往来，从未敲过这道隔门。他没再问，急忙将阻挡隔门的一张小桌挪开……

隔门打开了。老邢喝醉酒似的一个趔趄撞进何大名的住房，要不是何大名及时将他扶住，老邢会跌倒在门边。

"老邢，出了啥事，为啥这样害怕？"何大名扶住他问。

"鬼，有鬼！有……"老邢用惊恐的目光望着何大名，他的脚杆在打闪闪，用手指不择方向地乱指。

"鬼？"何大名血气方刚，并不感到恐惧，"鬼在哪里？"

"在那……那里！"老邢东指西指。

何大名不由也有些毛骨悚然，他强自镇定住："哎，老邢，你……"

他将老邢扶在床沿上坐下，鼓起勇气跨进老邢房中，他见门窗紧闭，寻遍了每个角落，也没见异状。

何大名回到自己房中，见老邢坐在床沿上呆呆地望着窗外，目光仍然是惊恐的。

"老邢，你莫不是痰迷心窍中了邪！你房中啥也没有嘛！"何大名被弄得哭笑不得地说。

老邢仿佛缓过一口气来，眼珠灵活了一些。他指着窗外结巴地说："在……在那几棵……老槐树下，有个人站在那里……"他张开嘴没再说下去。

何大名听老邢如此说，急步走到窗前贴近玻璃向那几棵老槐树下望去……

这时天空正好划过一道闪电，何大名模糊地看见在那几棵老槐树底下，果真有个人影蹲在那里。

何大名不由一惊，浑身寒毛直竖——在这样的狂风暴雨中绝不会有人蹲在那里！难道真有鬼？

老邢见何大名的脸上骤然也露出惊惶的表情，他沉不住气了，马上双手合十向空中喃喃祷告："马二娃，你不要吓我，你在生时，我老邢从没亏待过你；你死后我每逢中元节都悄悄与你烧袱纸[1]，浇水饭，望你在阴间枉死城中早日升天！”

何大名断断续续听到老邢说什么马二娃，什么枉死城……他不明白是啥意思，更不明白与那几棵老槐树有啥联系。

何大名自幼胆大，不相信有鬼有神！他又贴近窗边想看个仔细……

外面的风雨已渐渐小了，天空仍在闪电，罩在黑暗中的景物在亮光中时隐时现。他刚才看见那几棵树下蹲着的人影依然如故——何大名蓦地想起：他天黑前曾搬过一张木椅到树下乘凉，忘了搬回。莫不是……

何大名在闪电的光亮中终于看清，哪里是蹲着的人影，分明是他刚才忘了搬进的那张木椅，只不过木椅背上挂着被风吹断的树枝，树枝在风中晃动，很像人影。

“老邢，不要疑神疑鬼，那是我刚才搬到树下的木椅，不是人影！”何大名说。

“不，不……不是，木椅哪会晃动……”老邢的牙齿打架，浑身还有点颤抖。

何大名没再与他多说，他打开房门冒雨摸黑走出去将木椅搬进房来，重新将房门关上。

“看，这不是木椅吗?!”何大名指了指湿漉漉的木椅说。

老邢露出半信半疑的神态，他站起身迟迟疑疑地走近窗前，提心吊胆张望了半晌。他“噫”了一声，回过头望着木椅发怔，一会儿他哆嗦着说：“难道……真是木椅？是我……看花眼！”

何大名在潘公馆中虽是一名秘书，比老邢的地位高得多，但由于他出身贫苦，刚进潘公馆不久，他在花匠面前丝毫没有架子。

何大名倒了一杯热茶递到老邢手中：“老邢，坐下歇歇，喝杯热茶！”

老邢坐在凳上将一杯热茶慢慢喝下，惊魂初定，原先惨白的面色开始红润起来，暗淡的眼珠也发亮了，有了生气。

风慢慢停了。雨渐渐住了。屋檐水滴在水凼里的咚咚嗒嗒的声音很有节奏。

---

1 把纸钱用纸封好，上面写接受纸钱的死者姓名。比单烧纸钱显得隆重些。

二

自从这夜以后，他俩的关系变得亲密起来。老邢经常敲开隔门到何大名房中坐坐，闲谈一些种花知识，摆摆一些有趣的龙门阵。

老邢喜欢喝两杯干酒，常将酒和菜拿到何大名房中，邀何大名一起边喝边谈。何大名没有多大酒量，他在夜里也感寂寞，陪着老邢边喝边谈消磨时间，倒也另有一番情趣。有时，何大名也在外面烧腊摊切半斤卤牛肉，打半斤绿豆烧回请老邢。他与老邢混熟了，彼此说话都消除了顾忌。老邢谨慎的话口终于在何大名面前一点一点打开来。

一天晚上，何大名陪老邢吃喝光了酒菜，他见老邢的兴致还很高，于是新泡上两盖碗沱茶慢慢喝。

老邢坐在书桌边，何大名半躺在床上，他俩无拘无束地喝茶、摆起了龙门阵。

老邢喝了一口茶，“啧啧”地咂着舌头：“好茶！普洱沱茶硬是好。”

老邢见何大名兴致不高，他“嘿嘿”笑了两声：“何先生，我晓得你又要看书写字了。好，我把这碗茶喝干就走，不打扰你！”

何大名被老邢猜中了心意，不置可否地笑笑。

“何先生，你那天靠近尼姑庵的篱笆向里探望，太冒失，幸好没被这个……”

老邢伸出两个指头比了比——何大名晓得他指的是潘上由，大家背后都称潘上由叫老二。这称呼有两种含义：一是潘上由排行第二；二是四川称土匪叫老二。对潘上由背后这老二的称呼，多少带点轻蔑的贬义。

“幸好没被老二的耳报神看见！”

老邢一声长叹：“你默倒尼姑庵是菩萨圣地，其实才是冥府地狱！”

老邢见何大名听得十分专注，他已喝干了一碗茶，自己动手拿过热水瓶将茶碗冲满开水，望着窗外黑压压的夜空出神。

何大名早想解开尼姑庵的疑团，见老邢不再说下去，忍不住问：“为啥是冥府地狱？”

“为啥？你问得稀奇！”老邢睁着红红的眼睛，斜睨着何大名，“这些年纪轻轻的姑娘哪个愿当尼姑，守着泥塑木雕的菩萨守活寡！何况……”他把话刹住了。

何大名好奇地问：“这么多年轻的尼姑是从哪里来的？老的尼姑又到哪里去了?!”

老邢低沉地咳嗽了两声，脸上露出严肃的神态，带点训诫的口气说："何先生，在潘公馆里做事，要谨开口、慢开言，不该问的事不要瞎问。不信……"

老邢最后冷冷地哼了一声。

"潘上由先生不过一个银行家，他啷个如此厉害，你们如此怕他？"何大名望着老邢问。

"你这点还不明白，亏你知书识礼！"老邢用食指勾了勾，做出打枪的动作，"瞎，老大有……"

何大名晓得老邢指的是潘上由的大哥，以前是地方军阀，现在是军长，握有军权。他见老邢说得吞吞吐吐，不再问他。

何大名打了一个哈欠，随意从枕边拿起一本小说准备看书。

潘公馆主宅的洋楼里透出色彩缤纷的灯光，传来"蓬嚓嚓"的舞曲声。老邢毫无回房去的意思，他不愿听那"蓬嚓嚓"的声音，上前将窗户紧紧关上，将窗帘拉拢。

老邢做出神秘的样子，将声音骤然压低："何先生，公馆里潘先生布置了无数耳报神，最喜听墙根，私下听下人谈话是常事；万一被听去……"他做了一个手势，"不死也要脱层皮！"

老邢觉得特别干渴，不觉又将一碗茶喝光，仍没有离开的意思，重新又冲满开水："这是第三开[1]，普洱沱茶要三开后才出味！"

何大名没钉着问，老邢反而耐不住要说："今天公馆里开舞会，这几个耳报神最喜在那边凑热闹，看炽和。嘿嘿，这时他们是不会来偷听的。"

老邢喝了一口茶将茶碗放下，用粗糙的手抹了一下嘴唇，感慨地说："唉，何先生，我给你说，这些年轻的尼姑都是潘家佃客家的女娃子。凡是欠了潘家的租佃，有貌美的女娃子送进潘公馆当尼姑就可以抵租佃！"

"啊！"何大名说，"原来是这样！"

老邢摸出一包八百壮士牌的香烟，抽出一支递给何大名。

何大名摇摇头："我不会抽烟。"

老邢没与何大名客气，将香烟点燃吸了一口，慢吞吞地说："变老的尼姑嘛，

1　冲开水的次数叫开。

没死都还了俗!”

何大名望着老邢问:“还俗——是不是送回家?”

“哪有这样耙和哟!潘老大有那么多打光杆的老兵,都赏给老兵当婆娘去喽!”老邢说。

“潘公馆占地并不宽,为啥偏要挤进一个尼姑庵,占住花园不少地盘?”何大名大声问。

“嘘!你轻声点。”老邢警告他说,“这些话倘若被耳报神听去……不怕一万,只怕万一啰!”

沉默了一会儿,老邢露出自负的表情说:“这件事的前因后果,潘公馆里剩下的老人已不多,除我老邢背得出这本账,其他人……”

他摇了摇头:“其他人哪晓得!”

何大名忍不住追问:“老邢,将这尼姑庵的前因后果说出来我听听,让我增长点见识,好吗?”

老邢今晚心境仿佛特别好,他毫不推辞,吸了两口烟立刻说:“修建这潘公馆时,我就在这里当花儿匠,原先没有这尼姑庵……”

老邢将椅子往床边靠了靠,使自己离何大名近一些,他将声音压得特别低:“说来话长,先从一个丫头谈起。潘家有个丫头叫绮纹,长得十分秀美,潘家兄弟俩都看中她,争着要纳绮纹做小[1]。绮纹却很有志气,她不喜欢老大;也不喜欢老二,宁死不从,情愿出家当尼姑。潘家兄弟俩哪肯依从她,闹得潘老太太晓得了,出面劝他兄弟俩不要为一个丫头伤和气,让绮纹出家当尼姑算了。潘家兄弟俩后来一想,让绮纹当尼姑确实是个好办法,大家都要不成,谁也不吃亏!潘老太太的意思,原想送绮纹到大山名庵去出家,老大和老二还没死心,向老太太出主意,就在花园里修座尼姑庵,让绮纹在庵里带发修行。潘老太太平时就吃斋供观音,这正合她的心意,马上就表示赞成。这公馆中的尼姑庵就是那时修建的。”

“啊,原来还有这段因缘,真是奇事!”何大名十分惊异地说。

“奇,奇事还在后头!”老邢杵熄了烟头,站起身来准备要走。

“老邢,你把话说完嘛,啷个卖起关节来!”何大名用央求的口吻说。

1 姨太太。

“说，又不是说书！病从口入，祸从口出，要是让老二晓得我背地说潘家的山海经，哼……你嘴上无毛，口头不牢，万一传出去……噫，我还要吃饭活两天！”

“老邢，你放心，我保证守口如瓶！”何大名接着诙谐地加了一句，“你怕我嘴上无毛，我把胡子蓄起就是了。”

老邢犹豫了一下：“要说，也要等一下。喝了这么多茶我回房去屙泡尿……”

老邢照例不敢在夜间单独出外小便，他在屋里备有夜壶。他回自己房去了一会儿，果真又返回何大名房中。

老邢不等何大名催请，坐到椅子上便开始说：“绮纹在尼姑庵中哪能清静？两个老爷常去纠缠。绮纹无奈，将满头青丝也剃去，还是不能让老大和老二死心。最后，绮纹想出一个办法，向潘老太太建议，要老太太广接佛缘，多招几个尼姑来同住修行。潘老太太答应了绮纹的要求，尼庵中增加了几个尼姑，老大和老二不便再去纠缠，绮纹才过了几天安生日子。”

“后来呢？”何大名催问。

“后来……”老邢黧黑的面孔上顿时露出凄然的表情，声音十分沉痛，“后来……实在太惨了。我有一个下手叫马二娃，也冤枉赔上一条命。”

老邢的眼光蓦地变得呆滞了，他凝视着窗外半晌没出声。

何大名无声地望着老邢的面孔，屋内的气氛顿时显得十分压抑低沉。

一会儿，老邢的目光又流动起来，他转向何大名，长长一声叹息：“马二娃长得结实标致，人也灵活聪明，他已在对江相国寺定下一门亲事，只等省吃俭用，攒下一笔钱便完婚。

“这时偏偏出了这件事……

“绮纹十二岁便被卖到潘家，是梁山乡下人。她进潘公馆一直没回过家乡，也没再见过自己的亲人。绮纹思念父母，思念家乡，所以平时最喜欢吃梁山柚子；这梁山柚子比沙田柚还甜美，汁水足。

“不过绮纹喜欢吃梁山柚子，并非嘴馋。她说她吃了梁山柚子，好比吃到了家乡的水，好像见到了家乡的景色。

“绮纹自从当了尼姑，住进花园新修的庵中，她的行动完全失去了自由，不许她出庵一步。当然，她再也吃不到梁山柚子了。

“你晓得，这花园院墙外是一条通往江边的梯坎路，一些小贩常在墙外站在石梯坎上向过路人兜售吃食和水果。各种小贩在墙外的叫卖声，绮纹住在庵内当然能听清楚。

“那年，正是秋天柚子上市的季节，院墙外小贩叫卖梁山柚子的声音又尖又悦耳：‘梁山柚唷，不甜不要钱！’

“绮纹年纪轻轻，孤孤凄凄日夜守着泥塑木雕的菩萨和昏昏的青灯，哪能不动凡心！她想家想父母，真想能看到和吃到家乡的柚子。但是哪个能出去与她买回梁山柚呢？没有人与她去买。

“一天，活该有事。绮纹看见马二娃靠近篱笆给花草整枝，她忍不住走拢篱笆边招呼马二娃，便将钱递给他，托他出外给她买回两个梁山柚子。

“马二娃没打一个顿，马上放下花剪从绮纹手中接过钱，跑出公馆给绮纹买梁山柚……

“殊不知潘老二暗中派有人监视绮纹，怀疑她对老大有情意些，想抓住她的把柄好整治她，好发泄自己的醋意。

“这监视绮纹的耳报神便是现在的门房老颜。那时老颜还年轻，在潘老二身边背梆梆枪。老颜远远望见绮纹递了一个什么东西给马二娃，过一会儿老颜又望见马二娃送去了两个柚子。老颜还望见平时难得有笑容的绮纹接过柚子没有马上离开，有说有笑地与马二娃说了一阵话。

“马二娃哪能想到给人帮点小忙，便会惹来杀身的大祸?!

“马二娃与绮纹一回生，两回熟，绮纹自此经常托马二娃给她去买梁山柚子。隔着篱笆闲谈几句也是平常的事。

“这些事，马二娃曾经给我摆谈过，说绮纹见了梁山柚子就流泪。我当时也认为是细小事情，倘若绮纹托我，我也会给她出去代买的。

“老颜添油加醋早将这一切密报给潘老二。潘老二用望远镜站在洋楼的窗前看得一清二楚。绮纹从未对他笑过，他见绮纹笑容满面地同马二娃讲话，情态十分亲密。潘老二吃了醋，这祸就惹大喽！

“潘老二气得丧失了人性，认定绮纹不理他，原来是与马二娃有私情。他气冲冲带着人进了花园，当场捉住马二娃，将他上了五花大绑。

“马二娃不晓得自己犯了啥事，挣扎着不服。绮纹明白潘老二的意思，眼见马二娃无辜为她受冤，不顾一切为马二娃分辩。

“潘老二举起皮鞭要抽打马二娃，绮纹护住马二娃甘愿自己挨打……

“潘老二见绮纹如此护住马二娃，更认准他俩有私情无疑，急切想报复泄恨，

气得他快疯狂了。他立刻叫人在那几棵槐树间挖了一个坑，怒吼着：‘我要当着你这贱女人的面活埋马二娃。’

“听说要活埋马二娃，公馆里的人都吓蒙了，哪个劝，潘老二就给哪个一鞭子！

“绮纹反而十分镇定，她冷冷地面对潘老二，嘴角露出冷笑说：‘既然你认定马二娃与我有私情要活埋他，好，让我与他死在一起！绮纹说完，一步跳下坑里将马二娃揽在怀中大声喊：‘你们站着干啥？快填土吧！’

“绮纹如此刚烈，连潘老二也惊呆了……”

老邢讲到这里蓦地停住，面部的表情急剧变化，双手捂面，垂下了头。

这样惨绝人寰的事，令何大名十分骇异，他睁大眼睛呆呆地望着老邢。

一会儿，老邢松开双手，老泪花花地继续说：“马二娃已吓掉魂，脸惨白，开初在绮纹怀里挣扎着叫冤枉，后来吓瘫了，浑身只是颤抖……”

何大名忍不住问：“那……绮纹和马二娃就一齐埋在槐树间的坑里啰！”

老邢摇了摇头，他说：“哪有这么撇脱？绮纹长得那样漂亮，潘老二还舍不得活埋掉呢！”

“那，单把马二娃给活埋啰！”何大名猜测说。

老邢点了点头：“是的。潘老二犹豫了一下，叫人硬把绮纹和马二娃分开，把绮纹抬出了土坑，单把马二娃活埋了！”

老邢长长一声叹息，声音又有些打战：“你想，活生生一个小伙子，眼看就这样活埋掉了，叫人唧个……至今我看见那几棵老槐树间的草地，便想起马二娃当年被活埋的情景，唧个叫人不心惊肉跳哩？唉！”

何大名心中的疑团顿时解开了。他仍不满足地问道：“绮纹呢，她后来唧个结局？”

老邢好像对何大名不断寻根问底不满，又好似发泄自己心中的愤懑：“问，还问？绮纹哪会有好结局！”

何大名默然了。

沉默了一会儿，老邢才开口说：“绮纹第二天在庵里失了踪，寻来找去，原来她就在活埋马二娃的那处地方，吊死在一棵槐树上。有人说绮纹吊死在那里是为了殉情，其实我最清楚，他俩一直水清鱼白，毫无私情。绮纹这女子……唉！”

老邢长长一声叹息，露出唏嘘的样子。

“啊！原来公馆里禁止人靠近篱笆是为这……”何大名说。

“不单为这事！”

“哎，还为啥事？”何大名惊诧地望着老邢。

“是这样……”老邢说，“抗战时期，国府迁到重庆，重庆的风气开通不少。公馆里有位副官，真的与一个尼姑有了勾搭，被潘老二发现，后来……”

何大名大吃一惊：“难道在槐树下又活埋一个？”

“不，没有！”老邢摇摇头。

“噫，难道潘先生发了善心？”

“发啥善心啰！”老邢轻言细语解释说，“重庆成了陪都，比潘家有财有势的人多得很，不比当年潘家占山为王，无人敢惹他。不安逸潘家的大官有的是，比如宋子文几次想逼潘老二搬家，想将潘公馆改作宋公馆。倘若在天子脚下还发生活埋人的事，潘老二的敌手岂肯放过他？所以这位副官运气好，只将他赶出潘公馆完事。”

这时，他们才注意到主宅洋楼里没再传出蓬嚓声，舞会已经结束，夜，一定很深了。

老邢打了一个哈欠。何大名也伸了个懒腰。

老邢站起身说：“公馆里出现副官偷尼姑的丑事后，潘家才定下这条规矩，任何下人都不许靠近篱笆，更不许与尼姑谈话，不然的话，哼……”老邢又打了一个哈欠，临走前，正言厉色地叮咛说：“何先生，我刚才谈的这件事，你千万不要说出去，谨防……”他用手搁在后颈上，做了一个砍头的动作：“谨防掉脑壳！”

何大名等老邢走后，他反而没有倦意，刚才老邢的话，给他脑海里留下了一幅血淋淋的图画，活生生地在心头浮现。他站在窗前呆呆地望着窗外，久久地沉思。

三

何大名自那夜听了老邢谈的那些旧事，心头很久都不能平静。他也像老邢一样，宁肯绕道也不愿从几棵老槐树下经过。他想到吊死的绮纹以及被活埋的马二娃，虽与他们素不相识，但心中也不是滋味。

他住在这花园的角落里更感到阴暗低沉，精神上感到莫名的压抑，有一种憋气感。

对于潘上由，他心中有说不出的反感，每当潘上由打哈哈时，他便觉心惊肉跳，对自己的行动越发小心谨慎。

潘上由却不晓得何大名心里的变化。相反，何大名的谨慎，还给他留下了极好的印象，他渐渐觉得黄小芸给他推荐的这人不错。他不时将何大名带在身边出外办事，何大名成了潘上由贴身的秘书。

潘上由见何大名穿的制服太寒碜，跟在自己身边有失潘家的体面。他额外赏给何大名一笔钱，给何大名去添置一些衣物。

爱美是人的天性，何大名也不例外。他换上崭新的西装革履，仪表骤然变了样。他颇沾沾自喜，觉得自己英俊、潇洒。

何大名迫不及待地赶回窍角沱封大嫂家，连刚下工的封丽华也骤然认不出这位气度不凡的青年是谁。她客气地问："先生，你找谁?"

何大名强忍住笑说："我找封丽华!"

待何大名取下头上往下压到眉端的博士帽，封丽华才认出他来："啊，大名哥!"

封大嫂在一旁见了也觉好笑。

人要衣饰，马要鞍装。何大名在潘公馆的地位平地升高，一般人见了他都向他点头哈腰。

黄小芸也觉何大名换了衣饰，比以前更英俊秀气，更富有对女性的吸引力。她来潘公馆找何大名闲谈的次数增多了。

以往，虽然美专离这里不过十多分钟步行的路程，但黄小芸是很少到她继母娘家来玩的。因此引起了潘公馆内许多人的猜测，都说何大名是潘上由外甥女儿的男朋友，未来的外甥女婿。这些话传到潘上由耳中，他也疑信参半，对何大名格外器重。

何大名在潘公馆的地位变化得如此快，他也觉意外，有点如梦似幻的感觉。老邢谈的有关尼姑庵的惨剧，在他心头渐渐变淡了。

对于潘上由，何大名反而产生一种知遇的感激心情，他工作十分卖力勤奋，更取得了潘上由的喜欢。

何大名已由花园角落的小房搬进了主宅的洋楼内居住。潘上由也让何大名参与他的一些机密事情。凡有显要客人来到潘公馆，少不了何大名进出客厅，接待照应，因此他能听到一些官场内幕和政治秘闻。

一天晚上，潘公馆客厅内坐着几个客人。他们酒足饭饱之后，边喝茶边休息。

何大名坐在潘上由身后不显眼的地方，他随时要看潘上由的眼色行事，去照应一切。

在客人中，一位女宾却成了众人注目的人物，她就是凯乐舞厅的舞女小蝴蝶。

小蝴蝶坐在警备司令部稽查处孙处长的身旁。她今天的打扮十分惹人注目。时近初冬，她披着一件银灰色海勃龙进口大衣，而贴身只裹着一件薄薄的变色软缎西式连衣裙，在灯光的照射下，从不同的角度可以看见那变色软缎反射出不同的色彩，视线稍微移动，色彩的变幻令人眼花缭乱。而这件连衣裙，衣领开得很低，露出大半个银缎似的胸脯。她的发式也很别致，卷发向上梳拢，形如一枝含苞待放的兰花，将她鹅蛋的脸形陪衬得恰到好处，还将一段白皙纤巧的长脖项显露无遗。她叠着二郎腿，高昂着头，摆着姿势，很像供画家写生的模特儿；又像刚下场的芭蕾舞演员，披着大衣在作短暂的休息。

全场人的目光都集中在小蝴蝶的身上，她仿佛成了客厅里的中心人物。

而小蝴蝶毫不拘谨，从容地变换着坐姿，漂亮的面孔上始终含着甜蜜的微笑，左顾右盼，不时低声向孙大胜交谈几句。

客厅里鸦雀无声，个个看得呆了。

小蝴蝶见全场人都痴痴地注视着她，心里十分开心。自从丁宫保登出了那则事关两位航运大亨的新闻，在重庆社交界掀起了一丝小小的波澜，而小蝴蝶的艺名不胫而走，一些舞迷顿时麇集于凯乐舞厅，都以能与小蝴蝶对舞一曲为荣。小蝴蝶得到了意想不到的好处，陡地身价百倍。孙处长也着了迷，采取威胁利诱，将她攫为己有，独占花魁。现在，小蝴蝶已经不在凯乐舞厅陪舞，成了孙处长的情人。

小蝴蝶在这些达官贵人中周旋，已摸够了这些人的心理，在他们看得入迷的时候，她却款款站起身来，将披在肩上的海勃龙大衣穿好，扣上大衣的几颗扣子，用一条纱巾把脖项和裸露的一点儿胸脯围得严严实实，然后落落大方地坐下，脸上甜蜜的微笑也消失了，露出圣洁的端庄神态。

大家含着兴犹未足的失望表情，将集中在小蝴蝶身上的目光缓缓移开。静寂的客厅里，这时才有了咳嗽和说话的声音，凝结的气氛开始解冻了。

这孙大胜原系潘老大手下的参谋。抗战前，蒋介石派参谋入川，戴笠乘机在川军中发展特务组织，孙大胜眼见中央军势力很大，便暗中投靠戴笠，加入了复兴社。这些年，他认为自己混得不如意，至今还是个中校衔的处长；眼见以前比他差的人，都调进军统本部参与机密，由此牢骚很多。

潘上由见在座的人都是与自己关系密切的熟人，他的目光恋恋不舍地从小蝴蝶的身上移向旁边的孙大胜："孙处长，戴笠坐飞机失事，从空中掉下来摔死了，外面谣传很多，都说……"

他迟疑了一下，环视大家的面孔，终于说："都说与蒋先生有关。当年杨永泰的死，至今还是一个谜，有个时期都盛传是蒋先生派人干的；而戴笠的死……"

不等潘上由说完，孙大胜立刻神态严肃地打断了潘上由的话："潘公，这些话可不能信口乱说，我们是至交固然不碍事，但这话传到上面被毛老板晓得，向'最高'报告，那，噫……"

潘上由见孙大胜带点官腔的意味，很觉扫了面子，露出讪讪的表情，随即现出愠色。

孙大胜见状，话锋一转："嘿嘿，潘公不是外人，与我说说也不妨！"

他眉头一皱："潘公这种猜测差矣！杨永泰与戴老板怎能相提并论。蒋总裁视为股肱者只有两人：一人是文胆陈布雷；一人便是戴雨农。那杨永泰孤高自傲，喜欢哗众取宠，自以为见识比总裁还高，惹来杀身的横祸，咎由自取。而戴雨农则不然，他虽然才干超群，但处处知道收敛锋芒，他以蒋校长的脑袋为自己的脑袋，比儿子还孝顺，蒋总裁哪会暗算他！"

孙大胜从茶几上的烟厅里取出一支红吉士香烟衔在嘴上，坐在旁边的小蝴蝶拿起打火机扭燃给他点燃香烟。

孙大胜喷了一口烟雾，望着潘上由慢吞吞地说："潘公不是外人，说出也不妨。自雨农摔死以后，听说蒋总裁三天没吃饭……"

在座的人都晓得孙大胜是保密局的骨干，谁也不愿插嘴去惹来意想不到的祸事，只是专注地听着，以后也好当成话题在外去吹吹牛。

潘上由撇了撇嘴："三天没吃饭有啥要紧，喝牛奶吃蛋糕，天天改吃西餐还是一样！"

因为潘老大也是受蒋介石排挤的地方势力，所以潘上由也对蒋不满，自恃有他哥哥撑腰，故敢于在孙大胜面前说这样的蹊跷讽刺话。

孙大胜假装对潘上由的话没听见，继续说："总之，雨农的死，蒋总裁十分伤心，为了选择戴老板的继任人，他很费了一番思虑。讲才能，讲忠心，谁也赶不上戴雨农!”

“喂，蒋先生选中毛人凤继任雨农，不晓得此人如何？我们对他都不甚了解!”潘上由问。

孙大胜听后只顾抽烟，半晌没有答复。

潘上由也觉不该对军统内部情况表现出过分关心——军统内部有句话：“深知他人秘密者不祥”，是写进军统教材的座右铭。他立刻改变了话题：“孙处长，听说抗日中被蒋先生委任为中将高参的段玉兴，因他是日本间谍，已在上海枪毙，不晓得确不确实?”

“有啥不确实!”

孙大胜简短地说了一句便默不作声。

提起段玉兴，客厅里的气氛顿时十分活跃起来，发出了一阵窃窃私语。因为有关段玉兴与樱花少佐的事早在陪都流传遍了，经过一些人的口头加工夸张，越将段玉兴和樱花少佐的事说得玄乎其玄，变成了传奇式的神秘人物。所以引起了大家的浓郁兴趣。

潘上由脸上堆满笑，问：“那个樱花少佐呢？听说是十分风骚漂亮的女人!”

孙大胜淡淡一笑：“那是人们口头的流传，其实樱花少佐不过略有几分姿色，算起来，她现今已快成老太婆啰!”

孙大胜看见大家的目光都投射在他身上，露出好奇感兴趣的样子，他身边小蝴蝶亮亮的目光也水汪汪地望着他，带有怂恿催促他多谈点的意思。

他轻轻咳了一声，将烟头往烟缸里杵熄：“枪毙个段玉兴有啥稀奇！周佛海跟汪精卫投靠日本人搞曲线救国，据我所知，周佛海人在曹营心在汉，他跟我们军统一直有联系。在南京伪政府还保释和暗地掩护过我们军统派去的人。抗战胜利后，周佛海原以为不会被当作汉奸惩办，殊不知还是被蒋总裁关押起来，听说在牢里快要死了。我听人说，要是周佛海在法庭上不公开招认出他与军统的这种关系——这叫无毒不丈夫啊!”

潘上由听后不以为奇：“孙处长，这些事我早晓得！你还是谈一谈樱花少佐目前的情况吧!”

“对，孙处长谈一谈樱花少佐!”其他几个人也一齐打和声。

孙大胜说：“没啥好谈的，枪毙了段玉兴，樱花少佐却很受优待，目前已遣送她回日本去了!”

潘上由听后感到十分意外，问:“报上登载，有名的日本女间谍川岛芳子也被判处死刑，为啥反而将樱花少佐遣送回国，一点儿也没受到惩处?”

孙大胜鼻孔里“哼”了一声:“潘公，你真是少见多怪！其实道理十分简单。川岛芳子并非日本人，她是清朝一位遗老的女儿，杀她好比杀掉一只苍蝇。而樱花少佐是日本军部的老牌特工，美国人正用得着他们，他们在中国组织的情报网，目前反共之际，我们也是用得着……”

孙大胜说溜了嘴，这时心中一惊，感到这些机密泄露出去，倘若让上级知道，军统内部的纪律是不容情的。他陡地收住嘴，忙将话岔开:“潘公，谈这些话太枯燥，我们还是跳舞吧!”

孙大胜已拉着小蝴蝶站起身来:“潘公，让小蝴蝶陪你跳几支舞曲!”

不等孙大胜的话说完，小蝴蝶已离开孙大胜，翩翩走到潘上由身边，依偎着他。

潘上由忍不住搂住小蝴蝶软软的细腰，眉开眼笑地回头吩咐何大名:“何秘书，传乐队!”

小蝴蝶将她的海勃龙大衣一脱，潘上由眼前一亮，早已神魂飘荡……

第十六章

一

“大名，有件事我早想给你谈谈！”

封大嫂坐在床沿上，她手中从没空着，不是纳鞋底，便是补缀衣衫，这时她缝补着封大哥的一件破长衫；这件长衫封大哥当嘎嘎衣穿了十多年，已经破旧了。她边缝边瞅着何大名说。

今天何大名陪同潘上由到黄公馆与黄玉庵商议事情。他们的密谈照例不许其他人参加，何大名便趁机请了假，回窍角沱看看；适逢丽华上班去了。

何大名见封大嫂郑重其事、欲言又止的样子，不觉迷惑地望着封大嫂说：“舅妈，你有话就说，我从小由你抚养大，你就是我的亲妈妈，不要见外才好！”

“是呀，我从没对你见外。说实话，我没有儿子，一直把你当成亲生儿看待！”

封大嫂边说边打量着何大名，见他穿着西装，显得十分气派；唇红齿白，也显得异常英俊。她见他已长大成人能够自立，心中有说不出的高兴；认为她这么多年省吃俭用，送他读书，总算没白吃苦，心中感到非凡慰藉。

何大名眉头一动，亲昵地说：“那么，我以后就改口叫你妈，你说好吗?”

封大嫂停住手中的针线，黑黝黝的脸膛上露出欣喜的微笑：“大名，我今天要给你谈的就是这件事情！”

“我现在就改口叫妈，再不叫舅妈了。”

何大名接着叫了一声：“妈！”

封大嫂听何大名脆生生地叫了一声妈，她只是望着何大名微笑。

“妈，你为啥不答应?”何大名亲昵地说。

封大嫂果真答应了一声：“噢！”

他俩相视笑了。

封大嫂几次放下针线活，嘴唇动了几次，仍将要说的话咽了回去。

何大名见封大嫂一反常态，不像往时那样爽直，不禁奇怪：“妈，你要与我说啥？你为啥……”

“大名，你认为丽华妹怎样?”封大嫂终于启齿说。

“丽华妹！”何大名用惊讶的目光望着封大嫂，“妈，你问得真古怪。丽华妹与我从小一块长大，从没闹过意见，这还用问？丽华妹聪明美丽，心眼又好，不消说得！”

“你喜欢她吗?”封大嫂笑眯眯地说。

“当然喜欢!”何大名毫不思索地回答。

“你既然喜欢她……”封大嫂迟疑了一下，“我也问过丽华，她也喜欢你。你看应该哪个办?”

“妈，你说得越发出奇，应该哪个办?——这还用说，我一辈子都喜欢她，对她好!”何大名十分郑重地说。

“这，我就放心了。”封大嫂心花怒放地说。

封大嫂垂下头继续做针线活，沉默了一会儿，她蓦地感到何大名没有出现那种应该出现的羞涩表情，不觉抬起头来打量着何大名，显然何大名并没有懂得她的意思，她微微皱起了眉头。

封大嫂一时不晓得如何措辞将话点明，踌躇了一会儿，她说：“你一辈子对丽华好，哪个好法?”

何大名正色说：“丽华还没出嫁，我攒上一笔钱给她办一副好嫁妆，妈，你说好吗?”

以前，封大嫂虽向何大名暗示过这件事，但因为他俩年龄还小，说得很含蓄；而何大名一直把丽华当成亲妹妹般看待，也没从其他方面想。那次从土桥步行回家的途中，何大名虽然一时冲动，悄悄吻过丽华；但事后还感到自疚，认为不该对丽华那么轻浮，所以他此时仍不明白封大嫂的真意。

封大嫂听何大名如此说，不觉一怔，脸色顿时改变。

何大名见封大嫂蓦地收敛了笑容，显出不悦的神态，不觉惶惑不安地注视着封大嫂，问道：“妈，难道这样不好吗?”

“好，很好!”封大嫂勉强装出笑脸点头说。

何大名感到轻松了一些，热情地说：“等她出嫁以后，我仍然会照看她的。”

封大嫂见何大名态度诚恳，不像装样，只得直截了当地说：“大名，我只有丽华这个独姑娘，不想嫁出去!”

何大名脱口而出：“妈，不想嫁出去，就招赘一个女婿上门吧!”

封大嫂点点头：“是呀，我是想招个上门女婿!”

她停顿了一下，接着说：“实话对你说，我与你舅舅商量过，他也同意——你与丽华自幼友爱亲密，倘若你看得上她，我们亲上加亲，将丽华与你配成对，这是天生的一对啊!”

何大名听后一怔，因为封大嫂突然提出这事，他思想上毫无准备；一会儿，他脸上露出惊喜交集的表情，喜的成分占多数——他与丽华平时感情笃厚，在穷困和患难中一块长大。

何大名现出羞涩的表情，他一时不晓得如何回答才好。许多年前的事一齐兜上他的心头。想到投考清华中学的那一年，路保长不给擦皮鞋的钱，反而举起手杖打他，丽华哭叫着，奋不顾身扑上前护住他的情景，仿佛还历历在目……

“难道你不愿意?”封大嫂见何大名半晌没出声，声音包含点不悦的意味。

何大名一惊，忙说：“我哪个会不愿意，不晓得丽华的意见怎样!”

封大嫂不觉喜上眉梢：“丽华，她……”

封大嫂说到这里，外面传来楼梯响；一听这脚步声，晓得是丽华放工回家来了。她蓦地闭上嘴笑眯眯地望着门口。

丽华未进门便喊了一声“妈”，她跨进门见何大名坐在房内，顿时欣喜地叫了一声：“大名哥!”

何大名骤见丽华一变常态，显出忸怩不安的样子。

丽华上前亲昵地一手扶在大名的肩头上：“大名哥，我前两天进大城，顺便去曾家岩找你。我一路问到潘公馆门口，见门口有背枪的人站岗。这些人凶神恶煞的，没等走近，远远就挥手叫我走开，我一气之下，便扭头走了。”

何大名只是含笑望着丽华，神态仍不自然。丽华没留意这些，离开何大名，放好手中的饭盒，打起了一盆热水，对着桌上的一面圆镜，用湿毛巾细心擦拭着头发上粘上的絮花。

封大嫂起身拿起篮子：“我上街去买菜，大名在家吃了晚饭走!”

何大名看了看手表——这是他新从拍卖行买来的相因货——制止说：“妈，我还要赶到黄公馆去，怕潘先生有事找我!”

不等何大名把话说完，封大嫂已走远了，传来一阵下楼的脚步声，一会儿便沉寂了。

丽华回眸瞥了何大名一眼，她拿着梳子边梳头边对着镜子说：“咦，好稀奇，大名哥为啥改口叫妈?”

封大嫂一走，何大名顿时感到轻松起来，他本与丽华亲昵无间，走上前站在丽华身后笑嘻嘻地反问她：“丽华，你猜，我为啥改口叫妈?”

丽华梳好头扎着头绳，站起回过身面对着何大名撇撇嘴说：“你本来就应该叫妈嘛，还用猜！”

何大名没回答，他从封丽华手中夺过头绳：“来，我给你扎！”

“不要，不要，你不会扎！”丽华娇憨地扭动身子不依；口里虽如此说，但却伸过头去贴在何大名胸前让他给扎辫梢。

何大名扎头绳的动作显得很笨拙，他故作神秘地说：“丽华，你猜，刚才妈给我谈啥？”

丽华却比何大名敏感，她脸上顿时飞上两朵羞涩的红晕，一对黑白分明的眼睛闪射着亮亮的喜悦光辉。她强忍住自己的真实感情，说：“今天又不是正月十五猜灯谜，我不猜，我不猜！”

何大名终于给她扎好头绳，丽华的头部离开了他的胸前。她对着镜子照了照：“我说你扎不好，看，扎得松散散的怪难看！”

何大名一手搭在丽华的肩上，仍含笑说：“真的，妈今天与我谈了一件大事，你猜猜看！”

丽华抿嘴一笑，头一摇：“我不猜。你愿说便说吧！”

何大名说：“告诉你，妈要将你嫁给我！”

丽华一怔，接着她转身捶着何大名的胸故作嗔怪说：“你胡说，你在潘公馆学坏了。我不依，我不依……”

这本在丽华意料之中，而且是她盼了很久的话，今天由何大名亲口告诉她，令她羞涩不安。也许太激动，太兴奋的缘故，她长长的眼睫毛上真的挂着泪花，仿佛真的受了委屈和戏弄一般。

何大名见丽华的神态，他却当了真，忙正正经经地说：“真的，我不骗你，难道你不喜欢我，不愿嫁我……”

丽华用双手捂住娇红的面孔：“你不要怪说，你不要怪说了！”

何大名仍然说：“难道你不喜欢我，不愿嫁我……”

丽华蓦地哭泣起来，双手仍紧紧地捂住面孔。

何大名哪能理解丽华此时又羞又喜的强烈感情，见丽华哭得如此伤心，一时变得手足失措，不住地说：“丽华，你别哭，我说的是真话，刚才妈确实说过……”

他不晓得再说啥，变得口吃起来：“丽华，要是你不愿意……”

丽华蓦地松开捂脸的双手，扑上前搂住何大名的脖子：“大名，我……”

她鲜润热烫的嘴唇紧紧地盖合在何大名的嘴唇上。何大名紧紧地搂住她……

二

何大名怀着一种幸福的情绪回到了黄公馆，他与丽华将要结成夫妇，怎不叫他激动高兴！

潘上由与黄玉庵坐在客厅里正高谈阔论，何大名远远便听见他们说话的声音。客厅门半敞着，说明他们的密谈已经结束。

黄公馆内灯火辉煌，何大名忐忑不安地走进客厅，因为他离开黄公馆的时间太长了，怕潘上由会责问他。

幸好潘上由只瞥了他一眼，依然继续说话，看不出他有责问的不悦表情，何大名的心才安定下来。

他照例选了一个不显眼而又离潘上由很近的地方坐下来。他们正谈论轰动全国的沈崇事件，陪都已成立了各界声讨美军罪行后援会，反美的浪潮眼看一浪比一浪高。

“玉庵，听说你也参加了后援会，后天的示威游行，你一定是要参加的啰！”潘上由吧了吧嘴角上叼的雪茄，望着黄玉庵问。

黄玉庵瘦削的面孔上显出激愤的表情：“二哥，美军陆战队那些士兵实在不像话，像沈崇这样的事件，陪都也发生过，其中还有党国要人的女儿也被美军奸污了，不过不愿声张，甘愿吃了哑巴亏。美军在北平强奸了北大女生沈崇，激起中国人民的愤怒，这是理所当然的事。我们是炎黄的子孙，美军这种丑行太伤害我们的民族自尊心了。我不仅要参加后天的示威游行，我还是被推举出的代表，要到市政府当面向张笃伦递交请愿书！”

潘上由沉默了一会儿，缓缓地说：“玉庵，我有些担心，听说这次沈崇事件闹得这么大，主要是共产党在其中推波助澜，我们不要轻易听信共产党的煽动，为他们所利用！”

黄玉庵将手中的烟蒂往烟缸里一杵。他一向优柔寡断，这时却十分固执，睁大一对眼睛，气昂昂地与潘上由顶撞起来：“哼，说是共产党在煽动，这不过是蒋先生惯用的宣传，不可信。二哥，你想，自抗战胜利以后，国民政府软弱媚外，听任美军在中国胡作非为，到处与共产党闹摩擦，要打内战……”

黄玉庵陡地改变了话锋：“我们是生意人，不懂政治，但是这才一年多，弄得物价飞涨，法币贬值，我们生意才难做，龟儿实在恼火。好好一个中国，不休养生息、恢复抗日战争留下的创伤，却弄得民不聊生；你想沈崇事件恰恰在这时发生，怎不成为导火线？凡是爱国的民众，谁不义愤填膺?！这叫‘星星之火，可以燎原’。反美的浪潮必然会席卷全国，怎能怪共产党?”

潘上由打了一个哈哈，对黄玉庵的顶撞好像毫不在意：“玉庵，不谈这些！”

他取下嘴角上叼的雪茄烟，夹在指间捻了捻：“不过，我听说警备司令刘雨卿已在调兵遣将，要在示威游行这天捕捉人。玉庵，你说生意人不懂政治，这话我赞成；我们是至亲，你要有节制，万一被卷进当前的政治旋涡，嘿嘿，那就太麻烦了！”

黄玉庵摇了摇头，显出不以为然的样子：“众怒难犯——我谅刘雨卿不敢！”

潘上由“哧”地笑出声：“玉庵，难道你忘了较场口事件。戴笠虽然死了，毛人凤的手段更毒辣啊！”

黄玉庵口气变得犹豫起来：“这……”

他沉默了一会儿，接着说：“我一定要参加示威游行。既然大家推我做代表，我一定要去市政府递请愿书。我倘若知难而退，岂不惹人耻笑！”

潘上由拖长声音说：“玉庵，劝你还是稳重点好啊！”

黄玉庵皱了皱眉，没有回答。他从烟厅里取出一支香烟点燃，默默吸着。

何大名见潘上由没有吩咐他干事，觉得坐在这里十分无聊，于是站起身悄悄退出了客厅。

他穿过一道走廊，听见远处传来剁肉的刀砧声，铲锅声，晓得前面是厨房，正忙碌着准备晚饭。于是他转回身折向旁边一条青砖铺的小径信步走去，走过一道月亮门，不觉到了花园。

这时，一轮皓月当空，将花园内的情景照得异常清晰，好似白昼一般。时序已进腊月，花园内寒气瑟瑟，除冬青树外，法国梧桐早秃了枝，树皮开始剥落，树干显得斑斑驳驳，地上撒满了落叶，也无人清扫。人踩在落叶上，发出窸窣的声响，在静谧的清辉下，呈现出人晃动的倒影。何大名感到别有一番情趣，不觉放慢了脚步，慢慢踱去。

园圃中菊花已经凋谢，枝上还有几朵残花，在寒风中蔫耷耷的。

何大名蓦地嗅到一阵浓郁的清香，他不觉感到惊诧，纵目在月光中寻视，原来有几棵蜡梅已经盛开，这清香是它们散发出来的。

他走到一棵蜡梅树下站住，仰头观赏着枝上成簇的花朵，那是一棵红梅，开得十分繁盛。

何大名虽然不止一次跟随潘上由来过黄公馆，但还是第一次进入花园。自袁静芳和赵小姐不明不白的死后，黄玉庵将花园中的教堂也关闭了；他很少到花园里游玩，花匠逐渐变得懒散，故此花园里呈现出一片破败景象。

何大名在红梅树下站了一会儿，朔风阵阵吹过，他已感到寒意，于是缓缓地离开了那棵红梅树，想循着来路走回去。可是他却迷了路，越走越觉不对，正收住脚步迟疑的时候，前面不远蓦地传来一个女人清脆的声音："是哪个?"

何大名闻声吃了一惊，忙答："是我！"随即补了一句，"我是潘先生的秘书！"

"啊，是何大名！你啥时来的?"那个女人迎上前来。

何大名已经看清是黄小芸，一颗紧张的心才安定下来。他往前迎了两步："啊，是你！我到花园里透透气，想不到却迷了路。"

黄小芸在何大名面前站住了，忍不住"哧"地笑出声："我家这花园像巴掌大，农村来的白帕也不会迷路；你是啷个搞的，比乡下人还不如！"

黄小芸的面孔离他很近，他可以感到她的鼻息。要是以往他不会有特殊的感觉，黄小芸对他一直都是这样热情亲昵；但是他今天心上老萦绕着丽华的影子，自己感到不能对黄小芸太亲密，他忍不住后退了一步。

何大名这个动作被黄小芸觉察到了，她不悦地说："咦，你为啥往后退?"

何大名正觉尴尬，幸好她已改变了话题："何大名，后天全市要举行反美大示威，你参不参加?"

何大名迟疑地说："潘先生——他会让我参加吗?"

"怕啥！到时我去潘公馆约你，我帮你请假，不信舅舅不给我这点面子。"

"好吧！"何大名点了点头。

接着何大名好奇地问："花园里静寂无人，你也有兴致到这里散步，难道你不害怕?"

黄小芸一甩头："怕啥！我就喜欢淡淡的哀愁，徐志摩的诗中常有这种意境！走，你陪我在花园里逛逛。你的诗不是也含有淡淡的哀愁吗?"

何大名一时没出声，有些顾忌，在这样的时刻，一对青年男女在静寂无人的花园里散步，要是被人碰见，就是跳进黄河里也洗不清。

"不，我离开潘先生已经很久了！"何大名涨红着脸，声音有些慌乱。

"胆小鬼！"

黄小芸撇撇嘴，接着莞尔一笑。

“笑话，我胆小！”何大名嘴壳子很硬。

“好，快吃晚饭了。乡巴佬，我送你走出花园！”黄小芸大方地拉住何大名的手，“走吧。后天游行我去约你，记住！”

何大名想缩回手，又感到会显得没有礼貌，略微迟疑了一下，只好听任她拉着。他俩走出花园的月亮门，前面人多起来，幸好黄小芸主动撒开了他的手，何大名才如释重负般吁了口气。

三

国府路原先的国民政府改为现在的市政府。

市政府门前拥挤着示威游行的队伍。美专学校师生的队伍也停留在市政府门前。黄小芸身边站着何大名——她果真去潘公馆把他拉来了。

市政府铁门的岗哨已被步步进逼的示威群众逼得后撤到铁栅门后，要关闭铁栅门已经来不及了；示威群众挤进了铁栅门，市府大院内的平坝里站满了愤怒的人群。

内二警的张营长站在台阶上，两挺重机枪左右架着，两个射手握着机枪柄瞄着群众，做出待命射击的姿态。

张营长一脸黑麻子，他手中执着左轮手枪，大声狂叫着：“奉警备司令刘雨卿将军的命令，你们倘若走上台阶一步，我们便开枪，一律格杀勿论！”

市长张笃伦推说不在家，不愿接见请愿的代表，已经引起了示威群众强烈的不满；这位张营长凶神恶煞的武力威胁，好比火上加油，十多个人已冲上几步台阶，做出向两挺重机枪扑过来的架势。

张营长紧张得满脸流汗，仍然声嘶力竭地大呼狂叫：“奉警备司令……”

张笃伦在楼上的市长办公室里急得团团转，他不时停留在一扇紧闭的落地窗前，透过玻璃可以看清院坝里的激烈场景。一阵阵口号声像要把市府大楼震垮似的响彻屋宇。

“美国兵在神州大地上强奸妇女，干尽坏事，谁无妻室，谁无儿女，谁无姊妹！”

“示威游行是正当的民主权利，凡炎黄子孙都应当有爱国心、羞耻心！”

“坚决要求市长张笃伦接见请愿代表，不达目的，誓不罢休！”

张笃伦的耳膜被口号声震得嗡嗡响，他身旁站着几位文臣武将，目光都紧张地围绕着张笃伦的身影转。

一个警卫小跑着进门报告：“报告市长，示威群众已涌上台阶，张营长请示是否开枪？”

张笃伦的面色十分难看，他冷笑了一声：“哼，怎好胡乱开枪！快去下达我的命令，无论如何不能开枪！”

刘雨卿上前一步，刚开口说了一声：“市长……”立即便被张笃伦拦住：“今天同一时刻，全国各地都在举行反美示威游行，单我重庆开枪把事态扩大，谁能负这个责任？”

张笃伦拿出一张军事委员会的电报向刘雨卿扬了扬：“龟儿真恼火，发这样一个模棱两可的电报来，叫我咋办？”

警备司令刘雨卿早看过这张电报，是南京侍从室发来的密电，传达蒋介石的指令，只有几句话：“权宜处治，毋使奸党扰乱治安，不宜扩大事态。”

一个秘书上楼报信来了：“报告市长，示威群众已涌上台阶，张营长已撤进大厅来了！”

张笃伦眼见事态已经紧急，他一顿脚：“你快下楼告诉他们，我马上出去接见请愿代表！”

秘书刚走，站在刘雨卿身后的稽查处长孙大胜忍不住跨前一步阻止说：“报告市长，你绝不能出去接见他们。我晓得这些人都是服恶不服善的，混在其间的奸党……”

张笃伦一屁股坐在沙发上，斜睨着孙大胜说：“你是抱膀子不嫌注大，依你说要啷个办？”

孙大胜自恃自己是保密局的人，连刘雨卿也不愿再多嘴的事，这时他偏要逞能说：“报告市长，立刻将煽动这次示威游行的共党分子抓出来立地正法，这叫‘杀鸡吓猴’，保证示威群众马上会自动走散！”

“好，请孙处长立刻将混在群众中的共党分子名单交给我，我立刻‘杀鸡吓猴’！”张笃伦面对着孙大胜冷冷地说。

“这……”孙大胜的神态颇为尴尬，“我目前虽然交不出共党分子的名单，但由示威群众推选出来的代表，其中必有共党分子，可以先将代表抓起来再说！”

张笃伦“哼”了一声，轻蔑地冷笑，从桌上拿起请愿代表的名单说：“头一名是高伦，他会是共产党？”

孙大胜振振有词地说：“这高伦的女儿目前还在延安，并且高伦在几个月前还去延安参观过，毛泽东和周恩来都设宴款待过他……”

张笃伦焦躁地打断了孙大胜的话：“看，其中的黄玉庵难道也与共产党有啥瓜葛？孙处长，我看你还是藏点拙吧！这名单中除了几个学生和工人代表我不熟识外，其他代表大都是社会名流、学者、老同盟会员，难道……”

孙大胜被张笃伦形近于训斥地说了一番，他一张脸顿时绯红，悻悻地闭上嘴。

张笃伦不愿再与孙大胜搭话，转向警备司令：“雨卿兄，你看呢？”

刘雨卿虽是警备司令，但不是军统的嫡系，因此孙大胜常不把他放在眼里。这时，他见孙大胜受了张笃伦的奚落，心中暗感痛快。他回答说：“既然孙处长交不出共党名单，当然谈不上立地正法的问题。目前群情激愤，确实众怒难犯，还是先用软办法应付过去再说吧！”

刘雨卿说完后立即感到有些不妥，怕孙大胜将他这番话暗地报告给毛人凤会对自己不利，接着他颇圆滑地建议说：“张市长，你最好还是征求一下美军代表办事处的意见，比较妥当！”

张笃伦听后不禁发起牢骚来：“他们是力主镇压的，一旦闹出事来，还不是该我们倒霉，关他们屁事……”

他刚说到这里，院坝里平息下去的喧闹声又大起来，秘书气喘吁吁又上楼来催促：“报告市长，你再不下去接见，他们又要往里冲！”

张笃伦站起身来一挥手：“走，我们下楼去看看！”

四

因为这件事情发生在北平，又是美军的事，张笃伦当然无权处理。重庆这次示威游行，也像其他城市的类似游行一样，不过是显示中国人的民意和尊严，向北平的学生表示声援，以及表明人民对国民党当局在抗战胜利后丧权辱国、投靠美国、准备打内战的不满。既然已经迫使张笃伦市长出来接见了请愿代表；而张笃伦市长又表示愿意将请愿书立刻转呈南京国民政府，示威群众见基本目的已经达到，于是秩序井然地退出了市政府，转向领事巷进发……

张笃伦送走了请愿代表，回到办公室，已感到精疲力尽。示威群众退出市政府，让他采取软办法应付了过去，不由感到一阵说不出的轻松。他暗自庆幸，幸好自己临危不乱，没有听信一些人的镇压意见，要不，今天一定会闹出流血事件，落下一个难于收拾的局面。

张笃伦一下倒在沙发上，正想舒展四肢歇口气，但是桌上的电话铃响了。

张笃伦皱着眉看了一眼电话机，忍不住骂了一句粗话："龟儿硬是不让人安生，老子今天连喘气的时间都没得！"

他不愿去接电话，只是坐着不动。

此刻，秘书不在房内，站在一旁的孙大胜走过来拿起电话筒："喂……哪里……"

孙大胜蓦地立正挺胸："是，是……"

他将电话筒一递："张市长，美军代表处威尔逊上校来的电话！"

张笃伦晓得威尔逊此时来电话绝非愉快事，本不想去接，晓得威尔逊上校以前是美国海军情报头子梅乐斯的助手，也是一位情报官，连毛人凤也不敢对他怠慢。

他露出无可奈何的表情，轻轻叹了口气，勉强接过电话筒，强振精神说："喂，是威尔逊上校吗？我是张笃伦……"

威尔逊说的一口四川话，口气十分傲慢，俨然"太上皇"的口吻，显得声势逼人："重庆的老百姓闹得太不像话，太不像话！他们已经包围了美国领事馆，向里面扔石头，扔烂广柑，领事馆的门窗玻璃全被砸碎了。你是重庆市长，倘若再不采取措施，我要向贵国中央政府提出抗议，叫蒋大元帅撤你的职！"

张笃伦一听，心中也有火，他隐忍了一下，然后说："威尔逊上校，请你不用生气，据我现在接到的报告，他们并没采取暴力行动，我没收到上级命令，又怎好采取激烈行动？要是不慎激起了民变，我实在担当不起……"

威尔逊差不多已咆哮起来，震得话筒里嗡嗡响，其中还夹杂着骂人的英语，张笃伦费了很大力气才听清楚："玩玩一个普通的女学生有啥了不起！美军帮助你们战胜了日本人，他们远离家乡，你们不送女人来慰劳，还让他们自己上街寻野食……"

张笃伦听了这些话也觉刺耳，只好忍气吞声，听任威尔逊大发谬论，不住"唔……唔……"

“你们国家太落后，太封建，对于贞操观念，我们美国人看得很轻，彼此都可以……何必大惊小怪？……”威尔逊在中国已不止一次发表过这样的讲话。

威尔逊的火气小了一些，声音也逐渐小下来；但他最后用威胁的口吻说：“你再不采取断然措施，为了保护我国领事馆的安全，我会派驻扎在重庆的美军陆战队开出兵营；万一发生了误会，一切后果要由你这位市长负责！……”

张笃伦听后不觉一惊，陡然地从沙发上一跳站起：“威尔逊上校，请你千万不要将海军陆战队开出兵营……我一定马上采取有力措施，保障贵国领事馆的安全……是！……是，……”

隆冬季节，室内并无暖气装置，而张笃伦放下电话筒时竟掏出手绢擦额上的冷汗。

张笃伦不敢马虎，立刻面对坐在旁边沙发上的警备司令说：“雨卿兄，不出兵弹压，看来不行了！他们在美国领事馆门前闹得很凶！”

孙大胜一脸冷笑，多少带点幸灾乐祸的神态说：“我原说这些人服恶不服善……”

张笃伦心中窝的气正无从发泄，他怒冲冲地说：“孙处长，你倘若不是饭桶，能交出重庆共产党地下组织的名单，我想局面不至如此！”

孙大胜的刮骨脸上，顿时成了紫酱色；他想回嘴，但是又不敢，只好装作没听见。

刘雨卿突出的眉棱骨下的那对眼睛露出阴沉的冷光：“张市长，这件事包在兄弟身上，我马上去布置，叫内二警派出一个团去美国领事馆，带他几个带头闹事的人再说！”

张笃伦没有说话，只是点了点头。

刘雨卿刚转身急匆匆走了两步，张笃伦又叫住他：“刘司令，慢……”

刘雨卿止步，回头惊讶地望着张笃伦。

张笃伦缓缓地徘徊了几步，才望着刘雨卿说：“唵，我们还是审慎一点儿好！你抓几个不听上服的人可以；但切不可对群众开枪，激起事变。雨卿兄，你还记得吗，‘九一八’事变时，打枪坝枪杀群众，造成了所谓的‘三三一’惨案。后来上面为了平息众怒，王灵官[1]虽然没事，但下面执行人可倒了大霉；还有，在抗战前夕发生的涪陵事件，刘军长昧着良心枪毙了王团长代他受过的事。切记，切记！”

刘雨卿仿佛懂得了张笃伦的意思，点了点头：“请市长放心，我会酌情办理。”

张笃伦点了点头：“懂得就好！”

他眼望着刘雨卿与孙大胜走出市长办公室，才坐在沙发上，用大拇指揉着太阳穴：“唉，真头疼！”

五

何大名跟着美专的游行队伍到了领事巷，由于这里街面狭窄，原先整齐的队伍顿时散了架。

黄小芸拉了何大名一把：“我们上前去看看！”

示威群众将街面拥挤得水泄不通，幸好何大名力气大在前面开路，他俩像楔子般插入，终于挤到美国领事馆前。

这时守卫在美国领事馆门前的内二警一个排的士兵，早被愤怒的群众赶跑了。

美国领事馆的铁栅门紧闭着。几个美国海军陆战队的士兵端着蓝光闪闪的冲锋枪在铁栅门里警卫着。

开初，示威群众在领事馆门前秩序井然地高呼英语口号——他们胸前戴着三角形的校徽，绝大多数是从沙坪坝来的大学生。

“美国兵滚出中国去！”

“严惩美国强奸犯，按照中国法律处以极刑！”

美国领事馆二楼紧闭的一扇窗户蓦地打开，一个美国军官在窗前出现——他就是威尔逊——用中国话大声吆吼：“滚开，快滚开……”

示威的群众眼见这位美国军官如此无理，开始骚动起来，不晓得是哪位愤怒的群众拾起一块砖头，向威尔逊伸出的头部掷去：“看你龟儿还歪不歪?”

掷出的破砖头正好砸在威尔逊的脑壳上。威尔逊“哎哟”一声，慌忙缩进

1　四川军阀王陵基的绰号。

头去。

站在威尔逊身后的一名武官见状，拿起桌上的一只墨水瓶向人群扔下。

扔下的墨水瓶虽没砸着人，在地上一碰便炸开了，弄得墨汁四溅，溅污了一些人的衣裳。这好比火上浇油，人群更被激怒了，顿时小石子好比蝗虫般向窗户飞去……

那位武官连窗户也来不及关，十分狼狈地从窗口躲开。

只听“乒乒乓乓”一阵乱响，所有窗户上的玻璃发出清脆的破裂声，一片“哗啦”响……

领事馆里一阵慌乱，铁栅门后又添加了几个士兵，龟缩在隐蔽处躲避飞来的石头子。他们刚才趾高气扬的气焰顿时收敛了起来。愤怒的群众慢慢平息下来，因为这次示威是和平方式的；为了不给国民党当局以镇压的口实，经过几个领队人物的劝说，示威群众纷纷离开了美国领事馆的大门，退出了领事巷。

等到刘雨卿坐着吉普车尾随着几辆装满士兵的卡车到达领事巷时，示威群众早已离开了。

刘雨卿想到张笃伦的吩咐，所以他也没有额外生事捉拿人，被一群武装士兵簇拥着到了美国大使馆门前。

刚才被示威群众挤走的警卫，也陆续回到了领事馆门前，带队的一位参谋跑步迎上前，向刘雨卿报告了事情经过。

刘雨卿一脸怒容：“吴参谋，你们个个都是饭桶，竟被手无寸铁的群众吓跑了！”

吴参谋满腹委屈，哪里还敢回嘴！只是立正站在刘雨卿面前听任他训责——因为他奉到“没有命令，绝不许开枪”的指示，虽然士兵个个都背有美式卡宾枪[1]和冲锋枪，但等于背根吹火筒，在愤怒的示威群众面前毫无用处。

因为吴参谋是刘雨卿的心腹，平时不把孙大胜看在眼里；孙大胜便上前借机报复：“吴参谋，你看美国领事馆的窗户玻璃都砸破了，威尔逊上校被砸伤；你是一个军人，保卫失职……”

孙大胜转向刘雨卿说：“司令，为了对上峰有个交代，先将吴参谋抓起来再说！”

---

1 自动步枪。

不等刘雨卿表示意见，他立刻对自己身后的随从厉声吩咐："将吴参谋的枪下了，给我捆起来送走！"

孙大胜身边的几个随从都是保密局的特工，他们立即将吴参谋架走。

吴参谋挣扎着，回过头望着刘雨卿求援："司令，司令……"

刘雨卿铁青着脸，孙大胜在他面前如此跋扈，刘雨卿暗中虽感到恼火，但他不便在这里袒护而引起冲突。

他望着孙大胜一声冷笑，扭头带着人走向美国领事馆大门。

刘雨卿的到达，早有人通报过，领事麦克先生已迎到门边。

麦克领事板着面孔没有表情，握过刘雨卿的手，冷淡地一点头："刘司令，请！"

刘雨卿眼见院内到处是窗门玻璃的碎片，边走边说："领事先生，发生了这样的事情，鄙人深表遗憾！还望领事先生多多包涵。"

麦克没有反应，领着刘雨卿他们上了楼，踏着过道上铺的波斯地毯进了客厅。

等刘雨卿他们落座之后，麦克在刘雨卿面前伸出手比画，一脸怒容："糟糕，你们太糟糕了！我没见过像你们这样无能的警卫部队。我要向贵国政府提出强烈抗议：领事馆的一切损失要你们负责赔偿；要公开道歉；保证不再发生类似的事情！"

刘雨卿欠起身赔笑说："请麦克先生不用生气，我们没保卫好，深表遗憾。当然，被暴徒砸碎的玻璃和被损坏的东西，我们一定负责赔偿！"

麦克仍然气势汹汹："威尔逊上校的额头上被砸出一个青包，这损失是无法赔偿的！"

刘雨卿低声下气地说："麦克先生，我们要见见威尔逊上校，当面向他道歉！"

旁边的一扇隔门推开了，威尔逊自动走了出来。他穿着军便服，额头上果真有一个青包。

刘雨卿首先站了起来一鞠躬："威尔逊上校，我向你表示慰问，深表歉意！"

威尔逊故意不说中国话，他口里叽里呱啦，用手指着刘雨卿的鼻尖，怒冲冲地斥责了一阵。刘雨卿连一句也听不懂，像虾子般弓着腰，装出的笑脸十分难看，似笑又似哭。

威尔逊蓦地一转身又从隔门走了，"砰"的一声，隔门紧紧地关上了。

刘雨卿的神态十分尴尬可笑，站在那里不知所措。幸好麦克说："刘司令，请坐！”他才不安地坐下。

这时，一个仆役送上几杯咖啡，在每人面前的茶几上放上一杯，客厅里的气氛才稍微缓和了一些。

一会儿，那道隔门又打开了，一个美国军人进来说：“密司脱孙，威尔逊上校有请！”

孙大胜见威尔逊没请刘雨卿，却单请他去，顿时受宠若惊，笑容满面。他站起身来，整理了一下军装，轻轻咳了一声，显出十分自得的样子：“刘司令，让我先去看看！”

孙大胜跟着那位美国军人走进隔门，隔门又关上了。

刘雨卿受此冷遇，加上刚才孙大胜擅自捆走了吴参谋，已气得难以忍耐，蓦地站起身来：“麦克先生，我还有许多善后的公务需要料理，告辞了！”

他不等麦克回答，几步跨出客厅。麦克走到门边不冷不热地说：“刘将军，改天我到警备司令部去拜望你！慢走。”

六

威尔逊坐在麦克领事办公室内一张办公桌后的转椅上，他口里衔着一支烟斗，烟斗正冒着几丝袅袅的青烟。

他碧绿的眼睛露出深邃的光，望着孙大胜那长满骚疙瘩的面孔，半晌不语。

孙大胜在云中燕为威尔逊接风的一次聚会上见过他，亲见云中燕对他十分敬重，在受宠若惊之余，在威尔逊面前不觉有些拘谨。

威尔逊将他叫来，说了几句客套话之后，半晌不语。他接触到威尔逊投射过来的审视目光，摸不透威尔逊的心意，不觉有些忐忑不安起来。他为了掩饰自己的不安，强作镇定，装出谄媚的微笑，望着威尔逊，不住抽着香烟。

“孙处长，你对于重庆这次反美示威游行有何看法？袭击美国领事馆是偶发事件吗？”威尔逊取下嘴上烟斗，扶住椅臂从容地左右转动着椅子，他的目光从孙大胜身上移开，仰望着天花板。

威尔逊对孙大胜并不熟识，但他已从有关资料中晓得孙大胜是保密局安在警备司令部里的人，是专门对付共产党地下组织的。

孙大胜沉吟了一下，他在揣摩威尔逊问这话的真意，一会儿才从沙发上欠了欠身回答："威尔逊上校，据我看来，全国在同一天举行这样的示威游行，凭经验判断，其中必有幕后的组织者。美国领事馆被暴徒袭击，绝非偶发事件，是有预谋的行动！"

他边说边打量着威尔逊的表情，见威尔逊面露笑容，不住点头，晓得他已摸准了威尔逊的心意，因而将最后一句话又特意重复了一遍。

"OK。孙处长有见识，说得对！"威尔逊跷起大拇指称赞说，射到孙大胜面部的目光变得柔和了。

孙大胜乘机投其所好，以便讨得威尔逊的欢心。他说："自抗战胜利以后，共产党想平分天下，各地潜伏的共党分子十分活跃，这幕后指挥肯定是共产党无疑！"

"OK。孙处长真有卓识！"威尔逊十分兴奋地说。

"阁下对我太过奖了。"孙大胜假意谦逊说。

他听了威尔逊的称赞话，喜得合不拢嘴，不觉手舞足蹈起来，不似刚才那么拘谨了。于是又乘机压低别人抬高自己："我刚才还与张市长争论过，他可不这么认为！"

孙大胜在市府时，晓得威尔逊对张笃伦不满，所以他如此说，以便讨得威尔逊进一步的欢心。

威尔逊的面部没有强烈的反应，他重新装满一斗烟丝，划燃一支火柴点燃，徐徐喷着烟雾："张市长是搞政治的，他没有一副特工头脑！"

"是，是！"孙大胜变得谨慎起来。

威尔逊斜睨着问："孙处长，你说是共产党在幕后指挥，有无根据？"

"这……"孙大胜没预计到威尔逊会这样问，神态有些慌乱，结巴一阵，只好硬着头皮回答，"我们正在调查，很快便会有结果！"

"哼！"威尔逊不满地说，"孙处长，你说幕后共产党在指挥，凭猜测——很不好，我要根据，懂吗？要根据！"

孙大胜脸上得意的表情消失了，他惶惑不安地注视着威尔逊。

威尔逊坐在椅子上转过去，将他摆在办公桌上的皮包打开，取出两张相片，然后转过身来面对孙大胜："看看，这相片上的人你认识吗？"

孙大胜忙站起身接过相片来端详：这是一男一女的两张相片。他一见男的相片马上就认出："这是八路军办事处原工作人员李明！"

“对，是他！”威尔逊点头说，“女人是谁？”

孙大胜见另一张相片上的女人十分年轻，顶多二十多岁，面目秀美，神态大方，穿着时髦。他辨认了半晌始终认不出这女人是谁。

威尔逊带点奚落的口气说：“孙处长，你太健忘了！”

“很面熟，但是……但是……”孙大胜有些惶恐。

“孙处长，你还记得吗？抗战时期，我随梅乐斯将军来华的那年，你们白白放走了孔公馆里一位潜伏的共党分子……”

孙大胜经威尔逊提醒，立刻脱口而出：“啊，这女人是从孔公馆里逃脱的吴秘书！”

当时，孙大胜不在局本部工作，那是戴笠亲自过问的事。对这件事，他虽不晓得详情，但事后风闻过，也见过通缉吴秘书的相片。

“是的，这女人便是她！”威尔逊收回相片，“据我们了解，她的真实姓名叫杨春燕，又叫阿苇！”

孙大胜迷惑地望着威尔逊，弄不清他为啥蓦地提起几年前的旧事。他坐回原位不禁发问：“威尔逊阁下，难道这次示威会与这两人有关？”

威尔逊摇了摇头：“no，no！我不喜欢先作结论，我倒喜欢揭开谜底！”

威尔逊的回答更使孙大胜莫名其妙，他摸不透威尔逊的真意，不敢乱猜测，这叫藏拙！

威尔逊点燃了熄灭的烟斗，吧了几口烟，然后望着孙大胜说：“根据确切的情报，李明和杨春燕已在延安结成夫妇。不久前，有人在汉口发现他俩的踪迹，唵，这意味着什么？”

孙大胜专注地听着，目不转睛地留意着威尔逊的表情。

威尔逊取下嘴角上的烟斗往桌上磕了磕，加重语气说：“孙处长，这意味着什么？”

孙大胜才知威尔逊在考问他，他精神一振，回答说：“共产党又把他俩派回来搞地下工作！”

“对，你说得对！”威尔逊点头说。

“哪……”孙大胜说，“你们为啥不把他俩抓起来？”

“谈何容易！他俩机警得很呢！”威尔逊摇头说，“后来在宜昌，我们的人又发现他俩的踪迹，仍然逃脱了。”

孙大胜忍不住问："威尔逊上校，李明与杨春燕远在宜昌，你谈这些与重庆的反美示威有啥联系？"

"笨蛋！"威尔逊不满地说，"你缺乏特工的敏感性。"

孙大胜并无特殊的反应，他晓得威尔逊的话还没说完。

威尔逊接着说："宜昌是一个小城市，不过几万人口，共产党没有必要让他俩冒这么大的风险到那里。他俩在小城市也不易潜藏。我认为他俩的目标是重庆，而且他俩已到了重庆！"

孙大胜的眼珠转了转，疑惑地说："威尔逊上校，我认为你说得很有道理……"

他的话说得很稳慎，迟疑了一下："不过我认为不可能！"

"为什么不可能？"威尔逊斜睨着孙大胜问。

孙大胜说："第一，在重庆认识李明和杨春燕的人很多，他俩极易暴露，共产党怎会再派他俩到这里来；第二，目前重庆有公开的中共办事处，也没有必要派他俩回来冒这种风险！"

威尔逊露出轻蔑的表情："孙处长，我觉得很遗憾，你专门与共产党地下组织打交道已经多年，但你还很不理解他们！"

孙大胜不卑不亢地说："请阁下指教！"

威尔逊毫不谦虚地说："好，让我点明你！"

他脸上有了笑容，显出比人高明的神态："第一，正因为李明和杨春燕在重庆的熟人多，他俩正好可以利用这些难得的社会关系搞统战工作，是其他共产党员无法替代的；第二……"

威尔逊蓦地反问孙大胜："孙处长，难道中共关于在国统区工作的一条内部指示你也不知道？"

孙大胜迷惑地问："阁下，你指的是哪条指示？"

威尔逊摸了摸额上的青包，他感到隐隐作疼，皱了皱眉："中共严禁他们在国统区的公开机构与当地的地下共产党组织发生直接关系。"

"对，是有这么一条内部指示！"孙大胜点头说。

威尔逊说："知道了这一点，便不难理解他们为啥还要派李明和杨春燕冒险潜回重庆！"

"啊，原来如此！"孙大胜折服地望着威尔逊说。

威尔逊又用烟斗在办公桌上磕了磕，继续说："李明与高伦的关系不一般，这次反美示威游行，高伦闹得最凶，起了骨干作用，其中的奥妙……哼！据我所知，杨春燕的哥哥在重庆，并且在民成公司轮船上工作，这些都可以给他们带来方便。何况，杨春燕与民成公司的主任秘书朱佳富一家有一段奇特的关系，也可以运用……"

孙大胜忍不住问："阁下，你在重庆发现过李明和杨春燕的蛛丝马迹吗？"

威尔逊耸了耸肩："孙处长，我正要问你，你怎么反问起我来！我今天找你谈话的目的，是要你在重庆一百多万人口中，找出他俩就等于找到了重庆的地下党组织，懂吗？"

孙大胜眼睛一亮，他狡黠地眨了眨眼，毫不畏难地说："上校阁下放心，要是你判断是准确的，我就有办法在重庆一百多万人口中抓住他俩，然后顺藤摸瓜将共产党在重庆的地下组织一网打尽！"

威尔逊听孙大胜说得那么自信，不觉感到惊讶："啊，孙处长有何高招？"

孙大胜故意将话说得平淡："我来个'守株待兔'，定可奏效！"

威尔逊自幼在重庆长大，华语基础好，他当然懂得"守株待兔"这个典故，于是他十分感兴趣地问："你怎么'守株待兔'？请说明白一点！"

"上校阁下，李明与杨春燕潜回重庆，既然是因为有较好的社会关系可以利用，那么，我派人将他们可以利用的社会关系暗地严密监视起来，等他俩自投罗网，岂不省事？"孙大胜越说越兴奋，不禁摇头晃脑起来。

"OK。这主意太好了！"威尔逊跷着大拇指说，"倘若你能找出李明或杨春燕的踪迹，我一定向毛局长建议，将你官升三级！"

"谢谢阁下！"

孙大胜好像已将李明和杨春燕抓到似的，眉开眼笑地站起身向威尔逊一鞠躬。

"不用谢，不用谢！"威尔逊乐哈哈地说。

威尔逊将孙大胜送到楼梯口，临别时握住孙大胜的手，笑眯眯地说："孙处长，我等候你的佳音！"

孙大胜站得笔直："愿为阁下效劳！"

说完后，他感到这话有些不妥，忙补充一句："愿为党国效劳！"

第十七章

新修的凯旋路盘山而下，有汽车坐的达官富商再不用坐滑竿由石梯坎穿城门洞下来了。

离凯旋门不远的西南行辕，现任的行辕主任是贺国光。自国府迁回南京以后，便成立了这个机构，代表南京政府坐镇西南，重庆依然是西南的政治、军事中心。行辕新成立的督察处，也成了控制西南的特务中心。

行辕门口，日夜站着一个指挥交通的宪兵，他手里拿着红、绿色信号旗，指挥着进出行辕的车辆。小轿车、摩托车、三轮卡等，鸣着喇叭，穿梭般地进出，好像公事特别繁忙。

在西南行辕旁边的一条长巷里，有一幢三层楼的洋房，是新任行辕督察处中校科长牟玉佛的公馆。

牟玉佛在《漩流》中出现过，是我党打入军统组织内部搞地下工作的革命同志，代号叫“一颗星”。

抗战前夕，他在涪陵用计营救李明脱险。幸好行动没露出什么破绽，未引起段玉兴的怀疑，得以一直留在军统内太平无事。

最近，他被督察处徐处长看中，将他由江北稽查处提升到行辕督察处当了中校科长。

牟玉佛虽然当了科长，但实际没负责什么具体工作，不过经常跟在徐处长身边应酬，陪着一些人打麻将牌。有了牟玉佛这样赌艺高强的彩客，徐处长可以包赢不输，所以牟玉佛成了与徐处长形影不离的红人。牟玉佛借此也得到了很大的方便，在牌桌上他可以听到一些高级特务无意中泄露出来的机密，加上他利用其他手段搞到的情报，及时送交中共南方局领导参考，为党建立了不小功勋。

每天下午，牟公馆门前便停靠着好几部吉普车和小轿车，还有传令兵专用的摩托车。徐处长到行辕办公室转上一圈，便喜欢来到这里打牌娱乐，牟公馆成了他实际的办公室，在牌桌上商量工作，发布命令。遇到上级有事找他，反正这里离行辕很近，可以随叫随到。

今天也不例外，牟公馆客厅里雀战正欢，噼噼啪啪的出牌声，还夹杂着几个女人的娇笑。

牟玉佛穿着丝绵长袍，外罩一件蓝色丝葛的长衫，仍然蓄着分头。原先青黝黝的黑发已变成灰白色，但面孔仍十分英俊，看不出老相。他一对有神的眼睛炯炯发亮，口里衔着象牙烟嘴，烟头上袅袅飘散着几丝青烟。

他十分熟练而随便地摸牌出牌，脸上始终挂着讨人喜欢的微笑。

在牟玉佛的下方坐着徐处长。徐处长在牌桌上喜欢坐这样的位置，就是重新搬庄，由牟玉佛做了手脚，仍旧会保持这样的位置。因为牟玉佛坐他的上方很知趣，能及时将他需要的牌打给他，凑成一副好牌，可以稳赢不输。

牟玉佛对方坐着的是重庆警备司令部的孙大胜。

坐在牟玉佛上方的是毛人凤的夫人向影心，就是鼎鼎大名的云中燕。

云中燕与徐处长曾经有过一段暧昧的关系。自从她嫁给毛人凤后，徐处长怕惹出是非，主动与云中燕疏远了。据说云中燕嫁给毛人凤时，曾提出过一个条件，便是不许干涉她的私交，毛人凤沉湎于云中燕的姿色和风度，再加想找一个事业上的帮手，所以勉强答允了。云中燕的私生活是放荡不羁的，婚后果真不受约束，弄得毛人凤十分恼火，但对云中燕只好睁一只眼、闭一只眼装糊涂。杀人不眨眼的毛人凤，居然能容忍云中燕如此干，引起了许多人的私下议论猜测。有人说，云中燕的情夫中高级将领多，毛人凤之所以娶她，是为了与郑介民争夺戴笠死后留下的官位，要进行夫人外交，云中燕也果真给毛人凤夺得了保密局长的位置，故此，毛人凤不敢管她，也管她不了；有人说，云中燕有一股令男人屈服的魅力，毛人凤被云中燕这种魅力镇住了。总之，云中燕在保密局一般人的心目中不仅是女英雄，而且还是具有女妖般魔法的尤物，使她更带有神秘色彩，更富传奇性。

云中燕从南京来到重庆已经几个月了，但重庆地下党的线索依然没有发现。她并不太喜欢打牌，来这里主要为了与徐处长重续旧好，借打牌来消磨时光。

今天云中燕的装束与那次欢迎威尔逊的聚会上大不一样，她脱去了海勃龙的大衣，穿着一件黑色金丝绒的旗袍，高高的衣领衬托着她颀长的脖子；戴着一串珍珠项链，颗颗珍珠都像枇杷一样圆大，闪射着炫目的光泽——据说这是慈禧陪葬的物品，是一个特务头子孝敬给她的。

云中燕耳垂上戴着一对翡翠耳坠，娇艳欲滴，将她一张白皙的瓜子脸衬托得更加妩媚。她把眉画得不浓不淡，一对不算大的眼睛流盼自如；刘海梳得很低，将她略高的额头恰好遮住。经她一打扮，整体给人留下的印象是恬淡优雅。她笑不露齿，抿嘴一笑，将嘴角一对小酒窝清晰地呈现出来。她的平语说得很好，吐辞柔和悦耳，露出雍容不凡的气度，看不出她的确切年龄，仿佛还有少女般的羞涩，细嫩的脸蛋上经常飞上红晕，确实有一股吸引人的力量。

这牌局都是保密局的人，为啥明知牟玉佛是彩客还要与他一同打牌呢？其实牟玉佛在这种场合是十分知趣的：肯定只输不赢，与他们周旋得异常得体，让其他三个牌角人人满意，大输家总是他无疑！

牟玉佛手中拿着一张牌随意打出："八筒！"

"卡八筒，正好和了。"徐处长一张马脸有点像死去的戴笠，他兴高采烈地大叫一声，将面前的牌推倒摊明，"清一色，满贯！"

云中燕蓦地偏过头去看牟玉佛面前的牌，她的柔软滑亮的黑发挨着了牟玉佛的面颊，牟玉佛嗅到云中燕发上的幽香。他拘谨地将头让了一让，推牌已经来不及，只好任她看个清楚。

"牟科长，你故意将一搭牌拆开打出，让徐处长和了满贯，真会打牌啊！"云中燕缩回头去含笑轻轻拍了拍牟玉佛的手背，眼波流动地乜视着徐处长说。

徐处长生怕云中燕生气，他深知她的脾气，有时喜怒无常，翻脸也是很快的。他又不便为牟玉佛辩解，干笑了两声："夫人，你的钱包已经装不下了，我是为你代为保管啊！"

牟玉佛神态反而坦然，他轻轻拍了拍云中燕戴着一枚钻戒的手——这枚钻戒是牟玉佛新近送给她的——笑容可掬地说："夫人，你刚才也和了一个满贯，我是同样打法！"

在云中燕的面前，牟玉佛外表虽然显得轻松，但心里多少有点紧张。根据他多年来的经验，云中燕恬淡优雅的外貌掩饰不住她的深沉老练，确实是狡猾的老牌特务；凡事要倍加小心，才不致让她看出破绽。

云中燕莞尔一笑，边合牌边说："牟科长真会说话！"赌桌上紧张的气氛顿时松弛了。

徐处长如释重负地仰头一笑："夫人，在这里打牌即使输了也不要紧，就算夫人犒劳了我们下属！"

云中燕只是淡淡地瞥了徐处长一眼，撇撇嘴说："谁不知徐处长贩运鸦片发了大财，还要我犒劳吗？"

徐处长一听，不觉吓了一跳。他与云中燕虽有过一段私情，晓得她在感情上变幻莫测，面善心狠，在她面前一直不敢放肆，总是小心翼翼，曲意奉承。这时云中燕和颜悦色地点出他贩运鸦片的事，要是戴笠在世，查出这种事情，不枪毙也是坐牢。戴笠死后，最有资格取得保密局局长宝座的郑介民和毛人凤各拉一帮人明争暗斗，军统的纪律大大松弛了，所以徐处长才敢贩禁，中饱私囊。

徐处长的神态十分尴尬，他不敢承认，但也不敢否认；要是当面欺哄她，她是绝不留情的。

徐处长正不晓得如何回答好，这时云中燕身后坐的女保镖为徐处长解了围，她将装上香烟的琥珀烟嘴递到云中燕嘴边："夫人，请吸烟！"

这位女保镖，外号叫一点红，有两重意义：一是因她弹无虚发，一点见血；再是她有一张小巧的嘴唇，天然的红润像涂过唇膏一般，远看一点红，故有此名。她"啪"地扭燃了打火机，给云中燕点上了香烟。

云中燕一心打牌，再没说什么！

只有孙大胜暗暗不服，因他手气不好，也是输家，他平时占惯了便宜，是从不吃亏的。他见牟玉佛为了讨好徐处长和云中燕，拖累到自己也跟着输钱。因此他对牟玉佛十分不满，心中虽然不高兴，但不敢公开流露，怕得罪了徐处长和云中燕，只是紧绷着脸，盯了牟玉佛一眼，然后默默地专注起牌……

八圈麻将打完，徐处长还要再打，云中燕为了消遣，又是大赢家，无可无不可；孙大胜陪着牟玉佛输了不少，暗暗感到心疼，他晓得再打下去，不仅捞不回本，还不知要陪牟玉佛输多少！于是，孙大胜用手摸着额头，蹙着眉说："我有些头疼，休息一会儿再打吧！"

徐处长向孙大胜瞟了一眼，正想说啥，这时一个女侍进入客厅向牟玉佛说："牟先生，茶点已备好！"

牟玉佛早将孙大胜不悦的表情看在眼里，心中暗感好笑，他趁机含笑对云中燕说："夫人，休息一会儿再战，请用茶点！"

云中燕已站起身来，一点红不等她吩咐，已上前将她面前赢的钞票装进手提包内。

徐处长牌兴虽高，也只好站起身来，不坚持再打八圈了。牟玉佛抢在前面引路："毛夫人，徐处长，请！"

他也不冷落孙大胜："孙处长，请！"

一阵皮鞋碰击楼梯，他们走上了二楼。在二楼楼梯口上挂着一块醒目的牌子："机要重地，严禁无关人员入内。"

楼梯口还站着两名穿西服的便衣警卫——这都是牟玉佛可靠的心腹——除了

云中燕的两名女随从外，其他人员照例留在楼下，不许跟上。

他们进入一间布置精致考究的房间，房内一色西式家具，连茶几上的烟缸也是镀铬的美国货，亮锃锃的，可以照见人影。

云中燕一提旗袍下摆，安坐在正中的沙发上。沙发后有两张木椅，一点红和玛丽分坐两边侍候。

徐处长和孙大胜坐在离云中燕不远的沙发上。

牟玉佛忙进忙出，从女侍手中接过茶点，端进房放在每个人面前的茶几上。端放完毕，他才关上隔音门，自找一张沙发坐下。

云中燕喝了一口咖啡，咂了咂嘴，称赞说："牟科长不仅牌艺高强，连煮咖啡也十分在行。这样可口的咖啡只有在美国朋友那里可以喝到！"

她偏过头去问："玛丽，是吗？"

长相十分像外国人的玛丽小姐也学云中燕的样子咂了咂嘴，说："夫人精于此道，哪会有错！这咖啡煮得确实不错。Very good！"

"夫人和玛丽小姐太过奖了！"牟玉佛不卑不亢地说。

孙大胜也想讨好云中燕，他用手绢揩了揩嘴，望着云中燕奉承说："夫人，电影《天字第一号》自上映以后，影院场场客满，简直把夫人演活了。你成了众人景仰的女英雄，街头巷尾都在谈论你呢！"

云中燕正随意叉起一块西点凑近嘴边，她轻蔑地撇了撇嘴："这样的奉承话我已经听腻了，不愿听！"

孙大胜的脸立刻羞得绯红，他为了掩饰自己的尴尬神态，忙端起杯子喝下咖啡。他还听到说，《天字第一号》中的那位由军统派往北平搞地下工作的男特工便是许多年前的徐处长。这位男特工不知领导他的天字第一号便是他旧日的情人——大汉奸的姨太太、生活中的向影心。孙大胜当然不敢冒昧问个真假，但从外表看，云中燕对徐处长不像有过私情的样子，刚才，云中燕亲昵地拍牟玉佛的手背，而牟玉佛也拍云中燕的手，仿佛云中燕与牟玉佛倒像有点名堂！

孙大胜边想边忍不住打量他们，想从中看点门道出来。

云中燕放下叉子，掏出手绢揩了揩嘴。这时，一个传令兵送来一封南京保密局本部发给云中燕的密电。云中燕交给玛丽，由她将密电翻译出来。

云中燕看完密电，兴奋地站了起来，迫不及待地宣布说："诸位，我报告大家一个好消息……"

“好消息！”大家惊诧的目光不约而同都投向云中燕，专注地听她说下去。

“总部收到的最新情报，胡宗南的部队已占领延安！”云中燕将手中的电报扬了扬。

“哎，真快！重庆中共办事处才撤走不久，想不到这么快便占领了延安！”徐处长笑容满面地说。

“胡宗南不愧是领袖的得意学生，神兵！真是神兵！”云中燕的面孔兴奋得红通通的。

孙大胜迫不及待地问：“夫人，既然已占领了延安，一定活捉住共党领袖啰！”

云中燕兴奋的表情消失了，她坐回沙发上，一会儿才慢吞吞地说：“电报里没提这件事，可能还没捉住！”

徐处长十分狂妄地说：“夫人，胡宗南既然已占领了延安，即使没捉住共党领袖，也是端了共党的老窝子，他们顶多带了几个残兵逃脱，不信他还可以来一次二万五千里南征？胡宗南有几十万军队，都是精锐的美式装备，在抗日中也没投入使用，而陕北不过弹丸之地，可以像篦子梳上一遍，共党领袖就是能上天入地，也是跑不脱的；捉住他，不过早迟之间！”

云中燕嫣然一笑：“徐处长说得对，捉住共党领袖不过早迟的事，说不定明天便可以听到佳音！”

牟玉佛骤然听到这个消息，很觉突然，他事先知道胡宗南已打响了进攻延安的炮声，想不到这么快便让胡宗南占领了延安！要不是局本部来的密电，他准不会相信。听说没有什么中央领导人被胡宗南捉住，他才稍微定了定心。

云中燕偏偏留意到牟玉佛的神态，她问：“牟科长，你说这是不是好消息？”

牟玉佛暗暗吃了一惊，生怕云中燕看出他的破绽，不慌不忙地说：“夫人，这当然是好消息，我正在盘算如何开个小规模的庆祝会，准备向夫人请示如何办理呢！”

“开庆祝会！我看明天再说。”云中燕含笑说，“牟科长，拿香槟酒来，我们碰杯，先庆祝庆祝！”

牟玉佛答应说：“好，夫人！”

他急匆匆打开隔音门安排去了。

一会儿，牟玉佛带着一个侍女进来，侍女托着一只黑漆描金木盘；木盘里几只高脚杯里盛满了红艳艳的香槟酒。

他们各取一杯香槟酒，像众星捧月般围住云中燕，发出一阵叮叮当当的碰杯声，嚷道：

“为国军的伟大胜利干杯！”

“将‘共匪’斩尽杀绝，戡乱建国必胜！”

……

喝尽了碰杯酒，热烈的气氛正到高潮时，云中燕的表情蓦地变得冷若冰霜，她牵起旗袍下摆坐回原位，大声吼了一声：“给我静下来！”

一个个特务顿时噤若寒蝉，不晓得发生了什么事情，弄不清是谁惹恼了云中燕，大都露出惶惑的表情注视着云中燕。

“坐下！”云中燕冷冷地吩咐了一声。

徐处长见惯了云中燕这种感情上的突然变化，并不以为奇怪。他坐下来安详地抽着香烟，望着云中燕沉默不语。

孙大胜不禁现出惶恐的表情，惊望着云中燕，半边屁股坐在沙发上。

牟玉佛表面虽然镇定自如，但内心暗自留意着云中燕的动静。

云中燕声音平缓，但含着一股严峻的气氛：“刚才电报中，毛老板还有指示，前方胡宗南打了胜仗，占领了延安，共产党处于不利地位时，惯会转入地下活动；重庆这个地方，虽然国府已迁南京，但在西南仍属首府，处于重要地位。根据情报，重庆中共地下党十分活跃。我们后方也要像胡宗南一样打一个漂亮仗，让中共地下党无处容身！”

云中燕说到这里，目如流星般发出冷光向在场的人脸上一扫：“在重庆，前次民众借沈崇事件聚众闹事，捣坏了美国领事馆的门窗，美国大使为此向国府提出强烈抗议。威尔逊上校已掌握了重庆中共地下党的一些重要线索，要我们迅速跟踪追寻；蒋委员长提出戡乱建国，我们连重庆中共地下党的影子也没找着，这哪里对得起领袖？对得起党国？又怎样向美国盟友交代！我们保密局深负党国的重托，这样，哪能谈得上忠实执行‘最高’决策，完成戡乱建国呢！”

云中燕换上了一支香烟，一点红主动扭燃打火机，凑近给她点上烟。

云中燕猛吸了一口香烟，一口气闭住，片刻，才见淡淡的青烟从她两个鼻孔里徐徐飘逸出来。

徐处长一直抽着香烟，默默注视着云中燕；孙大胜听过有关云中燕的许多传闻，晓得她貌似一朵花，心肠却异常狠毒。他一直十分紧张，态度拘谨得有些可笑。

牟玉佛坐得离云中燕远一点，他已看透云中燕外强中干的虚假态度，已不再感到紧张。他悠闲地吸着香烟，不住向烟缸里弹着烟灰。

沉寂了一会儿，云中燕的声音十分平板："你们先将情况谈一谈！"

她的目光仿佛柔和了一些，精致好看的嘴角边还露出了一丝笑意。

徐处长盯了孙大胜一眼，示意他先谈。

孙大胜见云中燕态度平和了一些，忐忑不安的神态稍好了点。他轻轻咳了一声，面对云中燕说："夫人，我们已经掌握了重庆中共地下党的一些线索，目前正在跟踪收网，不日便可……"

"具体点，少说废话！"云中燕打断了孙大胜的话，声音不高，却显得异常严厉。

孙大胜原对云中燕就心存敬畏，不由浑身一抖。他觉得云中燕确实厉害，看来很难用几句空话、套话把她应付过去。他欠了欠身："是，是，我一定详尽地向夫人报告。"

他见云中燕脸上并无怒容，才小心翼翼地说："我们有确切的情报，原先回到延安去的那位八路军办事处的参谋李明已经潜回重庆！"

"有啥根据？"云中燕紧紧追问。

孙大胜立刻现出得意的神色，他从军便服的上装袋里摸出一个小皮匣，从匣里掏出一张相片，站起躬身，递到云中燕的手中："请夫人过目！"

云中燕一看相片见是站在码头上拍摄的，江边的一艘趸船边停靠着一艘轮船，可以看清船名灯上写着"民顺"两字，晓得这是民成公司专跑渝—涪线的客货轮；这时正在下客，跳板上无数旅客拥向出口……

云中燕抬起头来迷惑地瞟了孙大胜一眼，不等孙大胜解释，她转头吩咐一点红："将放大镜给我！"

这些物件一点红是常带在身边的，她很快便从皮包里取出放大镜递到云中燕手中。

孙大胜现出自得的微笑望着云中燕，他见云中燕拿着放大镜仔细看着相片，渐渐露出惊讶的神态。他说："夫人，你一定看出名堂来了，我不讲明夫人自会知情！"

“是的，我已看出名堂来，夹杂在旅客中的一个人，他好像是李明！”云中燕抬了抬头。

“夫人眼力果真不差，一看便认出李明来。”孙大胜又掏出一张相片，“夫人，这张是我们特技室用高倍放大机将那张相片的局部放大一百倍的图像，经鉴定那人确是李明无疑！”

云中燕接过那张将局部放大一百倍的相片，忍不住夸赞起来：“好，放大得清晰，果真是李明无疑！”她不用放大镜也看得一清二楚了。

云中燕将手中的放大镜递还给一点红，迷惑地问：“孙处长，是你偶然拍上的相片？”

孙大胜掩饰不住内心的欣喜，他带点夸耀的意味说：“威尔逊上校当面交给我追寻李明和杨春燕的任务后，我原先想出了‘守株待兔’的办法，可后来一想，这办法虽好，但旷日持久，要有高度耐心才行。除此之外，要在一百多万人口中找到李明，确实谈何容易。我废寝忘食，终于琢磨出一个好办法！因为设在码头、车站，以及通衢要道检查的特工，他们大都不认识李明和杨春燕，单凭看相片留下的印象并不深，很可能当面错过，还不知觉。何况特工人手有限，不可能一一细查……”

孙大胜啰里啰唆说了一阵，他见云中燕露出感兴趣的样子，听得十分专注，不觉得意忘形，自吹自擂起来。

孙大胜掌握的这一情报，他与徐处长虽然经常在牌桌上见面，但也没向徐处长吐露半点口风；而徐处长在军统的资格比孙大胜老，在名义上徐处长是行辕督察处处长，虽不直接领导孙大胜，但毕竟职位比孙大胜高。现在孙大胜留这一手，跨越他直接向云中燕报告邀功，徐处长因此十分不悦，暗中对孙大胜不满。他见孙大胜得意忘形的样子，实在容忍不住，蓦地打岔说：“孙处长，你说简单扼要一些好吗？”他斜睨着孙大胜，嘴角露出讥讽的笑意。

孙大胜望见徐处长的神态才赶忙收尾：“夫人，我是想到我们的摄影技术已经十分发达，可以在各码头、车站等重要处所将一个个画面拍下，然后再冲洗出来仔细研究，使许多情况不致遗漏。果然，我们这样做后有了新的发现，李明显然是搭民顺轮来重庆的。他已化过装，漏过了我们的耳目，但是终于……”他做了一个手势，“哈哈，终于给我们抓住了他的影子！”

“抓住影子有啥用？人呢，他在哪里？”徐处长挑剔地说。

“徐处长，请你不用插嘴，让孙处长说下去！”云中燕不满地瞟了徐处长一眼，冷冷地说。

徐处长见云中燕当众给他碰了钉子，没给他留面子，脸上不禁涨得通红。

孙大胜已感到自己刚才忘形，惹起了徐处长的不满；他是不愿公开得罪徐处长的。这时，他反而给徐处长圆面子说：“徐处长说得对，抓住影子没抓住人，这是美中不足……”

云中燕蹙起眉头，岔断了孙大胜的话：“根据情报，在宜昌还发现李明与杨春燕在一起，为啥单只李明一人到了重庆？杨春燕在哪里下了船？”

孙大胜毫不思索地回答：“很明显，杨春燕在涪陵下了船，她到石牛场一带活动去了！”

云中燕见孙大胜的口气很肯定，她的声音变得更柔和：“孙处长，你一定有根据啰！”

孙大胜点了点头，脸上忍不住又现出了自得的笑容：“民顺轮是跑重庆到涪陵的专班，李明搭它到重庆，说明他在涪陵停留过。就在李明到达重庆的同一时间，涪陵侦缉队清乡时，在一个叫梅垭的幺店子里，发现一个形迹可疑的女人。侦缉队正想搜查她，这女人竟开枪逃跑，躲进大山里去了。根据涪陵侦缉队的报告，这女人的外貌特征与杨春燕无异。并据我们在石牛场的特工密报，这女人在抗日战争末期，曾在石牛场出现过，后来一去就没有踪影。这石牛场抗战前就发生过抢粮暴动，共产党有基础，因此，我认定杨春燕是在涪陵与李明分手，她到石牛场一带活动去了。”

孙大胜说得有头有尾，在情在理，云中燕不禁对他有了好印象，连声称赞说：“对，孙处长的推断有道理，一个特工正需要这么丰富的想象力！”

孙大胜受宠若惊，假意客气说：“夫人过奖了。没有夫人指点，我再有丰富的想象力也白搭！”

云中燕仿佛对孙大胜最后的一句奉承话毫无兴趣，她巡视大家一遍，用手指在自己膝头上轻轻敲了敲：“那……李明现在隐藏在哪里呢？”

云中燕脸上的笑容陡地一收，她的声音中有一股令人寒栗的力量：“孙处长，迅速查找出李明，这是毛老板交给你的重任！他对有功的部下是不吝破格提升和赏赐的。倘若……”

她加重了语气，连眼波也闪着寒光：“倘若查找不出李明，哼，军统的纪律你是明白的!”

“是，是，我一定为党国效力，不负毛老板的栽培!”孙大胜的神气很认真，“夫人，请你放宽心，我一定能捉住李明！杨春燕也跑不脱!”

云中燕转向徐处长问，眼角也扫了牟玉佛一眼:“你们的看法如何?”

牟玉佛缓缓地站起来:“夫人，你们谈谈，我去叫他们准备晚餐，务请夫人赏脸!”

牟玉佛装出对他们的谈话不感兴趣的样子，从容地走出门去。

云中燕没有说啥，她目送着牟玉佛出去，见隔音门重新关上后，她盯着徐处长的面孔问:“唵，你说说，你有什么想法?”

因为牟玉佛很少过问这类事，他的离开显得十分自然。

徐处长虽然对孙大胜不大满意，却不露痕迹地说:“孙处长很能干，这事交给他负责去办，我想，不出十天，准会听到他的佳音!”

云中燕赞许地点了点头，向孙大胜说:“听清没有，十天为限，不要辜负我的信任!”

孙大胜暗吃一惊，想不到云中燕竟把徐处长的话当真，限期要他捉住李明。十天时间虽短，但他哪能在云中燕面前示弱，只好硬着头皮说:“夫人，蒙你看重，我竭力去办，想来不会让夫人失望!”

孙大胜自认这话回答得比较得体，说得很有回旋的余地，也很光彩。

殊不知徐处长却不放松:“孙处长，夫人从无戏言，有重赏，也有重罚，十天以后，我们一定设宴为孙处长庆功。”他含笑转对云中燕说，“夫人，是吗?”

“唔!”云中燕点了点头，“孙处长，你倘空夸海口，哼……”

孙大胜明知徐处长在暗中加他的楔子，但也无可奈何:“是，是！请夫人放心。”

二

吃过晚宴，云中燕毫无倦意，他们继续留在那套有隔音门的密室内，谈天说地。牟玉佛抽空上了三楼，回到他的卧室里。

他至今还是独身，在军统内部提倡不结婚，所以牟玉佛没结婚，并没引起别人的怀疑和注目，反认为他对军统的事业十分忠诚。其实牟玉佛自打入军统以后，他知道自己的处境异常危险，随时都有被捕牺牲的可能，他觉得不结婚可以免除一些牵挂，能够暗地一心为党工作。

牟玉佛关上房门，躺在沙发上松展地舒了一口气。许多年来，他一直战斗在敌人的心脏里，习以为常；虽然并不把个人的安危当成一回事，但他时时在与狡猾的敌人周旋，神经是长期处于紧张状态中的。何况他还要极力克制自己对敌人的厌恶心理，强作欢笑应酬啊！

只有当他暂时离开这些令他憎恶的面孔，独自一人时，他才能得片刻的松弛，现在，他不由透出一种松快感。

今夜，这种松快感一闪便过去了。他刚才听到延安被胡宗南统率的中央军占领后，心中一直萦绕着这件不幸的消息。中共驻重庆办事处已经撤退，《新华日报》也已被迫停办，内战的炮火在祖国大地上全面打响了。胡宗南的队伍全是用美国武器装备起来的，他们的气焰虽然十分嚣张，但谁都晓得他们是外强中干，并无多大战斗力。

“可是，为啥延安这么快便被占领了?”牟玉佛心中老响着这句疑问，实在解不开这个疙瘩。

“毛主席，其他中央首长，他们目前在哪里?”他皱着眉忧心忡忡地思虑着，为他们的安全担心。

牟玉佛蓦地站起身来，急速向卫生间走去，他一只脚刚跨进卫生间内，不觉有些踌躇起来。迟疑片刻，他终于收回脚改变了主意，掩上卫生间的门退了回来。

他走到房门口站住，让自己受到搅扰的情绪镇静下来，才推开门，含着微笑，迈着从容的步子下了楼。

他走到那套密室前推开门，客室内只见玛丽和一点红坐在沙发上闭目养神。她俩听到响动立刻睁开眼，见是牟玉佛，警惕的目光才松懈下来。不等牟玉佛发问，一点红向里面关上门的套间努了努嘴，轻声说:“夫人和徐处长在密谈!”

牟玉佛已见惯不惊，里面的套间是一间精致的卧室，平时留着客人借宿用的。

“啊，夫人有什么吩咐请拨电话通知我！我不打扰她了。”牟玉佛接着说，“两位小姐要喝咖啡，叫门外值班的警卫，便会送上；不周到之处，还望包涵!”

玛丽说:“牟科长不用费神，请自便吧!”

牟玉佛又说了几句客气话方才退出，向门外站岗的警卫嘱咐了几句，他才重回楼上自己的卧室内。

牟玉佛关上了房门，他扭亮了床前的台灯，换上睡衣和拖鞋，然后抖开折叠得整齐的蜀锦面棉被，好像要上床睡觉的样子。

可是牟玉佛并没上床睡觉，他手脚很轻，推开卫生间的门，走了进去，他在暗影中摸到墙上一面长长的穿衣镜，轻轻往旁边一移，居然现出一道小小的暗门来。牟玉佛在暗门里消失了。

暗门里原是一间狭小的贮物间，经过牟玉佛改装后，竟变成了一间谁也不晓得的密室。

在一只小电灯泡发出的昏黄灯光下，可以看清密室里摆着一架行军床，一个人坐在床沿上笑迎着牟玉佛："老牟，我闷得正慌，快坐！"

密室内摆上行军床后更加狭窄，再摆上一张小茶几，上有温水瓶和茶杯，差不多已无剩下的空隙了。

牟玉佛紧挨那人坐在床沿上，掏出烟盒，递到那人面前："老李，抽我的香烟，是云中燕送给我的美国货，我们共同来享受！"

那人的面部背着灯光，看不清他的面孔。这时他点燃香烟转了一个身，正面对着了那只亮着的小电灯泡。他的面孔可以看清了，一张英俊的面孔微微显出疲惫的样子。这张面孔要是被楼下的云中燕看见，她会大吃一惊。他是谁？原来他便是威尔逊要保密局特工们不惜一切代价都要捉到的李明。

云中燕绝不会想到，她费尽心机捉拿不到的李明，竟会被牟玉佛隐藏在她的眼皮下。

李明穿着一件蓝布长衫，一顶博士帽挂在墙上，仍蓄着分头。

李明和牟玉佛谈话的声音都非常低，仿佛耳语一般。

李明见牟玉佛的面色不像往天那样欢快，他问："老牟，外面有啥新情况？张阿苇来信联络过没有？"

他见牟玉佛摇了摇头，于是显出担心的样子说："在涪陵我与阿苇分手时约定：她安全到达石牛场接上党的关系后，立刻便来信联系，时间过了一个多月……"

李明在延安与阿苇结婚后，因为白区工作缺干部，党考虑到他俩在重庆暴露过身份，原不想派他俩回来的，经过李明和张阿苇主动向组织再三请求，结果还是同意他俩的要求，让他们回川参加川东特委，领导川东一带的地下斗争。他俩虽然暴露过身份，有不利的一面；但他俩人地俱熟，确实有较好的社会关系可以利用和作掩护，是不易寻找别人代替的。

他俩离开延安后，辗转回到了川东，一路上安排得异常周密，想不到仍让敌特发现了影迹。幸好他俩十分机智，很快便摆脱了敌人的跟踪，没造成大的问题！

按原计划，张阿苇到涪陵石牛场去发动组织农民，一旦条件成熟，便拉一支武装上山，让城市的地下党组织有一个退步回旋的地方，可以有效地配合城市的斗争。

牟玉佛原来急于想把胡宗南已占领延安的消息告诉李明，见李明提到张阿苇，他只好暂时隐忍住："老李，今天我听到一个情况，是重庆警备司令部稽查处长孙大胜向云中燕报告的。涪陵侦缉队在涪陵去石牛场的中途，有一个叫梅垭的幺店里发现了一女人，他们对她产生了怀疑，正想将她带回涪陵审讯，但是这个女人掏出手枪拒捕，被她逃脱了！"

"哎，发生了这样的事！"李明不安地猛吸着香烟。

牟玉佛晓得李明与张阿苇的关系，除了同志的关系还是夫妻，当然对她的安全更加关切。他安慰说："很明显这个女人是张阿苇无疑，既然没捉住她，她已躲进大山，是不易再找到她的。何况张阿苇同志在石牛场待过，熟悉那里的情况，对她的安全我们是不用担心的。不用多久，她会与当地的地下党组织联系上，也会有信来的。"

牟玉佛见李明仍然紧锁着双眉，接着又说："我已叫老冯同志派人去石牛场一带寻找、打听，不久也会有消息回来。"

李明的眉头稍微舒展开一点儿："老牟，阿苇的安全，想来不成问题。不过，情况有了变化，既然涪陵侦缉队已发现了她的踪迹，并惊动了云中燕，他们岂肯善罢甘休！黄桷树垭口杨嫂子那里正当官道上，容易惹人注目，她倘若再往杨嫂子那里去藏身，那……"

牟玉佛在涪陵与李明一道工作时，对于那一带的情况是熟悉的，他认为李明的疑虑有道理，但未免太过。他不以为然地摇了摇头："老李，你要估计到张阿苇同志已经有了丰富的对敌斗争经验；要不，她怎能在戴笠的亲自监视下从孔公馆逃脱——关于她从孔公馆逃脱的事，在重庆社会上辗转流传，还有人编成金钱板、莲花落在街头巷尾演唱，在民众的心目中，她已成为传奇性的女英雄——搞地下工作，遇到情况陡然变化是常有的事，张阿苇同志会应付自如。她岂有不明白不能再到杨嫂子那里藏身的道理？何况杨嫂子是眼观四路、耳听八方的能干人，也会随机应变，故此，你是不用过分担心的。”

李明“唔”了一声，微微点头不语。

由于两人都在不断抽烟，这间小室内烟雾缭绕，空气被弄得浑浊不堪。牟玉佛将手中的烟头往烟缸里杵熄：“老李，暂时不要抽烟，这空气我受不了。”

李明已经习惯在这样浑浊的空气中生活，他笑了笑，也杵熄了手中的烟头。

牟玉佛关了电灯，他摸索着走过去，拉开厚厚的帷幕，推开一扇小百叶窗，一股清新的空气涌进，一会儿室内的空气好多了。

牟玉佛重新关上小百叶窗，拉拢帷幕，扭亮电灯，坐回床沿上。

“老李，我告诉你一个坏消息：胡宗南的队伍已占领了延安……”

李明听完后并无特殊的不安，牟玉佛不觉感到惊诧。

李明习惯性地摸出一支香烟，在手指间转动了几下又放回原处：“老牟，只要毛主席和其他中央首长还安全，延安的得失对于革命的前途是不足轻重的。”

牟玉佛忍不住问：“为啥？”

李明不慌不忙地说：“老牟，你在白区工作的时间长，对于中央的情况还不十分了解！”

牟玉佛没有打岔，他专注地等待李明说下去。

李明继续说：“我在恩来同志身边工作过一段时间，从他那里学到许多宝贵的东西。到延安去过几次，上次住的时间比较长，听毛主席和其他中央首长作的报告，我也开了不少窍！毛主席有许多为别人所不具备的优点，在一些问题上确有过人的真知灼见。拿在江西的第五次反‘围剿’来说，有些同志，以及苏联顾问都主张寸土必争，结果只好硬拼；在敌强我弱的情况下，怎能经得起消耗战？那时毛主席不赞成这种打法，但王明、博古他们不听，以致只有放弃中央苏区北上。目前，经过抗日战争的洗礼以后，国共两党的力量对比，已有明显的变化，我军已大大地壮大了。胡宗南在抗日战争中养精蓄锐，抗日战争胜利以后，美国人用新式武器装备了他的队伍，更是不可一世，气焰十分嚣张。虽然如此，照我军的兵力和士兵的素质来看，胡宗南即使要占领延安，也不会如此轻易，必须付出重大的代价才成！”

牟玉佛表示赞同说：“是呀，延安这么轻易地让他占领，我也感到意外！”

李明继续说：“问题就在这里。据毛主席一贯的打法，他是不会与胡宗南硬拼的。因为胡宗南自持队伍的武器精良，占着明显的优势，所以锐气正盛，他恨不得要与我军的主力决一死战，即使打不了全胜，至少也可以大大削弱我军主力的战斗力。因为他们本钱大，不怕蚀本。我军倘若要死死守住延安，必然要打硬仗，我们军火补给困难，是蚀不起大本的。”

牟玉佛的眼睛不觉一亮：“你的意思是说，我们是主动放弃了延安，是不是？”

“对，是这样！”李明点了点头，“毛主席哪会那么傻，去与胡宗南硬拼？主动放弃延安，有几大好处：第一，胡宗南的队伍锐气正盛，主动放弃延安可以避开其锐，然后寻找胡宗南的弱处去打，可以事半功倍，变被动为主动；第二，骄兵必败——这是中国古代军事家说过的话——毛主席学问渊博，岂有不知！胡宗南是蒋介石的嫡系队伍，一贯养尊处优，其实并没与我军打过什么硬仗，没有吃过我军的苦头，所谓初生犊儿不怕虎！他一旦轻易占领延安之后，会认为我军不过如此，产生错误的估计，狂妄自大更助长了他的恶性膨胀。哼，我军擅长人称的‘口袋战术’，胡宗南会毫无警惕地钻进我军的口袋，那时……”

李明说到这里，显出自信的表情，闭上了嘴。

“老李，你分析得很对！”牟玉佛有些感叹地说，“我多么想能到中央去学习一段时间，让我也开开窍才好！”

李明说：“老牟，因为你现在的地位太重要，失掉了它太可惜；要不，早送你到陕北学习去了。”

经李明这么一分析，罩在牟玉佛心头上的阴霾顿时一扫而空。这些年来，由于地下工作的特殊，他从未与自己的同志在一起畅谈过，这次李明潜回重庆，为了李明的安全，他着实费了一番苦心。因为李明已不能在公开场合露面，住在重庆任何一个地方也觉不安全。他再三考虑，决定将李明隐藏在自己的卧房内。这个安排是大胆的，李明初听也觉骇然，经牟玉佛一番解释，李明也觉有理。因为谁也不会怀疑牟玉佛，更不会想到军统到处寻找捉拿的人，会隐藏在军统头目的家中。何况，牟公馆的人，大都是牟玉佛的亲信，有的还是地下党员，保密更不成问题。

“是的，延安整风那年，领导就是考虑我目前的地位，对党的地下工作十分有利，自动放弃实在可惜，要不，我能到延安去参加整风，也能提高我的思想水平！”牟玉佛说。

“延安整风……”李明仿佛有顾忌，刚说出半句又忍住了。

牟玉佛感到奇怪：“老李，延安整风怎样？你为啥说出半句便不说了。难道你还信不过我，在白区工作，我们连生命也联系在一起啊！”

“其实，我并不担心胡宗南之流，他们无论怎么强大，不过是表面的现象，他们不可能从外部消灭共产党！”李明说。

牟玉佛见李明所答非所问，不觉皱了皱眉：“老李，你说这些话与延安整风有啥关系?”

“关系大得很啰！”李明说话变得吞吞吐吐，“唉，一言难尽……还是不谈为好！”

牟玉佛觉得李明平时不是这样，他不悦地说：“老李，你咋搞的？为啥回延安去住了这么长时期回来，变得不爽直了?”

李明望了望牟玉佛，他犹豫了一阵，终于说：“老牟，我们随时都有牺牲的可能，但我们并不感到害怕；我们从入党那天起，就把生命置之度外，准备为人类解放的事业献出我们的一切……”

李明停顿了一下：“老牟，我们这些话在哪里说便在哪里丢……”

“哎，你痛快点说，好吗?”牟玉佛有些不耐烦了。

“好，别急，听我说！”李明笑了笑，“延安整风成绩很大，但是开初却搞得有些‘左’！到延安去投奔革命的热血青年其中不少是共产党员，但不少同志在整风中被打成反革命、特务、叛徒，还美其名曰‘抢救运动’，有的为此被逼得自杀；国民党没能杀害他们，却死在自己人的手中，你说痛心不痛心！”

牟玉佛半信半疑地说：“难道真有此事？军统内也是如此说，我原以为是他们造谣！”

李明说：“国民党夸大不实之词是有的，而延安整风，起初搞得‘左’也是真的，最坏的是康生。要照他的办法整下去，很快就会整到恩来同志头上。你想，这些热血青年，大都是经过恩来同志精心挑选才送往延安的。”

牟玉佛恍然大悟地说：“对，我想起来了，那时，南方局交给我一个名单，要我查证这名单上的人谁是军统特务，我费了很大力气才查清楚，名单上的人没有一个是军统派去的特务。啊，原来如此！”

牟玉佛又催促李明说：“后来呢，抢救运动啷个收场?”

李明回答说：“后来，恩来同志回到延安，知道了此事，他愤慨得很，亲自找到毛主席提意见，结果毛主席也觉康生他们搞得太不像话，才赶紧命令他们收场，被错打成‘反革命’‘特务’的同志都平了反，毛主席还向这些平了反的同志公开道了歉!”

牟玉佛连连称赞说:“好,这才不愧英明的领袖,真正的马列主义者!”

李明点了点头。

牟玉佛问:“那,康生呢?这种人还能重用?”

李明也有同感:“照理康生应该受到处分;即使不受处分,也不能再担负审干的工作!可是……”

牟玉佛见李明沉吟不语,催问说:“难道还要重用康生这号人?”

李明说:“康生照样搞他的老工作,还走红得很呢!”

“那,毛主席为啥不撤换他?”牟玉佛显出愤愤的样子。

“谁晓得为啥!”李明慢吞吞地说。

他俩都沉默了。

牟玉佛蓦地掏出香烟:“老李,抽支烟!”他们已半晌没抽烟了,小室顿时又弥漫着烟雾。

牟玉佛喷了一口烟,含笑对李明说:“在这楼下的房间里,云中燕大概已与徐处长睡觉了,像这种勾子麻搭的事在军统内部多咧!”

李明吸烟沉思不语。

牟玉佛拉了李明一把:“老李,这时不要紧啰,你在这间小房里憋了一天,快到我外面房子里松弛舒展一下!”

李明“唔”了一声,点了点头。

第十八章

一

楼下云中燕并没有睡觉，她已换上一件白缎绣花的睡衣，一根缎带松松地系在腰上，人过中年，她的腰肢仍然是那么细柔，裸露在外面的皮肤依然是那么白皙细腻。

她从卫生间款款走了出来，落落大方地坐在沙发上，沙发前摆着一盆燃得很旺的板炭火，她望着坐在对面的徐处长含笑说。

“徐处长，想不到你这房里女人用的东西这么齐备，常跟女人在这房子里胡搞吧！”

徐处长局促不安地涨红着脸，他没有想到云中燕会问这个问题。云中燕说要在这里住宿，他是为了巴结她，特意把女人用的东西都取出来供她使用。他晓得云中燕最痛恨别人在她面前撒谎，他不敢撒谎，但一时找不出适当的语句回答，神态显得相当窘迫。

徐处长见云中燕笑眯眯的，不像有醋意，他镇定下来，小心翼翼地回答：“夫人，许多年过去了，春天不属于我，爱情更不属于我，因为我的春天被她带走了，我的爱情也被她带走了。可我是一个男人，也有性的冲动，剩下的不过是生理上的需求，偶尔我也接触过女人。夫人，你不笑话我吧？”

云中燕已改变了话题：“重庆这个鬼地方，连暖气设备也稀罕，这炭火简直令人感到窒息！抗战八年，不知你们怎样过来的。现在抗战胜利了，你们还照原样生活，我真不习惯！”

云中燕被军统派出去都是扮演姨太太的角色，她最后扮演的是殷汝耕的姨太太，过惯了奢侈舒适的生活，现在嫁给毛人凤，无论如何赶不上殷汝耕家的豪华生活。

“夫人，你为党国和组织立下的功勋，毛局长就是让你住进黄金大厦也不为过！”徐处长奉承她说。

云中燕的尖尖细眉一蹙：“你也学会了这种奉承话，真讨厌！”

徐处长一时觉得无话可说，自云中燕主动要进这卧室中休息，支走了一点红和玛丽，只剩下他俩，徐处长就觉得坐立不安，心存疑惧。他几次告辞想让云中燕单独歇息，都被云中燕留住了，说有话对他说，他只得留下来。许多年以前的事还不时在心头浮现，至今想起来还有余悸。云中燕现时是他的顶头上司毛人凤的夫人，他岂敢随便胡来，倘若传到毛人凤那里，哪有自己的活路！

这时徐处长见云中燕低垂下眼帘，现出长长的浓密的睫毛，一张白皙的面孔上呈现出一种雅淡的娇态，自有一股吸引人的魅力，他不觉看着这张面孔发怔……

“九一八”事变以后，他与云中燕都是青年学生，考入了当时的临澧特训班，进入学校后才知道受的是特工训练，每个人都要履行加入特务组织的严格手续，他们觉得这工作很新奇，以后便习以为常。徐处长在受训中特别卖力，还被戴笠破格提升为教官，从此便青云直上地走上了职业特务的道路。他爱上了年轻貌美十分有风度的女学员向影心，就是现在坐在他面前的云中燕。不晓得向影心有何永葆青春的秘方，十多年过去了，仿佛流逝的时光并没在她娇美的面孔上刻下印记，连一丝皱纹也没有。从外表上看，她并无一般姨太太的轻佻俗气，凝重端庄的神态，好似有较高教养的大家闺秀。

徐处长随着唤起的记忆，不断将他的目光在云中燕的面孔上移动，最后停留在云中燕那张微微开启露出点白齿的嘴唇。啊，这张嘴唇还是那么鲜润，那么富有诱惑力，他不止一次亲过这张逗人喜爱的漂亮嘴唇。这张嘴唇依然如故，但如今时过境迁，空给他留下无限惆怅。他已经十多年没亲吻过这张嘴唇了，日复一日，这嘴唇上不知涂过多少唇膏，戴笠亲过，殷汝耕亲过，现在毛人凤亲过，听说她的情夫不少，许许多多情夫也亲过。

徐处长的目光移动到云中燕弯弯细眉下的眼睛上，这时，这双妩媚的眼睛微闭着，他从这双眼睛里已经看不见当年闪射着的炽热的火焰，那种令人心醉的深情亮光。这双眼睛虽然仍是那样亮晶晶的，但是却变得冷冷的，令人一见就感到不安，感到心悸，阴沉、狡狯、淡漠、做作混合在一起……

这时，云中燕的眼皮动了动，徐处长赶快移开目光回到现实中来。他打了一个哈欠，站起身来彬彬有礼地告辞：“夫人，夜已经很深了，请你歇息吧，明天见！”

“卫心，你真要走吗?”云中燕睁开眼望着徐处长，她的声音异常轻柔。

徐处长心中不由一动，这个名字已经许多年没听人叫过了，现在由云中燕的口中吐出，真像音乐般悦耳，唤起他心灵上沉睡已久的记忆，他不觉呆呆地望着云中燕犹豫起来。

“卫心，你记得吗，你取这名字的含义！”云中燕似笑非笑地瞟着他。

“夫人，往事如烟……”徐处长的言辞有些躲闪。

“是的，往事如烟——俱往矣！可是许多年过去了，这个名字却老在我心头萦绕。我恨过这个名字，到头来我才知道，恨之深，爱之也深啊！”云中燕含情脉脉地说。

“夫人，你已成了党国的英雄，旧事就别提了！”徐处长神情尴尬，态度恭顺地说。

云中燕脸上的笑容蓦地消失了，她语气十分固执，近于命令的味道：“不行，我以特派员的身份，要你将卫心这个名字解释一遍！”

徐处长接触到云中燕令人畏惧的目光，他不自觉地站得异常周正，无可奈何地说：“卫心，就是捍卫向影心的意思！”

“对，对！你解释得不错，我原以为你早忘得一干二净了。”云中燕点点头，嘴角现出一丝轻蔑的冷笑。

“夫人，我哪能忘记！我心中也十分痛苦啊！”徐处长腮帮上的肌肉牵动了一下。

“我问你，你既然没有忘记，说一说，你是在哪里第一次说出你取名叫卫心的！”云中燕像审问似的步步紧逼。

“夫人，还提这干啥！”徐处长接触到云中燕威严的目光，赶忙说，“夫人，我是在离临澧特训班不远的小溪边向你说的。”

“啊，说得对！”云中燕点了点头，“当时我轻信了你的甜言蜜语，我让你拥抱，我让你亲吻，我让你……”

云中燕的声音依然十分轻柔，她甚至半闭着眼显出迷恋过去的样子。

“夫人，请你歇息，有话明天再说吧！”徐处长不愿谈下去。

“不行，我偏要你现在说个清楚！”云中燕的目光闪着愤愤的火星。

徐处长迟疑了一下，坐回沙发上。

云中燕偏着头半晌没望徐处长，面对着炫目的灯光眯着眼凝思了片刻，她回过头来，脸上又露出了甜甜的笑容：“卫心，过来，坐在我身边，我好好与你谈一谈！”

徐处长见云中燕坐的是一只单人沙发，于是搬了一张方凳放在云中燕的身边，然后忐忑不安地坐下。他晓得云中燕的厉害，眼看一场良心上的审判逃避不开了。

“卫心，你谈一谈，你是怎样护卫向影心的！”云中燕脸上有了怒容，不，怒也像在笑。

“夫人，我对不起你，我没有尽到护卫的责任！”徐处长将语气尽量说得沉痛一些。

“对，你总算还有点良知，说了一句良心话！”云中燕含着笑说，“卫心，你为啥避开我的目光！正视着我，对，正视着我！”

徐处长只好正视着云中燕的眼睛，他的目光显得没有神采。

“卫心，你为了巴结戴笠，主动将我献给了他！”云中燕嘴唇微微噘起，现出嘲弄的意味，“是的，用我去换得了很多好处！你被破格提拔为教官，如今当了少将督察处长，可说是飞黄腾达！”

云中燕蓦地仰头咯咯地笑起来，笑得如此开心，如此放纵，徐处长面部现出惶惑的神情。

云中燕的笑声戛然而止，她的语气很平静，脸上仍挂着笑意，好像在回忆一件有趣的往事：“我被迫作了戴笠的情妇，我当时实在单纯，曾想过用自杀结束我的生命。虽然我感到恨你，但觉得一个女子应该从一而终。最初我对戴笠感到厌恶，他像一只永不知道饱足的馋猫；他又像一个吃人肉不吐骨头的恶鬼，令我感到害怕。不过，这样的情绪很快便过去了，我感到馋猫自有馋猫的乐趣，恶鬼也有恶鬼的可爱之处。我渐渐有些喜爱戴笠了，可是他却在这时一脚踢开了我，派我去北平嫁给殷汝耕，把我远远地发配到沦陷区。我在殷汝耕身边一心为军统工作，不像《野玫瑰》里所写的是为了党国。从此我再也没有过爱，我剩下的只有恨。殷汝耕把我当成玩物肆意践踏，送给日本人去取乐，我恨一切男人，更恨殷汝耕，我为军统在北平工作，不是为了爱，而是为了恨。”

云中燕说到这里望着徐处长淡淡一笑：“毛人凤像苍蝇般叮着我，我只好嫁给他，我现在成了毛局长的夫人。戴笠不得好死，殷汝耕也没有好下场，剩下一个你……”

徐处长听到这里，目光流露出惊惶的神情，他叫了一声：“夫人，戴笠看中了你，我也是不得已啊！”

云中燕撇了撇嘴唇：“我现在是毛局长夫人，毛人凤虽然不懂风情，他却很听我的话，柔顺得像一只狮子狗儿……”

云中燕轻轻笑了几声，她马上冷若冰霜地说：“嘿嘿，你虽然是一位少将处长，我要报复处置你，真好比捏死一只蚂蚁！”

“夫人……”徐处长几乎发出绝望的悲声，他晓得云中燕说到便能做到，惊惶不安地注视着云中燕。

“啊，我亲爱的卫心，你不用惊惶，我刚才说过，我恨你，到头来才发现我仍然爱你，恨有多深，爱便有多深呀！”云中燕顺手捏住徐处长的一只手，摩挲着，摩挲着……她眼睛里迸溅出炽烈的火星，亮亮的，亮亮的，可是瞬间却像一颗从夜空中飞过的流星，很快地淡下去，最后消失了。她眼里仍然只留下冷冷的光，盯着徐处长，松开他的手。

接着她一声长长的叹息：“对于人生，我感到厌倦了，对于男人，我也感到厌倦。不，我是一个人，一个有血肉之躯的女人，我不是厌倦所有的男人。我寻求呀，不断寻求，想寻求真正的爱情。但我失望了，哪里去寻求呢！官能的快感瞬间便过去了，余下的是无限的空虚，无聊，无聊透了！”

云中燕蓦地又捏住徐处长的手，捏得是那么紧：“卫心，初恋时，我毕竟从你那里得到过一点儿温暖，至今回忆起来还令我神往依恋，唉……”

一颗泪珠从她妩媚的眼角滚出，只有这时才暴露出她——一个女性的弱点，徐处长不禁也为之感动，显出黯然神伤的样子，用另一只手紧紧捏住云中燕的手：“影心，我……实在对不起你！”

云中燕一声叹息：“卫心，这样的话不用再说了。来……”

她松开他的手搂住他的颈项：“来，将你的面颊偎在我的胸脯上，听听我的心跳。在临澧时你是常这样与我亲昵的，不过我的乳房已没那时丰满了。唉，逝去的年华不会重回啊！”

徐处长一惊，他想到倘若毛人凤知道他与云中燕……后果不堪设想！

他迟疑了一下，终于轻轻推开云中燕站起身来：“夫人，你已是党国的英雄，我崇敬你，也忠实于毛人凤局长，请原谅，我是一个懦夫，再值不得你施泽于我！”

云中燕不禁一怔，她并没生气，淡淡地说：“徐处长，随你的便吧！你确实是一个懦夫，你怕戴笠，你也怕毛人凤。我知道，半老的徐娘已缺乏魅力，哪及年轻的重庆妹儿令人入迷！是吗？”她笑得凄婉。

瞬间，云中燕凄婉的微笑收敛了，一阵焦灼般的冲动令她难以控制，她站起身来撂下徐处长，铁青着脸在室内急速徘徊起来。

徐处长见状不由感到惶惑，他懊悔自己刚才拒绝云中燕的亲昵太不明智，也许会惹恼她，会对自己不利。

他手足失措地站在那里，目光跟随着云中燕的影子转动。

一会儿，云中燕心中的焦灼很快过去了。她徘徊的步子放慢下来，不时打量着徐处长。她站住了，望着徐处长嫣然一笑。

徐处长为了补救刚才自己的失误，他不再多想后果，几步上前将云中燕一把揽在怀中：“啊，心，我的心，你终于回到我的身边来了。”

云中燕温软的身体发出阵阵的幽香，刺激着他的感官，他浑身的血液涌上了脸部，一阵冲动令他再也难以克制，他用他阔大的嘴唇去寻找云中燕那鲜润小巧的嘴唇，刚想合上去……

云中燕蓦地将他一推，徐处长思想上毫无准备，不觉往后踉跄了两步才站稳。

他见云中燕的面部表情完全变了，圆睁着杏仁般的眼睛恶狠狠地怒视着他，他感到太意外，不知所措地讷讷说：“你，你……”

云中燕以极其敏捷的速度左右开弓，“啪啪”两声脆响，徐处长双颊上顿时浮现出两片红晕，火辣辣的疼痛。

“放肆！”云中燕大声斥责说。

“你……”徐处长怔怔地望着云中燕的面孔。

云中燕伸手按响了电铃，房门推开了，一点红跨进房内，她一手按在腰间的左轮手枪柄上：“夫人，有何吩咐？”

“夫人，你……”徐处长可怜巴巴的声音，他以为云中燕要翻脸下他的手了。

云中燕在一点红出现的瞬间，满脸的怒色消失了，声音平和轻柔，和颜悦色地说：“徐处长要回家，派车送他回去！”

徐处长一颗心才定下来。他无从猜测云中燕的感情为啥如此变化多端。他拿起茶几上自己的军帽戴上，向云中燕深深一鞠躬：“夫人晚安，明天见！”

云中燕好像刚才什么事也没发生一样，笑眯眯地说：“徐处长，明天开个会，胡宗南长官占领延安，在军统内要好好庆祝一番。”

“是，是，夫人。”徐处长不住弯腰点头说。

他不敢再停留，跟在一点红身后跨出了卧室门。

二

天刚破晓，山城还弥漫着青纱般的一层雾气，一辆轿车从牟公馆那条小巷驶出，向左拐弯，沿着林森路向前急驶。

小轿车后座的咖啡色绸帘将窗玻璃遮掩得很严实，李明坐在后座上。

牟玉佛穿着中校军服，坐在司机侧面的座位上。他口里衔着象牙烟嘴。烟头冒着缕缕的烟雾。

牟玉佛神态安详，装出漫不经心的样子观看着窗外的街景。这时除了上街赶早市买菜的人外，行人寥寥无几。

小轿车蓦地迎面碰见了一部吉普车，牟玉佛认出这是孙大胜的车，估计昨夜他从牟公馆出去后，一定又在哪里寻欢作乐玩了一个通宵，这时是回家睡觉去的。

牟玉佛微皱眉头，实在不巧，想不到会迎面碰见他。牟玉佛正想佯装不见地对直会车过去，出乎意料，孙大胜的车在前面十多米远的地方刹车停住了。

孙大胜从车窗里伸出手来扬了扬，大声叫嚷："牟科长，这么早到哪里去?"

司机也是地下党员，他望了牟玉佛一眼。牟玉佛向司机低声说了一句，小轿车立刻减速，但没停下车来。

牟玉佛将窗帘微微撩开一只角，他向孙大胜挥手致意，含糊答应一声，马上拉拢了窗帘。

孙大胜怀里睡着小蝴蝶，他在百乐门饭店跳了一通宵的"蓬嚓嚓"，果真是坐车回家睡觉的。

他见牟玉佛是从家中坐车出来的，晓得牟玉佛也是过惯了夜生活的人，此时正应该是蒙头大睡的时刻，有啥要事这么早便外出，不觉感到怀疑。昨夜他向云中燕报告情况，他故意隐瞒了一个重要情报，他叫手下特工拍摄的照片中，在民顺轮停靠千厮门码头的那个场景里，在梯坎上接客的人群中有牟玉佛的身影，目光正注视着走下趸船的李明，仿佛是接李明的样。孙大胜隐瞒这个情报的用意很明显，因为牟玉佛不是一般人，没有确切的证据是扳不倒他的，弄得不好，还会给自己找来麻烦；另外，孙大胜留下这条线索，倘若将来查清李明与牟玉佛确实有联系，他想独占头功，至少可以晋级升官。

孙大胜平时陪同牟玉佛他们打牌，总是自己陪着牟玉佛输钱，心中早对牟玉佛不满，没事还想找岔子出气，有这样重要的线索他岂肯放过。他早安排人对牟玉佛暗中监视，但至今还找不出什么破绽来。

孙大胜推开怀里的小蝴蝶，掀开车门跳下吉普车，往前追了几步：“牟科长，等一等，我有话与你说。”

牟玉佛早从反光镜里将车后孙大胜的动静看得一清二楚，见他紧追不放，心中不觉一惊。

他取下口里的烟嘴，向司机说了一句：“加速前进！”

牟玉佛从车窗伸出手去敷衍地比画了几下，想含糊应付过去。

孙大胜见牟玉佛并没停车反而加快了车速，也听不清他回答的话，再加上他见窗帘遮掩得这么严实，看不清后面坐着谁！他越想越犯疑，站住略微沉思一下，立即回身向吉普车奔去，急忙上车，拉上车门，急声吩咐司机：“快，掉头追上去，紧紧将牟科长的车盯住！”

司机虽然认识牟科长，他见惯了军统内互相监视猜疑的事，所以并不以为奇。

小蝴蝶被孙大胜弄醒了，她的头又靠到孙大胜的肩膀上，睁开惺忪的睡眼懒洋洋地问：“不回家休息，还往哪儿去呀？”

孙大胜顾不得回答小蝴蝶，他见牟玉佛的小轿车早看不见影，他坐的吉普车才掉过头来，不禁焦急地说：“加大油门，快追！”

小蝴蝶见孙大胜没回答她，她实在倦了，懒得再问，闭上眼偎在孙大胜身上迷迷糊糊地睡去。

吉普车开到金字门，在丁字路口刹住车，因为弄不清牟玉佛那轿车的去向，司机回头用询问的目光望着孙大胜。

孙大胜判断牟玉佛的小轿车不会开往较场口去的那条路，因为直接从凯旋路开上磁器街比这条路近。他稍微沉吟一下，立刻指了指前面：“往南区公园追去！”

吉普车对直加速向前驶行，一会儿便到了离菜园坝不远的山脚下。孙大胜望见牟玉佛乘坐的那辆天蓝色小轿车，正行驶在南区公园盘山而上的公路上，车影在拐弯处时隐时现。眼看便要追上，孙大胜得意非凡：“我的判断错不了，果真走的这条路！”

他吩咐司机：“快追上！”

牟玉佛坐的小轿车好像引擎有了毛病，速度降了下来，似蜗牛般吃力地往上爬。

吉普车风驰电掣般追了一阵，两车只相距一百米了，孙大胜却吩咐司机：“减速，远远地跟着！”

孙大胜见牟玉佛所坐的小轿车，窗帘仍掩得严严实实，他放心地吁了一口气……

牟玉佛从反光镜里早已看清后面跟上来的吉普车，晓得孙大胜跟上来了。他不明白有啥引起了孙大胜的怀疑，使他紧追不舍！

牟玉佛态度从容不迫，嘴角露出一丝轻蔑的冷笑，等小轿车驶出了南区公园到了平直的马路上，他沉着地吩咐司机说：“往枣子岚垭！”

小轿车向右拐弯驶去……

孙大胜原以为牟玉佛的小轿车一定会朝两路口的方向开去，想不到却折向回大城的方向，不禁感到迷惑起来：“难道牟玉佛有清早兜风的习惯！”

他接着又想：“不，牟玉佛发现我跟踪才折回大城，说明他心中有鬼！是故意摆迷魂阵。”

孙大胜立刻吩咐司机：“远远跟着不放！”

他怀里的小蝴蝶已睡得很熟，为了显示他的镇定自如，他俯下头吻在小蝴蝶的唇上。

小蝴蝶“嗯”了一声，在他怀里动了动，又睡熟了。孙大胜抬起头来，仰靠着闭目养神。

一会儿，孙大胜感到吉普车刹住了，他才睁开眼睛。

“牟科长的车在前面停住了。”司机低声向他报告。

孙大胜往前看去，果真见牟玉佛的车在前面不远处停住，不断按着喇叭。他迫不及待地推开小蝴蝶，推开车门下了车，快步向牟玉佛的小轿车奔去，想查看车内后座坐的是谁！

小蝴蝶两次被孙大胜粗暴地推开，她困得慌，不乐意地半睁着蒙胧的睡眼咕嘟：“无事忙，真是神经病。”她将头倚在靠背上又睡熟了……

孙大胜还没走到牟玉佛坐的小轿车前，小轿车又开动了，他正想呼叫牟玉佛停车，蓦地看见小轿车转向人行道，开进一扇敞开的铁栅门里去了。

孙大胜猛地一惊，这时他才看清，有铁栅门的地方是云中燕在重庆暂住的公馆“漱庐”，戴笠曾在这里住过。

牟玉佛的小轿车开进“漱庐”，铁栅门马上关闭了。

孙大胜站在“漱庐”门口犹豫了一会儿，他实在想不到牟玉佛的车开进了

“漱庐”，看来车内后座坐的是云中燕，是牟玉佛亲自送云中燕回家。他暗暗庆幸自己没贸然上前查看，否则……

孙大胜十分沮丧地回到自己坐的吉普车前，他伸手接触到车门的手把，立刻又缩了回来。

他点燃一支香烟吸了几口，默默思索：难道自己是庸人自扰？

想着，想着，孙大胜的眼睛亮起来，他狡黠地眨了眨眼：“不对，他倘若要送云中燕回家，何必从南区公园爬盘山路绕个大圈呢！”

孙大胜将手中的香烟一扔，他见不远的店子中有公用电话，于是，几步走上前拨通了“漱庐”的电话。

“喂，我找毛夫人……哎，还没回家……刚才牟玉佛送哪个进了‘漱庐’……我等一会儿，你去问问，但不要让牟玉佛晓得……我是稽查处孙处长……”

孙大胜没搁下电话听筒，他等了片刻：“喂，是送哪个？……没有送啥人，牟科长独自一个人下车找杜队长……啊……”

孙大胜脸上露出惊喜的笑容，自得地吹起口哨，脚杆不住闪动。他心中浮现出一连串的问号：牟玉佛并未送云中燕回家，那车内窗帘遮掩得严严实实的后座上坐的是哪个？牟玉佛为啥故弄玄虚绕一个大圈子才到“漱庐”？

“哼！欲盖弥彰，逃不过我姓孙的眼睛！”孙大胜冷笑一声。

孙大胜放下电话筒付了通话费，他心中仿佛蓦地亮堂了。他认为事情很明显，牟玉佛车内坐着一位不能公开见人的神秘人物，见自己跟踪不舍，牟玉佛才出此下策绕道开进“漱庐”躲避！

孙大胜急速走到吉普车前吩咐司机：“往前开！”

吉普车刚拐弯，孙大胜便叫：“停住！”接着跳下车吩咐说：“在这里等我！”

孙大胜故意造成已将吉普车开走的假象，是想给牟玉佛一个错觉，诱使他早点从“漱庐”将车开出来。

孙大胜混在人群中监视着“漱庐”的铁栅门。他刚才本想打电话给杜队长，要他查看牟玉佛车内的人，继而一想感到不妥，杜队长与牟玉佛熟识，倘若查不出什么，杜队长告诉了牟玉佛，岂不留下后患，那样反而惊动了他。

果然，孙大胜一支香烟还没抽完，他见“漱庐”的铁栅门拉开，牟玉佛的小轿车开出来了。

孙大胜看见小轿车内的窗帘依然遮掩着，他不再犹豫，迎着小轿车奔去，挡住车道大声喊叫："牟科长，停车，我正找你，还是让我找到了。"

牟玉佛安详地吩咐司机："停车!"

小轿车停住，牟玉佛推开车门钻出车来，主动向孙大胜迎过去，含笑问："孙处长将我紧追不舍有啥贵干?"

孙大胜没想到牟玉佛会像没事一样迎上前，他缺乏随机应变的机智，一时想不出如何回答牟玉佛。他"唵"了一声，掏出烟匣，取出一支香烟递过去："牟科长请抽烟!"

牟玉佛接过烟，孙大胜扭燃打火机给他点上，总算想出了借口，他笑嘻嘻地说："找牟科长哪有其他事！我有个朋友闻牟科长的大名，想邀你去打八圈麻将玩玩。"

孙大胜边与牟玉佛说话，边从前窗玻璃打量轿车内后座的情况，但是，看不清后座的情景。

牟玉佛蓦地钻进小轿车，关上车门，说："孙处长，今天打牌还早，我还要回家歇息，晚上再打牌吧!"

孙大胜见牟玉佛要叫司机开车，他哪会就此放过，忙挡住车道："牟科长，我的车送小蝴蝶回家了，我搭你的车去行辕，不晓得你的后座空不空?"

牟玉佛抽着香烟含笑望着孙大胜："孙处长，我还要去小什字国民酒家吃广东早点，怕会耽搁你的公事!"

孙大胜见牟玉佛推辞，更认准他后座有名堂，要查看的心更迫切。他上前要拉开后座的车门……

牟玉佛这时慢吞吞地说："既然孙处长不怕耽搁，请上吧!"

孙大胜猛地拉开后座的车门，他呆住了——原来后座空无一人。

牟玉佛见孙大胜现出失望的样子，心中不觉暗笑："孙处长，上呀!"

孙大胜关上了车门，说："那，我去行辕有急事，我还是打电话叫车吧!"

"听便!"牟玉佛说。

孙大胜看着牟玉佛的小轿车跑得不见影了，他才蔫耷耷地走到自己的吉普车前，拉开车门上了车。

小蝴蝶被孙大胜惊醒了，她没睁开眼睛，只是伸出一只手臂钩住了孙大胜的颈项，娇声说："真讨厌，快回家吧!"

三

牟玉佛确实虚晃了一枪，孙大胜做梦也没有想到李明已在金字门下了车。

昨天晚上李明与牟玉佛收听了中央解放电台的广播，果真如李明所分析的那样，党中央是主动撤离延安，胡宗南占领的延安不过一座空城。毛主席还在陕北指挥作战，并发出号召，要全体军民不气馁，将胡宗南困死在陕北……

李明觉得在这关键时刻，一定要亲自找高伦谈谈，通过高伦把党中央的战略撤退宣扬出去，揭露反动派的歪曲宣传，这是刻不容缓的事。

牟玉佛开始有些犹豫，因为孙大胜在“守株待兔”，肯定对高伦的监视十分严密，李明倘若要亲自与高伦会谈，这风险实在太大。

经李明再三劝说，他终于同意了。目前既然没接到上级党的正式指示，但把党中央广播的文告精神，迅速传达到白区广大关心党的群众中去，特别是与党有统战关系的民主人士中去，这确实是当务之急，可以避免引起一些人的思想混乱，减少不必要的政治损失。

牟玉佛和李明将与高伦会见的一些细节都商量妥当后，由牟玉佛连夜作了周密的安排，想不到由牟公馆出来后便遇上了孙大胜，牟玉佛至此还不明白为啥会引起孙大胜的怀疑，这令他惴惴不安。

本来李明已经按计划在金字门下了车，到江边去了，为啥牟玉佛还要故弄玄虚牵着孙大胜转这么一大圈呢？牟玉佛是考虑到李明的安全，因为李明由金字门到江边还没走远，要是不引走孙大胜，孙大胜倘若立刻布置在金字门附近搜索，李明便有被发现的危险！拖住孙大胜，即使他醒悟过来再搜索，李明也早过江走远了，可以万无一失。

牟玉佛近来是“漱庐”的常客，他与看守“漱庐”的卫队长杜鲫壳很熟悉，因为杜鲫壳是牟玉佛推荐给云中燕的。

只因戴笠在南京近郊与飞机一起栽下来摔死后，军统局改成了保密局，郑介民不过是空头局长，实权落在了主任毛人凤手中。“一朝天子一朝臣”，毛人凤在保密局内部逐渐换上自己的亲信，凡是戴笠身边的亲信，大都坐了冷板凳。杜鲫壳虽算不上戴笠的亲信，并且在军统内几度浮沉，但他在戴笠身边工作过一段时期，也连带着遭了殃，毛人凤将他调出了局本部，他一直很不得意。加之段玉兴被蒋介石为缓和舆论而昧着良心当汉奸枪毙以后，凡段玉兴以前吸收进军统的人，虽没个个受到株连，但大都受到冷遇，不予重用。

其中独有牟玉佛不仅没受到冷遇，反比以前更走红，成了督察处徐处长的心腹。最近牟玉佛又巴结上云中燕，他的军衔虽然不过一个中校科长，但在保密局内人人对他敬畏三分。牟玉佛为人豪爽，仗义疏财，广结人缘，许多人都主动为他捧场，在上峰面前为他说好话，深得人心。

牟玉佛与杜鲫壳是同时在涪陵经过审查后参加军统的，既是同乡，又是老同事，正当杜鲫壳不得意的时候，牟玉佛将他举荐给云中燕，当上了“漱庐”的卫队长。杜鲫壳感激牟玉佛的心情可以想见。

杜鲫壳对牟玉佛拍过胸，丢过海誓：“牟科长，你这样讲交情，够朋友，以后凡有用得着兄弟的时候，我愿为你两肋插翅[1]。我杜鲫壳倘若皱眉，绝算不了好汉!”

牟玉佛认为杜鲫壳这种人，是袍哥出身，讲江湖义气，必要时是可以利用的。他当即拍了拍杜鲫壳的肩头：“老弟，你这样说便见外啰！我与你在涪陵共事，相处得比别人亲热。同乡在外谋事，理应患难与共，富贵同享。你那些年当上宪兵营长，我不便高攀，这些年有些疏远。你现在正走背时运，我不善于锦上添花，但喜欢雪中送炭，我这时不看顾你哪算真朋友！你这些时拖苦啰，倘若手头拮据差钱用，找我要就是。古人讲：同袍之义，你不用客气，我才会高兴!”

杜鲫壳听后又羞又愧，前几年，他当宪兵营长时，志得意满，确实不把牟玉佛看在眼中。现在他走背时运，以前许多巴结他的朋友都对他冷眼相待，想不到牟玉佛气度宽宏，反而尽力相助，一番话尽情尽理说得异常诚恳。杜鲫壳当然会对牟玉佛感激不已，他差不多要流出眼泪来：“牟科长，像你这样仗义的朋友，我为你去死也值得。我虽比不上荆轲、聂政，但也愿学古人‘士为知己者死’。一句话，用得着我时，就是赴汤蹈火，我也心甘情愿!”

杜鲫壳肚内没有多少墨水，这几年在重庆混久了，也竭力想学斯文一点儿。他此时把自己比着荆轲、聂政，实在是不伦不类。

牟玉佛听后不觉好笑，他摸出一沓钞票递到杜鲫壳手中：“老弟，将这些钱先拿去用。”

---

1 袍哥话，即两肋插刀。

杜鲫壳坚决推辞不要："无功不受禄，哪能花你的钱！"

牟玉佛不悦地说："哎，这些钱也不是我的，都是在牌桌上赢来的。将他们这些人的不义之财赚来周济朋友，这是江湖上的规矩，你何必推辞！"

杜鲫壳早被那沓钞票耀花了眼，牟玉佛装江湖客又装得逼真，说的话十分在理。他十分感动地接过钞票："谢牟大哥，小弟愧领了。"

牟玉佛不费多大力气便在"漱庐"安下了杜鲫壳这颗钉，当然这对他的工作极其有利。所以牟玉佛的小轿车停在"漱庐"门口，杜鲫壳听见喇叭响，一见是牟玉佛的车，他马上便叫卫兵打开铁栅门将牟玉佛的小轿车放了进去。

牟玉佛的小轿车在庭院里刚停住，杜鲫壳已小跑上前给牟玉佛拉开车门："牟科长，你好早！毛夫人还没回家呢！"因为牟玉佛常来云中燕这里做客，所以杜鲫壳这样说。

牟玉佛点点头："我晓得，毛夫人在我处，昨夜打牌散场迟，所以没回'漱庐'，我路过这里，顺便看望一下老弟！"

"不敢当，不敢当！"杜鲫壳点头弯腰说，"请牟科长房里坐！"

杜鲫壳十分殷勤地将牟玉佛邀进他的住房内——离院坝不远的一间平房。他又是请坐，又是忙着递烟、泡茶，还问："牟科长吃过早点没有？我们早上是稀饭和榨菜，牟科长一定难以下咽，我派人去观音岩馆子里端笼蒸饺！"

"不用，我早吃过了。"牟玉佛端起茶碗喝了几口热茶，然后放下，"老弟，这看门的差使苦得点，我以后再给你找个好工作。"

"牟科长，我当上这里的卫队长比以前打漂漂强得多，哪敢再让你费神！"杜鲫壳客气地说。

牟玉佛吐了一口烟雾，看着袅袅飘浮的雾丝凝思片刻："老弟，这差使外账收入虽少，但是时常接近毛夫人，只要讨得毛夫人的喜欢，她要提拔你比翻掌还容易，有许多人觊觎这个位置呢！"

"是的，是的，多承牟科长照看！"杜鲫壳说。

牟玉佛接着与杜鲫壳闲扯了几句，估计时间差不多了，他起身告辞："老弟，我还有急事要办，改天再来看望你。要用钱嘛，随时都可以来找我。自家弟兄不用客气！"

杜鲫壳更是眉开眼笑，送出牟玉佛，又亲自跑去拉开车门让牟玉佛上车。目送牟玉佛的小轿车开出铁栅门，他才离开院坝。

四

孙大胜将小蝴蝶送回他的私宅，小蝴蝶连早点也不想吃，进门便上床睡了。

孙大胜昨夜熬了一个通宵，两眼布满了红丝，但此时却毫无倦意，他换上了睡衣还衔着香烟在室内徘徊。他今早空忙了一场，结果不如自己的预想那样，也没找出牟玉佛半点破绽。他的思想有点动摇了，怀疑也许是自己神经过敏犯了职业病！

孙大胜又将前后的事情仔细回想了一遍，一个个疑点串连在一起，又觉得牟玉佛确实可疑。但他随即又作了否定，牟玉佛的情况他是了解的，像这样的人怎能与李明联系在一起！那些疑点可能是偶合。今天早上，牟玉佛的小轿车后座上即使坐的有人，也绝不是李明！谅牟玉佛没有那么大的胆子，敢将李明隐藏在家中！那么，为啥要将车窗遮掩得那么严实呢？莫非是牟玉佛的情妇，他不愿别人看见？哎，不对……

孙大胜越推测越觉得自相矛盾，解不开这个谜。

孙大胜打了一个哈欠，他实在倦了，不愿再想下去了。他扔掉手指间的烟头："不管那些，以后偷偷监视牟玉佛，绝不轻易放过他！"

他正想上床睡觉，忽然传来了轻轻的敲门声，他不高兴地骂了一句："他妈的……"

孙大胜晓得一定有了公事，否则勤务兵是不会在此时轻易惊动他的。

他开了门，勤务兵低声报告说："孙处长，电话！"

孙大胜皱了皱眉，迟疑了一下："谁来的电话？"

"04号来的电话！"

孙大胜一听是04号来的电话，连睡衣也没换便跨出卧室门，来到了天井那边的办公室。

他坐到办公桌后的椅子上，迫不及待地抓起电话筒："喂，04吗？我是01……嗯，嗯……中午十二点在心心餐厅……嗯，嗯，……"

孙大胜脸上露出欣喜的表情，最后说了一句："有情况随时向我报告！"他才挂断了电话。

孙大胜随即拿起另一只电话筒——这是内部专线电话，说："总机，接侦缉科……是苏科长吗？我是老孙……刚才04向我报告了一个情况，高伦今日凌晨接到一个电话，有人约他十二点钟在心心餐厅见面。你的看法呢……对，我也是这么想，高伦这一些时日深居简出，凌晨的电话约他到心心餐厅见面，这很不平常……对，胡宗南的部队刚占领了延安，重庆地下党必定有所活动，这约他会面的电话十分可疑……我们必须弄清楚在心心餐厅与高伦会面的是什么人！你立即派人到心心餐厅监视，现在是九点，时间很宽裕……另外，你派行动队吴队长带几个人坐车到高公馆跟踪……好，好，就这样！随时向我报告。”

孙大胜布置完毕，搁下话筒轻松地吁了一口气，这时他才取出香烟点燃，得意地哼起流行歌曲：

黄包车上的小姐穿的花花衣，
杏眼圆，眉毛细，
…………

孙大胜衔在嘴上的香烟还只吸了一小截，电话铃便响了，他毫不在意地拿起话筒：“喂，啊，你是04……什么，高伦提前出门走了……他既然这么早便走，不坐黄包车，更加可疑……不要紧，我已派人在心心餐厅等着他！你有情报立刻打电话通知我。”

孙大胜放下话筒不久，电话铃声又响起。

“喂，我是01……啊，你是吴队长……是的，高伦提前走了，连黄包车也没坐。他是斯文人，绝不会走远。吴队长，你开着车子在附近街头小巷找一找高伦，找着后不用惊动他，悄悄盯住，不要让他在眼皮下跑了……”孙大胜打完电话不觉打了一个哈欠。他眼皮沉重，眼睛发涩，睡意浓起来了。

他站起身想了一想，还感到不放心，拿起内部电话的话筒：“总机，接侦缉科……是苏科长吗？我是老孙……刚才04报告，高伦已提前出门走了。我已派吴队长……啊，你已接到吴队长的报告……派到心心餐厅去监视高伦的人出发没有……坐车子去的，好，有情况随时报告我！”

孙大胜布置完毕，他感到完全可以放心了，布下的天罗地网是万无一失的。无论与高伦会面的是啥人，都是有重大嫌疑的共党分子。因为这样的约会是反常的，有事不上高伦家去，却在凌晨打电话安排这样的约会！他认为，这岂不是“此地无银三百两”吗?!

孙大胜得意地想:“欲盖弥彰,哼!”

他从昨夜到现在还没合一下眼,连眼皮也快睁不开了。他嘱咐勤务兵一句:“你叫李参谋来守电话!十二点钟时叫醒我。”

孙大胜放心地离开了办公室,回到卧室关上门,上床去抱住小蝴蝶蒙头大睡起来。

孙大胜睡得蒙蒙眬眬,他在梦中捉住了李明,还有牟玉佛,连云中燕也是李明的一伙,转瞬之间,他成了军统内众人景仰的英雄,蒋介石亲自给他授勋章,还赏给他一把叫“军人魂”的将军佩剑,自己的军衔也成了少将……

一阵敲门声也没将孙大胜惊醒,小蝴蝶却被惊醒了。她在孙大胜怀里动了动,推了推孙大胜。孙大胜翻了一个身,咕噜着:“宝贝,乖妹儿,莫闹,我……”他又发出了鼾声。

小蝴蝶只好起身下床,她发现自己不仅没脱衣服,连高跟鞋还穿在脚上,这时却省了许多事,她走去打开门,一脸不悦的表情:“不让人好好睡一觉,你们个个是不是发了神经病!”

“有紧急情况要报告孙处长!”李参谋对小蝴蝶说。

“等一等!”小蝴蝶将门“砰”地关上。

一会儿,孙大胜穿好军服到了办公室,问:“有啥情况?”他边说边打哈欠。

李参谋将话筒递到孙大胜手中:“苏科长的电话!”

孙大胜还在回味刚才梦中的情景,以为是好兆头,他含笑对着话筒问:“苏科长,我是老孙,有啥好消息?高伦与谁在心心餐厅会面?”

孙大胜脸上的笑容顿时收敛了,他感到意外:“哎,高伦根本没到心心餐厅,在心心餐厅也没有发现异常的人……吴队长呢,他开车找到高伦没有……哎,找遍了整个山城也没发现他的影子?”

孙大胜看了看手表,焦躁地说:“妈的,你派去心心餐厅的人靠不靠得住?现在已下午两点钟,高伦真没去过……是不是派去监视的人露出了啥破绽?惊动了他们!”

孙大胜眼看自己是一场空欢喜,计划落了空,他毫无道理地埋怨下面的小特务,最后气汹汹地将话筒往话机上一搁,发出“啪”的一声响。他点上一支香烟,在办公室里急速地往返走动,显出气急败坏的样子。

他急速走动了一会儿,步子渐渐放慢了,最后,站在办公室当中大口吸烟,皱着眉头沉思起来……

孙大胜蓦地一顿足，钉了铁脚掌的皮鞋在水门汀地上“咯”的一声响，两眼露出凶光，盯着李参谋，把李参谋吓了一跳。

“备车，去警备司令部！”孙大胜吼了一声。

李参谋答应一声：“是！”他匆匆走出办公室去了。

“斗篷，斗篷，我的斗篷！”他瞪着眼望着勤务兵叫。勤务兵忙去给他拿来了黄呢斗篷，他披在身上大步走了。

第十九章

果真如孙大胜所分析的那样，李明与春燕确实在涪陵分手，春燕只身去了石牛场，而李明是搭上民顺轮到达重庆的。其中的详情，孙大胜一概不晓得，不过推测罢了。

为了掩护李明安全到达重庆，民顺轮的地下党员张阿德费尽了苦心。

民顺轮上的伍大车在抗战胜利的前夕，被谈明清在胸肋上戳了一刀，当时由于谈明清心慌胆怯，手打颤颤，没有多大力量，戳进的刀口并不深，不仅没伤着心脏，连肺叶也没伤着。他在医院住了十多天，伤口便很快愈合，不久就出院了。

伍大车在家中将息了一段时间，反而养得白白胖胖地上了船，继续当他的大车。

不过，伍大车经此一吓，欺压工人的气焰倒减了不少。

民顺轮经过八年抗战的洗礼，船上情况发生了很大的变化。张阿德已先后发展了几名党员，连接替皮船长的杜华宣也暗暗加入了共产党。

经过上级党组织批准，民顺轮成立了党支部。因为张阿德党龄长，在群众中的威信高，大家推举他当了支部书记。

一个党员团结几个进步群众，民顺轮上除极少数人外，都多多少少受到党的影响，船员们紧紧团结在党的周围，这与抗战前相比，已经大大改观。

伍大车当然不明内情，他见张阿德得到大多数船员的爱戴，有这么高的威望，再也不敢小觑他。为了笼络人心，伍大车平时对张阿德也格外客气一些，常请他到大车房舱里，一同喝酒谈天。

一天，伍大车与张阿德边喝酒边聊天："张师傅，你有一手好技艺，跟我当机匠也十多年了，你在机器上从没出过啥差错，我早想提拔你当三管轮……"

船员喝酒不分彼此已是习以为常的，张阿德内心虽对伍大车反感，但他经过这些年的锻炼，早已比以前成熟得多。他觉得与伍大车拉拉交情可能会对党的地下工作有利，所以他一直压抑着对他的厌恶，表面上与伍大车混得很亲热。这时，他刚喝了一口酒，正拿起一只卤鸡翅膀慢慢撕啃，边咀嚼边点头："唔……"含糊应着，听伍大车说下去。

伍大车说到这里也止住话头，抓起一只卤鸡腿塞进口中，吃得津津有味。

张阿德晓得伍大车并不想提拔他当三管轮，像这样的话，他早听腻了，晓得伍大车送的是空壳人情，想吊起他的胃口，以此为诱饵拉拢他。所以他并不当真，姑且听之。要是照以往那种爽直的性格，他会当面奚落伍大车几句。但是现在张阿德觉得犯不着为这一些不相干的小事去刺激伍大车，招来不必要的麻烦。

张阿德已能圆滑自如地与伍大车周旋，他见伍大车的酒杯空了，主动从桌子角拿过酒瓶，装出殷勤的样子给他斟满酒，他喷着酒气说："你伍大车为人宽厚，我张阿德哪会不晓得，我在民顺轮上做了十多年机匠，今后还望大车多照看！"

伍大车难得听见张阿德当面奉承人，他不觉喜上眉梢，一张胖脸堆满笑，用手摸着花白的胡楂子说："是的，我早想提拔你当三管轮，但由于你性直气刚不随和，我手下的弟兄伙不乐意，我也不好硬提你。我看，你在川江上混了二十多年，至今还没入汉流海袍哥。这样……"

伍大车察看着张阿德的表情，他两只拳头往桌上一搁："这样，只要你愿意参加我们汉流海了袍哥，一下就成了自己的弟兄伙，他们便不会反对了！"

张阿德一向看不惯袍哥的作为，他当然不愿拜在伍大车门下当兄弟，他举起酒杯想岔过去："大车，你光顾说话不喝酒嘟个行！我晓得你酒量大，我陪你再喝几杯，不醉不休！"

殊不知伍大车见张阿德在船员中威信高，早有心将他拉入汉流，扩展自己的势力，他既然已将话说出口，岂容张阿德含混过去。他勉强喝了一口酒，也没举箸拈菜吃，毫不放松地说："老弟，只要你肯海袍哥，由我哥子引进[1]，包你鲤鱼跳龙门，一步登天当个五哥，何等气派威风。以后倘有人欺侮你，我哥子可以给你扎起；也不怕失业，哥子锅里有，包你碗里有得吃！"

张阿德已不便含混，于是说："大车，我岂有不愿海袍哥的道理！我晓得你们的规矩：不吸收剃刀匠海袍哥。不瞒你说，我少年时学过几天理发，当过剃刀匠，要海袍哥怎够资格！"

——哥老会中确实有这种规矩：不吸收剃刀匠加入。因为哥老会最初是带有强烈民族色彩的民间秘密组织，宗旨是反清复明，而剃刀匠是满族入关后带进的一种行业，汉族原来是不用剃刀匠的，多把剃刀匠视为满族的奸细。

其实张阿德根本没学过理发，更没做过剃刀匠，他急中生智，故意如此说来

1 引进，即介绍。

搪塞伍大车。

伍大车果真上了当，他“哦”了一声，十分惋惜地说：“唉，想不到老哥却操过这种贱业！”

他说完端起酒杯喝光了杯里的酒，显出扫兴的样子。

张阿德心中暗笑，他沉默了一会儿主动说：“大车，我不能海袍哥不要紧，只要你看得起我，把我当老弟看待，我也把你当哥子看待，岂不一样！”

伍大车不住点头，脸上露出笑容，他一拍自己光秃秃的亮脑门：“是哈，亏你提醒我，我与你跳兰交[1]也是一样嘛！”

张阿德顺水推舟应付说：“望你哥子今后还要多照看兄弟啰！”

伍大车停住杯筷，神色十分认真：“老弟，要捆把把柴，虽不像海袍哥那样，要在关圣前行三跪九叩大礼，但正式跳兰交，也要举行个仪式，互换生庚八字，宰鸡头喝血酒，丢海誓：不能同日同时生，也愿同日同时死。”

张阿德心中琢磨：伍大车硬缠着要他当老弟，实在不便拒绝。像伍大车这种人当然不能做革命的同路人，但还是可以当成利用的一种力量。因为他毕竟与国民党的特务不同，这种人也讲仁义，倘若与他跳兰交，便可以将他手下的一帮人团结住，对船上几个死心塌地为国民党卖命的特务，也就可以最大限度地孤立起来……

伍大车见张阿德踌躇不语，立刻不悦地说：“老弟，我愿与你跳兰交，是看得起你，难道你却看不起我？”

张阿德原想请示上级党组织后再定，见伍大车露出悻悻的样子，他生怕闹僵，这样反而不好。他想，这样做与党的统战政策是符合的，先定下来，以后再向上级党组织汇报也是一样。他拍了拍伍大车宽宽的肩膀：“你哥子啷个搞起的，你偌大的海量未必也喝醉了不成！要举行仪式，也要择个吉日良辰，备办香烛鸡口等物，也要时间嘛！”

伍大车听后，转怒为喜，仰头一笑：“哈哈，老弟说得对，是要选个吉日良辰……我今天太高兴啰，不醉不休！”

张阿德已有五分酒意，因他还有重大事情要办，立刻推辞说：“不行，我还要

---

1 结义为兄弟，下面所说捆“把把柴”也是此意。

去机舱当班!”

伍大车“呃”了一声:“怕啥?我叫人替你当班!”

他果真推门出去叫人替张阿德当班,然后回来坐下:“老弟,安心喝!”

张阿德不便扫伍大车的兴致,只好陪他喝,不过总是趁伍大车不注意,将酒偷偷倒在地上。

张阿德倒在地上的酒渐渐流淌到伍大车的脚边,将他一双绣花缎子拖鞋也浸湿了。

“格老子哪来的水?把我拖鞋也打湿了!”伍大车睁着一双红红的醉眼,低头望了望地上说。

“大车,喝!管它哪来的水,我不信会把我们浮起来,不醉不休。”张阿德装作喝醉了酒。

伍大车确实醉了,他不再留意地上的水是从哪里来的,喃喃不清地翻着一对红眼睛说:“对,管它哪来的水,喝!”

伍大车已醉得头脑里产生了麻木感,他不待一瓶泸州大曲喝尽,又拿出一瓶茅台酒。

张阿德生怕喝醉,故作姿态说:“你哥子喝了一辈子酒,啷个变成了外行!”

伍大车愣望着张阿德:“此话怎讲?”

张阿德含笑说:“一次喝两种不同的酒非醉倒不可!”

伍大车摸了摸光秃的脑门:“我岂不晓得一次喝两种酒极易醉人!不过,手头已没泸州大曲,这茅台酒……”他的舌头已不灵,语音显得模糊。

他拍了拍张阿德的肩头:“老弟,不怕!酒逢知己千杯少嘛!干!”

他端起酒杯的手有点哆嗦,杯里的酒洒泼出不少。

张阿德劝阻说:“伍大车,你醉了,下次再痛饮吧!”

“笑话!这点酒能使我醉?不会,不会!”伍大车双眼发涩,大声叫嚷说。

张阿德不能脱身,只好硬着头皮陪伍大车喝酒。

酒精的作用,烧得伍大车浑身发热,脸泛潮红,他的话多起来,说得十分杂乱无章,显得异常唠叨。

张阿德听任他说,只是不时“唔唔”两声,表示专注地在听。

伍大车蓦地放低嗓音,将嘴凑近张阿德耳边说:“老弟,我与你既然马上要捆把把柴,哥子有件事特意关照你……”

张阿德"唔唔"点头，并没十分在意。

"听说，你有个妹妹叫张阿苇是个共产党，他与李明很可能潜回重庆，护航大队的杨大队长奉上峰指示，已命令我们船上的汪稽查暗地监视你，好找出李明与张阿苇的下落……"

张阿德一听，不由暗地大吃一惊，他在涪陵已与李明和春燕见过面，晓得他们已结成夫妇，他认为这真是天生的一对，为妹妹感到高兴。春燕已由李应忠护送去石牛场，而李明上了民顺轮去重庆，眼前正在自己舱内藏着，这怎能不叫他感到担忧！

张阿德装出不在意的神态，哈哈一笑："哥子，你实在喝醉了，已在说酒话。我哪里有个当共产党的妹妹！船上好多人都晓得，我妹妹早被朱总经理逼得投进长江自尽了。可怜，她的尸首还埋在曾家岩万国公墓里！"

他装出凄然的样子，低下头。

伍大车点了点头："你说的情况我以前也听说过。不过，你既然已引起他们的注意，还是当心一点儿好！"

张阿德点头说："你哥子对我的关心我十分感激，汪稽查他们无中生有陷害我，我要去质问明白！"他装出委屈愤愤的样子。

伍大车还没十分醉，神志依然清楚，他吃了一惊，忙摇手劝止说："老弟，这话是汪稽查与我喝酒时说的话，你千万不要去质问，他们会怪罪我的。"

"当然，你哥子的好意，兄弟领情，要不是怕连累你，我真会去质问他；放心，看在你哥子面上，我隐忍住就是了。"

"对，你心中有数就行了。像汪稽查这种人，你还是少招惹他为好！"

伍大车说到这里，端起酒杯："老弟，干杯！"

"干杯！"张阿德也端起酒杯说。

二

张阿德见伍大车已醉得不省人事，于是将他扶到床上睡下，自己掩上房门，走到甲板上。

张阿德扶住栏杆定了定神，想到伍大车刚才酒后吐露的情况，不能不叫他焦虑。这位汪稽查原是涪陵公司的人，他当然认识李明，不论李明如何化装，船到重庆千厮门码头，要上岸是很危险的。但目前，要布置将李明提前递漂送上岸已经来不及，这……都怪自己太麻痹。

张阿德想到上甲板找杜华宣船长商量个对策，他刚往前走了几步，一个人蓦地闪出，挡住他的去路。张阿德一见挡在他面前的，正好是汪稽查，心中又是一惊。

张阿德装出安详的样子向汪稽查含笑点了点头，想与汪稽查擦肩而过。

“张师傅。这趟水你上涪陵码头哪里玩去了？找你打牌也没找着你！”汪稽查主动与张阿德搭话。

张阿德只好站住与汪稽查周旋：“汪稽查，我与你都是涪陵公司的旧人，在涪陵码头熟人多，三朋四友一起玩玩，也好踏踏地气！”

汪稽查还想说啥，童经理从走道那边过来：“汪稽查，快来哟！打梭哈[1]差你一个脚。”

汪稽查还想盘问几句：“张师傅，听说你在涪陵卖了铺位给人，这人是哪个?”

船员将自己的铺位卖给客人找点外快，这本是极平常的事，张阿德听汪稽查这样问又暗吃一惊：“汪稽查，谁有钱，我就卖给谁！哪个认得哟!”

这时童经理走来，他不等汪稽查再问，不由分说拉着他就走。

其实汪稽查不过随便问问，并没发现什么，他只好跟着童经理走了。

张阿德当然不会晓得上级党组织为了保证李明的安全，要高伦也作了一番布置，所以从轮船靠涪陵码头起，童经理就形影不离地缠住汪稽查不放。

张阿德走进杜船长房中，将情况与杜船长作了一番研究。因为轮船已过唐家沱，要上级派人递漂，提前接走李明已不可能。他们商量的结果，明知汪稽查在监视张阿德，倒不如让张阿德主动去与汪稽查一同打牌，让他放心去赌钱。船到码头时，由杜船长亲自掩护李明上岸。按预先约定，码头上有人来接李明，只要能将李明安全送上岸，想来不会再有啥问题。

轮船已开进嘉陵江，汪稽查一向牌瘾大，这时手气正好，面前赢了一大堆钞票，兴致很高，但他想到此刻一定要亲自监视住张阿德，于是一反常态：“童经理，轮船要靠码头了，让我去看看!”

1 打扑克的一种赌法。

童经理哪肯放他：“不行，输家不放口，赢家不能走，汪稽查，我们继续打下去。”

汪稽查还是要走，眼看童经理留他不住，这时张阿德却迈进了客厅，他凑趣说：“汪稽查，我也来一个！”

汪稽查见童经理不放他走，并且露出不悦的表情，再说，他毕竟属于童经理的下属，怎好得罪童经理，正感到为难之际，见他要监视的对象张阿德主动前来要参加牌局，他顿时感到放心，马上改变了态度：“好，继续赌嘛，全天输赢不下桌子，怎样！”

“好，一定奉陪到底！”其他几个人牌瘾也大，异口同声说。

轮船已停靠千厮门码头，客厅里赌得正欢，汪稽查面前的钞票越堆越高，他不住怪叫：“梭了！……”

李明却由杜船长派人护送上了岸，由牟玉佛接走了。

三

春燕呢？她由李应忠护送到半途，眼看离石牛场只有半天路程。事先已经安排好，石牛场地下党组织派人到石门接她，这段路春燕很熟悉，她见沿路都没异常情况，于是叫李应忠不用再送，因为李应忠倘若再送，他返回涪陵便会摸夜路。

李应忠听春燕说得有道理，于是嘱咐了几句，便与春燕分手，单独回涪陵去了。

春燕化装成走人家的乡姑模样：手上提着一个蓝底白花的土布包袱，穿着一件蓝布裤子，上身穿一件花布短袄，都是手工织的家机布，是这一带农村妇女最漂亮的装束。

春燕不止一次走过这条涪陵通往石牛场的青石板官道：第一次是抗日战争前夕，朱佳富决定接受高伦的聘请，回涪陵担任轮船公司的总经理，她跟随朱佳富回过石牛场，那时她还是一个年少漂亮的体面丫头，地位卑微，是供朱佳富使唤的婢女；第二次回石牛场走这条官道，是在抗日战争高潮时期，她从孔公馆逃出，由组织将她转移到石牛场潜藏，暗中帮助石牛场的地下党组织开展工作，此时，她已是比较成熟的共产党员，为阶级的解放而战斗了。离开石牛场时，是李应忠派木船来将她接走的，她没走这条官道。如今春燕走在这条官道上，她感触万端，事隔几年，这条官道依然如故，没有多大变化。铺路的青石板年深日久，被人踩成坑坑洼洼的，磨得青幽幽的光亮可鉴，由于多年没人修整路面，有些地方的青石板已经破碎不全了；有些青石板已经松动，行人踩上去立刻发出“咯咚咯咚”的声音。春燕依稀记起当初在这条路上行走时的情景，真有天上人间，如梦幻般的感慨！

春燕不时停住脚步往来路远眺，好像要透过天际的群山看清李明的踪影。在涪陵分手时，他们的神情看起来很轻松，互相简单地说了几句祝福的话，便匆匆别离了。春燕与李明结婚不到一年，一朝分别，依恋之情是可以想象的。何况在白区工作，环境是如此险恶，谁也说不准将来的吉凶。这次分别说不定便是永别，他俩都有随时为党牺牲的思想准备，心情当然不可能那么轻松。为了不加重对方的思想负担，他们都极力克制住内心的感情，装出轻松的模样，仿佛他们不过是暂别，晚上又可以见面似的。春燕毕竟是一个女人，当她走远了，看不见李明的时候，泪水从她眼角滚了出来，差点“哇”地哭出声。

李应忠是以卖假药作掩护的交通员，他与冯烂王是长期搭档的老战友，自冯烂王调到重庆去后，他独自担负起这副重担，对这一带的情况是十分熟悉的。接到春燕后，沿途护送的就是他。

李应忠见春燕沉闷地跟在他身后往前赶路，他停住步“哎哟”一声：“看，我差点忘了……”春燕见李应忠的神态，不觉也停住步惊诧地望着他：“老李，你忘了啥？”

李应忠从身上摸出一个药瓶在春燕面前扬了扬：“在这条官道上行走，一定要吃两颗这种药！”

“啥药？”

李应忠旋开瓶盖，倒出两颗棕色的药片递到春燕手中：“这药用烧酒送下，快！”

他又摸出一只小酒瓶，拔开木塞递过去：“这是烧酒！”

春燕见李应忠十分认真的样子，便不再问，立刻用烧酒送药片一口吞下，然后将烧酒瓶递还给李应忠。

李应忠长长地吁了一口气：“好，吞下药片我就放心了。走！”

他俩一前一后继续在官道上走。

春燕跟在他身后走了十多步，忍不住问：“老李，刚才用烧酒吞下的究竟是啥药？为啥要吃？”

李应忠头也没回，边走边说：“阿苇同志，这药片叫‘离夫忘忧丹’！吃下后，即使与丈夫暂时分别，也不会挂牵，可以忘忧。”

春燕这时才明白李应忠是在与她开玩笑，双颊一红，忍不住说：“滚开些，你卖惯了假药，我不上当！”

李应忠仍边走边说：“阿苇同志，我李应忠的假药是卖给别人吃的；对自己人，绝对货真价实，童叟无欺！我今天不收钱，奉送你吃了我祖传的‘离夫忘忧丹’，倘若见效，请你帮个人场，为我传个名，这一瓶‘离夫忘忧丹’要卖法币两万元，自己人可以打个对折，只收一万元，倘若嫌贵，还可以……”

春燕不待李应忠说完早忍不住咯咯笑起来：“老李，算了，你摆谈这套江湖话怎么不看对象！”

李应忠停步，回头望着春燕说：“好了，你笑起来了，说明我这‘离夫忘忧丹’已经立见奇效。我这药两万元也不卖，要敲你一笔竹杠，五万元一瓶，绝不减价！”

李应忠说完哈哈一笑，回过头又继续往前赶路。

春燕显然被李应忠欢快的情绪所感染，她紧跟在他身后说：“老李，你这药五万元一瓶并不贵，值得！我买两瓶带在身边。不过，我目前还是无产阶级，没有钱，你先记上账，等革命胜利以后再结清，你干不干？”

“干，当然干！对自己的同志不收钱，权当我对革命的贡献。”

他们边走边说，只有碰见其他的行人时才沉默片刻，不觉已翻过两重峦。

春燕原先就认识李应忠，但彼此很少交谈，这时才晓得他是一位极风趣、极乐观的同志，不觉对他有了好感，不时也插嘴谈几句笑话。

李应忠转回涪陵去了，春燕单独在官道上走，骤然感到十分孤寂。蜿蜒起伏的山道像没有尽头似的，累得春燕不时停下步来揩汗。

眼下已是冬天，山上苍松翠竹依然一片葱茏，只有道边的茅草枯萎了，现出了黄黄的草茎，在朔风中摇曳火红的枫叶点缀在山间，显得格外艳丽。

山坳上的大树下，热天卖凉水醪糟的小摊不见了，在荒凉的山路上半晌也遇不见一户人家。

春燕越走越感到气氛不对，碰见的行人逐渐稀少。偶尔遇见几个挑担的力夫，他们都神情紧张匆匆而过，有时还会露出惊讶的目光向她一瞥。

春燕不觉警觉起来，她边走边观察着前面的动静，除了行人越来越稀少外，她看不出有啥异常的情况。她停步踌躇了一阵，猜想一定有人在官道上拉壮丁，弄得商旅畏途，所以行人如此冷清。春燕越想越像，她反而安下心来，因为她是妇女，是不用担心被拉壮丁的。

春燕提着包袱走上一个垭口。垭口边上，搭有一个人字形的地棚，一个牙齿脱落、头发苍白的老妇人坐在地棚里一张小杌上。她面前有一个土灶，灶口上放着一块破锅铁，破锅铁油光光的，上面炕着几块糍粑，糍粑两面都呈现出焦黄色，散发出一阵阵惹动食欲的香味。

坐在小杌上的那个老妇人表情呆滞，她不时懒洋洋地翻动着破锅铁上的糍粑，怕被炕煳了。灶里只有几星红红的炭火烤着锅底，锅里不断向外冒着热气。

春燕在地棚前停住了脚步，她被炕糍粑的香味吸引住了。她以前在涪陵时常吃这种食品，将炕糍粑蘸着焦熟的黄豆粉吃，是异常香甜可口的。她已经多时没吃这种糍粑了。虽然她不是四川人，但在四川住久了，她早把四川当成自己的故乡。这种只有四川乡下才能吃到的食品，她格外熟悉，就像游子归来一样，对故乡的一切都感到亲切。

本来她并不饿，炕糍粑却诱惑着她，她决定吃两块糍粑，歇息一会儿再走，顺便也可以探询一下附近的情况。

春燕望着老妇人说："婆婆，照顾你的生意，吃两块糍粑！"

老妇人起初惊讶地打量着春燕，觉得她生得娇嫩，不大像乡里人，待听到春燕开口说话，她的疑惑立刻消失了，因为春燕说的话音完全是石牛场一带的土腔。她脸上露出了笑容，张开不关风的嘴巴，说："大姐，进来坐，热乎乎的糍粑，新磨的黄豆粉，香得很！"

春燕也不客气，弯腰钻进了地棚，她从老妇人手中接过一张小杌子坐下，地棚里十分狭窄，她差不多与老妇人膝头碰着膝头。

老妇人好像患有风湿症，她的双手哆嗦颤抖，给碗里添黄豆粉时，黄豆粉抖出了碗外，撒了一些在春燕的膝头上。

春燕左手端着盛黄豆粉的粗碗，右手几个指头捏着糍粑，不住往碗里蘸着黄豆粉塞进嘴里吃。

"婆婆，黄豆粉里忘了加糖！"春燕蹙了蹙眉，黄豆粉只是咸味，不像以往那种咸甜味可口。

老妇人拉了拉披在身上的棉背心，棉背心已经十分破旧，泛黄的棉花从破洞中绽开出来。她缺了牙齿，嘴巴显得格外干瘪，话音不太清晰："大姐，这年头白糖贵得很，下力人都吃不起。连盐巴也金贵，一斗上熟米还买不到两斤锅巴盐！"

春燕没再说，蘸着黄豆粉又吃了一块糍粑。她掏出手绢揩了揩嘴唇四周粘上的黄豆粉，随即掸了掸膝上的粉末。

春燕问："婆婆，今天过往的行人这么稀少，你的生意怕不好吧？"

老妇人听春燕问，引发了她心中的牢骚："大姐，就是啰！国战放了火炮[1]，这条官道上顿时热闹起来，一天至少有几百副担子通过，最多时我一天可以卖一斗糯米的糍粑。唉！现在……"

老妇人长长一声叹息："现在官道上半晌也看不见一个鬼影子，一天很难卖上几块糍粑，连烧炉灶柴钱也赚不回，难啰！"

春燕想趁机摸清情况，问："婆婆，官道上来往的客人为啥少了？"

老妇人一对暗淡无神的眼睛斜睨了春燕一眼，疑惑中含着不满："大姐，你问得稀奇，难道你不晓得现在天天拉壮丁！哪个还敢出门冒险啰！"

"啊！"春燕点了点头，"你说得对，天天拉壮丁去打内战，哪个还敢出门下力做生意！"

春燕刚才的判断得到老妇人的证实，她稍微感到放心。

不等别人问，老妇人又唠叨起来："天天拉壮丁还不说，近来又闹出新花头，涪陵的侦缉队三天两天出来清乡！哼，弄得这一带鸡犬不宁。"

春燕一听，暗中吃了一惊，她沉默了一会儿，装出漫不经心的样子问："今天侦缉队出来没有？"

老妇人没有正面回答，却骂了起来："这些挨千刀受万剐的侦缉队，昨天吃了我十多个糍粑，一文钱也没给……不得好死，这些挨千刀受万剐的！……"

春燕不便再问，她付清了糍粑钱，弯腰提着花布包袱钻出地棚。她看了看天，天上云层很厚，看不见太阳，她估计已经半下午了，不能耽搁；因为从这里到石门还有几十里山路，必须在天黑以前赶到。她客气地与老妇人告别："婆婆，打扰你了！"

---

1 指庆祝胜利。

春燕的声音小，那老妇人像没听见似的，只顾用哆嗦颤抖的手翻动着新放在破锅铁上的烤糍粑，嘴唇翕动，模糊的声音喃喃不休，仍在诅咒：“挨千刀受万剐的！……”

春燕离开垭口循着官道往前走了一阵，空寂的官道越发荒凉，连半个人影也没碰见，她不由警惕地加快了脚步。

她又走了一会儿，远远可以看见梅垭那个小房旁边的一丛梅树，光秃的枝干在风中摇晃。春燕觉得口渴，她晓得那一丛梅树边的小房是一个幺店子，可以在那里讨碗茶喝……

四

许驼子坐在幺店子房门口的一条长凳上，穿着一件半新的棉袄子，驼背显得更臃肿。刚才云缝里露出一点儿太阳，他坐在这里想晒晒太阳，可是太阳很快便被云层遮掩住了，他既然坐下，也就懒得再动了。

他半闭着眼，口里衔着一根长烟杆，烟斗里的叶子烟早化成了灰烬，但仍然习惯性地不时吧嗒着。

近来幺店子的生意清淡，几天不住一个客人，白天也很少有人在幺店子里过午[1]。幸好最近齐姑娘叫王疤子给他送来了一点儿财喜，才勉强可以过日子，不致挨饿。

许驼子想到那次朱佳富来他店中发生的事情，至今还有余悸，庆幸自己没有冒昧动手。

那夜，朱佳富摸黑离开梅垭后，许驼子确实没有甘心，他熟悉地形，正如朱佳富所担心的那样，许驼子抄近路赶到石门，隐藏等待着要下朱佳富的毒手，后来，许驼子眼睁睁望着朱佳富被郑家派来的孙队长接走，无可奈何！

许驼子回到梅垭，他怕朱佳富会告诉郑区长和熊区长，那自己……这种惶惑的心情一会儿便过去了。他原是放筏工，被罗天成逼得无路可走，为了生计，曾干过浑水袍哥。近年来早洗手不干了，开戒便遇上朱佳富，想不到这个文弱书生

1　吃中午饭。

还如此厉害，自己失手后纵虎归山，当然后患无穷。但许驼子不是胆怯的人，生死他早已不当成一回事，他暗暗下了决心，要是朱佳富派人来捉他，他大不了钻进深山老林，又去入伙干浑水袍哥。倘若朱佳富若与他结下叶子[1]，他也不是好惹的，早晚一天要让朱佳富吃刀刀。

许驼子不敢待在幺店子里，他将几样重要东西带在身边，还带上一些干粮躲到不远的山上，蹲在可以看清梅垭上情景的地方观风。

许驼子在不远的山上躲了大半天，始终没见有人来捉他，一批批挑担子的力夫和商贩从梅垭上经过，连看也没看幺店子一眼，便匆匆走过垭口去了。

太阳偏西，他远远看见鸡脚神和胖和尚扛着空滑竿在他的幺店子前停住了。鸡脚神和胖和尚见幺店子里没有许驼子的影子，不住往山上探望，并不断发出一种只有他们自己人才明白的暗号，一种雉鸡的叫声。许驼子听到暗号，立刻发出了回应，放心大胆地走下山去。

鸡脚神和胖和尚把朱佳富的话告诉了许驼子，许驼子捏着朱佳富带给他的一沓钞票，不敢相信是真的。他仍惶惑不安，认为像朱佳富这样的人心里道道多，也许是用这种软办法稳住他，以便从容派人来捉他。许驼子不愿把自己的疑虑告诉鸡脚神和胖和尚，怕他们会认为自己胆怯多疑。等鸡脚神和胖和尚走后，许驼子还是到不远的山上躲了几天，仍然没见朱佳富派人来捉他，一颗心才踏实了一些。后来亲眼见朱佳富坐滑竿回涪陵，对直由梅垭走过没停留，他才完全放下心，由山上回到幺店子，继续过他的日子。但对于朱佳富为啥反而送钱给他，他始终觉得是一个谜，无论怎样也解不开。

许驼子蒙眬之间，蓦地有两个人从石牛场来的方向走上垭口。许驼子听见脚步声，睁开眼睛懒洋洋地望着面前出现的两个人。他见这两人都打着空手，虽然像跑生意的人，但没见跟随着挑担的力夫。因为早过了吃中饭的时间，许驼子认为不会有生意，于是又半闭上眼。

“喂，你这幺店子有没有好酒，有没有好吃的下酒菜?”

许驼子睁开眼，见那两个人在他面前站住，一个镶着两颗金牙的中年人，大咧咧地问。

1　浑水袍哥话，指结下怨仇。

不等许驼子回答，站在这中年人身边的一个精壮青年人说："吴班长……"

那个中年人不满地盯了他一眼，这个精壮的青年人忙改口说："吴老板，这幺店子哪有啥好菜好酒，还是往前赶一程……"

许驼子摸不清这两个是哪路的，分明不是生意人，也不像拉壮丁的。看情景很像涪陵侦缉队的便衣，但涪陵侦缉队跑这一带的几个便衣许驼子大都认识，而这两个却很陌生……管他是哪路上的人，反正生意上了门就得揽住。许驼子起身堆满笑，像老相识似的殷勤地招呼："吴老板，不要看不起我这幺店子，我许驼子曾在涪陵大馆子里当过红案师傅，凡是川菜中的蒸、煮、煎、爆、溜、炸、烩……我无一不会！"

吴老板轻蔑地说："少冲壳子！你就是精通川菜中的基本技法，在这荒山野岭，你能买来山珍海菜下锅？"

那个青年人本不愿在这幺店子吃菜喝酒，接口说："吴老板，少与他啰唆，我们还是赶一程……"

吴老板不等那青年人说完，鼻里哼了一声："覃老幺，坐一会儿再说！"

许驼子忙站起让出凳子："对，坐下听我说。"他不愿放走这笔生意。

吴老板坐下，覃老幺没有坐，站在垭口上东张西望。

许驼子晓得覃老幺是吴老板的下手，他撇开覃老幺不理，一心与吴老板周旋："吴老板，你是见过大世面的人，啷个开黄腔！未必要山珍海味才能下锅！不是我许驼子吹牛，我做出一百道名菜可以不沾一点儿荤！"

吴老板摸出一支香烟点燃吸了一口："老子又不是吃素的斋公，不稀罕！"

"吔，吴老板，未必你没海袍哥，啷个出口老子开黄腔！"许驼子显出不悦的神气。

吴老板瞥了许驼子一眼，沉默着，喷了一口烟："你就是许驼子？"

"对，行不改名，坐不改姓，我就是许驼子。"许驼子对吴老板开口充"老子"还不能释然，显出不高兴的语气。

吴老板淡淡一笑："你这幺店子里难道一点儿荤菜也没得！"

许驼子这时脸上又有了笑容："荤菜——多得很！"他振作精神还是想揽生意，掰着指头如数家珍，"陈年腊肉、松花皮蛋、煎泡蛋、烟熏香肠、风干麂子……"

吴老板望了一眼身边站着的覃老幺："好，我们就在这里领教一下许驼子的手艺！"

覃老幺没有说啥，挨着吴老板坐下。

吴老板面对许驼子说：“许驼子，我们就在你幺店子里过午，拣好的弄出来吃!”

许驼子一听揽住了生意，见吴老板出口不凡，猜测他一定是花得起钱的鸦片客，于是巴结地说：“吴老板，这里风大，请店里坐，一切现成，马上就可以上桌!”

吴老板将烟头往地上一甩：“许驼子，你快去弄菜不用管我们，我们坐在这里好观看风景!”

许驼子匆匆跨进房内，他钻到灶门前，向炉膛里塞进一把松毛，用吹火筒将炉火吹燃，又架进几块干柴，然后往锅里掺水。他毛手毛脚，慌慌张张，由于没将腊肉和香肠洗净放进鼎锅里煮，鼎锅里汤面上泛起一层黑色的泡沫，散发出难闻的油烟味。他怕客人看见这样不洁净会不高兴，忙又用汤瓢舀起黑色的泡沫倒在柴灰上。可是汤面上肮脏的黑泡沫舀去一层又冒出一层，他最后只好无可奈何地放下汤瓢不管，用筷子，用手将煮得半生不熟的腊肉和香肠捞出，放在砧板上剁切，还不断将切成小片的腊肉和香肠往自己口里塞，真是忙得不可开交……

五

春燕走上梅垭，看见幺店子里钻出两个喝得醉醺醺的人来，她想躲闪已经来不及了。

吴老板和覃老幺在幺店子里吃得酒醉饭饱，吴老板将一张印着蒋中正头像的法币往桌上一搁：“收钱!”

不等许驼子过来收钱，他与覃老幺已跨出幺店子的大门。

吴老板斜着一双眼睛打量了春燕一眼，向身后的覃老幺一努嘴：“过去盘问，老子今天总算遇上一个人了!”

覃老幺闻声上前，拦住春燕，问：“你是干啥的？嗯!”

覃老幺满口酒气喷到春燕脸上，她不禁后退了一步。

这时许驼子却从幺店子里追了出来，手里拿着刚才吴老板撂在桌上的那张钞票，一把抓住吴老板的臂膀：“喂，这一张钞票连半斤猪肉也买不到，好酒好肉弄出来你们吃了，给这点钱吗？”

吴老板将臂膀使力一甩，许驼子没留意，差点被甩倒在地上，他趔趄了两步，终于站稳，立刻面红筋涨，跳起脚大声叫嚷："噫，你耍赖白吃我许驼子，要想动武是不是?"

许驼子扑上前，又将吴老板的臂膀抓住："不行，不给足酒菜钱你休想走路!"

吴老板十分傲慢地瞥了许驼子一眼："你晓得我是谁？给你看看我的派司。"他掏出一个小本本亮了亮，"我是涪陵侦缉队的，许驼子，你放明白点!"

许驼子仍不放开手："管你是啥子队的，我许驼子将本求利，少给一文钱今天便不放你走!"

"噫，许驼子，我姓吴的随便在哪里吃东西，哪个敢向我要钱？今天给你这张钞票就算给你面子了。哼，滚开!"

吴老板是军统局新派到涪陵的间谍，他受过正规的特工训练，自恃有一套擒拿的硬功夫，哪会把许驼子放进眼里？他又使力一甩，因为许驼子有准备，一个劲死死抓住吴老板的臂膀，没被甩开。

这位受过正规特工训练的间谍确有几手硬功夫，他猛地用两指往许驼子肩胛骨边的一个穴道一点……

许驼子觉得浑身像触电般发麻，接着被吴老板甩得远远的，半晌起不来……

吴老板不再注意许驼子，见覃老幺已盘问过春燕，正挥手说："不要在这里耽搁，快走!"

春燕往前走了两步，吴老板又伸出手："慢，待我亲自问问!"

春燕只好站住，回身面对着吴老板，脸上冷冷的没有表情。

吴老板被冷风一吹，酒意渐渐发作，脚步有些踉跄。他走到春燕面前，一对充血的眼睛闪烁着淫邪的亮光，并没盘问春燕，而是死盯着春燕那张漂亮秀气的面孔："覃老幺，你看这妹儿生得多惹人喜爱，这石牛场一带穷乡僻壤，哪有这样的美人儿！她……哈哈……"

他伸出手要拧春燕的脸蛋，被春燕一掌击开。春燕说："先生，我是良家女子，你哪个动手动脚!"

吴老板见春燕眼睛睁得大大的怒视着他，于是嬉皮笑脸地说："哟！这妹儿脾气大，覃老幺，将她带进幺店子让我单独仔细盘问!"

覃老幺上前伸手拉春燕，春燕想不到会遇见这样的麻烦事。她伸手摸了一下印花包袱，想掏手枪，可是又犹豫不定，她晓得除非万不得已时才能动枪，因为动枪后就暴露了自己的身份，于是，她摸枪的手缩了回来。

春燕显出仓皇的样子，扭身便跑，大声呼号：“救命啊，棒老二抢人啰！”

覃老幺脚步比春燕快，她刚跑了几步便被他追上一把抓住，春燕边呼号边与覃老幺挣扎扭打。

吴老板原名吴学江，有个绰号叫吴巴巴，见到女人就想贴上去，是有名的淫棍。这几天他带着覃老幺在石牛场一带清乡，已多天没亲近女人，自古酒与色是联系在一起的，他今天多喝了两杯，真是色胆包天，他上前帮助覃老幺想制服住春燕。

春燕毕竟是女人，她哪能抵御住两个受过特工训练的男人，力气渐渐不支，手上提的印花包袱也在挣扎搏斗中跌落地上，此时她就是想掏出包袱中的手枪来抵抗已为时太晚。她已经耗尽力气，被吴巴巴与覃老幺牢牢擒住，只是喘着粗气。

吴巴巴向覃老幺一努嘴：“将她捉进幺店子慢慢审问！”

吴巴巴与覃老幺将春燕背剪着双手推往幺店子，刚到店门口，被吴巴巴他们忘了的许驼子陡地出现在面前，他满脸杀气，双手举着亮锃锃的鬼头刀，大声怒吼：“你们不仅想白吃我的饭食，在光天化日之下，还想调戏良家妇女，我许驼子与你们拼了！”

许驼子边说边举起鬼头刀向吴巴巴颈子上砍去。

吴巴巴毫无戒备，听一股风响，白晃晃的鬼头刀向他颈上砍来，他不觉松开春燕，往旁边一躲。许驼子一刀砍空，往前倾一步，立刻收住脚步，扭身又一刀向吴巴巴砍去……

覃老幺见许驼子将吴巴巴逼到墙边上，已无退路，忙丢下春燕，上前使力将许驼子的手臂托住，不让许驼子的鬼头刀砍下。

吴巴巴有了喘气的机会，忙掏出手枪瞄准许驼子……

一声枪响，吴巴巴“哎哟”一声，他手中的枪落在地上，一股鲜血从他肘弯上淌下……

这一枪是春燕打的。她见吴巴巴与覃老幺丢下她去对付许驼子，于是扭身跑去拾起印花包袱，本想趁机逃走，但见许驼子仅凭一把鬼头刀在与两个武装便衣特务搏斗，她虽不清楚许驼子的底细，因他是站在自己一边与特务斗争，于是犹豫了一下没有走。她见覃老幺缠住许驼子，吴巴巴掏出手枪……许驼子的处境十分险恶，她没有细想，便伸手从印花包袱里掏出手枪，向吴巴巴肘部开了一枪。

吴巴巴见春燕手上还握着手枪，晓得这一枪是她开的，不觉大吃一惊，用另一只没受伤的手，拾起摔落在地上的手枪还击了春燕一枪，扭身跳下一道陡坎边喊：“共产党，这女人是共产党……”

覃老幺见吴巴巴丢下他逃跑了，也惊惶地松开许驼子，一步跳下陡坎，跟在吴巴巴身后逃窜。

春燕觉得臂部发麻，一股热流从臂膀流下，晓得自己受了伤，她知道在梅垭不能久留，也来不及顾许驼子，扭身便跑。

春燕当然不会再走大路，她沿着官道边一条上山的小路往前跑。

春燕跑了一阵，累得气喘吁吁，她不得不停住步，坐在一块黑褐色的光石头上歇息。

臂上的伤口淌下的鲜血已经浸湿了她的衣袖，她掏出手绢，撕破衣袖，将枪伤简单地作了一番包扎。

春燕坐的地方还可以远远地望见梅垭，她陡地看见梅垭上那幺店子起火了，冒着浓烈的黑烟，上蹿的火焰越来越高。她弄不清起火的原因，晓得坐在这里并不安全，虽然已精疲力竭，但还是强振精神站起，继续往高山密林奔去。沿途怪石嶙峋，山路崎岖，越走四周越荒凉。她跌跌撞撞，终于爬到了密林的边缘，抬头看天，空中灰蒙蒙地一片混沌，仍可以看出离天黑已经不远。春燕不禁停住步踌躇起来。她懊悔地垂下头，想不到自己并没露出什么破绽，只因为长得秀丽，竟惹出这场意料不到的麻烦，倘若自己小心一些，让李应忠再送自己一程，也许不会……

春燕继而暗想，不觉摇了摇头，认为自己没让李应忠再送是幸事，否则也可能让他受到牵连……

春燕又抬头望了望天，知道此时不是懊恼的时刻，眼前肯定不能再去石门，只好让石牛场地下党组织派来的人白等一场。梅垭发生的事情很快便会轰动传开，地下党组织知道出了意外，一定会迅速派人上山来寻找她的。目前，自己最好趁天黑前，寻找一个隐蔽的山洞躲起来，到明天再考虑下一步的去向。因为露宿在密林边上，倘若特务前来搜山，极易暴露；何况山高林密，虎豹等猛兽常在夜间出没，也极不安全，再则天气寒冷，在露天难以御寒……

春燕想定之后，不再犹豫，匆匆翻过一道又一道山梁，终于在一个背风的位置，找到一个不易被人发现的山洞，暂时在山洞躲藏起来。

六

许驼子想一刀向吴巴巴砍去，举刀的手被覃老幺死力托住不能砍下，他见吴巴巴掏出手枪向自己瞄准，不由吃了一惊。来不及细想，他极力想挣脱覃老幺扑向吴巴巴去拼命，但覃老幺很有一把力气，许驼子怎么也挣不脱，听到枪响，因为与吴巴巴距离很近，他想肯定会命中自己，以为自己完了。待他发现自己并没受伤，而吴巴巴举枪的一只手陡地下垂，手枪也掉在地上，他还不明白是怎样一回事！后来才看清春燕举着手枪怒视着吴巴巴，几丝淡淡的青烟在她那枪管口飘散，他这才醒悟到是春燕开的枪，子弹击中了吴巴巴的手臂，自己才幸免于难。许驼子半惊半喜，惊的是这女人居然有手枪，枪法又如此高超，不知她是干啥的；喜的是自己竟然无恙，这女人救了他一条命。

接着许驼子又见吴巴巴用另一只没受伤的手，拾起地上的手枪，还击了这个姑娘一枪；他弄不清姑娘被击伤没有，很为她着急。

吴巴巴逃跑了，覃老幺也松开手，跟着吴巴巴后面奔逃了。许驼子是捧着脑壳耍的人，并没想到害怕，他丢下春燕，想追上吴巴巴和覃老幺，请他俩吃鬼头刀，追了一段路，因为吴巴巴有手枪，许驼子不敢放开步子追，时而卧下，时而跳起，因此耽搁了时间。吴巴巴和覃老幺为了逃命，把吃奶的力气都使出来了，窜逃得很快，一会儿便望不见他俩的影子了。

许驼子只好返回幺店子，想看看春燕受伤没有，但是春燕已无踪影。许驼子估摸春燕已跑走了，他看见地上有一行断断续续的血点向上山的小路延伸，晓得春燕已受伤，往山上跑了。

许驼子站在店门外向四下望了望，没有看见一个人影。他想，这个姓吴的和那个覃老幺既然是涪陵侦缉队的谍报员，一定不肯善罢甘休，很快便会带人回来报复。怎么办呢？许驼子皱着眉头想了一会儿，猛地一顿脚，自言自语说："老子眼看不能在平坝安身，去他娘的，暂时去慈虎岩齐姑娘那里躲几天，逼得走投无路，再干浑水袍哥去!"

许驼子决心一下，再不犹豫，也不愿耽搁时间，回到房里取了几件衣物和干粮，打了一个包裹挎在肩上，手里执着鬼头刀跨出店门。他走了几步站住，回头看了看小屋和小屋边的光杆梅树林，脸上显出眷恋不舍的神态。

他走了几步，蓦地反身奔回店里，从灶膛里取出火种将灶后一大堆柴火点燃，重新奔出。他头也不回，沿着春燕滴下的血迹，急步向山上走去。他想追上春燕，看看这个开枪救了他性命的女人伤势如何，想给她一点儿具体的帮助。

许驼子走惯了山路，匆匆爬了一阵，一点儿也不喘。

许驼子陡地收住脚步，因为地上的血迹突然中断了，他循着中断的地方绕了一个大圈，仍没寻见春燕。

许驼子双手握着刀把面对山下，将刀尖杵在地上支撑着身体沉思，这时他才远远看见：山脚下的梅垭，火势已经小了，他那幺店子已烧成了一堆灰烬，还在袅袅地冒着青烟。

许驼子说不上有哀伤的情绪，从少年时期开始在乌江里放筏起，风里浪里到处为家，后来被罗天成“逼上梁山”，当了浑水袍哥，大多数日子都在深山老林中钻，从无固定的住处。他不像破产的农民那样舍不得故土，自己过惯了浪迹的岁月。但是，他洗手不干浑水袍哥以后，毕竟在这梅垭上开了好多年幺店子，那幺店子旁边的一林梅树，还是他在这里定居时种植下的，如今已长大成林，年年都结满了累累的青梅，可以收几大箩筐梅子。现在一旦要离去，他还是有些怅然的。何况，几小时前自己还安分地过着日子，祸从天降，瞬间便改变了自己的命运，真似做梦一般。

这时暮霭四起，远山低谷中雾气缭绕，离天黑已不远了。

许驼子低头仔细看了看上山的小路，小路上枯萎的茅草被踏倒不少，他认定春燕继续往山上走了，于是匆匆又向前赶，想在天黑前能追上春燕。

许驼子时走时停，边走边辨认春燕走过的痕迹，特别在岔路口，他更是观察得仔细，生怕不是春燕走过的路。他走了一阵，天渐渐黑下来，已辨别不清路上的痕迹了。

许驼子站住踌躇起来，摸山路他是如履平地，胆子也大，不会怕虎豹猛兽，原可以连夜摸路上慈虎岩。但他想丢下那个曾开枪救了他性命的女人不管，有违江湖上的礼义。在这靠近深山老林的地方，即使那女人不受伤，处境也十分危险。许驼子虽摸不准春燕的来历，但凭经验可以辨别出她绝不是山里人，当然不熟悉山里的情况，要是钻进老林迷了路，后果实在不堪设想。何况，那姓吴的和覃老幺一定会带人搜山，也十分危险，他倘若不援助那女人一把，真是凶多吉少。

许驼子举目四望，眼前密密的森林已罩在黑沉沉的暮色之中。他想叫喊，又不晓得这女人的名字，这女人对他也不熟识，听了喊声可能反而会跑到更远。

许驼子凝神细听了一阵，只有寒风吹过老林发出的呼啸声，盖过了一切声响。

他不能再犹豫，本来他是摸夜路的能手，连夜摸上慈虎岩是不难的，但他怎么也丢不下这个开枪救了他性命的女人。于是他决心先找一个山洞避一夜寒露，明天再寻找这个女人，倘若仍找不着，再上慈虎岩，也尽了江湖上的义气。

许驼子以前是常走这条路的，他对这一带的地形十分清楚，用鬼头刀探着路，尽管这时伸手不见五指，眼前一片漆黑，他行进的速度仍然很快。一会儿，他站在一个山洞前，这个山洞背风隐蔽，他不止一次在里面住过。

许驼子在洞口停留了片刻，凝神听了听洞中的动静——因为这种山洞常有虎豹等猛兽在内栖息，绝不能贸然撞进去。他听不到声息，然后在地上摸起一块石头向洞里掷去，只听见石头在洞里滚动的声响，仍没有听见其他声音，才放了心。这种方法叫投石问路，是黑社会中常用的方法。

许驼子钻进洞去，摸黑走了一段路，然后才摸出随身带的火链和火石，将火绒点燃，把一盏小小的三角风灯点亮。他眼前亮堂了，借风灯的光亮，可以看清附近一丈远近的地方。

许驼子放下包袱，反身走出洞口，寻了一抱枯枝和枯黄的松毛，回到洞中生了一堆篝火，洞内顿时有了暖气。篝火的火苗忽高忽低，阴冷的岩洞里显出几分生气。为了节省灯油，他吹熄了风灯。

许驼子又去寻回了几抱枯枝，估计可够一夜烧的，他才定下心来，坐在靠近篝火边的一块石头上。

他从包袱中取出两个麦粑，麦粑包着一片桐子叶的外壳；他将麦粑煨在火边上烤着，不停翻动，桐子叶被烤得枯焦了，麦粑散发出一阵阵诱人的香气。

许驼子烧了几口水烟，将烟棒搁到一边，顺手拿起烤热的麦粑，细心地剥去枯焦桐子叶外壳，吹了吹粘上的炭灰，塞进口中狼吞虎咽起来……

许驼子吃完了两个麦粑，觉得口渴，听到洞内深处有叮咚的滴水声，站起身来点燃了三角风灯。他提着风灯往深处走去，想喝几口生水解渴。

许驼子走到一个亮闪闪的水凼，正想蹲下身来掬水喝，蓦地听到一种异样的声响，忙放下三角风灯，急速一闪，躲到一个石峰背后厉声问："哪个?"

借着三角风灯的微光，他看清不远处一个人影也躲在一个石峰后，露出一点花衣衫，许驼子从花衣衫上已猜到对面石峰后躲着的人定是那位开枪救他的女人。他惊喜地问："大姐，是不是你?"

许驼子没有听到回答，晓得她有顾虑，于是主动从石峰后走出："大姐，是我，我就是梅垭上开店子的许驼子！"

对面石峰后躲着的果真是春燕。她无意中寻到这山洞躲了进来，见黑暗中钻进一个人来，只好悄悄躲往洞中的深处。她已在暗中观察了半晌，早认出这人是梅垭上开幺店子的那位驼子，因摸不透他的底细，一直隐藏在暗处没出来。

现在春燕见许驼子并无恶意，于是走了出来，迷惑地问："你来这里干啥？"

许驼子提起三角风灯，忘了喝水，说："大姐，我怕你在深山老林迷路，特意寻找来的。走，坐到火边去细说。"

春燕跟着许驼子走到火边上，许驼子又搬来一块石头让春燕坐下。

许驼子坐下说："大姐，要不是你开枪击伤那个姓吴的，我许驼子早没命了。"

春燕想起白天幺店子起火的事，问："是那两个坏东西放火烧了幺店子？"

"不是。是我放火烧的。"

许驼子见春燕不解地惊望着他，于是接着说："这两个人是涪陵侦缉队的，你开枪击伤了他，他们岂肯善罢甘休！我自己放火烧了店，准备躲进深山老林去干老行！"

春燕"啊"了一声，她端详了许驼子一会儿。许驼子给火堆添进了不少枯枝，篝火旺起来，高高蹿起的火苗将许驼子一张刻满了皱纹的黧黑面孔照得红红的，她忍不住问："干老行，啥子老行？"

许驼子满不在乎地淡淡一笑："浑水袍哥！"

"啊！"春燕沉默了。她熟悉这一带的情况，当然懂得浑水袍哥是干什么的。

许驼子也在留意观察春燕，闪烁的火光映在春燕那张秀丽的面孔上。他陡地问："大姐，你是不是共产党？"

春燕猛地吃了一惊，不自觉地摇了摇头，警惕地注视着许驼子。

许驼子拿起烟棒烧水烟，说："以前我在乌江上当过放筏匠，见过贺胡子的人，他们共产党打富济贫，个个是英雄！"

许驼子不再追问春燕是不是共产党，明白她有顾虑，已猜准她是共产党无疑。他接着说："大姐，你不用害怕，你今天救了我，是我的恩人，我们浑水袍哥不兴出卖朋友的。你尽管放心！"

春燕在火边烤暖了，臂上的枪伤却格外疼起来，她蹙着眉咬着牙，强忍住不让自己呻唤。

许驼子见状，想起山路上的血迹，晓得她受了伤，忙放下手中的烟棒，关切地问：“大姐，伤着骨头没有？”

春燕没有回答，许驼子提起风灯上前查看她的伤势，说：“幸好没伤着骨头，不要紧，我替你敷药！”

许驼子拿出两粒丸药，一粒递到春燕手中：“你将这粒药吞下！”

他将另一粒丸药放进自己口中嚼烂，然后吐出敷在春燕臂上的伤口上，用破布勉强包扎好。

春燕吞下丸药，额上不再冒虚汗，伤口敷上药末觉得凉幽幽的，疼痛的感觉立刻减弱了。

许驼子晓得春燕没吃东西，一定饿了，又掏出两个麦粑煨在火边上，烤热后递给春燕。

春燕见许驼子外貌丑陋，举动粗野，又听说是浑水袍哥，心中对他有一种厌恶的情绪。现在见许驼子热心快肠地给她敷伤吃药，她对他的厌恶情绪慢慢消失了，戒备的心也松弛了一些，她接过麦粑，塞进口中津津有味地吃起来。

他们沉默了一会儿，篝火的火苗矮了下去，许驼子懒洋洋地打着哈欠，添进了几根枯枝，火苗又跳起来。

“大姐，你的伤势虽没损及骨骼，但流血过多，不静养几天不行。你到哪里去？”许驼子伸了个懒腰说。

春燕有些踌躇，沉吟了一会儿才回答：“我到石牛场去走亲戚！”

许驼子吃惊地望着春燕：“你……你还要往石牛场去？涪陵侦缉队的人肯定要在这一带搜查，你去岂不是自投罗网！”

许驼子见春燕显出为难的样子，于是义形于色地说：“大姐，我有一户亲戚住在深山的慈虎岩，你跟我暂时去那里躲避几天，等你伤口痊愈后，再伺机送你下山。”

他见春燕仍在犹疑，补了一句：“我那亲戚齐姑娘也是热心快肠的女中豪杰，包你与她处得来！”

春燕考虑了一阵，觉得除此之外再没妥当的办法。她已留意观察过许驼子，认为他并无恶意。

“那……怎好去打扰他们，我们素不相识呀！”春燕说。

“我们都是江湖上的朋友，最讲义气。你是我的救命恩人，他们定不会怠慢你，请你放心！”许驼子拍了拍胸说。

春燕表示赞同地点点头。

许驼子将身边的枯枝全部加进火堆里，篝火噼噼啪啪熊熊燃烧：“大姐，这堆篝火烧光，我们便上路，要趁天没亮就翻过对面那个大山坳，到那里才能安全。从那里到慈虎岩还要走一天路呢！”

他们都没说话，许驼子已开始闭目养神。春燕虽然感到乏累，仍没有一丝睡意。她望着篝火出神，由于失血过多，她觉得一阵阵头晕，四肢感到软弱无力。她想到今天发生的事情，真像梦幻一般，昨天还与李明在一起，今天便坐在这荒漠阴冷的山洞里，与素不相识的许驼子在一起。她与李明分别仅一天，仿佛离别了很久似的。她想，要是李明此时在她身边，她心里一定会踏实得多，也许根本就没有今天这种意外事情发生……

篝火小了，变成一堆灰烬，洞里漆黑一团，按理这时要动身摸黑走了，但许驼子的头耷拉在他自己的膝头上睡熟了，发出阵阵的鼾声。

春燕想叫醒许驼子，但她也感到眼皮沉重，不禁蒙眬欲睡。

第二十章

一

高伦在特务的监视下消失得无影无踪，终于与李明秘密会见，然后大摇大摆地回到了高公馆。

高公馆中宾客多起来，高伦十分忙碌，他顾不上管民成公司的事，连今天去朝天门迎接陆祖福，参加登陆艇首航川江的庆祝盛典，也请假缺席了……

在朝天门码头上，许多报童挥舞着手中的报纸，大声嚷："卖报，卖报！请看登陆艇首航川江，今日抵渝，民成公司总经理陆祖福将随船到达的消息……"

前不久，陪都报纸登载过蒋介石拨给民成公司十多艘登陆艇改作商船的消息，那些没有出川到下江去过的人，对于登陆艇有许多的传闻：有人说，登陆艇既然可以装载几十辆水陆两栖坦克和几百名海军陆战队队员，大概像一座小岛，比金刚塔还要高；有人说，既然可以容纳几百名士兵，加上坦克在艇上训练，单是操场就有三个大田湾坝儿那么宽；有人说，登陆艇上还有花园，跳舞厅，溜冰场，电影院……简直像座小城市。

总之，大家通过自己的臆想，把登陆艇越说越玄，成为茶楼酒肆摆龙门阵的最热门的话题。无怪乎大家一见报上刊载登陆艇今天抵达重庆的消息，朝天门码头上聚集的人便越来越多，大家都想开开眼界，一睹登陆艇的雄姿。

一些人站在码头石梯坎上翘首望着长江的下游，颈子都扬酸了，仍不见登陆艇的影子，个个显出焦躁的样子，但都不肯错过机会，没有一个人离去。

不晓得哪个扯了个地皮风："登陆艇来了。看，已驶到大佛寺下面……"

大家顿时振奋起来，无数双目光都集中凝视着远远的大佛寺江面上，果真看见一个黑点，烟囱冒着黑黑的浓烟，向上游驶来。黑点越来越大，大家凝目细看并不是登陆艇，而是从涪陵开来的班船，于是个个显出失望的样子。

几个人在前面开路，大声叫嚷："让开，让开，让开一条路来！"

码头上的人群纷纷避让，果真让出一条路来。

朱佳富和董绍孙走在前头，身后簇拥着一群人，有公司的高级职员，也有新闻记者。

人群中有认识他们的人，在一边窃窃私语："看，朱先生和董先生来了，登陆艇一定很快就要到了。"

离朝天门不远的磨儿石趸船上，挂着满旗，显出一派喜气洋洋的节日气象。

朱佳富与董绍孙并排走上趸船，立刻被一群等在那里的新闻记者包围住，要他们解答各种提问。

在记者群中，有一个穿西装的小白脸，胸前挂着一部德国出产的照相机，不顾同行的厌恶，在记者群中撞来撞去，想抢拍镜头。这位记者便是冒充留英博士的丁宫保。

丁宫保拦在其他记者前头，故意攀住朱佳富的肩头，装出莫逆之交的亲昵神态："哈啰，米司脱朱，我们是留英国的老同学，今天在这里碰见你，实在令人太愉快了。"

丁宫保显然比朱佳富的年龄小得多，大家听他称朱佳富叫老同学，惊诧的目光一齐投到他身上。

丁宫保反而得意非凡，更加忘形，趁机想再炫耀一番："回想起剑桥的景物，实在令人神往，与兄在剑桥大学朝夕相处，真是同窗谊深！"

朱佳富对丁宫保本来很厌恶，开初见他攀肩故作亲昵，早已不悦，但朱佳富为了保持英国绅士风度，只好克制住自己，勉强含笑不语。他准备丢开丁宫保去与其他记者周旋，而丁宫保不看他脸上的颜色，竟当面信口胡吹起来。他想：要是再不回敬丁宫保几句，就等于自己当众默认，这个"飞天棒"[1]还不知要如何信口乱吹！定会成为社交场中的笑柄。

朱佳富避开丁宫保两步远，脸上的笑容消失了。他彬彬有礼地说："丁宫保先生，当代有位伟大的科学家爱因斯坦，创立了'相对论'，照这种理论推算，倘若能乘上超过光速的火箭，时间便会成为负数，一个人便能返老还童。我能与二十多岁的丁先生在剑桥同学，实在不胜荣幸！这要感谢我乘坐的超光速火箭啰！"

新闻记者中大都听懂了朱佳富的话中之意，立刻爆发出一阵讪笑声，把目光都集中在丁宫保身上。

丁宫保的知识实在有限，当然不懂得"相对论"，不明白朱佳富说些啥！他见这么多讥刺的目光投向他，晓得朱佳富说的定非好话，面孔猛地一红，结巴一阵才硬着头皮说："管他啥个爱因斯坦，火箭确实是时髦的玩意儿，火箭皮鞋，火箭发式，火箭西服……都离不开火箭二字……"

1 不懂事，无顾忌，不知天高地厚的人。

丁宫保的话被一阵讪笑声和嘘声打断，他只好闭上嘴，不知所措地呆望着大家。

几个记者拥上前，将丁宫保挤到一边去了。

一个记者发问：“请问朱先生，民成公司陡地增加十多艘登陆艇参加川江航运，实力更加雄厚，打算如何服务于国计民生？”

朱佳富用手扶了扶金丝眼镜，毫不思索地随口回答：“敝公司不改初建时的宗旨，服务乡梓，服务社会，造福人民，当继续沟通城乡经济，方便商旅，发挥有利于国计民生之作用……”

他接着还说了一些冠冕堂皇的话，这种回答照例是官样文章。

“朱先生，请你介绍一下登陆艇的详细情况：吃水多深，载重量多大，马力大小，船长和船宽……”这是一个记者提出的一大串问题。

朱佳富并没见过登陆艇，要他回答这些问题确实为难，加之，新近他除了处理公司业务外，还要暗地经营他这些年来积下的私产。自那次与他岳父谈话后，杨老先生已逐渐将丝厂的业务经营权移交给他，他忙得晕头转向，连有关登陆艇的一些资料也没看。他心里不觉有点着慌，瞥了身边的董绍孙一眼，想暗示他出面解围。

不晓得董绍孙是不熟悉登陆艇的情况还是故意装样，他原紧靠朱佳富站着，这时反而退后一步，让朱佳富独自站在前面。

朱佳富略微踌躇一下，只好硬着头皮回答：“登陆艇原是美军登陆用的专用艇，可以运兵，也可装运水陆两栖坦克，可以在海滩登陆，属于吃水不深的浅水船。”

他不愿多谈，怕多谈会露馅闹笑话，立即将话一收：“诸位先生，登陆艇一会儿便将停靠本趸船，大家可以看个明白，不用我在这里滔滔赘述，耽搁诸位先生的宝贵时间！”

朱佳富怕记者还会提出他不易解答的问题，回头拉了董绍孙一把，向大家举荐说：“这是敝公司副总经理董绍孙先生，他目前在上海负责公司业务，对登陆艇的情况有较详细的了解，定不会让诸位先生失望！”

董绍孙一怔，晓得朱佳富一直是喜欢逞能的，现在竟谦逊起来，拉他入阵，很感意外。他当然不便退却，颇有风度地两手握拳轻放胸前，含笑环视着大家。

朱佳富觉得自己继续站在这里很是不妥，他微微弯腰：“十分抱歉，我马上要去布置一些事务，失陪了。”说完便匆匆离去。

二

朱佳富站在趸船顶篷上，举起望远镜眺望长江下游，看见一个黑点缓缓向上游移动，因为他已接到唐家沱海关的电话，估计这黑点便是登陆艇。

那黑点越移越近，船身的轮廓越来越大，也越来越清晰，那古怪的外貌在川江上是从未见过的，朱佳富更可以肯定是登陆艇无疑。

这登陆艇船形像一副棺材，右舷中间有一个高高的圆柱体，比烟囱粗大，其实这是驾驶塔。真正的烟囱在两侧船舷离水面不远的地方，露出几个圆圆的排烟孔。

这登陆艇与大家猜想的外貌大不一样，不仅没有雄伟的英姿，壮观的形象，而且完全可以说像个丑八怪。

登陆艇马力大，船速比川江上的轮船快得多，船尾激起的浪涛格外汹涌，将江边上停靠的木船浪得起伏倾斜，险象环生。

朱佳富放下望远镜，也觉得失望，向身边站着的胡方说：“难道这就是美国人吹得那么凶的登陆艇?”

登陆艇鸣响了汽笛，好像整座山城都被震动了。

“嘿，这汽笛的声音真不同凡响!”胡方双手捂住耳朵说，“这洋玩意可能真有点名堂!”

登陆艇开进小河来了，问准了这就是登陆艇，人们大都显出失望的表情。不过大家的兴致依然很高，这外形奇特的船毕竟从未见过。趸船甲板上一阵骚动，人们都拥向趸船边上，想看个仔细。

趸船上的水手不住地发出呼叫：“请各位先生站得靠后一些，我们要接缆绳，谨防铅砣砸破脑壳!”

登陆艇已经停车，靠惯性继续往前冲，船尾鼓起的余浪仍然很大，被余浪弄得颠簸起伏的木船上有人在扬手大声疾呼：“慢车，慢车!”

“慢车？我们早已停车，船尾车叶没转也看不见!”

站在驾驶塔上的船长海里士在麦克风里的声音，带点炫耀的味道。

当时，驶行在川江的轮船上很少有麦克风这种扩音设备，一般都是用白铁皮喇叭筒喊话。

这位船长海里士是个混血儿，大家都称他叫假洋人，是民成公司唯一有外国血统的船员。因他技术精良，也肯卖力培养中国船员，所以陆祖福一直很器重他。这次登陆艇首航川江，特地派他当了这艘442号华字艇的船长。

陆祖福站在海里士身旁，刚放下望远镜，便推开右边的水密玻璃窗伸出头来，手里拿着一顶博士帽，向趸船上的人群挥舞致意。

“陆总经理！陆总经理……”

趸船上立刻爆发出一阵热烈的掌声，也有人向陆祖福挥舞博士帽。

朱佳富按陆祖福事前的电话指示，尽量把这次登陆艇首航川江的影响扩大，但又不能像抗战中民进轮下水典礼那样花费。

海员乐队奏响了乐曲，从趸船顶篷伸出去十多根长竹竿，都挂着长长的一串鞭炮，这时一齐点燃鸣放，硝烟中闪着火光，炸开的纸屑随着江风飞舞飘荡……

许多胆小的来宾禁不住鞭炮的震响，双手捂住耳朵胆怯地往后退。

鞭炮刚放完，大河、小河一起响起了汽笛的鸣叫：“呜……”

凡是民成公司在港内停靠的轮船都一齐拉响了汽笛，此起彼伏，震撼了两岸。这很像抗战中放空袭警报的声音，陪都的市民已两年多没听见这声音了。因为事前在报上登过启事，所以陪都人大都不会惊慌，一听这么多汽笛响，都晓得是民成公司的登陆艇首次到达了重庆。有人对这事鄙薄反感，撇撇嘴轻蔑地说：“美国人丢掉的登陆艇，民成公司捡来当宝贝，还生怕别人不晓得；扯旗放炮闹偌大声势，真是莫名其妙！”

登陆艇已缓缓向趸船靠拢，朱佳富不禁说：“咦，远看不像样，拢来一看，原来是一个庞然大物，很有点气派！”

朱佳富指给胡方看：“胡先生，你看，它比趸船长一大截呢！”

登陆艇已靠好趸船，因为主甲板比一般川江轮船高，无法将跳板搭上趸船，一些人不晓得如何上船去，仰着头望着主甲板上的水手问：“唧个上哟？”

陆祖福已从驾驶塔上走下来，站在甲板上俯首向下打招呼：“先生们，女士们，请稍待片刻，马上就放下舷梯。”

几个水手在主甲板上忙碌着，一会儿，舷梯缓缓放下来了。

有几个胆大的新闻记者已抢先踩着有点晃荡的舷梯爬上主甲板去，举着照相机对准陆祖福抢镜头。

有两个穿高跟鞋的女记者踩到舷梯半腰便不敢走了，攀住扶链惊叫起来，有点进退不得的样子。

几个被拦阻在后面不能上去的人，不断催促："怕啥？快上啰！"

陆祖福见状，马上分开围住他的几个记者，走到舷梯口，伸出手去："小姐，不用怕，再上前两步拉住我的手……"

陆祖福将两位女士拉上了主甲板，他才离开舷梯口。

因为主甲板光亮亮的，高跟鞋踩上去有点滑溜，那两位女记者又蹑手蹑足地惊叫起来。

陆祖福没有走过去扶她俩，只是含笑关照道："小心点，谨防脚下滑！"

他立刻叫来水手长，叫他将主甲板铺上棕垫。

两位女记者踩在棕垫上才喜笑颜开，放心地在主甲板上走来走去，到处观望。

朱佳富和董绍孙登上甲板，快步向陆祖福走去。

董绍孙新近才从上海飞回重庆，与陆祖福分别不久。他向陆祖福寒暄两句之后，便离开走往别处去了。

朱佳富已几个月没与陆祖福见面，握住陆祖福的手格外亲热："陆先生，多时不见，你好！"

"朱先生独自在重庆撑持局面，你辛苦了！"陆祖福紧紧地握住朱佳富的手摇了几摇。

朱佳富松开陆祖福的手，因为有些话不便在这里谈，一会儿便沉默了。

朱佳富见陆祖福面容憔悴，显出疲惫的样子，晓得他去美国，去加拿大，又时而在上海、南京奔波不停，是相当消耗精力的。

陆祖福的仪表却有极大的变化，他穿一套咖啡色毛华达西装，做工精细，样式考究，十分合身，显然不是中国裁缝制作的，比起以前他老穿的芝麻布制服，不晓得要气派多少！

陆祖福见一位高鼻子洋人走了过来，认出他是美国合众社的记者，便暂时丢下朱佳富迎上前去，用英语和他攀谈起来。

陆祖福讲的英语有很大提高，朱佳富晓得他出了几次国，学到不少知识，原有的那种洋泾浜味减弱了，还学会了一些美国的俗语和谚语，说得比较流畅自如。

陆祖福与那位合众社记者谈得十分融洽，朱佳富原担心陆祖福学的英语不敷应用，故站在一边没走开，想到必要时可以助他一臂之力，这时他放心了，正想离开，陆祖福却叫住他："朱先生，我们带领他们下机舱去看看!"

"OK! 谢谢陆先生!"几个记者异口同声说。

陆祖福领头，朱佳富等人跟随在后，他们走到下舱去的梯口。因为下舱的扶梯既狭窄又陡，机舱内地上是用柴油做清洁，故此很滑，陆祖福回头向几位女记者说："对不起，请女同胞留步，下面太滑，不适合穿高跟鞋在上面走动!"

几个女记者只好失望地留在甲板上，等他们在舱口消失后，她们齐拥上前，好奇地把头伸向舱口窥望……

三

沧白路新修了一座南国饭店，选的地基很别致，也很险奇。整座饭店都建筑在一座向外伸出一半的悬空的岩石上，这岩石好像随时都会向嘉陵江里倒下似的。

冒险、寻求刺激对某些人来说，成了一种乐趣。故此，这座南国饭店自开张以后，生意十分兴隆，原来比较冷僻的沧白路很快便变得异常热闹起来。一辆接一辆的小轿车、吉普车像长蛇般地停靠在南国饭店门口。

南国饭店屋顶的霓虹灯招牌，站在江北和南岸都可以看见。过路的闲人经过这里，都要停住步，好奇地观望一阵，然后才匆匆地离去。

南国饭店内，既有供人住宿的高级房间，又有高级粤菜餐厅，还设有跳舞的酒吧间。

不晓得哪个提议的，民成公司今晚包下了整座南国饭店，除董事会在这里举行会议外，还邀请了许多来宾参加舞会，欢庆登陆艇首航川江成功。

山城已是万家灯火，星光闪烁。南国饭店的酒吧间内，一对对舞伴在色彩缤纷、扑朔迷离的灯光下，伴着欢快的乐曲，随着强烈的节奏翩翩起舞，一个个如醉如痴，好像忘掉了一切……

在临江的一套宽敞房间里，董事会在这里召开。原有的沙发不够用，茶房临时从别处搬来了许多椅子，可谓高朋满座。

自抗战胜利以后，民成公司发展很快，为了适应新的形势，早改组了董事会，增选了不少理事。董事长依然是郑春林，他近来体弱多病，连宣布开会、散会等例行公事都感到中气不足，十分吃力。公司里的少壮派发动过几次攻势，想另外推选一位不守旧的董事长，公司内的元老派坚决反对，连陆祖福也表示不赞成。

陆祖福有郑春林这个不管事的董事长，当然对他有利，他仍可以独揽公司大权，成了不挂名的董事长。少壮派虽然不满，但慑于陆祖福的威望，也只好干瞪眼，无可奈何！

郑春林支撑着衰弱的躯体参加了这次董事会，虽然时近初夏，但他还十分怕冷，穿着夹衫和夹马褂。因为他随时需要人照顾，所以破例让他带着新娶的姨太太小丹凤来参加会议。小丹凤坐在郑春林身边，随时给他装烟递茶。这小丹凤原是川剧演员，登台刚露头角不久，便被郑春林看中，花了好多根金条，将她娶进门来。

小丹凤不过十五六岁，但描着眉，打上摩登红，反而显得老模老样。小丹凤长得明眸皓齿，坐在郑春林身边平板着脸，看不出一点儿表情，好似一个木偶。她不时根据郑春林的手势装烟递茶，甚至要掏出手绢递近郑春林嘴边，让他将浓痰吐在手绢里。由于缺乏热情，眼神总是呆呆的。

郑春林刚痰呼呼地说了一句："现在开会……"他陡地暴发了一阵咳嗽，一股气憋在胸口，原来蜡黄的面皮顿时憋得发青。

小丹凤忙掏出手绢递到郑春林嘴唇边，见他吐不出痰来，马上起身，站在他身后给他轻轻捶起背来。

郑春林终于将一口痰吐出来，因为小丹凤还来不及将手绢递近他嘴边，他口里噙着的痰发出"嗯嗯"的声音，等小丹凤将手绢递近，他才将痰吐在手绢里。

小丹凤收过手绢，立刻给郑春林递去一把宜兴小茶壶，壶内泡着花旗参。

郑春林先对着壶嘴喝了一口，漱了漱口吐掉，然后才喝了口吞下。

大家因为要等郑春林说完开场白才好进行正式议程，只好耐心干等着，人们的目光都集中在郑春林身上。

郑春林喝了几口洋参汤，才慢慢缓过气来，他极力振作精神，想把几句开场白说完："请……"

他刚吐出一个字，又感到喉头痒涩，只好一挥手当作省略号，望着陆祖福努了努嘴，示意自己的开场白结束了。

陆祖福面对郑春林点了点头，然后用目光向在场的人扫视一遍，见大家的注意力都集中在他身上后，他才以舒缓而有力的声音开始讲话……

陆祖福先向大家介绍去加拿大和美国的经过。在加拿大谈判时，他完全按照与朱佳富商议好的对策进行，果真迫使加拿大政府作了让步，由加拿大政府拿出一笔钱来作为给船厂的出口津贴，问题终于圆满解决了。

他还谈到，在加拿大所定造的十二艘轮船，不用多久便可陆续出厂，交给民成公司使用。

陆祖福谈这些话时，面带笑容，显出自得的样子。

大家听到这里，个个感到振奋，竟热烈地鼓起掌来。

接着陆祖福还谈到在美国购买旧船的情况："买旧海船比买废钢铁还合算，拿来稍事修理，便可以投入海洋运输……"

陆祖福越谈越兴奋，看不出他脸上有半点疲惫，反而现出神采焕发的样子，他想到这两年公司发展比预想的要快，眼看不久便可以将自家的轮船开往海洋，民成江山的理想已可以实现，他忍不住露出志得意满的神态来。

陆祖福的情绪感染着大家，会场的气氛十分活跃。唯独朱佳富脸上没有表情，默默地抽着香烟，还不时打哈欠。

陆祖福提出了两项议案，要大家研究，然后付诸表决。第一项议案是，与金城银行的张公权合办海运公司；第二项议案是，民成公司立即筹备开辟南洋线，在新加坡和泰国等地设立办事处。

会场的气氛越发热烈，个个董事争先发言，表示赞同。有人还提出要在美国纽约和加拿大渥太华设立办事处，对于公司的未来仿佛都充满信心。

由于董事们争先恐后发言，会场秩序有点乱，七嘴八舌，闹哄哄的。

郑春林维持秩序说："举手依次发言！"由于他的声音低微，大家情绪又高昂，说了几遍以后，仍没安静下来。郑春林只好听之任之，半闭着眼养起神来。

陆祖福见郑春林不再管会场秩序，他只好越俎代庖，提高声音："安静，安静！"

这时大家才渐渐安静下来，都望着陆祖福。

陆祖福扭头向郑春林："郑老，是不是可以表决了？"

郑春林只是微微点头，"唔"了一声，睁开的双眼马上又闭合了。

陆祖福兴致勃勃地说："我们一项一项表决……"

有几个董事异口同声说："不用一项项举手表决了，我们都赞同！"

"对，都赞同！"会场内一片赞同声。

陆祖福满意地点了点头："那么，这两项议案便算通过了。"

董事们热烈鼓掌。

尽管关上了房门，楼下酒吧间跳舞的音乐依然隐隐传进房来。董事中像孙思瑜这样的舞迷已情不自禁地踏着鼓钹的节拍，只见尖尖皮鞋一动一动的，显出迫不及待的样子。

要是以往，陆祖福看见孙思瑜他们这种神态，就是不说什么，也会皱皱眉头。现在陆祖福好像开通得多，和颜悦色地望着孙思瑜说："不要性急，还有一项事情商讨，开完会，你们可以去跳个通宵，反正我们今夜包下了饭店！"

孙思瑜恨不得早点开完会，见有两个董事交头接耳，在议论米高梅公司新出品的电影《出水芙蓉》。于是他劝止说："喂，不要谈闲话，大家注意力集中，听陆先生讲话！"

陆祖福简单扼要地介绍了在上海会见宋子文，在南京会见蒋介石的情况。他拒绝了孔祥熙的投资，却接受了宋子文入股，他向大家说明了他如此做的好处。最后，按他与宋子文达成的协议，提请董事会追认宋子文为常务理事……

大家听后都面面相觑，沉默不语。

"请大家发表意见！"陆祖福说了几遍，董事们仍无一人发言，显然是不赞同。大家碍于情面，都不愿公开发言表示反对，并且晓得既然生米已煮成了熟饭，反对也无益。

郑春林的耳朵早灌进了各种闲言杂语，这时睁开双眼，向身旁的小丹凤做了一个手势。

小丹凤忙将宜兴壶递到他的嘴边。

郑春林喝了几口洋参汤，慢吞吞地说："陆先生，这事你太欠斟酌，我们为了不让孔祥熙挤进民成公司，斗了十多年。宋子文与孔祥熙不过一丘之貉，为了蒋介石拨给我们十几艘登陆艇，我们陡地改变初衷，作出这种妥协，这代价是不是太高？哎，这事……"

大家以为郑春林的话还没说完，都静悄悄地等他继续说。但是，郑春林再没出声，闭上眼，口噙着宜兴壶嘴，仿佛睡熟了。

陆祖福见郑春林不再说，他收敛了笑容，长长叹口气："我并非不晓得宋子文与孔祥熙是一丘之貉，这次妥协，不单是为了无偿得到十多艘登陆艇！"

他停顿了一下，然后才接着说："你们想，宋子文是行政院长，我们要向外国定船，外汇得他审批；另外，目前民成公司的轮船百分之六十被拉了兵差，照此下去，不仅不能发展，只好关门大吉。军委会成立的船舶调配委员会，没有我们的代表参加，全由他们控制。宋子文当面答允我，只要让他当上常务董事，拉兵差的问题由他负责解决。我想，宋子文不过投入象征性的一点儿股份，也控制不了民成公司。所以……”

郑春林这时蓦地睁开眼，边摇头边说：“饮鸩止渴，饮鸩止渴……”

他的声音渐渐细弱，又闭目不语。

郑春林开了头炮，顿时众说纷纭：有赞同的，有反对的。

陆祖福的眉头皱得很紧，他还是第一次面临这样的场面，以前凡是他办的事情，从来没人公开提出过非议。

他晓得在这种气氛中表决，会对他不利，暗自盘算了一阵，说：“郑老，今晚的会开得太久了。你听，舞曲奏得多欢，这里的舞迷们耐不住了，这次董事会是不是就此为止？”

郑春林点头时连眼睛也没睁，他已支撑不住了，哪会反对。一阵脚步响，孙思瑜早拉着几个人走了。

不会跳舞的人也想去酒吧间摆八字摊，因为开会太久，毕竟使人感到沉闷，哪个都想轻松一下。

四

列席董事会的朱佳富一直没发表意见，会场瞬间走空了，只剩下他与陆祖福。他也想去跳舞，刚站起身准备走，陆祖福叫住了他：“朱先生，你莫忙走，我还有事与你商议！”

朱佳富的兴致一直不高，打了一个哈欠，懒洋洋地坐回沙发上。

陆祖福关上房门，搬了一张木椅靠近朱佳富坐下。

“朱先生，你不在我身边，关于宋子文这事我只好独自拿主意。你看，我是不是办错了？”陆祖福郁郁不乐地说。

朱佳富默望着陆祖福，半晌他才叹口气说：“陆先生的难处，只有我最清楚！”

“哎，你说具体点，我究竟办对了或是办错了？”陆祖福显得有点焦躁。

“既对，又不对！”朱佳富淡淡一笑。

“对，我对在哪里？”陆祖福进一步问。

“公司的情况我最了解，从表面看，我们公司的实力比抗战前要强得多，不用多久，公司的业务就可以向海洋扩展……”

朱佳富点燃了一支香烟吸了几口，然后才接着说："不过，细细分析起来，我们是外强中干，反不如抗战胜利前实在！"

陆祖福轻轻叹口气，点了点头："是呀，问题就出在这里……"他皱眉将话停住。

朱佳富喷了一口淡淡的青烟："抗战胜利前，我们的实力虽不够强，但是公司的开支很节俭，没有负债，还略有盈余。可是目前公司的业务发展了，局面扩大了，随之排场也大，花销更大。最可虑者，是公司的一些人，被公司发展的虚假繁荣现象所陶醉，以为从合川山沟儿出来，挣下偌大的基业已不错了，现在可以喘口气享受一下。华而不实，追求享乐的风尚在公司上层盛行起来。我们为了绷面子，也打肿脸充胖子，其实公司目前的发展基础，是极不牢固的……"

陆祖福被朱佳富的话震动了。他见朱佳富说到这里沉吟起来，不禁催促说："朱先生，请你直言不讳，快讲下去！"

朱佳富继续说："向加拿大借的外债一千五百万美元，至今还没见到一艘轮船，但是年年要按期付利息，并且是以外汇支付，要筹措这笔付利息的外汇，就会令我们疲于奔命，困难重重！"

陆祖福一击掌："朱先生真是切中要害，是呀，我向宋子文妥协也是考虑到外汇来源！"

朱佳富瞟着陆祖福沉默了一会儿，然后慢吞吞地说："宋子文想插手民成公司并不可怕。目前政局不稳，胡宗南占领了延安，骄傲得不可一世，殊不知这只是一场空欢喜，不，简直是一场灾难，他中了毛泽东的口袋战术的计，胡宗南无数兵马，将被共产党一口袋收了。共产党收复延安不用说，陕北红区反而扩大了。现在国共两党已进入全面内战，这是旷日持久的一场战争。国民党要打内战，军费从哪里来，不外向美国要援助贷款；对内搜刮民脂民膏。他们最省力的办法就是开动印钞机滥发纸币，必然引起物价飞速上涨。陆先生，现在中央银行已将五万元一张的大钞投入市场，连印钞机也印不赢，只好提高票额来满足需要……如此下去，不堪设想，这才实在可怕啊！"

陆祖福已明白朱佳富话中的含意，皱着眉头说："怪不得今夜开会个个兴高采烈，你却一言不发，原来有这么深沉的想法，不愧是经济学硕士。唉，我也为这事操过心，各种物资都涨了价，而我们的运价却被限制住，运价不够买燃料，难道叫我们用长江的水来开动机器驱使轮船去航行！"

陆祖福提起这事不由激动不安，他唇上的浓髭抖动不停，露出十分恼火的神态说：“拉兵差，随便给几个钱，宋子文和孔祥熙他们处处给我们念紧箍咒，国民党真成了刮民党！”

朱佳富不慌不忙地说：“陆先生，真正难办的事情还在后头呢！”

他顺手拿起茶几上的一张当天的《大公报》，递到陆祖福手中：“陆先生，请看今天的报纸！”

陆祖福望着报纸，惊诧地问：“有啥新消息？”

他将报纸浏览了一会儿，迷惑地望着朱佳富：“要我看啥子消息？”

朱佳富伸过头来指点着：“看，这段关于抢米风潮的报道，看，这条社会新闻，是说一家人生计无着落，全家服毒自杀，看，银圆黑市猖獗……”

朱佳富站起身来在室内踱了几步：“是的，这些不是啥子新消息，天天登载，我们都司空见惯，已见怪不怪。”

陆祖福不解地望着朱佳富：“这些……谈这些干啥？”

“哼，干啥！”朱佳富郑重其事地说，“我们被刮民党刮，还可以包下南国饭店开会跳舞。那些全靠薪水过活的职员和工人，他们的处境如何？我们能按物价增长的指数给他们增加薪水吗？不能。我不是社会主义者，也不悲天悯人。但工人要生存，不用共产党煽动，他们也会自发地起来罢工闹工潮，矛头首先会指向我们。陆先生，眼看这个社会风雨飘摇，动荡不安，怎能顺利地发展实业！国民党统治的根基一动摇，怎斗得过共产党！要实现民成江山的理想，没有安定的环境是不行的。”

陆祖福顿时变得愁眉苦脸：“朱先生，你的分析有道理。唉，我原以为抗战胜利后有五年到十年的国内安定时期，尽可以发展实业，在中国建立真正的、像欧美那样的共和国。但是蒋先生偏不体恤民情，休养生息，促进安定和平，硬要违背民众的意愿去打内战，连一天和平日子也不让人过……”

陆祖福迟疑了一下，说：“周恩来先生与我谈过几次话。他们比国民党高明，最懂得民众心理，打内战是被迫的，对和平反而比国民党有诚意……”

朱佳富伸手一挥，粗暴地打断了陆祖福的话：“陆先生，我们且不谈共产党是否有和平的诚意，我们对党派之间的宣传丝毫不感兴趣，我关心的是我们企业的前途！”

陆祖福沉默了。

过了一会儿，陆祖福忧心忡忡地说：“朱先生，我们目前已摆开了发展的架势，摊子偌大，要收缩也难呀！你看，我们要怎样办才好？”

朱佳富坐回沙发上，反而十分平静：“闹台锣鼓既然打响了，这戏总还是要唱下去！”

“唱下去……”陆祖福有些犹豫。

“是的，照旧唱下去！”朱佳富加重语气说。

陆祖福忧心忡忡地说：“照目前的局势，摊子摆大了，倘若成了烂摊子，这戏就不好收场！何不趁现在还没有全部摆开，搁一搁，看看再说。”

朱佳富摇了摇头：“陆先生，现在已不好收场了。加拿大的贷款能够赖掉？在美国买的旧船能够退货？不能，不能！”

他叹口气：“陆先生，事已至此，已经进退维谷，只好背水一战，因势利导，方是上策呀！”

陆祖福认为朱佳富的话未必妥当，只是皱眉不语。

朱佳富重新点燃一支香烟：“陆先生，局势虽不好，但是仍存在有利的一面。”

陆祖福见好说歹说都是他，刚才把形势说得那么严峻，现在又说存在有利的一面，认为他说话太轻率，脸上现出不悦的神态。

朱佳富不理会陆祖福的反感，压低声音，做出神秘的样子：“陆先生，有许多绝密的内部消息，你还不晓得！”

“啥消息？”

朱佳富的话果真引起陆祖福的兴趣，陆祖福专注地望着他。

“第二次世界大战中，许多国家变穷了，唯独美国成了暴发户。”朱佳富喜欢绕着弯子说话，“美国是反共的国家，实力很雄厚，不会坐视中国共产主义化，会帮助蒋介石反共，建立自由民主的共和国。中国两党的争斗至少可以相持许多年，我们在这段时间里仍是大有作为的。”

陆祖福摇了摇头，表示异议：“朱先生，蒋介石手下的官吏尽是贪官污吏，美国的援助一来，便被他们抢先鲸吞，饱了私囊，是扶不起的刘阿斗啊！”

“美国想换人啰！”朱佳富说。

“换哪个？”陆祖福问。

“美国想将蒋介石换掉，因为他太臭，连知识分子也不喜欢他！”朱佳富回答。

陆祖福沉思片刻：“朱先生，这就是你的绝密消息？”

“是的。”朱佳富点了点头说，“美国人也认识到蒋介石是扶不起的刘阿斗，想扶植中国的第三势力——中国的民主派，要用胡适、翁文灏、王云五这些人去替换蒋介石。”

陆祖福还是第一次听见这消息，十分认真地问：“朱先生，这消息可靠吗？”

朱佳富十分自信，做出了一个夸张的表情，得意地说：“这消息是彼特利克私下告诉我的，绝对可靠！”

陆祖福猛地哈哈一笑。

朱佳富不悦地问：“陆先生不相信？”

“相信，我绝对相信！”陆祖福收敛了笑容，正色地说。

“那，为啥发笑？”

“我笑的是美国人太天真，根本不理解蒋介石，不理解国民党，更不理解共产党，他们对于中国的事很无知！”

陆祖福不以为然地接着说：“就算美国能够换下蒋介石，这点，其实也很难。但是，胡适、翁文灏这些纸上谈兵的书生，如何能驾驭得了蒋介石手下的那帮人！他们大都亦官亦商，长期搜刮、积累了大量财富，垄断了国民经济，肯定不会与这些书生采取合作态度，定会阳奉阴违，只需兴点小风小浪，便可以将经济推向崩溃，给你造成烂摊子，看你啷个办？何况，蒋介石的亲信牢牢地掌握住军权，岂肯交给这些书生去掌管，只需闹点兵变，这些书生就受不了。”

朱佳富大概觉得陆祖福的话有道理，他沉默了。

陆祖富走到窗前俯视着嘉陵江上的夜景，出了一会儿神，半晌才离开窗口，背着手踱了几步，长长一声叹息，自言自语地说：“看来北伐前恽代英在上海与我说的话要证实了……”

朱佳富耳尖，这低微的自语被他听见了，他不解地问：“恽代英与你说的啥？”

“往事不堪回首……”陆祖福长叹一声，显出无限感叹的样子，“代英已成古人，唉，提这些……”

陆祖福垂首沉思片刻，抬头说：“看来目前确实已不能退步，只好向前，不管前面是陷阱或者坦途。唉，谋事在人，而成事在天！”

朱佳富说：“美国人所说的第三势力，指的是既不喜欢蒋介石专制独裁，也不喜欢共产主义的这种人。我们也是第三势力，若能得到美国人的扶植就好了。”

陆祖福瞥了朱佳富一眼，不置可否，又缓缓走到窗前眺望夜景。一会儿，他回头向朱佳富招手："朱先生，你来看！"

朱佳富起身走到窗前伸出头去望了望，迷惑地问："陆先生叫我看啥？"

陆祖福笑指着窗外："我们也不要杞人忧天，你看，时间已近午夜，山城依然是万家灯火，处处歌舞升平，有史以来重庆还没这样繁荣过！"

他接着露出苦笑。

朱佳富懒懒地"唔"了一声，表示回答。

他听陆祖福在低声叹气，于是振作精神，含笑说："陆先生，你听！"

陆祖福侧耳凝神听了一会儿："听啥？"

朱佳富含蓄地一笑："你听，这音乐多优美，黑管发出的声音多动听！"

陆祖福不明白朱佳富的真意，皱了皱眉没有回答。

"人生如梦，为欢几何！"朱佳富说，"陆先生，现在舞会开得多欢畅，我们跳舞去。"

陆祖福摇了摇头："跳舞没啥意思！"

朱佳富整了整领带："陆先生，我去了。"

"唉，朱先生，我还有很多事情与你商量……"陆祖福心里烦乱至极，不愿独自待在这里，他想留下朱佳富一起谈一谈。朱佳富站住了，陆祖福却蓦地改变了主意，"好吧，你去散散心，让我独自思考出头绪，再与你探讨！"

朱佳富推开门走了。

陆祖福一手抄在裤袋里，在室内徘徊着，传来的舞曲声，使他听起来格外不舒服。

蓬嚓嚓，蓬嚓嚓的乐曲声在夜空中回荡，越来越响，越来越清晰。

第二十一章

天快亮了，南国饭店的舞会仍在进行，朱佳富被陆祖福叫回房中，商议工作。

陆祖福与朱佳富商议的结果是，民成公司仍照原计划进行，不过采取了几条措施。

第一，不再借债来造轮船，尤其是不借外债，中止向美国财团借款的谈判。

第二，为了应付纸币贬值，物价飞涨，将公司的现金大都买成黄金、美钞存放。扩大物产部的经营，加速资金流转，以备公司机动现金的使用。

第三，为了应付国民党各派经济和政治势力对民成公司的争夺，成立公司顾问处，用高薪礼聘各派势力的亲信当顾问，让他们互相制约，不致为一派势力所侵吞——朱佳富戏称为民成公司的“门户开放”政策。

第四，人事方面作了调整分工，朱佳富坐镇重庆；陆祖福坐镇南京；董绍孙坐镇上海；另派几个与东南亚华侨有关系的人去筹备开辟南洋线。

朱佳富坐镇重庆，因重庆是总公司所在地，等于由他主持中枢。他对这分工异常满意，显出得意的表情。

陆祖福虽感疲惫，但还剩下的一个问题没研究好，心里总不踏实。他说：“朱先生，关于黄玉庵的问题需要研究一下，他目前借助潘家的势力，几乎将重庆以上的航线独霸起来，不容我们插手！”

朱佳富两手握拳搁在自己的膝头上，眼镜后的双眼闪射着令人捉摸不透的目光，声音平静道：“陆先生，诸葛亮九伐中原之前，要出兵云南七擒孟获，为的是免除后顾之忧，好一心征魏。黄玉庵嘛，当然不是孟获，不过这几年他发奋图强，确实成了我们的后顾之忧。”

黄玉庵鼓动丁宫保登载凯乐舞厅的新闻，使得他与杨宝瑜感情上的鸿沟越来越深，朱佳富至今耿耿于怀。他阴沉地一笑：“对付不了一个黄玉庵，确实惹人耻笑。其实要解决这个问题并不难，只要几天的时间，我就让他被迫停业！”

“哦，几天时间……”陆祖福惊望着朱佳富，他晓得朱佳富绝不是故作惊人之语的，一定又想出什么高招。

他迫不及待地问：“朱先生，谈谈你的办法！”

朱佳富在这样的时刻最喜欢绕弯子，他反问陆祖福：“你晓得黄玉庵有几条船在营运?”

陆祖福不明白朱佳富问这话的用意，不悦地回答："何用问我，难道你不晓得！"

"我当然清楚黄玉庵只有四艘轮船走这条航线，并且他的后备力量十分薄弱！"朱佳富说。

他吐出缕缕烟雾，望着陆祖福，问："陆先生，我们民成公司有多少轮船？"

陆祖福不满地回答："朱先生，你是考小学生是不是？我们公司五百吨以上的轮船有八十艘！"

朱佳富见陆祖福不高兴的样子，忍不住淡淡一笑："现在有一道简单的减法题，八十减去四，等于几？我想陆先生随口便可以说出答案。"

陆祖福没有回答，朱佳富问这种小学生都能算的题，他感到十分恼火。明知朱佳富在绕弯子说话，但猜不出他的真意！

朱佳富不等陆祖福回答，接着说："八十减四等于七十六——就是说，我们的轮船被减去四，还会剩下七十六艘，而黄玉庵呢！四被减去四便等于零，啥也没有了。"

陆祖福仍不十分明白朱佳富说这些话的意思，有些不耐烦地说："朱先生，你不要绕弯子，请直说吧！"

朱佳富将烟头往烟缸里一扔，端起茶杯喝了一口热茶："道理很简单，我们用四艘轮船去抵销黄玉庵的四艘轮船，我们还剩下七十六艘，并无多大影响，而黄玉庵却一艘也没剩下。"

"抵销！"陆祖福差不多叫起来，"怎样去抵销？这可不像演算式那么简单。"

朱佳富脸色一沉，冷冷一笑："要对付黄玉庵不难。既然已弄清了算式，我正要与陆先生研究抵销的方法，你不用性急。"

陆祖福觉得朱佳富眼里露出的阴森森的光，是从未见过的，心中不由一震。

朱佳富打量陆祖福片刻，说："古人说，量小非君子，无毒不丈夫，只要我们有勇气和魄力，这抵销的方法不难找到！"

"如何抵销？"陆祖福急迫地问。

朱佳富回答："用我们的船去撞沉黄玉庵的船，就是这道减法题的实际运用！"

陆祖福"哎"了一声，被朱佳富这个大胆的设想惊呆了。无论他的想象力多么丰富，也万万想不出这条计谋来。

朱佳富见陆祖福呆望着他，半晌没出声。他催促问："陆先生，你有这个胆量和魄力吗?”

陆祖福在心中盘算细想，朱佳富这主意确实厉害，黄玉庵失去轮船，就是海事诉讼可以获胜得到赔偿，但要去重新添造轮船也不是短期的事，何况海事诉讼一般会旷日持久呢！而民成公司付出这种代价，好比牛身上拔根毛，无足轻重。拔掉黄玉庵这颗影响民成公司独霸川江的钉子，民成公司马上可以垄断川江航运，带来的好处是无法计算的。可是……他惶惑了。

朱佳富见陆祖福神色不定的样子，他拖长声音劝说：“陆先生，国内安定的时间不多，我们不用这种铁的手腕去解决，就会拖延时日，坐失良机啊!”

陆祖福摇了摇头：“你这设想太大胆了，容我想想!”

朱佳富毫不放松地劝说：“诸葛平生多谨慎，这是他的优点，又是他的致命弱点，倘若听从魏延的主意……”

朱佳富打了一个顿，想到把自己比作魏延有些欠妥，迟疑了一下，终于接着说：“倘若听从魏延的主意，行一次险，由阴平出奇兵伐魏，也许不会落得殒落五丈原的可悲结局!”

陆祖福仍犹豫不安，说话结巴起来：“这……这……方法固然好，但是……但是旅客……旅客和船员的生命非同儿戏，要是……”

朱佳富不等陆祖福说完，不以为然地说：“哎，陆先生，你怎么讲起妇人之仁来！自古成大业者，皆非常之人行非常之事，哪顾得这么多！其实，欧美的大亨们，比这毒辣得多的手段也使得出，否则不叫大亨。共产党的鼻祖马克思就说过，资本主义的繁荣是从白骨堆上建筑起来的。几艘轮船上的生命，不过千余人，我们还可以做些施救措施，尽量减少死亡。死几个人算啥，充其量不过给点安葬费，发点抚恤金，而我们却可以赢得整个川江，赢得民成江山。这种事半功倍的事，陆先生为何反而踌躇不前，徘徊迟疑?”

陆祖福顾虑重重：“朱先生，事关重大，怎好草菅人命！我一贯主张自由竞争，采取这种手段必将失去人心。”

“哎，陆先生，这事你知，我知，布置机密周详一些，不让人拿住把柄，不过当成一般碰撞事故看待，怎会失去人心啊!”朱佳富不满地斜睨着陆祖福说。

陆祖福摇头，苦着脸说：“哎，朱先生，哪有不漏风的墙！古时皇家深宫里发生的事件，一样也传到宫外，千古疑案只是少数。前年我们的轮船在江津小南海不小心翻了船，死了一些人，弄得我焦头烂额，日夜不安，死人家属到处告状，真使我穷于应付。朱先生，前车之鉴不可忘啊!”

“小南海那次事故，虽闹了一阵，还不是风平浪静过去了，我们照样开公司!”朱佳富还想极力说服，“陆先生，不付出大代价，是赚不回金娃娃的。”

陆祖福不愿谈下去，打了一个哈欠站起身来：“朱先生，你看天边在发白，快亮了。”

他走到窗边伸了一个懒腰，猛地吃惊地说：“哎呀，江上起了雾，轮船又不能按时开出，这损失……”

朱佳富坐着不动，见陆祖福为起雾不安，不觉露出轻蔑的表情，认为陆祖福不当机立断，采纳他的主意，而去痛惜因雾不能按时开航的细小损失，不是成大业者的气魄。

陆祖福没有注意朱佳富的表情，他凝视窗外，心中却在重新估价朱佳富建议的分量。他认为朱佳富能想出刚才那种对付黄玉庵的主意，不能不说是一个绝招，确实可以稳操胜券，一举击败黄玉庵。

他这时的心情很复杂，对于朱佳富的才干他是晓得的，堪称一员虎将。他不怕虎伤自己，敢于重用，因为他有信心，认为自己有魄力，能驾驭这只猛虎为公司尽力。自民成公司与涪陵轮船公司合并以来，朱佳富确实为公司出了很大力气，立下功劳，民成公司的发展速度加快了不少。

陆祖福想到抗战初期，因朱佳富接受薛习永的回扣，在董事会上险些闹成风波，是他当机立断，容忍了朱佳富这一行为，为他掩饰过去。近来，他常听孙思瑜他们反映，说朱佳富在背着公司经营私产，有时还利用职权挪用公司资金去谋私利。他暗地做过许多调查，许多事情属实。看来朱佳富自认为羽翼已丰，所以才变得如此肆无忌惮，估计他迟早会自树旗帜脱离公司的。

“我能继续驾驭住这只猛虎吗?”陆祖福心中自问。

他微微摇了摇头，在心里自问自答：“难!”

陆祖福想到朱佳富刚才的主意，既毒辣又阴险，绝非一般人能想出，他自愧弗如。看来这只猛虎太厉害，不会久居人下，弄得不好会反受其累。未雨绸缪，要对朱佳富预加防范才行……

陆祖福站在窗前的心理活动，朱佳富哪会晓得！要是他晓得陆祖福此时想的是如何防范他，那么，他就不会安闲地抽着香烟，显出怡然自得的样子。

他这时也有自己的想法，陆祖福和董绍孙今后不会常住重庆，对他是有利的。

朱佳富是绝顶聪明的人，他认为现在的局势不妙，共产党节节胜利，国民党能否守住东北还很难说，万一东北守不住，华北更难守住，那么，南京政府……

他刚才对陆祖福说，美国帮助国民党反共，会相持不下。其实他也缺乏信心，不过聊以自慰而已。对于共产党，朱佳富是不喜欢的，近来他经常在思索，狡兔犹有三窟，自己应当留条后路，进，继续为民成江山而奋斗；退……

朱佳富去年去上海，曾去孔公馆见过孔令俊。孔令俊正创办扬子江进口公司，她劝朱佳富入股，并要他离开民成公司去她那里任职。当时民成公司的业务正蒸蒸日上，办得十分红火，眼看民成江山便要实现，他岂肯离去！于是，他婉言谢绝了。

当时孔令俊还对他说，她大姊令仪从美国写回的家书中，常问及他，并邀请他有空便去美国到陈家做客。

朱佳富暗地帮助了孔令仪和陈继思，他一直怀着鬼胎，生怕孔家知道真情后会怪罪，所以他从不在孔家主动提及孔令仪夫妇。他听孔令俊主动提到孔令仪夫妇，这还是第一次，朱佳富显出不感兴趣的样子，用几句客套话应付了过去。

此时，孔家姊妹的影子在朱佳富心头浮动，越来越清晰。他想，退，向扬子江公司投资，或者托孔令俊将他的积攒代为存入美国银行。孔令仪夫妇住在美国，日后也会照看他……

有人敲门，朱佳富起身去开门，一个茶房走了进来说：“朱先生，请柬！”

朱佳富懒洋洋地拿过请柬，不禁“啧啧”两声：“嗬，稀奇，稀奇！”

陆祖福走过来问：“啥稀奇？”

朱佳富扬了扬手中的请柬：“陆先生，林汤圆居然舍得摆酒席请客，下请柬要我赴宴，你说稀不稀奇！”

林汤圆吝啬异常，大摆酒席请客确实罕见。陆祖福“唔”了一声，没有细看请柬。他关熄电灯，明亮的曙光从窗口射进来。

朱佳富想到今天还要去林汤圆那里赴宴，昨晚一夜没睡，现在应该去休息一阵才行。

他站起身来：“陆先生，我去歇息一会儿，失陪了。”

陆祖福点了点头，目送朱佳富的背影消失在房门口。

二

林汤圆靠销售水渍货起家，经营百货发了财，号称“百货大王”。

林汤圆早就扬言要兴办的游乐场，终于在他的干亲家重庆警察局的唐令果局长的怂恿下，开始动工修建了。地址在校车街。

自去年破土动工以后，这座模仿上海大新公司的高楼进展很快，高耸入云的脚手架越接越高。当修建到最后一层楼时，因为唐局长一番话，林汤圆立刻改变了主意，要总设计师在原有的基础上再增一层楼。

唐局长说的一番话是在一次酒宴上说的。他看着满桌的佳肴，打了一个饱嗝，停下箸，他实在已酒醉饭饱，不能再吃了。他说：“亲家，你这游乐场叫康乐园，这名字实在取绝了。康乐，康乐，健康又快乐。有我这位亲家作你的后台，包你一本万利，比做百货生意赚钱得多。你模仿上海大新公司，一、二楼开百货公司，三、四楼开游乐场，五、六楼开跳舞厅、酒吧间，屋顶做花园开茶馆……”

唐令果又打了一个饱嗝，皱了皱淡淡的眉毛：“好是好，不过……”

他干笑了两声：“嘿嘿，那年我在上海逛大新公司，在游乐场结识了一位十分摩登妖娆的‘玻璃杯’，谈得情投意合，想开房间在一起玩玩，但大新公司却没开旅社，我只好带着‘玻璃杯’另找旅馆，感到十分不方便。亲家，你为啥不圆通一点儿，用一层楼来开旅舍，为这些露水鸳鸯提供炮台！不仅赚大钱，也功德无量。哈哈……”

林汤圆望着唐令果眨了眨眼，搔了搔头：“啧啧，亲家，你为啥不早说，设计时好多添一层楼来开旅舍。目前眼看要完工，已无法补救了。”

唐令果眼看桌上的酒菜已撤下去，桌面上油光光的没揩净，而林汤圆只顾与他说话，忘了请他到客厅去坐。他晓得林汤圆虽然发迹，毕竟文化低，不懂礼节，所以也不怪罪他，仍耐心地坐着与他闲谈。

唐令果摇了摇头，很不以为然：“亲家，大楼还没封顶，现在加上一层楼还来得及嘛！”

这时林汤圆才想起：“拿茶来！”他回头一声喊。

林汤圆家中至今仍没请一个用人，一切杂务均由学生意的学徒担任。

一个年轻的学徒十分麻利地端上盖碗茶，并递上水烟袋。

林汤圆瞪了这学徒一眼：“你为啥不看对象，不管哪个都递上水烟袋！唐局长抽香烟，快去师母那里，把我那包三五牌香烟拿来。”

林汤圆接着抱歉地向唐令果解释：“亲家，莫见怪！他是由乡下来的，刚学会与顾客端茶、递水烟袋，其他事还没学会！”

那学徒去了一会儿，将三五牌香烟拿来了，十分拘谨地用双手递到林汤圆手中，然后才离去。

唐令果从林汤圆手中接过香烟衔在嘴边，端坐着听任林汤圆给他点烟。

林汤圆认唐局长的女儿做干姑娘，他俩是各有所图的。林汤圆自发财以后，人人把他当唐僧肉，都敲他的竹杠。他吝啬成性，每被敲一次竹杠，就好比挖了心头肉一样的疼。他早想攀结一门权贵作他的后盾，使一般人不敢再欺侮他。而唐令果早看中了林汤圆的百万家财，也甘愿让女儿拜林汤圆夫妇为干爹干妈。林汤圆能攀上警察局长当干亲家，真是巴不得，当然不会拒绝。

其实，林汤圆的婆娘林王氏曾表示反对，她说：“我们有儿有女，为啥偏要收个干姑娘？你以为干爹干妈好当？俗话说得好，干爹干妈，金镯一只，玉圈成双。既认上，以后时常要打发干姑娘，我可不愿拿出钱来！”

林汤圆晓得婆娘是心疼钱，颇费了一番唇舌劝解：“哎，只要能结交上唐局长，就是打发干姑娘花点钱也值，总比别人敲竹杠强。”

林王氏是明事理的人，想了想，也觉得林汤圆的话有道理，还是勉强同意了。

干姑娘唐月芳拜干爹干妈这一天，林汤圆家中接待不了这么多宾客，忍痛包下山城饭店几套房间待客。凑趣的，吃白食的……全来了，坐了十多桌还没坐完，临时又去蓉村包了几桌，才算应付过去。

等宾客走尽，林汤圆叫账房算了花销账，才晓得开支了几千万元，可以买十多两黄金。

林汤圆心疼钱，回到内房硬要林王氏将私房钱拿出一部分来贴补上。林王氏当然不肯，把林汤圆骂了一顿。

要是以往，林汤圆绝不敢还嘴，自顾脱衣上床睡觉。这次林汤圆借着酒兴，气鼓鼓地与林王氏吵起来：“咦，晓不晓得，你的私房钱是从哪里来的？要不是我立下规矩，叫学徒把卖废旧包装箱、烂绳索的钱，缴七成归你存私房，你哪能存下这么多私房钱！”

林王氏立刻发起火来，鼓着一对眼睛瞪着林汤圆：“咦，晓不晓得，你的万贯家财从哪里来？要不是我爹见你可怜，让你在我家铺门口摆汤圆摊，还把你招赘在家，爹死后，我又将爹留下的一点儿钱给你去贩水渍货，你能有今天!”

林王氏说的全是实话。林汤圆最忌讳别人提他以前贫贱时的事，所以一直惧怕林王氏几分。

林汤圆的气焰顿时低下来，小声央求说：“喂，你轻声点，好不好！让那些学徒听见成啥体统!”

林王氏反将声音提高了许多，双手叉腰，气势汹汹地说：“轻声？我偏要大声，看你敢把我休了不成!”

林汤圆急了，故意扬手威吓她：“你再敢大声，老子给你几巴掌!”

以前林汤圆在她面前百依百顺的，林王氏一贯骄纵，今日见林汤圆一反常态。不觉气往上涌：“好呀！现在你敢打老娘。林汤圆，把话与你说清楚，当初招赘你时，你是丢下海誓，请人写过契约的，要永远待我好！你要我拿钱给你去做水渍货生意时，同样丢过海誓，立过契约，说日后富贵绝不忘糟糠之妻。好呀！这两张契约还收藏在屋里的保险柜内，我明天找出来，约齐我娘家的人，找你到茶馆里说理去。说不赢你，我便与你拼了，拉你下长江吃水[1]去!”

林王氏索性一把鼻涕一把泪水地大闹起来，一把揪住林汤圆的前襟：“我死去的爹呀，你丢下的女儿好命苦！当初你瞎了眼，为啥把我嫁给这个忘恩负义的贱人林汤圆……”

林汤圆的酒意也被吓醒了，哭丧着脸央求说：“放手，放手，莫把我这件新绸衫撕破啰！太太，你消消气。不要再吵，等会我给你下跪赔礼都可以，这打发干姑娘的钱，不要你出，我拿，我拿!”

这是以前收干姑娘时的一段小插曲，很久以后，一些人还当作笑话谈。

此时，唐局长紧盯着林汤圆问：“亲家，再添一层楼还来得及呀!”

林汤圆摇了摇头：“亲家，不行啰。其实设计只有五层楼，我已叫总设计师硬增加了一层，成了目前的六层楼。总设计师已申明说：怕基脚承受不了这么重，设若出了问题他不能负责。要是再加……”

唐局长不等林汤圆说完，打断了他的话：“噢！亲家，既然加上一层并不碍事，再加上一层定无问题！要是总设计师不同意，你交给我办，把他叫到警察

1 指一起投江自杀。

局……哼，怕他不同意！”

林汤圆内心有些活动了。他沉默着，并没公开反对。

唐令果掰着指头数：“亲家，再加上一层楼开旅舍，一间房每天……一年可以净赚黄金几百两呀！”

林汤圆不会算盘，长期练出来的心算比珠算还准确，暗自盘算了一番，这样干确实有利可图，一年的收入可以超过一家大百货公司。

他迟疑地说：“亲家，再要加一层，总设计师未必会同意。要是同意这样干，我哪有不愿的道理！”

“亲家，我刚才说过，这事包在我身上。”唐局长拍了拍胸，“要是总设计师不同意再加一层，我把他抓进警察局关起来，看他干不干！”

林汤圆也是财迷心窍，立刻眉开眼笑说：“亲家，诸事拜托了。”

三

康乐园的总设计师被抓到警察局关了几天，果真同意了。

康乐园变成了七层大楼，在重庆还是罕见的，屹立在校车街许多低矮的平房之间，真有点睥睨一切的气概。

不等全部完工，连四周的脚手架也没拆除，林汤圆便急急发出请柬，邀请重庆工商界的名人来参观康乐园。参观过后，林汤圆还在家中设宴招待。

林汤圆如此破费请客，许多人都当成新闻来谈，说林汤圆这只铁公鸡居然也肯拔根毛了。

原先不屑与林汤圆来往的人，因为好奇，一个个全到了。

朱佳富昨夜在南国饭店熬了一个通宵，也应邀到了场。他自从抗日战争前夕，接受董绍孙的邀请，偕同杨宝瑜去白记豆花馆吃豆花，路过储奇门时看见过林汤圆，后来有过几次交往，但从没深谈过；到林汤圆家中，他还是第一次。

林汤圆家住在大梁子一幢有天井的古老平房里，平房全部是木结构，由于年代久远，木板壁上的油漆大都剥落，也没修整过，显得斑斑驳驳，十分破旧。

林汤圆临时去借来一些沙发和茶几摆在堂屋里，供客人歇息。

租来了一个专供应开水的黄铜锅炉，放在天井左角。一个腰上插着棕叶扇的年轻伙计，不断往炉膛里添加木炭。铜锅里的水早沸腾起来，冒着热腾腾的蒸汽。

在天井的右角，搬来了几只烧岚炭的炉灶，炉灶上安着大锅，大锅里放着一叠一叠的蒸笼，蒸笼冒着热气，里面蒸着烧麦和肥肠之类，这里成了厨房的延伸地。厨房里传出剁肉声和锅铲碰击的叮当声，在堂屋里听得十分清楚。这里的气象，很像乡下的土绅粮请客。

林汤圆吸取了上次的教训，收干姑娘时在饭店请客，花了不少冤枉钱，所以这次请客，他决定在家中办，不仅省钱，吃不完的剩菜还可供一家人吃几天。

不过，家中的地盘确实狭窄一些，所幸堂屋还宽敞，可供宾客歇息。

朱佳富的座位正对着黄玉庵。他很想与他打个招呼，但见黄玉庵对自己视而不见的样子，也就算了。

他环视堂屋内的宾客，一个个都庸俗不堪，并无可以攀谈的人，他无聊地一支接一支地抽着香烟消遣。

“朱先生，你好！”

朱佳富听这招呼他的声音很熟悉，扭头一看，原来是“麻乡约”的管事袖珍算盘。

“吴先生，请坐！”朱佳富将身边挪出一个座位来，含笑对袖珍算盘说。

袖珍算盘感到受宠若惊，立刻弯了弯腰：“谢谢朱先生！”

他十分拘谨，只半边屁股坐在沙发上。

朱佳富已多时没见过袖珍算盘，见他已满头白发，门牙缺了两瓣也没镶上假牙，显得比以前苍老多了。

朱佳富笑盈盈地问：“吴先生，‘麻乡约’的生意兴隆吗？”

“朱先生，难道你不晓得，我早离开‘麻乡约’了……”袖珍算盘想到他这几年走下坡路，而朱佳富越来越发富，当然不会留意他的情况，他陡地闭上嘴，显出感慨的样子。

“啊，你啥时离开‘麻乡约’的，为啥？”朱佳富惊诧地望着袖珍算盘。

袖珍算盘长叹一声：“唉，朱先生，一言难尽，是我自己要离开的。”

朱佳富追问：“为啥？”

“沧海桑田——人世的变迁无常，工商界也是如此。自从老板娘四老太婆死后，‘麻乡约’每况愈下，一年不如一年，眼看百年老号衰落下去，令人痛心。唉，‘麻乡约”的后人不争气，现时只余下一块招牌换饭吃。一些念旧的老主顾把‘麻乡约’当成落脚的旅栈和寄物的仓库，‘麻乡约’的后人就靠这点祖先的余泽得点收入维持生活。”袖珍算盘显出唏嘘的样子，眼角也润湿了。

朱佳富对“麻乡约”的没落，并非不知。他认为“麻乡约”的没落，是时代发展、淘汰的必然结果。“麻乡约”靠肩挑背磨的力夫队伍，封建把头制的管理形式，怎能与现代企业竞争？他崇拜达尔文的进化论，认为物竞天择也适用于一切领域。

朱佳富“啊”了一声，笑着说：“吴先生，你外号叫‘袖珍算盘’，那么精明，为啥不尽力扶持‘麻乡约’，反而离它而去，是啥道理？”

吴鱼天显出愤愤的样子：“唉，他们的后人是扶不起的刘阿斗啊！想当初四老太婆在世时，对我何等信任，几乎言听计从，而他们却处处防范我，事事掣肘。他们兄弟之间明争暗斗，丢下事业不管，把心计都用在搞倾轧上。唉，坐吃山空，哪能不败？我离开‘麻乡约’并非薄情，也是不得已呀！”

朱佳富偏着头问：“吴先生，你现在哪里高就？”

吴鱼天说：“我已六十出头，哪个会要我！我现时替林汤圆推销百货，常跑云、贵一带，靠一些老关系照顾，从中得点佣金过活。”

朱佳富笑着问：“你那把小算盘呢？”

吴鱼天毫不隐讳，拍了拍腰间，果真听见算盘珠子响：“这把小算盘挂在腰间多年，已成顽习，至今仍带着。”

朱佳富暗想，像吴鱼天这样精明的人，他目前正用得着。于是试探地问：“吴先生，你如今每年有多少收入？”

吴鱼天平淡地说：“不多，每年收入折合成黄金，大概有五十两！”

朱佳富听后不觉一惊。他见吴鱼天穿着平常，以为他离开“麻乡约”后，一定十分落魄，想不到还有这么多收入。他在民成公司一年的薪金比这还少得多。他立刻打消了雇用吴鱼天的念头。

沉默了一会儿，朱佳富问：“吴先生，你为啥不自树旗帜开办企业？”

吴鱼天摇头说：“朱先生，自己开办企业风险大，太显眼，苛捐杂税多。我干目前这行比较保险，神不知，鬼不觉，一年几十两黄灿灿的东西便到了手。”

朱佳富一时无话可说，顺便说了一句客气话：“吴先生，我们是老熟人，有啥要帮忙的事，可以来找我。”

吴鱼天顿时眉开眼笑，说：“朱先生，我常坐民成公司客船去叙府，你是不是批个条子给我，就是不免票，在船上给我把伙食开好一点儿，优待优待嘛！”

朱佳富忍不住看了吴鱼天几眼，心中真是叹服，他每年有五十两黄金的收入，还想节省点伙食费吃白食，真不愧叫袖珍算盘。

话已出口，朱佳富只得应付他说："好，吴先生是我的老朋友，理应优待！"

"那，请朱先生……"

吴鱼天马上从身上掏出钢笔和便笺纸。

朱佳富不觉皱了皱眉："吴先生何必性急。以后我写好叫人送给你。"

吴鱼天现出失望的样子，收起了钢笔和便笺纸。

朱佳富不愿再与吴鱼天闲谈，站起身来，摸出烟匣，取出一支香烟递到黄玉庵面前："黄先生，请抽烟！"

黄玉庵很觉意外，迟疑了一下，终于欠了欠身，接过香烟："朱先生，别客气！"

朱佳富走到黄玉庵面前，"啪"地扭燃打火机给他点烟。

黄玉庵连声说："得罪，不敢当！"朱佳富见黄玉庵身边有空位，自动在空位上坐下，搭话说："黄先生，听说你现在与令亲潘府合作搞猪鬃出口生意，大概比搞航运赚钱吧！"

黄玉庵见朱佳富主动过来与他表示亲热，已存戒心，听朱佳富提到猪鬃生意，马上用警惕的目光注视着他，随即模棱两可地回答："彼此，彼此！"

朱佳富见黄玉庵现出审慎不安的样子，心中暗笑，不愿再寻他开心，于是站起身来彬彬有礼地说："失陪了，请不见气！"

黄玉庵也欠了欠身："朱先生，请便！"他见朱佳富走开，如释重负地松了一口气。

朱佳富回到原位上，吴鱼天已走开。他见堂屋内的中心人物是唐令果局长，一群人像众星捧月般围绕在他身边奉承讨好。

朱佳富晓得这位唐局长是毛人凤的亲信，在目前的"戡乱建国"中，正是呼风唤雨的人物，是惹不得的。

林汤圆一心巴结唐局长，陪坐在一旁凑趣，反而将一些工商界的头面人物冷落在一边。

傅自昂见唐令果目中无人，林汤圆庸俗得令人作呕的样子，早忍耐不住，站起身没告辞就走了。一会儿，接着又走了几个，林汤圆才着了忙。

他今天花费这么多钱请客，是想为康乐园募集股金，倘若这些有钱人走光了，向谁去募集呢！

唐局长怂恿林汤圆开办康乐园时，讲好各出一半资本，后来改了口，硬说搭一半的干股。事已至此，生米煮成了熟饭，林汤圆哪敢得罪唐局长，只好忍气吞声自认倒霉。

但是，差一半股金到哪里去筹划，愁得林汤圆唉声叹气。他绝不能将几家百货公司停办，抽出资金来办康乐园，于是他想出了今天这个主意，邀请工商界知名人士来参观康乐园，趁便向他们募集股金。

林汤圆怕余下的几个富家再走掉，笨拙地将堂屋门关上，背靠着门板大声说："诸位，诸位，不喝酒吃饭就走，太看不起人了。"

他见客人中大都露出悻悻不满的神态，也感到关上堂屋门不妥，有点强留的味道。他又将堂屋门打开，依然说着那一句话："诸位，诸位，不喝酒吃饭就走……"

唐局长见林汤圆尴尬的神态，晓得他在这方面不行，于是站起身来帮腔："兄弟唐令果，今天能与诸位欢聚，感到不胜荣幸！我与林先生发起兴办康乐园，是'戡乱"不忘建国，建国不忘'戡乱'，寓教于乐，为重庆地方民众造福。"

他说到这里用凶神恶煞的目光向大家扫视一遍，带点威胁的意味说："只有共产党才不喜欢康乐园，望诸位多多捧场！"

大家不禁面面相觑，都露出不满的神态。

今天被请到场的都是重庆工商界的头面人物，他们其中许多人都在政界有影响，哪把唐令果放在眼里！一个个斜睨着唐令果，现出鄙夷的样子。

林汤圆也感到唐局长太粗野，把话说得太露骨，怕弄僵反不好收场，双手拱着给大家打躬作揖："诸位，诸位，看在我林汤圆面上，请多多捧场！"

他掏出一盒美国菲利普香烟，像走江湖的艺人，逢人敬烟赔笑，屋里紧张的气氛才缓和下来。

他安抚唐令果："亲家，让你淘神费力，请坐下好生歇息，由我来招呼客人。"

唐令果向大家扫了一眼，鼻里哼了一声，冷冷地坐下。

林汤圆见募集股本的事不能等到酒宴后再谈，于是又拱了拱手："今天请诸位来舍下便餐，一是请大家参观即将落成的康乐园；二是想……"

他吞了一口唾沫："康乐园是商业与游乐兼营的新型企业，在重庆还是首创，在西南也是独一无二。康乐园的兴办，由我与唐局长发起，是一本万利的生意，为了利益均沾，留下部分股本请诸位认购。”

他见大家反应淡漠，提高声音说：“凡是康乐园的股东，今后要到康乐园娱乐，舞女伴舞，妓女陪宿，一律七折优待……”

林汤圆拿出他当年在街头推销水渍货的一张油嘴，信口乱吹，连唐令果也在皱眉，觉得在这大庭广众之中，有些话是不应出口的，越说越不成体统。

林汤圆的话音未落，立刻引起一阵哄笑，又有一些人不辞而别。

“哎，不忙走，请留步。生意不成仁义在，吃了饭再走嘛！”林汤圆急得额上冒汗，差点要拉住客人的衣襟来挽留。

顷刻，堂屋里的客人走了大半。林汤圆望着堂屋里的许多空位子，苦着脸，垂头丧气地走到唐令果身边：“亲家，你为啥不帮我挽留一下？”

唐令果见大家不怕威胁，许多人不等开饭就走了，心中也十分恼火。他晓得这些人不比一般老百姓，不敢胡来，只好听任他们走了。

唐令果埋怨林汤圆：“亲家，你啷个连舞女伴舞，妓女陪宿……这样的话也说出口，这些人表面还是正人君子，怎会听这样的话！好好的事情被你弄糟了。”

林汤圆见唐令果反而埋怨他，心中十分不自在，要是唐令果说话算话，将认摊的股金拿出来，哪会有今天募股的事！

林汤圆忍耐不住，对唐令果说：“亲家，你送猴三爬树，爬上树去你却不管。好咧，现在弄得我上不能上，下不能下，你在一旁看肖神！”

唐局长毕竟度量大，反而笑嘻嘻地安抚他：“亲家，不急，这几成股金包在我身上。我叫扒手业公会，玩家[1]业公会，芙蓉[2]业公会摊购，哪个敢反对！”

林汤圆并不把唐令果的话当真，仍苦着脸说：“哎，亲家，我今天办这么多桌海参席啷个办！”

唐令果不慌不忙地说：“更不用急，我调一个中队警察来，保证将你办的海参席吃个精光。”

林汤圆听唐令果如此说，气更大。他鼓着一对眼睛像吵架似的：“你说得撇脱！我今天花了两根金条办酒席，好比丢进长江，连气泡也没冒一个！”

唐令果见林汤圆心疼他的钱，不觉暗笑，只顾端起茶碗喝茶，装聋作哑不

1 指妓女。

2 指鸦片。

理他。

林汤圆眼前一亮，见朱佳富仍端坐在沙发上安闲地抽香烟。他高兴地走到朱佳富面前：“嘿，朱先生还没走，真是太好了。”

朱佳富没有答话，只是死死盯住林汤圆手指上戴着的一枚金钻戒打量。

林汤圆自动在朱佳富身边坐下，笑眯眯地拍拍他的肩膀：“朱先生，倘使你对康乐园有兴趣，要募的股份全留给你认购，我林汤圆说话算话！”

朱佳富冷淡地摇摇头：“我是办航运的，对康乐园不感兴趣！”

林汤圆露出失望的表情，仍想极力劝说：“朱先生，我晓得你是办航运的，这世道不安宁，乐一天算一天，凡是康乐园的股东……”

朱佳富蓦地打断他的话：“林先生，你手指上这枚金钻戒非常漂亮，能不能给我看看，开个眼界！”

林汤圆这才明白，原来朱佳富没走，是想看他的金钻戒。

他从手指上脱下金钻戒递到朱佳富手中：“朱先生，请看！”

朱佳富接过金钻戒仔细端详了一会儿，面孔马上改变了颜色。他强忍住自己的激动，装出平淡的样子，问：“林先生，这枚钻戒真漂亮，值多少钱，在哪里买来的？”

“你，问它……”林汤圆迷惑地回答，“是涪陵地方上一个叫金四的财主，现在已破落，前年到重庆售卖他祖传的首饰，我从他手中买来的。其实，这钻戒也平常……”

朱佳富吃了一惊：“啊……”

林汤圆错会了朱佳富的意思，见他不忍释手地摩挲着，于是讨好地说：“朱先生倘若喜爱这枚钻戒，我可以转让给你！”

朱佳富顺水推舟借口说：“敝内要一只上等钻戒，寻了多时都不中意，既然林先生肯割爱，请问要多少钱？”

林汤圆见朱佳富认真要买，哪肯说原价，他随便说了一个数目，当然比原价高得多。

朱佳富点头说：“不贵，不贵。林先生是否让我拿回家，给敝内看看，倘若中意，明天便按你说的数目送上价款。如何？”

林汤圆见朱佳富不嫌贵，乐得赚一笔钱，满口答应说：“可以，可以，朱先生先拿去好了。”

朱佳富将金钻戒戴在自己手指上，站起身来告辞：“林先生放心，倘若中意，明天就将货款送上。再见！”

林汤圆见朱佳富要走，忙挽留说：“朱先生何必性急，吃过便饭再走不迟。”

朱佳富已认出这枚钻戒是他重新安葬父坟时的陪葬之物，哪里还在这里坐得住！但是林汤圆拦住了他的去路，硬要强留住他。

朱佳富扯了个坝子[1]，说：“林先生，我的小轿车还停在门外，待我去看看再转回。”

林汤圆信以为真，将朱佳富送到门口，还叮咛说：“朱先生快去快来，我们等你入桌才开席！”

四

林汤圆今天实在扫兴，宾客提前散去，开席时客人不满一桌。

幸好林汤圆有主意，叫人去通知自己开的几家百货公司的店员，轮班前来坐席，算是为自己的父亲林老太爷做阴寿。既然是做阴寿，所有的店员当然要凑份子送礼。林汤圆总算没让唐令果派一中队警察来白吃，多少可以捞回几个钱来。

唐令果坐过席，兴致依然很高，临时凑集起几个人在偏房里推牌九赌钱。

林汤圆累了一天，他从来不赌钱，趁空闲躲在林王氏房里算账。

林王氏今天亲自在厨房里安排一切，见宾客提前散了，募股的事完全没得着落，已经积了一肚子气没处发作。

她端着水烟袋咕噜咕噜地抽着，愤愤地对林汤圆说：“唐局长事前说得好好的，说要出一半股开康乐园，结果，他一文钱也不出。搭干股，坐着分红，哪有这好的事！我说不要认啥干亲家，你偏不听。这……好咧，好咧！”

林汤圆听惯了林王氏这种啰唆，照样拨弄算盘珠子算账，不理会她。

林汤圆算来算去，康乐园还没开张，已经花光了他所有的现金，还搭上一座百货仓库。要是再募集不到股本，至少要将两家百货公司盘顶给别人才行。他真是又急又心疼，愁眉苦脸不知如何是好。

1　撒谎。

林王氏更提高了声音:“别人推你这个猴三爬皂角树，你真的去爬，看你唧个下来……”

林汤圆听林王氏用这么高的声音说话，不禁吓了一跳，唐令果在隔壁房里推牌九，要是让他听见，实在得罪不起。

他不理林王氏又不行，晓得她的脾气；倘若硬性制止，她还会将声音嚷得更高。林汤圆贫贱时做了王家的上门女婿，寄人篱下，是怕惯婆娘的。

林王氏很能干，在家中招收的店员中，林师母的威信反比林汤圆高。因为林汤圆悭吝无比，时时克扣店员应得的小钱，而林王氏懂得小恩小惠的作用，凡是店员中有困难的，只要亲热地叫一声林师母，她是肯周济的。

林汤圆低声下气地央求:“你千万小声点！唐局长已答应向三业公会摊购康乐园的股本，得罪了他，唧个行啰！”

林王氏鼻里“哼”了一声，撇了撇嘴:“嘿，你被唐令果牵去人市卖了，还不晓得呢！对于这种人，我是不相信的。”

她总算将声音放低，林汤圆估计唐令果听不见，才感到放心。

林汤圆讨好地说:“太太，等康乐园开张，我叫茶房们将收到的小费，提二成归你存私房，好不好！”

林王氏将纸捻杵熄，将水烟袋往桌上一搁，轻蔑地说:“不稀奇！”

林汤圆嬉皮笑脸，正想进一步讨好林王氏，蓦地听见堂屋里人声鼎沸，碰得桌椅响。他说:“啥事？待我出去看看！”

林汤圆掀开门帘还没跨出脚去，便与一个跑街打杂的学徒撞了个满怀。林汤圆脸色一沉:“你唧个冒冒失失，慌张啥?”

那个跑街的学徒十分焦急，说得结结巴巴:“林老板，不好了，出事了……”

林汤圆来不及细问，几步走到堂屋，见推牌九的赌局也散了，一群人拥挤在堂屋内显出惊惶的样子，气氛十分紧张。

他惊疑不安地催问:“快说呀，出了啥事?”

跟在他身后的那个学徒这时稍微平静点，但话音仍在打战:“康乐园……林老板，康乐园倒了！”

“倒了，啥倒了?”林汤圆不解地问，“还没开张，你就说不吉利的话！”

坐在一边的唐令果也很关心:“亲家，你不要打岔，让他慢慢说。”

他转向那个学徒:“冷静点，慢慢说清楚！”

那个学徒缓过一口气："林老板，还没建好的康乐园垮塌啦！将后面的一排平房也压垮埋起来了，压死了不少人呢！"

"哎！"林汤圆红润的面色陡地变得煞白，像疯子似的，上前一把揪住那个学徒的衣领，凶神恶煞地问，"你，你给我说清楚，为啥好好的康乐园会倒塌？你……"

那个学徒被林汤圆那副凶相吓呆了，张开嘴却说不出话来。

唐令果拉了林汤圆一把："走，我们快去现场看看，自然就明白了。"

林汤圆这时才醒过来似的，松手放开那个学徒，跟在唐令果的身后，急急赶往现场去了。

人顿时走空了，堂屋里变得空荡荡的，桌椅十分零乱，更显得冷清清的。

只有林王氏独自坐在堂屋内，眼怔怔地望着天花板发呆。她晓得七层楼的康乐园倒塌下来，康乐园完蛋了姑且不说，压塌那么多平房，哪能不压死人！单这人命官司就会使他们倾家荡产，说不定还要坐牢……

林王氏想到这些，忍不住号啕大哭起来，边哭边诉："我死去的爹呀，你瞎了眼，为啥要将我许配给这个瘟神林汤圆，他不听我老娘的话，偏去听唐令果那害人精的怂恿……"

有几个还没走的亲眷走进堂屋来劝她，她哪里听劝，索性从沙发上滚到地下："唐令果呀，你这害人精，你专出坏主意呀……"

林王氏滚了一阵，披头散发，已哭得声嘶力竭，仍断断续续地哭骂："林汤圆呀，你好好的百货生意不做，偏鬼迷心窍，开啥康乐园呀……"

林王氏自哭自诉，天已黑下来，林家门口还挤满一堆人看热闹。

一个学徒急匆匆地走进门报信："林师母，快起来，林老板和唐局长回来了。"

林王氏刚被人从地上扶起劝进内室，林汤圆和唐令果就跨过天井，走进堂屋来了。

唐令果刚坐下，林汤圆急得站在唐令果身边用哭一般的声音说："亲家，你看，压死这么多人哪个办？望你替我打个主意！"

唐令果不愧当过军人，神志始终从容镇定。他喷了一口烟雾，说："亲家，看你吓得这样凶，真没见过大世面！怕啥，天垮下来还有我唐令果顶住，垮一个康乐园算啥！我不是吹牛，几百条人命债，在我看来不过狗屁。充其量施舍几副火匣子，请人抬去官山埋掉完事。"

这时，一个学徒慌慌张张跑进来报告："林老板，有几十个苦主，已抬着尸体来找你拼命，马上就要到了。"

林汤圆更慌了手脚，忙叫："快叫看门老头将大门关上，抵上大杠！"

他接着手足失措地叫喊："快，将电灯全关掉……"

唐令果不悦地说："又不是躲空袭警报，要关闭灯亮。你关了灯，让我坐在这里摸黑猫不成！"

林汤圆忙改口："不关灯，不关灯！"

他揩了揩额上的冷汗，转头对唐令果说："亲家，我屋里有电话，你快调一中队警察来将这些人挡住，叫他们快走！"

唐令果已感到目前坐在这里十分不妥，借势起身说："亲家，不要怕这些人闹事，待我回去布置一番。不要紧，天塌下来有我顶住，你有啥，可以直接打电话给我！"

他说完，不等林汤圆回答，带着几个随从匆匆走了。

林汤圆见唐令果丢下他走了，紧追了几步："亲家，你不要走，商量出个办法你再走呀！"

唐令果走得飞快，一会儿便没影了。

"这……这啷个办？这……"林汤圆六神无主，失魂落魄般在堂屋里走来走去。

林王氏走进堂屋，这时，她反而变得十分镇定："老头子，事已如此，唐令果已溜了，我看……"

林汤圆垂头丧气站在林王氏面前："太太，你说，我照你的主意办！"

他晓得林王氏在节骨眼上有心计，反而比他有主意。

这时已听见大门外哭声震天，关着的大门被撞得噼啪响。

林王氏十分果断地说："老头子，事不宜迟，你赶快将家中值钱的东西打成一个包袱带在身上，从后头翻墙出去，找个地方躲起来，家中的事情有我顶住。你不在家，谅他们也不敢把我妇道人家啷个办！"

林王氏在电灯下现出一脸冷笑："不管是干股湿（实）股，唐令果毕竟是康乐园的股东，你跑了，我要拉出唐令果来顶住，绝不能白白便宜了他！"

撞门的声音更急了，看门老头摸进来说："林老板，眼看大门要被撞烂啰！"

林汤圆吩咐了一句："叫他们多搬去一些桌子抵住，快……"

林王氏拉着林汤圆走进内室，边流泪边收拾着值钱的金条和首饰，打成一个包袱递给林汤圆，说:“老头子，你要有良心，这些东西是我多年积攒的私房，现在全交给你带走。我们充其量倾家荡产打人命官司，大船打烂还剩三千钉，以后仍可以过活。了不得我跟你仍去戏院门口摆摊卖汤圆，这些年的事只当做了一场梦!”

林汤圆挎着包裹，有点像他刚从乡码头来重庆时的情景。他见林王氏对他有如此情义，不由十分感动，“扑通”一声跪在地上，老泪纵横地说:“太太，皇天在上，灯神菩萨可以做证，我林汤圆倘若能躲过这场灾难，将来一切财产都归你做私房，只当我是你请的长年……”

林王氏晓得不能再耽搁:“快走，快走，各凭良心，这些话不用多说啰!”

她将林汤圆拉起来往外推，催促他快走。

林汤圆由林王氏陪同到了后院墙边上，找来一把木梯，架上墙头。他由梯子爬上墙，临要往外跳时，回头说了声:“太太，我走了，你要多保重。”

林太太听林汤圆的声音苍老凄凉，鼻子一酸，差点哭出声来。

“扑”的一声响，林汤圆已从墙头跳到外面去了。

林王氏在墙下静静地站了一会儿，听见林汤圆响着脚步走远了，她才移开木梯，匆匆离开了墙边。

第二十二章

一

今天石牛场逢场期，猪牛羊市瞬间便散了，只剩下几个缺眼跛腿的牛偏二，坐在几棵皂角树下的青石条上，边抽叶子烟边摆龙门阵，冲天壳子[1]，企图等待还有牲畜上市，从中赚几个柴米钱，好拿去勉强糊口。

皂角树的影子移到坡坎上，已经半下午了，牲畜市场依然是冷清清的，那几个牛偏二冲天壳子，大概说得口干，也闭上嘴，懒洋洋地直打哈欠。

当太阳从山边升起红红的朝霞洒满石牛河两岸，路边青草上的露珠闪射出绚丽色彩的时候，正街上早市特别热闹，盐巴摊，布匹摊边拥满了妇女和老头，提着买来的用稻草捆着的锅巴盐，或腋下挟着几尺土蓝布，他们很少在场上停留，赶完市便匆匆出场回家走了。薄薄的晨雾还没散尽，而早市却像昙花一现，抽支叶子烟的工夫，就变得冷清人稀了。

赶场的人中，难得看见一个健壮的中青年。因为早就扯过地皮风，说是要拉壮丁去打内战。男人们都成了惊弓之鸟，躲藏都唯恐不及，哪个还敢去赶场买卖物品？

这些赶场的妇孺老弱，只要见区丁大摇大摆走过来，他们便一个个面露不安的神色，连气都怕出大了，低着头，不敢正视这些区丁，小心翼翼地躲让开。

不到中午，赶场的人散了多半。在街上闲逛的人稀稀疏疏的，这些人一个个从容安详，出入酒馆、茶楼和鸦片烟馆——大多是绅粮和他们的子弟，不用担心被拉壮丁。还有一些人，就是场上所谓拖半截的地痞，他们像一群想偷鸡的黄鼠狼，贼头贼脑东张西望，想找个土砸棒[2]打点起发。赶场的人散得这么快，他们连对象都没看好，眨个眼都散尽了，一个个都显出失望的样子，走路也没精打采。这些拖半截鞋的地痞，一般是不敢去撩惹那些绅粮和绅粮子弟的，但是他们仍在寻找机会，想找个认识的绅粮子弟。绅粮们很吝啬，反而不如他们的子弟漂亮，喜欢绷面子，当操哥，只要去奉承讨好他们一番，便可捞点赏赐，或者贴上去喝杯残酒，吃箸剩菜，白掏烟窗窿里的枯烟渣过鸦片烟瘾。

石牛场上，只有义字号公口茶馆里坐满了喝茶消磨时光的人。不用说，这些

1　毫无边际地乱吹牛。
2　稍有油水、老实可欺的乡下人。

人大都是熊世发的兄弟伙，或是稍有体面的绅士。他们边喝茶边摆龙门阵，看不出有异样的表情。

熊世发从早上起，一直坐在正面的茶座上。他面前放着高高一摞用黄黄的嘉乐纸木印的钞票，比冥府银行出的阴钞还粗劣。票面上印着“熊记内部找补券”。金额有一角、五分、一分的三种，这是熊世发自己在石牛场发行的纸币。

——自公布法币改成金圆券以来，大家搞不清，中央银行为什么将一元、五元的大钞印得那么多，而一角、五分、一分的小额钞票却印得那么少！在石牛场进一次酒馆，不过花费几角钱；喝冷靠杯，吃碗酸辣面，花费不上一角。在市面上流通的小钞不多，因此交易中要找补零钱便发生了困难。特别是一些小商小贩没零钱找，眼看一笔笔生意做不成，真比啥还恼火。

首先，公口茶馆跑堂的茶博士向熊世发诉苦：“熊大爷，你看，付茶钱的都是一元一张的大票子，五分钱一碗的茶钱，哪来这么多小钞找补，只能记在粉牌上趸算，要喝满二十碗茶才能收钱，啥时才能收到！”

熊世发说：“这还不撇脱，叫他先付一元钱定下二十碗茶，以后慢慢来喝！”

这哪行得通！谁愿将一元金圆券放在茶馆里慢慢喝茶！因此公口茶馆的生意立即清淡了。

熊世发恼了火，气冲冲地说：“中央银行要发大财不印小钞，格老子发小财印小钞不行吗?!”

这本是气话，除了政府指定的银行可以发行纸币外，谁要私自印钞，是要掉脑壳的事。熊世发无心说了一句气话以后，忽然灵机一动，他一对黯然无光的眼睛居然亮起来，觉得这是一个发财的机会。他将区署里堆存的一堆嘉乐纸要来，请裁纸工切成像钞票一样大小，然后把场上唯一的一个刻字工请到家中，连夜赶刻出木版。他关起门来，动员一家老小，印出无数张纸票。

一切准备停当，他叫区丁去把石牛场上几家较大的商家请来，摆了两桌油大[1]，宴请他们白吃。

这几家商家接到通知后，根据以往的经验，凡熊区长请客，不是祝阳寿便是办阴寿，是要送大礼的。送什么礼，当然要问是阴寿或阴寿，否则送错谁也担当

1　油荤重叫油大，这里指宴席。

不起！区丁说，不是阳寿，也不是阴寿，并不用送礼。他们听后个个心里纳闷，不安地到了熊世发家。在目前“戡乱”的非常时期，天天贴出的布告上，尽是杀，杀，杀……抗租赋不缴者，杀；造谣惑众者，杀；抗拒当兵者，杀；不服从政令者，杀！……平时他们个个都小心翼翼，生怕从天降下横祸，对区长熊世发更是格外巴结。他请，虽然心存疑惧，但没有哪个敢不去！

熊世发这次格外客气，站在屋门口滴水檐前笑迎着他们，说：“今天不逢场期，我们是几十年的乡亲，没有啥事！不过请大家来吃顿便饭叙叙。”

熊世发越客气，他们越是不安。以往凶神恶煞对待他们，不外摊点捐款之类，破费几文也就没事。他们还会自己安慰自己，破财免灾。

他们被熊世发请到客厅坐下，敬过烟茶。从没见熊世发这么客气，他们连茶碗都没碰，十分拘谨地注视着熊世发，想从他那笑脸中看出他的用意。

熊世发请他们入席，殷勤劝酒，好不容易吃过了酒饭，仍没听熊世发谈啥，都感到惊异。

他们不愿久留，纷纷准备告辞。

熊世发这才慢吞吞地说：“请各位来吃便饭，也有事与大家商量，请稍耽搁一下。”

大家听说，顿时都紧张起来。

熊世发起身给大家敬上一支“自由花”香烟，然后坐下说：“呃，法币贬值，连买块黄糕粑也要几万元，数字太大，连十三桥的算盘也不敷使用了。国府进行币制改革非常及时，自上月改革币制，发行金圆券以来，物价稳定，市场繁荣……”

熊世发说过了一些官话、套话，大家异口同声附和说：“英明，英明之至……”

熊世发这才把话锋一转：“呃，呃，国府改革币制也有欠周到的地方，呃，比如，小额钞票印得太少，造成纸币流转找补零票的困难，严重影响市场交易！噢，你们说是不是?”

大家深有同感，都拿不准熊世发的真意。他们平时为此说过不少牢骚话，最担心传到熊世发耳中，是不是他故意套着说，想惩治他们，所以大家都低头默不出声。

“呃，你们说是不是这样?”熊世发扫视着大家催问。

熊世发见大家都不回答，于是将目光停留在韦毛牛身上：“呃，韦老板，你说，是不是这样?”

韦毛牛是有名的吝啬鬼，也是出名的犟脾气，他听熊世发点名问，惶恐不安地含糊回答：“唔，熊区长的话，哪会错!”

熊世发淡淡一笑：“既然我说得对，市面上小钞缺乏，这问题哪个解决才好?”

韦毛牛的胆子大了点：“请熊区长代我们向上请愿!”

“请愿!?”熊世发的脸色立刻沉下来，“请愿是犯上作乱，这万万不可!”

他接着恶狠狠地盯了韦毛牛一眼。

气氛骤然紧张起来，大家面面相觑。

熊世发为了缓和气氛，又站起身给每个人敬烟。

“呃，为了维持市场交易，我想了个办法，不晓得大家认为如何?”熊世发说。

大家见熊世发仿佛并无恶意，人们又都为缺乏小钞感到忧虑，气氛渐渐缓和下来。

韦毛牛抢先说：“熊区长想的办法一定不错，请说出来大家领教!”

他刚才说话犯了忌，见熊世发不满，想说几句恭维话来补救。

果真，熊世发听后一脸笑，望着他点了点头。接着向客厅门外大喊一声：“将我那口小皮箱拿来!”

熊世发的勤务兵闻声而来，将一只小皮箱递到熊世发手中，然后又退回门外去。

大家都用惊奇的目光打量那口小皮箱，猜不出小皮箱内装的是啥。

熊世发十分得意地掏出一把钥匙打开锁，取出几沓像阴钞一样的东西来，亲自给每个人送上一沓：“请大家先看看!”

大家看后，仍不明白这些阴钞模样的东西作啥用途，迷惑的目光一齐集中在熊世发身上。

熊世发说：“这是我为了维持市场交易想出的办法。今天请大家来便是为此!”

有些人已经猜到一点，露出骇异的表情。

熊世发将手中的一沓钞票扬了扬：“我来尽义务承个头，好比推十点半[1]，总有一人当保官[2]。大家可以用金圆券来我这里换取这种券去找补，别人用我这种找补

1　一种赌钱的方法，十点半最大，超过十点半便胀死，输掉。

2　庄家，赌头。

券去你们那里买东西，你们要带头接收。找补券与金圆券只是名称不同，在市场上一律通用。”

听熊世发点明，大家都吃了一惊。听说要他们用金圆券来这里换取这种东西，并要他们卖物品时收这种找补券，个个改变了脸色，显出惊疑不安的样子。

熊世发将这些人的神情看在眼里，陡地脸色一沉，板着面孔说：“怎么？你们好像不愿意?”

他接着脸上又换上笑容：“我一区之长，还不是为大家交易方便，我并不想从中得到啥子好处!”

“当然啰，大家随时随地都可以将凑拢的这种找补券找我兑换金圆券。我不收取半文手续费，说清楚，纯粹是为大家尽义务，我是公仆嘛!”熊世发一本正经地说。

因为关系重大，韦毛牛小心翼翼地问：“熊区长，以后用这种阴钞来找你换回金圆券要不要贴水……”

不等韦毛牛说完，熊世发怒容满面地斥责：“啥叫‘阴钞’！不要胡说八道!”

韦毛牛不服地顶嘴说：“这种找补券与阴钞的样子差不多嘛!”

“差不多！啷个会差不多。”熊世发一巴掌拍在桌子上，“阴钞是死人在阴曹地府使用的，这种找补券是活人交易用，你说，怎会差不多?!”

韦毛牛再犟，对熊世发还是畏惧几分，他吓得不敢再说。

沉默了一会儿，熊世发主动缓和了口气：“韦毛牛，你以后不要瞎说，这次嘛，我大人不记小人过，算了，不追究!”

韦毛牛的胆子反而壮起来：“好，算我称它阴钞，说错了。熊区长，你这阴……”

他差点又说成阴钞，忙改口说：“你这找补券上面明明写着内部流通；内部，当然指的是熊府内部，怎好在市面上与金圆券一齐流通!”

熊世发一时语塞，因为民间擅自印行钞票是犯法的事，他在票面上标明是作内部流通用，是为了在法律上能站住脚。他当然不便向韦毛牛这些人如此说，他威严地瞪了韦毛牛一眼，鼻里一声冷笑：“石牛场属我这个区长管，算作内部也不过分。”

他接着逼问大家：“你们说，是不是?”有两个胆小的人勉强点了点头。

“这才像话!”熊世发说。

熊世发起身将刚才他递给大家的找补券，收回来放在面前的桌子上。

“来，韦毛牛，从你开始，哪个先兑换哪个先走！”熊世发言下之意是不兑换的人不能走，含有明显的威胁意味。

他催促说：“韦毛牛，你现在兑换多少找补券？”

他认为只要降住韦毛牛，其他的人自会畏惧，乖乖兑换的。

“我，我……”韦毛牛在金钱上从不含糊，“我身上没带金圆券，以后再来兑换吧！”

他想躲过这一关，以后再说。

熊世发笑眯眯地说：“没带现金不要紧，我赊给你们，先记上账，等你们用出去以后，我再亲自去收。”

听说可以赊账，并且用出去以后再付金圆券，大家稍微放了心。

熊世发见他们还在观望犹豫，干脆采取分摊的办法：“韦毛牛，你拿一百元去；王二顺，你拿两百元去；张兴发……”

大家无可奈何，只好伸手接住。

一会儿工夫，小皮箱里的找补券发放空了。

熊世发送走了这些人，回头望着空皮箱欢喜异常。

开初几个场期，熊世发两肩上各挎一个紧口布袋，一个装金圆券，一个装找补券，不是坐在公口茶馆，便是到几处大商号去游转，主动用金圆券去换回凑成大数的找补券。

几个原先有顾虑的商家，见熊世发讲信用，也打消了顾虑，愿意使用这种找补券了。

石牛场上，有了这种找补券，确实暂时解决了缺小钞的困难。找补券渐渐建立了信誉，居然有不少商贩，主动找上门，用金圆券换熊世发印发的“阴钞”。

韦毛牛更是一百八十度的大转弯，眼见这种找补券有了信誉，他猛地改变主意，在他开的盐店门口贴上一张纸条：本店欢迎用找补券购买食盐，一律九折优待。

其实，韦毛牛暗地将盐价提高，打九折后，他毫不吃亏。

韦毛牛真有一副生意人的头脑，这样办不仅讨好了熊世发，他的盐店因此生意特别兴隆，着实赚了不少钱。

熊世发见韦毛牛这样做，果真十分高兴，每逢场期晚上结账时，他主动派人送金圆券去换回韦毛牛手中的找补券，连步也不劳韦毛牛挪动。

找补券有了声誉，急急拿来兑换金圆券的人日渐减少。眼见收回的“阴钞”减少，金圆券却与日俱增，熊世发真乐得心花怒放。他手头上的金圆券越来越多，便派人到涪陵去买回盐巴、棉纱、匹头布，囤积起来。

每逢场期前一天晚上，熊世发一家要忙一个通宵，才能印出足够供大家兑换的“阴钞”。他真恨不得去买一部印刷机来大量印制。

物价天天上涨，金圆券不断贬值，其他人个个唉声叹气，唯独熊世发与众不同，恨不得物价涨得快些，因为他印的“阴钞”也跟金圆券一齐贬值，发出去的“阴钞”，只需很少一点儿物资便可以收回。

熊世发今天在公口茶馆里坐了半天，找他兑换“阴钞”的人越来越少，因为金圆券贬值，早已发行一百元、五百元、一千元的票面在市面流通，原来一元、五元的大钞已变成小钞，市面上不再存在小钞缺乏的问题了。

熊世发这段时间印的“阴钞”数量虽多，都零星保留在一些人的手中。现在用一角钱打发叫花子也羞于出手，谁还找他兑换。因为这种“阴钞”不像金圆券的质地那么精良，贬值的金圆券还可以裱糊墙壁，或者由小孩把这些花花绿绿的纸币折成纸扇，编成帽子当玩具玩，而这种“阴钞”早被人废弃，塞进灶孔发了火。

尽管如此，熊世发印“阴钞”发行，确实无本万利，更加暴发了。他请托中人，扬言要买置水源好的上等田地和风水好的房产。

今天熊世发坐了半晌，无聊极了，打了一个哈欠，晓得鸦片烟瘾已发了。他懒洋洋地收拾好桌上的“阴钞”，数也不数，一把把抓进口袋里。

公口茶馆内，因时近中午，好多人都将茶碗往桌子中间一搁——这是表示自己还要来，叫茶博士不要收走，以免再来时要重新付钱泡茶——起身回家吃午饭去了。除了有两桌牌局，在打纸牌玩成都“逗十四”外，许多桌子都空了。只有两侧的竹躺椅上，还稀稀朗朗坐着几个人，将头歪着靠在后枕上打瞌睡。跑堂的茶博士照例提着铜壶喊叫着：“开水，哪个要开水！”谁也不理他，他提着铜壶进炉子间去了。

熊世发挎着两个口袋走出来，迎面碰见说善书的白先生，向他点头招呼：“熊区长，这么早就走，为啥不多坐一会儿？”

白先生在石牛场上，也算一个识字的知识分子，从善书上学到不少历史知识，空闲时喜欢在茶馆摆龙门阵。石牛场闭塞，他讲的内容除姜子牙斩将封神以外，还夹杂点时事新闻。自从前年他去涪陵——也有人说去重庆——回来以后，见闻更多，口头无数新名词，什么机器人、火箭奔月……更令一些足不出户的土绅粮钦佩不止。

熊世发有时无聊，也喜欢坐在一边听白先生闲扯，因此平时也比较看重他。

“不坐了，回去办点事再来！”熊世发客气地点了点头。

打更匠苏幺爸急匆匆走来：“熊区长，县里警察局来了一位巡官，在区署里有公事见你，喻师爷叫我来喊你！”

苏幺爸除晚上打更，有时还给别人跑跑腿，当一名区署的义务传令兵。

熊世发脸上露出惊诧的表情，问：“有啥公事？为啥不事先打个电话给我？”

“不晓得！”苏幺爸回答说。

“待我去看看！”熊世发连忙走了。

苏幺爸见熊世发走远，向白先生递了一个眼色，他二人走到公口茶馆后面的荒山坡后僻静的地方。

苏幺爸见左右无人，压低声音对白先生说：“糟了，我们的事可能破水了。”白先生吃了一惊：“说清楚，究竟是哪个回事？”

苏幺爸说：“刚才区署的喻师爷硬拉我陪他下象棋，我吃了喻师爷一个马，他硬要悔棋，我不同意，正争得面红耳赤，县里一个巡官带着几个警察闯进了区署，要找熊区长。喻师爷的棋瘾大得很，他叫我别走，等他接待完巡官再来把这盘棋下个输赢。我只好仍坐在那里。喻师爷把那位巡官请到隔壁房里，与我只隔一层木板壁，他们谈话的声音虽小，我仍可以模糊听清一些。开初，我并不在意，以为还是上次梅垭跑脱的那个女共产党的事，但他们话中几次提到金四，才引起了我的警惕，忙贴近板壁听。有些话听不清楚，大概是说金四在重庆卖给啥子林汤圆的钻戒，被朱佳富看见，认出是他父亲殉葬的东西……”

这时有一个放牛娃儿骑在牛背上由荒坡上走过，苏幺爸陡地住了口。

等放牛娃儿走过，白先生焦急地问：“说，还听见啥子？”

苏幺爸摇了摇头：“我正在聚精会神贴壁听，他们的话一会儿便停住了，喻师爷走来叫我，要我把熊区长找来，我就……”

白先生迫不及待地问：“他们提到我没有？”

因为是白先生陪同金四去的重庆，事事虽由金四出面，但幕后是由他做主的，所以他才这么关心地问。

“没有听见提到你!”苏幺爸说。

“那，我们赶快通知金四，叫他赶快找个地方躲起来!”白先生沉思一下，急忙地向他说。

“是呀，要快点。我马上回区署打听。白哥子，你快去龙济桥找金四!”苏幺爸说。

“唉，金四哪里还肯守在龙济桥破碾房里，今天赶场，我估计他多半在郑大小姐烟馆里鬼混!”白先生判断说。

“快!我探听到确实消息，再来找你。”苏幺爸说。

白先生感到事情确实严重:“要是捉住金四，这个苕哥儿哪能熬住用刑拷问，招出我们，那……”

“我去了!”苏幺爸扭头走了。

白先生不敢耽搁，抄近路直往郑大小姐开的烟馆奔去。

二

金四果真在龙济桥破碾房里守不住，盗墓销赃分得的钱他还没用完，平时喜欢在郑大小姐烟馆里鬼混。今天逢场期，他更耐不住破碾房里的冷清，清早便踱到了郑大小姐烟馆里。

他如今又恢复了烟瘾，横躺在郑大小姐那间宁式床上，过足了烟瘾，守着烟灯，双眼半睁半闭，蒙眬着打瞌睡。

这张宁式床，由于年代久远，朱红色的油漆已经褪色了。但床柱上、挡板上那些民间艺术雕刻，一个个人物栩栩如生。床上的铺设仍然很讲究，印花洋布床单，紫色绣花缎面的棉被，洋式府绸绣花枕头，虽然只有六成新，但洗得干干净净，给人一种舒适的感觉。只有那笼漂白麻布的蚊帐已经泛黄，是年深日久被鸦片烟熏黄的。

郑大小姐跟着一双旧绣花鞋，口里衔着一支香烟在房内清闲地走来走去。她雇用了几个烟堂倌，只需将烟膏的盒数点交给堂倌，以后再由堂倌按盒数交钱给她，其他事就不用她亲自动手了。

郑大小姐自从由熊世发暗地发展她当上军统情报员以后，凭这点关系，任政府如何厉行戒绝鸦片，她开的烟馆却越来越兴隆。原因很简单，她不怕侦缉队、缉私队那些人，在她的烟馆里抽鸦片烟比较安全，谁也不敢来追拿瘾客！

她这个情报员，不需费多大力气，只需她把烟客闲谈中有价值的谈话，整理出一份材料交给熊世发上报就行了。她读过书，这点笔墨功夫是绰绰有余的。

只是上次梅垭上一个女共产党开枪击伤侦缉队的吴巴巴以后，上级三令五申要她弄清这个女共产党的下落，至今还没找出这个女人的半点行踪。她受过申斥，心中十分恼火，费了很多功夫去探听，毫无结果。她也无可奈何！

常言说，人到中年要发福，人发胖，腰变粗。可是郑大小姐至今已是四十多的人，仍然瘦得像衣架子。亏她经熬，反而连三病两痛也少了。她以前涂满了浓厚的胭脂，像戏脸壳一样的面孔，因为现在不用出卖色相，只是淡淡地扑上一层香粉，反而五官匀称，显得自然。她除了眼角的鱼尾纹很深很多之外，看不出有多大老相。

熊世发已不常来了，只隔段时期前来烟馆躺躺，是为了听取郑大小姐的情报，掩人耳目而已。

郑大小姐将煨好的莲子汤端到床前，推了推金四："四少爷，喝莲子汤！"

金四醒来，起身坐在床沿上。屋顶上换上了几块玻璃亮瓦，射进的几束光柱移到屋中间，地板上现出几个圆亮斑。他接过莲子汤："大小姐真贤惠，你看圆亮斑移到屋中间，已是正午了，我确实有点饿了！"

郑大小姐对金四格外好些，并不完全是图他的钱财，因他们都是大绅粮的后代，破落了下来，有点同病相怜的意味。

金四一年多前突然阔起来，常来烟馆抽烟，并且回回是现钱交易，从不赊欠，引起过很多人的怀疑。熊世发暗地叫郑大小姐探听过金四。

金四当时回答郑四小姐说："我清理金家大院地基时，发了点小财喜，不晓得是哪个埋在墙脚下的。"

郑大小姐当时毫不放松地追问："有多少财喜，是金子，是银子？"

金四当时回答："我说清是小财喜，你还问有好多！要是财喜大，我早就买田地振兴家业了，哪会像现在这样！"他含糊地不肯说详情。

郑大小姐将金四这些话向熊世发说过。熊世发半信半疑，但石牛场上事绪纷繁，他再没管这事。

金四吃完莲子汤，将碗放在床边的杌子上。郑大小姐这时正忙，给烟堂倌发烟膏、收钱，没有时间与金四说闲话。金四伸了一个懒腰，又横躺在烟盘子旁边。他烟瘾已经过足，不想烧烟，闭上眼，不一会儿又睁开，感到清醒不想再打瞌睡了。他望着烟灯出神，不禁想到以前的一些事情……

那年销赃，白先生先走，在涪陵等着他，他们后来搭民顺轮到了重庆。他们在过街楼找了一家客栈住下，由他出面销赃，一切银钱事均由白先生经手。

不过白先生很够朋友，他要花钱，白先生从不皱眉，照数给他。

他是第一次到重庆，许多场景他至今想起来还十分留恋。重庆市面的繁荣胜过涪陵十倍。他原在涪陵看过无声电影，在重庆第一次看有声电影，真叫他惊奇异常。他在电影院内曾惊叫起来："白老三，你看影子戏上的人会说话，行动有声，这是啷个做出来的，好稀奇！"

白先生见他如此冒失、土气，忙用肘拐碰了他一下，他才醒悟过来闭上嘴。

回到旅栈，白先生告诫他说："金大哥，你在电影院里大惊小怪，而你又穿得这样苏气，不像乡巴佬，要是惹起别人怀疑就糟了。要晓得，重庆不比石牛场，这里到处有便衣间谍！"

他吓得伸了伸舌头。

白先生虽是第一次到重庆，但见闻毕竟比他多一些，说："金大哥，这次在民众电影院看的《武松大闹狮子楼》是黑白片，明天我引你去国泰电影院看美国好莱坞的《彩虹岛》，不仅有声，还跟天然色彩一般，那才叫稀奇呢！"

他慢慢熟悉了重庆的一些街道，常背着白先生独自去玩。有一次他在较场口闲逛，一个摩登女人上前与他搭白，请他到家中去玩了一夜。他原以为这位摩登女人一定是哪位富人的姨太太，耐不住孤寂，看中他做情人，暗暗得意自己艳福不浅。他近年也看过几本冯玉奇的所谓言情小说，上面便写有许多这种艳遇。临走时，那摩登女人向他索取过夜钱时，他才晓得这女人是玩家，就是冯玉奇的小说中所说的野鸡。

他开了头，夜夜去较场口，被这些玩家迷掉了魂。他们已把赃物全部脱手，他还迷恋不肯回石牛场。

临离开重庆时，他叹了口气，对白先生说："不晓得重庆这样好玩，我以前富甲川东时，早该到重庆玩个痛快！"

他怏怏不乐地离开重庆，回到石牛场。他去过慈虎岩，在那里将得来的现钱瓜分了，他当然得到一份。许多年身上没揣过这么多现钱，真是欣喜异常。他见齐姑娘对他十分冷淡，王疤子也没留他，他没在慈虎岩多住便下了山。

他毕竟读过书，这些年又增长了一些阅历，见物价天天上涨，他便将现款全部买成银圆贮存起来，要用时，再拿出银圆去卖成现金。

他有了钱，无心再经营碾房，银圆不会生崽崽，用一个少一个，眼看要花光啰！

他想到这里，忍不住忧心忡忡地叹口气。

这一声长叹，偏被正在往烟盒里挑烟膏的郑大小姐听见。她偏过头望着金四问："你无缘无故长吁短叹干啥？"

金四一惊，知道自己忘了神，岔开说："大小姐，肚儿都饿了，为啥还不弄饭？"

"你看，我这样忙，哪顾得上吃饭！"郑大小姐拿着烟签，十指灵巧地挑着烟膏，"你饿了，我叫人去馆里与你端一碗红油抄手，先压压饥火！"金四讨好说："大小姐真贤惠！"

为了能在郑大小姐烟馆里吸烟方便，他时常甜言蜜语讨好她，还不时与她跑跑腿，去收烟账。郑大小姐对他有了好感，有时不仅不收他的烟钱，还留他一同吃饭。

此外，郑大小姐除了与他同病相怜外，也有她的想法，自己是四十出头的人了，将来终要有个归宿，倘若年老还是孤身一人，有个病痛，也需人照看。金四虽然破落，也算缙绅后裔，不如……

她没有向金四说明，所以对他百般体贴迁就，让他在这里鬼混。

郑大小姐撇了撇嘴说："光是嘴巴甜有啥用，晓得你心里……"她这句话还没说完，一眼瞥见白先生掀开门帘跨了进来，忙将下面的话陡地咽住了。

白先生神色慌张，向郑大小姐点了点头，表示招呼，走到宁式床前："金四少爷，你说请我到万天宫吃汤锅，喝白沙干酒，唧个躲在这里。走，快走！"

他背着郑大小姐向金四递了一个眼色。

金四在这段时间一直避着白先生这帮人，他虽然与他们干过盗墓的事，也结为弟兄，但他认为自己毕竟曾是绅士，与这些人往来是有点失身份的事。白先生这帮人，一般也不找他，好像猜到他的心思似的。

金四记不起曾答应过白先生，请他喝酒，不由一愣。他见白先生向他递眼色，也猜不出是啥意思。他坐了起来，说："来，烧口烟再走！"

白先生不敢多耽搁，拉着金四：“走，我还有事与你说。”

金四被白先生拉到门口，他回过头来：“大小姐，我一会儿就回来！”

郑大小姐“嗯”了一声，满脸惊疑的表情……

金四跟着白先生走出烟馆大门，白先生才松开手，领着他往另一个方向走。

金四站住问：“白老三，你不是说去万天宫……”

白先生拐了他一下，声音十分严峻：“少啰唆，掉后十多步，跟我走！”

金四以为盗墓的事早已风平浪静，早就不放在心上了，此时见白先生语气不一般，不由一惊。他果真闭上嘴，惊疑不定地掉后十多步，跟着白先生走。

白先生越走越快，也不回头看金四，从一条小巷子穿出石牛场，往后山爬去。

金四穿的是一件崭新的安安蓝长布衫，走的尽是茅草路，他常要跨过一丛丛有刺的灌木，生怕新长衫被野刺挂破。他一手提起长衫下摆，一手拨开齐腰深的茅草，高一步，低一步跟在白先生身后往前赶。

白先生走得很快，一会儿便不见影子了。他想叫白先生走慢点，又想到白先生慌张的谨慎神态，张开的嘴又闭上了。

虽然看不见白先生的影子，但仍能听见前面传来的白先生走动发出的窸窣声，看见茅草往两边分。

爬了一阵，金四累得气喘吁吁，总算钻出了茅草林，眼前出现了一片稍微空旷的地方。他站住擦了擦额上的汗珠，弄不清这是啥地方，也望不见白先生的影子，不晓得他往哪里走了。

金四正在茫然的时候，猛地看见白先生从一个废弃的木炭窑内钻了出来，站在窑门前向他招手。

金四不悦地走了过去：“白老三，你闷声不响将我带到这荒山野岭来干啥？”

白先生这时才缓过气来，说：“金大哥，你好不懂事，破水了！”

金四呆住了。他当然懂得“破水”这句行话。半晌，他才回过神来：“白老三，事情过去这么久，啷个会‘破水’？你说清楚点。”

“呃，你还不晓得，不是我将你从郑大小姐烟馆中引出来，你早被捉进区公署那间里屋关起来啰！”

白先生脸上有了笑容，摸出一包“八百壮士”香烟，取出两支，递了一支给金四。

“涮啥坛子哟！我金大哥不怕你吓！”金四点燃香烟吸了一口，故意装出满不在乎的样子。白先生喷了一口烟雾，皱了皱眉：“哪个龟儿子与你开玩笑，哪会这样扮灯[1]！今天苏幺爸……”

白先生把事情的经过讲给金四听了。金四听后不禁着了慌：“那，我以后嘟个办？我原不愿跟你们干事……”他显出失悔的样子。

白先生收敛了笑容，脸色一沉：“你嘟个拉起稀屎来！我们喝过血酒，丢过海誓，大丈夫就是下油锅、过火山也面不改色，看你……”

白先生越说，话里越带一股杀气：“金大哥，要晓得我们的规矩，哪个要是反水背叛，我们是不认黄的。”

金四好像当头被人淋了一桶冰水，凉到心窝头。他晓得这些人最恨软骨头，谁要是落水，被捉住，不论怎样受刑，招出同伙来，也会被他们杀掉，是绝不会手软的。

他见白先生正言厉色的样子，懊悔自己刚才不该在白先生面前说那种话。

金四马上改口掩饰：“白老三，你莫要误会！我也不是拉稀的人。笑话，我金大哥是见过世面的……就是被抓进监牢，也绝不当卖客。怕啥，杀头——二十年后又是一个小伙！”

他心里发颤，口头上硬，说得慷慨激昂。

白先生听他这样说，脸色才舒展了。他夸赞说：“金大哥，有种！”

金四猛吸了几口烟，掩饰不住心头的忧愁：“白老三，我现在肯定不能回石牛场，以后嘟个办嘛！”

白先生将烟头杵熄，捻成碎末后往茅草丛里一撒，不慌不忙地说：“金大哥，不要怕，我们是讲义气的，不会丢下你不管。你暂时在这烧过木炭的废窑里躲两天，待我把情况打听清楚，再走下步棋！”

白先生停顿一下，补充说：“倘若风声紧，我们就送你进大山，到慈虎岩去避风！”

金四听说要他躲在这炭窑里，伸进头去看了看，只见由窑顶一个通气孔透进一个圆圆的光柱，地上尽是炭末子，有些黑黝黝的东西，看不清楚。

他缩回头，苦着脸说：“这窑里又黑又脏，潮气又重，嘟个能住人啰！”

1　与涮坛子同义，开玩笑的意思。

白先生见金四仍放不下破落户的臭架子，斜睨着他说：“金大哥，这窑洞吕蒙正都住得，薛平贵也住过，暂时委屈一下，以后发迹时再住高楼大厦嘛！”

金四听不出白先生在揶揄他，振振有词地说：“白老三，那你搞错了。北方人大都住窑洞，那种窑洞绝不是烧木炭的窑洞，你连这点见识也没得，不是我吹牛，我的见识……”

白先生打断了他的话：“好，算我见识短。住炭窑虽不如躺在郑大小姐宁式床上舒服，但总比关在区署那间密不透风的黑牢里要强得多啦！”

金四仍苦着脸不出声。

白先生只好安抚他说：“现在天气暖和，你没看清楚，我们在窑里用干柴架了一个床铺，我们以前也在上面睡过。你倘若嫌硬，我再与你割些茅草铺在干柴上，保险不会搁痛背脊骨。至于要过鸦片瘾更不用愁，烟盘子藏在干柴缝里，烟灯现成，熬好的一盒南土膏子够你过几天饱瘾。你来，我指给你看！”

金四只好弯着腰跟在白先生身后钻进炭窑，凝神片刻，才看清楚了暗处的情景，果真看见靠边有个干柴铺。

白先生摸索了一阵，摸出烟盘子，烟灯和一盒烟膏，一一指点交给他。

临走时，白先生嘱咐他：“你躲在这里不要出去，拉屎屙尿也不要走远。我隔会与你送茶，送吃食来。”

金四看见烟具，忍不住打了个哈欠，见有鸦片烟抽，心中稍微安定一点儿。

白先生刚钻出窑门没走几步，金四像忘了什么事急急追出：“白老三，慢点！”

白先生停住步，回过身问：“有啥事？”

“我忘了带香烟，你给我送茶饭来时，给我买一条香烟带来！”金四郑重其事地说。

白先生对他显出无可奈何的样子：“金大哥，现时是落难，凡事要迁就点……”

他又改口说：“好，我给你买好带来。”

白先生以为他再没话说了，扭转身刚跨出一步，又听金四在叫他。他回头望着金四。

金四不放心地说：“白老三，你快去快回，不要把我丢下不管。在这荒山野岭，万一有大猫钻进窑洞来……”

“哎，金大哥，你真啰唆！”白先生哭笑不得地说，“我们兄弟喝过血酒，丢过海誓，哪个会丢下你不管！”

他说完转过身来，干脆将双手抄在背后：“金大哥，想一想，还有啥要说！”

金四被弄得十分尴尬：“嘿嘿，没有了！”

“那，我走了！”

白先生回过身去走了。

金四见白先生钻进茅草林走远没影了，才弯腰钻进炭窑。

三

金四钻进炭窑，顾不得许多，首先想到的是过足鸦片烟瘾。他将干柴尽量摊平，烟盘摆好，想点烟灯，蓦地想到自己身上没火柴，白先生又没提到这事。

他细心往四处搜寻了一遍，没找到火柴，却找到了火链、火石和一团火绒，火链已经生锈，火绒还干燥。这种取火工具，抗战前在山区很盛行，随着交通的发展，现在很少有人再使用这种原始的取火工具，要不是他在梅垭过夜，见许驼子用过，还不晓得这些东西作啥用途！

金四从未使用过这种东西，学许驼子的样子，左手握住火石下部，右手拿起火链向火石碰击，居然也迸溅出几星火花，他心中不觉一喜，以为马上就有火种点亮烟灯烧鸦片烟啦！

殊不知碰击火石迸出的火花，还没烧到火绒上就熄灭了。他越是使力，火石溅出的火星反而越少，红红的，也不发亮，就是溅到火绒上，不过微微冒几丝青烟，怎么也不能将火绒点燃。

金四碰了一阵火石，累得满头大汗，手腕发软，仍没点燃火绒。他赌气将火链和火石扔到地上。

一会儿，他仍不甘心，又俯身拾起火链和火石继续碰击，还是白费工夫。最后绝望了，口里不住喃喃诅咒：“龟儿火链，杂种火石，去它火绒的妈哟！”

他使力又将火石和火链往地下一扔，金四陡地怪叫了一声，两手抱住脚呻唤：“哎哟！哎哟……”

原来他恰巧将火链扔到自己脚背上，疼得钻心。

透气孔射进的光线越来越暗淡，最后，窑洞里漆黑一片，啥也看不见了。

金四在黑暗中闷坐了一会儿，还想再拾起火链和火石来取火。

他又想到白先生去了这么久，照理应该回来了。他气愤愤嘀咕说：“白老三让我抽不成鸦片，未必还要渴死、饿死我不成！”

他在窑洞里待不住了，摸黑钻出窑门。窑门外也是黑乎乎一片，看不见星光，天上翻滚着黑沉沉的乌云。山风阵阵袭来，越吹越大，树林被吹得发出阵阵的呼啸。

呱，呱，呱……

这是麂子叫，凄厉的声音与传说中的鬼叫声相仿。

金四心虚，胡猜乱想：“咦，莫非是朱佳富他老子的阴魂找我算账来了！”

他想着，立刻感到毛骨悚然，浑身起鸡皮疙瘩，不住打着寒战。

他急急反身钻进窑洞坐在干柴铺上，恐怖地注视着窑门口。一阵阵山风从窑门灌进，有似森森阴风。他不由吓得暗暗祷告：“朱老太爷，这不能怪我，全怪吴荒货和白先生他们啰！我的爹呀，我在遭难，你在阴间有灵要保佑我呀！”

他自己吓自己闹腾了一阵，然而并无反常怪异的事情出现。他没吃中、晚饭也不感到饿，目前就是摆下山珍海味，在鸦片烟瘾没过足之前，无论如何是吃不下去的。

金四的思路集中在烧鸦片上，要烧烟，必须点亮烟灯，而点亮烟灯……

眼前除了用火链取火之外，别无他法。金四仍不死心，弯下腰在地上摸索着寻找火链和火石，火链被寻着了，但火石却寻不着。他蓦地摸到一团形似火石的东西，但掂在手中轻飘飘的，感到不是火石，不在意地用手一捏，捏破了外面的一层干壳，里面是软稀稀的东西，粘了一些在手上，他放近鼻下一嗅，一股奇臭扑鼻：“龟儿白老三，哪个在窑洞里屙屎！”

一阵恶心，他忘了害怕，钻出窑门想找水洗手。哪里有水呢？他只好胡乱在茅草上将手揩拭净。

金四坐在一块石头上，怏怏地垂下头。

过了一会儿，仍不见白先生来。金四强振着精神，在黑暗中摸索着爬上一个不远的高丘，隐约可见石牛场像一条蚕，卧在反射着微弱光亮的石牛河边，就在眼前的山脚下。石牛场上的灯光闪烁着，时隐时现。

金四心里琢磨，下山走拢石牛场，不过几支香烟的工夫，干等在这里又饥又渴，烟瘾无法，不如冒险下山去见机行事……

金四一咬牙，下了决心，嘴里嘟哝着：“下刀山，过火海，我也要下山想法过烟瘾！”

他想，至少也可以讨个火种，弄一盒火柴来。

金四说走就走——没忘摸索着回窑洞将那盒鸦片烟膏揣进怀里带走。

他打着大方向，拨开茂密的茅草，也顾不得新长衫会挂破，高一步，低一步地往山下走去。

开初，他走一段路就停下，听听四周的动静，后来，胆子渐渐大了，摸索着不断往前走。

茅草林早已丢在身后，金四能看见坎下青石板路的模糊影子了，他才放慢脚步，蹑手蹑脚地摸到路边一个荒坟堆后，屏息观看动静。

要是往昔逢场期，这时大路上的行人正多。摸黑提着灯笼照路回家的人，有着不同的情绪：有的喝醉酒，走得歪歪斜斜，被人搀扶着，一路有说有笑的；有的赶场遇到不顺心的事，会满腹牢骚，怨天尤人，骂东骂西；有的碰到了扯皮事，在石牛场公口茶馆里说理输了，心中不服，一路上相互抓抓扯扯争吵不止，甚至要拉人下石牛河去喝水拼命，要不是有和事佬在一道拉开劝解，真会闹出人命。除了这些嘈杂声外，还有牛贩子牵着牛，猪贩子催人抬着猪，牛叫猪嚎，在空谷里回应，渐渐远去……

现在，金四蹲在坟堆后听不到大道上有半点声息，静得有些出奇。他等了一会儿，心中七上八下捉摸不定。他想：目前没有必要进石牛场去冒险，现在身上没有带钱，碾房里还存放着几块银圆，不如回碾房去一趟，伺机将银圆取出，还可以顺带拿几件换洗衣物，倘若碾房已被暗中监视起来，不能回碾房，也可以在龙济桥头取一炷点燃的信香回炭窑做火种……

金四稍微迟疑一下，趁黑穿过青石板大路，走下石牛河，沿着在陡坎隐蔽下的一条小路，摸索着走向龙济桥。

他跌跌撞撞终于走到龙济桥下，躲在桥墩边静观着桥上和碾房方向的响动。他在黑暗中依稀可以辨认出那些熟悉的轮廓，听不到一点儿声息，四周静极了。

金四正想摸上桥头，猛地听到桥廊上有人走动，脚步声在静夜里特别刺耳。他忙收住脚步，凝神细听，有一个沙哑的声音在唱小调：

有个小尼姑，

买了一把梳；

满头光秃秃，

啷个把发梳？

不该去出家，

冷清好凄孤！

…………

金四不觉一喜，辨别出这声音是孙癞头的，他这时正唱着自己乱编的小调，由桥头踏着石梯下河来了。

唱小调的声音越来越近，金四看见一个黑影拢到身边。他迎上前低声叫：“孙老幺，是你！”

孙癞头提着砂罐准备下河提水，看见桥墩下钻出一个人影叫住他，不由后退了一步，唱小调的声音突然止住。

金四与孙癞头结义，而孙癞头又常住在龙济桥上，离他很近，但平时却很少交往，金四觉得与叫花子称兄道弟，会降低身份，招来非议。孙癞头见金四拿架子，也不大主动理他，彼此都疏远了。

孙癞头一时没听出声音：“你，你是哪个？”

“是我。”金四说，“我是金大哥。”

“啊，是你……”孙癞头立刻将声音压低，显得慌张，拉了他一把。他们离开桥墩十多步，隐藏到石坎下，他才细声说，“哎，原来你在这里！快走，区署的兵，好几个，躲在碾房里，等你去自投罗网！”

金四一惊：“哎……”他不知所措地闭上嘴。

“走，再往前走一点儿，好细说！”孙癞头又拉了金四一把。

他们摸索一阵，到了一架水车房站住。孙癞头说：“这里离龙济桥远些，水车的响声可以掩盖杂声，他们无论好凶也听不见！”他的声音稍高了一点儿。

金四迫不及待地问：“你晓不晓得白老三在哪里？”

孙癞头这时才发觉自己还提着砂罐，感到不方便，将砂罐搁到地上：“哎，白三哥为你，被区丁提到区署关进黑牢去了。你还蒙在鼓里不晓得！”

金四惊叫了一声：“啊！”这消息使他感到意外。

孙癞头不用金四问，接着说：“听吴二哥说，白三哥把你从郑大小姐烟馆里叫走，他们没捉住你，便将白三哥捉去审问，白三哥推说不晓得你的下落，还受过刑。吴二哥叫苏幺爸去黑牢问白三哥，还没回信，不晓得你躲在哪里，他怕你摸回碾房被捉住，叫我在龙济桥上留意，关照你不要回碾房!”

“糟糕，糟糕，这才糟糕……”金四反复这样说，失去了主意。

水车转动，溅起的水花喷到他俩身上，很不舒服。

“走，再往前走点，离开水车。”孙癞头顾不得拿砂罐，领先往前摸索着走了一段路，然后才站住。

金四便将白先生领他到烧木炭的废窑躲藏的前后经过，向孙癞头简单地说了一番。

孙癞头推了金四一把：“果不出吴二哥所料，你真躲在废窑里。快，吴二哥去废窑找你去了，我跟你回废窑去!”

四

金四没过鸦片烟瘾，又饥饿，只好掏起河水喝了一阵，算是解了渴，他四肢像瘫痪一般，软弱无力，幸好有孙癞头扶持他，十分吃力地摸回了废炭窑。

走到窑门前面，金四见窑洞里静寂无声，黑洞洞的没亮光，一屁股坐在石头上：“糟了，吴老二不在！怕是找不着我走了。”他背上只出虚汗，实在不能动弹了。

孙癞头机警地站在金四身边，观察着四周的动静，翕动了几下鼻翼，像嗅出什么气味：“吴二哥在炭窑里呢!”

金四不相信：“你啷个晓得吴老二在炭窑里!”他有气无力地望着炭窑。

孙癞头轻蔑地说：“亏你……连这种气味也闻不出来!”

金四也闻嗅到了：“咦，烧鸦片烟的香气。”

他贪婪地吸了几口气：“嗯，好香！一定是吴老二在……”他的精神陡地一振，一下便站了起来。

孙癞头已抢先走到窑门口，伸进头去喊：“吴二哥，吴二哥……”

从窑洞里果真传来吴荒货的声音：“孙老幺，我一听脚步声就晓得是你，刚才有个人说话像金大哥，他……”

不等孙癞头回答，金四推开孙癞头先挤进窑去：“吴老二，我在这里!”

吴荒货提着随身带来的夜行灯，将灯罩一车转，立刻透出亮光，照在金四脸上。

金四眯了眯眼，亮光移开了。他已看见点着的烟灯——因为玻璃罩上加上了一个铁筒，不走到跟前是看不见亮光的，他迫不及待地说："吴老二，我的烟瘾发急了，让我先烧口烟再细说！"

吴荒货不再说话，让金四横躺在烟盘的另一侧，拿起烟签给他裹烟泡……边说："我来这里，发现那盒烟膏不见了，有人动过火链，我估计白老二准是把你带到这里来过……幸好，我随身带有烟膏，在这里烧烟等你。"

孙癞头站在一边，将金四刚才告诉他的话，以及详细经过向吴荒货说了一遍。

吴荒货裹好烟泡将烟枪递到金四口边。金四衔着烟枪吞云吐雾过起瘾来。

吴荒货见金四的模样，不觉好笑："喂，金大哥！你既然与我们结伙，下了水，就要跟我们学点江湖上的本领。你看，现成的火链、火石和火绒，你却取不出火来。要是我们，赤手空拳，就地取材也可以取出火来，你信不信？"

金四点了点头："我晓得，燧人氏钻木取火，只要找两根干柴棒互相摩擦……"

吴荒货"哧"地笑出声。

金四的烟瘾已经过足，见吴荒货讪笑，他不悦地说："吴老二，难道我说错了。《山海经》上明明写着燧人氏钻木取火，注解上是如此说的，有书为证嘛！"

吴荒货忍住笑："金大哥，我没读过《山海经》，晓得你不是说假话。"

"那，你笑啥？"

金四仍不高兴，斜睨着吴荒货。

"金大哥！说起容易做起难。用干柴取火，我也学了许久，要把手劲呢！"吴荒货说。

金四晓得他们这方面的本领比自己高超，沉默了。

一会儿，他摸着自己的肚子："吴老二，我肚子里唱空城计了，啷个办！"

吴荒货笑眯眯地说："有孙老幺在这里，还怕挨饿！"

他坐起身，对蹲在黑角角的孙癞头说："孙老幺，去弄点吃食来！"

孙癞头见他俩半晌没理他，也没叫他坐，心里已不自在。本来他就看不惯金四拿臭架子，听见要他去给金四弄吃食，便闹起别扭来："不去！"他仍蹲着不动。

金四也感到自己半晌没理他，有些不对，晓得他是为这生闷气。他确实饿了，只好起身央求他说："孙老幺，哥子有啥不周到，请你海涵！"

孙癞头这才站起来，说："这才像话！"

他动作敏捷，欢欢喜喜钻出窑门摸黑走了。

金四见孙癞头走了，这时才想着："吴老二，孙老幺这时到哪里去讨饭！"

他皱起眉："讨来的剩菜冷饭，我从没吃过！"

"噢！他不是去讨饭，你一会儿就明白，不过，也弄不出酒席来，充饥是可以的。"吴荒货说。

吴荒货为了节省灯油，将夜行灯捻小了，全靠烟灯的亮光，窑内顿时黑乎乎的。

吴荒货说："金大哥，你今天好险！区署的喻师爷带着人到烟馆抓你，刚好白老三将你领着前脚走了。找遍了万天宫和石牛场没找到你，碰上了白老三，就把白老三抓去了。熊世发还用刑逼问他，要他招出你的下落。白老三是硬汉子，至死不说，熊世发只好暂时把他收到黑牢里！"

金四想到白先生为自己遭殃，十分恼恨熊世发，咬牙切齿地说："熊世发这忘恩负义的狗东西，连我的朋友也不放过，总有一天……"

沉默了一会儿，金四关切地说："吴老二，我们要设法搭救白老三才行呀！"

"这还用说，我们会想法的。他们目前没拿着白老三啥把柄，只是白老三约你从烟馆出去便失踪了，对他有些怀疑！白老三只要顶住不说，过两天自会放出来的。"吴荒货说，"金大哥，你是不能到石牛场露面了。看来，只有进大山里躲藏几年！"

金四听后，半晌没出声。他此时的心情十分复杂，不禁想到他的过去和现在，真是沧海桑田，过眼烟云，人世间的事情真是变幻无常。

旧事不堪回首，金四感叹万端。想不到朱佳富弄得他倾家荡产，如今又是朱佳富逼得他连石牛场也不能存身。他想到今后的处境，真是不寒而栗，看来只能到处躲藏，四海漂流了。

他懊悔不该听信吴荒货的话，入伙去盗朱佳富的父坟，要是守本分，经营好碾房，是饿不死的，俗话说，好死不如赖活，而今……

金四轻轻叹口气，晓得如今后悔已无用，反让吴荒货他们看轻。今后除了依靠这些讲义气的朋友以外，别无选择。所以懊悔的话刚到嘴边，他就咽了回去。

金四越想越烦，陡地一声冷笑："嘿嘿……"

吴荒货看不清金四的表情，迷惑地问："金大哥，你冷笑啥？"

金四猛地说："吴老二，像你们这样小偷小摸过日子，太憋气。自古官逼民反，我们不如去黑牢抢出白老三，拖上大山去当棒老二，替天行道，来个打富济贫还痛快些。你说呢？"

吴荒货一愣，想不到金四居然有这种勇气。他随即一拍膝头说："金大哥，对，说得对，我也有这种想法。金大哥，就是上刀山，撞火海，我们也跟着你干！"

好半晌，没听到金四回声，吴荒货感到奇怪，以为他累了，于是没再问，自己也闭目养神。

其实，金四一对眼睛睁得大大的，无神地望着前面，心里一片空白。他刚才说了几句狠话，马上便感到失悔。他心中产生了一丝幻想：熊世发与朱佳富并无感情，这次捉拿他，可能是出于无奈，不过官样文章。也许过了一些时候，等风头过去，熊世发会念当日与金家大院的旧情，替他掩盖平息下去，他仍可以在石牛场上混日子。他又想到这些时郑大小姐向他打情骂俏、百般引诱挑逗他，对他很有情意，倘若去求她在熊世发面前疏通圆成，定能使熊世发手下留情……

金四正在胡思乱想，窑门外一阵脚步响，孙癞头回来了。吴荒货已车亮夜行灯，问："孙老幺，有啥好吃的？"

孙癞头说："在这荒山野岭，有啥好东西，我走了好远才摸到地里挖了几个红苕带回！"

金四接过红苕，凑近灯光一看，见已洗得干干净净，马上啃了一口……

吴荒货见金四一会儿便把一个红苕吃下，于是将自己手中的一个也递给他："我不饿，你一齐吃下，还可以压压饥。"

他转向孙癞头说："能掏几个山鸡窝，捉几只山鸡来用泥巴糊上，烤熟后剥去干泥，那才真好吃！"

孙癞头摇了摇头："深更半夜，连月亮都没得，啷个爬树掏山鸡窝！"

吴荒货说："要是王疤子在这里就不用愁，捉山鸡是他的拿手戏！"

孙癞头听吴荒货这么说，不甘示弱："要吃荤食烧烤，也难不倒我。我去一会儿，保你们有好东西吃，吃后不叫好才怪！"

吴荒货摸透孙癞头的脾气，不用激将法不行："不要吹，有本事去弄来尝尝。"

孙癞头一拍屁股，弯腰钻出窑门去了……金四吃了几个生红苕，觉得好受了一些。

窑洞里依然可以闻嗅到一股炭气，夹杂着霉味。金四说："吴老二，在这窑洞里怎能长住，离石牛场近，容易被人发现！"

吴荒货好像倦了，声音里含着睡意："不会在这里长住，观一下风，再送你上慈虎岩，找王疤子和齐姑娘，共同商量出一个稳妥的办法！"

金四听说到慈虎岩，连声赞成："好，那里临近老林，人迹罕至，是躲风的好地方！"

提起慈虎岩，金四总忘不了齐姑娘，这个女人在他心上，真像谜一样。

他俩都困倦，不觉蒙眬睡去。不晓得过了多久，听到响动，吴荒货惊醒了："是不是孙老幺？"

"是我，吴二哥，美食弄好啰！"

果真是孙老幺。吴荒货车亮夜行灯，坐起伸个懒腰，已闻到一股香味："咦，好香！孙老幺，啥东西？"

金四也被惊醒，一种富有诱惑力、惹动食欲的香气也向他鼻里袭来，他极快地坐起来。

在夜行灯的照亮下，他们看见孙老幺手里捧着几包桐子叶包好的东西，枯焦的外壳还冒着热气。

金四毫不客气，抢先从孙癞头手中拿过一包，忙剥开枯焦的桐子叶……

吴荒货剥外壳的速度比金四快，吃了几口，不禁赞美起来："这蛇肉好肥嫩，是菜花蛇，还是乌梢蛇？"

金四正往口里送，听说是蛇肉，像烫手似的，马上将手中的东西放下："哎呀，蛇肉怎能吃，想起身上便发麻！"

孙癞头出去辛苦了半天，金四却不愿吃，也不说句客气话。他不满地瞟着金四说："金大哥，哪个叫你当败家子！不是我孙癞头有板眼，今夜你哪能吃到蛇肉，玩这种格！"

金四听孙癞头当面奚落他，脸色十分难看，想发作又不便发作。

吴荒货怕他俩斗嘴，弄得大家不欢，忙喝住孙癞头："孙老幺，你少说几句，嘴巴不会发臭！"

孙癞头伸手从金四面前拿过烤蛇肉："你不吃，让我吃，你享不来这种福！"

金四见吴荒货和孙癞头吃烤蛇肉，津津有味，像吃鱼似的，边吃边吐刺，由于实在太饿，他忍不住吞口水。

孙癞头吃完，随手在自己衣襟上揩拭，故意咂得舌头响："好鲜美，吃得真安逸！"

吴荒货见金四嘴馋的样子，说："金大哥，你不吃蛇肉，再叫孙老幺弄几个红苕来烤着吃，怎样?"

金四还没回答，孙癞头抢先说："人家是金家大院的绅粮，厨师做的南北名菜都不稀罕，哪会吃烧烤的烤红苕！"

吴荒货怕金四恼羞成怒，制止说："孙老幺，你今天没喝醉，啷个光说酒话！"

孙癞头见吴荒货一再压制他，忍不住顶嘴："没喝酒，我就喜爱说酒话……"

吴荒货见孙癞头不听招呼，厉声说："哥子们的话，你听不听！"

"听！"孙癞头说，"哥子要像哥子样，我最见不得有些人那种臭架子。"

"听，你就去弄几个红苕来！"吴荒货说。

孙癞头打了个哈欠："我也困了，让我睡一会儿。"他倒在吴荒货身边，一会儿就发出鼾声。

吴荒货无可奈何，怕金四多心，忙解释说："孙老幺这人心肠好，但要顺着毛摸；摸反了，也有一股牛性子。金大哥，他是有心无肠的粗人，你别计较！"

金四虎死不倒威，虽破落还是喜欢摆点架子。他原不把孙癞头放在眼里，想不到却被这叫花子奚落，感到很难堪，听吴荒货这么一说，再不好发作，怕吴荒货认为他气量狭小。他勉强装出笑脸："他是老幺，我是大哥，怎好与他一般见识！你不要把我的气量看小了！"

两个都是鸦片烟鬼，只要有烟抽，熬一个通宵不稀奇。他俩边抽烟边摆龙门阵，烟抽多了，没茶水喝十分口渴。这时孙癞头已睡熟，他俩谁也不愿出去找水，只好干渴。

金四讲的事，吴荒货没见识过；吴荒货摆的龙门阵，金四样样觉得新奇。

窑洞外风停夜静，远远传来狼嚎声，吴荒货并不在意，金四开初有些惧怕，但狼嚎声越去越远，他渐渐定了心。

金四几次想探听王疤子和齐姑娘的往事，那次在梅垭幺店子过夜，许驼子也没说明白。他趁机将话引向慈虎岩："吴老二，王疤子虽丑，齐姑娘却很喜欢他，想必其中有原因。"

吴荒货"唵"了一声，慢吞吞地说："你不晓得，王老五是齐姑娘的救命恩人，齐姑娘也救过王老五，他俩是患难中的交情，当然不同一般。"

吴荒货说了几句便不再说。

金四不愿放过，缠着说："吴老二，反正睡不着觉，你说他俩既是患难之交，遭遇一定十分曲折。你讲来醒瞌睡好不好?"

吴荒货平淡地说："曲折说不上，比说书先生说的传奇、演义差远啰。王疤子原来长得很标致，是乌江上的放筏匠……"

金四打断了吴荒货的话："这事我晓得，他原叫王辉生，是叫花儿，被许驼子收留下当了放筏匠。他脸上的疤子是救许驼子时挨了一刀……"

吴荒货惊奇地说："咦，你晓得呀!"

他接着说："你既然晓得，还要我谈啥?"

金四坦率地说："我只晓得这点，其他的事就不晓得了。你说，我不打岔了。"

吴荒货点了点头："你既然还是不晓得，只得让我来摆给你听……"

吴荒货打开了话口袋，不等金四再催问，他便把他晓得的，有关王疤子和齐姑娘的事一五一十倒了出来。

第二十三章

吴荒货在废炭窑中，向金四摆谈王疤子和齐姑娘的事；而齐姑娘此时却在慈虎岩家中的火塘边，边纳着鞋底，边向春燕谈她与王疤子的事。

平坝里还是枫叶红遍的仲秋季节，而慈虎岩已经是一片白皑皑的积雪了，在黝黑夜空笼罩下的积雪反射出灰白的光亮。

寒风在呜呜地吹，有些瘦弱的树枝，经不住枝叶上积雪的负担，不时传来哗啦的断裂声，响声分外清脆。

屋前的檐边吊着晶莹透亮的冰凌，越吊越长，很像石乳钟，快触着了地面。

茅草屋内，齐姑娘和春燕都坐在火塘边。

火塘里的干柴发出呼啸声，火焰跳得很高，舐着瓦茶壶的壶底，壶嘴喷着蒸汽，火塘边弥漫着山茶的清香。

齐姑娘的面孔被红红的炉火烤得红通通的，显得容光焕发，比山茶花还娇艳。

坐在她对面的春燕，由于受伤后流血过多，显得清瘦，一对眼睛变得更圆更大，亮亮的眸子注视着齐姑娘，留神听她讲话。

许驼子和王疤子早已喝醉酒，到后屋堆苞谷须子的房内，钻进苞谷须子里睡觉去了——大山里棉布很干贵，没有棉被，寒天不是守在火塘边，便是钻到苞谷须子里去睡觉。苞谷须子堆积很高，也很干燥，睡惯了，山里人都不以为苦，还自有一番舒适的乐趣。齐姑娘家中唯一的床铺，留给春燕和自己睡，把王疤子和许驼子都赶进苞谷须子里去睡觉。

齐姑娘停住手中的针线，望着春燕说："大姐，你枪伤不轻，刚长嫩肉，千万疏忽不得，我这里粗茶淡饭是有得你吃的，你硬要下山，也不便硬留！"

春燕感激地说："齐姑娘，你这样待我，我不晓得哪个感激你才好！给你钱，你又不收。"

齐姑娘向火塘里加了几根柴火："大姐，不要这样说，出门人，哪个没有一点儿难处！你不要多心，钱——我看得轻如鸿毛，我们山里人，除了盐和布匹，啥也不缺，有钱也没得用处！再说……我并不缺钱用，官家印的那些票子我根本看不起，过几天便不值价。我家的银圆，用罐子装，你倘若需要用，我还可以拿点给你，何况，你还是许驼子的救命恩人，看在这分上，我也该照看你！大姐，你这么客气，以后就不用说了。我们山里人，不兴这么客气。明天我叫王疤子送你下山！”

春燕跟许驼子到慈虎岩后，见齐姑娘粗犷放荡，原有许多顾忌，相处几天以后，见他们重义气，不像是坏人；但他们言谈中，好像也不似规矩的山里人。春燕一直小心翼翼警惕地观察着他们。彼此熟悉一些后，她对齐姑娘他们的印象有些改变，觉得他们也有纯朴可爱之处。她说：“齐姑娘，这里虽好，但我不得不早点下山，我在这里养伤，他们还不晓得！”

齐姑娘难得与一个妇女在一起，春燕文秀中透出一股刚毅之气，齐姑娘一见，就对春燕产生了好感，把她当成知己一般，因此，她的话特别多一些。

齐姑娘瞥了春燕一眼，用埋怨的语气说：“要你将亲戚的名字告诉我，我好叫王疤子下平坝去送声信，叫你的亲戚好放心，你偏不肯说，吞吞吐吐，好像信我不过！要下山，我只好送你走。”

“不是……”春燕想解释，一时不知如何措辞。她怎好随便将黄桷树垭口的杨嫂子说出来，让党外人知道呢！

齐姑娘凝视春燕片刻：“大姐，许驼子猜测你是共产党，不知猜准没有？”

春燕反问齐姑娘：“你看我像不像？”

“像，像得很！”齐姑娘说得很认真的样子。

“那你说我哪一点像？”春燕又问了一句。齐姑娘没有马上回答，她将钢针往鞋底上一插，随手搁在火塘角的茶几上，望着火苗用手捂住嘴打了一个哈欠，取下挂在钩上的茶壶，将热气腾腾的茶倒进粗瓷碗里：“大姐，喝杯热茶！”

春燕晓得讲客气，齐姑娘反而会不高兴，接过茶道了一声谢，也没推让。

齐姑娘提着茶壶进厨房添满了水，加了一把茶叶进去，又将茶壶挂回钩子上。

她叹了一口气：“已经十二年了，那时我家住在乌江边上，我还没嫁到山里来。当时乌江边上来了许多人马，大家都喊他们叫红军。我家住了几个女红军，她们与我亲热得很，一个个长得十分文秀，腰上插着手枪，也像你一样有一股刚毅的气概……”

“啊，你见过红军！”春燕惊奇地说。

“是的，我见过红军！他们打富济贫，可不像浑水袍哥喜欢胡来……”齐姑娘说。

齐姑娘叹息了一声：“十二年啦，变化多大！”

她偷觑了春燕一眼，现出腼腆羞涩的样子：“我那时也是顶文秀的姑娘，见了生人都要脸红。现在……嘿，现在变得两个样，想起来，连我自己也感到吃惊。跟吴觑觑他们混惯了……不过，我也不后悔，既然变成了人，为啥不能像男人那样乐一乐。”

齐姑娘很直率：“我喜欢哪个男人，我就公开喜欢，不喜欢的男人，想沾我一点儿边也休想！”

春燕对齐姑娘越来越产生了兴趣，不禁问：“你啥时嫁到山里跟王先生的？”

“哎，我跟你说过，叫他王疤子亲热一些，叫先生反而生分。”齐姑娘斜睨了春燕一眼，接着自己“哧”的一笑，“嫁到山里来，不是嫁给王疤子，是嫁给了一个鸦片烟鬼，那烟鬼早死了。”

齐姑娘拿起火钳拨弄了一下火塘里燃烧着的柴火，继续说：“王疤子是我的相好，他救过我的命，我也救过他的命，自我那鸦片烟鬼死后，我就把他当成我的男人，只是没拜过堂——算命先生说，我的命大克夫，怕克了王疤子，我死活不同意正式拜堂成亲！”

“啥命大克夫！这是迷信。”春燕说。

“你说的话，与那些女红军说的一个样，你还当我不晓……”齐姑娘没将话说完。

春燕见齐姑娘望着她的认真神态，不觉启齿一笑。她觉得齐姑娘的心十分透明，能毫无掩饰地呈现在人的面前。她想问她的身世，又怕太冒昧，有些犹豫。她终于问：“齐姑娘，能不能将你的身世摆给我听听？”

齐姑娘蓦地收敛了笑容，火光映在她俊美的面庞上，她蹙着眉尖，凝视着火苗。跳动的火苗时高时低，火塘四周时明时暗，齐姑娘的面孔也时而清晰，时而模糊。

春燕正懊悔不该问她这样的问题，齐姑娘的眉尖一动，脸色顿时开朗了。

“问我的身世吗？好，你明天要走，我可以摆给你听。”她仍望着跳动的火苗。

停顿了一会儿，她缓缓地说：“先要从我的堂姐齐连香说起，她与许驼子相好，是个痴心女人。偏偏罗天成看中了我的堂姐……”

齐姑娘谈的，与许驼子给金四谈的大同小异，不过齐姑娘谈得比较详细。

春燕不熟悉乌江里放筏匠的生活，她认识罗天成，但对于他的过去，她一无所知，听起来很新奇。想不到许驼子却有这一段情海风波：一个当了尼姑，一个成了驼背。相隔不过几十里路，许驼子不愿再会齐连香，也是怪人怪事，令人不易理解。春燕听得入神，一直没有插嘴。

说完了许驼子和齐连香的事，齐姑娘把话转到王疤子身上：“王疤子本没疤，刚才我已说过。他本名叫王辉生，是许驼子手下的筏匠，有时跟许驼子到我堂姐家。我与堂姐是紧邻，因此认识他。我自幼被许配到大山里，我不愿。我见王辉生忠厚老实，想学堂姐样，结交一个乌江上的放筏匠。王辉生不像许驼子，对我的挑逗毫不在意，好像并不喜欢乌江上的妹儿。最后，我只好死了这条心，自认命苦，只能嫁到大山里啃苞谷。自从我堂姐当了尼姑，入了佛门，才摆脱了罗天成的纠缠。罗天成这该千刀万剐的，他没把我堂姐弄到手，又时常上我家门与我纠缠，吓得我父母只好提前给我办婚事……”

齐姑娘说到这里陡地停住嘴，脸上露出一种奇异的表情，苦涩和甜蜜的回忆，在她心头浮动：“我自认命苦，听媒婆说，男家虽在大山里，生活却很富裕，男人也不错……”

她眼前的火苗一闪一闪，幻化出许多年前的情景……出嫁前的火塘边坐满了人，姑娘们一张张年轻漂亮的面孔都含着微笑望着她这个新嫁娘，她穿着红袄红裤，唱着歌……

她说：“按山里的规矩，青头姑娘出嫁前，要坐三天歌堂。凡紧邻四舍，沾亲带故没出嫁的姑娘，都要来陪新姑娘坐歌堂，唱嫁歌，骂媒。一唱一和，异常有趣……”

这种风俗春燕以前听人说过，但从没见过歌堂的热闹情景。齐姑娘的叙述，把她带入了乌江畔古老的码头上，仿佛她也参加了十二年前齐姑娘出嫁前的歌堂……

齐姑娘出嫁时，也是这样的寒冬腊月，乌江两岸积着一层皑皑的白雪，碧蓝的江水哗哗地奔流，江面上缭绕着雾一般的热气。

寒风呼呼地吹，羊角碛码头边齐家的茅屋内，堂屋里生着两个火塘。一个火塘边坐满姑娘们，像众星捧月般坐在新姑娘的两旁；一个火塘边坐满了宾客，除了齐家的亲戚外，还有几个放筏匠也送了红包前来凑热闹。他们个个笑容满面，目光一齐投向另一个火塘边的姑娘身上，听她们唱嫁歌。欢乐的气氛，使他们忘记了岁月的艰难。年轻的媳妇们听得更是专注。她们已经失去了陪歌的资格，但都是陪歌的能手，她们坐在一边想起她们逝去的岁月，更增添了一些怅惘。

陪歌的姑娘们，个个脑后都垂着一根长长的独辫——这是姑娘没出嫁的标志，不论衣衫如何破旧，都洗得干干净净，辫子上用色彩缤纷的头绳扎得十分齐整。

姑娘们本来就红通通的面孔，被熊熊的塘火一烤，显得更加红艳。

欢笑声、对歌声在火塘边缭绕盘旋。茅屋外雪花纷飞，茅屋内热气腾腾，谁也不感到寒冷，人人笑盈盈，个个春风满面。

火塘四角用瓦盆盛着核桃、白果、望日葵、花生……

核桃、白果和花生都染成红、绿两色。因为白果不能生吃，姑娘边唱边将白果埋在热烫的柴灰里，不断用柴枝拨动，一会儿便捂熟了。

姑娘们都有一口整齐有劲的牙齿，她们不用钉锤敲砸，将核桃放进齿间轻轻一咬，咔嚓一声，核桃壳便裂开了。她们个个都是嗑望日葵的能手，在唱歌后休息时，只听见沙沙一片响，嘴里吐出的瓜子壳像雪片似的飘洒到地上，火焰上。

用钉锤敲击麻糖的声响叮叮当，响得有板有眼，抑扬顿挫。

有的姑娘还将用牙咬破的核桃，嬉笑着向另一个火塘边扔去，一般百发百中，正好击中放筏匠里自己的相好。

主人将一碗碗热气腾腾的清茶递到客人手中，茶的清香在茅屋里飘散。

即将出嫁的齐姑娘，已经将辫子在脑后绾了一个发髻，一支白铜簪横插在髻上。她照例开过脸——用麻丝蘸上糖壳灰绞光了她脸上的汗毛，显得容光焕发，格外娇艳。

她爹是猎手，时常进深山打猎，这门亲事是由他参定的。齐姑娘也跟她爹进山打过猎，比一般姑娘大胆强悍。这时新娘照例蹙着弯弯的细眉，不能露出乐意出嫁的样子。

齐姑娘此时确实十分忧郁，因为她早注意到王辉生正坐在另一个火塘边，不时偷觑着自己。她真有说不出的惆怅。

齐姑娘几次从旁边一个姑娘手中接过茶碗，喝茶润喉。她唱了一个又一个嫁歌，这些歌都是从小陪歌堂学会的。

她张开红润的嘴唇，一口整齐的白牙闪着珍珠般的光泽。她唱道：

大姐出嫁插银簪，
花轿抬到篱笆边，
迎亲唢呐呜呜响，
为啥不见新郎倌？

齐姑娘有一副好歌喉，像银铃般清脆，像蜂糖般的甜蜜，令人听后心醉。

她的歌声刚落，伴唱的一位姑娘接声而起：

门前有棵白果树，
喜鹊喳喳叫得喧；
为啥不见新郎面？
他在家中抽大烟。

齐姑娘马上接过来独唱：

姑娘好比红杜鹃，
听后心像滚油煎；
背时媒婆嘴巴馋，
东哄西骗把线牵。
哪管姑娘落深渊，
爹妈哪晓媒婆奸！

接着是合唱，姑娘们像一群画眉：

为啥不见新郎倌？
他在家中烧大烟。
…………

这时大门被人推开，一阵寒风卷进，许多人不由打了一个冷噤。

罗天成一步跨进，身后跟着两个背连枪的兄弟伙，大家不觉一愣。

大门重新关上，仿佛刚才卷进的寒气一下将屋内的欢乐气氛冲走了。

齐姑娘的父亲齐梅廷犹豫了一下，立刻强装笑脸，极不自然地说："罗大爷光临寒舍，是请都请不来的贵客。请，这边坐！"

姑娘们见是罗天成，一个个低垂下头，都闷声不响。

罗天成紧紧盯了齐姑娘几眼，才慢吞吞地向另一个火塘走去，口里说："恭喜，恭喜！”

不等吩咐，火塘边的宾客马上给罗天成让出一条长凳来，让他坐下。

齐梅廷十分恭敬地递上两匹叶子烟：“罗大爷，请抽烟！”

罗天成大模大样一摇手，并没接过叶子烟：“不用。我有香烟！”

他自己掏出香烟。齐梅廷不敢对他怠慢，忙从火塘里取出一根头上正在燃烧的枯枝，给罗天成点烟。

堂屋内一片沉寂，只有柴火燃烧发出的噼啪响，气氛显得紧张沉闷。显然，罗天成在这里是极不受欢迎的，大家畏惧他，都表现出拘谨小心的样子。

齐姑娘一见罗天成进门，不由感到惊诧，晓得他对自己也不存好意；不然她爹不会这么快便办婚事。她想到齐连香和许老大的事，心中更对他十分憎恨。她不再唱嫁歌，低垂着头，没有看他。

罗天成见歌堂陡地变得如此冷清，他盯着齐姑娘，不悦地说：“嘿嘿，我罗大爷来到贵府贺喜，为啥不唱，怕我给不起喜钱，是不是?”

他脸一沉，鼻里重重地哼了一声。

按坐歌堂的规矩，凡是对贺喜的宾客，理应唱歌表示欢迎，然后由宾客拿出事先准备好的红封喜钱赏赐给待嫁的新娘。新娘倘若嫌赏赐太少，还可以唱歌索取，直到满意为止。要是来贺喜的宾客太吝啬，允许新娘唱歌嘲笑，不算失格。

齐姑娘生怕惹恼了罗天成，新娘这时再不唱歌表示欢迎，就算轻慢失礼。齐梅廷见齐姑娘好像没听见罗天成的话，仍不理不睬望着炉火出神，忙走到齐姑娘身边说：“女，唱呀！罗大爷有赏！”

齐姑娘连头也没抬，轻蔑地说：“不稀罕他的赏钱！”

她的声音很大，罗天成装作没听见，盯住齐姑娘的目光热乎乎的。

齐梅廷的老伴死得早，齐姑娘跟他长大，他晓得她从小任性惯了，便用央求的语调重说了一遍：“女，唱呀，罗大爷有赏！”

齐姑娘见老父亲十分焦急，说话含着颤音，近似哭声，她心头顿时软了。

她勉强启齿唱，表情冷漠，歌声平板：

门前喜鹊闹得欢，
贵客到来柴门开，
来的贵客哪一个！

掌旗大爷在叫唤。

姑娘们机械地应着，显不出半点热情，带着敷衍的味道：

来的贵客哪一个！

掌旗大爷在叫唤。

…………

罗天成等齐姑娘他们唱完后，笑眯眯地掏出两枚银圆，拿在手中碰击，发出清脆的响声，起身往齐姑娘走去，想亲手交给她。他走到半途，一个小姑娘手中托着红漆木盘将他拦住，只好将两枚银圆扔进木盘。

罗天成认为自己出手便是两枚银圆，表现得十分阔绰，居然有人投来艳羡的目光，他得意非凡，不禁忘形。

罗天成没有回到原位，厚着脸皮想挤到齐姑娘身边坐下。

齐姑娘的神态冷若冰霜，她立刻起身回到自己的住房，紧紧地关上了门。

有几个胆小怕事的人，也站起身招呼自己的女儿："幺姑，我们走。怕雪垫厚了，看不清路！"

"大丫头，我们走，多几个人在一起走雪路热闹些！"

一会儿，堂屋里陪歌堂的女娃子走了大半，火塘边空出许多座位，一下便显得冷清了。

罗天成的脸色十分难看，因为是他不守规矩冲了歌堂，一时又不好发作。

齐梅廷以前常出门打猎，毕竟见过世面，忙大声说："不忙走，坐席，坐席！坐完席再摆歌堂。"

他转向罗天成说："罗大爷，请里屋坐，今晚要坐上席多喝几杯！"

罗天成感到尴尬不好下台，借势说："好的，好的，这喜酒是要多喝几杯！"

齐梅廷拿着点燃的蜡烛带路，罗天成带着两个兄弟伙跟在后面，走进了里屋去坐席。

听说马上开席喝酒，才将一些将要走的人稳住，紧张的气氛才松弛下来，只听桌椅一片响，不少人已坐在桌子边，等待开席……

二

齐姑娘娓娓地将她的往事向春燕讲叙，刚讲到这里，陡地听到后屋一阵苞谷须子窸窣响，她蓦地停住话头。

王疤子由后屋走进堂屋，打着哈欠，坐到火炉边。

齐姑娘问王疤子："你为啥不睡？坐到火塘边来干啥？"

王疤子将手中捧着的叶子烟凑近唇边吹热气，好使焦枯的叶片回潮，便于卷成烟卷："听你叽里咕噜讲得好热闹，我睡不着，也来听听。你摆的啥龙门阵？"

齐姑娘笑着瞟了春燕一眼，转对王疤子说："我与大姐摆家常，不要你听！去，钻进苞谷须子里去陪许驼子。"

王疤子嘿嘿笑了两声："许驼子早睡得死去一般……"

"去，快去，不要坐在这里讨人厌！"齐姑娘半真半假地说。

"好凶！等我把这杆叶子烟抽尽再走啰！"王疤子吧着叶子烟。

这时塘火渐渐小下去，屋里不亮堂了。齐姑娘到屋角抱来一捆柴火，加了几根到火塘里去。新加的柴火没有被红红的炭火引燃，冒着青烟往春燕面前涌去，春燕呛得咳嗽起来。

王疤子忙放下烟杆，顺手抢过插在塘灰里的吹火筒，凑近嘴唇，将腮帮胀得圆鼓鼓的不断往红炭火上吹气，"轰"的一声响，蹿起高高的火苗，柴火噼啪燃烧起来，火塘四周又照得亮堂堂的。

王疤子烧完叶子烟，不等齐姑娘赶他，自己回后房，钻进苞谷须堆子里睡觉去了。

刚才齐姑娘摆的那些生活情景，春燕从没听人说过，有一种新鲜感。她对齐姑娘的身世也很关切，她还不感到疲倦，很想叫齐姑娘接着摆完，但见齐姑娘两手托腮，凝然不动，好像睡熟了似的，她忍住了。

齐姑娘倏地动了动，伸手摸了摸蜷缩在她脚边上的黄狗。

黄狗在雪夜里异常安静，头搁在前伸的双腿上打瞌睡，它连眼也没睁，好像晓得是齐姑娘在抚摸它，尾巴摇了摇表示回敬。

齐姑娘瞥了春燕一眼，自动接着刚才中断的地方，缓缓地说："罗天成冲散了歌堂，那天晚上，我气得紧闭房门，连晚饭也没吃。我守住一盏桐油灯，昏黄的灯光闪闪烁烁，忽明忽暗。这时，宾客已经散了，雪夜里静极了，只有乌江的水在窗前不远的坎下奔流，发出咆哮的浪涛声。猛地我听见有人敲着窗门……”

齐姑娘眼前浮现出那时的情景，仿佛就发生在今天一般。

“哪个?”当时，齐姑娘听见有人在敲窗门，不觉一惊，犹豫了一会儿她终于大着胆子问。

“我！齐姑娘，请你打开窗门，我要与你说几句话!”

齐姑娘听出是一个男人的声音，她惊诧异常，也感到惧怕，一口吹熄了桐油灯。

敲击窗门的声音更急迫:“齐姑娘，你到窗边上来，我要与你说几句话。”

齐姑娘在暗影里半晌没回声。她觉得这个男人的声音很熟，想不起是哪个！

齐姑娘见窗前有个影子，衬着雪光显得很清晰。一会儿，因为她没回声，窗前的人影消失了，踏着积雪走了。沙沙的脚步声越去越远，最后消失了。她隔着窗，靠反射的雪光，可以看见在雪地上留下的一行脚印，直通到陡坎边。坎下便是水流湍急的乌江。

齐姑娘蓦地想起，那男人的声音很像王辉生，窗前人影的轮廓也像他。

齐姑娘更惊疑不定，不晓得王辉生深夜敲她的窗门，为啥?

齐姑娘站在窗前呆住了。她以前主动向王辉生表示过爱慕，而王辉生却不大理会。现在，她明天便要上花轿，嫁到大山里去了，王辉生不避嫌疑，深夜敲窗，想来是有重要话要说！

她心里懊悔起来，为啥当时没听出是他！自己不理他，想来王辉生再也不会来了。

“明天，明天……”

她心里重复出现这两个字，明天上花轿抬进大山，据说要走几天山路才到……何时方能回到羊角碛。即使回到羊角碛娘家做客，放筏匠的足迹遍乌江，行踪不定，哪能刚好遇上王辉生放筏停在羊角碛码头！

齐姑娘的面孔贴近窗前玻璃，玻璃上已结上一层霜，已经不透明了，看不清外面的情景。

她心里喜欢王辉生，今夜只怪自己耳朵不灵，白白放过这个机会，也许今生再见一面也难了。她失魂落魄般离开窗边，颓然地坐在床沿上发呆。她不想再去点燃桐油灯，房内黑洞洞的；她的心里感到茫然，也是黑沉沉的一片。

窗外仿佛又有轻微的脚步声，响到她的窗前。

齐姑娘一阵兴奋，心急剧地跳动起来。她想，王辉生回来了。只要他肯，她愿立刻跟他走，跟他住在木筏上，在乌江上四处为家……其他的事便不管了。

她摸黑走到窗前，听到窗门的闩子喳喳响。齐姑娘晓得是窗外的人在用刀片插进窗缝拨动窗闩。

齐姑娘没有出声，她高兴极了：王辉生既然有这个胆量去拿刀片拨开窗闩进来，不爱她，是不会这样冒险的。

齐姑娘伸手想去拉开窗闩，放王辉生进来，手伸到半途又缩了回去，脸上露出犹豫的神态。她改变了主意，让他自己拨开门跳进窗台，自己既不算俯就，对他也是一种考验。她认为，这才足以说明，王辉生是真正爱她。在她看来，一个放筏匠爱一个女人，应该有这个勇气。因为她从堂姐那里知道，许老大最初追求她，就是拨开窗子跳进去的。

拨动窗闩的微弱的声音，时断时续，仿佛窗外的王辉生仍有些胆怯迟疑。她在黑影中不觉暗笑："哼，原来只有这点胆量！"她怜惜起他来，想到他在窗外雪地里站了那么久，一定快冻僵了。她正想伸手去打开窗闩，主动放他进来，恰好这时窗闩被拨开了，寒风吹开了两叶窗门，发出哐当的刺耳响声。齐姑娘由于矜持，身子一闪，离开了窗户几步远。

一个黑影吃力地爬上窗台，笨拙得像一只狗熊，令人十分好笑，接着"咚"的一声从窗台跳下，差点摔在地上。

齐姑娘暗笑，平时动作敏捷的放筏匠，为啥如此笨手笨脚？

她来不及细想，多时来积压在心里的对王辉生的爱慕，一下爆发出来。她不再矜持，扑上去揽住那个黑影，声音饱含着热情和悲哀："你为啥早不来跳我的窗台，我，我……"她高兴得埋到他怀里啜泣起来。

那黑影也搂住齐姑娘，喜不自禁地说："哪晓得你对我这么好，不然我早来……"

齐姑娘猛地一惊，听出不是王辉生的声音，她使力一推那人："哪个？"

"咦，难道罗大爷的声气也听不出！"

齐姑娘万分意外，她也听出是罗天成的声音，并不是王辉生。

罗天成扭亮电筒，白花花的亮光照射在齐姑娘的面孔上："齐姑娘，你不想嫁到山里去，现在还来得及，你只要顺从我，答应给我当小，一切事情包在罗大爷身上！"

罗天成一步步向齐姑娘逼去。齐姑娘已闻到罗天成喷出的酒气，十分熏人。

齐姑娘被亮光照射着，眯细着眼，已一步步退到墙边上。电筒的光亮熄了一下，齐姑娘迅速将靠近的猎枪推上了打猎的火药，扣上扳机："罗天成，你这个丧尽天良的东西，害了我堂姐，还要害我不成！滚，快从窗口滚出去，不然，我开枪了。"

罗天成见齐姑娘怒睁着双眼，枪口离他不过几尺远，瞄着他的胸膛。他一惊，忙说："齐姑娘，为啥突然变脸，你把火药枪放下，怕走火……"

"走不走，再不走，我开枪与你拼了！"齐姑娘恶狠狠地说。

罗天成这时才想起，齐姑娘是猎手，不比齐连香那么驯善，能说便能做到，他犹豫了一下："好，我走，我走！"

窗口还没关上，他爬上窗台……

齐姑娘见罗天成电筒一灭，以为他要跳出窗台去，殊不知罗天成蓦地跳下窗台，一把将她箍住，按倒在地上。

齐姑娘猝不及防，罗天成毕竟是身强力壮的男人，她被他压在地上动弹不得。

齐姑娘想叫喊，罗天成十分在行，早将一条手帕塞进她的口中。

她明知开枪击不中罗天成，也只好扣动扳机开枪，想用枪声惊动别人，可是罗天成已伸出指头隔住火帽，扳机击下并没引发弹药。

齐姑娘挣扎着，抵抗着，最后力气使尽，四肢像瘫痪了似的，再动弹不得，只是喘息，听任罗天成将她抱上床铺。

罗天成张牙舞爪地想脱去齐姑娘的衣裤，一个人影蓦地从窗口跳进，手脚十分轻捷，落地并没发出多大声息。他上前抓起罗天成，以迅雷不及掩耳的快速，一拳击在罗天成的太阳穴上。

罗天成"哎哟"一声，一下便被击倒在地上。

"妈的，我正要找你算账，你竟跑到这里作恶来了！"

齐姑娘听出这声音是王辉生，这时她已缓过气来，忙掏出口中的手帕，跳下床来："辉生哥，他……"她哽咽住了。

王辉生顾不得搭理齐姑娘，他扑上去压住罗天成扭打着。

房内没有亮光，齐姑娘只见两个人影在地上滚动扭打，分不清谁是王辉生，谁是罗天成，一时帮不上忙，只是在一旁焦急万分，手足失措，不晓得如何是好！

房内的响动，早惊动了齐梅廷，他站在门外捶门："姑娘，发生了啥事，快开门!”

齐姑娘摸索到门边拉开门闩，齐梅廷手中拿着一把燃烧的松油烛跨进门来，看不清地上滚动扭打的两个人是哪个！只是站在一边瑟瑟发抖。

王辉生见有人进屋来，稍一分神，手松了松，罗天成拼死挣脱了。

罗天成不顾一切，仍从窗口跳出，踩着积雪跑了。

王辉生从腰间摸出一把尖刀，也跳出窗口紧追罗天成不舍……

齐梅廷问齐姑娘发生了啥事！齐姑娘也说不明白，只是说罗天成拨开窗门，进房企图强奸她，王辉生从窗口跳进来救了她。

齐梅廷一贯胆小怕事，晓得这事闹大，罗天成不好惹，会从天掉下一场祸事来，不住唉声叹气，只是说：“明天一早便发亲，一早便发亲!”

他想，只有将齐姑娘嫁走，这事才可以平息。闹腾了一阵，大家才散去。齐梅廷还要连夜安排一早发亲的事情，安慰了齐姑娘几句，叫她紧闭门窗，说着走了。

房里又剩下齐姑娘一个人，公鸡已叫头遍，离天亮不远了。她想到今夜发生的事情，真像噩梦一般。她弄不清王辉生来找她干啥，又正巧救了她，心中一串疑问。

齐姑娘用依恋的目光仔细看了看自己的住房，房子虽然简陋，毕竟住了这么多年，眼看再隔几个小时便要离开这里，去到山里，夫家是一个陌生的地方，不晓得丈夫怎样，前面的命运吉凶如何，这些都使她忧虑担心。

她想到王辉生，不晓得他追上罗天成没有？斗得过他吗？

“唉，辉生哥，不能见你一面再上花轿，我一辈子都不安啊!”

齐姑娘叹口气，心里这样说。

櫜、櫜、櫜……

齐姑娘又听到敲窗声，她顿时大惊失色，想上前吹熄桐油灯。

“齐姑娘，快开窗，我是王辉生!”

齐姑娘听清确实是王辉生的声音，忙上前拉开窗门。

窗门打开，一股寒风吹进来，桐油灯闪烁了几下，熄灭了。

“辉生哥，进来呀!”齐姑娘的声音含着深情，想不到他又来了。

“我不进来了。我有几句话与你说!”王辉生在窗外说。

“站在雪地冷，快进来吧!”齐姑娘焦急地说。

王辉生仍不愿进来。他说：“我刚才来是想向你辞别的，你不开窗，我只好离开。我不死心，第二次来正好碰上罗天成……”

齐姑娘隔窗惊诧地问：“你要到哪里去……”

王辉生说：“罗天成砍了我一刀，至今留下疤子，此仇不报，不算大丈夫男儿汉！你要嫁到山里去了，我也要走了。”

齐姑娘见他仍没说出去哪里，她又问：“辉生哥，你究竟去哪里？怎样去报仇？”

王辉生咬牙切齿地说：“我要杀死罗天成，为许老大，为齐连香，也为我，也为你！”

王辉生顿了一下：“杀死罗天成，我给草鞋鼻子作个揖，离开龚滩河，去贵州找红军，他们还没走远，我当红军去！我刚才没追上罗天成，我还要黑整[1]他！”

齐姑娘不晓得哪来的胆子，毫不羞涩：“辉生哥，我喜欢你，我愿跟着你一道找红军去……”

“那怎行！”王辉生一口拒绝，“齐姑娘你保重，我走了。”

“不忙走，我还有话说！”齐姑娘失望地说，“辉生哥，我晓得你不喜欢我，我……”她痛苦地哽咽住了。

“齐姑娘，不是的，我喜欢你。我要杀罗天成，怕连累你，所以我不能跟你好！”

接着他又急声说：“我不喜欢你，哪个会深更半夜来敲窗，向你辞别！”

不等齐姑娘答话，他说了声：“齐姑娘，我走了！”

他仿佛怕齐姑娘会追他似的，闪电般地走了，消失在雪夜里。

齐姑娘站在窗口呆了……

三

齐姑娘讲到这里，蜷缩在她脚边的黄狗陡地睁眼昂头，竖立耳朵仿佛听见点响动，望着大门“汪汪”地叫了两声。

1 四川话，暗杀。

齐姑娘伸手抚摸着它的头部："不要叫，乖乖地睡！"

黄狗像懂得齐姑娘的语言，摇摇尾巴，安静下来了。

春燕见塘火不旺，用火钳将柴火下的灰烬掏空，塘火立刻旺起来了。她来慈虎岩不久，已学会了生塘火。

齐姑娘已无心做针线，早将鞋底放进针线箩里。许多年前王疤子雪夜从她窗前离开的情景，至今想起来仍感到很清晰。

春燕一只手还用布带吊着，齐姑娘晓得她不太方便，时常问她喝不喝茶，或问其他……

齐姑娘双手又托着腮，火苗的光亮太刺眼，她半闭着眼，呼吸十分均匀，胸部随着呼吸有节奏地起伏。

"齐姑娘，你嫁到山里以后的事呢？"

齐姑娘的叙述，引起了春燕浓郁的兴趣，好像她俩的心一下贴近了不少。她迟疑了一会儿，又问齐姑娘。

齐姑娘半闭的双眼睁开来，沉重地叹口气："想起嫁进山里最初几年的生活，真像做了一场噩梦……"

春燕没插嘴，一直仔细地听齐姑娘讲……

齐姑娘嫁的男人瘦得像个吊颈鬼，细长的颈子吃力地支撑着脑袋。但他却是一个种鸦片烟的能手，家中种了几亩地的鸦片烟，长得很茂盛，结的烟果比谁家的都大。

给齐姑娘留下的最深刻的印象，便是地里花开的季节，屋前屋后开满了娇艳无比的花朵，每当她心情寂寞时，常站在地边上观看这些色彩缤纷的花朵，忘神入迷。

艳丽的花朵凋谢了，结下累累的果实，用烟刀将果实割开一条裂口，像琼浆一般的烟液就从割开的裂口渗出，然后再用铜刀刮下，盛在一个竹筒里，一天便能收集到一小坛。

她家种鸦片烟年年丰收，却不能给他们带来好生活。她的男人便是一个大烟鬼，除了种植和收割鸦片外，便成年累月躺在铺上烧大烟。

齐姑娘叹自己命苦，真好比一朵鲜花插在牛屎屉上，婚后的生活并没给她带来欢乐。她自怨自艾，但也要遵循自古以来公认的妇女美德——嫁鸡随鸡，嫁犬随犬，安守本分，逆来顺受。

她年轻能干，从小跟着父亲打猎，练出了一手好枪法。家中缺盐少米，便带着黄宝——就是现在这只黄狗的上一代，单身撞大山，出没于悬岩老林之间，去猎取野物来贴补家用，家中的生活勉强可以维持。

齐姑娘习以为常，出外打猎反而成了她个性的一种解放，沉闷的家庭生活令她喘不过气，到大自然中去可以自由自在，不再受啥礼法的束缚！

一年四季，冬去春来，深山老林里自有一番景致、气象。暮春时节，踩着厚厚的一层枯叶，在参天的古树中穿行，古树上纠缠垂吊着许多藤葛，走累了可以坐在藤葛上歇息，任藤葛随意晃荡，比吊床还舒适；渴了，可以拿出挂在腰间的小葫芦到小涧中灌满泉水，喝个痛快。

山野里开满色彩绚丽的野花，齐姑娘也有爱美的天性，边走边任意采摘路边的花朵，插个满头。

她在深山里感到孤独忧郁时，可以对着生满杂草的空谷，纵情歌唱，让空山回应，鹊鸟惊飞。

饿了，她找条小溪，生堆篝火，像原始人那样，将剥皮洗净的野物架在篝火上烧烤。四溢的食物香味惹动她的食欲，她取下烧烤好的野物，用她锐利的牙齿撕咬吞咽，剩下的丢给黄宝饱餐。

倦了，她可以随时寻个理想的岩洞，生上一堆火，铺上随身带着的虎皮，美美地睡一觉，安全地度过一夜。猎犬黄宝是她忠实的警卫，会在遇到危险时叫醒她。

一天，她已捕获到一担野物，挑着急急赶回家，路过一个山洞时，黄宝却停下来，望着洞口汪汪叫。

齐姑娘以为黄宝发现洞内藏有野物，她也挑不动，不愿再猎取了。

“黄宝，走！”

黄宝很通人性，要是以往，它会马上停止狂吠在后赶上。可是这次黄宝毫不理会齐姑娘的呼唤，仍站在那里继续“汪汪”地叫。

齐姑娘只好放下担子，想歇息一会儿再走。

黄宝叫着钻进洞里去了。接着，齐姑娘听到洞里传来吆喝狗的人声，闻嗅到洞内传出的烟火味。

齐姑娘感到奇怪，这一带老林人烟稀少，荒漠无人，谁人住在这种洞子里？

“难道有棒客住在山洞里？”

齐姑娘刚这样想，马上否定了自己："不可能，这一带不是到贵州的路，商贩都不通过这里，棒客抢谁？"

黄宝在洞里叫声更急了。齐姑娘手里握着火药枪，想进洞去看个究竟。她警觉地贴着洞壁一步一步往里走，走了十几步，黄宝边叫边回到她身边。

洞里有一堆火，火堆边有一个人半坐半躺，背靠在洞壁上，发出低低的呻吟。

她见没有什么危险，将火药枪挎在肩上，向火堆走了拢去。

一张枯槁的面孔正对着她，这人额上有一道愈合的伤疤。齐姑娘一愣，惊问："你，你是王辉生？"

那张有疤痕的枯槁面孔，一时没认出齐姑娘，惊疑不定地望着她："你，你哪个认识我？"

"啊！真是辉生哥！我是齐姑娘，你不认识我了！"齐姑娘惊喜交集，放下火药枪，上前跪下扶住他。

"啊，是的，真是齐姑娘！"王辉生无神的眼睛顿时亮起光彩，"想不到会在这里碰着你！"

齐姑娘听他的声音如此衰弱，不禁问："你……你为啥弄得这样？"

王辉生说话非常吃力："我去杀罗……没杀到他，他……到处捕捉我，我……红军走远啦，只得躲进深山老林……我险些喂了大猫，腿受伤啦……"

齐姑娘从王辉生断断续续的话里，大致明白了他的情况，听说他腿部受了伤，忙卷起他的裤脚查看，腿部的伤口已化了脓。

齐姑娘认识草药，立刻出洞去寻来一把草药，嚼烂给他的伤口敷上……

齐姑娘将王辉生背回家中，将息了一段时间，伤口好了，从此王辉生便留在了齐姑娘家……

齐姑娘摆到这里，蓦地沉默了。火塘里的火已经剩下一堆红红的炭石，齐姑娘没再往塘里添柴。夜已很深，齐姑娘大概也讲倦了。

春燕好像还有点不满足："你那鸦片烟鬼男人呢？是不是害病死了？"

齐姑娘摇了摇头。

"是不是离了婚？"

春燕迟疑了一下才这样问，因为这一带好封建，女子从一而终，是不兴离婚的。

齐姑娘好像不愿谈及，依然摇了摇头表示回答。

春燕不便再问，望着红红的炭石出神。

齐姑娘沉默了一会儿，自动提及：“大姐，你猜不出，我那死鬼男人是哪个死的！”

春燕见齐姑娘脸上含着甜蜜蜜的微笑，她摇头说：“我真猜不出！”

“老实告诉你，我那男人是我亲自杀死的。你想不到吧！”

春燕吃了一惊，见齐姑娘说这句话时语气十分轻松，脸上仍然笑得那么自然、甜蜜。

不等春燕问，齐姑娘接着说：“他干涉我与王疤子相好，还想把我卖给我们这一带的山大王黄吉辉当小，你说他可不可恨，该不该杀！”

春燕不晓得如何回答齐姑娘，照伦理和法律来说，齐姑娘杀亲夫，是大恶不赦的死罪；照道义上说，她是维护自己的自由和幸福，属于自卫性的反抗，是无可非议的。

春燕沉思了一下，问：“你杀了亲夫，难道别人不晓得？不追究？”

齐姑娘听后忍不住咯咯笑起来：“大姐，我们这里是山高皇帝远。仇杀，只有互相报复，哪个也不会过问。粑人[1]逗人欺；歪人[2]受人尊敬。杀个把人……哼，算啥！”

她用火钳拨动热灰，将燃烧剩下的红炭石埋起，明天拨开就行，不用重新生火。

齐姑娘埋好火炭，手上拿着一把点燃的松油烛：“大姐，我们去睡！明天起早，你下山要赶路！”

齐姑娘领着春燕进了卧房。

春燕与齐姑娘躺到床上，齐姑娘一会儿便睡熟了。

春燕却没睡着，她在黑暗中睁着双眼望着帐顶。她在想齐姑娘刚才所谈的事。对这个女人，她认为不可思议。春燕到这里来养伤，齐姑娘对她细心体贴，比亲姐姐还温柔；而齐姑娘杀死亲夫，就像猎人杀死野兔一般平淡……

明天一早要离开慈虎岩下山了，春燕心中不由又产生出一种依恋的心情，齐姑娘给她留下的印象，总的说来，确实不错呢！

---

1 四川话，软弱的人。

2 四川话，恶人。

第二十四章

一

夜很深，石牛场上，打更匠苏幺爸提着铜锣打着二更，吆喝着：“小心火烛，谨防盗贼！”由郑大小姐烟馆门过去不久，有几个过足烟瘾的烟客，先后从虚掩的大门跨出，打着哈欠，伸着懒腰，在暗影中像幽灵般飘走了。

在烟馆的外间，用木板搭成的连铺上，铺着廉价的黄篾席，隔一定距离摆着一副烟盘子，可以同时摆十多副。烟客们侧卧在烟盘子旁边，一人守着一盏烟灯，豆大如萤的灯火可以照清烟客的面孔，在泛黄的粉墙上投射下一片模糊的影子。他们表情各异，面孔大都瘦削，衔着烟枪吸烟的那副贪婪相却大体相同。

烟客走后，烟堂倌立刻拾好烟盘、吹灭烟灯端走，留下了许多空当。

连二铺上还侧卧着几个烟客，他们蜷缩着身子在迷迷糊糊打瞌睡，显出不急于马上离开的样子。烟馆有时会拿来一床单被给睡着的烟客盖在身上，要是烟客出手漂亮，可以额外给点小费。有些人吸鸦片烟穷了，此时还赖在烟馆里不走，想将就在烟铺上过一宵，烟堂倌会上前一口吹熄烟灯，轻蔑地说：“喂，走得了！灯油贵得很。”

这种烟客大都是厚脸皮，对于烟堂倌的蔑视毫不介意，仍然蜷缩着身子，连动也不动一下，仿佛守住烟盘子仍然可以过瘾似的。

烟堂倌把这种人也无可奈何，只好听任他们留在铺上。

郑大小姐的内房，此时又是一番气象。

一盏漂亮的美孚灯吊在天花板下，宁式床上，郑大小姐侧卧在烟灯旁亲自裹烟泡侍候。

熊世发已过足了烟瘾坐起身，向坐在榻板杌上的王巡官谦让说：“请！”

王巡官假正经说：“区长，我不会抽！”

“哎，抽杆耍烟，提提神，一会儿，我们还有事情商量！”熊世发热情地邀请，“我没瘾，也是抽耍烟。”他接着“嘿嘿”干笑了两声。

王巡官仿佛十分勉强：“抽耍烟……”他含糊地说了半句，不再推辞，躺到熊世发刚才侧卧的地方。

坐在榻板另一侧矮杌上的是申小旦，他目前由重庆调回涪陵侦缉队当副大队长，品级比熊世发和王巡官都高。他仍然秀里秀气，举止行动都像个女人，不过穿上一套毛料西装，比以前气派。他脸上被段玉兴打伤过的疤痕，由于年代已久，不留意看不出来。他年过四十岁，唇上仍没长胡髭，下巴也光光的，要不是喉头很高，真看不出是个男人。

申小旦确实没有鸦片烟瘾，不管熊世发如何劝他，他仍不肯躺到烟铺上去抽烟。熊世发只好听便。

他与王巡官平时捉拿烟客十分厉害，许多烟客可说谈虎色变，但此时睡在外面连铺上的烟客，并不晓得他俩在里间屋，要是晓得，恐怕早被吓得溜光了。

这宁式床前榻板两侧的矮机，本是以前大户人家服侍他们的丫头或仆妇的座位。因为机太矮，熊世发和申小旦屈膝弯腿，感到十分不舒服。

熊世发以前看不起申小旦，现在这个像太监般的男人，居然衣锦还乡，当了涪陵侦缉队的副大队长，扼守进出大山的要津。他还听说，申小旦在军统局本部工作过，经常随侍戴笠，更令他肃然起敬，不敢对他怠慢。

熊世发起身一脸笑："队座，请到太师椅上就座！"

"队座"这称呼是熊世发揣摩出来的，报上称蒋委员长为委座，称王陵基为军座，当然应该称申小旦为队座。

申小旦虽在重庆混了这么多年，由于他外貌似男非男，令人看见不舒服，加之才能平庸，一直没提升，都是仰人鼻息，干跑腿的杂事。

这次委任他回涪陵当副大队长，也算是时来运转，因为涪陵梅垭上发生了枪击事件，孙大胜估计是春燕所为，需要一个熟悉涪陵情况的人来加强涪陵侦缉队的工作，便匆匆物色到他。申小旦接受了指示，到涪陵刚上任，为了抢功，便坐着滑竿，带着人连夜赶到石牛场，恰逢王巡官为朱佳富的祖坟被盗一案来石牛场抓人，遇到一起来了。

申小旦听熊世发称他队座，不禁眉开眼笑，陡地站起身来，不留意额角碰在床架上，失声大叫："哎哟！龟儿碰得好痛。"

熊世发听他自称龟儿，差点忍不住笑出声。他强忍住笑，上前摸了摸申小旦的额头，抚慰说："队座，碰伤没有？"

申小旦摸出一张花手绢，推开熊世发的手，用手绢捂住额头，不住地揉动，苦着脸说："还问碰伤没有！你看，龟儿碰起了一个大青包。"

他拿开捂住的手绢亮出额头，自动走出榻板凑近美孚灯的光亮："你看，是不是起了一个大青包！"

熊世发跟在他身后，上前一看，额头不过有点红晕，并没肿起青包。

郑大小姐放下烟签子，起身去倒来一碗烧酒，用火点燃，伸手从碗里抓起一把绿荧荧的烟火，蘸到申小旦的额头用手揉动……

忙乱了一阵，申小旦苦着的脸才松开。郑大小姐仍旧躺回宁式床上，替王巡官裹烟泡。

熊世发亲手递上一碗刚泡的沱茶，申小旦喝了一口，马上吐掉："呸，好苦！我要吃香片，这沱茶太苦！"

熊世发见申小旦嗲声嗲气，一副轻狂、毫不稳重的相，心中早看轻他，但不敢露在面上，赶忙叫人重新给他泡上一碗香片。

申小旦也感到自己是官，官要有个官相，可无论如何留意，还是不禁露出他的本色！

他故作姿态地轻轻一咳，端起茶碗学着揭开茶盖撵了撵浮在上面的茶末，然后尖着嘴唇品了一口，摇头晃脑说："这香片味正，绝不是相因货！"

熊世发凑趣说："我晓得队座喜欢饮香片茶，我特地派人去县城买回，是成都重制的省城货！"

申小旦也听不出熊世发的话有漏洞，满意地点了点头："娘的稀匹，原来是省城货，怪不得味道这么醇香！"

他以前听戴笠常把娘的稀匹带在口上，以为是一句官话，十分气派，所以他话中除了老子、龟儿之类的四川话把外，还带上了宁波话把。

熊世发不懂得娘的稀匹的真正含义，不仅在石牛场没听人说，他常去涪陵，也没听到过，感到新奇，轻视申小旦的情绪减弱了好多！

"队座喜欢，你走时我送你一大包，带回涪陵慢慢品尝！"熊世发说话时，嘴巴一张一合，门牙镶的几颗金牙闪烁着黄灿灿的光。

"谢谢！"申小旦装腔作势欠了欠身，文质彬彬地说。

王巡官过足了烟瘾，他的地位比申小旦小多了，踱了过来，摸出烟匣取出一支香烟递到申小旦手中，谄媚地暴齿一笑："队座，请抽！"他也学熊世发的样，如此称呼他。

申小旦故意摆架子，斜睨了王巡官一眼，让他划燃火柴给自己点燃香烟，并没道谢，也没招呼他在身旁的空椅上落座。

王巡官先到石牛场，熊世发很巴结他，随后申小旦来了，熊世发转对申小旦巴结，对他陡地冷淡下来，他心中虽不自在，也不敢说啥！只是急于了结自己的事，好回去交差，不愿再多留。

王巡官自己找个空位坐下，迫不及待地对熊世发说：“熊区长，让金四跑了，光捉住一个说善书的先生，叫我如何回去交差！朱佳富是你们这里的人，目前来头大得很！我们局长奉到上峰命令，丝毫不敢怠慢，叫我……”

王巡官注视着熊世发，以下的话用目光代替了。

熊世发晓得王巡官说的不是假话，当年随金四到涪陵便亲见过朱佳富的排场，这两年朱佳富回乡两次，他晓得如今他比当年更有权势，不认真查办，是敷衍不过去的。那位说善书的白先生，因听郑大小姐说，是他慌里慌张把金四拉走的，嫌疑很大，故此将白先生抓了起来。他和王巡官已将白先生提来过了堂，还用过刑，而白先生一口咬定：他约金四去万天宫吃汤锅喝干酒，出了烟馆以后，金四不肯去，他们就在烟馆门口分了手，其他一切不知。

白先生说得尽情尽理，熊世发不便再对白先生用刑。显然金四是预先得信才逃跑的。是哪个走漏的风声哩？熊世发得到苏幺爸的信，才与白先生在善堂门口分手，白先生不可能知情。莫非是……

王巡官见熊世发半晌沉吟不语，又追问说：“熊区长，你看啷个办？”

“啷个办？叫我有啥法！人长两只脚，大道小道千万条，晓得他往哪里跑了？”熊世发见王巡官逼着问，脸上现出不悦的样子。

熊世发当面顶撞，王巡官也变了脸：“咦，熊区长，你啷个开黄腔！难道干看金四跑了不成？我是晓得熊区长的为人，实在是有难处，但我们的局长，未必谅解你！因为你在金家大院当了两辈人的管事，会认为是你徇情私放！”

熊世发听王巡官带点威胁的意味，他哪把王巡官放在眼里，气鼓鼓地半晌没作声。

“咦，熊区长，这个朱佳富确实得罪不得，我亲见他时常在孔公馆进出，孔二小姐平时对戴老板都爱理不理，可是对朱佳富却热情得很！你想，他有多大的面子！”申小旦也帮王巡官说话。

熊世发因申小旦是他的直接上司，不便不理。他一顿脚，下决心说：“我马上调齐区队人马，打起灯笼火把，连夜搜山。我晓得金四的脾气，目前他不会走得很远，一定在后山上躲起来观风！马上去……”

熊世发说到这里，注意到门帘外有个暗影，忙住嘴，向外大声喝问：“哪个站在门外？”

一个人随声撩开门帘走了进来，面对熊世发问："是我。熊区长，区署的师爷叫我来问，宵夜的酒菜早已准备好，是送到这里来，还是等你们回区署去吃？"

熊世发装作不在意的样子说："原来是苏幺爸。你打过二更，现时离三更恐怕不远了。"

他不等苏幺爸回话，接着说："叫师爷把酒席送到这里来！"

他见苏幺爸回身要走，又补了一句："你对师爷说，叫他把邢班长找来，把人集合好，准备一些灯笼火把，等候我的命令！"

熊世发眼见苏幺爸撩开门帘出去，走远了，脸色顿时一沉，向身边的郑大小姐低声说："快，派人把苏幺爸监视起来，多派一个人，有情况随时回来报告！"

郑大小姐原对金四有意，听说他与盗墓有关，吃了一惊。她虽已破落多年，说不上有高尚的品格，也不禁感到金四如此作为，有伤门风，对他并不同情。她听熊世发这样吩咐，想不出为啥要监视苏幺爸！

熊世发见郑大小姐迟疑不动，迷惑地望着她，又重说了一遍："快，派人把苏幺爸……"

郑大小姐见熊世发脸上没得一点儿笑意，严肃得很，不敢再耽搁，立刻撩开门帘出去，喊醒睡在连铺上的陆吵吵。

陆吵吵是郑大小姐安插在外屋的耳报神，专门偷听那些烟客的闲谈，择有价值的向郑大小姐报告，可以得到几盒烟膏的奖赏，平时十分卖力。近来郑大小姐要他从烟客的谈话中找出那个女共产党的下落或可疑的线索，至今还没一点儿收获。

因为连铺上还有几位没走的烟客，正守着烟灯打瞌睡，郑大小姐将他叫到另一间房中，向陆吵吵布置了一番……

郑大小姐回来，向熊世发微微点了点头，表示已办好。

王巡官正问熊世发："区长，这个打更匠，难道与金四有关？"

熊世发深沉地一笑："王巡官，哪个你成了外行，不清楚下属的情况！"

"清楚，哪会不清楚！"王巡官不悦地说。他不再问，生怕别人说他外行，熊世发也不点明，把话扯到其他事情上去了。

其实，每个地方的打更匠，一般跟官府和盗贼都有一定的联系。打更匠没有固定的工资，全靠保、甲长为他摊派点捐款维持生活。他们长年累月熬更守夜，大都染上了一副鸦片烟瘾，这点捐款如何能够维持生活，因此他们大都与毛毛贼私通，靠毛毛贼送点供奉贴补。懂得这点诀窍的富户，每逢三大节日，只要送点钱给打更匠，打更匠自会向毛毛贼拿出上服，这些毛毛贼轻易是不会光临这些富户，可保清吉平安。

熊世发联想到金四这件事情，苏幺爸虽没参与机密，当时却在区署闲荡，难免不听到点风声。他还听到密报，事前有人看见苏幺爸与白先生在善堂后面的山坡上，鬼鬼祟祟地谈悄悄话。熊世发心中对苏幺爸本有些犯疑，刚才见他在门帘外站住，显然是在偷听，所以更加疑心，才布置人监视他。并且故意把连夜搜山的事漏给他听，诱使他上钩。

二

在郑大小姐的烟馆里吃过了区署送来的夜宵，申小旦已熬不住，要去睡觉。熊世发亲送他到区署特为准备的卧房里，安排他歇息后，又回到郑大小姐的烟馆里。

邢班长早将区丁集合好，因为连夜搜山是件苦差事，熊世发操漂亮，叫他们每个人可以在郑大小姐烟馆里抽两颗烟泡，由他请客——话虽如此说，所用的花费，事后还不是往下一摊派就完事，哪会真掏腰包由他出钱！

几个睡在连铺上的烟客，不等人赶，一见这个阵势，早趿着鞋子溜走了。区丁们两个共一个烟盘侧卧在两侧，把汉阳造的夹服步枪搁在脚边，迫不及待地吞云吐雾起来。

熊世发坐在太师椅上，从郑大小姐手中接过水烟袋，咕噜咕噜抽着水烟。

王巡官过足了烟瘾，没有一点儿倦意，坐在另一张太师椅上不断抽香烟，地板上扔了不少的烟头。

郑大小姐忙碌了一天，她蜷缩着侧卧在宁式床的烟灯边打瞌睡，稍有响动，就把眼睛一睁，马上就起身来照应——凡是瘾君子都有这种本领，只要守住烟灯蒙眬片刻，就像睡足觉一样的精神抖擞——照应完又往宁式床上一躺，闭上眼养神。

陆吵吵将带去的王吹吹留下继续监视住苏幺爸，自己往返跑，不时来报告苏幺爸的情况。

开初几次，看不出苏幺爸有啥异常，熊世发的信心有些动摇，认为苏幺爸可能与此事无关，到头来会熬个空夜。他不想再抽水烟，将水烟袋往桌上一搁。近来连出两件事情，上面如此催逼，令他有些伤神。他有些困倦，眼皮渐渐沉重，为了不致打瞌睡，站起身在房里两手抄在背后慢慢踱着方步——这些年，他也学会斯文样，变得文气一些。

王巡官已等得不耐烦，接连催问了几次，问他既然搜山，为啥还按兵不动，监视打更匠是白费力气！

熊世发不愿解释，只是叫他耐心等一等。王巡官无可奈何，只好坐着干等。

一阵急促的脚步响，熊世发晓得陆吵吵报信来了，单听这急促的脚步声，便猜出一定有了新的情况。他精神一振，几步迎到门边。

撩开门帘进来的果真是陆吵吵。这人本名已很少有人知道，他一副沙喉咙，说话吵吵嚷嚷，由此得了这个诨名。他唇边两撇稀朗朗的黄胡须，说话露出几颗不整齐的黑门牙，头上戴着牛屎毡碗（帽），就是在冬天也喜欢将外面的罩衣敞开不扣。

他一见熊世发便兴冲冲地大声吵嚷："区长，苏幺爸悄悄从他家的后门摸出……"他十分扬扬自得。

"娘个匹，你龟儿小声点不行！"熊世发打断他的话。

陆吵吵毫不在意，仍然兴冲冲的，只是将声音压低了些："苏幺爸从他家后门摸出，上山去了！"

"好！"熊世发也很兴奋，"苏幺爸还要回来打三更，金四暗藏的地方一定不远！"

他把挂在床架上的连枪取下斜挎在肩上："王巡官，走！"

王巡官也掏出一支勃朗宁手枪跟在熊世发身后，跨出房门。

"邢班长，带起人上山，叫他们在路上不要弄出声响惊动他们！"熊世发命令说。

外间连铺上的人都跳下地，忙乱了一阵，一会儿就由熊世发亲自带着人急速走出了烟馆。

三

苏幺爸听到熊世发要连夜去搜山，不禁吓了一大跳，他从白先生口中已知道，金四躲在后山的废窑洞里，离石牛场不远，很快就会被熊世发他们搜到。

他还晓得吴觑觑也在那里，要是不去报信，岂不糟了！因为打三更的时间已经不远，倘若临时找个人代他打更，事后一定会受到熊世发他们的怀疑。考虑再三，不去报信不行，尽量在打三更前回来，就是迟回一点儿时间，晚些打三更，事后也可以编个理由搪塞过去。

苏幺爸悄悄从自家后门摸出，不敢点灯笼照路，幸好路熟，一心摸黑往山上爬，没留意到背后有人盯梢。

离废窑洞已经不远，苏幺爸站住喘口气，这时才警惕地凝神细听四周的动静。他仿佛听到身后不远的茅草，传来一阵可疑的窸窣声，谛听了一会儿，又沉寂了。

吴觑觑他们干事时，老是派苏幺爸观风，就是由于他耳朵灵敏，异常机警。苏幺爸觉得身后的那种声音可疑，是风吹茅草，还是有人尾随盯梢！必须要弄清楚。他不敢贸然钻出茅草林，往废窑洞的方向走，故意弄出很大声响，拨开茅草往横向走了。

苏幺爸边走边留神谛听身后的动静，刚才那可疑的窸窣声又在身后响起来，虽然很低很轻，但怎能瞒过苏幺爸的耳朵？这声音也改变了方向，跟着他随后来了。

苏幺爸已判断出有人盯梢无疑，心中不由一惊，思量说：他们哪个会怀疑到自己头上？

他稍一迟疑，心中有了主意，不仅走路故意弄出很大的声响，口里还干脆哼着川剧：

勒丝缰定睛观瞬，

桑枝下有几个绝色佳人，

…………

锵锵哧，锵哧，锵哧……

苏幺爸唱得十分得意的时候，好像脚下踩虚了，“哎哟”一声惊叫，接着传出很大的音响，咕咚地往坎下滚去，一会儿便听不到半点声息……

因为陆吵吵报信去了，只余下陆吵吵的下手王吹吹一人盯梢，按约定，他带了一包石灰，一路盯梢，一路撒石灰，便于陆吵吵循迹跟上。

王吹吹听到声响，以为苏幺爸滚下坎去了。他摸出手电筒照了照坎下，电筒的光亮照射不远，坎下黑咕隆咚看不清，也不晓得这坎有多高。他蹲下听了一会儿，坎下没有一点儿人的声息。

王吹吹起身扭头就往来的路上跑，急急想去报信。他想，苏幺爸栽下去，听不到呻唤，没摔死，也被摔晕死过去了。

王吹吹拨开茅草回头走。他这时不用摸黑，亮着手电走得很快。一会儿便与带着熊世发来的陆吵吵碰了头。

王吹吹凡事喜欢吹牛，所以得了这个诨名。他添盐加醋，将苏幺爸踩虚脚栽下坎去的事说得活灵活现。最后他说："我手脚比猫儿轻，盯着苏幺爸尾跟在后，苏幺爸一直不晓得。龟儿不小心栽下坎去，不死也要跌晕。熊区长，你们不用去，各自回家睡觉，让他龟儿躺在坎下喂大猫……"

熊世发有点犹豫，王巡官刚才跟在熊世发身后摸茅草路，已累得气喘吁吁，茅草叶子划在他手上脸上，又痛又痒，已不愿再去。他说："熊区长，我们转去，派几个人去坎下寻到苏幺爸，倘若没死，抬回来再审问！"

熊世发想了想："王巡官，你不惯摸黑爬山，先回去歇息。我去查看一下，寻不着苏幺爸，我也要搜山，一定要把金四搜出来！"

按理说，熊世发以前身受金家的好处，既然上头派来的王巡官不愿再去，他完全可以放手，睁只眼、闭只眼，何必如此认真！

只因金四依仗自己曾是熊世发的主人，平时在人前常谈论熊世发在金家大院的旧事，揭他贫贱时的短，因此熊世发暗中感到十分恼火，但也把他无可奈何。这次金四既然犯了案，熊世发想借此除掉金四，以免金四在熊世发眼皮下，故意揭他的丑。

熊世发派人送走王巡官，带着人继续往前去查看。

王吹吹将他们带到苏幺爸滚落的地方。熊世发亮起手电查看了一阵，发现有一个凹窝，痕迹新鲜，显然这里原先有一坨大石头，已滚下坎去，不禁犯疑。

熊世发寻路下坎查看，找到了那坨大石头，坎下只有大石头滚下压出来的印迹，看不出有人从坎上栽下滚动的迹象。他豁然醒悟，显然是苏幺爸故摆疑阵，使了个"金蝉脱壳"，丢掉盯梢的王吹吹跑了。

熊世发带着人回到坎上，适逢王吹吹正在坎上炫耀自己盯梢的手脚如何轻，说得异常得意。他不禁骂道："你把人放跑了，还在瞎吹！你龟儿滚开。"

吓得王吹吹目瞪口呆，还不晓得是哪样一回事。

熊世发顾不得再骂王吹吹，亮着电筒仔细在附近查看了一阵，终于找到了苏幺爸的足迹……

四

果真，苏幺爸使的是“金蝉脱壳”，趁机折向废窑洞。

他摸到废窑洞前，听见吴觑觑还在摆齐姑娘与王疤子的事。吴觑觑摆得正起劲，蓦地看见钻进一个人影，急坐起身问：“哪个？”

他正要摸出匕首，已听见苏幺爸在回答：“吴二哥，我是苏老四！”

“啊！是你。”吴荒货陡地松了口气。

他车亮了夜行灯，窑里顿时亮堂了。

金四这时还没回过神来，身子有点哆嗦。

吴荒货说：“金大哥，自己人也把你吓成这样！真是……”他的口气有些不满。

“吴二哥，不好了，熊区长要带人连夜来搜山，我……”

苏幺爸把经过扼要地说了一番。

金四的神色刚缓过来，听了苏幺爸的话，身子又哆嗦起来。

吴荒货略一沉思，并不惊慌，还笑嘿嘿地说：“熊世发不来搜山，我们也要走了。来，再烧一口烟，把瘾过足，好摸黑爬大山，去慈虎岩。”

苏幺爸见吴荒货不急不忙的样子，焦急地说：“吴二哥，目前他们还没怀疑到你，你不用去慈虎岩，留在石牛场观风，也好有个人打探消息。我马上带着金大哥去慈虎岩！”

孙癞头瞌睡大，这时才被说话声惊醒，坐起身，用衣袖揩着眼眵，还有点迷糊。

苏幺爸见孙癞头也在这里，埋怨说：“你哪个也来了？”

“哪个！我送金大哥来了。”孙癞头说。

苏幺爸不敢多耽搁，说：“吴二哥，孙癞头仍留在龙济桥，我们多一个耳目，别人不大注意他，随时可以往返慈虎岩送信！”

吴荒货仿佛已听到外面有些异样的声音，不再说抽口鸦片才走的话，起身略微收拾一下，对苏幺爸说：“好，我与孙癞头暂时留在石牛场探信，你快送金大哥去慈虎岩！”

他们钻出废窑洞，不觉吃了一惊，在窑洞周围一带，到处是灯笼火把，一些人在瞎哄哄：“金四，你快出来，我们看到你了。不出来，我们马上对准你放枪了。”

金四吓得脚杆打闪闪，声音哆嗦：“不好，不好啦，他们发现我了。唧个办?”

苏幺爸拉了金四一把：“金大哥，你不要怕，他们哪会看见我们，是瞎哄哄。走，跟我快走!”

吴荒货仍然十分沉着，对苏幺爸说：“你们向上走，我们分手了。”

他与孙癞头钻进前面的灌木林，在黑暗中消失了。

苏幺爸拉着金四往上爬，尽是光滑的黑色岩石。苏幺爸十分熟悉地形，抓住岩石缝里长出的一些灌木和野藤，手脚并用，因为拉着金四，前进很慢，也很吃力。

金四眼看到处是光亮和吆喝声，浑身像瘫痪一般软弱无力，出娘胎以来，哪里摸黑爬过这种斜岩？他几次跌倒，要不是苏幺爸使力拉住，早从岩石上滑下。

他俩好不容易爬上一道斜岩，站在一块稍微平坦的地方喘气。

金四一屁股坐在岩石上，像哭一般地说：“苏老四，我实在走不动，你看唧个办?”

金四在黑暗中看不清苏幺爸的表情，听他的话音有些不耐烦：“唧个办！走不动还是要走！未必你愿意被他们捉住去坐黑牢!”

金四嗫嚅地说：“苏老四，你……你是不是把我背上去!”

“你说得好轻巧，上次盗墓时我背你逃跑，是因为你的脚踝受了伤！这陡的岩，我唧个背得动?”苏幺爸非常恼火地说。

金四不再出声，只是坐在岩石上喘气不动。

苏幺爸眼见不远的岩坡脚下的窑洞四周，亮光越来越向窑洞聚拢。只要熊世发走进窑洞查看，准会看出有人在窑洞里待过，并且离开不久；马上便会散开来四处搜索，那……

苏幺爸故意说：“金大哥，你走不动，我也顾你不得，我先走了。”

金四陡地站起，焦急万分：“苏老四，不要丢下我，我走，我走!”

苏幺爸见金四那副可怜相，暗里好笑，他仍然拉着他抓住岩缝里的灌木，一步一步往上爬。

金四虽然跌跌撞撞不住地喘粗气，再没说走不动，由苏幺爸拉着终于爬完了陡岩，到了稍微平坦的地方。

金四央求说：“苏老四，我实在走不动了，在这里歇息一会儿吧！”

苏幺爸见这里并不安全，正是猎人坐点的关隘处，见金四又蹲在地上不愿走，于是又故意吓唬他：“金大哥，听，有脚步声响着到这里来了！”

金四已是惊弓之鸟，听苏幺爸如此说，没有仔细鉴别，猛地站起往前窜。

苏幺爸跟上拉住他：“金大哥，跟我走！”

他们走了一段路，钻进了黑幽幽的老林，脚下的枯藤常把金四绊倒在地上，不用苏幺爸扶起，他自己挣扎着站起，又摸索往前走。地上积下的落叶很厚，脚踩在上面极富弹性，发出沙沙的声响。

苏幺爸松开金四的手，金四仍急匆匆往前走。

苏幺爸吁了一口气，轻松地说：“金大哥，我们已经进了老林，熊世发再大胆，也不会深夜钻进来搜寻我们。来，这里有个树桩，坐下歇息一会儿。”苏幺爸打更摸夜路习惯了，也能辨清暗影中模糊的轮廓。

金四站住，凭苏幺爸的指点，摸到了树桩，坐下，长长叹了一声：“唉，妈哟，累死我了。”

苏幺爸从身上摸出两支香烟，递一支给金四：“金大哥，这里林密树稠，外面看不见小小的光亮，安心抽支烟，提一提神，歇息一会儿……”

苏幺爸估量一下：“这时大概是四更天，天亮前我们要翻过这座山，再钻进那座山的老林，一切都不要紧了。”

金四贪婪地吸着香烟，烟头上的红火一明一暗，他默不出声。

五

天亮了。苏幺爸与金四行进在密林中，参天的古树遮天蔽日，只有透过枝叶小小的缝隙透进一点儿光柱，一切都显得灰蒙蒙的。

苏幺爸单身一人，只有几家远房亲戚，没有什么牵挂。在石牛场当了二十多年打更匠，如今还是光杆一条，他对石牛场没有什么可以留恋的。虽然他也有几个相好的妇人，但不过是逢场作戏，没有啥真实的感情！他晓得今天离开了石牛场，要公开回去是不行了。这次出走，不是去当滚滩匠，便是被迫去参加浑水袍哥，干打富济贫的好汉，自己也可以混一个温饱。这些，对他来说，不新奇，也不可怕。苏幺爸反而轻松地唱起川戏，铿哧锵哧——打起嘴巴锣鼓来。

金四与苏幺爸的心情大不相同，他跟在苏幺爸身后机械地往前走，失魂落魄般沉默寡言，对石牛场十分依恋，那里是他祖宗发迹的地方，金家大院当年的显赫，至今还有人当龙门阵摆。县中的学生远足春游，也把金家大院的废墟当成古迹来凭吊。一旦要离别石牛场，也许是永远的别离，连那平日叫他生厌的水磨房，好像也令他依依难舍！跟吴荒货他们奔波的苦楚已叫他生畏胆寒，今后要他流落异乡，那样的日子怎能安然去度过！何况还有那郑大小姐，仿佛对他有一番柔情蜜意……他边走边胡思乱想。

苏幺爸在密林中行走，唱川戏越唱越得意，铿哧、铿哧……的嘴巴锣鼓，也越发高声，还击掌代替简板打出点子，摇头晃脑忘了是在被追捕中逃跑。

他蓦地听到前面有人踏着地上的落叶走路的声音，迎面来了。他猛地闭上嘴，拉了金四一把，往一棵几人才能合围的柏树后躲闪。

金四以为有人追来，脸色顿时煞白，往前踉跄一步躲到苏幺爸身后，好像如此要安全些。

迎面来的脚步陡地停住，显然也听到了苏幺爸他们的响动。

凭苏幺爸那灵敏的听觉，迎面来的人正蹑手蹑脚，小心翼翼地靠近他们，在窥探他们的动静。

一会儿，苏幺爸脸上露出了笑意，轻松地对身后的金四说："不用怕，是自己人！"

苏幺爸从树后伸出头去学了一声雀叫："巨巨阳。"不远处也应了一声"巨巨阳"。

苏幺爸拉了金四一把："走，出去。"

不远处响起一阵急促的脚踩落叶声，加快步子拢来了。

一个人影刚在两棵树间闪现，苏幺爸眼尖，立刻认出是谁，兴奋地叫："王老五，你往哪里去?"

王疤子上前往苏幺爸肩头上一拳："你们好久都不上山，也无音信，齐姑娘叫我下山看看你们，顺便买点盐巴、针线。"

苏幺爸摸着肩头做出苦脸："哎哟，你轻点不行，这一拳打得我肩头好酸痛。"

他用几根指头往王疤子胸上一杵，嬉皮笑脸地说："下手这么重，怪不得齐姑娘那样喜欢你！"

王疤子晓得苏幺爸这话不正经，反而有点腼腆，不如齐姑娘大方。

苏幺爸指了指身后的金四："金大哥也来了。"

王疤子这时才看清金四在苏幺爸背后，客气地点了点头："金大哥，你好！"

金四的嘴皮牵动了一下，表情复杂，挂着一副哭笑不得的苦相，算是回答。

苏幺爸从容不迫，不像发生了什么大事，像摆家常，将石牛场上发生的事情一五一十说给王疤子听。

王疤子听后笑眯眯地说："慈虎岩齐姑娘家虽穷，苞谷粑粑有得吃，空中有的是飞禽，地下多的是走兽，足以下杯淡酒，欢迎你们都来做客。"

苏幺爸伸出大拇指，说："齐姑娘仁义，没得二话说。"

王疤子正想答话，苏幺爸蓦地警惕说："有人！"

金四听苏幺爸这样说，吓得又往大树后躲。

王疤子朝苏幺爸指的方向一瞥，赶忙解释说："啊，忘了对你说，有一个年轻朋友，我送他下山！"

王疤子转身朝密林深处走去，一会儿带出来一个年轻后生，头上系着一张白帕，包到眉上，将整个额头都遮蔽着。一对大眼睛亮亮的，显出十分灵活的样子，面孔呈现出古铜色，黑黝黝的透黄。肩上扛着一把猎叉，猎叉上穿着几只捕获的獐子，穿一件宽大的旧灰袄，套一件麂皮背心，脚上是一双生麂皮条编的凉鞋。

金四这时已从大树后走了出来，望着这个陌生的年轻猎人发怔。

王疤子没有作介绍，对苏幺爸说："苏四哥，你带着金大哥去慈虎岩，我送这位朋友下山，顺便打探一下消息。"

苏幺爸有些惊诧，觉得这猎人打扮的年轻人，从没见过，而王疤子匆匆要分手，显出有意回避的样子。他向这年轻人一拱手："这位兄弟好面生，请问尊姓大名?"

那年轻人没有回答，好像没听懂的样子，一双大眼睛只是望着王疤子不转眼。

王疤子往苏幺爸肩上一拍："你不用问，他是个哑巴，不会回答你。"

"啊，原来是个哑巴！"苏幺爸不再问。

王疤子拉了那年轻人一把，做着手势："胡哑巴，我们快走！"

他转对苏幺爸说："你们快走，齐姑娘会用风干的野猪头煮熟招待你们。"他与那叫胡哑巴的年轻人一前一后走了，一会儿便走进密集的大树，回头望不见苏幺爸他们了。

他俩默默地走了一会儿，到了一个稍微平坦空旷的岩嘴上，这里背风。王疤子站住说：“在这里歇息一会儿再走！”他见胡哑巴喘着粗气，晓得他体弱，不善于走山路。

胡哑巴在一块凸起的岩石上坐下，居然会说话，口齿清楚，声音清脆，是个女人的话音：“老王，这里离石牛河还有多远？”

原来这胡哑巴是春燕化装的，她不开口说话，真看不出一点儿破绽。这办法是齐姑娘想出来的。春燕伤口刚愈合，长出嫩肉，便迫不及待地要下山。她知道，在梅垭出了事，党组织肯定在寻找她。她急于要与石牛场地下党组织取得联系，又不便委托其他人去办，不顾齐姑娘劝阻，坚持要下山。

齐姑娘与春燕相处的时间不长，见她懂得很多自己不晓得的事，使自己增长了不少知识，心里开了许多窍，彼此一见如故，谈得十分投契。齐姑娘真舍不得春燕走，想留她多住几天，让春燕滋补一下身体，因为她流血过多，伤口刚好，嫩肉要长老方可放心，见留不住，只好同意送她下山。

齐姑娘十分聪明，她已猜出春燕是什么人！见她支吾回避，不愿说出自己的身份，于是便知趣地不再问。齐姑娘心细，晓得在梅垭惹事的那个吴巴巴两个人，肯定会在要津隘口，将她的外貌特征公布，进行盘查。春燕这样行走，极易被人认别出来，所以她想出了这个主意，将春燕化装成一个年轻的男人，假充下山卖猎货的猎人。有王疤子一道，帮她应付，齐姑娘认为十拿九稳，不易出事。

齐姑娘从吴荒货这些人那里学到不少本领。她给春燕精心化了装，白皙的面孔上涂上一种植物的汁液，不仅变成了古铜色，并且任你流汗洗脸，涂上的颜色不会褪色。她还告诉了春燕一种洗去这种颜色，依然现出白皙面孔的方法，不用担心洗不去。

只有春燕那对灵活漂亮的大眼睛，齐姑娘感到束手无策。王疤子说：“难道山里的男人便不允许有一对灵活漂亮的大眼睛！”齐姑娘一想，王疤子说的话有道理，便没再费心去淘神。

春燕没将真姓名告诉齐姑娘他们，只说姓胡，故此王疤子就叫她胡哑巴。

王疤子听春燕问话，微笑说：“隔会到了前面，你千万记住，你是一个哑巴！”春燕现出羞涩的表情，点了点头，忘了自己是哑巴，有点难为情。

王疤子见状，望着她笑了笑：“在这里不要紧，离平坝远！”

他伸手指点说：“你看，那道亮光，像一条弯弯曲曲细线的，就是在平坝上流过的石牛河!”

春燕果真记住自己是哑巴，不再说话，还牢记要尽力在动作上显得粗犷，像一个男人。

王疤子拿出一块煮熟的野味，递到她的手中：“你饿了吧？吃下，走路才有力气。”

春燕嘴里发出唔唔的声音，用手比画，表示感谢。

王疤子这才意识到，自己应该少与哑巴说话，多做动作。他随即也望着春燕咿咿叫，用手比画，示意她吃下。

春燕觉得假充哑巴有点滑稽，也不习惯，她忍不住想笑，但仍极力克制住了。

吃过了煮熟的野味，春燕习惯地想掏手绢揩手，她见王疤子顺手往前襟上擦拭，才猛省过来，也学王疤子的样，顺手往前襟上擦拭。

王疤子见春燕学得很像，忍不住微笑点了点头。在岩嘴上稍微歇了一会儿，他们继续往山下走。

王疤子见春燕扛着猎叉上的野味有些吃力，要替她代扛，春燕咿咿呀呀地比画不肯，他只好让她扛着。

他们到了山脚，王疤子将要春燕注意的事项重说了一遍。

春燕点了点头。

王疤子又将春燕从头到足检查了一遍，他们才钻出密林，到了平坝上。

他俩一前一后走上了去石牛场的大道。王疤子在前，手上拿着一根长长的叶子烟杆，烟杆上吊着一个生牛皮烟盒，还吊着一枚野猪獠牙当装饰品。他尾后跟着的春燕，依然扛着猎叉上的野味，别人都以为他们是父子俩。

可能是春燕那对大眼睛太灵活漂亮，招惹来过路人不少喜爱的目光，都说这年轻人长得俊。

今天不逢场期，大道上行人稀少，他们没有遇到什么意外，偶尔遇上几个人，彼此擦肩而过。因为这里距大山很近，猎人下山卖野味，大家都司空见惯，并不稀奇。

眼看要到石牛场了，王疤子远远看见场口上有两个荷枪的区丁站着岗，不觉一怔。王疤子虽不知春燕的确切去处，事先说好要送她到离黄桷树垭口不远的地方。要到黄桷树垭口，必须经过石牛场，虽然可以绕道走，但此时已经迟了。

他回头瞥了春燕一眼，见她并不惊惶，沉着的目光好像向他示意：“不怕，走！”

王疤子不再犹豫，继续领头向场口走去。走到场口，一个区丁懒洋洋地瞟了他俩一眼，目光停留在春燕身上，接着又移向猎叉上的野味。另一个区丁上前拦住：“干啥的？”

王疤子先站住赔笑说：“总爷，打点野味下山换点盐吃！”

那个区丁丢下王疤子不理，伸手扒了扒春燕扛着的野味：“一只獐子要换多少盐？”

王疤子回身代答：“总爷，他是我的儿子，是个哑巴，不会说话。总爷，你要野味吃好商量……”

他从春燕扛着的猎叉上取下一只獐子，递到那个区丁手中：“总爷，随你给几个辛苦钱！”

那个区丁接过獐子看了看，随手塞给王疤子几张钞票。

王疤子见他给的几张钞票，不够买一锅烩饼子吃，故意央求说：“总爷，一只獐子换这点钱……”

那个区丁眼睛一翻：“去、去，老子给钱已便宜了你！”

王疤子装出畏怕的样子：“是，是。”他与春燕匆匆走过两个区丁的面前。

提着獐子的区丁见王疤子他们不再索讨，兴高采烈对另一个区丁说：“这獐子好肥！”

王疤子与春燕走了十多步，那个懒洋洋的区丁蓦地振作精神追上：“站住！”

王疤子只好站住，回头问：“总爷，还有啥事？”

“这獐子，我也要买一只！”

“那个总爷已经拿去一只，你行行好，我们早吃淡食，要换盐……”王疤子苦着脸说。他见追上的区丁露出凶神恶煞的样子，忙改口，“总爷，给你！”

王疤子又取下一只獐子递到这区丁手上。这区丁照样塞了几张不值钱的钞票给王疤子，立刻转身向那个区丁扬着手中的獐子说：“嘿嘿，我也有一只，好肥！”

春燕扛的猎叉上还剩下一只獐子，比刚才轻松多了。他俩走过场口，到了街上，街心上躺着几只狗，懒洋洋地打瞌睡。

他俩没有耽搁，有人想买獐子，王疤子推说已经卖了，是给人送去的，胡乱搪塞过去。因为他们知道出另一头场口一定还有岗哨，剩下一只獐子好应付区丁，便于过关。

另一头场口上，果然站着一个区丁，另一个是邢班长，亲自带着一个区丁在那里站岗。

区丁站在当中，拦住头里的王疤子：“你们是干啥的?”

王疤子站住赔笑说：“我们下山卖野味换盐吃，这只獐子没卖掉带回去。”

那个区丁扭头向站在一边冷眼观看的邢班长大声叫：“邢班长，看，好肥的獐子，要不要?”

邢班长一手扶住挎在肩上的连枪把上，慢吞吞地走了过来。他没有看獐子，先看了看王疤子，然后将目光移到春燕的身上：“哼，你们大概是从大山里贩鸦片来卖的烟客，是不是?”

春燕装出哑巴的样子，咿咿比手势。

王疤子说：“总爷，我这个儿子是哑巴!”

他接着委屈地说：“总爷，你莫扮灯，我们是大山里规规矩矩的打猎人。不信，你搜!”

邢班长蓦地恶狠狠地说：“不搜你，我要搜他的身上!”

邢班长猛地伸手要搜春燕的胸部，又冷笑说：“嘿嘿，你胸前厚绷绷的，一定捆着鸦片烟！瞒不过我的眼睛!”

王疤子与春燕很觉意外，想不到会遇上这样的事。齐姑娘为了不让人看出春燕的乳房，特地用家机布在她胸上十分扎实地捆了两道，虽然将隆起的胸部捆得异常平板，毕竟显得厚实些，想不到被邢班长错当成私运烟土的烟客，要是让他一检查……

王疤子瞬间便镇定下来，他们事先考虑过，要是文的撞不过去，接着便来武的对付。他袖中藏着两把犀利的飞叉，早在碾房结义时，就当众表演过这绝技，可说，两把飞叉掷出去，会分别向邢班长和那个区丁咽喉飞去，百发百中，是万无一失的。王疤子冷冷注视着事态的发展，已做好了掷叉的准备。

春燕身上带着手枪，因为响枪会很快招引来敌人，不是万不得已时，是不能用的。她见邢班长伸过手来要解开她的胸襟检查，装出畏怯的样子，取下肩上的猎叉连同叉上的一只獐子，挡住邢班长的手，咿咿做手势，退了两步。她在延安练过用刺刀拼刺，心中并不慌乱，一猎叉，准会送他上西天……

王疤子与春燕注意力集中在邢班长身上，没有注意其他，想不到他们从石牛场上经过时，早被吴荒货发现。

——吴荒货与孙癞头昨晚没有费事，轻易便从熊世发搜山队伍的空隙中突出，神不知鬼不觉溜回石牛场。

今天，吴荒货正在一家小酒馆的吊楼上探听消息，观察动静，陡地看见王疤子带着一个俊秀的后生从吊楼下经过，顿时放下酒杯走下吊楼。他想招呼王疤子，但又不认识那个俊秀后生，不敢贸然上前。他猜不出王疤子下山干啥，看样子是下山卖猎物的，但齐姑娘并非山里一般猎人，不会差钱用，觉得有些蹊跷。

吴荒货远远尾随王疤子，想到僻静无人处再上前问个明白。因为今天石牛场街上到处是侦缉队和区丁在游荡，他已听到风声，据说不单为了盗墓这件案子，还为了要捉拿一个女共产党。风声如此紧，吴荒货不得不谨慎一些。

吴荒货见王疤子领着那个后生穿场而过，要从另一个场口出场，不觉更感迷惑，按说王疤子既然下山来了，应该找他联络，为啥……

吴荒货猜测不出原因，看见邢班长挡住他俩盘查，王疤子瞬间的惊慌没漏过吴荒货的眼睛，晓得其中定有名堂。幸好，他与邢班长十分熟识，还是跳过兰交的朋友，邢班长喜欢赌钱，单靠粮饷如何能维持他的费用，吴荒货平时经常拿钱接济他，彼此的私交不错。

吴荒货见那俊秀后生不让邢班长检查，他也错以为王疤子他们一定带着鸦片烟，他倘若不出面解围，准会闹出事来。事不宜迟，一会儿侦缉队的人来了，吴荒货也难解救。

吴荒货紧走上前，边走边说：“邢班长，都是自己人，不用……”

邢班长听见吴荒货的声音，缩回手来转向吴荒货问：“吴觑觑，你认识他俩?”

春燕手中还执着猎叉，她不认识吴荒货，不住打量着他。

王疤子听见吴荒货的声音，忙向他招呼：“吴哥，我们下山卖猎货，这位总爷要检查……”

吴荒货回答邢班长：“他是我舅子的舅子，自己人，邢班长不要见怪!”

他转对王疤子说：“你上街卖猎货，叫你早点走，为啥这时才出场！还不快走，难道要邢班长请你喝酒!”

王疤子会意：“吴哥，我走了。下个场期我还要来的。”

王疤子和春燕趁机走出场口。

邢班长望着王疤子和春燕的背影，仍没解除疑心：“吴觑觑，他俩真是你的亲戚?”

“那还有假！”吴荒货说。

“他们准带有鸦片，我的眼力错不了。”邢班长紧问不舍。

吴荒货也拿不定，知道邢班长的意图，拍了拍他的肩说：“邢班长，走，喝酒去，差钱用，尽管找我，亏不了你。他俩都是老实的山里人，不会做犯法事！”

邢班长听吴荒货这样说，才没再看王疤子他们远去的背影，面对吴荒货眉开眼笑说：“我不过随便说说，既然是你哥子的亲戚，绝不会做犯法事，可以免查，哈哈……”

邢班长迟疑了一下，对那个区丁说：“你好好在这里站岗，对长得秀气的年轻妇女，要认真盘查，不要放过了那个共产党！我去一会儿便来。”

邢班长吩咐完，对吴荒货说：“走，我们找个酒馆吃两杯！”

吴荒货心中牵挂着王疤子，从这个场口出去，不是回慈虎岩的路，想追上去问个明白，但请邢班长喝酒，既已说出，不便改口，只好暂时把心中的疑团丢下，装出十分亲热的样子，陪同邢班长走回场上去喝酒。

第二十五章

在紧要关头，想不到来了吴荒货解了围，王疤子和春燕方才松了一口气。

王疤子领着春燕走出场口，晓得还在邢班长视线以内，不能显出惊惶慌乱。他俩从容不迫地走了一段路，转过了一个山嘴，回头望不见场口，王疤子关照春燕说：“快走！”

他俩加快了脚步，沿着石牛河走了一会儿，远远可以望见黄桷树垭口。王疤子停住脚步说：“前面不远便是黄桷树垭口，我不再送。临行齐姑娘说：倘若你在平坝待不住，还是到慈虎岩来，我们都舍不得你走。”

春燕迟疑了一下，想到王疤子远远送她下山来，按理应该请他到杨嫂子家中歇息一天，她在慈虎岩住了十几天，对齐姑娘、王疤子、许驼子这帮人有了一定的了解。他们对官府不满，对共产党也没恶感，固然可以教育团结，争取他们共同反对官府和土豪劣绅，但他们的思想毕竟比较复杂，还是小心谨慎一点儿好。

春燕说：“老王，你回去对齐姑娘和许驼子说，我在慈虎岩养伤，承蒙你们百般看护，多谢你们。有些道理，我已对齐姑娘说过，希望你们多多珍重，我们后会有期！”

王疤子点了点头，说：“齐姑娘对我说过，你在慈虎岩住的这段时间，她懂得了很多道理。我们干这些事，也是逼于无奈。你将来需要我们帮助，我们会尽力帮你！好，后会有期，我走了。”

王疤子说得很诚恳，向春燕一拱手，反身就走了。

春燕站住，目送了王疤子一段路，直到望不见影，才回身继续往前走。

她爬上黄桷树垭口，见黄桷树的叶片已经枯黄萎落，地上却干干净净没有一片枯叶，说明杨嫂子十分勤快，时常打扫地上的落叶。黄桷树粗大的光秃枝干，在风中挺立，显得格外苍劲挺拔。

春燕对这里的景物是十分熟悉的，离别数年，今天终于又回到了这里，心中说不出的兴奋。

杨嫂子的住房虚掩着门，静悄悄的没有声息。

春燕向四处留意观望了一阵，没有什么人在垭口附近歇息，正是她与杨嫂子接头的好机会。

她加快了脚步走到屋檐下，推开了虚掩的大门：“主人家，买不买野味，新猎到的獐子，又肥又嫩!”她尽力将声音变得粗老一些，装出一个男人的声音。

闻声从里屋走出一个男人，春燕一见不觉一愣，接着现出了笑容。原来这男人是李应忠。

李应忠那次送春燕到半途，返回涪陵不久，消息传来，晓得春燕在梅垭出了事，下落不明。涪陵党的地下组织，派李应忠到石牛场，要他寻找春燕，弄清她的下落。

李应忠十分后悔，不该半途而返，要是将春燕亲自送到，肯定不会出事。他经常在石牛场这一带卖药，社会关系较好，到了石牛场后，暗暗到处打探春燕的下落，问过浑水袍哥，也问过清水袍哥，都说不知情。他已得到消息，侦缉队新到任的副大队申小旦，亲自带人到了石牛场，也是为了搜捉春燕，说明春燕目前并没被特务捉住，一定在哪里躲藏住，一时不便与组织联系，或是枪伤太重。李应忠很担心她的生命安危。

申小旦原先在涪陵侦缉队时，仅是一般队员，李应忠与他有过交情，但事隔多年，如今申小旦又当了官，不晓得还认不认他这位旧交，所以李应忠拿不定主意，自己是不是仍留在这一带寻找？继续留在这里，石牛场到处是侦缉队的便衣在活动，自己也有涉嫌疑的危险。他与杨嫂子商量后，决定冒险也要留下，不找到春燕的下落，绝不离开石牛场。

春燕化装成了男人，李应忠一时没认出她来。他听她的声音像银铃一般，不像山里人带有明显的土腔，顿时警觉起来。

他回答说：“你猎叉上的獐子确实很肥，我是卖药的先生，只收买虎豹的骨头。可惜，这獐子的香囊已经割去，不然，买下香囊可以配制膏药！不买，你另问一家吧!”

春燕见李应忠没认出她，不愿多耽误，怕来了生人，不便接头。她放下猎叉和獐子，问：“这里的主人杨嫂子在不在家？她以前常买我的野味。”

杨嫂子在对面坡上薅草，一丛竹子挡住了她的身影，留意官道上的动静，看见一个年轻的猎人扛着猎叉和一只野味到了她的屋门前，见行迹有些蹊跷，不觉生疑，怕李应忠对付不了，早扛着锄头下坡回屋。

她听见春燕说的话，更是生疑，因为她并不认识这个年轻的猎人，从没买过他的野味。

李应忠还没回答，春燕听到脚步响，回头望见杨嫂子扛着锄头跨进门来，不由惊喜地叫了一声："嫂子，我终于回到石牛场来了。"

杨嫂子目前已四十岁出头，仍然长得俊俏，并不十分显老。见这个年轻男人要搂抱她，着实吓了一跳，用锄头隔住她，十分惊诧："你，你是哪个？面生得很。"

春燕忘了神，自己也觉可笑，忙拉下头上包的白帕，一头青幽幽的浓发顿时散开，披散在肩上："嫂子，我是春燕呀！"

杨嫂子和李应忠都大吃一惊，仔细辨认，果真是春燕，立刻惊喜异常。

李应忠上前握住春燕的手，激动地摇了摇："春燕同志，你这些时日在哪里？把我们找苦了。"

杨嫂子跨出门外看了看，回到屋内对李应忠说："老李，你在门口放哨！"

她拉着春燕的手："走，到里屋去慢慢说。"

春燕跟着杨嫂子到了里屋，见屋内的陈设没有多大变化，火塘里烧着一堆柴火，火塘边那辆手工纺车搬到屋角落去了，上面积满灰尘，已多时没人动过。春燕晓得这纺车原是杨嫂子的婆母用过的——自她婆母死后，由于乡间盛行使用洋布，至今无人动过——屋顶换上了几块玻璃亮瓦，坐在火塘边要亮堂多了。

春燕在火塘边坐下，从杨嫂子手中接过一碗热茶，不禁问："小兰呢？她到哪里去了。"

杨嫂子拿了一把枯树枝加进火塘里，回答说："小兰已出嫁一年了，住在对面半山腰，离这里不太远。"

"啊！时间过得真快，小兰也出嫁了。"春燕有些感触地说，"我离开这里时，她还哭呢，舍不得我走。我说，我会回来的，她想要一把泸州梳子，看，我给她带来了。"

"是呀，自你走后，她时常惦记你，说你这么久不来，恐怕早把带梳子的事忘了。"杨嫂子紧挨春燕在条凳上坐下，"亏你的好记性，真给她带来了。"

杨嫂子打量着春燕，问："听李应忠说，你与李明同志结了婚，恭喜你。李明同志抗战前在我这里养过伤，我们都想念他，他现在身体还好吗？"

春燕不由脸红，有些羞涩，说："他结实得很，我们是一道从延安回来的……"

她简单将李明的情况谈了一番。不等杨嫂子问，她接着将在梅垭上出事以后的经历向杨嫂子说了一阵。

“啊，怪不得，你躲到大山里去了，我们哪找得到！”杨嫂子关心地问，“你的伤好了没有？”

春燕说伤口已经愈合了。杨嫂子仍然不放心，要她亮出臂膀，验过疤痕才放了心。

这时李应忠走了进来，春燕将她与李应忠分手以后的事又说了一番。

李应忠迫不及待地说：“我马上动身赶回涪陵，将你安全到达这里的事向上级报告，好叫他们早放心。”

杨嫂子说：“太阳已偏西，明天清早走吧！”

李应忠坚持马上走，杨嫂子没再深留，将竹蒸笼里的麦粑拿了几个：“老李，带着路上吃！”

李应忠接过麦粑，提着他卖药的小箱子，站在火塘边嘱咐说：“杨嫂子，申小旦他们正在这一带搜查春燕，春燕住在这里极易惹人注目，想办法转移开才行。”

杨嫂子白了李应忠一眼：“你要走就快走，春燕的事我自会妥当安排，请上级放心，有我就有她！”

李应忠笑着说：“我们当然放心，不然，我不会将春燕交给你，急着回涪陵！”

杨嫂子一扬手：“少啰唆，要走就快走！”

李应忠对春燕说：“我隔几天会再来这里的，一切听杨嫂子安排吧！好，我走了。”

杨嫂子起身送走李应忠，关上大门，回到里屋，站在春燕身旁说：“春燕同志，我看，你照旧女扮男装，因为他们对陌生妇女特别留意盘查。事不宜迟，我马上送你到小兰那里住几天。他们单门独户，偏僻得很，保你没事。”

杨嫂子帮春燕包上头上的白帕，重新将她装扮好。杨嫂子锁好门，她们钻进坡边的竹林，沿着一条干涸的山溪往山上爬去。

春燕边走边问：“听说你们正在组织佃户，要地主按政府法令‘二五减租’，是不是这样？”

“你真性急，还没安顿好，便谈起工作来！”

杨嫂子虽如此嗔怪春燕，但也迫不及待地向她介绍情况：“自从抗战前石牛场吃大户的风潮被熊世发镇压下去以后，经过这些年发动群众，积蓄力量，党的组织逐渐壮大，我们能影响的群众越来越多。政府公布了‘二五减租’，野农山庄的郑甫林纠结一些绅粮，要成立什么‘地租联谊会’，对抗‘二五减租’，石牛场这一带的群众都十分愤怒，都主张要成立佃户‘减租协进会’。我们请示了上级，上级要我们利用‘二五减租’这一合法口号，先进行合法斗争，有了条件，再搞武装斗争。我的水平低，已几次要求上级派人来领导，终于把你盼来，我真高兴……”

她俩边走边谈，春燕不时插问几句，杨嫂子都详尽地作了回答，不觉已到了小兰的家。

杨嫂子指着前面一笼青翠的竹林：“到了。你看这里多僻静，包你满意。”

春燕见竹林边露出一角屋脊，还是土墙青瓦房呢。

杨嫂子站住：“你在这里住下，明晚在这里召开一次党的支委会，大家先见个面，还望你今后多指导。”

春燕正想答话，这时从竹林边窜出一条黄狗汪汪叫，传来小兰唤狗的声音，一会儿，一个脑后绾着发髻的年轻媳妇在竹林边出现，惊喜地喊：“妈，原来是你，为啥这几天都没来？你……”

小兰看见杨嫂子身边站着一个年轻的男人，陡地收住口。

一条黄狗摇着尾巴迎上前，绕着杨嫂子转了一圈，像在表示欢迎，接着它竖起耳朵扬头望着春燕，汪汪地叫了两声，像对这个陌生人疑惧不定。

杨嫂子弯腰抚着黄狗的头部：“嘘嘘，不要叫，都是自己人。”这黄狗像通晓人性，果真不再吠叫，也向春燕摇着尾巴。

她俩走到小兰的面前，小兰惊奇地打量着春燕。

杨嫂子含笑对小兰说：“你时常念叨的人回来了，你为啥不招呼？”

小兰迷惑地说：“他……”

杨嫂子转问：“岑姑爷在家吗？”

小兰回答：“上后山砍柴去了，一会儿就回。”

杨嫂子说：“走，进屋去坐！慢慢说。”

春燕也在打量小兰，不觉目光相遇，忍不住上前握住小兰的手：“小兰，还认识我吗？”

小兰被一个男人捉住手，脸蓦地红了：“你……”

春燕晓得小兰真把她错当成男人，松开了手，不觉笑了。

杨嫂子催促说：“走，进屋再细说！”

二

野农山庄今天十分热闹，客堂里两排太师椅上坐满了宾客，都是郑甫林请来的绅粮，商量成立“地租联谊会”，共同对付佃客要求的“二五减租”。

不等正式开会，客堂里缭绕着烟雾，弥漫着呛人的烟味。大家七嘴八舌，抢先发牢骚、出怨气，议论纷纭，都是有关佃客不按租约缴地租的事。

一个绅士戴青缎瓜皮帽，碧玉顶子，后脑帽沿边露出几绺白发，脸部像干枯的葫芦，幺指拇上蓄着长长的指甲，颔下飘着银白色的胡须，一对眼睛却炯炯有神。无领子的蓝缎子长袍外面罩着古铜色马褂，领口的扣襻上缀着一颗镀金的扣子。他手上执着一根紫里泛亮的长烟杆，边说边用长烟杆往地上戳得咚咚响：“难道石牛河的风水又要变了？我不信这些黄泥巴脚杆要成精。民国廿年，吃大户的风潮，还不是平息下去。善说不行，杀他几个，未必不怕死。哼，‘二五减租’，我活了七十多岁，从没听说过！”

“刘幺爷，你说得撇脱！彼一时，此一时……”

刘幺爷口里出的粗气，吹得他嘴边的白胡子不住飘：“王老二，啥子彼一时，此一时！又没改朝换代，还不是叫民国。”

那个坐在刘幺爷身边的王老二，不过五十多岁，年纪比刘幺爷轻，算是晚辈，再加刘幺爷前清在县里住过书院，有童生的资格，自以为是宿儒，平时倚老卖老喜欢教训人。

王老二的家业比刘幺爷富有，哪把刘幺爷放在眼里，平时别人都尊称他叫王二老爷，遇到刘幺爸轻蔑地叫他王老二，心中很不自在。他反唇相讥：“刘幺爷，你啷个连这点道理都不明白，在前清枉自读过书院。虽然仍然叫民国，可那是蒋委员长反对共产党打土豪分田地，不许共产党减租减息；如今么，是蒋委员长提出‘二五减租’，有政府为他们撑腰，怎会一样！所以我说彼一时，此一时，啷个不懂得，亏你还充读书人！”

刘幺爷的眼睛恶狠狠地盯着王老二，手中的长烟杆提起又放下，好像马上就要给王老二尝尝白铜烟斗的味道，向他一烟杆打去……

王老二并不示弱，显出安详的样子，故意一提丝葛长衫的下摆，跷起二郎腿闪动，带有挑衅性地斜瞟着刘幺爷，鼻里发出一阵轻蔑的冷笑。

二人僵持了片刻，刘幺爷主动做出了让步，露出缺了几瓣门牙的牙齿，和解地一笑，语气十分缓和："王二老爷，现在不是抬杠的时候，我们要精诚团结，共同去对付那些穷佃客才行！"

王老二见刘幺爷主动让步，轻轻说了一声："这才像话！"他不再与刘幺爷搭腔，侧过身子去留意其他人的议论。

郑甫林坐卧不宁地出出进进——他派了几起人去催请熊世发，因为熊世发是现任区长，码头上的龙头大爷，在石牛河两岸有几百担租谷，是这帮人中的首富。他不到场，要组织"地租联谊会"，就显得势力太单薄。郑甫林前几天就亲自去请过熊世发，他答应来参加，但是太阳已爬上黄桷树梢，熊世发仍不见影，令郑甫林十分恼火。他原以为不用多少时间便可以将"地租联谊会"成立，结束会议，因此，事先并没准备留饭，看来，时近中午，熊世发没来，这餐中饭是要招待的，只好安排人赶办酒宴，所以显得特别忙碌。

坐在王老二对面的是一位年轻的地主，他的父亲于前几年亡故，由他继承了一份不小的家业，在这里，家业仅次于郑甫林，除了一百担地租外，还在涪陵几家商号搭有股份。在座的许多乡绅，都怀着敬意听他高谈阔论，尊称他叫徐大少爷。

这位徐大少爷在县里的中学读过一年高中，因为要继承父业，提前退学在乡，过着富裕的绅粮生活。他的言论与众不同，许多守旧的绅粮心中虽不赞同，并没人提出公开的辩驳，还故意显出专注细听的样子，取悦于他。

这时徐大少爷两指夹着一支香烟，指上已被香烟熏成焦黄色。他侃侃而谈："我们乡间的女人，未出嫁的姑娘蓄着独辫，出嫁的媳妇脑后绾着发髻，实在太土气，不及涪陵那些大码头的女人，烫发，涂口红那样摩登中看，服装袒胸露臂，束着细腰，穿上丝光袜，足蹬高跟鞋，才能显出曲线美。我主张先从烫发做起，跟场上的剃头匠说过，叫他到涪陵的理发厅去学一学，回来也给女人烫发……"

他猛地吸了一口香烟，徐徐喷出，将无名指上一枚金戒指故意亮出："不过，石牛场上没有电灯，要烫发，吹风没有电可使用，要把石牛门的河筑坝拦起建立水力发电站，不是一时可建成。我想来想去，亏我有一副聪明的头脑，不费劲就想出了一个办法。我们这里有的是木炭，可以用火烫，火吹风，我绘出了图纸，已叫场上的白铁匠照图制作，等做好以后，在座各位仁兄的嫂夫人，千金小姐倘若要烫发，就不用发愁……"

刘幺爷听徐大少爷目前尽吹这些不着边际的空话，早已不耐烦，隐忍不住插嘴说："徐大发，你这些话留待以后再说。你先说说'二五减租'的事，听说你订得有《中央日报》，那上面是啷个说的？"

徐大少爷说得正在兴头上，被刘幺爷将话岔断，心中十分不高兴，粗声粗气地说："报上谈个屎，天天都是登的打仗消息。"

他白了刘幺爷一眼，只顾抽香烟不再出声。

郑甫林站在客堂中央，拍了拍手企图引起大家的注意。他拍了几次，客堂里才静下来，大家的目光都投到他的身上。

刘幺爷忍不住大声问："郑区长，啥时开会，你看太阳已当顶，快吃晌午饭了，未必光喝茶水能充饥，我早上是空着肚子来的。"

王老二在一旁说他的风凉话："刘幺爷，你空着肚子来，是不是安心要叨扰郑区长一顿酒宴！殊不知郑区长没准备下酒席，我看灌饱茶水也划得来，反正不给茶钱！"

刘幺爷鼓了王老二一眼，颈项顿时涨得通红，闭上嘴，摸出烟盒卷叶子烟。

郑甫林笑盈盈地说："诸位仁兄，不要说话，听我说个好消息！"

刘幺爷颈项上的红色早消退了，抬头望着郑区长，静静地等他说下去，看是啥好消息，想必是政府又公布了法令，"二五减租"不再执行！倘若是这……那真安逸！

郑区长说："熊区长还没到会，请安下心等一下。至于晌午饭问题，大家不用犯愁，我已吩咐长年上街买肉……"

王老二提醒郑区长："今天不逢场期，屠户不宰猪！"

刘幺爷接过去说："不犯愁，郑区长家中有的是腊肉、腊味，杀它十多只老母鸡，吃鸡肉也一样！"

郑甫林皱了皱眉："是呀，我忘了今天不逢场，宰房不杀猪。刚才刘幺爷说得对，弄腊肉、腊味吃，杀鸡待客，大家说好不好！"

客堂内顿时七嘴八舌回答："郑区长真大方，多谢了！"

"郑区长，不要忘了开一坛大曲酒待客！"

郑甫林点了点头："好，好，好菜没有，好酒一定尽兴！大家痛饮几杯，今天这个会才能开好。"

听说郑区长招待晌午饭，个个感到高兴，争先恐后向郑区长说奉承话，巴结他。

郑甫林把声音提高了一些："不过……"

他扫视了大家一遍，有几个人交头接耳说话的嗡嗡声顿时寂然了。

"不过……"郑甫林轻轻说了一声，"不是我吝啬，要是平时，当然由我请客。今天……今天是开会成立'地租联谊会'，这餐饭，理应打平伙，一人摊一斗上等白米。噢，好不好？"

客堂陡地静寂无声，你望我，我望你。

郑甫林眼看大家不出声，现出不乐意的样子，他的脸色一沉，接着重问了一句："噢，好不好？"

韦毛牛这些年做盐巴生意发了大财，在石牛河一带买田、买地，成了收几十担租的中等地主，也应邀来参加这次会议，听说晌午饭打平伙要出一斗上等白米，这顿饭哪值这么多！他不敢公开得罪郑甫林，又舍不得出一斗上等白米，幸好，他来时估摸郑甫林不会留饭，事先带有干粮，于是拿出一个锅盔饼子向郑甫林扬了扬："郑区长，你不要淘神，我带得有干粮，要叨扰你家的茶水，多谢了。"

郑甫林晓得韦毛牛生性吝啬，在石牛场是有名的白吃大王，如今成了财主，仍然一毛不拔，又叫铁公鸡。许多绅粮都鄙夷他，不愿与他交往。郑甫林轻蔑地瞥了韦毛牛一眼，没搭理他。

想不到韦毛牛开了头，一些人纷纷附和，他们虽不像韦毛牛那样事先准备了锅盔饼子，但都表示不愿吃这顿晌午饭。

刘幺爷捻着颔下的一绺银白的胡须说："郑区长，你不用费神，我家离这里近，开完会回去吃也是一样。"

王老二说："郑区长，我家中煨了鸡汤，等着我回去吃晌午饭喝汤，不叨扰你了。"

有两个绅粮甚至已站起身来："郑区长，我们路远，回去吃了晌午饭再来。你们成立啥子会，我出个名字就是了。"

只有那位徐大少爷不以为然，十分轻蔑地说："一斗白米算啥，你们硬是……"

这些人没有哪个认真听徐大少爷的话，又有几个人站起来要走。

郑甫林心中虽然不悦，但这些人都是石牛场一带有面子的绅粮，自己又是卸任的区长，沉下脸威吓一下不生效，实在把他们没法治，只好装出笑脸自己收场："诸位不要急，坐下，坐下。"

他停顿一下继续说："彼此非亲即友，有话好商量。这样……"

他装出慷慨的样子："这样，减半，你们出五升，剩下的一半由我津贴。"

站起身的人这时纷纷坐了下来。

刘幺爷认为五升米也不合算，他不敢过分得罪郑甫林。他说："要郑区长贴一半，我们心中实在不安，只好愧领这个情了。"

大家的想法大都与刘幺爷相同，纷纷跟着说出类似的话，客堂内的气氛才安定下来。

唯独韦毛牛依旧扬着手中的饼子说："我吃我带的锅盔，只叨扰郑区长的茶水，多谢了。"

郑区长没有理韦毛牛，坐在当中的太师椅上："诸位，熊区长一时有事耽搁，我们不再等他，现在我们开会……"

三

提起"二五减租"，到会的大、小绅粮，都感到十分恼火，议论纷纭，个个牢骚满腹，有大声疾呼说政府不该制定这种法令的；有凶神恶煞咒骂佃客忘恩负义，不该硬性减租的；有斥责熊世发不派区丁协助收租的；客堂内群情激愤，闹喳喳，乱哄哄，声震屋宇。要不是侧厅的酒席已摆好，飘来阵阵食物的香味，而他们个个肚内又在闹"空城计"，不晓得这会还要开多久！

"地租联谊会"宣告成立，由郑甫林负责去县党部备案；通过了章程，选举了理事——其实并没真正选举，由郑甫林宣读了一个理事名单，反正这是空头衔，没有啥油水可捞，被提出的理事中有两位不愿出头露面去惹是生非，硬是推辞不干，经郑甫林好说歹说，才勉强表示愿意担任。这些理事中当然有刘幺爷，王老二，徐大少爷这些人。韦毛牛也被拉进理事会，他开初怕要理事出钱，表示推辞，后来听说"地租联谊会"的基金，由万天宫庙产中出，理事出面办事，还可以领到一定的津贴，才不再推辞。

对付佃客"二五减租"的办法，郑甫林事先早考虑好：第一，不按约缴租的佃客，一律抽佃，将田地另租佃给别人，任何人不得将田地再租佃给这种佃客；第二，对抗拒的佃客，一律交官府严惩，并不得雇用为长工……

另外还有几条，都不关紧要，不过官样文章。对于前两条，郑甫林自认为很厉害，对要求减租的佃客，已断绝了他们的一切生路，一定会逼使他们乖乖听话，老实按约缴租。

为了早点去坐酒席，再加他们在共同对付佃客这一点上，利害一致，郑甫林提出的办法很快便一致通过了。

郑甫林笑眯眯一拱手："请诸位到侧厅去坐席！"

他接着补充了一句提醒大家："不用谢，打平伙，一人五升白米，隔会我派人挑着箩筐按户收。"

韦毛牛的一个锅盔刚啃完，又拿出一个锅盔正要啃，听了郑甫林最后一句话，忙扬了扬手中的锅盔申明说："郑区长，我带得有锅盔，不坐席！"

郑甫林瞥了他一眼，不悦地说："你不要申明，我不会派人向你收米的。"

他不再理韦毛牛，将他一人丢在客堂里。

韦毛牛对郑甫林轻蔑的语气，毫不介意，他若无其事地独自坐在空荡荡的客堂里啃锅盔——他此时本当可以回家，因面前的一碗毛尖茶是新泡的，想喝过三开再走……

郑甫林招呼众人在侧厅入席。席面上八个碗，两碟冷盘，不算丰盛，还可以凑合过去。只听杯筷响，众人埋头吃喝起来，都想尽量把五升米多捞点回来。

郑甫林并未入席，另一桌摆在内客堂内，是为招待熊世发预备下的。

郑甫林踱到阶沿边，仰头看了看天，这时露过几次脸的太阳被厚厚的云层遮蔽住，摸不准到了啥时候！他的怀表没带在身上，懒得进内房去看墙上的自鸣钟，估摸太阳已偏西，而熊世发还没有来，派去请熊世发的孙队长也不见影。

郑甫林心中十分焦躁，一只花猫在他脚边亲昵，发出"喵喵"的叫声，他举起足一踢，花猫被踢下阶沿，翻起身尖叫："喵喵……"飞快地逃窜了。

郑甫林眼睛一亮，看见孙队长跨进朝门，快步向他走来。

郑甫林迫不及待地往前走下石阶迎住孙队长："龟儿，你啷个一去不回？熊区长来了吗?!"

孙队长在郑甫林面前站住，虽然不是热天，但额上仍在沁汗。他取下头上的灰色军帽揩拭额上的汗珠："郑……郑区长，出事了，熊区长来不了啦!"

郑甫林见孙队长神色慌张，口齿结巴，顿时沉下脸，从容地责问："亏你是队长，啥子大事，如此慌张！从从容容报告。"

孙队长吞了一口唾沫，喘了一口气："报告郑区长，那些佃客组织了一个什么

‘减租协进会’，派出了代表，聚齐了几千佃客，正围住区署，向熊区长递交请愿书，要熊区长执行‘二五减租’法令，保护佃客的合法权利……”

郑甫林不等孙队长说完，不觉大吃一惊。事先他也听到过一些风声，有几家佃客扬言要组织“减租协进会”向政府请愿，认为他们不过这样扬言，绝不会真的组织——因为自从十多年前将石牛场吃大户风潮镇压下去以后，这一带的穷人变得胆小怕事，十分驯善——想不到真的组织起来了，他很觉意外。

他变得更焦躁不安：“你为啥这时才回，为啥不早点回来报信?”

孙队长摸够郑甫林的脾气，反而不慌不忙取下耳轮上夹着的一支香烟，点燃吸了一口，因为香烟被汗水沾湿，一会儿便熄灭了。他擦燃火柴点了几次，仍然熄灭……

郑甫林皱了皱眉，从身上摸出一包“自由花”香烟递过去：“喏，拿去抽!”

孙队长眉开眼笑地接过，点燃香烟吸了几口：“你不晓得，区署被围得水泄不通。那些穿得破破烂烂的佃客，平时看来老实巴巴，不晓得哪个搞的，个个横眉竖眼，硬是不肯给我让路。我好不容易挤到区署门口，啊嗬，大门关上了。我喊了半天门，硬是没人理我。我又重新挤出，挤出一身臭汗，绕到区署后门，后门也关上了。幸好后门站岗的是邢班长，以前在我下面当过兵，才开门把我放了进去，哎，你不……”

郑甫林沉不住气，岔断孙队长的话问：“熊世发呢，难道他听任这些穷佃客瞎起哄!”

“这……这个……我就不晓得了。”孙队长说，“我见到了熊区长，他被十几个佃客代表围住，这些佃客代表中还有两个会咬文嚼字的私塾先生，他们拿出《中央日报》上登的‘二五减租’法案，要求熊区长保护佃客利益，按政府公布的法案办事。熊区长顾不上搭理我，我等了半晌，好不容易插进去与熊区长说了几句话，熊区长说，他今天不能来，请你今晚上到他家中去叙谈!”

“啊!”郑甫林焦急地徘徊了几步，“想不到这些穷佃客真有胆量闹起来!”

他站住咬牙切齿地说：“石牛场已经十多年没开过红山[1]，这些穷佃客真活得不耐烦了!”

1 大量杀人流血，袍哥话。

他吩咐孙队长："备轿，我马上去见熊世发！"

孙队长正待转身去喊轿夫，郑甫林又叫住说："慢！"

他想到侧厅里的酒席没散，这时如何能走！陡地改变主意："等宾客散了，我再去！"

四

宾客散尽，已经暮色朦胧。郑甫林坐着轿子到了石牛场，熊世发不在家，留下话，请郑甫林到郑大小姐烟馆去见面。

郑甫林属于郑大小姐的叔辈，郑大小姐破落后开烟馆谋生，郑甫林认为她有辱郑氏门风，那时他还在石牛场当区长，扬言要在场口边的郑氏宗祠召开家族会议，对郑大小姐进行制裁，后来适逢红军渡过乌江，绅粮都忙着逃跑，往县城搬，往重庆躲，才把这事搁了下来。后来红军向遵义方向去了，绅粮们受了一场虚惊，陆续搬了回来。金四的破落，熊世发的暴发，郑甫林丢掉了区长，从此再没提起对郑大小姐进行家法制裁。但是，郑甫林扬言郑大小姐没有资格姓郑，他们断绝了往来，在场上碰见，视若路人，从没到烟馆去过。

现在熊世发留下话，要他去郑大小姐的烟馆里见面，他犹豫了一阵，终于吩咐轿夫："抬到烟馆去！"

郑甫林在烟馆门口下了轿，孙队长早已抢先进内通报。郑甫林跨进大门，熊世发已迎上前来，拱手说："甫林兄，我在这里恭候多时，请！"

郑大小姐撩起门帘，站在门边："三叔，啥子风把你吹来了！快请进。"

郑甫林极不自然地"唔"了一声，表示回答。

郑大小姐等郑甫林与熊世发跨进内室，放下门帘，关上门，忙着泡茶，请郑甫林上烟铺烧鸦片烟。

郑甫林没有鸦片烟瘾，虽是远房叔叔，但要他与侄姑娘隔着烟盘子侧卧在床上烧烟，他当然认为不雅相；他脸上没有笑容，摇了摇手，在茶几边的太师椅上坐下。

郑大小姐这些年，亲友都躲着她，感到异常孤独，郑甫林今天来了，她一直十分亲热地巴结，脸上挂着笑容，"三叔""三叔"——喊得亲热巴实。

她见郑甫林不到铺上去抽鸦片，拿出一包"红锡包"香烟："三叔，抽烟！"

郑甫林刚取出一支香烟衔在嘴上，她立即吹燃纸捻给他点烟。

她取出一只油漆彩绘糖盒，揭开盖子，放到茶几上："三叔，请吃寸金糖！"

伸手不打笑脸人！他不好意思再虎着脸不理她，说："大侄女，不要客气，我来是找熊区长商量事情，你歇息一会儿吧！"

"三叔！你来了，我实在高兴，这些年，我……"郑大小姐的眼里闪着泪光，声音哽住了。

郑甫林瞥了郑大小姐一眼，见她的神态，不觉心软："嘿，大侄女，我不是来了吗?!"

他的声音不再冷冰冰的，表情比刚进门时自然多了。

郑大小姐这时才破涕为笑："三叔，那，你吃寸金糖，我去与你煨银耳羹！"

她从床后一道小门走出张罗去了。

熊世发与郑甫林隔着茶几坐在太师椅上，因为郑大小姐一直在向郑甫林献殷勤，他坐在一边抽着香烟含笑不语。

郑甫林迫不及待地问："熊区长，听说佃客们组织了啥子会，聚众到区署要挟政府，是不是这样?"

自熊世发从他手中抢去区长一职，郑甫林一向耿耿于怀，彼此很少交往，见面时也是貌合神离，敷衍敷衍。现今为了共同对付闹减租的佃户，郑甫林还是第一次喊他区长。

熊世发点了点头："是的！"

他接着补充了一句："不过，还说不上聚众要挟政府，他们说，你在成立啥'地租联谊会'对抗政府法令，要我严厉惩治你！"

熊世发的语气十分平淡，狡黠地眨了眨眼。

"啥，要惩治我?"郑甫林惊诧地叫起来。

"是的！"熊世发又点了点头。

郑甫林接触到熊世发十分深沉的目光，心中明白几分，不禁有点愤慨地说："咦，熊区长，你也有几百担租，在这样的时刻，你还与我捣鬼，未必你不怕减租?"

"我是政府人员，既然'二五减租'是政府法令，我当然带头减租！"熊世发将香烟头往身边的痰盂里一扔，不慌不忙地说。

这几句话将郑甫林搞蒙了，不明白熊世发的用意何在！他一对无神的眼睛像两个黑洞，对着熊世发发怔。

郑大小姐从床后走出，托盘里是两杯银耳羹，冒着热气，在他俩面前各放一杯。

郑甫林端起杯子又放下，眼珠开始转动，有了光彩：“你真想带头减租，把我郑字倒起写！”

熊世发十分认真地说：“我当然要带头减租，这是政府法令嘛！”

郑甫林一时语塞，端起杯子望着熊世发无语。

郑大小姐将手中的托盘往墙边一搁，顺势坐在旁边的一张圆凳上，向熊世发撇了撇嘴：“我三叔是老实人，你不要耍花枪！”

她转向郑甫林说：“三叔，不信他的，他哪会真拥护减租，是想嫁祸于人！”

说着，她转向熊世发。熊世发想制止郑大小姐：“你……”

郑大小姐毫不退让：“我姓郑，当然要帮郑家的人说话。三叔，事情是这样……”

原来今天发生的事情，熊世发在长途电话里向涪陵侦缉队作了报告。申小旦在电话中说，《涪陵日报》已发消息作了报道，说石牛场的佃客是因为有人组织“地租联谊会”对抗政府“二五减租”法令，所以才被迫成立“减租协进会”，帮助政府贯彻这一法令。申小旦在电话中说，他立即来石牛场，叫熊世发不要妄动。熊世发摸不清风向，也被搞蒙了，所以他才打起官腔说他拥护政府减租法令，等申小旦来后再确定自己的态度。倘若追究成立“地租联谊会”的责任，可以往郑甫林身上推。

郑大小姐最后说：“三叔，你不用怕得，凡事我会为你疏通！”

郑甫林经郑大小姐点明，这时才恍然醒悟。他大声冲着熊世发说：“咦，你的心眼现在越来越多，在真人面前烧起假香来了！”

熊世发见郑大小姐已点明，哈哈一笑：“真是一笔难写一个郑字，自家人顾自家人！”

他随即收敛了笑容说：“甫林兄，我是吃公事饭的，说话做事都受到约束，怎好公开反对政府法令！你不同，目前不当区长，无官一身轻，干事、说话都可以自由！”

熊世发长叹一声：“这些佃客围着我闹，我何尝不恨得牙痒痒的！但上头来公文三令五申要‘二五减租’，我暂时只好睁一只眼，闭一只眼，看一看再说！”

熊世发当了这么多年区长，学会了官场中的圆滑，狡黠，阴沉，见风使舵；而郑甫林这些年在野农山庄过着隐士般独霸一方的地主生活，对于目前政治风云的变化，几乎毫无所知。朱佳富几次回乡，住在野农山庄，虽与郑甫林谈过一些时势，他只当听龙门阵，并未留下十分深刻的印象。他的言谈举动已不合时宜。

郑甫林一掌击在茶几上，凶神恶煞地说：“想我当区长的时候，处理过石牛场吃大户的风潮，杀鸡吓猴，穷人们终于循规蹈矩，乖乖听话。你那时在金家大院当管事，亲自在黄桷垭口砍杀十多个共产党，何等爽气。”

他皱了皱眉：“你当了这么多年区长，应该历练出胆气，为啥不抓一批，杀几个，反而畏首畏尾，姑息养奸啊！”

熊世发的脸色顿时改变，十分难看。他最忌讳别人提说当年贫贱时的事，听郑甫林的语气带点训斥的味道，忍不住冷笑一声：“甫林兄，你以为现在还像当年军阀割据的时候，当区长可以任意杀人！我姑息养奸？那，我可以把区长让给你，你来抓人、杀人好了！”

郑甫林自以为是秀才出身，书香门第，平时不甚看得起熊世发，听他意含顶撞，顿时虎着脸、歪着头，出着粗气。

熊世发显出咄咄逼人的样子：“甫林兄，这次倘若佃客将事闹大，事因你擅自成立‘地租联谊会’引起，我不会为你受过，只好将实情上报，哼……”

郑大小姐虽觉郑甫林以前对她不好，但传统的家族观念，使她忘记了前嫌，怕郑甫林与熊世发闹得太僵要吃亏，急忙插话劝解：“莫打嘴巴官司，银耳羹快冷了，吃了再细细商量。目前正是‘戡乱’时期，这事一定有异党在其间煽动，否则，《涪陵日报》的消息咋能发得这么快，待我们查清……”

她陡地停住，感到自己的特工身份不能在郑甫林面前暴露，忙改口说：“减租，对你们都不利，目前佃客闹事，更该和衷共济，精诚团结对付他们才行，何苦打嘴巴仗，伤和气！”

郑甫林见熊世发变了脸，自己虽不怕他，但他毕竟是现任区长，讲财、讲势，目前都比自己强，当面撕破脸，今后不好相处。

他正想挽回，给郑大小姐如此说，便借势下台：“大侄女说得对，熊区长，目前戡乱救国，正当多事之秋，我们何苦打嘴巴仗，伤和气划不来。将来地方治安，还要仰仗熊区长维持。”

他端起杯子：“来，银耳羹快冷了，吃了慢慢叙谈！”

熊世发晓得郑甫林与高伦、罗天成这些人是故交，郑家又是石牛场的望族，真撕破脸硬干，于自己也没有好处。他哈哈一笑：“对，精诚团结，以和为重！”……

郑甫林坐了一阵，熊世发对他时热时冷，对于减租的事，熊世发好像不愿提及，要不是郑大小姐在其间圆场，彼此都兴味索然，谈不到一起去。

他听打了二更，不愿再多留，起身告辞。

熊世发没有深留，客气了几句，送到门帘边，由郑大小姐将他送出门外，看郑甫林上轿走后，郑大小姐才回到内室。

五

第二天，申小旦带着吴巴巴等十多人，个个带着硬火[1]，坐着滑竿赶到了石牛场。

上次申小旦在郑大小姐烟馆中待过几次，郑大小姐异常会巴结，他觉得别有一番乐趣。在熊世发家中吃过了晚饭，他主动提议到郑大小姐烟馆中去议事。熊世发当然求之不得，这样可以减少照应上的麻烦。只带着少数几个人，叫邢班长提着灯笼照路，从烟馆的后门摸进了郑大小姐的内室——这是为了避人耳目，新近才打通的一条路。

郑大小姐忙乱一场之后，坐在圆凳上相陪，不时给申小旦点烟递茶。

申小旦端起盖碗茶喝了一口，从衣袖里取出一张绣花白绸手绢——原是郑大小姐使用过的，上次申小旦向她要了去——跷着幺拇指轻轻揩了揩嘴唇，然后用手捏着手绢的两端不住顺反搅动，有点像《西厢记》中红娘的动作。

他尖着嗓子，望着郑大小姐问："听熊区长说，你派人监视黄桷树垭口那个杨家的女人，有没有发现可疑的地方？"

抗战前夕，熊世发听了郑大小姐的话，亲去黄桷树垭口杨嫂子家搜查过，虽找到了带着浓血的纱布和药棉花，以及一些可疑的药渣，但被杨嫂子滴水不漏地应付过去；也没在杨嫂子家中搜查到什么可疑线索！熊世发曾调戏杨嫂子不成，反为杨嫂子所戏弄，掉进粪坑，又恨又羞，晓得这个女人厉害，没捉住把柄，不敢轻易惹动她。但一直对杨嫂子有些怀疑，派人秘密监视过一段时间，也没发现

1 指性能良好的手枪。

异常情况，接着是八年抗战，忙于征粮、拉壮丁、躲空袭，再没注意过杨嫂子。上次发生了梅垭枪击事件，申小旦亲来石牛场，要寻找共产党的下落，郑大小姐偶然提到抗日前的这件事，提醒了熊世发，才叫郑大小姐派人监视杨嫂子。

郑大小姐听申小旦指名问她，画过的眉毛尖一挑，说："据派去监视杨嫂子的王吵吵说，抗战中，杨嫂子家中来过一个二十多岁的女人，说是由重庆疏散出来的亲戚，抗战胜利那一年，又返回重庆去了。根据别人说的面貌特征，很像在梅垭打伤吴巴巴的那个女人。"

申小旦迫不及待地说："真是这样，马上把那个啥杨嫂子抓起来拷问，一定能查出那个女共产党的下落!"

郑大小姐摇了摇头："申大队长，绝不能打草惊蛇。倘若杨嫂子真是共产党，没捉住她的把柄，她是不会招认的。"

申小旦点了点头："你说得也对，暂时不抓。你还发现啥可疑的线索没有?"

郑大小姐不觉抿嘴一笑："杨嫂子这段时间深居简出，除了到她出嫁的女儿家中走动外，没发现她与其他人交往。"

申小旦现出失望的样子："啊……"

熊世发见申小旦那副像女人的腔调，已觉好笑；那一副草包相，更令人忍俊不禁，幸好他坐在暗影里，没笑出声申小旦毫无觉察，一心望着郑大小姐专注地听。

郑大小姐接着说："王吵吵还向我报告，有一个叫李应忠、常跑石牛场卖药的人，路过黄桷树垭口时，都要在杨嫂子家停留歇息！这人有些可疑。"

"他……"申小旦说，"我抗战前在涪陵侦缉队时认识他。"

他摇了摇头，接着说："这人确实是跑江湖卖药的。"

熊世发的鸦片烟瘾早发作，听任申小旦询问郑大小姐，独自上床侧卧在烟盘子旁过足瘾，这时他起床踱了过来，仍坐回太师椅上。

他衔着一支香烟吸着，慢吞吞地说："单监视黄桷树垭口不行，连杨嫂子女儿的家也应监视!"

郑大小姐眼波往熊世发脸上一瞥："我的区长，不用你说，我早作了布置。"

熊世发喷了一口烟："这些佃客要求'二五减租'，因是政府公布的法令，他们名正言顺，不便捉人。只有找出共产党的线索，我们才好一网打尽!"

申小旦摇了摇头，冷笑一声："找出共产党的线索固然好；倘若找不出，也可以用异党的罪名将闹减租的为首分子一网打尽，我不信其中没有共党分子！”

郑大小姐不禁称赞：“申大队长这主意不凡，毕竟在重庆见过大世面！”

她咯咯一笑，伸出大拇指。申小旦喜上眉梢，又将绣花手绢揩了揩嘴，显得十分做作。

熊世发眼睛一亮，认为申小旦这个主意不错：“高，高，申大队长这主意高！”

他以前没想到这么好的主意，从心里称赞，看轻申小旦的意思减少了几分。

听到熊世发的赞美，申小旦更乐了，用绣花手绢捂住嘴笑。

床后一阵急促的脚步响，王吵吵冒冒失失撞了进来：“熊区长，好消息，那些为首闹事的佃客，都聚集在黄桷树垭口对面山上的地棚里开会！”

熊世发迫不及待地问：“有没有杨嫂子在内？”

王吵吵回答说：“有，我亲眼看见她摸了进去，一群人围住她在商量啥事！”

郑大小姐插嘴问：“你听到他们说些啥？”

王吵吵摇摇头：“听不清。我想悄悄靠近地棚偷听，不小心踢着了一块碎石，发出了一点儿响声，我顾不得再听，摸黑回来报告！”

熊世发蓦地站起：“草包！这么无用。你弄出声响，他们岂不警觉走散！”

王吵吵对熊世发的斥责并不在意，打了一个哈欠，转对郑大小姐说：“我的烟瘾发登啰，给两盒鸦片过足瘾再去探听！”

熊世发转头对申小旦说：“申大队长，我得赶快带人去，迟了，他们会走散的。”

想到杨嫂子害他掉进粪坑，心中就恼火，这是他报复的机会到了，他咬牙切齿说：“杨嫂子，你再狡猾，这次绝不放过你！”

申小旦迟疑了一下，说：“好，我叫吴巴巴带着侦缉队的人配合你，一网打尽！”

他伸了一个懒腰，说：“我在这里坐等你的好音！”

“好，你歇息，我去了。”熊世发见王吵吵不在跟前，“王吵吵呢？”

郑大小姐说：“给他两盒鸦片到外面通铺上过瘾去了。”

熊世发晓得像这样的烟鬼，就是天塌下来也要等过足瘾再说，无可奈何地说：“叫他快点！”

邢班长和吴巴巴他们都在外间，熊世发去命令邢班长将区丁集合好；申小旦去吩咐吴巴巴带人一道行动。他俩都到外间去了。剩下郑大小姐一人，她懒洋洋地趿着鞋子往宁式床上一躺，眼泪鼻涕往下淌，烟瘾也发作了。

第二十六章

申小旦与熊世发坐在区署公堂上，邢班长和吴巴巴威风凛凛地站立两旁，区丁和侦缉队的便衣站在台阶边上。杨嫂子头发有些散乱，衣衫上撕破了两个洞，站在公堂中间。

申小旦的尖嗓子在叫："你就是那个利嘴利舌的杨嫂子吗？"

杨嫂子理抹着头上的黑发，斜睨了申小旦一眼，没有搭理，不慌不忙地将粘在衣衫上的几丝稻草屑拈起扔下——昨夜将她捉来，关在区署的黑牢里，在稻草上躺了一夜。

"咦，杨嫂子，我们是老乡邻，只要你好好招认，一切好说。"熊世发笑眯眯地望着杨嫂子的面孔说。他觉得杨嫂子虽然老相了一些，但那张面孔，那对眼睛，依然不失妩媚。

杨嫂子嘴角露出一丝冷笑："熊管事，我们确实是老乡邻，当年你在金家大院当管事，我是金家的佃客……"

熊世发脸上的笑容收敛了，他最不喜欢别人谈这些。昨夜派人去黄桷树垭口对面的地棚捉人，扑了一个空，肯定是王吵吵不小心惊动了他们。熊世发把王吵吵骂了一顿，只好到黄桷树垭口将杨嫂子捉来拷问，想从她口中得到一点儿地下党的线索。

杨嫂子望着熊世发说："我们既然是老乡邻，你们在上面坐着，却叫我在下面站着，这不是待人的礼信吧！"

熊世发见杨嫂子脸上含着笑意，那对眼睛里射出的光芒却冷气逼人，正想说话，申小旦抢先说了："嘿嘿，你成了阶下的囚犯，还想有个座位，真是……"

杨嫂子将锋利的目光转到申小旦的身上："不晓得你是男还是女？我犯了哪条罪，唧个成了囚犯？"

"咦，你的嘴壳子好硬，来人呀，拖下用刑，来个'鸭儿浮水'！"

申小旦听杨嫂子说他不男不女，连脸都气白了，蹦起身来顿着脚大声吼。

两个区丁上前要架走杨嫂子，熊世发伸手制止："慢！"

他转对申小旦说："申大队长不用与妇人家一般见识！"申小旦悻悻坐下。

熊世发望着杨嫂子说："好，你说得对。我们是老乡邻，让你站着说话有失礼信！"

他向邢班长努努嘴："快给杨嫂子端个凳子来，泡碗香片茶！"

杨嫂子大模大样地坐在邢班长端来的独凳上，抹了抹鬓边的一绺发丝，跷起二郎腿，从一个区丁手中接过盖碗茶，揭起盖碗轻轻吹了吹浮在水面的几片茶叶，慢慢喝着。

"杨嫂子，我问你，昨晚上在地棚里开会的是哪些人？开的啥会？只要你说出，我姓熊的以人格担保，包你无事。"熊世发从公案后站起，背着手踱到杨嫂子面前问。

杨嫂子摇了摇头："我不明白你的意思，我不晓得地棚里有人开会！"

熊世发见杨嫂子从容不迫地回答，晓得很难对付，陡地沉下脸，一声恶狠狠地冷笑："咦，你当我不晓得，半夜三更，你悄悄摸到地棚去干啥？"

杨嫂子昨夜是到地棚里开支委会，研究减租斗争的下一步行动，想不到被人跟踪，幸好，王吵吵弄出声响，他们赶快散了。

杨嫂子瞟了熊世发一眼："咦，熊管事，你哪个假装不明白！我是去看地棚内是不是有人掉进粪坑里，好拉他一把，让他少喝点大粪！"

熊世发晓得杨嫂子明明在奚落他。这是十多年前的事，熊世发想调戏杨嫂子，反被戏弄掉进了地棚内的粪坑里。熊世发脸上顿时红一块白一块，气得语塞。

申小旦当然不明白其中的详情，身子前倾，问："说清楚点，哪个会掉进粪坑？"

杨嫂子轻蔑地一指："倘若你有兴趣，可以问熊管事！"

申小旦询问的目光投到熊世发身上："熊区长，你晓得？"

熊世发脸一红："申大队长，不要听她信口胡说。"

他陡地变得凶神恶煞："杨嫂子，我念在老乡邻的面上，没有难为你，当我把你无法！哼，我要让你先吃点苦头看看！"

"来人呀！把她拖下去坐老虎凳。"熊世发返回公案后的座位上。

两个区丁立刻扑上前要拖杨嫂子。

杨嫂子望着熊世发冷笑："熊管事，我一个妇女家，安安分分过日子，无缘无故将我捉来！我人穷志不穷，骨头是硬的，不靠当哈巴狗发了家作威作福。"

她一昂头："走，我今天坐一下老虎凳，看味道美不美！"

"你……"熊世发一拳击在公案上，"快拖下去用刑！"

"慢！"

申小旦学熊世发刚才的样伸手制止，也起身踱到杨嫂子面前："你这个女人不要不识好歹！我向你打听一个人，只要告诉我，马上便送你回家，还送你一笔钱。"

两个区丁松了手，杨嫂子坐回独凳上，看见申小旦那副样子，心里就恶心。她端起茶碗喝了一口茶："请问。这石牛场方圆几十里，不论哪户人家，我都晓得。"

申小旦眉开眼笑："对，杨嫂子是明白人，我问的这人，你一定晓得！"

杨嫂子又跷起二郎腿，瞟了申小旦一眼："请你快问，我家的一槽猪儿都没喂食，我要赶回家去喂猪。"

"我向你打探一个女人……"

申小旦比手画脚，将外貌特征向杨嫂子说了一阵，边说边留意她的表情。

杨嫂子一听，晓得申小旦问的人是春燕——她把春燕送到小兰家隐藏了一段时间，后来发现王吵吵在附近游逛，想得王吵吵是密探，为了安全起见，又将春燕送到更高的山上，在一个党员家中住下，早转移走了——她故意想了想，点头说："这个女人，我晓得，她住在螃蟹塘沙窝！"

申小旦喜形于色："快说，快说，住在沙窝哪户人家！"

杨嫂子作古正经地说："沙窝刘幺爷的幺小姐，就像你说的那位女人！"

申小旦迫不及待地命令："吴巴巴，快带人去沙窝把这个女人抓来！"

熊世发吓了一跳，刘幺爷家的幺小姐，是他未过门的媳妇，哪里是那位要捉拿的共产党！分明是杨嫂子信口胡说。

他见申小旦居然信以为真，要派吴巴巴去抓人，忙从公案后走过来："慢！"

申小旦见熊世发急急过来制止，迷惑地望着他。

熊世发说："申大队长，你不要轻信杨嫂子胡说。这刘幺爷是前清的读书人，虽没中过秀才，也是书香门第，清白传家，何况，刘家幺小姐是我未过门的媳妇，绝不是共产党！"

申小旦摇了摇头："大绅粮的子女，参加共产党的不少，他们好生活不愿过，跟着共产党去闹啥革命，像吃了迷魂药一般。中共的许多领袖就出身于书香门第，官宦世家。"

申小旦带点训斥的语气说："熊区长，不要因为是你未过门的媳妇就为她说情。不要忘记你的身份，应该大义灭亲，为党国效忠。"

他不容熊世发再说："吴巴巴快去，不要让她听到风声逃跑了。"

熊世发想不到申小旦不顾情面，气得说不出话。

申小旦见熊世发脸上改变了颜色，将语气放缓和了一些："熊区长，你放心，将这个女人抓来审问明白，倘若不是我们要寻找的那个女人，立刻释放，绝不冤枉她！"

熊世发这时才急出一句话："申大队长，你公开去捉拿，刘幺爷和我实在丢不起这个面子！这……"

申小旦一对黑白分明的眸子一流盼："那……"

熊世发说："申大队长，吴巴巴认识那个开枪逃跑的女人，我带着他，装作到刘幺爷家走亲戚，让吴巴巴趁机辨认，倘若不是，我们马上就回来！"

申小旦眼珠一转，嗲声嗲气："噫，好主意，我为啥事先没想到！"

熊世发与吴巴巴带着人，熊世发骑马，吴巴巴坐滑竿，带着几个侦缉队员，簇拥着去了。熊世发临走时，望着杨嫂子冷笑一声。

杨嫂子也不示弱，嘴一撇，鼻里重重地哼了一声，轻蔑地瞥了他一眼。

二

吴巴巴去辨认的结果，刘幺爷的幺小姐当然不是春燕。

熊世发像一只气疯的野兽，将杨嫂子用过了几次刑，什么"鸭儿浮水"，什么"老虎凳"全用过了。杨嫂子被折磨得死去活来，始终叫冤枉，没有供出半个字来。

申小旦无可奈何，心里十分着急，重庆警备司令部的孙大胜，特意将他派回涪陵寻找春燕，追查出石牛场的地下中共组织，许多时日已经过去，至今仍无所获。

自从将杨嫂子捉来，那些闹减租的佃客，仿佛安静了一些，派出去的密探，也没发现什么异常情况。

申小旦与熊世发都认为杨嫂子是可疑分子，但既没逼出口供，也没寻出可靠证据。

申小旦不能在石牛场久待，决定将杨嫂子带回涪陵关押，也可向上搪塞。

关于盗墓一案，白先生已被关押了许久，金四和苏幺爸潜逃进大山，至今没能捉拿归案。熊世发趁申小旦解押杨嫂子回涪陵之便，派了两个区丁将白先生一道解送涪陵法院，以便敷衍朱佳富，了结此事。

寒冬早已过去，此时是仲春时节，石牛河岸边一片翠绿，一簇簇的野花点缀其间。碧蓝清澈的河水依然那么悠闲地流淌着。路边的灌木丛中，小鸟跳跃鸣啭，大地充满了春的生气。

杨嫂子被五花大绑，步履蹒跚地在官道上走。她受过各种刑法，衣衫破烂，多处露出肌肤上的伤痕，疤痂斑斑。脑后的发髻散开，长长的乱发披散在肩后，真是蓬首垢面。

她不顾押解兵丁的吆吼，不时停下步来，望着岩下的石牛河，好像在凝目数着白色鹅卵石上嬉戏的游鱼。游鱼真多，白花花的一片，泛着鳞光。

她后面是白先生，因为白先生的案情也重——要是前清的事例，盗墓开棺是要大辟问斩的——不过，白先生并无口供，不过是嫌疑犯，所以不像杨嫂子那样五花大绑，不过背剪着双手，用一根绳索捆着，押解他的邢班长，受了吴荒货的人情，捆得松松的，不像杨嫂子，绳索嵌凹进了皮肉。白先生上路时，吴荒货托人送了酒菜，他喝光了一壶，脸上呈现出酒晕。他步履轻松，边走边摇头晃脑，吟咏着二十四孝的故事：

沉香救母，孝之至矣；王祥卧冰，感动鬼神；安安送米……

由于杨嫂子行走太慢，申小旦不耐烦，留下几个便衣特务，叫吴巴巴带领押解，自己带着几个侦缉队员，坐着滑竿先走了。

登上了黄桷树垭口，垭口悄无人影。杨嫂子原以为小兰会等在这里与她见一面的，她担心春燕的安全，想用隐语暗示小兰，将春燕转移进大山。杨嫂子不禁感到失望，见家门上锁上了一把铁锁，显然是小兰锁上的。

杨嫂子在黄桷树下站住了，举目四望，山坡上连一个人影也没有，平时总有几个人在地里松土。他们到哪里去了？难道同志们，乡亲们忘记了我？不会，他们……

吴巴巴见杨嫂子站住不走，大声吆吼说：“你这个婆娘，像这种走法，啥时才能走到涪陵？”他推了杨嫂子一把。

杨嫂子踉跄着往前一倾，差点跌倒在地上。她站稳了，冷冷的目光射到吴巴巴的身上。

吴巴巴接触到杨嫂子那充满仇恨的目光，觉得有一股逼人的力量：“好厉害的婆娘！”

他不再催逼，掏出一支香烟点燃吸着，一屁股坐在一根条石上。

白先生站住，见旁边的杨嫂子抬头望着黄桷树垭发怔。他说：“杨嫂子，当年石牛场吃大户，熊世发亲在这里杀了十四个人，我编过一段善书来说唱，善有善报，恶有恶报。”

杨嫂子认识白先生，以前凡是在这条官道上行走的客人，都认识杨嫂子，杨嫂子也认识他们。她瞥了白先生一眼，没有出声，心中确实想的是十多年的旧事；十四个同志，在这黄桷树下被屠杀，对面山上那十四坟便是这些同志葬身之所。岁月流逝，许多年过去了，此仇未报，而今自己也陷身囹圄，旧恨新仇一齐涌上她的心头。她丝毫不感到颓丧，石牛场一带，革命的地火正在到处蔓延燃烧，这次减租风潮便是暴风雨来临的前奏，人众心齐，地火终会冲破一切阻力喷发出地面，革命的烈火会在大地上熊熊燃烧，自己的安危算得了什么！

杨嫂子眼里顿时燃烧着亮亮的光芒，昂着头，不再停留，迈着艰难的步子往前走。

吴巴巴赶忙从石条上站起身，带着特务跟上。

白先生边走边说唱着石牛场吃大户风潮的善书：

石牛河畔，黄桷树下英豪遇难，流水呜咽，行人落泪……

邢班长向旁边吐了唾沫：“白先生，你说善书说了一辈子，难道还没说厌，如今是啥境遇，嘴巴还不歇息！”

白先生不理邢班长，仍有板有眼地说唱着，缓缓跟在杨嫂子身后。邢班长只好听任他不加干涉。

渡过了石牛河，已经太阳西斜。吴巴巴与邢班长虽然很急，但无论怎样催促，杨嫂子受刑过重，实在走不快，无可奈何。

远远可以看见石门，在石门下有一个凉亭，年久失修，已经破败不堪，不过亭中的石桌、石凳仍然完好，行路人登着石梯爬到这里，大都十分疲累，喜欢坐在这里歇息，龙骨石做的石桌、石凳，光滑滑的泛着青光。

白先生早留意凉亭中的动静，见有一男一女坐在石桌边，晓得是齐姑娘和王疤子已等在那里——他早已得信，故此知道——白先生脸上露出笑容。

爬到凉亭旁边，白先生故意喘着粗气，对邢班长说："邢班长，在这里歇息一会儿再走！"

邢班长举起手掌放在额上挡着阳光，抬头看天："不行，时间不早，要翻过山去才有幺店子！不是要摸黑路。"

吴巴巴已在凉亭外站住，色哈哈地望着齐姑娘的面孔不转眼。

齐姑娘穿着一件艳色的水红上衣，翠色的灯笼裤子，黑黝黝的发髻上插着几支银簪子。她眼波往吴巴巴身上一流动，用一张白市布手绢捂嘴一笑，主动向吴巴巴搭白："总爷，看你们累得这样，歇息一会儿再走吧！"

吴巴巴听到齐姑娘娇脆的声音，骨头都酥了。

齐姑娘将另一只石凳上的包袱拿到石桌上，腾出一个座位来。

吴巴巴打量着王疤子，齐姑娘主动指着王疤子介绍："总爷，他是我的男人，回娘家去路过这里！"

吴巴巴向邢班长等人挥了挥手："歇一会儿再走！"

他跨进凉亭坐到齐姑娘旁边的石凳上，翕动了一下鼻翼，笑嘻嘻地说："大嫂，你头上擦的生发油好香！"

齐姑娘只是斜乜吴巴巴哧哧笑，不答话。

吴巴巴见王疤子一脸凶相，不敢贸然对齐姑娘动手动脚，只是风言骚语挑逗……

白先生一屁股坐在石梯上，邢班长和两个区丁也坐在一旁歇息抽烟。

杨嫂子站在亭外，几个便衣特务已散乱地坐在四周。

这时从山下沿着石梯上来一个人，肩上扛着一个草把子，草把上插着许多纸做的风车。他手中拿着一只纸风扇，衔着风车上竹哨吹出尖脆的嗲嗲声。

白先生见是孙癞头，装作不认识。

孙癞头向白先生递了一个眼色，转向邢班长："班长，买一只风车拿回家哄娃儿！"

接着他吹得竹哨嗲嗲，嗲，嗲嗲………

邢班长不耐烦地挥手吼："走开，走开，哪个买你的风车！"

孙癞头顺势坐到邢班长的旁边，将手中的风车插到草把子上，用破烂的衣袖揩汗。

邢班长闻到孙癞头身上发出的一股酸臭味，挪动了一下身子，离孙癞头远一些，皱着眉呵斥说：“你这个叫花儿找死，快滚！”

孙癞头取出一副莲花落来，“提提塔”地把竹板敲击响，大声唱着：

莲花落两块柴，
上街打到下街来，
看见一个老板娘在锥鞋，
…………

他边唱边走做出夸张的表情，十分滑稽，惹得押解的兵丁哈哈笑。邢班长再没赶他走。

“提提塔”的声音在山谷中回应，从石门走出一个人，浑身搭着五颜六色的衣服，踏着石梯往下走来，边走边喊：“相因卖，相因卖，八团花马褂……”

邢班长仰头见是吴荒货来了。他含笑老远招呼：“吴觑觑，好几天不见你，原来你龟儿在这里！”

吴荒货停止了喊叫，紧走几步到了邢班长身边：“邢班长，为了生活，只好爬山窜乡！”

他笑眯眯地递给邢班长一支香烟，顺势紧挨白先生坐下。

孙癞头却站起身往上走了一步，将白先生的背后挡住，吴荒货将暗藏的匕首摸出，十分迅速割断了白先生的绳索……

孙癞头将手中的莲花落往空中一抛：“去他娘的！”

押解的兵丁对孙癞头这个突然的举动感到莫名其妙，这时齐姑娘已摸出一把匕首往吴巴巴刺去。吴巴巴猝不及防，见银光一闪，本能地一侧身，利刀划破了他的衣衫，没伤着皮肉。他准备掏手枪，被齐姑娘一把箍住。想不到齐姑娘有这么大的力气，吴巴巴怎也挣不脱身，彼此扭打挣扎着……

王疤子正想上前相帮，见一个便衣特务已握枪瞄准齐姑娘，只因怕误伤吴巴巴，迟疑着没有扣动扳机。王疤子上前一脚，将这特务手中的枪踢飞亭外。这特务像一只野兽，反应迅速，避开王疤子手中的匕首，一把揪住王疤子的手腕，一时相持不下……

吴荒货早一刀戳在邢班长的胸部，一股鲜血向外喷着。

孙癞头从草把中摸出一把铁矛，向一个特务刺去，但没刺中……

从亭边的山石后窜出两个人来，一个是许驼子，手中举着大刀，参加了这场战斗；一个是金四，手中执着长矛，浑身颤抖，踌躇着逡巡不前……

便衣特务和区丁，来不及使用手枪，彼此都扭成一团厮打，正好一个对一个，一时难决胜负。

齐姑娘他们得到吴荒货报信，晓得要将白先生押解到涪陵，所以他们在这里安排好架势，想将白先生救出来。

想不到还有两名便衣特务在坡坎下背僻处解大便，听到声响，忙系好裤带从坡坎下爬出，看见搏斗的场面，一时吓呆了。

吴巴巴气力渐渐不支，眼看要被齐姑娘压倒在地，看见从坡坎下钻出的两个特务呆站在那里，他急声喊叫："快开枪！"

这两个特务才醒悟过来，忙举起手枪寻找目标瞄准……

从石门方向蓦地传来一阵牛角号嘟喔、嘟喔的雄浑音响，接着几处都响起牛角号声：嘟喔、嘟喔……

"冲呀，杀！"

"举起手来，投降不杀！"

但见满山遍野都是包白帕的庄稼人：有拿大刀的，有拿梭镖的，有拿棍棒的……一齐向凉亭合围拢来。火药枪冒出硝烟，响起"砰砰"的枪声，铁砂子到处乱飞……

吴巴巴和王疤子他们，都被这突如其来的意外情况弄呆了，不晓得发生了什么事情！都猜疑是对方的援军到了。他们不再相互扭打，都想迅速逃窜。

到处都碰到像潮水般涌来的人，没有一点儿空隙可以突围。他们彼此忘了敌对，都退缩回凉亭四周躲避。

吴巴巴他们虽有几支手枪，面对目前的景况，吓得不敢开枪。

杨嫂子开初看见他们彼此扭打，谁也顾不上管她。她想乘机逃跑，走了几步，听见牛角号从四山响起，遍山都是白帕子吼喊着围拢来，心中明白了几分，憔悴的面孔上顿时现出了笑容，晓得一定是春燕她们发动群众救她来了。

吴巴巴见黑压压的人群将凉亭四周围住，晓得抵抗已经无益，一个个举起手来。

齐姑娘他们正不晓得如何办，王疤子眼尖，看见领头的一个女人，像在慈虎岩养过伤的春燕，正想招呼，春燕已认出他们："齐姑娘，原来是你们在这里打斗!"

齐姑娘快上前一把拉住春燕，将他们来救白先生的事说了一遍。

原来春燕自杨嫂子被捉去后，请示了上级，上级指示他们：石牛场的群众基础已经成熟，可以劫监暴动，拉进大山打游击，建立一支革命的武装。等一切准备就绪，春燕得到了要押解杨嫂子到涪陵的消息，只好改在半路来打埋伏。他们原先准备在石门动手，想不到齐姑娘他们在凉亭抢先动了手。

杨嫂子的绳索已经被割开，小兰抱住杨嫂子惊喜交集："妈，看，他们把你折磨成这个样子!"她忍不住哭泣起来。

杨嫂子反而抚摸着小兰的头安慰她说："小兰，哭啥？看，我不是好好的吗？快别哭，谨防别人笑话。"

小兰破涕为笑，松开杨嫂子，细细察看着她身上的伤痕，不觉又淌下泪来。

春燕忙乱了一阵，将区丁和侦缉队便衣特务教育了一番，宣传了党的政策，收缴了他们的枪支弹药，当场释放了他们。吴巴巴带着人抱头鼠窜下山跑了。

邢班长的尸体也派人掩埋好。

春燕对杨嫂子说："这里不能久留，石牛场熊世发很快便会得到消息，一会儿就带着兵丁来。我们马上撤进大山，有些事情以后慢慢细说吧!"

齐姑娘听说他们要撤进大山去打游击，主动邀请他们："大姐，先到慈虎岩住两天再说吧，山里我熟，可以给你们带路!"

春燕说："齐姑娘，你家那几间茅屋，能住得下这么多人?"

齐姑娘一拍胸："请放心，我家屋后有一个山洞，通风干燥，不说你这点人，就是千军万马也可以住下，当年'长毛'[1]就在里面住过，官兵进去搜剿，好比进了迷宫，弄得全军覆灭。你尽管放心!"

春燕将几个年轻男人——他们都是骨干——叫到一边商量片刻，然后对齐姑娘说："好，我们暂去慈虎岩，一切要麻烦你了。"

齐姑娘说："不用说客气话。"

1 指太平天国石达开的队伍。

她转对王疤子说："你先赶回慈虎岩打前站！"

王疤子点了点头，提着一把大刀走了。

春燕站在一块石头上宣布，"白马山游击队"正式成立，它是中国共产党领导下的一支工农武装。顿时，满山都是欢呼声。

当即有二十多个年轻力壮的小伙子报名参加。

他们没有在石门久留，由齐姑娘带路，马上向慈虎岩进发。杨嫂子太虚弱，临时找来一乘滑竿，将她抬着上山。

三

齐姑娘将春燕他们安排在屋后的山洞里，因为缺少被褥，烧起了一堆堆火，地上铺着苞谷须子，大家凑合着还是顶舒适的。

夜深了，齐姑娘将他们安排妥当后，才同王疤子回到茅屋中。

火塘边，许驼子、吴荒货、金四、白先生、苏幺爸、孙癞头，连同齐姑娘和王疤子，共是八个人。他们毫无倦意，兴奋地谈着前几天发生的事情，还慰问白先生。

吴荒货望着齐姑娘被塘火映得红通通的面孔，忧心忡忡地说："齐姑娘，你将那些共产党请到慈虎岩，目标偌大，这里虽处深山老林，但离石牛场不到一天路程，倘若大兵进山'清剿'，我们岂不要跟着遭殃！"

齐姑娘秀眉一竖："怕啥！兵来将挡，水来土掩！"

金四一直心事重重，皱眉不语，在他心目中，共产党一定都是些青面獠牙的汉子，想不到却是些平常的庄稼人，为首的春燕竟是一个秀气标致的女人。民国二十四年，红军从江西那边开过来，一般绅粮提起共产党，都是谈虎色变，惶惶离开石牛场乡间，去城市躲避。金四怕共产党，就像怕洪水猛兽一般。目前他虽然破产，并且弄得有家难回，已经不怕共产党。但是，心中的疑虑始终没有消除，只希望这些共产党早点离开，心中才能自在。

他惊惶不安地说："兵来将挡，水来土掩，靠我们的大刀、矛竿，靠他们那几支手枪和棍棒，能抵得官兵的机枪、迫击炮？"

白先生摇了摇头："以卵击石，以卵击石。齐姑娘，还是把他们早点送走吧！"

齐姑娘不像以前那么轻佻随便，面色显得十分端重，好看的嘴角露出一丝意义不明的笑意："送，把他们送到哪里去？"

平时大家对齐姑娘虽然喜欢与她戏谑，其实人人对她都暗怀着敬畏，晓得她善于决断，手段也狠，有时会毫不留情。

吴荒货嘴唇动了几次，终于说："深山老林望不到边，随他们去哪里都可得！"

"不，我们不能送走他们不管！"齐姑娘亮亮的眼睛射出一股刚毅的光芒。

大家面面相觑，半晌没出声。

齐姑娘望着塘火出神，眉尖不住挑动，脸上的表情急剧变化，时而阴霾，时而晴朗。

苏幺爸含笑望着齐姑娘说："齐姑娘，我们这些干儿子都来到了慈虎岩长住，看你这对胀鼓鼓的奶子够不够我们吃，干儿子们不要争着吃奶争风吃醋哟！"

凝结的气氛顿时活跃起来，火塘边传出一阵阵笑声。

齐姑娘却不像往昔，没有与他们戏谑。她只是抬起头来，眼波流动，往大家身上一瞥，脸上的笑容一闪即逝，仍然默默望着塘火。

白先生说："不要开玩笑，我们商议一下，下一步我们该啷个办！"

"对，该商议下一步啷个办。我们都无家可归，慈虎岩这几间茅屋也容不下我们这么多人！"吴觑觑附和说。

苏幺爸往塘灰里吐了一口唾沫："不用商议，官逼民反，我们学梁山泊的好汉，扯起义旗，打富济贫，当棒老二！"

吴觑觑表示赞同："好！当棒老二，比小偷小摸痛快。不过，只有齐姑娘一个压寨夫人，过不了瘾，只便宜一个王疤子！"

齐姑娘不言笑，今天大家感到惊诧，都将目光投到她的身上。

孙癞头打了一个喷嚏："阿雀！"他结巴地说："还是问一问齐姑娘，让她拿个主意！"

"要得，我们听齐姑娘的。"许驼子首先赞成。一片附和声。

齐姑娘抬起头来，眼睛亮得像夜空的星星，说："你们真听我的？"

"对，真听你的。"

大家异口同声说，连平时在齐姑娘面前寡言少语的王疤子也同声附和，声音还特别高。

齐姑娘十分兴奋，红红的面孔显得异常娇艳，声音充满了激情："刚才苏幺爸说得对，我们都是下层的干人，为了衣食逼迫，只好做点小案子。'官逼民反’——眼前已没有活路，只有造反！”

火塘边的气氛热烈起来，大家七嘴八舌，十分兴奋地议论，只有金四沉默不语，心情异常复杂：不造反，确实没有活路；要造反，将来的结局令他忧虑。

许驼子自告奋勇说：“大山里的浑水袍哥，我都十分熟识，明天我就动身去联络！”

白先生说：“大山里的棒老二罗千岁，是我穿开裆裤时的朋友，我去疏通！”

齐姑娘细眉一横，圆眼一瞪：“浑水袍哥，棒老二，他们举出打富济贫的旗帜，不过是一句空话，好事做，坏事也做。我们造反，要真正打富济贫，为干人做好事！”

大家听齐姑娘如此说，都惊讶地望着她。

许驼子忍不住问：“齐姑娘，不参加浑水袍哥，也不当棒老二，那，当啥？”

“对，当啥？”

“哪个才算真正打富济贫？”

一片疑惑的质问声。

齐姑娘高声说：“我们都参加‘白马山游击队’，跟着共产党干，这才叫真正的打富济贫！”

嘈杂的声音顿时寂然，只有火塘挂钩上瓦茶壶的壶嘴喷着蒸汽，发出嘶嘶的声音，大家都愕然地望着齐姑娘。

齐姑娘将刚才的话重说了一遍，大家仿佛才听清。

吴觑觑摇了摇头：“共产党不许烧鸦片，我们烟瘾这么大，哪个办？”

苏幺爸，白先生点头表示赞同吴觑觑的意见。

齐姑娘说：“戒嘛，戒掉烟瘾！”

孙癞头噘起嘴说：“听说共产党纪律严，我过惯了自由自在的叫花儿生活，受不了那种憋！”

许驼子慢吞吞地说：“共产党好是好，就是没得当浑水袍哥痛快。”

王疤子替齐姑娘帮腔：“齐姑娘说得对，我当年去投奔过红军，但没赶上。流落在大山里，实在出于无奈！”

齐姑娘脸上的表情陡地一沉：“你们既然有言在先，都听我的。”

她冷冷一笑，犀利的目光向大家一扫，有一股煞气：“我已决定参加‘白马山游击队’，你们都晓得我的脾气，哪个反对……哼！”

大家确实晓得齐姑娘的脾气，平时看来随和，轻佻放荡，却是极有魄力和有担待的女人，倘若真正翻脸，下手是不留情的。

个个都不敢正视齐姑娘的目光，低头不语。

“哪个反对，请说！”齐姑娘口气缓和，面孔却罩上一层严霜。

白先生想说，嘴唇刚张开，接触到齐姑娘的目光，阴森森的，不觉心中一抖，立即说：“我赞成！”

齐姑娘点了点头，紧逼着问：“其他人呢？”

“赞成，赞成！”

一片含糊不清的回答。

齐姑娘的目光柔和了，嫣然一笑：“好，以前我们丢过海誓，有福同享，有难同当！今后我们投奔了共产党，齐心为干人办好事！”

齐姑娘沉吟了一下，说：“像我们这样的人，还不晓得他们要不要呢！”

她站起身，吩咐说：“王疤子，点起松油火把跟我走，我去找他们，要求参加游击队。”

王疤子点燃松油火把先走出门口，站在屋檐边等着齐姑娘。

齐姑娘背着火药枪，掏空牛角做的火药角，挂在白布腰带上，背后还插着一把大刀。

齐姑娘临走时，笑谑地对火塘边的人说：“幺儿子们，等老娘回来，再一个个喂你们的奶吃……”

她语气十分轻松，跨出门走了。

四

春燕代表“白马山游击队”接受了齐姑娘他们参加游击队的要求。

齐姑娘和王疤子十分兴奋，迫不及待地邀请春燕去给吴觑觑他们见面讲话。

春燕暂时是“白马山游击队”的政委，杨嫂子的女婿岑二林暂任大队长，因为还要上级党组织批准。

春燕虽然很疲倦，仍答应了齐姑娘的要求。她晓得吴觑觑这帮人十分复杂，拒绝他们参加是对党不利的，必须要团结他们，争取其中几个人真正跟着党闹革命，还是有可能的。

由王疤子拿着火把带路，春燕和岑二林带着两名队员，跟在齐姑娘身后，摸黑到了茅屋前。

王疤子推开虚掩着的大门，大家先后跨进堂屋。

王疤子“噫”了一声：“人呢？他们到哪里去了。”

久不加柴火，塘火已成一堆余烬，王疤子手中的松油火把照亮了火塘四周，看见火塘边几根条凳上空荡荡的。

齐姑娘眼尖，看见金四缩成一团独自坐在塘角，上前问：“金大哥，白先生他们往哪里去了？”

金四惶惑的目光闪烁不定，呆头呆脑地说：“他们走了！”

“走了！走到哪里去了？”王疤子性急，感到不妙，一把抓住金四的肩膀。

“我……他……”金四有些畏缩。

春燕上前：“王同志，别吓着他，放开手！”

王疤子松开手，一顿脚：“他们准是不愿参加游击队逃跑了。”

春燕从火塘挂钩上的茶壶里倒了一碗茶，递到金四手中，和颜悦色地问：“不要怕，慢慢说。”

金四不住打量春燕握着的手枪，好像生怕手枪会走火击中他似的，身子挪动着，往条凳端头躲避。

春燕微微一笑，将手枪插回腰皮带上的枪套里。

金四喝完了一碗茶，神态才恢复正常。齐姑娘往火塘里加进了柴火，塘火又旺了。王疤子吹熄了火把。他们围着火塘坐下。

齐姑娘望着金四催问：“金大哥，他们究竟哪去了？”

金四这时才说：“白先生他们不愿当游击队，往大山里投奔浑水袍哥去了。”

齐姑娘一听，猝地站起身，脸色十分难看：“王疤子，走，我们摸黑去把他们追回来，他们不会走多远！”

她伸手去拿搁在一边的火药枪和大刀，王疤子也从墙上取下一把长矛。

春燕做了一个制止的动作：“齐姑娘，不用去追，不能强迫他们革命。”

齐姑娘不愿甘休：“这……”

春燕拉了齐姑娘一把：“参加游击队，要自愿，不能强迫，这是共产党的规矩！”

齐姑娘一跺脚，恨恨地“哎”了一声。

王疤子在一旁问金四："只你一人留下来?"

金四心情十分沮丧，脱口而出："白先生他们去投奔浑水袍哥，唯独吴荒货一人要下山回石牛场。他们都不愿带我走，说我是个累赘……"

金四感到这样说恐怕对自己不利，蓦地闭上嘴，惊惶地注视着春燕和齐姑娘。

齐姑娘焦急地说："糟了，吴荒货回石牛场，肯定会告密自首！他熟悉山路，熟悉慈虎岩的情况，对我们十分不利。"

王疤子提醒齐姑娘："吴荒货要反水当卖客，追!"

齐姑娘望了望春燕，见她没反对的表示，说："大姐，吴荒货的眼力不好，摸夜路走不了多远，我马上去将他追回来。"

春燕点了点头："要不要我派人一道去?"

"不用!"齐姑娘转对王疤子说，"走，快!"

齐姑娘带着王疤子，没有点火把，摸黑一阵风似的走了。不等春燕吩咐，岑二林带了一个队员出外放哨。

春燕向金四说："金先生，参加我们的游击队，是自觉自愿的，我们绝不勉强。你要去投奔浑水袍哥，我们可以为你提供方便；倘使你要回石牛场，只要不出卖我们，仍然是许可的。你不用怕，可以自由选择，不会为难你!"

金四像没听懂春燕的话似的，无神的目光，迷茫地望着春燕发怔。

春燕怕他有顾虑，或者没听清，又和颜悦色地重新说了一遍。

金四呆滞的目光活动起来："我……"

他迟疑了一下："我哪里也不去，我不愿干浑水袍哥；回石牛场，他们会捉我去坐牢!"

春燕进一步问："那，你准备啷个办?"

金四转动了一下眼珠："我……我只有参加你们游击队，我不会打仗；但我能写会算，可以当个文书!"

春燕抿嘴一笑："你愿参加游击队，我们表示欢迎，但要改变过去的一些恶习，首先要戒绝鸦片烟。不会打仗，以后可以学会，我们也缺能写会算的人，会量才使用的。"

金四听说仍欢迎他参加游击队，又喜又忧，喜的是不愁今后的出路；忧的是，这些人打游击，不晓得能不能战胜官兵，万一战败……

他心一横，管不了那么多，到哪个山，唱哪首歌，混几天，看一看再说。他边想边忍不住点头。

火塘里的火势弱了，春燕添加了几根干柴，沉默着过了一阵。

门外一阵脚步响，岑二林进来关照："齐姑娘回来了。"

回来这么快，春燕问："没追上吴荒货?"

岑二林正想回答，齐姑娘已笑盈盈跨进大门，接口答道："追上了。"

春燕见齐姑娘身后只跟着王疤子："人呢?"

齐姑娘在火塘边挨近春燕坐下，手上仍拿着大刀。

金四惊叫："血，血！"

春燕也看见齐姑娘拿着的大刀上，有殷红的血迹，还没完全凝结，不禁吃了一惊，问："大刀刃上，哪来的血迹?"

齐姑娘用一张破布揩拭刀刃上的血迹，十分轻松地回答："吴荒货反水，想当卖客，我照江湖上的规矩，将他开了红山！"

春燕更吃一惊："你将吴荒货杀掉了！"

齐姑娘点了点头，异常豪气地说："对，我们说开红山，就是杀人，我杀掉了吴荒货。"

她对身后站着的王疤子说："站着干啥？将吴荒货这个幺儿子的脑壳拿给政委看！"

因王疤子站在暗影里，春燕没看清王疤子手上还提着一个东西。

王疤子将吴荒货的脑壳提近春燕面前，塘火的亮光照得十分清晰，金四惊叫了一声，浑身哆嗦。

春燕不悦地说："哎，你为啥随便把他杀了！我原意是追回，教育他一顿，再放走。"

齐姑娘惊诧地望着春燕，说："我是照江湖上的规矩办，难道不对?"

春燕神态异常严肃："齐姑娘，你现在已是共产党领导的游击队员，不是江湖客，行动做事都要照共产党的规矩办！"

齐姑娘不服地说："难道共产党的规矩不兴杀卖客！"

春燕蹙着眉头："我们也杀卖客，是杀那些罪大恶极的卖客，并且不兴个人擅自杀，要由上级来决定！"

齐姑娘"啊"了一声，仿佛明白了春燕的意思，沉默了一会儿，说："吴荒货回石牛场要当卖客，难道不算罪大恶极?"

春燕感到要将齐姑娘这种人真正争取教育过来，还有许多艰巨的思想工作要做，自己这个政委的担子不轻。现在过分苛责她，可能效果不大好，只有以后慢慢耐心教育她，因为他们的江湖习气太深，绝不是三言两语可以奏效的。

春燕的口气缓和了一些："齐姑娘，有些道理，我们以后慢慢谈！"

她望了望王疤子手中的人头："岑队长，将这人头拿去埋掉！"

岑二林伸出手去拿人头，王疤子说："岑队长，我跟你一道去埋！"

岑二林缩回手，点上火把，带着王疤子走出大门去了。

金四还在瑟瑟发抖；一脸惊恐的表情。

春燕对金四说："你不用怕，共产党是不兴随意杀人的。"

"政委，我……我不……怕！"

金四听他们这么称呼春燕，也这么称呼她。他口里说不怕，说话的声音依然打颤颤。

春燕改变话题："齐姑娘，慈虎岩不是久留的地方，走，我们去山洞里商量一下，看往哪处老林里转移才妥当！"

齐姑娘正感没味，神态讪讪地不好意思。她对春燕的批评难于理解，认为杀掉卖客是天经地义的事。她听春燕要与她商量往老林里转移的事，神态才自然了一些。

第二十七章

石牛场农民暴动，成立了白马山游击队的消息，不论当局如何封锁，还是不胫而走，迅速传遍了涪陵地区，也传到了高公馆。

高伦是涪陵人，用人中多是从涪陵带来的，家乡的消息，传来得更快，何况，石牛场暴动，与朱家有关。

黄妈站在高公馆前面的花圃边，向坐在青条石上烧叶子烟的老姜谈闲天：“老姜，你晓不晓得，朱先生的老家石牛场出了大事！”

老姜瞟了黄妈一眼：“我晓得，佃客在闹‘二五减租’！”

“啧啧啧，你晓得个屁！石牛场的佃客在闹‘二五减租’，还是我前几天跟你说的。”黄妈撇了撇嘴说。

老姜笑扯扯地打诨说：“是，你这个快嘴婆娘能干！”

“咦！你蹊跷起老娘来了。”黄妈举起几个手指头，做出要敲老姜脑壳的样子。

“走开点，我不愿听你那些新闻，让我清清静静歇息一会儿，高太太吩咐的活路我还没做完，要去挑水浇花！”老姜吧了吧叶子烟，偏过头去。

“不愿听，老娘还不跟你说呢！”黄妈悻悻地扭头想走开。

老姜回过头“哧”地笑出声：“黄妈，逗你玩的，莫要怄气。啥子新闻，说出来让我增点见识。”

“逗老娘，你还嫩得点！”黄妈蜡黄的脸上含着笑，“你喊声娘，我就说给你听！”

老姜偏过头去：“不听，未必你的新闻，比两路口茶馆里说书的先生摆《青城十九侠》还好听！”

老姜拿准了黄妈的性格，果真黄妈不再拿架子，装出神秘的样子，凑近老姜低声说：“刚才高参议会客，是涪陵商会的何会长，我送茶进去，何会长蓦地刹住话头，用眼睛瞟我，等我退出房去，才继续与高参议会话，声音特别轻……”

黄妈脸上露出自得的表情：“我猜他们一定说啥重要话。”

她“嘿嘿”地干笑了两声：“我绕个圈子，从花台边穿过去，靠近高参议书房的窗下，假装扯花台边杂草的样子，留心听何会长向高参议究竟说啥……”

老姜斜睨着黄妈：“你这个婆娘惯会听墙根，还夸嘴！”

黄妈脸一沉：“你龟儿说起老娘来，好，这新闻我不摆给你听了。”

她扭身要走。

老姜装出淡漠的样子："不稀罕，你不摆算了。"

黄妈收住脚，主动回过身来："你听不，老娘就是要摆给你听！"

老姜将叶子烟杆的烟斗往旁边麻石上磕去了烟灰，和解地笑笑："好，你摆，我听！"

黄妈将她听来的，有关石牛场农民暴动的前后情况，绘声绘色地向老姜说了一番。

这消息确实不一般，老姜听得十分专注，不住点头微笑："嗯……唔……啊……"

老姜蓦地偏过头去轻轻干咳了两声，黄妈扭头一看，年轻的何嫂姗姗走拢来了，忙闭上嘴。

何嫂笑眯眯地说："你们摆啥龙门阵，为啥我拢来就不说了？"

老姜懒洋洋地说："她摆的还不是那些陈年旧盐菜，有啥听头。"他站起伸了一个懒腰。

何嫂站了片刻，自觉没味，扭身回屋去了。

黄妈往地上吐了一泡口水："呸，她哪像当用人的，分明是副太太相！"

她见老姜想离开，说："老姜，你坐下，我还有话跟你说。"

老姜坐回条石上："有话快点说，不要耽误我浇花！"

黄妈的嘴巴差点杵着老姜的耳朵："这个何嫂，最喜欢听墙根，我看见过好几次，她鬼鬼祟祟偷听客厅内的谈话……"

老姜又站起身："刚才石牛场的事情没谈完，又扯到何嫂身上，我要浇花去啰！"

黄妈的话口袋不倒尽，好像心中不舒服："莫忙走，听我把石牛场的事情说完！"

老姜显出无可奈何的样子："真把你没办法，好，摆快点！"他重新坐下。

黄妈神秘地说："老姜，你猜，领头搞石牛场佃客暴动的人是哪个？"

不等老姜答话，黄妈主动说："咦，你猜不出吧？跟你说，领头的人是朱先生家中的春燕！"

老姜蓦地伸出手，摸了摸黄妈的额头："咦，你不发烧，为啥打胡乱说。朱家的春燕早投江死啰，尸骨还埋在曾家岩万国公墓里。"

“不要动手动脚，这里人来人往怕人看见不雅相！”黄妈推开老姜的手，“啧啧，你才发烧说胡话。跟你说，春燕没有死，埋在万国公墓里的尸骨是假的；春燕还与李副官结了婚，成了共产党。”

老姜摇了摇头，不以为然：“冲啥天壳子，哪有这种事！”

黄妈急了：“我冲壳是这个……”她伸出粗糙的幺指拇，比了比。

黄妈又贴近老姜耳边，悄声说了一阵。

老姜嘿嘿笑了：“真有这事？你真不寻常，高参议与朱先生说的这种话，也被你偷听到了。稽查处要请你当密探，真是呱呱叫！”

黄妈轻轻拍了一下老姜的肩头：“你龟儿狗嘴里吐不出象牙！以后，我有话也不与你说了。”

老姜站起身：“不稀罕你说。我不陪你闲扯，浇花去啰！”

老姜往前走了几步，黄妈急急追上，嘱咐说：“我刚才说的那些话，你切不可对人说！”

老姜不答理，径自走了。

黄妈见老姜走远了，捂住嘴打了一个哈欠，无聊地在碎石路上闲走，迎面碰上朱家的汪嫂。

汪嫂含笑招呼：“黄大娘，你往哪里去？”

黄妈最喜欢别人喊她叫黄大娘，立刻眉开眼笑，点头招呼：“朱太太在家吗？”

汪嫂摇摇头：“太太回娘家去了，听说杨老太爷病势不轻，恐怕今天不会回来！”

“朱先生也陪同去了吗？”黄妈最喜欢打听这些。

“朱先生这几天为公司的事，忙得不可开交。听说，船员闹罢工，许多轮船都停在港里不开航。朱太太打了几次电话，朱先生才答应陪她去。”汪嫂正感无聊，站住与黄妈闲谈着。

黄妈向左右看了看：“汪嫂，你晓不晓得石牛场佃客暴动的事？”

汪嫂不是涪陵人，淡漠地摇了摇头：“不晓得！”

黄妈凑近汪嫂耳朵，将她刚才向老姜说过的话，又向汪嫂说了一番。

汪嫂没有见过春燕，她是抗战初期才到朱家来的，男人被拉壮丁一去不返，没有死亡通知书，连每年几斗谷子的抚恤也没领到，一直在朱家帮佣。平时，她从身边一些人的口中，听到一些有关春燕的事情，晓得朱太太至今还怀念她，认为她真已死去。

汪嫂听完黄妈的话，瞪大眼睛惊异不止："咦，黄大娘，你说的事情，真像说书先生摆的龙门阵。我家太太要是晓得这消息，不晓得多高兴……"

"噫，汪嫂，你切不跟朱太太提说这事，公馆里是非多。我是看你嘴巴稳，所以一五一十告诉你。"黄妈摆了摆手，告诫汪嫂。

汪嫂一本正经地说："黄大娘，你放心，不是自吹，我的嘴巴稳得很！"

高公馆台阶上传来高太太的叫声："黄妈，黄妈……"

"噢，来咧！"

黄妈答应着丢下汪嫂，回高公馆去了。汪嫂见黄妈走了，转身回到朱家。

因为两个主人都不在家，厨师端了一张凳子，坐在一棵槐树下，晒着春天暖和的阳光。

汪嫂加快脚步走到厨师面前站住："胡老三，我听到一个消息，你说奇不奇……"

厨师胡老三见汪嫂那神态，晓得不是一般的消息，精神一振，显出浓厚的兴味，问："啥消息？快说给我听听！"

汪嫂故意拿架子："说给你听，好撇脱！"她撇了撇薄薄的嘴唇，轻蔑地说。

胡老三站起身："走，到我房里去说，主人不在家……"

汪嫂的脸一红，啐了他一口："哪个到你房里去哟！不正经。"

她虽然这么说，依然移动着脚步跟在胡老三的身后进了大门。

二

石牛场佃客暴动，春燕当了白马山游击队政委的消息，先在高家和朱家传开来，一传十，十传百，许多人都晓得这件事情。

唯独朱佳富夫妇仍不知道。这是因为杨老太爷心脏病发作，猝然去世，照料丧事，忙乱了一阵子。杨家是有钱的实业家，丧事办得很隆重。

幸好，杨老太爷是基督教徒，不用请高僧做七七四十九天道场，只是请李约瑟牧师在福音堂做了几台弥撒，便算超度了亡魂，早日登上天堂，去过无忧无虑的生活。

根据杨老太爷的遗嘱，要将他的遗体送回杭州安葬，由于朱佳富接收杨家的产业和工厂，处理善后事宜，加上民成公司的业务工作，实在分不开身，只好将杨老太爷的灵柩暂寄在弹子石福音堂的墓地里，留待以后再送回杭州安葬。

杨宝瑜对不能及时送杨老太爷的灵柩回杭州安葬虽不情愿，但因见朱佳富确实太忙，单靠她与宝生俩娇姊弱弟送回杭州，困难重重。何况宝生这段时间一心投入反饥饿、反内战，争自由、争民主的群众运动，杨宝瑜许多天都不能见到他的影子。

学生上街游行，工人罢工请愿，重庆像一锅沸腾的开水，热潮如火如荼蔓延着。

一切人都忙碌不闲，杨宝瑜却感到异常冷清。失父的忧伤笼罩着她的心灵，而她的爱弟宝生仿佛毫不理解阿姊心灵的孤寂。她生性温顺孤僻，近来越来越沉默寡言，郁郁少欢，常独坐在客厅里托腮蹙眉沉思。

连朱佳富也感到不安："亲爱的，为啥看不见你的笑颜！看，脸色显得何等苍白，清瘦多了。"

杨宝瑜用淡漠的目光看看他，勉强装出微笑，笑得很不自然，默默无言。

杨宝瑜知道目前船员罢工一浪比一浪高，一波平息，而一波又起，朱佳富已捉襟见肘，穷于应付。他每次回家都显得疲惫不堪，饭量明显减少，眼窝凹陷进去，面色也现出憔悴的样子。她想指摘他，又觉得对他无可指摘。

她提起过他以前的诺言，曾答允她丢下繁华的都市生活，回到杭州去教书，过淡泊的日子。

朱佳富听后，惊诧地注视着她，随即哈哈大笑："亲爱的，我们既然降临到这个世界上，生活在这样的社会里，还想回到大自然过那种疏疏食而遨游，泛若不系之舟的自在日子，真是乌托邦。在二十世纪物质文明高度发展的今天，不可能与世隔绝，仍过原始社会那种与麋鹿同游的自给生活。你看报上，天天报道教员要求加薪的罢教新闻，他们连粗茶淡饭也吃不饱，如何生存！"

杨宝瑜找不出话来驳他，因为他说的话并非全是假话，杨宝生前几天就参加过教员要求加薪的请愿，从杨宝生的口中，知道教员生活的清苦。她婉转地说："佳富，我想，我们要知足，上帝降福我们，使我们不愁吃穿，在这种社会里有了一席立足之地，我们不应该再有什么奢求！我总觉得你的欲望越来越强烈，财产、权势——不过身外之物，过眼烟云。"

朱佳富摇了摇头："是的，我们目前不愁吃穿，但不是上帝的赐予，而是我们奋力苦斗的结果。好比逆水行舟，不进取，便会退却，连现在的成果也守不住。我有抱负，就是要成为一个真正的实业家，我明知到处是陷阱，可是我不害怕。亲爱的，你应该理解我，支持我！”

杨宝瑜不再说什么，默然地苦笑了。

从此，杨宝瑜再也不提回杭州教书的事，对朱佳富感到绝望。她是他的妻子，将心中的苦闷和孤寂隐藏起来，仍温柔地，像个妻子那样维持着他们貌合神离的关系而已。

杨宝瑜在闷得发慌的时候，很想去高家陪高太太打几圈麻将消遣，而高家近来显得十分忙碌，高太太已很久没邀约她过去打牌。

李约瑟牧师不时来朱家坐坐，杨宝瑜虽嫌李牧师有一种矫揉造作的夸张表情，但李牧师的学识确实十分渊博，不像有些牧师那样，除了圣经的故事以外，对其他一无所知。

李牧师谈原子弹，谈国共两党的战争，也顺带谈一些社会上发生的奇闻逸事，毕竟使杨宝瑜暂时忘记心中的苦闷，消磨去一些孤寂的时光。所以，李约瑟成了朱家颇受欢迎的客人，偶尔杨宝瑜也带着杨宝生去回访他。杨宝生对于李牧师的谈话感到枯燥无味，很不愿陪杨宝瑜去看望他，杨宝瑜也不便勉强，近来好久没到七星岗福音堂去过。

杨宝瑜今天坐在客厅里浏览着当天的报纸，听到汪嫂通报：“太太，李牧师来了。”

杨宝瑜脸上立刻含着微笑，将报纸放到茶几下的隔板上，站起身说：“请，请李牧师到客厅里来坐。”

汪嫂出去不久，马上传来笃笃的皮鞋响。

杨宝瑜站在门边迎住：“李牧师，好几天不见！请进。”

李牧师双手摊开前伸：“啊！朱太太，几天不见，你越发光彩照人……”

杨宝瑜吓了一跳，误以为李牧师双手摊开前伸是要拥抱她。

李牧师已缩回了双手，彬彬有礼地说：“朱太太，愿上帝保佑你青春常在！永远这么美丽。”

杨宝瑜一颗心才着地。喜欢颂扬，可能是人的弱点，听李牧师这样赞美她，杨宝瑜顿时眼睛亮亮的发出喜悦的光辉，苍白的面孔飞上了艳丽的红晕，从两颊扩展开来。

她笑得十分甜蜜:“李牧师，请坐!”

李牧师身后跟着汪嫂，汪嫂从李牧师手中接过手杖和礼帽。

李牧师穿着浅色西服，雪白的衬衫戴着火红的蝴蝶领结，矜持地坐下。

杨宝瑜知道李牧师不抽烟，汪嫂反身要去泡茶，她说:“不用泡茶，待我去给李牧师煮一壶咖啡!”

李牧师欠了欠身:“朱太太，不用客气。”

杨宝瑜仍然去煮了一壶咖啡送上:“李牧师，这咖啡是非洲出产的，味道还不错!”

李牧师从糖罐里拈出两块糖放进盛满咖啡的杯里，边用小勺搅动边说:“朱太太，何必亲自去煮，我实在不敢当!”

杨宝瑜在李牧师对面的沙发上坐下，两手重叠着放在膝上:“汪嫂煮咖啡还不到家，我也不会煮，请李牧师不要见笑。”

“啊!朱太太真谦逊。”李牧师品了一口，赞不绝口，“啊，咖啡不错，煮咖啡的技术可说是上乘，味道十分纯正。难得，难得!”

杨宝瑜抿嘴笑了。

李牧师露出郑重的表情:“朱太太，我今天来是有两件事情告诉你。”

杨宝瑜迷惑地望着李牧师。

李牧师喝了一口咖啡，接着说:“贵府原先是不是有个叫春燕的姑娘?”

杨宝瑜更加迷惑，感到惊讶，点点头说:“是的，有个叫春燕的姑娘，原是我陪嫁的丫头，后来认为妹妹。李牧师，你为啥突然提起她?她早已投江死了，曾家岩万国公墓里埋葬着她的尸骨!”

李牧师的目光闪了闪，显出疑愁的样子:“春燕没有死。真奇怪，难道朱先生没将春燕的真实情况告诉过你?”

杨宝瑜一愣，显出局促不安的神态:“朱先生向我谈过，因他近来比较忙，谈得粗略!”

她不愿外人知道他们夫妇的真情，慌乱地掩饰说。

李牧师好像毫不注意杨宝瑜的表情:“是的，朱先生是个大忙人。朱太太，倘若你不嫌啰唆，我可以将春燕的详细情况告诉你!”

杨宝瑜急于想知道，流露出急迫的心情:“李牧师，请说!”

“啊，我也是一个偶然的机会听到的，不知是真是假，你可以问问朱先生……”

李牧师不知从哪里晓得如此详尽，他将春燕投江不成，被人贩子捉去遇救，成了共产党，打入孔公馆当了宋霭龄的秘书，从戴笠眼皮下逃走………说得有声有色。

杨宝瑜的表情随着李牧师的叙述，急剧变化：惊讶，迷惑，蹙眉，舒颜……心情十分复杂。

她听完后，兴奋得眼里充满泪水：“啊，我的上帝，难道这是真的。春燕没有死，我多么高兴！她能与李明先生结合，真是天配良缘！”

李牧师严肃地正色说：“我可以面对上帝起誓，我说的话没有半点虚假！”

“那，目前春燕在哪里？我能见见她多好啊！”杨宝瑜从惊愕中冷静下来问。

“啊，朱太太，你目前见不着她。”李牧师从身旁的皮包里取出两张布告递到杨宝瑜的手中，“请看，这是王牧师从涪陵带来给我看的，有些事情也是王牧师告诉我的。”

杨宝瑜迫不及待地看着手中的布告，一张是悬赏通缉张阿苇和岑二林的布告；一张是白马山游击队的告示，落款是白马山游击队大队长岑二林和政委张阿苇。

杨宝瑜知道张阿苇便是春燕，无限感触地说：“十多年来，我真以为春燕投江死了，想不到她还活着。她在我身边时是那么文秀腼腆，竟能拉起队伍，当了政委。不知她的模样改变了多少！恐怕我看见她也认不得了。”

杨宝瑜声音哽咽起来：“可惜我见不着她！这些年我……”

她心中的孤寂和哀怨差点喷涌而出，但在李牧师面前不愿显露出来。想到抗日时，陪都流传过春燕打入孔公馆，在戴笠眼皮下逃走的事，她问过朱佳富，朱佳富明明知情，反而说是谣言，隐瞒了一切真相，自己被蒙蔽了十多年，他对自己如此不诚恳，更令她感到委屈，愤慨……

杨宝瑜无论如何克制，一颗泪珠还是从她眼角滚了出来。为了掩饰自己的真实感情，她勉强装出笑容，掏出手绢拭着泪水：“春燕还活着，我太高兴了！”

李牧师又闲扯了一些其他事情，见杨宝瑜神情恍惚，心不在焉的样子，知趣地起身告辞。

杨宝瑜也不深留，送到门外台阶：“李牧师，慢走！”

李牧师弯腰向杨宝瑜客气地说：“朱太太，有空请到敝舍来玩！”

杨宝瑜“唔”了一声，点了点头。

李牧师拄着手杖走远，杨宝瑜仍站在台阶上，遥望着山脚下的长江出神。

三

朱佳富双眼已熬得通红，为了应付海员罢工，他已一天一夜没有回家。如今已不比在涪陵处理罢工那么容易解决，绝不是简单的许诺可以应付的。

国共两党内战已经打了两年多，共军不仅收复了延安，还兵分几路，毛泽东到了张家口。东北辽沈一战，关外大片土地已被共军占领，平津也告危急，国民党的军队节节失利，共军步步进逼。

国统区民主运动高涨，到处在闹工潮。自发行金圆券以来，原先两角钱一包的香烟，如今已涨到两千元一包，更弄得怨声载道，民不聊生。

重庆兵工厂多，为了打内战，大批军火和壮丁要外运出川，如今海员为了增加工资举行罢工，僵持了一段时间，不能解决，外面的物资也运不进川。国民党当局已三令五申要民成公司迅速恢复运输秩序，主张采取坚决镇压措施。

为此，不仅朱佳富黔驴技穷，陆祖福是善于决断的人，面临这一情况，也举棋不定。公司内部分成两派：一派主张镇压罢工，一派主张安抚，众说纷纭，一筹莫展。

因为事关重大，陆祖福特地在公司会议室召开了紧急股东会议。

会议开了整整一天，仍然作不出决议。会议没散，公司的护航大队汪队长，前来通报："陆先生，警备司令部的孙处长要见你，现在客厅等候！"

陆祖福皱了皱眉，晓得这位孙处长是保密局的骨干，此来一定是为海员罢工的事。他亲临公司求见，还是罕见的事。他沉吟了一下，对朱佳富说："朱先生，请你代我接见，我还要主持会议。"

朱佳富明白陆祖福的意思，倘若孙处长逼迫公司采取镇压措施，不好贸然表示态度。

他站起来，跟在汪队长身后走到客厅门口，见门口站着两位便衣特务担任警卫，显出威风凛凛的样子。

朱佳富微微一笑，从容走进客厅。

汪队长已抢先进内说："孙处长，陆总经理正在开会分不开身，派朱先生来了。"

孙处长傲慢地瞟了朱佳富一眼，语气生硬："你就是朱佳富先生！"

朱佳富态度从容，没有正面回答，坐在孙处长对面的沙发上，连声喊："茶房，泡茶!”跷起二郎腿闪了闪。

孙处长以前听人说过，晓得朱佳富是孔令仪和孔令俊的挚友，见他并没被自己的气势所压住，显得不凡，不敢再怠慢，板着的面孔顿时露出笑颜：“朱先生，幸会，幸会。”

朱佳富不卑不亢地回答：“孙处长，彼此，彼此!”

汪队长靠近朱佳富坐下。

茶房送上盖碗茶。

朱佳富欠了欠身：“孙处长，请喝茶!”

孙大胜前几个月派出申小旦到涪陵，不仅没抓住春燕，还在押解共产党嫌疑犯途中，让嫌犯被春燕策动拦路救走，更让春燕趁机成立了白马山游击队，在川黔边境一带的大山里活动。孙大胜已派兵“进剿”数次，每次都大败而回，丢下无数辎重军火。白马山游击队得到这些东西，更如老虎长上翅膀，火铳、矛竿、大刀换上了美式卡宾枪、冲锋枪，轻、重机枪，由二十多人，发展到几百人。最令当局担心的是，北方战局节节失利，而西南，特别是四川沃野千里，物产丰美，抗战八年，作为大后方，经受过严峻的考验，确是退守的理想地方。川北已有几处共党的武装力量在活动，现在川东——靠近重庆的地带，出现白马山游击队这支共党武装，目前力量尚小，倘若蔓延开来，便会不可收拾。

云中燕为此将行辕的徐处长和孙大胜叫去“漱庐”训斥了数次，有人说，他俩还挨了云中燕几记耳光。

重庆接二连三的学潮、工潮弄得他们焦头烂额，暂时顾不上白马山游击队的事。最令当局伤脑筋的是海员罢工，港内停满了船舶，大量的军用物资运不出川，壮丁也汇集在重庆，连住房也成问题。

云中燕受到上面的压力，只好层层往下压，限期解决海员罢工问题。

孙大胜原以为这事好办，只要像以往一样威胁利诱，打击分化，问题很快便可以解决。

他向云中燕夸下海口，保证十天以内解决，时间已过去了一个星期，海员毫无松动的迹象。孙大胜眼看无法向云中燕交账，急红了眼，列出了一张黑名单，凡是在罢工中的激烈分子都囊括在黑名单内，立刻要抓人。

朱佳富通过上层的社会关系，用重金弄到了这张黑名单，一看，黑名单中大都是轮船上的技术骨干，要是全被抓走，即使结束了罢工，轮船也无法开航，那时贻误战机的罪名便会落到公司领导人身上。

他感到事情重大，暗地与陆祖福也商讨过一番。陆祖福也感棘手，除了朱佳富担心的理由外，他还有自己的一些想法，谁人也不晓得。一年前，郭沫若向他做过一番工作，与共产党达成了一种默契，暗地还送给中共地下党两部电台。现在要他点头同意抓罢工中的这些人，内中一定不少是共产党员，他实在不愿背这个骂名。他去找过行辕主任张群，他们的私交很深，想拖延下去。昨天陆祖福去找张群，张群避而不见，目前孙大胜气势汹汹地到来，肯定不会善罢甘休。但张群与云中燕打过招呼，要他们抓人时，尽量得到民成公司的默契才可行动，否则，孙大胜不会亲自登门商议的。

孙大胜顿了顿脚上穿的皮靴，极力将语气说得咄咄逼人："朱先生，鄙人奉上峰命令协助贵公司平息海员罢工风潮。四川人都是服恶不服善，不能姑息养奸，要采取断然措施，'戡乱救国'必先安定后方，把这些闹事的人统统抓起来，关到监狱里去，让他们尝尝铁窗风味，自然可以驯服，对其中的异党分子……"

他一声冷笑："哼，一个也不能漏掉，成全他们上天去见马克思！"

朱佳富听到孙大胜说，四川人服恶不服善，很觉刺耳，这种话是下江人说四川人的贬义词，而孙大胜明明也是四川人，跟着下江人这么说四川人，有些反感。他不过皱了皱眉，只顾吸烟没有接话。

孙大胜接着说："朱先生，鄙人此来，要立等回话，警司刻不容缓，要马上捕人！"

朱佳富点了点头："孙处长，你们的行动鄙人十分理解，这些人闹罢工毫不体谅时艰，物价上涨，他们生活发生困难固是实情，公司方面也有苦衷，我们的运价和客票价由政府限定，多时也没调整价格，早已入不敷出……唉，不谈这些！贵处长准备何时行动？"

孙大胜毫不踌躇地说："今夜行动！"

朱佳富明知故问："在港区的罢航船舶分散各处停泊，上至大渡口，下到郭家沱，你们要有一艘专用轮船才行，警司一定早已准备妥当！"

孙大胜摇了摇头："警司哪有轮船？仅有一艘小巡逻艇，马力小，容不下许多人。"

朱佳富不慌不忙地问："那，你们打算怎么办？"

孙大胜眉毛一横："那还用问，征用贵公司轮船一艘！"

朱佳富平静地点了点头："敝公司定当尽力支持。请问孙处长，要征用多大的轮船？"

孙大胜估算了一下，答道："要能够容下两百多人的轮船，并且要有关押重要犯人的小房二十多间！"

朱佳富问："什么时候用？"

孙大胜随口回答："今夜！"

朱佳富为难地说："贵司协助我们平息罢工风潮，提供轮船义不容辞，可是……"

孙大胜见朱佳富口气犹豫，面孔顿时沉下来，官腔十足："贻误战机，贵公司要负完全责任！"

"对，绝不能贻误！"朱佳富神态仍然从容不迫，"敝公司像这么大的轮船，均已罢航；船员大都上岸，今夜如何来得及？再说，这些罢工船员怎会开航！"

"这……"孙大胜一愣，"你们公司船员多，将不罢工的船员凑在一起，配齐一艘轮船的人，总会配得出吧！"

朱佳富点了点头，眼镜片后的眼睛眨了眨："不成问题。我刚才说过，在港船舶十分分散，调配船员要个别通知，不能张扬，我更不能以贻误警司战机去吓唬这些船员，要秘密，稳妥，必须悄悄进行。今夜如何来得及！"

孙大胜想了想，觉得朱佳富在理，他也想不出一个更好的办法，语气顿时松动："那，你看啥时可以配好交我们使用？要机密，绝不能走漏风声！"

"对，要机密！"朱佳富说，"我们寻找一个借口，比如说，扬言用来接送停靠在江中抛锚的轮船上的船员，作交通用。我保证船员会个个喜欢，乐于服从调配，减少阻力！"

孙大胜眼睛一亮，不禁伸出大拇指："朱先生，你真名不虚传。高，点子高！"

朱佳富脸上仍然是那副平淡的表情："孙处长，你交给我办，请你放心，我办得包你满意！"他脸上露出一点儿笑容。

孙处长见朱佳富仍没说出具体时间，追问一句："朱先生，你说个具体时间！"

朱佳富踌躇一会儿，说："三天！"

孙处长态度坚决："不行，太久！"

朱佳富叹了一口气："孙处长，作为公司当局，恨不得早点平息风潮。但是……"

他沉吟一下，说：“两天时间如何！再短，我们便无能为力了！”

孙处长心中盘算，云中燕给他的期限，还有三天，再逼，一天时间显然不行。他说：“好，两天就两天，一言为定！朱先生，到时不能用船，这责任……”

朱佳富接口说：“这责任由我承担！”

“痛快。朱先生，痛快！”孙大胜跷着大拇指说。

他蓦地站起，整了整腰皮带：“朱先生，告辞了！”

朱佳富起身相送：“鄙人立刻去办，请孙处长放心！”

朱佳富送走孙大胜，回到会议室，会议已散，剩下陆祖福一人在室内徘徊，显出愁眉不展的样子。

朱佳富在门口一出现，陆祖福就迫不及待地迎上前：“那个孙大胜走了！”

朱佳富点了点头，回问说：“会议如何决定？”

陆祖福苦笑说：“众说纷纭，都是一些不可取的下策，我宣布散了会。”

陆祖福接着问：“警司如何说？”

朱佳富看了看门外，见不时有人在门口走动，说：“这里不好谈这种事，走，到总经理室去细说。”

在总经理室内，陆祖福听完朱佳富的述说，陡地站起惊问：“哎，你同意他们捕人？”

朱佳富伸出手示意：“请陆先生不必激动，我想出一个万全的办法，你看行不行？”

陆祖福坐下：“请朱先生快说，什么万全的办法！”

朱佳富摸出一支香烟衔在嘴边，扭了几次打火机都没打燃。将打火机甩了甩，仍旧没打燃：“忘了灌汽油！”他打开办公桌的抽屉寻找火柴，半晌没找着。

陆祖福皱了皱眉，起身到门口：“翁副官，火柴！”

一会儿，翁副官送进一盒火柴，陆祖福接过，准备从匣里取出火柴擦燃给他点烟。朱佳富抢过火柴：“要你给我点烟，不敢当！”

朱佳富点上香烟，把火柴匣往桌上一扔，徐徐喷着烟雾，眯着眼凝视着缭绕的烟雾不语。

陆祖福又在皱眉头，忍不住催促：“朱先生，什么万全的办法，快说呀！”

朱佳富慢吞吞地说：“目前要顶住警司不捉人是办不到的，据我从一个朋友那里得到的消息，孙大胜挨了毛人凤的老婆一记耳光，限他十天之内解决海员罢工问题，现在已过去七天了。”

陆祖福忧心忡忡地说：“黑名单上大都是公司的技术和业务骨干，捉去了，我们怎么办?”

朱佳富吸了一口烟，赞同说：“我也忧虑这件事，但是，目前已阻挡不了，只好任之。”

陆祖福愁眉仍然不展：“我们倘若站在保密局一边，镇压工潮，这政治上的后果……”

朱佳富接口说：“是呀，我们一贯采取政治上的平衡，在目前这种局势下，眼见共党就要席卷北方，声势越来越大，而国民党……唉，这么办确实对我们不利。”

陆祖福望了望朱佳富：“你先谈谈，有啥万全的办法!”

朱佳富神秘地向左右望了望，压低声音说：“我们不如卖个人情给共产党，将黑名单透露给他们!”

陆祖福眼睛一亮，惊讶地望着朱佳富，沉吟了一下，眼里的光辉顿时暗淡下来，摇了摇头说：“中共驻渝代表处早已撤退，我认识的一些共党朋友也离开重庆走了，到哪里去找中共地下党?”

不等朱佳富插话，他接着说：“这么办太危险，要是让保密局的人知道了，我们……”他叹了一口气。

朱佳富说：“陆先生，这事交给我去办，不会有风险，我可以不露痕迹地透风给共产党，万一保密局有察觉，绝不致碍大事!”

陆祖福疑惑地瞟了朱佳富一眼。

翁副官推开门进来通报：“高监事要见朱先生!”

朱佳富向陆祖福说：“他来得正巧，事情已经成了。”

陆祖福豁然醒悟：“啊，我怎么忘记了他!”

朱佳富对陆祖福说：“陆先生，你到我里面的小房内暂息，等我办妥后再叫你。”

陆祖福马上站起身来，点了点头：“好!”他往小房去了。

朱佳富低声向翁副官吩咐了几句，翁副官会意地点了点头。

高伦推开门匆匆进来，朱佳富立刻从椅子上起身相迎：“高伯，你有啥事，叫我去吩附一声就行了，何必自己动步到公司来。坐，请坐!”

高伦在刚才陆祖福坐过的椅上坐下，不等歇定，急急逼问：“朱先生，听说你已答应孙大胜他们捕人，是不是?”

朱佳富惊疑地望着高伦那张怒气冲冲的红润面孔，想不到高伦这么快就得到消息，继而一想，心中便亮堂了，猜测一定是护航队的汪队长打电话告诉他的，因为汪队长是涪陵公司的旧人，曾在高伦下面当过军官。

朱佳富从翁副官手中接过新泡的沱茶，恭敬地送到高伦手上：“高伯，请喝茶，听我说!”

高伦将茶碗放在旁边的茶几上：“你先说说，是不是这样?”

朱佳富坐回椅上：“是的，有这么回事!”

高伦的白眉毛一竖，神态严厉地说：“朱先生，你想过没有，这些海员弟兄，每月拿的工薪，不够买一斗米，靠啥养家糊口!”

朱佳富点了点头：“高伯说得对，我也同情他们。”

高伦不放松地责问：“那，你为啥要同意?”

朱佳富点燃一支香烟：“高伯，你是公司监事，对于公司的营业情况当然知情，运价和客票价不加，叫我们怎样给船员加工资!”

“哎，你们将公司现金拿去做投机生意，赚了不少钱，也该分点给船员养家糊口呀!”高伯说。

“唉，高监事，这要董事会决定才行，可是……”

他露出有难言之隐的样子：“高监事，你这个意见可以在董事会上提出，今天开董事会你又没参加……”

“好，暂时不谈这问题。”朱佳富的目光凝视着香烟头上袅袅上升的缕缕青烟，“孙大胜刚才来过，逼着要抓人，我尽了最大的力量，才允许迟两天……”

朱佳富长长一声叹息：“高伯，陆先生的立场你是知道的，他找张群去疏通，也尽了力，目前张群已借故不接见。我们公司不过民间企业，能顶得住保密局不抓人吗?！我同意或不同意都是一样，他们能听我的?”

高伦一时无言，因为朱佳富说的全非遁词。

朱佳富从抽屉里拿出一张纸片，指着纸片上写的一排名字，说：“我通过一些关系，搞到了一张警司拟的黑名单，共是十六人，看，名单上列的这些人，如张阿德、杨佑成、袁平……都是公司的技术和业务骨干，我正在踌躇。我很想将这名单透露给中共地下党，可是……”

朱佳富说的这些人，都是涪陵公司的旧人，高伦都认识，正想凑过头来仔细看名单，可是朱佳富已将名单放进桌上的公文夹内，露出一点儿角来。高伦见朱佳富这个动作，明显是不愿给他看，脸上露出不满的表情，但又不便于硬看，显出焦躁不安的样子。

朱佳富将高伦的神态看在眼里，嘴角露出一丝笑意，轻轻咳了一声。

“朱先生，有人会！”翁副官推开门通报说。

朱佳富起身说：“高伯，请稍待，我去一会儿马上来。”

高伦点头说：“朱先生请便！”

朱佳富出去将房门虚掩上。高伦无聊地起身迈着沉重的步子，在室内徘徊。

一会儿，仍不见朱佳富回来。

高伦踱到了朱佳富的办公桌边，桌上公文夹露出的一角纸跳进他的眼里，晓得是那张捕人的黑名单。

高伦的目光停留在这张纸角上，犹豫了一下，他……

朱佳富在房门外大声吩咐：“翁副官，我这时有重要事，概不会客！”

他推开房门进来，见高伦仍坐在原位上，含笑说：“高伯，累你久等！唉，真是忙……”

高伦显得局促不安，起身说：“朱先生，改天再谈，我走了。”

朱佳富已迅速扫了一眼公文夹，显然高伦曾经动过，晓得他急于将黑名单上的人名关照中共地下党。他假意挽留说：“高伯，我已吩咐过翁副官，概不会客，准备与高伯好生谈谈！”

高伦走得很快，边走边说：“改天再谈，我还有事！”

朱佳富送到房门口，高伦迅速走远了。

朱佳富关上房门，走到小房前轻轻敲了敲门：“陆先生，请出来！”

陆祖福走出小房，用询问的目光望着朱佳富。

朱佳富兴奋地说：“陆先生，大功告成，高监事已暗地动过黑名单，不用两个小时，中共地下党就会得到这一情报，我们也不会冒通共的风险。”

陆祖福点了点头，缓步走到椅前坐下，长长地叹息一声。

朱佳富吸着香烟，来回地走了几步，然后站在陆祖福身边，十分得意地炫耀说：“我们这样办，可以一箭双雕：第一，卖了个人情给共产党，可以得到政治上的好处；第二，让潜藏在海员中的共产党自动逃走，工潮很快便会平息，一劳永逸，再不会为这事伤脑筋！”

陆祖福若有所思地凝视着窗外，对于朱佳富的谈话没有反应，显然没有认真听他的谈话。

朱佳富不再谈话，缓步地徘徊。

沉默了一会儿，陆祖福蓦地说："朱先生，你坐下，我有事与你商议！"

朱佳富瞥了陆祖福一眼，见他郑重其事的样子，走到办公桌前坐下。

陆祖福面对朱佳富说："朱先生，我们去年在南国饭店，你深夜里的一次谈话，对形势的估计，无异给我一剂清醒药。一年来，国内的形势变化真快，诚如你所估计，不，比你估计的更严重。国民党节节失利，共产党步步进逼，目前国统区怨声载道，民不聊生，局势动荡，行政院长换了几个，仍然控制不了经济的恶化。幸好我们事先作了一些收缩，但是，在加拿大定制的轮船，陆续便可以开回国内投入营运。唉，南洋航线究竟要不要开辟，我实在举棋不定！你看呢？"

朱佳富半晌没答语。

陆祖福又追问了一句："朱先生，你看呢？"

朱佳富口气游移："目前的形势还很难估量。不过……"

他停顿了一下："定居在美国的陈继思、孔令仪，最近给我来过一封信。美国目前厌蒋的情绪很高，舆论主张起用中国的第三势力——亲美的民主派，想利用学者当政，缓和中国国内的反蒋呼声。关键在于美国能不能下决心，倘若美国愿意出大力气帮助国民党反共，甚至出兵，这样，将来的形势未可料定，不然，照此下去，国民党是支撑不了多久的。"

陆祖福表示赞同："你说的情况，我也略有所闻。美国派司徒雷登当驻华大使，是有深意的。司徒雷登在中国任教多年，认识的中国教授、学者甚多。传闻，翁文灏即将出任行政院长，实行民主政治。不过……"

陆祖福紧皱眉头："中国的学者都是书生气息，哪里斗得过蒋介石！即使在美国的压力下，让这些学者上了台，还不是空架子，有职无权，指挥不动官吏，更指挥不动军队。唉，美国那些智囊，怎知蒋介石的厉害！用学者替换蒋介石，谈何容易！"

朱佳富默不作声，半晌方说："目前蒋先生在南京主张实行宪政，要召开国民代表大会，制定宪法，选举总统，正是他玩的花招，以便欺骗美国和国内的舆论，这人……"他摇了摇头，显出无限感叹的样子。

他陡地改变话题："陆先生，听说有人要你竞选国大代表，你有啥打算？"

陆祖福说："有这么回事，张群对我说过，要我作为社会贤达参加竞选。"

他摇了摇头："蒋介石要我当交通部长，我都不干；竞选国大代表刚开始，出现的丑闻已经不少！我怎会去竞选国大代表？"

他接着说："朱先生，我们不要扯得太远，你看，这条南洋航线开不开辟？"

朱佳富慢吞吞地说："要不要开辟南洋航线，关联着目前的形势。我看，缓一缓再说，目前美国的态度不明朗，国内的形势也难预测！"

陆祖福忧心忡忡地说："还加拿大的贷款，我们的希望寄托在开辟南洋线，要是不开辟……"

朱佳富的口气反而十分轻松："陆先生，到那个山，再唱那首歌。中国有句俗话说：船到桥头自会转。"

陆祖福惊诧地望着朱佳富。

朱佳富徐徐地喷了一口烟雾。

第二十八章

一叶小舟在暮色的掩隐下，在珊瑚坝对岸的僻静处靠了码头，从船舱里钻出两个人影，一前一后跳上岸。

走在前面的是张阿德，跟在后面的是杨佑成。他俩没有说话，警惕地留意着四周的动静，蹑手蹑脚地往上爬了一段路。

张阿德停住脚步，轻轻拍了两下巴掌，紧张地凝视着前方，看不见有啥反应，又拍了两下巴掌。

他看见前面一块岩石上，烟头的亮光在黑暗中闪烁了两下，接着画了一个圆圈。

张阿德回头低声对杨佑成说："快，上去!"

他俩爬上岩石，一个人影迎上前："是老张和老杨吗?"

张阿德快步上前，握住那人的手，兴奋地说："李明同志，我与杨佑成都来了。"

张阿德已经与李明见过几次面，晓得他与春燕结了婚，除了同志的关系外，又多了一层亲戚的关系，显得更亲密一些。

李明放开张阿德的手，握住杨佑成的手："老杨，你好!"

杨佑成也回问了一句。

他们在岩石上坐下，沉默了一会儿。岩下湍急的河水发出哗哗的声响。

张阿德忍不住先开口："老李，我先向你汇报一下罢航的情况……"

李明打断了张阿德的话："不用汇报这些，我今天冒险找你俩来，是谈一件紧急的事情!"

张阿德看不清李明的表情，听他的口气十分严峻，不由"啊"了一声。

李明将石牛场佃客暴动，成立了白马山游击队的事情，扼要讲了一遍。

张阿德与杨佑成都是第一次听到这件事情。他俩的心情十分激动。

张阿德听说他的妹妹阿苇，当了白马山游击队的政委，自然感到异常高兴；杨佑成已几个月没接到家乡的来信，这本是平常的事情，这时才晓得他的婆娘、女儿和女婿都参加了游击队，女婿还当了游击队的大队长，心中也十分高兴。

张阿德和杨佑成还问了几句有关白马山游击队的事，李明也一一作了回答。

李明的话锋陡地一转："你们罢航的斗争，上级党组织非常满意，不过……"

李明停顿了一下，接着说："不过，最近我们得到消息，是朱佳富透露出来的。国民党当局，在这两天便要对罢航进行镇压，要逮捕一批人。我们许多同志都被列入了黑名单，包括你俩！"

张阿德首先说："我们不怕，坚决与他们斗争到底！"

杨佑成沉吟了一下："老李，是不是朱佳富故意放出这种风，想威吓我们停止罢航，他狡猾得很！"

张阿德觉得杨佑成说得有道理："对，老杨说得对，我们绝不能上当。"

李明摇了摇头："我们从其他方面得到的情报，朱佳富透出来的消息绝非假话！"

杨佑成仍表示疑惑："老李，朱佳富城府深得很，怎会轻易透露出这种消息！"

张阿德接口说："我们这次罢航，朱佳富耍尽花招，对我们无可奈何！他轻易透这种风，用意十分明显，我们不怕这种威吓！"

李明的口气十分认真："不论朱佳富轻易透露这消息是啥用意，但这消息确实是真的。"

张阿德说："管它真假，我们绝不妥协，斗争到底！"

杨佑成问："老李，我们怎么办？你的意见呢！"

李明缓缓说："我找你们来，便是商议下一步的办法！"

张阿德迫不及待地说："老李，你先谈谈，下一步组织上准备怎样安排？"

李明毫不犹豫地说："上级党组织已作了具体的分析和研究，凡是已列入黑名单上的人，马上撤离！"

"哎，撤离？今后的工作……"

张阿德和杨佑成几乎同时说，感到十分意外。

李明点了点头："是的，马上撤离，这是组织的决定。至于今后的工作，由没有暴露的同志留下继续干，策略上要作一些调整。"

张阿德与杨佑成都沉默了。

张阿德问："撤，为啥一定要撤？"

李明解释说："目前的形势下，我们不仅要考虑最后打垮蒋家王朝，夺取政权；还要考虑夺取政权后，需要大批干部领导建设新中国。你们暂时撤走，不久便会回来的，那时，重庆已变成共产党的天下啰！"

李明见他俩默不出声，接着说："经过革命锻炼的干部，是党的重要财富，我们要爱护，绝不作无谓的牺牲！”

他把目前的局势，党转入战略进攻，国民党军队逐渐土崩瓦解的现状，向他俩作了一番讲解。

张阿德疑虑重重：“老李，撤，我们往哪里撤？”

杨佑成也附和说：“是呀，往哪里撤呢！”

李明的语气变得十分轻松：“天下宽广得很哩。老张，你到石牛场大山里探望亲戚嘛，老杨也是一样！”

“啊，去参加白马山游击队！”张阿德豁然醒悟，惊喜地说。

杨佑成也兴奋地说：“丢下合法斗争，要我们去搞武装斗争！”

“是的，枪杆子里面出政权呀！”李明说，“组织上研究决定，将你们撤到石牛场大山里，加强白马山游击队的力量，迎接全国的解放。”

张阿德又喜又忧，喜的是马上可以去与阿苇一起生活、战斗，忧的是……

他说：“老李，许多人都有家室拖累，要是丢下撤走……”

李明不等他说完，插嘴说：“这些事，你们不用担忧，一律不带家属，自有组织暗中照顾！黑名单中的党员撤往石牛场大山里自不用说，至于其中的群众，我们可以尊重他们的意见：愿去，当然欢迎；不愿去，也劝他们暂时躲一躲。有困难，我们也可以帮助解决。”

杨佑成全家人都在白马山游击队，在重庆没有牵挂。他说：“老李，黑名单上是哪些人，事不宜迟，让我去通知！”

张阿德也说：“老李，我也去。”

李明说：“让老杨去便行了。阿德同志回家去，向秋莲嫂子说清楚，好好将家中的事情安排妥当。”

张阿德不放心：“事情紧急，老杨一人去怕来不及，我们罢航的轮船从大渡口起……”

李明岔断了张阿德的话：“你不用担心，哪止老杨一个人去，冯烂王在黄河溪开的报关行，有的是巡江的小机动船……你就放心回家去料理吧！”

李明提到冯烂王，张阿德与杨佑成都认识他，晓得他神通广大，办事利索。冯烂王自抗战胜利以后，为了能更好地掩护自己，一直在黄河溪开报关行，他们也是晓得的。

张阿德不再坚持：“好，我听组织安排！”

李明接着将撤离重庆的计划作了一番交代：“在明晨天亮前，分批坐船到唐家沱会齐，那里有木船直接送你们去……”

他们一齐站起身。李明对杨佑成说：“你留在这里等我一会儿，我送老张几步！”

杨佑成也晓得他们是亲戚，张阿德去白马山游击队，李明一定有私话带给春燕，马上知趣地答允：“好，我在这儿等你！”

李明并没有说什么，将张阿德送到江边，停住了脚步：“老张，春燕时常提到她寄放在你家中的小葫芦，这次你带去交给她。你对她说，我很好，不用担心。我们相见的时间不会太久了。”

张阿德一时不知说啥好，点了点头，一会儿方说：“老李，听说敌人在到处搜寻你，你最好早一点去石牛场和我们一起战斗。”

李明摇了摇头：“目前这里的工作需要我，我虽然很想去石牛场，但我绝不能离开重庆。是的，他们到处在搜寻我，我安全得很，他们会白费工夫！”

张阿德言辞短，握住李明的手：“老李，再见，你要保重！”

他说完，松开李明的手，转身大踏步向江边那艘渡他们来的小船走去。

李明目送张阿德乘坐的小船离岸，消失在夜色中，才回身向杨佑成走去……

二

在警司孙大胜的办公室里，云中燕不比寻常，穿着军装，腰皮带上，左右各挂着一支左轮手枪。她带着姚兰和玛丽怒气冲冲来到这里，坐在沙发上一语不发，冷森森的目光停留在孙大胜的面孔上。

孙大胜不安地坐在云中燕对面的沙发上，接触到云中燕那冷森森的目光，不禁心惊肉颤。

云中燕终于启开小巧的朱唇说话了：“孙处长，目前多事之秋，党国的命运正处于风雨飘摇之中，需要我们尽心竭力为党国排难分忧。可是，你呢……”

云中燕冷冷一笑，止住了她的话。

孙大胜晓得云中燕此来不是好兆头，昨天晚上按事先列好的黑名单去轮船上抓人，一个也没捉到。他感到颓丧，也感到惊讶，显然是走漏了风声，这责任非同小可。因为这黑名单只有少数几个人知道，上面追查起来，自己脱不了干系。

他哑巴吃黄连——有苦不能说。

他已摸透云中燕的脾气，在她盛怒之下，是绝不容许别人申辩的，所以他一直没辩解，听任云中燕训斥，只是欠身装出畏怯的样子：“是，是……”

云中燕的怒气毫未减弱，她细细的眉尖竖起，声色俱厉地说：“听说你昨夜的行动，连一个为头闹事罢航的船员也没捉住，孙处长，这事你如何解释？”

孙大胜干脆从沙发上站起，毕恭毕敬地面对着云中燕：“是，是，属下愚钝，还望夫人多多教导。”

云中燕见孙大胜毫不申辩，俗话说伸手不打笑脸人，一腔怒气反而不便发泄，心中十分焦躁，双手习惯性地不住摸着腰皮带上的左轮手枪，仿佛随时都会掏出手枪向孙大胜射击似的。

孙大胜已经见惯云中燕这一动作，心中并不恐慌，但表面上故意显出可怜巴巴、诚惶诚恐的模样。

云中燕的怒气慢慢减弱，从烟厅里取出一支香烟衔在嘴唇上。

孙大胜掏出打火机快步上前给云中燕点燃香烟：“夫人息怒，属下愚钝，请多教导！”

云中燕喷了一口烟，望着孙大胜“哼”了一声，紧绷着的面孔逐渐松弛下来。她款款站起身，在室内缓缓徘徊了几步。

她见孙大胜毕恭毕敬地站在那里，声音平和了一些：“孙处长，请坐下！”

孙大胜仍是那一句话：“属下愚钝，望夫人多教导！”

“坐下，我有话慢慢与你说。”她脸上已显出了一点儿笑意。

孙大胜回到原位上坐下，仍然诚惶诚恐的样子。

云中燕最怕别人来软的，孙大胜这一套果然见效，她的怒气已消散大半。她也坐回原位，默默吸着香烟，凝视着袅袅飘散的烟雾出了一会儿神。

云中燕瞟了孙大胜一眼：“孙处长，你们这次行动落空，是不是走漏了风声？”

孙大胜心中一震，最担心云中燕追问这，他也有疑心，但一时找不出什么线索，想以后慢慢暗自追查。

他摇了摇头，掩饰说：“夫人，黑名单一直锁在我的保险柜里，不可能泄露！”

云中燕蹙着眉：“那，让人都跑了，这怎么解释？”

孙大胜愁眉不展地回答：“是呀，我也觉奇怪，是不是民成公司为我们准备行动船舶的时候，让他们警觉到了。”

云中燕摇了摇头，表示不赞同孙大胜的推测：“孙处长，这事要认真追查，但不可张扬。”

她长长叹息一声：“共产党人确实机警得很，令人……”

她没将话说完，转变了话题：“孙处长，你用‘守株待兔’的计谋，找到李明的踪迹没有?”

孙大胜苦着脸说：“不瞒夫人说，根据监视的特工人员报告，至今没有发现李明的踪迹。但是，从一些现象看，高伦肯定与李明有联系，而朱佳富夫妇看不出有任何值得怀疑之处。这次逃跑的张阿德，在罢航中是骨干分子，不可能不与李明联系。可是，我们监视如此严密，他们是如何联系的……真令人费解。”

云中燕见孙大胜老老实实承认他的失败，认为没有在她面前矫饰或耍花招，反而对他有好感。她口气平和，脸上还挂着微笑：“根据我从其他方面得到的情报，李明的影子在各处若隐若现。这是我们一个强劲的对手，我们感觉得到他的存在，但却抓不住，令人伤透脑筋！”

孙大胜见云中燕简直把他当成知心朋友，居然用谈心的口气与他说话，不禁受宠若惊，渐渐忘形，于是自吹起来：“夫人，你不用发愁，不是我孙大胜夸海口，这李明迟早跑不出我的手板心！”

“唵，孙处长真有这么大的本事，令我钦佩之至！”云中燕陡地收住了话，嘴角露出一丝嘲讽的冷笑。

她猛地变了面孔：“孙处长，军中无戏言，你何时能抓住李明?”

孙大胜想不到云中燕的面孔变得这么快，暗自感到懊悔，但是话已出口，已不便收回：“这……这个……”

“什么这个……那个！”云中燕回头对玛丽示意，“让孙处长立下军令状，限期要抓住李明！”

玛丽答应一声：“夫人，是。”

她从随身带的公文皮包里取出纸和自来水笔，上前递到孙处长手中：“孙处长，由你自己写，还是由我代笔?”

孙大胜一愣，事已至此，只好接过纸笔：“谢谢玛丽小姐，让我自己给夫人写一张军令状吧！”

孙大胜战战兢兢写好了军令状，双手递到玛丽手中：“请小姐转呈夫人过目！”

云中燕从玛丽手中接过孙大胜写的军令状，看了以后，沉吟说：“一个月的期限？……”

她摇了摇头：“太长，太长！……”

孙大胜写一个月期限，根本无半点把握，是被逼硬着头皮写的，听云中燕还不满意，额头开始沁汗，十分忐忑不安。

云中燕蓦地改口：“孙处长，一月就一月吧！”

她神情异常严肃，目光逼人：“孙处长，一月之内，你倘若能捉住李明，我一定报请毛局长给你加官升级，不然，休怪我手毒无情！”

她一手摸了摸手枪把。

孙大胜腮帮上的肌肉抽搐了一下，欠了欠身：“自然，自然，属下愚钝，望夫人多栽培赐教！”

云中燕见孙大胜畏怯的窘态，不觉嫣然一笑。

孙大胜虽然见云中燕笑了，仍不敢疏忽，重复说：“属下愚钝，望夫人……”

云中燕挥手说：“算了，别老说这句话。”她轻蔑地撇了撇嘴。

云中燕吹掉了烟嘴上的烟蒂，重新装上一支香烟。孙大胜起身想上前去给她点烟，姚兰已扭燃打火机给她点燃。他只好坐下，忐忑不安地望着云中燕，对她喜怒无常的性格，真是提心吊胆。

云中燕笑眯眯望着孙大胜问：“听说你安置了一个特工在高伦身边，有什么收获吗？”

孙大胜如实说：“高伦可能对我安置在他身边的04号特工已有警觉。高伦几次故意在04号特工面前透出一些假情况，将我们引入了歧途。”

他皱着眉：“高伦这个老家伙，也学会了耍滑头。因此，我最近将04号特工撤回了。”

云中燕说：“哎，你不该忙着撤回，还是可以监视住他的嘛。”云中燕口气平和，轻声细语。

孙大胜忙欠身：“属下愚钝，望夫人教导！”

“叫你别来这套！”云中燕不满地斜睨着他，“撤回就算了。”

“是，是。”孙大胜谦恭地说。

坐在云中燕身后的玛丽看了看手腕上的开金方表，上前向云中燕悄声说了几句，孙大胜听不清。

云中燕缓缓站起身：“孙处长，今天就谈到这里，美军代表处有一个会议，我马上要去参加。”

孙大胜忙起身恭送：“夫人，属下愚钝，望你以后多临警司指导。”

云中燕伸出一根手指：“孙处长，你的军令状存在玛丽小姐的公文包里，记住，一个月，一个月后，我听你的佳音。”

孙大胜被逼写下军令状，心中很是不安，担心一个月之后，倘若捉不住李明，自己的后果不堪设想。但他不敢将自己的真实感情透露在颜面上，两脚一并，站得笔直：“大胜鞠躬尽瘁，愿为党国和夫人效力！”

云中燕不冷不热地说：“很好，很好。”

孙大胜将云中燕送上小轿车。

小轿车开动了，云中燕还从车窗伸出手举起一个指头：“孙处长，一个月！”

三

一个月很快过去了，孙大胜不仅没有找到李明，还面临着日益严峻的局势——天天都有人上街游行请愿，工潮、学潮……此伏彼起，顾东失西，弄得孙大胜疲于奔命。到处都飞溅着火星，大有燎原之势。

孙大胜接到云中燕的电话，要他立即到“漱庐”去。他想到一个月以前，被云中燕逼着立下了军令状，云中燕杀人不眨眼，此去眼看凶多吉少！

孙大胜毕竟是军人，还有点军人的气概。他当即立下了遗书，吩咐副官，倘若他被云中燕扣下枪毙，便将这封遗书送给他居住在老家的妻子。

要不要告诉小蝴蝶一声！孙大胜有些犹豫。这两年，他一直与小蝴蝶姘居，仿佛彼此的感情还很不错，照理也应该与她说几句诀别的话。

孙大胜拨通了小蝴蝶家中的电话，接电话的是女用人。女用人说，小蝴蝶正陪一位男客。孙大胜陡地改变了主意，像小蝴蝶这种水性杨花的女人，哪会有真情实意，自己何必顶真。要是以往，晓得小蝴蝶家中有男客，他一定会醋火中烧，要弄清这男人是谁，会进行报复。但目前他的处境不同，对这事也淡然了，问也没问一声这男人是谁！

孙大胜正在犹豫的时候，小蝴蝶打电话来了，话筒里响起她娇媚的声音：“喂，是孙处长吗？”

孙大胜只简单说了一句：“我有公事，这几天不能到你那里去了。”

不等小蝴蝶答话，孙大胜立刻挂断了电话。他转身去拿起随身带的公文皮包，又听到电话铃声叮叮响起。他瞥了电话机一眼，没有去接——猜测是小蝴蝶拨来的——挺胸阔步走出了房门，仿佛是去就义的志士，颇有点好汉的味道。

孙大胜乘坐的吉普车开到“漱庐”云中燕的寓所前，杜卿壳立刻拉开铁门：“孙处长，夫人候你多时！”

吉普车开进院内停住，孙大胜挟着皮包下了车，走到台阶前，见一点红姚兰在门口等着他：“孙处长，请进！”

孙大胜感到气氛不一般，幸好他思想上已有准备，并不感到格外紧张，跟在姚兰身后走进大门，到了客厅前站住，等姚兰进去通报。

孙大胜听到云中燕的声音：“叫他进来！”

姚兰撩开门帘：“孙处长，请进！”

孙大胜整了整军装，昂着头从容跨进客厅。他见客厅内除了云中燕，还有徐处长坐在靠窗的沙发上。

“夫人，孙大胜奉命到来！”他站在云中燕的面前立正敬礼，大声说。

云中燕穿着家常黑天鹅绒旗袍，趿一双黑缎绣花拖鞋，趾上涂着艳丽的蔻丹。她欠了欠身，指了指靠近的沙发：“孙处长，请坐。”

孙大胜坐下，将军帽取下想放在膝头上，姚兰接过帽子，给他挂在了衣架上。

孙大胜向徐处长点头致意，徐处长含笑望着他。

孙大胜暗暗打量云中燕的神色，看不出愠怒的表情，心中仍忐忑不定。

云中燕含笑面对孙大胜问：“孙处长，一个月期限已到，将李明捉到没有？”她伸出一个指头做了一个动作。

孙大胜像弹簧般陡地站起，两眼平视前方：“属下愚钝，有负夫人信任，特来认罪，听凭夫人惩处！”

云中燕脸上的笑容收敛了，她没有望孙大胜，伸出五指，打量着指甲上的蔻丹，半晌才冷笑一声，斜睨了孙大胜一眼。

徐处长转圜地说：“夫人，胜败乃兵家常事，目前共产党地下组织在重庆活动得十分猖獗，我保孙处长戴罪立功。”

云中燕悻悻地瞥了孙大胜一眼，脸色异常阴沉，不置可否地“哼”了一声。

“孙处长，坐下好谈话！”徐处长说。

“属下有罪，甘愿听候夫人处置！一个军人，不能为党国分忧，愧对夫人！”

孙大胜仍站得笔直。他答的这几句话，令徐处长感到惊讶，简直怀疑是出自孙大胜之口。

云中燕脸上的冷霜反而被这几句话一扫而光："对，孙处长有这种气质，不愧毛局长平时的教诲。一个军人，尤其是一个特工，应该有这种气质。"

她接着轻轻一声叹息："这李明是人，还是鬼魂！明明在重庆各处飘荡，感得到，却摸不着……"

云中燕见孙大胜仍站住，昂首挺胸，很有军人视死如归的气度，还带点滑稽的味道，忍不住捂嘴一笑："孙处长，请坐下。"

孙大胜用硬邦邦的语气回答："谢夫人宽厚，属下愿为夫人效劳，万死不辞！"他从容地坐下。

云中燕跷着二郎腿，凝视足尖，半晌才缓缓地说："蒋老头子对四川的情况十分不满，毛局长几次受到申斥。唉，下川东一个姓彭的拉起了游击队，好不容易将他捉住斩首示众，可是开县、云阳、奉节等下川东仍有共产党武装在活动；川北华蓥山游击队也闹得很凶；在重庆没捉住李明，而李明的妻子张阿苇，又叫春燕的女人，鼓动石牛场穷佃客暴动，拉起了白马山游击队；而川西……"

云中燕斜睨着孙大胜："根据行辕孙处长得到的情报，你没抓到的船员都逃到石牛场的大山里，参加了白马山游击队。这支共产党的武装声势越来越大，在川黔边境的深山老林里活动，直接威胁到重庆的安全。派大部队'进剿'不可能奏效，这就要靠我们特工的力量，用便衣武装去对付他们……"

孙大胜早晓得这些情报，但派去的申小旦很不得力，他正为这事焦心。他避开云中燕的目光，显得十分不安。

云中燕说完后，孙大胜和徐处长面面相觑，一时无言。

孙大胜陡地站起，面向云中燕说："夫人，我愿带一支特工部队进驻涪陵石牛场，消灭白马山游击队，为党国效劳，为军统立功，以报答夫人的恩德！"

云中燕脸上露出笑容："孙处长，请坐下！"

她见孙大胜坐下后，称赞说："孙处长有这样的志气，可佩可嘉！不过……"

云中燕蹙了蹙眉："白马山游击队的活动虽然猖獗，但仅一百多人枪，毕竟不是心腹之患。重庆方面当务之急，还是要平息工潮、学潮，稳定人心。要办到这一点，必须要捉住李明，清除中共在重庆的地下组织……"

云中燕紧锁的眉头舒展了一些："唵！你身为重庆警司稽查处长，既有尽忠党国之心，理应不负毛局长的信任，早日查获中共地下组织，何用远去涪陵石牛场消灭白马山游击队！”

孙大胜吃一堑，长一智，不敢再像上次那样大言不惭，惹来意想不到的麻烦。他十分谨慎地说：“夫人，属下愚钝，愿竭尽绵薄之力，以报效党国。”云中燕望着他含笑点头。

孙大胜望了望徐处长，几次欲言又止。正巧玛丽小姐撩开门帘报告：“徐处长，电话！”

徐处长起身跟在玛丽身后，走出客厅去了。

孙大胜仍有疑虑，不住瞟着云中燕身后坐着的姚兰。

云中燕会意地说：“孙处长，你有啥话尽管说吧！姚兰小姐会守口如瓶的。”

孙大胜身子前倾，向云中燕低声说：“夫人，我对一个人有怀疑，可是……”

云中燕不悦地说：“你有话直说，何须吞吞吐吐，如此不痛快！”

孙大胜说：“行辕督察处的牟科长极其可疑！”

云中燕一听，暗中吃了一惊，故意脸色一沉：“有何根据？”

孙大胜说：“有一天拂晓我见牟玉佛的小轿车开出，窗帘遮掩得十分严实……”

云中燕听完孙大胜的叙述，仰头哈哈一笑，带点嘲弄的意味：“孙处长，这是你的新发现？”

孙大胜固执地说：“夫人，仅凭这点事怀疑他固然荒唐，但疑点很多！”

“说！”云中燕收敛了笑容，声音严厉。

“牟科长住的三楼，平时戒备森严，楼梯口站着岗哨，任何人不容上楼；我派去监视牟玉佛的便衣，有几次深夜里，避过楼梯的岗哨，靠近牟玉佛的卧室，发现牟玉佛房中有一个陌生人的声音……”

云中燕蹙眉说：“你以前为什么不报告？”

孙大胜说：“夫人，牟科长是徐处长的红人，是夫人亲密的牌友，没有足够的证据，我怎敢轻率！”

云中燕问：“你现在有证据没有？”

孙大胜摇了摇头：“不过……”

云中燕见孙大胜欲言又止：“说！”

孙大胜说：“我到牟科长卧房里去过，想找出破绽……”

“找到没有?”云中燕急切问。

孙大胜深沉一笑:“我目测过牟科长卧室和浴室的长度,发现短了一截,显然,浴室后面还有一间暗室。这暗室作何用途值得怀疑!”

“啊!”云中燕惊讶地望着孙大胜。

孙大胜正张口准备说下去,姚兰蓦地站起警惕地面对窗户喝问:“谁,谁在窗外?”

云中燕和孙大胜一齐转过头去,望着窗户。

“报告夫人,是我在巡逻,保护夫人的安全!”窗外传来杜鲫壳的声音。

一点红姚兰上前打开窗户,见杜鲫壳站在离窗几步远的地方。

杜鲫壳是卫队长,在二线巡逻警卫是他的职责,并没引起云中燕的注意。她只是吩咐姚兰:“叫杜队长回去休息,这里不用他警戒!”

姚兰照云中燕的话,对杜鲫壳重说了一遍,见杜鲫壳走远,重新关上窗户。

“我想搜查寻出暗室,但是没有夫人的命令,我不敢放肆!”孙大胜说。

云中燕阴沉的面孔蓦地开朗,哈哈一笑:“孙处长,你未免神经过敏,牟科长是老牌特工,有秘密暗室也不足为怪。”

孙大胜还想再说:“夫人,这些疑点绝不能放过……”

云中燕正色说:“牟科长是信得过的同志,你不可瞎猜疑。孙处长,今天你向我说的这些话,以后不可再瞎说。听清没有?”

孙大胜晓得云中燕是多疑的人,牟玉佛的疑点这么多,为啥如此轻率的否定!他疑惑地注视着云中燕那张娇媚的面孔,见她郑重其事的表情,便将想说的话吞了回去:“是,夫人,我以后绝不再提这事!”

这时,徐处长接电话后回到了客厅,仍坐回原位上。

云中燕提高声音对孙大胜说:“孙处长,你的军令状仍暂存我处,希你不负党国的期望,我等待你的捷报!”

“是,是,夫人!”孙大胜说。

“姚兰,送孙处长!”云中燕吩咐说。孙大胜只好起身告辞。

姚兰送孙大胜走出客厅,云中燕吸着一支香烟,默默无语。一会儿,传来吉普车开走的引擎声。

云中燕将烟嘴往烟缸上一搁,浮上了一脸怒气:“徐处长,你看牟玉佛这人怎样?”

徐处长疑惑的目光停留在云中燕的面孔上："夫人为啥突然问这?"

"徐处长，这是公事，请你回答!"云中燕板着面孔，显得官腔十足。

徐处长不敢怠慢，口气有些迟疑："牟科长这人给我留下的印象还可以，其他……"

他知道云中燕此时这么认真地问到牟玉佛，其中必有重要缘故，边说边打量云中燕的反应，极力将话说得模棱两可。

云中燕微微一笑，不再逼问，说："徐处长，近来公务繁忙，我已多时没到牟科长那儿去玩。今天比较闲空，你是否有兴致陪我去牟公馆玩玩!"

徐处长从云中燕带点狡黠的微笑中，猜到点什么！他与云中燕早年有一段很好的私情，平时说话比一般人随便："夫人，难道你对牟玉佛有啥怀疑?"

"不敢，不敢，牟科长是你赏识的人，我会有啥怀疑!"云中燕依然含笑说。

"夫人言重了。"徐处长更拿准云中燕一定对牟玉佛产生了怀疑，说话更加谨慎，"我说不上对牟玉佛赏识，只因他有一套打牌的绝技，我们正需要这样的人。调他到西南行辕督查处，我也作过一番审查。他是我们入川前发展的一位老同志，像这样的人，绝不是共产党，顶多曾是跑江湖的彩客。倘若夫人对他有啥怀疑，我可以帮助夫人将他审查明白!"

云中燕仍然不露真实意图，摇头说："不，不，徐处长不要错会我的意思，我只是认为牟科长这人很识趣，很讨人喜欢。多时不去那里，着实惦念他呢!"

徐处长接口说："既然夫人惦念他，我就陪夫人去看望牟科长。"

他偏头面向姚兰说："姚兰小姐，给夫人备车!"

姚兰见云中燕并无反对的表示，答道："是。"她起身姗姗走出客厅。

一会儿，她撩开门帘禀报说："夫人，车已备好!"

云中燕起身说："既然车已备好，徐处长，你就陪我走一趟吧!"

四

小轿车已开进西南行辕旁边的小巷，在牟公馆门前停住。

徐处长从司机旁的前座，先拉开车门下了车，他正准备拉开后座的车门，姚兰已拉开车门。

云中燕下车后，与徐处长并肩走到牟公馆大门。前面由姚兰抢先开路，后面紧跟着玛丽。

姚兰与门卫说了几句，回身对云中燕说：“夫人，门卫说，牟科长亲自驾着轿车刚出门不久，不在家！”

云中燕没有停步：“问清楚，什么时候回来！”

姚兰又与门卫说了几句，追了两步赶上云中燕：“夫人，门卫说，牟科长出门时，没有交代何时回来！”

云中燕边走边说：“既然来了，就歇息一会儿再走！”云中燕被簇拥着进入客厅，牟公馆的用人敬上烟茶。歇息了一会儿，有人报告牟玉佛驾车回来了。

牟玉佛匆匆进入客厅，含笑招呼云中燕：“夫人，多时不见，我很想去漱庐看望夫人，听说你十分忙，不敢去打扰你，还望夫人见谅！”

云中燕笑眯眯地指了指旁边的沙发：“牟科长，请坐！”

等牟玉佛坐下，云中燕说：“是的，最近我确实很忙，也很惦念你，今天特约徐处长到你这里来散散心！”

牟玉佛殷勤地说：“欢迎，欢迎。夫人许久没来，我这里久不闻雀战声。夫人，是不是要凑一场牌局，搓八圈麻将散一散心！”

“不，我今天来并不想打牌，听说牟科长的卧室布置得十分典雅，也异常幽静。”云中燕转向坐在另一边的徐处长，“徐处长，我们是不是到牟科长房里去见识、见识！”

云中燕边说边留意着牟玉佛的表情。

牟玉佛态度潇洒从容，看不出有啥异样的神色。他说：“我的卧室说不上典雅，不过有几件古董之类的摆设，我喜欢收集字画，墙壁上挂的字画，确有几幅精品。夫人倘若对此道有兴趣，看得中意，我愿割爱奉赠！”

他站起身来：“我那里确实比客厅幽静，夫人，请！”

云中燕瞟着徐处长：“据牟科长介绍，果真所传非误。”

她转向牟玉佛：“对于古董字画，我说不上有癖好，但也喜欢观赏。牟科长，不知你藏有什么古董，有哪些名人的字画……”

徐处长已站起身来：“夫人，你何必急急询问！走，我们去牟科长房中亲看，不比询问更加了然。”

牟玉佛接口说：“对，徐处长说得很好，耳闻不如目见，我收藏的那些东西，是否赝品，还望夫人法眼鉴定。夫人，请！”

牟玉佛在前领路，登上三楼。云中燕一路细心观察，进入牟玉佛室内，果真看见靠壁古香古色的楠木架上，摆着几样青铜器和瓷器，两壁的墙上挂着几幅字画。

牟玉佛泡茶，取出漆器里盛的点心放在茶几上，忙乱了一阵，才坐下陪云中燕和徐处长闲谈。

玛丽和姚兰站在门外，没有入内。

云中燕喝了几口茶，从漆盘里拈了一块芝麻酥糖放进嘴里，显得从容闲逸，想给牟玉佛造成一个印象，此来纯为了闲玩。

云中燕谈笑风生，从好莱坞的电影，谈到国产片《化身姑娘》，从市井奇闻，谈到达官逸事。

徐处长只是含笑听着，不时点头。

牟玉佛不断插话，仿佛气氛十分和谐。

云中燕蓦地站起身来，背着双手观看着墙上的字画："啊，郑板桥的墨竹，此翁笔法瘦劲，堪称扬州八怪中的魁首。"

云中燕蹙着眉全神凝视，一会儿眉头陡地舒展，微笑着对牟玉佛说："初看这画好似赝品，细细琢磨，方知是郑板桥的真迹无疑！"

牟玉佛知道云中燕并不真懂鉴赏古画，不过故作姿态，混充行家。他不点破，也不细问云中燕的推论，只是微笑凑趣说："夫人文武全才，巾帼中的英雄，令人敬佩！"

云中燕又对几件古董发了一番似是而非的议论和品评，牟玉佛随意周旋几句，都十分得体。

云中燕不觉来到卫生间门口，推开门一步跨进："啊！这间浴室比我想象的要狭小得多，牟科长，你说是不是？"

牟玉佛早已得到过杜鲫壳的电话，因为杜鲫壳在困难时常得到牟玉佛的帮助，他俩又同是涪陵侦缉队的旧人，由段玉兴发展参加军统，而杜鲫壳任"漱庐"的卫队长，是牟玉佛举荐的。杜鲫壳并不知道牟玉佛是共产党的地下工作人员，因此常把他在云中燕身边听到的消息，暗中透给牟玉佛。刚才杜鲫壳打电话跟牟玉佛说，孙大胜在云中燕面前进谗言要害他，说他家中有密室……关照他注意防范孙大胜。

牟玉佛接到电话后着实吃了一惊，因为李明一直隐藏在牟玉佛卧房内的密室中，自认十分安全，这么久都没出过事。便在仓促之间，将李明化装后，冒险在白天用车把他转移走了。这时李明也劝牟玉佛一齐离开转移，但牟玉佛认为只要云中燕他们在密室中找不到李明，是不会有啥事的，一旦离开，主动暴露会影响全局。另外，目前党的斗争，在国统区更加尖锐复杂，更需要他继续留在敌人的心脏内进行工作，冒点风险是必要的，值得的。因此他送走李明后仍回到牟公馆，想观一下风色再定下一步行动。

牟玉佛听了云中燕的话，明白她的真意是什么！他答话说：“夫人，一个特工人员，处处应该留下回旋的余地，不瞒夫人，浴室后面还有一间密室，以备特殊情况下使用！”

云中燕一怔，意料不到牟玉佛主动说出密室来。她故做惊讶状：“啊，牟科长卧室还有密室，未雨绸缪，有备无患，好，不愧是老特工。”

她瞟了一眼身边的徐处长，徐处长说：“牟科长还备有密室，我连一点儿影子也不知道，保密得多好，佩服，佩服！”

云中燕瞥了一眼牟玉佛，说：“让别人知道，还算什么密室。牟科长，你说对吗?!”

牟玉佛回答：“夫人所言极是！”

云中燕将浴室四壁仔细察看了一遍，称赞说：“看不见密室的进口，牟科长匠心独运，设计得非常巧妙。”

徐处长向牟玉佛说：“老牟，是不是领我们参观一下你的密室，让我们开开眼界！”

牟玉佛回答：“徐处长见多识广，何必这么客气！”

他转对云中燕说：“夫人倘若有兴趣，待我领你们进去看看，还望夫人多指教！”

云中燕似笑非笑地说：“牟科长太客气了。”

她接着说：“慢，牟科长，我寻找暗门试一试，找不着再请你指点！”

牟玉佛说：“哪能瞒过夫人的慧眼，准定能找着。”

云中燕款款上前几步，伸手挪开对面墙上挂的一面大镜子，现出了密室的暗门，回头对牟玉佛说：“牟科长，设计得巧妙啊！”

牟玉佛奉承说：“夫人一眼便看出破绽。何言巧妙！夫人，请进。”

暗门仅能容一人进出，牟玉佛先钻进打开小百叶窗，强烈的阳光透进，顿时将这间密室照亮。

云中燕与徐处长先后进入密室，一张行军床已折叠起来靠墙搁着。

云中燕打量了一下密室，缓步走到一张办公桌前，伸手摸了一下桌面，“噫，没有一点儿灰尘，牟科长常在这里办公?”

牟玉佛心中一惊，表面装出平静的样子回答说：“有时我到这间密室冲洗相片!”他指了指壁橱。

云中燕果见壁橱里放着冲洗相片用的搪瓷盆和几瓶显影药水，点了点头：“啊，牟科长还是摄影爱好者。”

云中燕的目光停留在桌上一只细瓷茶杯上，茶杯上也没有一点儿尘埃。她装出对这只茶杯很欣赏的模样：“啊，这只茶杯虽不是古董，造型别致，彩绘出色。牟科长，将这只茶杯送给我，留作纪念，如何?”

牟玉佛明白云中燕的用意，回答说：“这杯不过现代江西景德镇的出品，我另送一只明代的碎花瓷杯给夫人赏玩。”

“不用，不用，我喜欢这一只!”云中燕伸手去拿瓷杯。

牟玉佛上前抢先拿过瓷杯，边说边用手绢揩拭：“夫人既然看中这只瓷杯，我包装好，等会送夫人拿走!”

云中燕已看出这密室有人住过，因为折叠起来的行军床上也无灰尘，想借口将这只茶杯要去，以便弄清茶杯上留下的指纹。她见牟玉佛抢先拿过茶杯揩拭，不便制止，淡淡一笑：“我是向牟科长开玩笑的，怎会要这只普通的茶杯。”

云中燕的目光移到桌上的烟缸，见烟缸里有几只烟头，烟灰是新鲜的。她装出漫不经心的样子，目光没有停留在烟缸上。

徐处长在一旁留意云中燕的举止，也猜透了她的用意，这时他引开牟玉佛的注意力：“老牟，你冲洗相片，难道不用红色灯泡?”

牟玉佛拉出一只壁橱的拉斗：“看，这不是红色灯泡!”

云中燕迅速从烟缸里拈出两只烟头藏过，牟玉佛好像并无觉察，正与徐处长谈话。

云中燕用手绢捂住鼻子说：“这密室没住人，又经常不见阳光，空气不流通，有一股浓郁的霉味，走，我们到外面房里去休息吧!”

牟玉佛迅速瞥了一眼烟缸，见烟缸里的烟头少了，晓得是云中燕取去，心中十分焦急。刚才匆匆将李明转移走，密室内虽然作过一番处理，但毕竟太紧迫。

牟玉佛懊悔自己太疏忽，没来得及将李明抽过剩下的香烟蒂倒掉。云中燕偷偷取走烟蒂，肯定是要查验烟蒂上留下的指纹，那……

牟玉佛不能多想，随口回答云中燕："这里空气确实不好，夫人，请到我卧室里去坐！"

徐处长和云中燕走在前头，牟玉佛关上小百叶窗跟在他们身后钻出密室，重新挪过镜子遮掩住暗门。

云中燕走出房门，将两个烟头递给玛丽，低声吩咐了几句，玛丽迅速走了。

云中燕回到房里，见徐处长与牟玉佛坐在一张双人沙发上闲谈。

牟玉佛猜测到云中燕出去片刻，一定是布置检验香烟蒂上的指纹。他知道，凡是在中共办事处或八路军办事处工作，公开过身份的共产党员，军统在暗地都收集过他们的指纹存档备查，云中燕送检烟蒂，肯定将会验出李明的指纹，而自己……

牟玉佛看了看手表，此时是十时差一刻钟，检验结果最迟一小时后便可以得出，他表面与徐处长谈笑自如，心中在紧张思索着对策……

云中燕没有落座，悠闲地在室内漫步，时而凝神观看着墙上的字画，时而停留在木架前摩挲着架上的古董。

牟玉佛说："夫人，今天难得空闲，打八圈麻将消遣，如何？"

牟玉佛这提议正合云中燕的意思，目前她要控制住他，怕他潜逃，在他卧室内没有理由逗留得太久。

"好，今天打八圈，不尽兴不散！"

云中燕欢快地回答，为了稳住牟玉佛，不让他产生怀疑警觉。

牟玉佛起身牵着长衫下襟："噫，在哪里弄上一块污渍！"

云中燕见他长衫上果有一团污渍。

牟玉佛迟疑了一下："徐处长，你与夫人先到客厅里等我，待我换件衣衫便来。"

云中燕的目光闪烁了一下，嘴角露出一丝意义不明的笑意："好，我与徐处长先到下面客厅里等你，快来呀，我今天要当个大赢家！"

她与徐处长走出牟玉佛的卧室，来到客厅稍坐了一会儿，牟玉佛换好衣衫随后来了。

牟玉佛说："三缺一，姚兰小姐来凑个角吧！"他没有看见玛丽，更证实了他的猜测。

姚兰没有答话，瞥了云中燕一眼。

云中燕点头说：“好，姚兰也来凑个角。”

他们坐到牌桌边，有说有笑地打起麻将牌来。

往天，云中燕总是大赢家，徐处长手气也不坏，可是今天的大赢家却是牟玉佛，他接连和了几个满贯，面前的钞票堆了一大垛。

他们赌性正浓的时候，徐处长的副官进来禀告：“毛夫人，电话！”

云中燕晓得一定是玛丽打来的，等这个电话已经等得不耐烦了。

她将面前的雀牌倒下：“该我换牌，等我接过电话便来！”

电话间在隔壁，是有隔音设备的房间。云中燕笑眯眯地瞥了牟玉佛一眼，起身到隔壁电话间去了。

牟玉佛若无其事地伸了一个懒腰，悠闲地点燃一支香烟，缓缓地站起身，看了看手表：“咦，快十一点钟了，我忘了吩咐他们为夫人备午餐，我去厨房吩咐一声便来。”

他从容地走出客厅。

姚兰陡地站起身要跟在牟玉佛身后监视。

徐处长摇了摇手：“不用惊动他，我早在大门口布置好便衣，谅他插翅也难飞走！”

姚兰重新坐下来。

云中燕接完电话回到客厅，没有看见牟玉佛：“牟玉佛呢？”

徐处长作了回答。

云中燕平时柔和的目光变了，闪射出一股令人不寒而栗的凶光：“玛丽来电话，烟头上的指纹检验核对过，留有李明的指纹。事情很明显，我们到处捉拿的李明，原来被牟玉佛隐藏在我们的身边。”

云中燕冷森森的目光往徐处长脸上一扫：“快，将牟玉佛逮捕起来！”

徐处长蓦地跳起身：“是，夫人，我亲自去逮捕他！”云中燕哼了一声，眼看徐处长匆匆走出客厅。

她点燃一支香烟，紧锁着双眉在客厅内急速踱步。

一会儿，徐处长张皇进来报告：“夫人，到处都找不见牟玉佛的人影。我布置在门口监视的便衣说，没有看见任何人走出大门。”

云中燕阴沉地一声冷笑："派人在宅内仔细搜查，不信他长上翅膀飞了！"

徐处长反身刚走一步，云中燕又将他叫住："在宅内搜查的同时，命令警司孙大胜配合，将附近的交通要道立刻戒严，封锁起来！"

"是，夫人！"

徐处长匆匆布置去了。

云中燕焦急不安地踱了几步，对一点红说："姚兰，我们上楼去牟玉佛卧室看看。"

一点红紧跟着云中燕上了楼，牟玉佛的房门敞开着，有几个特工正在房内翻箱倒柜搜查。他们看见云中燕来了，一个特工报告："夫人，牟玉佛留下一封信放在办公桌上，是留给你的，我们没敢启看，请夫人过目。"

云中燕忍不住一惊，接过一只封好口的信封，封面上写着：

留交

向影心收

牟玉佛留缄

云中燕拆信时，手指都在哆嗦，取出一张信纸，上面潦草地写了几行字：

向影心女士：

南京政府已处于风雨飘摇之中，蒋家王朝眼见即将崩溃，劝女士认清形势，不要死心与人民为敌。我去矣，你们想捉到我徒费力气。

牟玉佛

即日

云中燕气得不仅手指哆嗦，嘴唇也在颤抖，由于面肌抽搐，娇媚的面孔顿时变得丑陋难看。

云中燕眼见室内许多双目光都注视着她，她开始镇定下来，露齿一笑，若无其事地说："你们仔细搜查，看牟玉佛房中还遗留下什么重要东西没有！"

徐处长喘着粗气进门来："夫人，地下防空室有暗道通往外面，牟玉佛一定从暗道跑了。"

云中燕将牟玉佛留下的信递给徐处长："你看一看！"

徐处长看后，说："夫人，这牟玉佛真是胆大妄为，一派胡言。"

云中燕哼了一声："徐处长，这牟玉佛一直是你身边的红人啊！"

徐处长心上一震，惶恐垂下头："夫人，我用人失察，甘愿认罪。"

云中燕瞥了他一眼："现在不是追查责任的时候！"

她脸色一沉，声音异常严厉："目前，要尽力将牟玉佛抓回来，就是用篦子将重庆梳过一遍也在所不惜，绝不让他在眼皮下逃走！"

徐处长说："夫人放心，孙处长已带人戒严封锁住附近的道口。请夫人稍待，我亲自带人在附近搜查，牟玉佛不会走得太远。"

云中燕凶神恶煞地说："将牟公馆有嫌疑的人，统统给我抓起来！"

"是，夫人！"

徐处长走出门，一阵急促的脚步声响远了。

云中燕点上一支香烟，脸色阴沉地踱起步来。

第二十九章

牟玉佛事件，在保密局内部引起了一阵惶恐，保密局捉了几个有嫌疑的人。凡与牟玉佛有过交往的特工，保密局都认真进行了一次审查，但是均查不出什么证据，只好陆续释放，调离重要工作岗位。

杜鲫壳的嫌疑最重，因他是牟玉佛介绍给云中燕当卫队长，云中燕怀疑消息是他透露给牟玉佛的。经过审讯，并且动了刑，杜鲫壳一口咬定不是他走漏消息，云中燕也无可奈何，但是仍不肯放他，仍将他关押在监牢里。

徐处长一直提心吊胆，牟玉佛是由他提升到行辕督察处任科长的，倘若追究起来，绝对脱不了爪爪。幸好云中燕只声色俱厉地将他斥责过几次，一方面念在旧情上；再则，云中燕也不愿将事态过分扩大，因为牟玉佛从她眼皮下逃走，她费了很大力气搜查，却没有找到他的一点儿踪迹，牟玉佛像会土遁，自己也有失察的责任。

几个月的时间，全国形势发生了极大的变化，傅作义宣布起义，中国人民解放军和平解放了北平，继辽沈战役之后，又获得平津战役的胜利；徐州会战，国民党的军队败得很惨，几十万军队顿时土崩瓦解，都是蒋介石的主力部队。眼看南京告危，蒋介石仅仅当了几个月总统，面临这种局势，不得不向共产党求和，以便争取时间。他想稳住阵脚，好重整旗鼓，凭依长江天险，再与共军决一死战。

可是共产党哪会上当，义正词严，提出惩治包括蒋介石在内的战犯……

牟玉佛事件的余波，在保密局内很快便冲淡了。

今天晚上，徐处长接到云中燕的电话，要他立刻去“漱庐”有机要面谈。

徐处长一看手表，子夜已过，云中燕在这种时间召见他是极其罕见的，他心中惊疑不定。为牟玉佛的事情，他心中一直怀着鬼胎，生怕追究责任。

他忐忑不安地坐车赶到“漱庐”。玛丽小姐极不寻常地换上了军装，腰皮带上挂着一支勃朗宁手枪，在门口迎住他，毫不停留地将他带进云中燕的卧室。

卧室内灯火辉煌，十分刺眼。徐处长眯了眯眼，才看清云中燕穿着一件乳白色绸睡衣，斜倚在一只长沙发上，一只鸭绒枕垫在头下，乌黑的卷发披散在洁白的枕套上，显出慵懒的神态。

云中燕望着徐处长淡淡一笑，亲昵地招呼：“卫心，请坐！”

等徐处长在她对面的沙发上坐下，她才坐正了身子跷起二郎腿，露出大截洁白的腿部。

徐处长见状，显得有些不安。云中燕在重庆这段时间，他一直不敢过分与她亲昵，怕毛人凤知道，会对自己不利。

徐处长没有正视云中燕，拘谨地问："夫人叫我来，有什么吩咐?"

云中燕脸上的脂粉已洗去，面色显得十分苍白憔悴，鼻子两旁的细小雀斑在强烈的顶灯照亮下也很显眼。

她脸上的微笑消失了，神情忧郁地说："卫心，我失眠，想找个人谈谈!"

"啊!"徐处长关心地说，"夫人，你这段时间为党国操劳，太疲累，最好到杭州去疗养一段时间。"

"疗养?"云中燕显出一种异样的表情，目光停留在徐处长的面孔上。她嘴唇动了动，没有将话说出口，低低地一声叹息。

徐处长迷惑地望着云中燕："夫人，你的身体要紧，我不能为夫人分忧，深感愧疚!"

云中燕用坦率的口气说："毛局长派我到重庆来，至今一事无成，中共地下党是我们可怕的对手。自问，我与日本人打交道，与殷汝耕这些汉奸周旋从没失败过，可是……"

云中燕又一声低叹。

"夫人，胜败兵家常事！孙总理常说，失败乃成功之母。"徐处长慷慨激昂地说，"暂时的失利，算不了什么……"

云中燕焦躁地打断了他的话："我现在不愿听这些话……"

她陡地站起身趿着绣缎拖鞋在室内徘徊了几步，"啪"地关熄了耀眼的顶灯。室内顿时暗淡了一些，几盏壁灯透出蓝色的光芒映照着室内。

云中燕的焦躁很快便过去了，慢慢放缓了脚步。

她在徐处长面前站住："卫心，我刚得到的消息，陈布雷自杀了!"

"啊！有这样的事!"徐处长惊讶地望着云中燕，"陈主任为啥会自杀?"

云中燕没有马上回答，踱回长沙发上坐下："我与人凤通过电话，陈主任给领袖留下一封遗书，说他已油干灯草尽，不能再为党国效力，写得非常悲凉……"

云中燕点燃一支香烟吸了几口，缓缓说："依我看，陈主任的自杀，是与当前的形势有关。陈主任是聪明人，十分敏感，感到大势已去，大厦将倾。唉，梧桐叶落而知秋。据说领袖看过陈主任的遗书后，怒气冲冲将遗书撕毁，后来还流了几滴眼泪。”

徐处长接过话头说：“领袖视陈主任为股肱，在目前这种局势下，所谓乱世见忠臣，理应鞠躬尽瘁，为领袖尽力分忧，现在自杀就是对领袖的背叛。蒋总统发怒是能理解的，为啥为这种人伤感流泪?”

云中燕显得心神不宁，仿佛没有听见徐处长的议论，陡地说：“我钦佩陈主任的勇气，自杀，意味着解脱，毕竟是聪明人啊！他不再为将来担心，一了百了。”

徐处长惊疑地审视云中燕，见她一对妩媚的眼睛里闪着泪花，眼圈也红了。以前云中燕决不像现在这样，不会说这种颓丧的话。陈布雷对前途丧失信心自杀，云中燕不仅不愤慨，反而用赞美艳羡的口气，是十分反常的。

徐处长深知云中燕狡诈狠毒，摸不透她说的是真情，或是假话，只有谨慎地沉默着，没有附和。

云中燕瞥了徐处长一眼：“蒋总统落泪，并非为陈主任的死感到难过悲戚。”

徐处长迷惑地望着云中燕：“那，为啥落泪?”

云中燕犹疑了一下：“卫心，你不是外人，有些事情我可以告诉你。”

云中燕重新换上一支香烟，徐徐喷了一口烟，神情依然沉郁：“前线军事失利尚不是致命打击，而在目前正需要精诚团结，共同对付共产党的时候，我们内部却有些人不识大体，趁机逼蒋总统下台，而共党领袖很巧妙地利用了这种矛盾，除大军压顶外，企图从我们内部进行政治瓦解。蒋总统提出和谈，原想争取时间重新部署兵力，与共军决一雌雄！唉，想不到事与愿违，反而加速了内部人心的涣散，在政治上不好收拾！”

徐处长听到过一些流言，但以为不过是谣传，是共党使用的离间计。听云中燕亲口如此说，他不能不信。他显出愤慨的神态：“夫人，是不是桂系的李宗仁想当总统，要逼蒋总统下台！”

云中燕点了点头。

徐处长不禁骂了一句粗话：“娘的稀匹，李宗仁当了副总统，还想趁危谋夺皇位，真不是个好玩意！”

他凶神恶煞地说：“夫人，蒋总统为啥不暗地干掉他！不信，枪子儿在他身上钻不出一个洞。”

云中燕十分感叹地说：“卫心，蒋总统何尝不想暗地干掉他。可李宗仁不像闻一多、李公朴，是手无寸铁的文化人，他们桂系有人、有枪、有地盘，倘若暗地干掉李宗仁，岂不发生内乱……”

徐处长一声狞笑：“李宗仁真是癞蛤蟆想吃天鹅肉，蒋总统怎会让位！我看，迟早是要收拾他的。”

云中燕摇了摇头：“目前谈何容易！蒋总统已决定引退，让李宗仁代总统！”

徐处长惊跳起来，目不转睛地望着云中燕：“真的？”

他不相信地摇了摇头：“我不相信蒋总统真会引退！”

云中燕缓缓地说：“不管是真引退，还是假引退，人凤在电话里对我说，蒋总统已将引退文告拟好，几天之内就会公布！”

“唉，我们还有这么多人马，收拾桂系绰绰有余，何况我们有美国人支持！蒋总统为啥出此下策！”徐处长怏怏地说。

云中燕一声冷笑：“提起美国人更令人恼火，蒋总统引退，也与美国人有关。美国大使司徒雷登也站在桂系一边，逼蒋总统引退，让位给李宗仁！”

徐处长大吃一惊：“啊，有这种事！美国人为啥要这么干？”

云中燕猛吸了一口烟，轻轻叹息一声：“为啥？墙倒众人推呗！听说美国人还要在最近发表什么白皮书，对蒋总统更不利。蒋总统作出这种决定也是不得已啊！”

徐处长听后，望着云中燕发怔。

云中燕叹口气：“卫心，不谈这些，徒自令人伤感！”

她沉默了一会儿，说：“卫心，我被派到重庆当特派员的日子已经不短，我们难得说几句知心话。”

她的目光变得十分柔和：“卫心，我接到命令，要我马上回南京，另有重要任务，飞机票也订好，后天便要飞走！”

徐卫心很觉意外：“夫人，你怎么能走，目前重庆的形势不稳住，会影响西南几个省的局势。”

云中燕说：“卫心，你放心，蒋总统虽然引退，不过是以退为进的策略，也会作出周密的部署。抗战八年，西南是理想的大后方，我们绝不会随便放弃。……”

云中燕停顿了一下：“你放心，蒋总统等李宗仁干不下去，仍会出山的。万一南京守不住，我们会退守西南。保密局马上会派人来，说不定会由毛局长亲自领导西南的工作。”

徐处长想了想：“夫人，共产党不比日本人，我们打的不是国际战争，而是国共两党的内战，那时能守住西南，现在就……”

他欲言又止，留意云中燕的神色，见她面色平静，才说：“现在要守住西南，可能比那时难啊！”

云中燕点了点头：“我也是这么想，不过谋事在人，成事在天，不能眼睁睁让共党得到天下。宁为玉碎，不为瓦全！徐处长，我走后，望你忠于党国，不成功便成仁，以身报国才不辜负领袖期望。”

徐处长说：“我一定牢记夫人的话，不忘领袖的教导。”

云中燕点头不语。

墙上自鸣钟的嘀嗒声清晰可闻，时针已指到两点。徐处长说：“夫人，你还有什么吩咐没有？”

云中燕将茶几上零乱放着的几张报纸拿过，慢慢翻着：“你看，像高伦这种人，近来到处演说，公开提出要蒋总统下野，接受共产党组织民主联合政府的主张……一些教授、学生也肆无忌惮地发表共党言论。徐处长，你看，我们将怎么办？”

徐处长说：“夫人，你值不得生气！这些人一贯喜欢危言耸听，哗众取宠！……”

他见云中燕脸上显出一副凶相，目光阴森森的，赶忙收住了自己的话：“夫人，我听你的安排。”

云中燕说：“徐处长，我要你捉一批，暗杀几个！”

“啊！”徐处长惊愕地望着云中燕，“夫人，目前和谈气氛这么浓，民气如此高涨，没有证据便捉人，怕会激起民变。前些时日暗杀了闻一多、李公朴，教授和学生将昆明闹得那么不安宁，现在……”

云中燕冷冷一笑，岔断了徐处长的话：“徐处长，岂不闻盛世施行仁政，乱世严刑重罚。证据——他们公开发表亲共言论——古人‘莫须有’也可成为罪名。”

云中燕取出一张名单，起身递到徐处长手中：“我拟了一个名单，该暗杀的人，我在名字头上打了记号，其他人统统抓起来严刑审问，其中必有共产党员！”

徐处长看了看名单，说：“这高伦真该杀掉，不过他早年跟随孙总理，是党国的元老，是不是请示一下领袖为妥？”

云中燕坐回沙发上，脸色一沉：“执行命令。”

她接着补了一句：“我回到南京，一星期之内，要是高伦仍然活着，哼……”

徐处长忙欠身说：“是，一定执行夫人的命令。”

云中燕的表情和缓了一些：“不过，暗杀高伦要干得利落，不要留下把柄！”

“夫人放心，由我亲自安排，保证万无一失。”徐处长说。云中燕点了点头，捂嘴打了一个哈欠。

徐处长起身告辞：“夫人，请你安歇。我马上回去布置！”

云中燕挥手制止：“徐处长，不忙走，我还有话说。”

徐处长坐下，迷惑地望着云中燕。

云中燕亮亮的眼波凝视着徐处长，他避开了她的目光。

“卫心，过来，坐在这里好说话！”云中燕含笑说。

徐处长迟疑了一下，走过来坐在云中燕的身边。

云中燕握住他的手：“卫心，我太寂寞了，留下陪陪我。”

徐处长机械地说：“是，夫人。”

云中燕用伤感的声音说：“我这次回到南京，马上便要到一个海岛上去，也许我们还能见面，也许我们即将永别，再见不着了。”

徐处长想到目前的形势，也有些伤感，云中燕的话，令他异常感动，忍不住捏住她的手：“影心，别这么伤感，我们一定可以见面。”

云中燕柔媚的目光深情地瞥了他一眼：“唉，卫心，我常恨你，到头来，我发现自己是多么地爱你，不能忘记你。卫心，拥抱我，吻我吧，这年头谁知还能活多久！”

云中燕温软的身体偎进他的怀里。他面颊接触到她的卷发，一股幽香令他心醉，不能再自持，忘掉了顾忌，紧紧搂住她，嘴唇合上她灼热的小口。

云中燕动情地频频呼唤：“卫心，卫心……”

二

高伦在中小企业联合会礼堂演讲，到场的除重庆工商界的朋友外，也有不少工人、学生和小市民。座无虚席，连窗口边和过道都站满了人。

高伦在台上越讲越兴奋，听众爆发出一阵阵掌声……

近来，由于和谈的呼声很高，重庆各界冲破长期的言论禁锢，各种集会像雨后春笋般兴起，思想特别活跃。特务们的嚣张气焰在公共场合仿佛有些收敛。

今天他接受傅自昂的邀请，来中小企业联合会讲演。临行之前，他接到一个奇怪的电话，劝他不要出门参加这次演讲会，说是有特务会捣乱，可能会对他下毒手。他问对方是谁，对方在电话里只是含糊地回答，自称是一个关心他的朋友。

高伦一笑置之，因为他常接到特务们的恐吓电话，习以为常，并不感到格外紧张。这个电话，语气虽与那些恐吓电话不同，但高伦也没多考虑，仍然坐着自备的黄包车，由车夫老魏拉着他由两路口高公馆，到了戴家巷附近的会场。

会场上特别平静，平时总有几个特务混在听众中喝倒彩捣乱，今天却不见踪影，可能躲到哪里寻欢作乐去了。高伦感到放心，更把那个忠告他的电话，忘得一干二净。

他在演讲中，号召各界推动国共两党和谈的成功，还指出走第三路线，不过是某些知识分子的幻想，是司徒雷登设计的乌托邦……

高伦说得痛快淋漓，获得一阵又一阵掌声。他讲了两个多小时才结束，不少人上台请他签名留念，还有不少人提出一些不理解的问题，向他请教！他一一满足了这些人的要求。

傅自昂见高伦太累，极力劝止大家让他休息，大家才散去。

“高老，你今天的演讲透辟极了，以后还望你多来给大家讲讲！”傅自昂笑眯眯地说。他们是老朋友，彼此谈话都很随便。

高伦见听众已经散去，礼堂里空荡荡的，他才想起出门前接的那个电话：“傅先生，我今天来前接到一个电话，电话说……”

他将那个电话的内容，向傅自昂说了一遍，最后说：“你看，今天多平静，那些特务慑于人民的力量，不敢再像以前那样捣蛋！”

傅自昂听后半晌不语，隔了一会儿才说：“高老，这个电话不像特务们惯常打的恐吓电话，你看，是不是真正关心你的人打来的。”

傅自昂敏感到这是中共地下党的同志打给高伦的，但他没把自己的猜测完全说出。

高伦点头赞同：“是呀，我也觉奇怪，这电话确实不像往常特务打来的恐吓电话。可是今天很平静……”

傅自昂说：“高老，今天确实平静得出奇，那些捣蛋的特务都不晓得到哪里去了。高老，你还是谨慎提防为好！”

高伦想了想：“傅先生，目前的形势，我想他们不至于……”

傅自昂摇头说：“高老，难说啊，这些人会狗急跳墙。”

“傅先生说得也有理，不过，我手无寸铁，他们要对我下毒手，我防不胜防啊!”

“高老，我看你这段时间深居简出为好！我认为这电话……”

高伦不等傅自昂说完，摇头不悦地说：“不行，在目前民气高涨，斗争如火如荼的时候，我怎能隐居起来？我这次去南京，蒋先生亲自来拜访过我，他说，他确有和谈的诚意，准备下野，要我代向共党疏通……说得十分诚恳，我刚回到重庆不久，怎么会马上对我下毒手呢!”

傅自昂正想再劝说高伦，一个办事人员走过来说：“请高先生到客厅去休息!”

傅自昂也觉这里不便多说，接过话来：“高老，我们今天中午准备了便饭，还有几个工商界的朋友，想与你促膝谈谈。”

“好吧!”高伦迟疑了一下，“让我打个电话给家里，让他们放心。噢，你不晓得，自从接到那个电话，我太太坚决不让我出来，我是犟着出来的。”

高伦给家里打过电话，跟在傅自昂身后步入客厅。

客厅坐着的几个人，都起身招呼：“高老，这里坐。”

高伦一看，都是平时熟识的几个朋友，一一与他们握手，然后与傅自昂并坐在一张双人沙发上。

闲话几句，坐在高伦对面的黄玉庵首先提出自己的疑虑说：“高先生，听说共产党保护工商业，容许民族资产阶级的代表参加联合政府，不知是宣传，还是真心实意要团结民族资产阶级，共同建设中华，振兴中华?”

目前国内的战局急转直下，多少有点见识的人都在考虑自己的前途，中小工商业者大都感到彷徨，无所适从。黄玉庵的亲戚潘上由，已在考虑将资金抽到香港或国外去投资，万一共产党胜利，也好避到香港或国外去当寓公。他劝过黄玉庵，要他将产业卖掉，把资金也转到香港或国外去投资。黄玉庵不比潘上由，目前地产下跌，有钱人谁不怕共产！不仅卖不出好价钱，一时也找不到合适的买主。航业部有十多艘轮船，但都是三十年代的破旧货，国外早已淘汰，又到哪里去寻找买家？要是两年前肯卖给民成公司，一定能卖上好价钱。现在民成公司即使肯买，自己也放不下这个面子。经过这些年的锐意改革，惨淡经营，航业部有了很大的起色，就是在眼下各行各业都不景气的情况下，年年都有结余，如何能轻易放弃！自己不像潘家——当过军阀，打过共产党，虽收一些租谷，但主要还是办实业。他听说共产党保护工商业，心中存有疑虑，万一仅是宣传，那……

黄玉庵提出来的问题，也是在座的几个工商业者关心的问题，因为高伦是有名的国民党左派，与中共的高级干部如周恩来、吴玉章、董必武等都有过接触，并且还有颇深的私交。他们晓得高伦三年前曾到过延安去参观，毛泽东还亲自接见过他，高伦的女儿和女婿都是共产党的干部，对于共产党的政策一定比常人更了解。目前和谈声中，连蒋介石都托他向中共斡旋，高伦与共产党的关系自不同一般。所以大家都想听听高伦的意见。

号称重庆生丝大王的林子材迫不及待催促说："高老，黄先生提出的问题，我们大家都很关心，这里没有外人，也绝不会把你的话外传，你快给我们谈一谈。"

傅自昂也在一旁敦促："高老，你就畅所欲言，不用心有疑虑。"

高伦说："我没有啥疑虑！不过，这样的问题，最好还是由中共朋友讲解最好，我了解得也不深。不过……"

他见林子材要张嘴说话，晓得他要说啥！做了一个制止的动作。他说："不过现在到哪里去找中共朋友来给大家讲解！"

"对呀，到哪里去找中共朋友来跟我们讲解！"林子材说。

高伦在礼堂讲了两个多小时，感到口干舌燥，见茶房送上新泡的盖碗茶，端起喝了几口，咂了咂嘴唇。他缓缓地说："只好根据我的理解来谈谈自己的看法。"

高伦扫视了大家一眼，坦率地说："我看过毛泽东有关这方面的著作《新民主主义论》和《论联合政府》，都论述到保护工商业，团结民族资产阶级的问题，分析精辟，推论严谨，不单纯是宣传。因为我们国家很落后，新民主主义的革命内容，主要是推翻帝、官、封三座大山的统治和压迫，与孙先生提出的三民主义是相近的，不同的是，新民主主义革命要由共产党来领导，也只有共产党才能完成这一历史使命，所以只要承认和服从共产党的领导，民族资产阶级在新中国是仍有其政治地位的。"

黄玉庵点了点头："高老说的想来非假，但是……但是这些政治主张，会不会是毛泽东的权宜之计，在共产党取得政权后，会不会改变？"

他紧皱着眉，显得仍然疑虑不安的样子。

高伦不悦地说："我见过毛泽东，毛泽东的思想非常锐敏，对中国的现状了如指掌，谈吐风趣坦率。远在二十年代，他就写过《中国社会各阶级的分析》，这种政治主张，是一贯性的，绝不是权宜之计。我看，不要听信国民党的歪曲宣传，据我多年的接触，共产党人都是襟怀坦白，光明磊落，不像蒋先生……"

他迟疑了一下："不像蒋先生那么出尔反尔！"

林子材拍了一下膝头："高伦，听君一席话，胜读十年书。你所说的，我信服了。毛泽东确实写过《中国社会各阶级的分析》，我早听朱佳富谈过，团结民族资产阶级，是毛泽东一贯的主张。"

黄玉庵瞥了一眼林子材，抽着香烟不语。

客厅内的气氛越来越活跃，他们又提出其他的问题，高伦将他所知的，都一一谈给大家听。

他们忘了时间，要不是一个干事进来催促去吃午餐，还会热烈谈论下去。

大家都没喝酒，午餐很快便吃完了。黄玉庵还有些疑难问题，想向高伦求教，提议说："高老，再到客厅坐会。"

高伦点了点头，适逢一位干事来说："高老，电话！"

高伦接完电话回来，向傅自昂他们告辞说："适才我太太来电话，说她心神不宁，叫我不要在外耽搁，早点回家。"

他脸露笑意，摇了摇头："我太太呀……"

傅自昂打趣说："越老越离不开，真不愧模范夫妻！"

黄玉庵不便再留："高老，我们改天再谈！"

高伦说："欢迎你们有空到舍下摆龙门阵。"

"老魏，老魏！"高伦大声叫黄包车车夫。

傅自昂说："高老，你稍等一会儿，我打电话借部小轿车送你回家，比坐黄包车安全！还是谨慎一些好。"

高伦摇了摇手："不用，不用，要坐小轿车我打个电话给民成公司就行。傅先生，他们倘若真要动手，坐啥交通工具也不安全。以前在广州，我亲见廖仲凯先生在中央党部门口被枪杀，廖先生是坐小轿车去的呀！除非我马上化装离开重庆，躲到深山古刹去出家当和尚，不过问政治，才可以安全。可是，我高伦从在东京参加同盟会，跟孙先生闹革命起，一天也没离开过政治旋涡，还不是活到今朝！"

老魏来了。高伦一拱手："诸位再见！"

傅自昂听高伦说得也有道理，不便再劝说。他与黄玉庵他们一起将高伦送到大门口。

林子材等高伦坐上黄包车，关心说："高老，这几天你还是少外出为好！"

高伦气度轩昂地说："不怕，为人民利益而死，便是死得其所！"

他不觉将他从毛泽东著作上看到的话，也挂上嘴边。

老魏拉着黄包车走了几步，高伦还回过头向傅自昂他们招手，微笑说："人生自古谁无死，留取丹心照汗青！"

黄包车去远了，在微风中，高伦一头银白色的头发在飘动。

傅自昂不觉赞叹："你看，高老鹤发童颜，英姿不减当年，难得，难得！"

连黄玉庵也点头附和："对，高老的精神还是这么矍铄，老当益壮！"

三

老魏拉着黄包车，快步如飞，一会儿便拉过胜利大厦，拉过七星岗天主堂；这里到通远门是一个长长的陡坡，他慢慢放缓脚步，发出粗大的鼻息声往上拉。

高伦见老魏拉得十分吃力，用脚踩了踩铃铛："老魏，停住，让我下车走过这个陡坡再坐。"

老魏捞过车把系的毛巾，揩了一把脸上的汗："高老，不要紧，这坡算不了啥，我拉你上去并不费力！"

他边说边拉，没有停下脚步。

一辆吉普车从陡坡上往下驶来，老魏忙靠近人行道避让，陡地听见几声"砰砰"的枪响，他站住转头看是啥事！见高伦捂着前胸，一股殷红的鲜血从胸部往外喷。

老魏吓呆了，惊惶问："高参议，你……"

高伦猛地站起身跳下黄包车："老魏，快看清吉普车的号码……"他捂着胸往前追了几步，终于无力地倒在血泊中。

老魏这时方悟到刚才挨近黄包车驶过的吉普车上，有人开枪向高伦射击。他想记下吉普车的车号，可是早看不见吉普车的踪影了。

老魏丢下车把，上前想扶起高伦："高参议，要不要紧？"

高伦仍用一只手捂住胸前的伤口，双目紧闭，脸上现出死灰色。

看热闹的行人顿时围了拢来，都明白发生了什么事情！七嘴八舌地议论着，询问着。

老魏扶住高伦，他身上也染上了血迹，手足失措地不断地喊叫："高参议，高参议……"

一个围观的热心人，急声说："快，将他拉到医院去急救！"说着帮助老魏将高伦抬上黄包车，坐在旁边扶住他。

老魏使尽全身力气，将高伦拉到近处的广仁医院……

经过抢救，高伦依然处于昏迷状态，医生说，虽没伤着心脏，但胸腔充血过多，生命十分危险。

高太太接到电话，正好朱佳富在家，由他陪同，用小轿车将高太太送到广仁医院。

这时，广仁医院门前已拥满人，阻塞了交通。他们都是闻讯自动赶来的民众和新闻记者，争先恐后要求进去探望高伦。

广仁医院早紧闭着大门，经过一番争议，只放进几个新闻记者和社会上的名人，其他人都被挡在大门外。

群情激愤，许多人痛哭失声，怒斥国民党当局纵容特务行凶，小轿车受阻，朱佳富下车大声说："请大家让一让，高先生的太太来了！"

这话果真见效，拥挤的民众，立刻让出一条汽车道来，小轿车缓缓驶到医院大门停下。

高太太已泪痕满面，进了医院大门就由护士带领着向病房奔去。朱佳富放快脚步才能跟上。

听到哭声，在病床旁站着探视的几个人回过头来，大都认识高太太，立刻让开。

高太太踉跄扑到高伦身旁："老头子，你怎样了？"

高伦仰卧在病床上，面色惨白，双目紧闭，呼吸微弱，听不见高太太的呼唤。

高太太抚摸着高伦的面颊，失声抽泣起来。

傅自昂走过来劝解："高太太，不用过分伤心，医生说，可以抢救，还有一线希望。"

高太太止住了哭泣，像不认识傅自昂似的，呆呆地望着他。

半晌，高太太陡地站起身，回头对朱佳富说："我要去找市长杨森，我要去南京找蒋先生，问问他们：高伦青年时便追随孙先生，革命一辈子，为国家民族的复兴奔波尽力，为啥要置他于死地？"

朱佳富见高太太身体摇摇晃晃，站立不稳，急忙上前扶住："伯母，你冷静一些，目前抢救高伯要紧。"

一个医生上前："你是高老的太太吗？"

高太太机械地点了点头。

“高老的伤势很严重，马上要动手术，手术中很危险，请你签字！”医生递上一张手术单，指了指签字的地方。

高太太签字后，落泪央求医生说：“医生，我求求你，你要救活他，你要救活他呀！”

她凄楚的声音，连医生的眼睛也湿润了。

那个医生说：“高太太，你放心，我们都敬佩高老的为人，救死扶伤是医生的责任，我是留德的胸外科专家，会竭尽全力挽救高老的生命，不过……”

他不再说下去了。高太太从医生的目光中已感到不祥的征兆，捂住脸哭叫着：“老头子，你不能抛下我呀！你……”

高伦被抬上担架，送进手术室。高太太这时反而十分安静，由朱佳富陪着坐在手术室外面的硬木长椅上，呆呆地凝视着地面。

手术在进行……

室外几个新闻记者在焦急地等候消息。傅自昂和几个工商界的朋友不安地徘徊，不住地看手表。

一个护士过来问：“哪位是朱佳富先生？”

朱佳富忙应声：“小姐，有啥事？”

护士瞥了他一眼：“你家中打电话来了，请你接电话！”

朱佳富跟在护士身后走了。在这样的时刻，杨宝瑜不会随便打电话找他，一定有啥急事。他十分迷惑，猜不出发生了什么事情！

一会儿，朱佳富接过电话回来了。他神情不安，走到高太太面前，心中犹豫。

高太太问：“佳富，朱太太打电话有啥事？”

朱佳富吞吞吐吐地说：“宝瑜……她在电话中说，阿弟杨宝生失踪了——是美专一位老师特地告诉她的——她急得很！”

“啊！有这样的事！”高太太不觉一惊，“看这些狗特务横行到几时！”

她见朱佳富显出为难的样子，说：“你快去吧，朱太太不晓得急成啥样！”

朱佳富仍有些犹豫，见高太太此时情绪比较正常，说：“伯母，我回去一趟马上便返回！”

高太太点了点头。

朱佳富向傅自昂关照了几句，匆匆走了。

手术室的门开了，医生走了出来，显出疲累的神态，边走边取口罩。

高太太迎上前："医生，怎么样哪？"声音十分焦急。

医生脸上满布阴郁，说了一句："我已尽到最大的努力哪！"他不愿多说，匆匆走了。

高太太从医生的神态中，已感到不祥，她不顾一切地想奔进手术室，这时手术室的门敞开，一副担架将高伦的尸体抬出来，脸上罩着一块大纱布。

高太太惊呼了一声："高参议，你……你为啥丢下我不声不响地走了？"

傅自昂和几个人上前护住她，怕她会晕倒。

高太太怔怔地站在那里，没有泪水，没有哭声，两眼直直地目送着高伦的尸体被抬走，在转角处消失。

高太太失魂落魄般呆站在那里。傅自昂叫来了两个护士，要她们扶住高太太往外走。

高太太听随护士扶着走了几步，蓦地挣脱大声呼叫："我要去找杨森！我要去找蒋先生！哈哈，杀，杀，杀，你们是杀不绝的！"

她一阵狂笑："我要去找周恩来先生，要他们替高参议报仇，我的满儿呀，你爸爸死得好惨！哈哈……"

她不顾一切往外奔，两个护士好不容易才将她拉住。她这时突然大声号哭起来……

四

一波未平，一波又起，重庆发生了大搜捕。一些进步的教授和学生失踪的失踪，公开拘捕的公开拘捕。杨宝生便是失踪的教师之一。

杨宝瑜听到消息后，泪流满面地跪在圣像前："啊，全能的主啊，我对你是那么虔诚，你保佑宝生安全无恙吧！我不能失掉他，他是我生活的支柱。啊，主啊，全能的主……"

她失声痛哭起来。

汪嫂眼见大院内，高家和朱家都出了事，朱先生陪高太太走了，大院内已没有一个能拿主意的人。她提醒杨宝瑜："太太，是不是打电话去请朱先生回来！"

杨宝瑜离开圣像前，失去了主意，只是落着泪在卧室内徘徊。

汪嫂又将刚才说的话重说了一遍。

杨宝瑜方才听明白似的，她查出广仁医院的电话号码，给朱佳富打通了电话。

朱佳富匆匆赶回，汪嫂迎面碰见，反身急步先去报信："太太，好了，朱先生回来了。"

杨宝瑜这时才感到一个男人的分量，她像获得救星似的，边用手绢揩泪边迎到门边："佳富，宝生……他……"

她捂住嘴"哇"地哭出声来。

杨宝瑜因为朱佳富向她隐瞒了春燕的事，对他十分反感，虽没公开争吵，但一直貌合神离，对他十分淡漠。朱佳富见杨宝瑜焦急悲戚的面容，对他怀着希望的目光，不禁为之感动："亲爱的，不急，不急……"

他安慰她说："亲爱的，事情没弄清之前，不用焦急悲伤。也许……宝生到哪儿写生、旅游去了!"

杨宝瑜闪着泪光，摇头说："不可能。宝生要去哪儿，都会告诉我。"

朱佳富沉思一会儿，说："宝瑜，高参议被人刺杀，目前在广仁医院抢救，尚不知死活。看来，国民党当局真的狗急跳墙，啥事也能干出！宝生……他……"

朱佳富犹豫了一下："宝瑜，我马上出去托朋友打听宝生的下落。"

杨宝瑜说："佳富，你快去快回，我经受不了这种打击，我……"

她眼里的泪珠簌簌往下淌，哽咽住了。

"亲爱的，我尽快打听好，也尽快回来。"朱佳富掏出手绢，给她拭泪……

杨宝瑜眼见朱佳富匆匆走了。她焦灼不安地在室内徘徊，时而坐在床沿上，望着五斗橱上摆着的相框，相框里镶着她与宝生的合影。她忍不住起身将相框拿过来贴在自己的胸前，声音颤抖，喃喃不清地自言自语："啊，宝生，愿上帝保佑你安然无恙。啊，上帝……多可怕啊！……"

高太太回到了高公馆，许多吊唁的亲朋已赶来，公馆内传来一片啼哭的声音。汪嫂告诉杨宝瑜，高参议抢救无效，死在手术台上。

杨宝瑜很敬重高伦的为人，两家相邻，她与高太太往来一直很亲密，这时不去慰问高太太，吊唁死者，帮助她招待宾客，实在说不过去。

杨宝瑜强忍住自己对宝生命运的担忧，振作起精神，去了高家。

高太太已听到杨宝瑜阿弟失踪的消息，见她心神不宁，反而安慰她说："朱太太，我这里有人料理，我晓得你家也出了事，自去打探，忙你的事去吧!"

高太太催促再三，杨宝瑜才离开高家，回到自己家中。

她进门便问："汪嫂，朱先生回来没有?"

汪嫂说："朱先生没回！"

"电话呢！"杨宝瑜心急地问。

"朱先生没来过电话，刚才李牧师打了一个电话来。"

杨宝瑜听汪嫂说李约瑟来过电话，才想起李约瑟曾约她，今天下午一同到七星岗福音堂去参加美川美教友会举行的宗教仪式。

她看了看天色，见太阳已西沉，暮霭四起，宗教仪式早举行过了。她问："李牧师在电话里怎样说？"

汪嫂说："啥子教友会……还说，要你有空去他那儿谈啥事！"

杨宝瑜"唔"了一声，没有再问，恹恹地进入客厅，坐在沙发上发怔。

天黑定了，客厅里没开灯，杨宝瑜仍坐在沙发上一动不动。

一阵脚步响，汪嫂跨进客厅扭亮顶灯，炫目的灯光使杨宝瑜从沉思中醒悟过来，身子动了动。

"太太，是现在开饭，还是等朱先生回来再开？"汪嫂问。

"我不饿！"杨宝瑜摇了摇头。

汪嫂晓得杨宝瑜的脾气，没再说，想伸手关灯退出。

杨宝瑜说："不用关灯！"

汪嫂缩回手："是，太太。"汪嫂掩上客厅门走了。

杨宝瑜缓缓站起身来，望着墙上的自鸣钟凝神沉思。朱佳富这时还没回来，她暗暗感到愠怒，平时对朱佳富的不满，一齐涌上心头。她认为朱佳富借口事务繁忙，对她显得漠不关心。现在发生了这么重大的事情，谁晓得他到哪里去了，说不定在小蝴蝶那里忘记了一切——几年前小报登载的那件事，她一直耿耿于怀——李牧师那张对宗教十分庄穆而虔诚的面孔，陡地在她心上浮动。

她想，宝生失踪的这件事，何不求李牧师去打听！李牧师不仅与各国驻重庆的领事熟识，与国民党上层人物也有交往。托他打听到宝生的下落，要是真被特务机关秘密逮捕，还可以托他说情开释……

杨宝瑜推开客厅门大声喊："汪嫂，汪嫂……"

汪嫂在远处答应，响着快步来了，问："太太，是不是开饭？"

"不。"杨宝瑜说，"到门口去替我叫一辆黄包车，我马上去七星岗福音堂！"

汪嫂惊诧地望着杨宝瑜，这个时候还去福音堂是罕见的。她嘴唇动了动，没有说啥，回答说："太太，我马上去叫黄包车！"

杨宝瑜准备停妥，汪嫂已回来说：“太太，叫的黄包车已等在大门口。”

杨宝瑜走到台阶前，回头吩咐：“汪嫂，朱先生回来，你告诉他一声，我到福音堂去，一会儿便回来。”

汪嫂回答：“是，太太。”

杨宝瑜走后，汪嫂眼见家中无事，高公馆灯火明亮，往来的人影憧憧，宾客走了一批又来一批，断断续续传来啜泣的哭声，她忍不住顺着砖铺路走到高家看热闹。

年轻的何嫂前些时辞工走了，黄妈忙得团团转，已多时不找汪嫂闲谈，现时高家出了事，虽然来了几个帮忙的亲眷，但对高家的情况不熟悉，这里在叫：“黄妈，茶叶放在哪里？”那里在喊：“黄妈，来一下！”

汪嫂见黄妈太忙，在高家门口站了一会儿，又沿着砖铺路回到朱家。朱佳富已回家来了，在大声喊：“汪嫂，汪嫂……”

半晌没人应声，厨师只好上前承应：“朱先生，啥事？汪嫂这婆娘大概到高家去了。”

“太太呢？”

厨师答复不出，朱佳富不悦地说：“我连晚饭也没吃，她们到哪里去啰？”

汪嫂听到朱佳富的声音，忙加快脚步走进大门。

“汪嫂来了。”厨师先看见汪嫂，“快点，朱先生问，太太到哪里去了？”

汪嫂说：“朱先生，太太到七星岗福音堂去啰！”

“七星岗福音堂……”朱佳富心中十分厌恶李约瑟，对杨宝瑜经常去那里十分反感，但在用人面前不便说啥。

“汪嫂，朱先生还没吃晚饭，我去炒菜，你摆碗筷。”厨师回厨房去了。

汪嫂摆好了碗筷，听见厨房传来勺子敲锅边的声音，催她去端菜。汪嫂慌忙地答应：“来了，龟儿做事真麻利。”

汪嫂侍候朱佳富吃完饭，收过碗筷，抹净了桌子，杨宝瑜回来了。

朱佳富问：“太太，你到李牧师那里去干啥？”

杨宝瑜瞥了一眼：“我看你出去半天不回，谁知你是不是去舞厅会小蝴蝶去了！我只好去托李牧师打听宝生的消息。宝生……”

杨宝瑜用手绢捂住发酸的鼻子，眼里又闪着亮晶晶的泪光。

朱佳富出去跑了许多地方，都打探不到宝生的确切消息。像这类事情都是特务悄悄干的，保密局自成系统，直接受蒋介石指挥，朱佳富素来忌讳与特字号的人物交往，认识的人多是政界官员，或是与政界有联系的工商界人士。他们都不知情，只答应代为打听。他晓得杨宝瑜对宝生手足情深，他想打听出下落，以免她焦心难过，所以多跑了几个地方，连喘息的时间也没得。

他听杨宝瑜如此责怪，心中十分恼火，但见她忧心如焚的神态，顿时心平气和，将火气压下去了。他瞟了一眼站在一旁的汪嫂，汪嫂明白朱佳富的意思，悄悄退了出去。

“宝瑜，坐下歇歇，慢慢谈！”朱佳富扶杨宝瑜坐下，自己挨着她也坐下。

他用手托了托眼镜框，一脸委屈的表情：“太太，你冤枉人真不要本钱。有关小蝴蝶那件事，我是无辜受人中伤，你还放在心上？真是……”

他皱了皱眉，一声叹息。

“算了，太太，不谈这些。”朱佳富说，“我今天从出门跑到现在，可说‘马不停蹄’，找过杨市长，找过警备司令刘雨卿，还托几个工商界的朋友帮忙打探，薛习永正好来重庆，我又托他代我打听……太太，隔几天总有一处有回音，你就放宽心！倘若宝生真是被保密局的人抓去，他们都答应代为疏通说情，不久也可以放回。”

杨宝瑜哽咽说：“隔几天才有回音！我真是心中如焚。阿爸新逝，灵柩还暂存在教堂的墓地里，等待我们运回杭州安葬。目前阿弟倘若有啥长短，叫我如何……”她实在说不下去，泪水将手绢浸得透湿。

朱佳富轻声细语，话说了几箩筐，好不容易才劝慰杨宝瑜止住了哭泣。

深夜了，从高公馆不时传来哭泣的声音。他已知道高伦在抢救中死在手术台上，因为他与高家的关系不同一般，按理要去吊唁和帮忙料理一些事情。

朱佳富说：“宝瑜，你歇息，我去高家看看就回来。唉，在和谈声中，想不到他们竟敢冒天下之大不韪，刺杀高伦这样的国民党元老。今天我听说，失踪的人，不止宝生一个……”

杨宝瑜擦干眼泪说：“高伯令人敬重，高伯母待我们亲如子侄，你是该去帮忙才对。”

朱佳富犹豫没走，怕丢下杨宝瑜会令她更不高兴，听她如此说，才放心过高家那边去了。

等朱佳富走后，杨宝瑜关熄了电灯，独自凝坐在沙发上发呆。自鸣钟嘀嗒、嘀嗒的声响，听起来比往时沉重。

第三十章

一

朱佳富在总经理室心神不宁地来回踱步，近来发生的一连串事件，令他焦躁不安。

高伦被暗杀，许多进步人士失踪，给山城上空罩上了恐怖的阴影。蒋介石引退，李宗仁出任代总统。李宗仁发出的释放政治犯的命令，不过一纸空文，保密局的特务不理不睬，依然听蒋介石在浙江奉化乡间遥控。大家高兴一阵之后，接着都深感失望。恐怖的气氛更浓了。

徐州战役，共产党取得了胜利，正积极准备百万雄师过大江，解放南京只是朝夕的事。国民党的一些要人，虽然强装镇定，天天发表什么长江天险、江防固若金汤之类的话，但稍有头脑的人，都晓得这些不过是骗人的假话。陆祖福最近从南京来电话说，南京政府正暗地准备迁广州，几批先遣人员已离开南京，去广州打前站去了。文人内阁换上了武将，阎锡山出任行政院长，大有背水一战的样子，其实也色厉内荏，随时准备逃跑。国民党上层，个个恐慌万状，都在考虑自己的退路。

民成公司往何处去？如何应变？成了最新的课题。陆祖福要求朱佳富坚守重庆，他则准备跟随南京政府到广州，不得已时，将去香港。从加拿大定造的十二艘船舶，除两艘最先出厂，适合川江航行的客轮早开回重庆投入营运外，其他轮船，都暂留香港锚泊。

朱佳富前几天，收到薛习永带来的两封信，一封是孔令俊写给他的，劝他跟随他们去美；一封是陈继思夫妇从美国长岛寄来的信，也是相同的意思。

朱佳富与孔令俊在抗日中，曾有过一段交往，私交不错。陈继思与孔令仪能结成夫妇，朱佳富提供了很大的帮助，陈继思夫妇至今与他书信不断，每次来信都流露出感激的情意。

有孔家这样的靠山，去美，对他有很大的诱惑力。

他对共产党并不感到十分害怕；对于保护工商业的政策，他是理解的；从经济学的观点分析，他相信共产党的这一政策是真实可信的。

令朱佳富恼火的是，陆祖福自己去广州，可进可退；进可以回重庆，退可以去香港，甚至去国外；却叫他坚守重庆，丢下这么大一个摊子叫他撑持！

朱佳富自问对于民成公司的发展，贡献不小，但至今还是主任秘书，虽代行总经理职权，在名义上反不如董绍孙，连个副总经理的职位也没捞到。显然，陆祖福虽然重用他，但一直对他存着戒心。特别在近来处理公司的一些事，事事有人掣肘，气氛十分不对。他是异常精明敏感的人，已感觉到陆祖福虽远在南京，仍牢牢地控制着公司的领导权，没有陆祖福的“尚方宝剑”，他连一个人也调不动，一文额外的钱也不能支取。实际上，目前他这位代行总经理职权的主任秘书，不过是陆祖福的高级谋士而已。朱佳富为此感到十分不满和愤慨，心情异常矛盾。

他回想这十多年的经历，自英国留学归来，充满自信，想用自己所学的知识，为振兴实业，作出一番事业。在涪陵公司，在民成公司，他真的做出了成效。自己由一名两袖清风的寒士，有了目前的地位，也非易事。他在长江边长大，受过民族文化的熏陶，有一颗爱国心，眷念故土的心情是很强烈的。现在，一旦要他作出决定，离开生他、养他的祖国大地，远奔美国去当侨民，他怎么也作不出这个决断！

留下，前途也吉凶未卜。据他的理解，共产党对知识分子的政策，有过多次起伏摇摆，会不会重用他，让他施展自己的抱负，还是未知。

想到这些，素以足智多谋，有胆识自诩的他，感到焦灼，感到迷惘。

朱佳富在室内踱了一阵方步，想来想去，仍然得不出一个结论。他轻轻叹息了一声，在办公桌前坐下，心不在焉地翻了翻桌上待批的文件，心烦意乱，连一个字也没看进。烟缸里的烟蒂，已盛了半缸，手指间一支燃着的香烟正袅袅冒着青烟。

听到拍门声，他转过头去，进门的茶房通报说：“朱先生，薛习永先生来了。”

朱佳富一怔，薛习永从没到公司找过他，他有些意外。他强振作起精神，说：“请，请薛先生进来。”

茶房刚转身，朱佳富改口说：“我亲自去迎接他。”

他跨出总经理室，走完一个过道，迎面看见薛习永笑盈盈地站在那里，忙加快脚步上前握住他的手：“薛先生，这几天我的事务多，没去看你，劳步亲来，实在不敢当。”

薛习永是江浙财团中的老资格，头发已经花白，目前仍掌管招商局的权，以前他是民成公司强劲的竞争对手，现在放下架子亲来民成公司拜望朱佳富，公司里路过的几个高级职员，都停住步，惊诧地望着他们。

薛习永亲昵地拖住朱佳富的手，边走边说：“朱先生，我去你家中扑了空，所以来这里拜访你!”

他俩携着手并肩走进总经理室。

朱佳富等茶房敬上烟茶退出后，关上了总经理室的房门。

薛习永没有取厅里的香烟，自己掏出一支吕宋雪茄烟，切去烟头，扭燃打火机点上，吧了几口，徐徐喷着烟雾：“朱先生，我来这里，有两件事。”

朱佳富客气地说：“请薛先生赐教!”

薛习永取下嘴上的雪茄烟夹在指间：“你托我打听的事情，已经有了确信。”

朱佳富眼睛一亮，迫不及待地问：“薛先生，敝内弟杨宝生现在哪里?”因为不久前，他曾托过薛习永打听宝生的下落。

薛习永说：“黑名单上确实有令内弟杨宝生的名字，可是保密局的人没捉住他，让他警觉逃跑了。”

朱佳富不觉喜形于色：“薛先生，这消息可不可靠?”

“当然可靠!”薛习永加重语气说。

朱佳富托许多人打听杨宝生的消息，陆续都有了回音，这些回音互相矛盾。有人说，杨宝生被关进了歌乐山军统的监牢里；有人说，那次捉去的人，当晚就装进麻袋里扔进了嘉陵江，杨宝生早喂了鱼……

朱佳富一直将这些消息隐瞒住杨宝瑜，怕她经受不起这种打击。杨宝瑜眼看这么久得不到杨宝生的确信，怪他不尽力，他也只好听之。刚才薛习永说的消息，从没听人说过，这是一个可喜的消息，令他感到兴奋。

朱佳富晓得薛习永与戴笠是同乡，戴笠虽死，军统的骨干大都是戴笠的同乡，薛习永肯定也熟识；因此，他认为这消息是十分可靠的。

朱佳富脸上的笑容陡地消失，眉头皱了皱，沉吟说：“逃走，他逃到哪里去了？为啥不给家中来个信……”

薛习永依然笑眯眯地望着朱佳富：“朱先生，令内弟逃到哪里去了，军统的人也正在寻求这个答案。不过，我得的信息，你可以确信无疑。”

朱佳富怕薛习永多心，忙说：“薛先生打听的消息，哪会错？我不过想，能给家中来封信，也好让他阿姊放心。薛先生，你不知道，敝内把她的阿弟看得比我还贵重呢!”

“棠棣情深，可贵啊!”薛习永说，“贵夫人的令尊，早年与我有过交往。抗战胜利那年，在一次宴会上见过面，想不到如今已成古人。刚才我去你家拜访，贵夫人留我稍坐了一会儿，据贵夫人说，令岳的尸骨如今还没送回杭州安葬。朱先生，目前的形势，还是趁长江还畅通，送回杭州安葬为好，否则……”

他说到这里吧了吧雪茄，快熄灭的烟头又冒出青烟。

朱佳富愁眉苦脸地说：“薛先生，我一直抽不出时间送敝岳的灵柩回杭州安葬，升天者不宁，我们也不安。你说得很有道理，目前的战局很难说，倘若国共双方，以长江为界，形成拉锯战，那，长江的航运就会长期中断……不过也不要紧，可以用汽车从陆路上送回杭州，只是麻烦得多。关键是我抽不开身，不知延宕到啥时候呢！”

薛习永说：“朱先生，你抽不开身不要紧，由朱太太送去，乘你们公司的轮船，照应自不成问题，到上海后，有董绍孙先生在沪，派部汽车送到杭州就行了。令岳是六合塔边的富翁，故旧很多，安葬的一切事宜自会有人料理！”

朱佳富点了点头：“薛先生，说得也对。不过，我与敝内，从未长时期分离过，当此乱世，让她独自远行，我心中难安。”

薛习永说：“啊！原来如此。伉俪情深，伉俪情深啊！”

朱佳富指了指茶几上的茶碗：“请薛先生喝茶！”

薛习永将雪茄烟蒂放在烟缸上，端起茶碗品了一口茶。

“朱先生，孔二小姐和孔大小姐夫妇给你的信，建议你去美国，他们一定要为你安排一切。像朱先生这样的人品学问，有孔家这样的豪富为后盾，在美国大有可为。不知朱先生考虑好没有？我近几天便要飞上海，孔氏姊妹等你的回信呢！”

朱佳富“啊”了一声，半晌才缓缓说：“薛先生，孔氏姊妹的好意，我十分感激。目前……陆先生和董先生不在重庆，民成公司应变的担子落在我一人肩上。佳富对陆先生知遇之恩未报，我怎好撂下这副重担远走高飞去美？”朱佳富半真半假地说。

薛习永哈哈一笑：“朱先生，谈啥知遇之恩！像你这样的人品学问，对民成公司的贡献有目共睹；但你一直是主任秘书，连个副总经理的头衔都没有给你！陆先生对你薄幸如此，何恩、何德于你？知情人都为你感到愤愤不平呢！”

朱佳富刚才还想过这个问题，骤然被薛习永一语道破，击中要害，顿时神色改变，面上的笑意也消失了。

这只是瞬间的事，但他的脸色很快恢复了正常，淡淡地说：“这不是陆先生之过，我不在乎名分的高低，只要有实际工作可做，比挂一个虚名好！”

面对薛习永这样狡狯强劲的对手，他不愿让人窥破自己心底的秘密，故意蕴而不露，没有谈出真心话。

薛习永一直细心观察着朱佳富的表情，瞬间闪过的变化，也没逃过他敏锐的目光。

“朱先生，抗战初期，我就劝过你，要是你肯跟着庸之干事，不仅会腰缠万贯，至少也比一个主任秘书的职衔要大得多！”他见朱佳富要辩解，立刻转换话题，“这些都是过去了的事情，谈也无益。朱先生，目前你要拿出决断，机不可失。孔家一直看中你的才干，在美国的家业，需要你这种人去经营管理。”

他见朱佳富并不动容，接着说：“朱先生倘若不愿在庸之手下干事，人各有志，也不可勉强。不过，现在形势很不妙，蒋先生早已在暗自布置自己的退路。共产党来了，像朱先生这种资产阶级的知识分子，他们未必会重用你。许多人想去美，都苦无路子，朱先生有这么好的机会，还迟疑不决，实在令人费解。”

朱佳富觉得薛习永的话，并非全无可取之处，皱着眉说：“薛先生，不谈民成公司，敝岳父遗留下的工厂、企业，现在都由我代为经营，怎能丢下这些，一走了之！”

薛习永轻蔑地说：“朱先生，恕我说句不客气的话，你舍不得几家设备陈旧的破烂工厂，比起去美的灿烂前程来，实在可笑。并且你还可以变卖成美钞、黄金，将你的流动资金加在一起，由我代你存入美国银行。倘若不去美，随时都可将存款抽回，可进可退，万无一失。朱先生，狡兔犹有三窟，怎忘了这点道理?”

朱佳富默默无言，只是抽烟。

半晌，他犹疑地说：“薛先生，你回上海时，请向孔二小姐致意，谢谢她姊妹俩对我的关心。孔令仪夫妇的来信，我自会回信给他们。至于我去不去美，关系重大，待我三思，再作决定。”

薛习永点了点头：“朱先生三思而行也可以，不过形势逼人，解放军随时都有渡江的可能，万一国际交通阻绝，想去也不成了。”

朱佳富晓得薛习永知道的事情多，故意说：“薛先生，自古长江天险，报上也天天说，江防固若金汤，有战舰，有飞机，还有两百多万军队可以坚守，解放军未必能渡过长江！”他想引起薛习永说点内情出来。

薛习永笑了笑说：“朱先生不是外人，我说话不避忌。你不要听信那些瞎吹，什么江防固若金汤，全是鬼话。你想长江绵延数千里，防线这么长，有多少战舰、飞机？现在解放军的实力早超过我们，他们要渡江，随时都可以渡过来。许多达官贵人，都暗地在准备退路，将黄金、美钞纷纷存入外国银行。现在是一等人去美国，二等人去香港，三等人去台湾，四等人没去处，只好硬挺着等共产党来斗争清算。”

朱佳富觉得薛习永谈的没有啥新内容，沉思一下后问：“蒋总统最近亲来重庆几次，许多人都说，将来国府会迁到西南来，不知是真是假？”

薛习永摇头说：“国府怎会搬迁到西南来！四川的地方实力派伤透蒋先生的脑筋，这些川耗子真是……”

他蓦地想到面前的朱佳富是土生土长的四川人，说溜了嘴，有点当着和尚骂秃头的味道，陡地刹住话头，停顿一下，才继续说：“再说，共产党的陆军勇猛善战，我们如何守得住西南？蒋先生的意思，是想留下大量人马在西南大山里打游击，等待世界局势的变化，倘若苏美矛盾进一步激化，爆发第三次世界大战，美国在亚洲就非支持蒋先生不可。有美军直接参战，哼，共产党那点兵力……”

朱佳富看了看薛习永，问：“照你说来，蒋总统只好下海躲到台湾去啰。共产党没有海军和空军，有海洋当屏障，自然保险。”

“朱先生说得对，国府目前正在迁广州，就是这个意思。万一共军追逼，逃往香港和台湾都比较方便，美国海军也好支援。”薛习永说。

一时无话，朱佳富抽烟，薛习永喝茶。

半晌，薛习永起身告辞：“朱先生，去美之事，你考虑好了，可以立即通知我，不久，我还会回重庆暂住一些时候。”

朱佳富客气了几句：“薛先生坐哪班飞机去上海，我去机场送行！”

“不用客气。”薛习永辞谢说。

朱佳富送薛习永到大门口。薛习永是自坐汽车来的，握别之后钻进汽车，汽车屁股留下一缕青烟开走了。

二

高太太被刘家接回大邑去暂住，高公馆只留下老姜照看房屋，黄妈随侍高太太走了。

杨宝瑜性情古怪，不喜交游，平时就比较爱静，高太太一走，更显得异常冷清。

杨宝生的失踪，给杨宝瑜的刺激很大，让杨宝瑜更沉默寡言，喜欢独自沉思，阴郁的影子常在她心间徘徊。

今天薛习永来拜访朱佳富，适逢朱佳富不在家，杨宝瑜听到浙江乡音格外亲切，留他在客厅内稍坐了一会儿，谈说起来，才知道薛习永与自己的父亲是故交。薛习永听说杨老先生的灵柩还没运回杭州安葬，主动出主意说："朱先生事务繁忙也是实情，杨小姐为何不自己送灵柩回杭州安葬，目前交通方便，以后局势的变化就难说了。"

薛习永因急于找到朱佳富，连宝生的消息也忘了告诉杨宝瑜，就匆匆告辞走了。

以前，杨宝瑜虽然催促过朱佳富，陪同自己送父亲的灵柩回杭州安葬，但从未想到过自己单独送父亲的灵柩回杭州。

薛习永走后，送父亲灵柩回杭州的事，一直在心上萦回。她喃喃自语说："啊，上帝，要靠朱佳富陪同我送先父灵柩回杭州，不知要等到哪一天？现在宝生下落不明，看来凶多吉少，剩下我一人，多么孤独！上帝，请赋我以勇气，我要单独送父亲的灵柩回杭州安葬……"

提到杭州，唤起了她多少美好的回忆：灵隐寺的钟声，西子湖边柳枝上黄莺的鸣啭，六合塔上风铃清脆的叮当声，钱塘江潮的咆哮……从她心头，生出一股游子思归的强烈情绪。

近来她不大回忆冷泉边的往事，因为对朱佳富的失望，这些回忆会给她带来怅惘和苦涩，令她像坠入无底深渊，感到眼前一片空虚。

客厅内的电话铃声响过几遍，不晓得汪嫂到哪里去了，无人接电话。

杨宝瑜只好自己去接，猜想是朱佳富打来的，一定又是告诉家中，他太忙，不回家吃晚饭，可能要晚些才能回家。她听腻了这类话。多疑——这是她青年时期所没有的毛病——使她总觉得朱佳富像一个笨拙的演员，在她面前矫揉造作，撒谎骗人。

杨宝瑜听话筒里传来一个女人娇媚的声音："是朱公馆吗？我找朱佳富先生。"

杨宝瑜脸上立刻浮现一种异样的表情："朱先生不在家，你有啥事可以告诉我，等他回来我转告。"

"是朱太太吗，我告诉你也是一样……"

“你是哪个?”杨宝瑜问。

话筒里传来咯咯的笑声，笑得十分轻佻放荡：“我姓孙，艺名叫小蝴蝶，朱先生晓得……”

杨宝瑜脸色顿时气得刷白，手发抖，差点拿不住话筒。

小蝴蝶继续在问：“你是朱太太吗?”

杨宝瑜有气无力地答应一声：“唔，是的。”

“朱太太，朱先生托我打听你阿弟宝生的下落，我打听到了。”小蝴蝶清脆的声音，“黑名单上有杨宝生的名字，但是保密局的人却没有捉住他……”

杨宝瑜眼睛一亮，现出欢喜的表情：“真的，消息确实吗?”

顷刻，她明亮的眼睛慢慢又暗淡下来，心里说：“这可能吗！我的上帝。宝生没有被捉住，隐藏到哪里去了！不，不可能，宝生倘若还活着，没有失掉自由，一定会写信给我的，他绝不会忘记阿姊……啊，上帝，谁能相信这个放荡的舞女说的话是真的。”

她已听不清话筒里小蝴蝶还说了些啥！待她情绪平静下来，话筒里已寂静无声，对方已挂断了电话。

“啊，上帝，他背着我一直与这个低贱的女人来往，还信誓旦旦表白自己无辜……”杨宝瑜木然地放下话筒，强忍住泪水不往外淌，“原来他是这样的伪君子!”……

朱佳富今天回来得比较早，没看见杨宝瑜，问：“汪嫂，太太呢!”

汪嫂口气犹豫：“刚才太太还在客厅里，大概到花园里散步去了。朱先生，我去找她回来。”

“不用，待我去找她!”

所谓的花园，不过几个花坛，几条砖铺小径，几座假山，几棵黄桷树的浓荫下，有几张石桌和石凳。这些都是高家逐年培植成的。往日，因为高家宾客多，高伦常陪着客人坐在石桌边，眺望着岩下的江景闲谈，杨宝瑜很少到花园里去散步。高伦死后，高太太回大邑娘家去了，高家门庭顿时冷落，花园里十分僻静，而花圃里和花坛上种植的花草却长得异常茂盛，百日菊，美人蕉，蜀葵，玫瑰……各种绚丽的花朵争红斗艳，吐出沁人心脾的芳香。杨宝瑜在家闷得慌时，常到花园中去漫步，倦了，就坐在石桌边，望着远山和岩下的长江，托腮遐思。

朱佳富急于想把薛习永告诉他有关宝生的消息，说给杨宝瑜听，兴冲冲走进花园，远远便看见杨宝瑜坐在一棵黄桷树下的石桌边。江风习习，落日的余晖斜射过来，将一片婆娑的树影倒映在地上。

“宝瑜，宝瑜……”朱佳富加快脚步，向她走去。

杨宝瑜仿佛没听见他的喊声，依然凝视着岩下的长江出神。

朱佳富走到她的面前：“宝瑜，我已探听到宝生的确切消息，他……”

杨宝瑜冷冷接过口去：“他从特务手中逃脱了，是不是？”

朱佳富在杨宝瑜对面的石凳上坐下，伸出手去握住她放在石桌上的一只手，抚摸着：“啊，你晓得哪！是不是薛习永告诉你的！”

杨宝瑜缩回自己的手，不让朱佳富抚摸。

朱佳富见杨宝瑜神态反常，脸上似罩上一层冷霜，他原以为杨宝瑜晓得宝生逃脱了特务的秘密逮捕，还活着的消息，一定会高兴，而现在反应这么冷淡，不禁迷惑地望着她：“宝瑜，是不是薛习永告诉你的？”

杨宝瑜轻轻地摇头。

“那，你怎么晓得？宝瑜，这消息是薛习永告诉我的，我托过他，比那些互相矛盾的消息可靠。宝生还活着，也没丧失自由，你应该高兴，为啥……”朱佳富望着她说。

“可是，宝生在哪里？为啥不给我写信来？”杨宝瑜脸上露出一丝苦笑，“哎，这样的消息谁能相信！”

“是呀，我也为此纳闷，不过……”朱佳富想安慰杨宝瑜几句，“不过，我认为宝生一定匆匆离开重庆，来不及与你写信，过些时，他一定会有信来的。”

杨宝瑜表情淡漠：“谢谢你，唯愿如此！”

朱佳富见杨宝瑜脸色比平时苍白，神态异常，想不出为啥！他问：“宝瑜，你是不是不舒服，去看看医生，要注意身体。”

“谢谢你！”她仍冷冰冰地回答。

他俩相对无言，沉默了一会儿，杨宝瑜陡地冷笑一声：“你要告诉我的这消息，恐怕不是薛先生告诉你的！”

朱佳富正色说：“宝瑜，你为啥不相信我，确实是……你为啥用这样的眼光望着我！”

杨宝瑜脸上显出嘲讽的笑意：“刚才我接到小蝴蝶的电话，她说，你托她打听宝生的下落，是吗？”

朱佳富豁然醒悟。他确实托过小蝴蝶，但不是专意去托她，而是在街头偶然相遇，想到她是警司稽查处处长孙大胜的情妇，顺便托她打探的，意想不到带来了杨宝瑜的误会。

“我托过小蝴蝶，是在街头偶然相遇……”朱佳富急急向杨宝瑜解释，“宝瑜，小蝴蝶打听的结果，难道也与薛习永说的一样？”

杨宝瑜不愿为小蝴蝶的事，公开与朱佳富争吵，不相信他说的话是真的。朱佳富越是急急申辩，她越感到他伪善，不诚实，心里说：“啊，上帝，他是多么拙劣的演员，真是魔鬼蒙蔽了我的双眼，这个如此伪善、庸俗、拜金的男人，我曾真心实意爱过他，爱得还那么深，真可怕……”

朱佳富见杨宝瑜面部急剧变化的表情，晓得她的心情，知道一时是辩解不清的，显得有些手足失措。近来，他的事务很忙，杨宝瑜的性情，越来越孤僻，对他总是冷冰冰的，他精神上也受不了。这时他心中产生了一种怨懑的情绪，偏过头去望着江中升起的暮霭出神。

杨宝瑜看朱佳富的神态，鼻子有点发酸，抿了抿嘴唇，强忍住即将涌出的泪水。

三

时局越来越紧张，孔令俊又来信，劝朱佳富去美，一切手续可由她代办。

朱佳富觉得去美，有很大的诱惑力。彼特利克这时已回英国，来信劝他去英，也愿为他代办一切手续。去英，有利条件他很多。

朱佳富觉得再不能优柔寡断，时机逼人，必须尽快作出决断。

他几次想与杨宝瑜商议此事，但见她有点精神恍惚，对他异常淡漠，便搁了下来。

一天，他见杨宝瑜脸色比较开朗，趁机说：“亲爱的，目前时局紧张，共军迟早要渡江解放全中国，许多人都在安排出路，你看，我们怎么办？”

杨宝瑜惊诧地望着他：“出路？安排什么出路！”她神情十分迷惑。

朱佳富有些踌躇，考虑如何措辞，近来，他觉得杨宝瑜自从宝生失踪以后，由于受刺激过深，性情变得十分古怪，因此在她面前，显得异常谨慎。

“共产党来了，谁知他们的政策有无变化，留下吉凶未卜，不如出国去碰运气!”朱佳富望着杨宝瑜说。

“出国?”杨宝瑜更感意外，揶揄地说，“想不到你会怕共产党！是不是怕春燕回来找你清算?”

朱佳富对春燕的事，长期隐瞒和欺骗过她，至今她还不能释然。

“哎，宝瑜，提春燕干啥!”朱佳富神色有些尴尬。

春燕在石牛场搞暴动，成立了白马山游击队的事，连汪嫂也知道，现在，白马山游击队在川黔交界的山区一带，声势越来越大，国民党公开悬赏捉拿游击队的政委张阿苇，朱佳富当然也晓得。不过，朱佳富想出国，并不是怕春燕会回来清算他。

“你当初的抱负，不是要振兴中华吗?共产党的宗旨：反帝，反封建，也是要振兴中华。共产党要来了，你为什么反而要出国。令人费解。”杨宝瑜带点讥刺的意味说，“出国人地生疏，让人歧视，不如留在祖国好啊!”

朱佳富躲闪着杨宝瑜逼视的目光。

杨宝瑜的目光变得柔和，声音不再冷冰冰：“佳富，我现在丧父失弟，心里也够悲恸哪。你与小蝴蝶的那些事，我都可以原谅你……”

“宝瑜，我与小蝴蝶实在没有私情，你……”朱佳富说。

杨宝瑜捏住朱佳富的手，声音含满了柔情，眼里闪着泪光：“基督说，要宽恕人。佳富，过去的事情，我们就不用再提了。你是我的丈夫，在这个世界上，是我唯一的亲人。我们感情上越来越淡漠，真令我难以忍受……”

“宝瑜，我依然那么爱你，是你多疑……”朱佳富不禁也为杨宝瑜的态度所感动。他将杨宝瑜揽在自己的怀里，“宝瑜，你对我总是冷冰冰的，我也受不了啊!”

杨宝瑜没有拒绝，温顺地偎在他的怀里：“你以前答应过我，抛弃一切，跟我回杭州去，你教中学，我仍然当小学教员，离开这个拜金的、污浊的环境，去过朴素的、自食其力的生活。”

“是的，我说过。宝瑜，现在毕竟是二十世纪中期，自然经济早遭到破坏，回到大自然去，与豕鹿游，多么不现实。”朱佳富说。

杨宝瑜将面颊离开他的胸前，仰头凝视着他的面孔，半晌叹了一口气：“我的意思，并不是复古，到大自然里去过原始的生活。你不认为，办教育，开发民智，也是十分有意义的事吗!”

她离开朱佳富的怀抱，坐正身子，抹了抹被搞乱的头发，不等朱佳富回答，接着说："我对共产党虽不十分了解，但我看到跟着共产党，拥护共产党的一些人，他们都异常正直、善良，极富上进心。高伯、高小姐、春燕、李明……还有失踪了的宝生弟。佳富，这些人你都熟识。我不相信报纸上的那些宣传，共产党绝不那么可怕。现在的政府反而什么坏事都可以干得出来，我的宝生……"

杨宝瑜哽咽住了。

朱佳富忙安慰说："宝瑜，宝生弟很可能还活着，你不要难过。"

杨宝瑜摇头苦笑："愿上帝保佑，唯愿如此！"

朱佳富知道出国的事，此时不宜再谈了。他深知杨宝瑜的性格，虽然温顺多情，但一旦拿定主见之后，是很难改变的。一阵焦躁，使他坐不住了。他站起身走到窗前，放松领带，让自己的呼吸可以通畅一些。

杨宝瑜见朱佳富站在窗前沉思不语，知道他对于出国的事，绝非自己几句规劝可以改变，目光里的热情渐渐淡下去。

她说："你出国或是留下，望你三思！我眷念故土，不能随你出国。"

朱佳富回过头来，无言地注视着杨宝瑜。

杨宝瑜轻轻一声叹息："佳富，我考虑过了，让我单独送父亲的灵柩回杭州安葬，要是迟了，长江交通阻绝，不知要等到何年何月，我怎能心安！父亲临死的时候，把着我的手嘱咐我，要我将他的遗体与我的生母合葬在一起，至今仿佛言犹在耳。"

"那怎么行?"朱佳富从窗边走到杨宝瑜的面前，"路途遥远，行道艰难，你还是等一等，等我稍空，陪同你送岳父的灵柩回杭州安葬!"

杨宝瑜没有看朱佳富，望着屋角那只积满灰尘的小提琴发怔。

朱佳富的目光也跟着停留在那只小提琴上："我太忙，很久没拉琴，看，积上这么厚的灰尘，汪嫂也不揩拭一下。"

他上前取下琴，掏出手绢轻轻拂拭。

杨宝瑜目光暗淡，怅然若失地呆望着朱佳富手中的琴。她心灵在痛苦地呻吟："他再也拉不出冷泉边上那样优美的旋律，我也永远听不到那样动人的琴声……"

她顿时觉得天旋地转，神思恍惚，似乎到处回响着一句话："路吉福的琴，路吉福的琴……"这声音仿佛由远到近，越来越震耳。

她觉得自己脑里一片空白，像塞满团团的絮花，又像飘浮着茫茫的云雾。

"路吉福的琴，路吉福的琴……"

这声音震得她耳膜嗡嗡响，这声音十分熟悉，但又记不清这是谁的声音。

她在极力回忆，这是谁的声音，路吉福又是谁。

啊，她记起了，这是春燕的声音，是春燕许多年前出走前说的一句话。路吉福——这是魔鬼的名字，魔鬼的琴才能迷人心窍。

“路吉福的琴，路吉福的琴……”

她捂住双耳，张皇回顾，终于垂下头低声哭泣起来。

“宝瑜，宝瑜，你怎么哪?”朱佳富听见哭泣声，忙放下手中的琴，上前摇晃着她的肩，惊疑地问。

杨宝瑜木然地抬起头来，凝视他片刻，陡地说：“我要送父亲的灵柩回杭州去，谁也不能阻挡我!”

“宝瑜，何必这样……”

电话铃声响了，打断了朱佳富的话，他上前接电话：“喂，你是谁?……我就是……什么，你再说一遍……我马上到公司……你准备好小火轮，我明天乘船去现场……”

朱佳富搁下电话，面露惶惑不安的表情，看了看手表，对杨宝瑜说：“公司有一艘客轮，在小南海江面触礁，出了海事，我现在马上要去公司研究善后，明天要赶到出事现场去处理，恐有几天耽搁。”

他取出公文皮包夹在腋下，站在杨宝瑜面前迟疑了一下，说：“宝瑜，今晚我回来可能晚一些，明天一早要走，我要带几件换洗衣物，你准备一下。至于……至于迁葬的问题，等我回来商议出一个妥善的办法，我会尊重你的意愿的。”

杨宝瑜这时却异常平静，她“唔”了一声，还点了点头，仿佛很正常。

杨宝瑜第二天比朱佳富起得早，将他出门需要的衣物和用品，收拾得十分齐全。

她现出依依不舍的模样，主动提出要亲送朱佳富上船。

杨宝瑜突然改变了态度，朱佳富感到惊讶，也异常欣喜。可是，当朱佳富搂住她，想与她吻别时，她却推开他，现出冷若冰霜的神态。

朱佳富知道杨宝瑜的性情越来越古怪，没有多考虑这些反常的举动。

杨宝瑜送朱佳富上了船，开航时，朱佳富看见她站在码头上用手绢捂住脸哭了。

朱佳富跑到船尾，扬手大声说：“宝瑜，我会尽快回来的!”

杨宝瑜脸颊上挂着泪水，也扬起手绢示意。

朱佳富站在船尾，看到杨宝瑜纤长苗条的身影渐渐模糊，变成了一个小黑点，最后在视线中消失，才转身向船头走去。

四

杨宝瑜送走朱佳富，坐着黄包车回两路口，车到七星岗福音堂时，李约瑟站在福音堂门口看见她，快步迎上："朱太太，朱太太！"

李约瑟刚参加一个宴会回来，满脸酒色，显得神采奕奕。

杨宝瑜吩咐车夫："停车，停车。"

李约瑟每见杨宝瑜，都要在内心感叹她的秀美："啊，多漂亮的东方美人！就是圣人摩西见了，也会动心。"

他在中国传教，暗地里不知玩弄过多少女人，有小家碧玉，也有名门娇娃，却没一个及得上她的风度。

他几次想勾引杨宝瑜，但都不敢造次，感觉到这个女人有一股端庄典雅神圣不可侵犯的正气，不像那些没有多少见识的浅薄女人，容易上钩。

他认为必须要有足够的耐心，取得她的好感，不得操之过急，否则会闹出事来。他已感觉到她与朱佳富感情上的裂痕，她心灵上是寂寞的，总有一天……

"朱太太，多时不见，请到教堂里坐坐！"李约瑟彬彬有礼地说。

杨宝瑜犹疑了一下，立刻提起旗袍的下裾，走下黄包车，打开皮箧付了车钱。

黄包车夫点了点钞票，见仍然付足了去两路口的车钱："谢谢太太。"他满意地拉着黄包车走了。

李约瑟在前领路，杨宝瑜跟在他身后从侧门走进李约瑟的居室。

居室外面是一间宽敞空荡的大厅，经过大厅时，杨宝瑜看见一个巨大的橡木十字架，在大厅中央的一根大理石圆柱上，不觉站住好奇地打量。

李牧师指着橡木十字架说："这橡木十字架，十分沉重，做十字架的橡木是从法国运来的，这种橡木差不多与钢铁一般坚硬。"

"牧师先生，这么巨大的十字架，搁在这里干啥？"

李牧师解释说："啊，是这样，教堂钟楼顶上的十字架太小，已开始腐烂，这新做的十字架，是准备装上钟楼顶上，换下那个旧十字架。"

“朱太太，请进！”李牧师拉开房门，客气地说。

杨宝瑜前不久到过这里，托李牧师打听宝生的下落。李牧师给杨宝瑜回过信，始终没打听出宝生的确切消息。

李牧师卧室外面是书斋，靠墙的大书架上摆满了洋装书，书脊上现出的书名，大都是杨宝瑜不认识的外文，猜测是法文或拉丁文的神学书。

一张书桌上，一本摊开的外文书，从彩色的插图来看，是圣经里《出埃及记》的故事人物，绘制得相当精美。

“请坐！”

杨宝瑜在一张圈椅上坐下，窗外一株白兰开满了花朵，袭来一阵浓馥的清香。室内显得幽静，荫凉。地上镶嵌着桃心木，打上了地蜡，纹理显得清晰、精致。

李牧师要给杨宝瑜煮咖啡，她谢绝了。他只好给她冲上一杯红茶，加进了糖块和奶油。

“谢谢李牧师！”

杨宝瑜从小与外国牧师接近，在牧师面前毫不拘束，而又怀着一种虔诚的敬意。

李牧师坐在不远的一张法国式躺椅上，他穿着一身银灰色西装，条纹的衬衫，打着法国式的蝴蝶领结，一对灰蓝色的眼睛亮亮的，向杨宝瑜射出一股热情而柔和的光芒。他含笑说：“朱太太，愿上帝保佑你，你永远会这么年轻、美丽。”

往时，李约瑟对杨宝瑜常说这样的奉承话。他摸清了中年女人的心情，都喜欢别人说她们依然年轻、美丽。生怕青春即将逝去，会变老，变丑。以往杨宝瑜听后，也不例外，心中喜滋滋，会马上产生一种好感。可是，今天杨宝瑜不像往日，听了李牧师的奉承话，脸上没有露出那种令人心醉的甜蜜微笑，白皙的面孔上，冷冰冰的，现出一种圣洁的高雅表情。

杨宝瑜偶然碰见李牧师，觉得他并不讨厌；所以接受他的邀请，进来坐坐。

李牧师的口才极好，说什么，都滔滔不绝，娓娓动听。

杨宝瑜显得心事重重，有些心不在焉的样子，只是不时“唔唔”两声，礼貌性地点点头。

她原想稍坐一会儿便走的，李牧师的话说个没完，只好耐心地坐着，两眼凝视着窗外，并没认真听。

李牧师见杨宝瑜凝然不动，有点抑郁的神态，觉得比平时更美：“啊！标准的东方美人，我能占有她……”他心里胡思乱想，想得忘了神。

他想到自己已接到法国大教区的通知，因为共产党要来了，要他准备离开中国。他今天喝了酒，更觉不能自制，被杨宝瑜的美丽撩得心乱。

“啊！不能占有她就离开中国，我会终身遗憾！今天是上帝的意旨，将她送到我的身边，放过这个机会……”他的呼吸急促起来。

好半晌她没听见李牧师的声音，觉得奇怪，转头望李牧师，猛地吓了一跳。李牧师发出咻咻的喘息，一对眼睛射出绿莹莹的幽光，迷乱而贪婪地死死盯着她。

“哎……”杨宝瑜差点吓得惊叫起来。

她慌乱不安地站起身：“李牧师，再见！”

李牧师见状，自己也一惊，既然自己在忘神中露了相，怎能轻易让她走！借着酒意，他轻佻地说：“啊，美人儿，不要走……”

杨宝瑜惊叫一声：“哎呀……”她瞪着双眼，张开嘴，手足失措地后退了一步。待她转过神来，夺门想逃，李牧师伸出长满黄色汗毛的双手拦住了她：“啊，东方的维纳斯，我从看见那幅油画像起，就神魂颠倒，迷上你了。”他向杨宝瑜扑过去。

杨宝瑜急急躲闪，李牧师扑了空。他一声狞笑：“共产党快来了，世界的末日将降临，我快回法国去，没有耐心再等待，不占有你，我……我……”他打了一个酒嗝。

杨宝瑜稍微镇定一些，声色俱厉地说：“啊，你是神职人员，怎能这么下流、无耻！”

李牧师发出一阵像野鸭般的笑声，呷、呷、呷……，露出凶相说：“美人儿，上帝也有七情六欲，喜欢漂亮的女人，世人不会知道。哼！我看中的女人，从没一个逃脱过，要吗，顺从我；要吗……呷、呷、呷！”

“猫头鹰！”

杨宝瑜不禁脱口而出——这是春燕许多年前说过的一句话，是她对王牧师和彼特利克的印象。当时杨宝瑜认为春燕这种话是渎神，曾责备过她。现在杨宝瑜看见李牧师这副模样，也发生了这样的联想。

她从小受宗教的熏陶，把外国牧师当成神的使者、圣人般的崇拜，认为他们是最圣洁，最崇高的神的化身。李牧师自己撕开了这层面纱，露出真面目，是如此丑陋、可憎、比魔鬼的形象更令人可怖。

杨宝瑜受到强烈的刺激，觉得眼前的一切在旋转晃动，低低地发出一声呻吟，忙扶住书橱。

“美人儿，东方的美人儿……”李牧师又向杨宝瑜扑过来。

杨宝瑜绕着桌椅躲闪。

李牧师发了狂，粗鲁地掀开桌椅，发出一片沉重的响声、想捕捉住她。

杨宝瑜终于夺门而出，边奔边呼叫：“来人呀，来人呀……”

她奔进外面宽敞的大厅，奔到门边，门已上了闩，由于手指哆嗦，半晌打不开门。

李牧师追上来了。杨宝瑜忙离开门边闪避。

李牧师发出一阵呷、呷、呷的狞笑：“美人儿，这里屋深墙高，你的声音太娇嫩，太微弱，外面的人是听不见的。”他逼上去。

杨宝瑜退到角落，已闻到李牧师喷出的酒气，显出绝望的样子。

“哈哈，美人儿，你跑不脱了。”他伸开双手，想搂住她。

杨宝瑜哪里遇到过这种场面，骇异、恐惧，感到羞辱，眼里已可怜巴巴闪着泪花。一种本能的自卫，使她猛地使尽全力用头往李牧师的胸部撞去……

李牧师见杨宝瑜已像小羊羔一般束手就擒，冷不防她会一头撞来：“哎呀！”他护住胸部的疼痛。

杨宝瑜乘机从他身边闪出。

“好呀，你……”李牧师转身向杨宝瑜追去。

杨宝瑜慌乱逃跑之间，绊倒了那沉重的橡木十字架，发出“砰”的一声巨响，接着是李牧师发出一声“哎哟”的惊叫。

杨宝瑜回头一看，倒下的橡木十字架，刚好撞倒了李牧师，砸伤了他的双腿。

李牧师“哎呀”乱叫，怎么也起不来了。

杨宝瑜转身奔到门边，终于打开了大厅的门，急急穿过回廊，逃出了福音堂。

第三十一章

一

朱佳富到小南海去处理海事，原定几天就回到重庆。由于死亡人员眷属对处理不服，费了一番周折，耽搁了十天左右，才回到重庆。

“朱先生，去公司?”司机扭头问后座上的朱佳富。

朱佳富在小南海时，回想到杨宝瑜在重庆送他上船时，眼里闪着泪光，显出依依难舍，仿佛要久别的神态，就有些心神不宁，着实思念她。

“回家去!”朱佳富说。

司机显出一种异样的表情，嘴唇动了动，终于没有说出口，驾着小轿车往两路口驶去。

汽车还没在公馆门口停稳，朱佳富已迫不及待推开车门跳下车，一个踉跄，差点跌倒在地上。

朱佳富向司机挥了挥手：“你开回公司去，今天我在家休息!”

小轿车喷出一股淡淡的青烟开走了。

朱佳富提着小提箱，快步走近家门口，推开虚掩的家门，静极了。往昔，这个时候，汪嫂总爱站在台阶上与厨师胡老三悄声摆龙门阵，说笑话。可是，现在台阶上下，积满了落叶久未清扫。

朱佳富站住，望着地上的落叶皱了皱眉。他高声喊：“汪嫂，汪嫂……”

朱佳富喊了一阵，没有听见汪嫂答应。他心中有些狐疑：汪嫂倘若不在，杨宝瑜听见他的声音，也会迎出来接他，难道杨宝瑜也不在家！胡老三呢?

朱佳富没有再喊，走进家门，见到处积满灰尘，所有的房间都关闭着，上了锁。

他感到十分惊诧，放下手中的小提箱，急匆匆向厨房走去，边走边喊：“胡老三，胡老三……”

他没听见胡老三的应声，不禁愠怒：“你们都到哪里去了?!”

厨房门敞开着，朱佳富伸进头去看，厨房里没有胡老三。他看见砧板上还摆着洗净待切的一蔸白菜，晓得胡老三没走远。

他站在台阶上向四处张望，偌大一个公馆，竟看不见一个人影，听不见一点儿人声。只有黄桷树上的几只蝉，发出“知了、知了”的鸣声，打破了四周的宁静。

“奇怪，宝瑜和汪嫂到哪去了？”朱佳富自言自语地说。

“胡老三，胡老三……”朱佳富猜测胡老三一定到高公馆找守家的老姜吹牛去了。他急步向高公馆走去。

高公馆大门紧闭，朱佳富提高声音喊：“胡老三，胡老三……”

侧边一道小门“吱嘎”一声开了，胡老三伸出头来窥望：“哪个？……”

他看见朱佳富一脸愠怒的表情，忙走出迎上：“朱先生回来了！”

朱佳富不悦地说：“家中连看门的人都没有，真不像话！”

胡老三干笑两声，赔笑说：“我刚过这边来一小会儿，想不到朱先生这时会回来。”他将烟杆往青石板上磕了磕烟灰。

“太太和汪嫂呢？”朱佳富问。

胡老三惊讶地望着朱佳富：“汪嫂跟着太太走了。朱先生，你不晓得！”

朱佳富焦躁不耐地说：“我刚回，怎会晓得！”

他接着问：“她们啥时回来？”

胡老三迷惑地摇了摇头：“朱先生都不晓得，我帮丘二的人，啷个晓得！”

朱佳富停顿了一下，问：“她们到哪里去了？难道没与你说！”

“咦，怪事……”胡老三说，“太太带着汪嫂，送杨老太爷的灵柩回杭州去了。朱先生，你真不晓得！”

“啊……”朱佳富吃了一惊，“真的，这是真的？……”他突然抓住胡老三短衫的衣襟摇晃着问。

“朱先生，轻点拉，莫把我这件短衫拉破啰！”胡老三着急地说。

朱佳富也感到自己失态，松开手，定了定神。

胡老三将烟杆往腰带上一插，伸出右手的幺拇指：“不是蒸（真）的，难道是炒的。我扯坎子[1]是这个……”

朱佳富迷茫的目光，失神地望着胡老三。

胡老三说：“朱先生，走，回家去细说。”

朱佳富有气无力地点了点头，失魂落魄般跟在胡老三身后往回走……

朱佳富向胡老三问清，才知道在他离开的第二天，杨宝瑜躲在房中哭，连饭

---

1 四川话，说谎。

都没吃。第三天，她问汪嫂愿不愿跟她送杨老太爷的灵柩回杭州去！汪嫂孤身一人，在四川没有啥牵挂，早听人说，上有天堂，下有苏杭，有这种机会出川到下江，看看苏杭的景象，哪有不愿的道理！杨宝瑜带着汪嫂奔走了两天，就将杨老太爷的灵柩带着走了。

胡老三将他晓得的事情叙述完毕，最后说："朱先生，太太走时，只留下一句话，说她有一封信，放在梳妆台的抽斗里，是留给朱先生的。"

朱佳富意想不到杨宝瑜不等他回来，也不通个信息，便如此匆匆，悄悄送杨老太爷的灵柩回杭州去了。

听说杨宝瑜有信留给他，于是开门走进卧室，果真在梳妆台抽斗里找到一封信。信封上娟秀的字迹跳进眼帘，他不由一愣。信封上写着留交朱佳富先生亲启。杨缄。

他启开封口，抽出信纸，见称谓也是冷冰冰的，便急急往下看，心里已预感到不妙。

佳富先生：

我与先生自冷泉邂逅相识，结成夫妇，不觉已二十余载。抚今思昔，往事如烟，如梦似幻，"邯郸一梦"。我与先生性格迥异，志趣难合，二十余载，无时无刻不在苦闷中度过，内心彷徨、矛盾，如今丧父失弟，更觉神伤……

对爱情的幻灭，对宗教的失望，叹生活的乏味，感心灵的空虚，经再三思索，才决定离先生而去。为减轻彼此离异时的痛苦，只好不辞而别，望先生鉴谅。

先生去美或留国内，听任先生自便。但愿我能回到杭州，仍以课童为业，杭州的湖光山色，可以悦我目，天真烂漫的孩童，可以悦我心。今后先生婚娶也听其自便，对男女之爱，我已心如槁灰，愿独身以终余年。生为中华人，死为中华鬼，望先生善自珍重。"宁饮建业水，不食武昌鱼"……

别矣！我意已决，望先生不用到杭州寻我，我亦不愿再与先生相见……

朱佳富看着看着，眼前的字迹模糊起来。他嘴唇哆嗦，面色顿时变得十分苍白，房里的家具仿佛旋转起来，感到四肢无力，头脑眩晕起来……

这无疑是一封绝婚书，朱佳富精神上毫无准备，这打击来得太突然。

他摇摇晃晃站立不稳，发出一声呻吟般的呼叫："啊，宝瑜，你……"

“朱先生，你唧个搞起的，是不是病了?”胡老三将朱佳富扶住，他才没跌倒在地上。

朱佳富一惊，这时才晓得胡老三跟着进了卧室，一直站在自己身后。

他闭目定了定神，强振起精神推开胡老三，不让他扶住自己。

朱佳富举目细望卧室，一切摆设依旧，连床铺上的棉被也像平时一样叠得十分整齐，没有一点儿零乱异常的景象，真看不出杨宝瑜就这样离开他走了!

朱佳富踏进卧室外面的客厅，一眼就可以看见客厅正面空空的，显然，杨宝瑜已将杨宝生给她画的油彩画像取走，有一种人去楼空的凄然感觉，几颗泪水从他眼角滚出。

他克制住自己的伤感，迷茫的目光慢慢移动，最后停留在屋角墙上的小提琴上，一步一步走上前，取下墙上的小提琴，摩挲一阵不愿释手。

“朱先生，听汪嫂说，太太走时，将这琴擦拭得干干净净，抚摸着琴身失声痛哭起来!”

朱佳富回头看去，见胡老三仍跟在自己身后，挥了挥:“出去，让我独自歇息一会儿!”

胡老三只好退出，顺手把房门“砰”地关了。

胡老三没有马上离开，觉得朱佳富失魂落魄，目光呆滞，面色十分难看，怕会出啥事情!

半晌，他没有听见客厅内有半点响动，贴近门缝窥视，见朱佳富手中捧着琴，仍站在那里发呆，引起他的好奇心，便站在门外继续贴近门缝看。他蓦地看见朱佳富捧着小提琴，发出呼哧呼哧的粗大鼻息声，两眼圆睁，眼珠突出，神态令人可怕。他急速在客厅内走动，又陡地站住，发出一阵狂笑:“哈哈……”

胡老三见朱佳富像疯癫的样子，吓了一大跳，猛地听到“砰蓬”一声巨响和碎裂声，细看，原来朱佳富将小提琴砸在墙上，已经砸碎了。朱佳富手中拿着剩下的一截琴柄发呆。

“宝瑜，宝瑜……”

胡老三从没有见朱佳富这样伤心过，两肩不住抽动，像孩子般发出嘤嘤的哭声，断续呼叫着杨宝瑜的名字。

胡老三忙离开门边，快速跑到高公馆，喊老姜:“快看看，朱先生是不是疯了，要不要打电话通知公司!”

老姜被胡老三不问青红皂白地拉起就走。

老姜想挣脱胡老三："莫扮灯，朱先生刚才叫你时还好好的，啷个会疯？怕是你自己疯了！"

"哪个跟你扮灯，走，你一看就明白！"

老姜被胡老三拉着跨进了朱家的大门。胡老三松开手，低声说："下脚轻点！"

胡老三领着老姜蹑手蹑脚悄悄走到客厅门口，指了指门缝，示意老姜往里看。

老姜见胡老三一本正经，不像开玩笑，果真贴近门缝看了一阵，回过头来不高兴地说："你龟儿吃了豹子胆，朱先生好好的，啷个说他疯了，扮灯不是这种扮法！"

不等胡老三解释，老姜转身各自走了。

胡老三见老姜的神态，也觉奇怪，贴近门缝往里看，不由轻轻"咦"了一声。这时朱佳富已坐在沙发上，神色自如地抽着香烟，跷着二郎腿，一只腿胯还从容地闪动着，看不出有啥异常。

他蓦地看见朱佳富站起身，高声在喊："胡老三，胡老三……"

胡老三忙悄悄跑开，然后远远地答应："朱先生，啥事？"再向客厅门口走去。

朱佳富打开客厅门，站在门口对胡老三说："我下船后，还没吃午饭，早饿了，快弄点东西来吃！"

胡老三说："我不晓得你要回来，家中没好菜，要现去买！"

"哎，弄碗蛋炒饭就行了，现买，要等到啥时候？"

"蛋炒饭！哪来的鸡蛋，还不是要现买！"胡老三说。

朱佳富皱了皱眉："那，你就快去买嘛！"

他见胡老三迟疑着没走，很觉诧异："你还站住干啥？快去买回来嘛！"

"朱先生，钱！"胡老三伸出手板摊在朱佳富的面前。

"唵，真是啰唆！"自从他与杨宝瑜结婚到现在，像这类事情从未过问过。他心里有些不悦。

"啰唆！朱先生，不拿钱，难道去赊账？"胡老三说。

朱佳富无可奈何地叹了口气，只好返回房里，取出一张钞票递到胡老三手中。

"对啰，这才好办事啰！"胡老三用指头弹了弹手中的崭新钞票，"嘿，这没开折的大票子，比关金票儿印得花哨。这上面印的蒋光头，头上泛亮，一对眼睛好神气啰！"

二

战局变化很快，解放军没费多大力气，便渡过长江，攻占了南京总统府。长江的交通被掐断，最后连通往下江的邮电也不通了。西南，尤其是重庆，一些达官贵人，富商巨贾，顿时都紧张起来，纷纷准备逃往香港或国外。

朱佳富曾打电话，向住在上海的薛习永询问过杨宝瑜的情况——因为他已探知，杨宝瑜没有坐民成公司的船，是坐招商局的轮船去上海的，猜想，薛习永一定知情——薛习永回答说，杨宝瑜已送灵柩回到家乡，是他派汽车，由上海送往杭州的。薛习永在电话中催问过朱佳富去不去美，朱佳富回答说，郑重考虑后，再回答他。

朱佳富给杨宝瑜写去几封信，但杨宝瑜一直没回信，后来邮电不通，音讯更阻断了。

杨宝瑜突然留下绝婚书不辞而别，给朱佳富的打击很大，朱佳富怏怏地过了一些日子，精神才稍微振作了一些，思念杨宝瑜的心情渐渐变淡了。

一天，朱佳富在公司接到胡老三从家中打来的电话。

“朱先生，家中来了一群客人，是从石牛场逃难出来的。”

“啥，逃难……”朱佳富不觉一愣，因为他刚得到消息，解放军正在合围进攻武汉，离涪陵还远得很，怎么会有人逃到重庆，“胡老三，你问清楚没有，来的客人姓啥……”

胡老三在电话里说：“那位老先生说他姓郑……啊，朱先生，郑老先生要直接与你通话。”

电话里接着传来一个苍老的声音，朱佳富已猜测到是谁！

“啊！朱先生，我是甫林……唉，一言难尽，只好投奔你这里暂避几天……好，你快回来，一切面谈！”

朱佳富搁下电话，坐车赶回家中。

郑甫林一家人都坐在客厅里，地上摆着几件简单的行李。

春生眼尖，先看见跨进门来的朱佳富，站起身：“朱哥来了。”

他们的目光一齐投射到朱佳富身上，都站起来招呼：“朱先生！”

朱佳富与他们一一握手问候：“郑伯，请坐！郑伯母，不用客气，请坐下。春生，嘿，长成大人了。”

他的目光停留在郑太太背后的菊花身上："啊，菊花大姐，越发长得漂亮，差点叫我认不出来了。"

菊花羞得脸上绯红，腼腆地垂下头。

朱佳富等他们重新落座，自己才靠近郑甫林坐下。

郑甫林显得比以前老相得多，头发和胡髭都花白了，神态也没以前硬朗，露出颓丧的模样。他一把抓住朱佳富的手："佳富……"唏嘘哽咽说不出话来。

半晌，郑甫林才接着说："我这次差点见不着你，贵重物品被洗劫一空，保住了一条老命……"他又唏嘘起来。

郑太太眼波流动，白了郑甫林一眼，责怪说："看你这副丧气样子，留得青山在，哪怕没柴烧，朱先生会笑话！"

朱佳富看他一家人这副狼狈相，惊问："郑伯，你们在路途上是不是遇上棒老二了？"

郑甫林点了点头："是啰，就是遇上了棒老二！"

他接着又摇头否认："不是棒老二。棒老二只要钱财，不要性命，这些人既要钱财，还要别人性命。佳富，熊世发才惨，拉到十四坟前敲了砂罐，我也陪杀场闹了一场虚惊……"

朱佳富也听到过一些传闻，见郑甫林谈虎色变，吓破胆，还有余悸的模样，已猜到几分。问："郑伯，你们是不是遇上白马山游击队了！"

郑太太抢先回答："对，朱先生猜得对，我们就是遇上了白马山游击队的伏击！"

"啊！"朱佳富点了点头。

他以前到石牛场郑家做客，晓得郑太太一只白铜水烟袋总不离手，此时说了半晌话，没见她烧水烟，问："伯母，你的白铜水烟袋呢？"

郑太太"唉"了一声："还谈白铜水烟袋，稍值钱的东西都被拿去了！"

朱佳富摸出烟匣，取出一支香烟递过去："伯母，我这里没有水烟袋，抽这个也是一样！"

春生插嘴说："妈一路上就是抽的香烟，她抽的是最便宜的牌子'黔灵山'，怕朱哥会笑话，所以她没敢拿出来抽！"

郑太太白皙的面孔一红："你偏爱多话！"

接着她叹息一声："朱先生，不怕你笑话，我们现时已身无半文，到重庆来的盘费还是在涪陵找罗天成——罗大哥借的，以后要倚靠朱先生照看啰！”

朱佳富安慰他们说：“不用发愁，先在我家中住下再说！”

“阿弥陀佛，还是朱先生讲义气，不像罗天成，这次借盘费给我们，不是那么爽快，生怕我们还不起。哼，还要我们大一分的利息哩！”郑太太显出愤愤的样子。

“佳富是留过洋的人，哪像罗天成！”郑甫林听到朱佳富肯收留他们，说话也有了精神。

朱佳富说：“郑伯抽叶子烟，我叫人去买雪茄！”

“佳富，不客气，找几匹叶子烟来就行了。”郑甫林说。

朱佳富走出客厅：“胡老三，胡老三……”

他听见厨房那边传来在砧板上的剁肉声，晓得胡老三在厨房做饭菜，于是走到厨房门口：“胡老三，你去买几盒金堂出的淡芭菰回来！”

胡老三放下手中的菜刀，不高兴地说：“朱先生，这么多人吃饭，我又要买菜，买杂物，啷个忙得过来！”

朱佳富迟疑一下：“你去找高家的老姜过来帮忙嘛！”

胡老三说：“我叫不动老姜，朱先生自己去叫！”他操起菜刀继续剁肉。

朱佳富只好踅过高家，叫来老姜，要他暂时帮一下忙，胡老三紧绷的面孔松弛下来。

朱佳富回到客厅，郑太太说：“朱先生，做杂活可以叫菊花去干，上街买东西叫春生去！”

朱佳富晓得他们已听见了刚才与胡老三的对话：“你们今天刚来是客，怎好劳驾，以后再说吧！”

春生站起身，说：“菊花，你陪我上街去逛逛，重庆确实是大码头，比涪陵繁华多啦！”

郑太太制止说：“刚来，路不熟，上街会迷路，给我老老实实坐好！”

朱佳富含笑说：“伯母，让他们去，不要走远，不用担心会迷路。我们也好谈话。”

郑太太不再制止，叮嘱了几句，让他与菊花走了。

老姜买回了雪茄烟。郑甫林抽着烟，只是沉默不语，情绪依然十分沉重。

朱佳富面对郑太太问：“伯母，你慢慢把你们此来的经过，谈一谈，好吗？”

郑甫林在一旁也说："王二妹，你说得清楚些，跟佳富把前后发生的事情说一说。"

郑太太没推辞，眼睛眉毛一动："朱先生，不要笑话，我口迟言笨，在娘屋当姑娘就不爱多嘴贪舌。这事的起因，还多少与你有点关系……"

她有条不紊地将捉住盗墓贼，石牛场佃客闹"二五减租"，郑甫林成立地租联谊会对抗佃客减租，熊世发押解杨嫂子和白先生，佃客暴动拦劫杨嫂子等情况，以及成立白马山游击队的前因后果，说得十分详尽。

郑太太眉尖一蹙，长叹一声："自从大山里成立了游击队，唉，石牛场一带没有过一天安生日子。听说，领头的是一个三十多岁的漂亮女人，叫张阿苇，是从延安派过来的共产党。"又说，"这张阿苇就是抗日前，朱先生回石牛场，一同到我家来过的丫头春燕……"

她说到这里，停顿了一下，留意观察了一眼朱佳富的反应："当然，这些都是流言，我见过春燕，那么腼腆、文秀的女人，怎会当共产党。"

朱佳富递过一支香烟，郑太太点燃吸了一口，鼻孔里逸出了两股子青烟。她继续说："不论这张阿苇的来历咋样，乡间的绅粮，提到她的名字，都要打个寒噤。开初，这白马山游击队，只在大山里活动，近来，把游击队拉下平坝来了。给区长熊世发公开传书带信，要他限期投诚，缴枪献出石牛场。石牛场体面点的绅粮，都纷纷往涪陵城里逃，就像抗战前躲红军一样。你郑伯不听我的话，说'野农山庄'碉堡坚固，有人有枪，所以观望流连不想逃。后来，我们也收到了白马山游击队的书信，叫我们开仓捐粮，交出武装，否则就要来攻打'野农山庄'。唉，四山都看得见白马山游击队的人，那些佃客个个是黑良心，都通游击队。这下，才把你郑伯吓慌了手脚，不敢再待在'野农山庄'，准备逃到涪陵躲一段时间。熊世发在石牛场也待不住，派人来与我们联络，想把两家的武装合在一起，拉下涪陵，路上万一遇到游击队也可以对付！……"

郑太太说到这里，白了郑甫林一眼："我不愿与熊世发一齐走，因为他是现任区长，目标大；抗战前，熊世发在金家大院当管事时，就带人镇压过石牛场吃大户的风潮，杀过无数共产党，游击队哪会放过他？可是，你郑伯偏不听我的话，硬要与熊世发合在一起，这下，就倒了大霉……"

郑甫林忍不住插嘴辩解："太太，这不能怨我。你想，石牛场闹吃大户风潮时，我虽没出面杀人，可当时是区长呀，共产党岂不恨我；再说，我组织地租联谊会对抗佃客闹‘二五减租’，游击队里佃客多，这旧恨新仇，哪有好酒给我喝？我那么点人和枪，在路上遇上游击队，啷个对付？”

“好，不扯这些皮，反正后悔也无益了。”郑太太说。郑甫林叹口气，沉默了。

郑太太将指间的烟蒂扔进了痰盂，继续说：“朱先生，果不然，熊世发带着十多挑担子，装满值钱的细软财物，我家也是几副挑担，加上两家七八乘滑竿，牵成一里多路的长线，这么显眼的目标，游击队啷个会不晓得？浩浩荡荡走到黄桷树垭口，就遭到游击队的伏击……我们那些背枪的兵丁，一点儿都不中用，一听游击队枪响，四周的人在吼叫‘缴枪不杀’，他们吓得浑身像筛糠，双手举起枪乖乖缴了械……”

郑甫林抢过话头说：“佳富，他们把我和熊世发抓到十四坟，扬言要以血还血，为石牛场吃大户风潮中遇害的人报仇。我一向看不起熊世发，可他胆子比我大，先叫他跪下要枪毙时，他还说了一声‘二十年以后又是一个小伙’。说实话，我吓蒙了，不等叫我跪下，我就糊里糊涂跪在地上……”

郑太太耐不住岔断郑甫林的话：“朱先生，你没见那阵仗，我在一边也吓瘫了，以为老头子准定完了。殊不知，那个为头的共产党，听他们叫她张政委，这时却叫老头子站起来。老头子站起身，已吓得脸青面黑，腿杆打闪闪。那个张政委厉声问：‘郑甫林，你知不知罪？’老头子答话低得像蚊子哼：‘知罪！’那个张政委说：‘既然知罪，以后不能再与人民为敌。你将剥削佃客积存的财物留下，充作游击队的军饷，你们可以走了。’唉，我们真想不到，会叫我们各自走。老头子捡了一条命，现在又心疼那些被没收的财物！”

她说到这里撇了撇嘴。

朱佳富含笑问：“郑伯母，你看那位张政委，像不像春燕？”

郑太太说：“你带春燕回乡，已过了十多年，黄毛丫十八变，哪里还认得清！不过，那位张政委，也长得像春燕那么俊俏。”

郑甫林蓦地问：“佳富，我们来了大半天，没看见你的夫人，忙着叙话，也忘了问你。”

朱佳富神色一变，一会儿才恢复正常，用淡淡的口气回答：“内人回杭州走娘家去了。”

“啊，走娘家！在这兵荒马乱的时候……”郑甫林没将话全说出。

“嘿，你每次回乡都没带夫人，以为这次可以见面，殊不知……”郑太太说，

“我们还给朱太太带来了一封信呢！”

“信？”朱佳富惊愕地问，“是不是那位张政委写给她的信！”

郑甫林正想回答，郑太太催促说：“你快点把信找出来，交给朱先生嘛。”

郑甫林搜遍了身上的几个荷包：“咦，信呢？”

郑太太说：“是不是放进衣包里去了！”

她与郑甫林离座打开地上的几个小包袱，急急寻找……几个小包都打开搜过，没找出那封信来。

郑甫林着急地说：“真糟糕，未必把信搞丢啦！”

“这么重要的信，看你……”郑太太责怪说。

郑甫林蓦地想起：“啊，记起哪……”他取下头上戴的一顶淡青瓜皮帽，从帽里取出一封信来，递到朱佳富手中。朱佳富接过褐黄色土纸信封，见上面写着：

托交

杨宝瑜女士收

杨缄

朱佳富惊得差点跳起来，一看字迹，就知是杨宝生写来的信。他撕开封口，取出信纸，急急看信中的内容。

信很简短，宝生在信中说，他预先得到消息，晓得特务要抓他，仓促离开了重庆，几经周折，到了石牛场大山里，参加了白马山游击队，几次想给杨宝瑜写信，怕特务知道，会连累她，所以没写信。在信纸的空白处，春燕还附了几句话，说，别离已十三载，等重庆解放后，一定陪同杨宝生去看望她。

朱佳富看完信，问：“你们看见过杨宝生？”

郑太太迷惑地说：“哪个杨宝生？”

朱佳富指了指信纸：“就是写这封信的人，他是敝内的弟弟。”

“啊！”郑太太点了点头，“他们问明我们是到重庆投奔你的，在那位张政委身后转出一个文弱秀气的书生，低声向张政委说了几句，叫我等一会儿，结果交给我们这封信……照你说，这书生准是杨宝生无疑！”

朱佳富自言自语地说：“可惜目前重庆与杭州之间的邮电不通，这消息无法让她知道，唉……”

屋角茶几上的电话铃声“叮叮”响，朱佳富上前拿起话筒：“喂，是呀，我是……哎，火势到处蔓延……好，我马上来……”

朱佳富的面色显得十分惊惶，放下话筒，转身对郑甫林和郑太太说：“千厮门一带失火，蔓延到朝天门、过街楼一带，连嘉陵江里抛锚的木船也烤焦起火，我们公司的几个大仓库眼看要被火海吞噬，我要赶去……”

他不及细说，急匆匆走了。

郑甫林与郑太太都是第一次来重庆，搞不清失火的地方离这里有多远，也着了忙。

郑太太说：“春生和菊花为啥还不回来，真急人……”

“妈，快出去看，半边天都是浓烟和火老鸹!”

郑春生跑得气喘吁吁，身后跟着菊花。

郑甫林站起身：“王二妹，我们也出去看看!”

三

“九二”火灾烧去了重庆小半座城，烧了两天多，还到处可以看见袅袅上升的青烟。

杨森市长为了推卸责任，扬言是共产党放的火，捉了一些人，还枪毙了两个搪塞沸腾的民怨。灾民流离失所，瓦砾堆边搭起了无数的窝棚。

民成公司被烧掉了几座大仓库，损失也十分惨重。陆祖福特地从广州坐飞机回重庆研究处理善后，由于时局紧张，待了几天就飞回去了。临走时，他对朱佳富说：“万一你要去美，可将工作移交给董事会!”因为他已听到风声，孔家姊妹通过薛习永要朱佳富去美。

朱佳富心中对陆祖福十分不满，这次陆祖福回重庆，许多重要事情，都找他的亲信人去闭门商议，把朱佳富撇在一边坐冷板凳，明显对他不信任。

湖南程潜起义，胡宗南战败退守川西北。解放军分兵两路，一路由川湘公路，一路沿川陕公路大举进兵四川。兵败如山倒，蒋介石父子亲自坐镇重庆指挥，也没能扭转败局。

报纸上已看不到战局的消息，重庆市面上谣言四起，有人说，解放军已到了白马山，离重庆不过两百公里；有人说，在南温泉已看见解放军的小部队活动。

这些谣言，有人欣喜，有人惶恐。

最令人感到恐怖的消息是，内二警和保密局的别动队，在山城处处埋藏TNT炸药，据说埋下的炸药有几千吨，一旦解放军逼近重庆，便要引爆，把整座重庆城夷为废墟。“九二”火灾的惨状还没在人们心中消失，要炸毁重庆的消息，怎能不使人心惊肉颤，惶惶不安。

像郑甫林这类人，由乡下潮水般涌进重庆，而重庆的市民，凡在乡下有亲友的，又像潮水般涌到乡下。大河、小河的几处轮渡，加上摆渡的木船，日夜开个不停，人就像蚂蚁搬家一般，在码头和渡口上，排成看不到尽头的长队，等候渡江，人流不断，一片慌乱。

薛习永跟随蒋家父子，来到重庆，又带来了孔令仪夫妇和孔令俊的亲笔信，热忱地劝朱佳富去美，并愿为他代为安排一切。

朱佳富一直心神不定，徘徊在十字路口，感到迷惘。杨宝瑜留下绝婚信，不辞而别回到杭州，他在精神上所受的刺激已是很大，邮电还畅通时，给杨宝瑜寄去的几封信，写得缠绵悱恻，就是铁石人读了也会动心。可是，杨宝瑜却只字未回，绝情如此，更是叫他悲凉神伤。他每每回到家中，少年时读过的一首唐诗：“去年今日此门中，人面桃花相映红。人面不知何处去，桃花依旧笑春风。”不断在他心头浮动。真有“昔人已乘黄鹤去，此地空余黄鹤楼”的怅惘和感叹。

朱佳富从一清贫的书生，靠他的勇气和智力，在社会上苦斗，自问不是生活的弱者，在最困难的时刻，从没气馁，闯过了一道道关隘。而今，与自己朝夕相处近二十年的妻子，也不理解自己，毫不留情地弃他而去，实在令他惊愕，甚至愤慨。生活是无情的，历史更是无情，他不得不重新思索人生、思索生活的意义。

“不，我是生活的强者，我还要苦斗，我要出人头地，我……”

朱佳富的心灵在苦苦挣扎。他必须面对现实，作出抉择。机不可失，时不再来，留下或者去美，需要当机立断。

去美——这个念头所占的分量越来越重，心灵上的天平倾斜了。陆祖福最近这次回来，表现出对他的不信任，令他难堪，逼他重新认识民成公司，认识陆祖福……

对于共产党，他认为目前还不可知，留下，带有很大的冒险性；去美，对他有很大的诱惑力，有孔家这样的靠山，凭自己的学识，自己的能力，他认为大有可为。

朱佳富终于作出了决断——去美。为了表示自己不再犹豫，他将自己手头的黄金和美钞，都交给薛习永，由孔令俊经营的扬子江公司汇往美国存入银行。薛习永很认真，每次都写了收据交给朱佳富。出国的护照和美国大使馆的签证，也由薛习永办好，并为他预订好泛美航空公司的去美飞机票。

这时，广州已经解放，陆祖福到香港去了。因为陆祖福有言在先，朱佳富匆匆办好移交手续，居住的房屋是公司的产业，仍由郑甫林一家暂住，代为照看家具。

泛美航空公司本无由重庆飞美的直达航线，这两班飞机是专门为去美的达官富商准备的。薛习永已搭头班飞机走了，朱佳富还特地去白市驿机场送行。薛习永上机时，站在舷楼上回过头，笑眯眯地一扬手："朱先生，一星期以后在纽约长岛见，孔氏姊妹会热情接待你！"

朱佳富目送飞机在天际消失后，才离开机场回重庆。他想到一星期以后，便可以飞美，心中既兴奋，又惆怅。

朱佳富心中也有些不踏实，他将薛习永给他代购的机票拿去售票处核实过，确是泛美航空公司发票的有效机票，才感到放心。事后自己也觉可笑，像这样不信任人，如此多疑，以前是没有过的。

他到一些友人处辞行，许多人感到艳羡，也有许多人为他惋惜，对他冷淡。

朱佳富在这一星期内，特别感到无聊，可说是他一生中，最清闲的时候。要离开重庆了，可能永远也不再回来，他想到处去看看，有一种依恋的感情，但是真去看了，又感到平淡无奇。

他开始焦躁起来，恨不得瞬间便过完这一个星期的时间。时局越来越紧张，前线败退回来的国民党士兵蜂拥而至，又像潮水般沿着成渝公路撤走了。

他有些担心起来，万一解放军提前进攻到重庆，占领了机场，那么，就走不成了。

他想得很多，夜夜失眠，强制自己不想杨宝瑜，去想到美国后如何立稳脚跟，施展自己的才能。但太平洋彼岸，那个陌生的国土，也潜藏着许多不可知的因素，他这时的心理像一个以将来为赌注的赌徒，在被揭晓之前，是多么焦虑不安！因此，他常常做噩梦，从噩梦中惊醒时，会出一身冷汗。

盼望的这一天，终于到来了。他提着一只小皮箱，乘车到了白市驿机场。行李如此简单，连一个送行的朋友也没有。他心中十分孤寂和空虚，一种凄凉感从心头扩散开来。

机场外面乱糟糟的，小轿车零乱地停了一片，像是被它的主人弃置了似的，没人过问。

朱佳富挤进了候机室，所有的沙发上都坐满人，地上摆满了皮箱、提包之类，要留神才能找到下脚的地方。

重庆已成为一座孤城，到香港去的唯一交通工具便是飞机。

在此时能搞到一张去香港的飞机票，已非易事。能有一张泛美航空公司去美的机票，更是难上加难。朱佳富不由暗自感到庆幸，要不是薛习永和孔家的力量，是万万不行的。

离上机的时间还有一个小时，朱佳富想找个空位坐下来，始终没找到，正在张望，陡地看见一个人站起身向他招手："朱先生，你也到香港?"

朱佳富见是潘上由，走了过去："潘先生，我去美国，你去哪里?"

潘上由用艳羡的语气说："搞不到泛美航空公司的机票，只好到香港再说!"

潘上由挪出点地方让朱佳富坐下。

朱佳富看见与潘上由坐在一起的，有年轻的一对男女。他认识那个姑娘，是黄玉庵的女儿黄小芸，问："黄玉庵先生也去香港?为啥没见他。"

黄小芸也认识朱佳富，回答说："我爸爸留在重庆，要我跟舅父去香港。"

"哦!"朱佳富点了点头。

朱佳富不认识黄小芸身边的那位男青年，看黄小芸与他挺亲昵，猜测是她的男朋友。

潘上由见朱佳富的神态，忙介绍说："这是我的秘书何大名，也是我未来的……"

黄小芸不等潘上由说出，立刻嘟着嘴，娇憨地打断了他的话："舅父，不许你说!"

潘上由打了个哈哈，便不再说了。

马上要离开重庆，投奔到陌生的地方去生活，朱佳富和潘上由的心情都异常沉重，寒暄几句之后，沉默着各自想心事。

独有黄小芸显出无忧无虑的模样，含情脉脉的眼波，不断扫射到何大名身上，时而凑近他的耳边私话，时而将脸庞依偎到他的肩上，发出欢愉的低声娇笑。

何大名好像不大理会黄小芸的挑逗，显出神情恍惚，心事重重的样子，只是不时勉强装出笑容应付黄小芸。

黄小芸也感到何大名的情绪不高，不悦地凑近何大名耳边说：“你为啥不高兴？还想你那丽华妹！”

何大名望着黄小芸，表情极不自然。

黄小芸露出悻悻的神态，紧绷着脸偏过头去。

何大名见黄小芸生了气，强振着精神凑近黄小芸的耳边，听不清说些啥！

黄小芸听着，听着，脸上渐渐显出了笑容，回过头来，轻轻拍了何大名一下：“你真坏！”

何大名捏住黄小芸的手，她顺势偎到他的肩上……

广播里传来空中小姐的柔媚声音：“搭乘华航422航班去香港的旅客，请由三号入口进入机场登机……”

候机室里顿时一片忙乱，纷纷提着行李争先恐后往入口涌去。

潘上由带着黄小芸他们走了。

候机室里立刻空出了许多座位，朱佳富坐得舒坦了一些。

时间仿佛凝结了似的，好不容易等到广播里传来空中小姐的声音：“搭乘泛美342航班去美的旅客，请由一号入口进入机场登机……”

朱佳富提起小皮箱夹在人群中涌向入口，涌进机场。

进入机场以后，朱佳富才感到情况异常，几架飞机下面都站满警戒的武装和便衣人员，如临大敌一般，个个脸上都露出惊惶不安的神态。

轮到朱佳富登机了，将手中的飞机票递到验票人手中。

验票人仔细看了看飞机票，打量着朱佳富：“先生，你这张飞机票是从哪里来的？”

朱佳富觉得他问得稀奇，不满地说：“托人买的，怎么，是假票！”

因为朱佳富身后还有许多人登机，验票人身后走出一位穿西服的便衣警卫：“先生，请你跟我站到边上谈！”

朱佳富曾将这张飞机票拿到售票处核实过，所以并不惊慌，从容地往旁边走了两步站住。

那个便衣警卫听完了朱佳富的申辩，说：“先生，你上当了，薛习永先生前几天打电话来说，他订的这张飞机票失落，要求挂失，因此这张机票作废哪！”

“啊！”朱佳富大吃一惊，说话都有点结巴，“这……这……不可能！”

那个便衣警卫冷笑说："不论你信不信，这张机票已经作废，先生，请你离开机场，快走！"

朱佳富知道这已是飞美的最后一架飞机，解放军前锋已过綦江，马上就要攻到重庆，失掉这个机会，就永远走不成了。那，他交给薛习永代存美国银行的黄金和美钞，岂不白丢哪！

朱佳富眼看登机的人要上完，机舱马上要关上，急得差点丧失理智："不行，我要上机，有问题到香港再说！"他强行要登上舷梯。

一支冷冰冰的手枪抵在他的胸口上："先生，奉最高命令，非常时期，若有人强行登机，当场格杀勿论！"

朱佳富一惊，头脑顿时清醒了，立刻退缩了两步，手足失措地呆住了。

那个便衣走过来，带点嘲弄的语气说："先生，像你这种事，我们这里每天都要发生几起。共产党要来了，逃到国外谁都要钱花，你嘛，当然就要作点牺牲！"

他的语气立刻严厉起来："快走，机场一会儿就要戒严！"

飞机的舱门已经关闭，舷梯马上就要移开。朱佳富绝望地垂下头，回身迈着沉重的步子离开了机场。

第三十二章

一

一辆马车驶过西泠桥，往灵隐寺的方向急驰而去。

马夫坐在前面的位置上，一手抓着缰绳不住抖动，一手扬起梢上扎着彩色飘带的马鞭抽打出清脆的响声。口里不住发出“嘟儿、嘟儿”的吆喝声。

只有一位客人坐在马车里，斜倚在卷起窗帘的窗边，凝视着窗外的景物出神。隆冬季节，阵阵的朔风扑来，这位客人有些瑟缩，大衣领子高高竖起，羊毛围巾严严地围住脖项，遮掩住下颌。他那方脸上露出憔悴的倦容，额头上的皱纹加深了。这人就是朱佳富。初看，会令人吃惊，跟以前判若两人，一下显得老相多哪！

自从重庆解放以后，他悄悄离开了重庆，决定到杭州找杨宝瑜，想弥合彼此感情上的裂痕，重新燃起已经熄灭的爱情。他像一个输得精光的赌徒，想寻找一个温暖的栖息之所；又像一片漂浮在海上的孤帆，几经风浪的搏击，想寻求一个避风港，好得到暂时的喘息。

他一路上不去拜见任何熟人，只是独自饮酒消愁。他的行踪，只有住在重庆的胡方知道。他每到一个地方停留，都要给胡方写信，告诉他的近况。胡方有时也会写信来告诉他一些消息。

全国刚刚解放，交通不很正常，走走停停，终于来到了杭州。下火车后，他住进了西泠旅舍，便迫不及待地雇了一辆马车，赶往上天竺，去上天竺小学会见杨宝瑜。

朱佳富的心境不好，杭州的天气虽然很晴朗，依然不能驱散他心中的阴霾。短短的二十多天，他就有隔世之感。他一向自诩是生活的强者，常胜的弄潮儿，想不到却被薛习永这个庸碌的老狐狸戏耍了。他奋斗半生积聚下的财富，好似抛入了汪洋大海，连气泡也没冒一个。目前，虽然“大船打烂，还有三千钉”，不致挨饿受穷，但从浪尖一下跌进了波谷，几乎又成为了一个寒士。怎不叫他感叹万端，十分沮丧！

马蹄笃笃的声响，车夫“嘟儿、嘟儿”的吆喝，马鞭“噼啪、噼啪”的抽打声，打破了西湖边上的宁静。

一轮红红的朝阳冉冉升起，他戴的金丝眼镜的水晶镜片，反射出朝阳的光芒，一闪一闪。

路上的晨霜开始融化，背阴处还有残雪。天气寒冷，游人稀少，路边的残柳光秃秃的枝条在寒风中飘动。

在朱佳富眼前晃过的尽是满塘的枯枝残荷，而湖水却异常清澈，在朝阳中显得分外碧绿。

许多年过去了，朱佳富觉得西子湖边没有多大变化，不过马路加宽了，汽车却很少，依然是马车代步，增添了一些小别墅而已。

接近上天竺，在他眼前晃过的，尽是苍劲的青松，一丛丛翠竹，一株株盛开的蜡梅。古人推崇的“岁寒三友”，在隆冬季节，更显出它生机勃勃的英姿。

朱佳富的情绪兴奋起来，暗淡的目光有了光彩。他依稀辨认出当年的地形和景物，感到十分熟识和亲切。

在马车前面，路边现出一丛茂密的翠竹，他的心跳加快了。

“啊，在这丛竹边……”朱佳富差点惊呼起来。他已辨认出，许多年前，在他出国留学前夕，杨宝瑜深夜送他，送到这竹林边，在杨宝瑜含蓄的暗示下，他第一次吻了她……

他将头伸出窗外，想看得更清楚，当时的情景仿佛历历在目，而现在……他的眼里涌出了泪水，竹林葱茏的影子模糊了。这些时他想得很多，回顾了自己走过的道路，也反省过自己，认为自己固然对杨宝瑜关心不够，但自己是为了事业呀！他想不起这个英国哲人的名字，但却牢记着这位哲人的一句话：“事业上有成者，多是爱情的失败者。”难道自己正印证了这个哲人的话！

“啊！不。”朱佳富自我作了否定，因为他事业上并无所成呀！

竹林一晃而过，瞬间在车后消失了。

朱佳富缩回头去，取下了金丝眼镜，掏出手绢揩了揩眼角的泪水。

上天竺越来越近，想到马上便可以与杨宝瑜见面，他越来越焦虑不安。“啊，上帝，愿你降福于我，让我们重归旧好吧！”朱佳富第一次祈求起上帝来。

他的不安，是有原因的，深知杨宝瑜虽然温婉多情，但经过深思熟虑作出抉择后，是十分固执的，轻易不会改变。在他面临挫折和气馁的时候，多么需要柔情的爱抚，来填补心灵上的空白。

马车夫叫了一声“嘘儿”，马缓缓地前进了几步，车停住了。

马车夫回头见朱佳富仍坐在马车上不动，提醒说：“先生，上天竺到了！”

“啊！”朱佳富从沉思中醒悟过来。

他跨下马车，付清了车钱。马车夫一甩鞭子，“嘟……”马拉着车掉头走了。

朱佳富的两脚已冻僵，站在青石板上原地踏了几步，活动了一下僵硬的关节。

他口里喷出的热气变成了白白的雾气。

他踩着地上的薄霜，迎风走了几步，站住了。他想寻人询问去上天竺小学的路，四周悄无人影，他有些踌躇起来。

从转弯那边传来了几个小孩的歌声：

解放区的天，
是明朗的天，
解放区的人民好喜欢，
民主政府爱人民呀！
…………

他加快脚步迎上前去："小朋友，往上天竺小学，由哪走？"

歌声停住了。几个小孩争先恐后给他指路，显得十分热情。

朱佳富往他们所指的方向看去，不远处，在竹林的掩映中露出一角白色的围墙，一枝枝盛开的蜡梅伸出墙头，还有一湾清清的流水从墙边淌过……

他放下竖起的大衣领子，整了整领带，正准备沿着一条马路边的小径走去。

一个小孩好奇地问："你找谁？我们都是上天竺小学的学生。"

朱佳富收住脚步："啊，你们是上天竺小学的学生？你们认识杨宝瑜——杨老师吗！"

几个小孩几乎是异口同声地说："认识，我们认识杨老师！"

朱佳富心里踏实了一些，别人告诉他的消息不假，杨宝瑜果真在这里教书。

"小朋友，杨老师在家吗？"朱佳富低下头问。

"放寒假了，老师都不在！"

唯独一个小孩说："嗯，杨老师在家。她常爱独自坐在冷泉边上看流水，我前天还看见她在那里！"

"啊……"朱佳富不禁喜形于色。

他与杨宝瑜许多年前在冷泉边邂逅相遇，结婚时还特地在冷泉边上种下一棵丹桂树，以作纪念。听说她仍独自坐在冷泉边逗留，说明她仍没忘情于他，依恋冷泉边上那些愉快的往事。

朱佳富不愿再耽搁："小朋友，谢谢。"

他的信心陡地增强。也许这次突然出现在杨宝瑜面前，就像那次出国留学前突然出现在她面前一样，她会激动得流出泪水，投进她的怀抱。

朱佳富沿着通往学校的小径，几乎小跑着奔去。

望得见学校的大门，朱佳富才放缓了脚步。环绕学校的小溪上，横跨着小小的拱形桥。朱佳富走到拱形桥上，为了使自己骚动的情绪平静下来，预先想好见面时应该从哪谈起，才能拨动她的心弦，还有自己的仪态举止，都要恰到好处……如何将宝生的信交给她，想象她也一定会狂喜。

拱桥下静静流淌的清澈溪水，映出他的倒影，显出风尘仆仆的样子。“啊，就这副模样最好，能显出自己此来路途的艰辛，才能令她感动!”

他觉得自己的头发不够乱，用手抓乱一些——这才能说明自己为她憔悴，不修边幅。

朱佳富望见从学校门口，走出一个妇人，眼睛一亮，急步上前：“汪嫂，汪嫂……”

汪嫂开始一愣，接着才认出来：“啊，朱先生，是你?”

朱佳富迫不及待地问：“太太呢，在家吗?”

汪嫂说：“不在家。朱先生请进里面去坐。”

朱佳富跟在汪嫂身后，边走边问：“她到哪里去了?”

“朱先生，请进去坐下慢慢说。”

汪嫂将朱佳富引进校门，走过一道回廊，到了一排小房前：“朱先生，请屋里坐。”

她先跨进门内，朱佳富随后跟进。

汪嫂递上一杯龙井茶：“朱先生，喝茶!”

朱佳富问：“这是她的住室?”他打量着室内的陈设，像当年杨宝瑜带着春燕在冷泉边教书时一般简朴。

她回答说：“小姐住……”

她猛地想起，瞥了朱佳富一眼，改口说：“太太住这间，我住隔壁的小间。”

朱佳富坐在一把木椅上，顺手搁下茶杯，问：“汪嫂，太太到底哪去了?”

“小姐……啊，太太昨天到宁波乡下走亲戚去啰。”汪嫂说。

朱佳富露出失望的表情：“汪嫂，你晓不晓得宁波乡下的地址?”他焦灼地注视着汪嫂那张瘦黄的面孔。

汪嫂摇了摇头：“不晓得。”

“那，太太啥时候回来呢?”

汪嫂依然摇头。

朱佳富询问了汪嫂一些话。汪嫂打开了话口袋，将她晓得的都告诉了他。

朱佳富无可奈何地说：“汪嫂，我住在西泠旅舍，这是我的电话号码，太太回来后，你打个电话给我。”

汪嫂在朱家帮佣十年多，虽是文盲，但还可以认识钞票和电话号码。她接过朱佳富递过来的纸条，郑重地收捡好。

二

朱佳富十分懊丧，要是在上海提前一天动身，恰好可以会见杨宝瑜，真是无巧不成书，迟了一天就错过了。

他住在西泠旅舍里，日子在焦灼不安中度过，始终不见汪嫂打来电话。西子湖畔，扭秧歌，打腰鼓，一片欢乐景象。他有一种被时代所抛弃的孤独感。拿他这身颇为考究的西服来说，没有解放前，谁见了也会肃然起敬；可是事隔一月多，穿这身服装在人群中出现，人们投射过来的目光变得异样，轻蔑而不友好，自己也觉有点滑稽的味道，好比穿着前朝的戏装在街头上出现一般，有点遗老、遗少的落伍感。

他那天穿着这套服装去见杨宝瑜，显然是一个疏忽，不会有好的效果，暗自庆幸没见着她。为了弥补，他赶着去定制了两套灰色干部服，配上八角帽。果真穿着这种服装在公共场合露面，显得切合时宜而自然了。

他等不及了，怕是汪嫂忘记打电话，又去过几次上天竺，杨宝瑜仍没有回来。他向杨宝瑜的一些亲属打听，谁也不知她在宁波的地址！

他到处徜徉，西子湖畔的冬景，就像他的心一样的阴冷。

他常去冷泉，凭吊二十多年前留下的美好回忆，借以打发日子。种上的丹桂树早已不存在，连一点儿痕迹也没留下，只有杨宝瑜当年坐着听他拉琴的那块石头，仍然完整地睡在那里，年代久了，坐的人多了，石面磨得比以前光洁。

一天，他远远看见这块石头上坐着一个妇人，发型、背影都极似杨宝瑜，正托腮凝视着水面出神。他叫着跑上去：“宝瑜，宝瑜……”

这个妇人回过头来，朱佳富看见的是一张陌生的面孔，这张面孔很漂亮，目光显得十分抑郁，惊诧地望着他。

“对不起，我认错人哪！”

朱佳富很窘，有礼貌地表示歉意。

那位妇人站起身，无声地款款走了。

朱佳富目送着她的背影，暗自想，难道无独有偶，她也在冷泉边上有过罗曼史，看她那抑郁的眼神，大概也为这类事而苦恼！

一天，他回到西泠旅舍，路过账房，账房里的职员叫住他：“朱同志，信！”

他估摸是胡方寄来的信，因为只有胡方才知道他的行踪。他接过一看，果真是胡方寄来的信，他正待拆开封口，有一位服务员在叫：“朱同志，电话！”

他心里说不出的欣喜，盼望已久的电话终于盼来了——在杭州，除了汪嫂或杨宝瑜，不会有人打电话来。

他将信顺手放进上衣袋里，急迫走过去接电话：“喂，我就是……汪嫂吗……哎，她不愿见我……等等，我坐马车赶到上天竺……哎，她刚回又走了……她到南星桥码头坐木船去上游……她去上游什么地方……你不晓得……她坐马车走了多久……啊，不过十分钟……”

朱佳富搁下电话，转身奔出旅舍大门，正好有一辆空马车经过：“喂，去南星桥，快！”

他跳上马车还没坐稳，马车夫扬鞭，“啪嗒”一声，急速奔驰起来……

西泠桥丢到车后，驶过了苏堤，马车驶进了行人众多的街道，车夫“嘟儿”一声，马放慢了脚步。

“快，我多给你车钱！”朱佳富焦急地说。

车夫回过头来盯了朱佳富一眼，鼻里“哼”了一声：“街上人多，安全要紧！”

朱佳富无可奈何，只好默不出声，暗自着急。马车停住，车夫回头说：“南星桥到了！”

朱佳富跳下马车就向码头奔去。他没付车钱，车夫追着喊：“喂，车钱，车钱……”

朱佳富醒悟过来，忙掏出几张钞票递到车夫手中，转头就走。

车夫忙喊：“同志，找钱给你！”

朱佳富没有回头，爬上防波堤，向木船码头奔去。

啊，他已看清楚码头上有一个妇人的轮廓，很像杨宝瑜，因为在冷泉边曾认错人，不敢贸然喊她。

朱佳富奔到码头边，已看清楚这妇人，堪称美丽的熟悉的面部，确是杨宝瑜无疑，她已从岸边跳上了一艘乌篷船。

朱佳富急了，边叫边奔跑："宝瑜，宝瑜……"

也许是距离太远，杨宝瑜听不真切；也许是她听见，不愿见他，后者的可能性很大。乌篷船以极其利索的动作，迅速离开了码头；待他赶到时，船已顺着流水摇出百米以外了。

朱佳富急了，边喊边顺着沙滩往上追赶："宝瑜，宝瑜，宝瑜……"

乌篷船的摇橹声越去越远，船身逐渐地成了一个小黑点……

"宝瑜！"

朱佳富绝望地垂下头。

一会儿，他振作起精神抬头四顾，向停在附近的一艘小渡船奔去。摇橹的老头坐在船头抽香烟，见朱佳富满头大汗奔来，不禁惊异地望着他。

朱佳富指了指远处变成一个黑点的乌篷船，请老头的小渡船去追。

老头说："去远了，追不上！"

朱佳富应许给他重价船钱，老头才动了心，说："上！"

朱佳富一步跳上小渡船："快，追上还添酒钱！"

老头慢吞吞地收进木跳板："同志，不急，我这只船，船小快似箭，不用一顿饭的辰光，准能追上！"

这只小渡船没有篷，钱塘江里潮急风大，朱佳富裹紧干部服外面罩的呢大衣，缩着颈项还感到冷，为了追上乌篷船，也顾不得这些了。

老头摇着橹，橹脚发出"吱嘎、吱嘎"有节奏的声音。他身上的一件棉衣已经补疤摞补疤，但仍精神矍铄，口里"咿咿呀呀"地唱着船歌，目光贯注前方，分辨着水流的变化，避开一个个漩涡，劈着浪头行驶。

果真船小速度快，前面乌篷船的黑点逐渐在视野里变大，两船的距离慢慢缩短，连乌篷船的摇橹声也可以听见了。

估摸他的喊声，乌篷船上可以听见，朱佳富灵机一动，取出杨宝生托郑甫林带给杨宝瑜的信，在风中挥舞："宝瑜，宝生给你的信，宝生没有死……"

由于他张口大叫，寒风灌进他的肺部，暴发出一阵阵咳嗽，脸憋得紫红。

他喘息一会儿，眼见乌篷的轮廓越发近了，强忍住咳嗽，继续挥舞信："宝瑜，宝生给你的信。停一停，让我交给你！"

乌篷船上毫无反应。

摇橹的老头说："同志，我们是下风头，你震破了喉咙，他们也听不见！不忙，我马上可以追上。"

朱佳富只好收起信件，焦急地望着前面的乌篷船。

摇橹的老头蓦地说："咳，你要追的那个人，大概不愿见你。听，他们加快了速度！"

朱佳富侧耳细听，因是下风头，乌篷船上摇橹的声音，听来格外清晰，"吱嘎、吱嘎"的节奏显然加快了。转瞬间，已经缩短的距离又拉长了。

朱佳富催促说："加劲摇，追上！"

"同志，放心！"老头一手扶住橹柄，一手拉着橹绳，节奏也加快了。

追了一阵，两船的距离不见拉长，也不见缩短。前面乌篷船上传来的摇橹声："吱嘎、吱嘎"；朱佳富心脏的跳动声："怦怦、怦怦"；老头的摇橹声："吱吱嘎、吱吱嘎"。

他们的节奏像连锁反应一般，都逐渐加快。

天上的乌云在奔驰，在翻滚，越压越低，水面上浮起一阵阵茫茫的雾气，越积越浓，渐渐像一道围障，掩盖了四周的景物。

朱佳富凝神谛听前面的摇橹声，依然清晰可闻。老头蓦地丢下橹柄，走到船头，推下了一只小锚，小渡船停住了。

朱佳富惊问："你怎么抛锚不走了？"

老头指了指白雾："要下雪，江上起了雪雾，看不清航向，怎能走！"

朱佳富当然懂得雾中不能航行，焦急地说："这……怎办，眼看要追上……"

"同志，放心，我们不能走，前面的乌篷船也不能走呀！"老头安慰他说。

朱佳富觉得他说得在理，心稍放宽了一些。

"听，他们也停住橹……"

朱佳富果真听到乌篷船的橹声消失了。

幸好，雾气一会儿便消散，朱佳富看前面的江上，乌篷船的影子已经消失得无影无踪。他着急地说："糟了，他们不等雾散尽，提前摇走了。"

他上前帮助拉起船头的小锚，还要帮老头摇橹。老头见他不会摇，劝止了。

往前追了一阵，仍看不到乌篷船的影子。

老头陡地停住橹，问："同志，前面到了两江口，左边河道通诸暨，右边河通富阳，往哪条河道追？"

朱佳富看见前面河道果真分了岔，不觉迟疑不定，无法判断乌篷船从哪条河道走了。他怅然若失地望着前面碧蓝的江水发呆。

老头说：“同志，天下雪了，在我乌篷船上会冻坏的！那边有个集镇，你住下再说。要回杭州，我可以摇你回去。”

朱佳富抬头望天，已经开始飘着雪花。他仿佛没有听见摇橹老头的话，陡地想起上衣袋里装着一封没有拆开看的信，是胡方寄来。他从上衣袋里拿出信，拆开封口，取出两张信纸展开看，其一：

佳富学弟台鉴：

李明现为军管会派驻长江全权代表，他向我打听老弟的下落，对你十分关心。现将李明学弟的信附寄给你，望珍重。

胡方　字

1950年×月×日

其二：

佳富学兄鉴：

一别数年，咫尺天涯，无缘相见，恨鱼鸿不能传书。

值此新中国建立，举国欢腾之际，弟多方打探兄之下落，知兄仍阻留国内，弟不胜欣喜。

望兄一本当年爱国初衷，共建中华，人人有责。长江航运的复兴，兄正可尽平生所学，报效祖国。共产党胸怀博大，兄不可有所误解。兄若迷途知返，弟定当保举兄在管理长江的新机构里担任要职，敬希三思。

此致

敬礼

李明　字

1950年×月×日

雪花越飘越密，江面上又升腾起浓厚的雾气。

朱佳富面部的表情看不清，身影模糊了，笼罩在迷蒙的雾气里，消失在一片白茫茫飘飞的雪花中。

后记

《沧海浮云》的手稿上点上最后一个句号后，我如释重负，感到松快。“老牛拉破车”，我终于拉完了《长江三部曲》这部书的全程。全书约两百万字，历时七载有余，其间曾两次住院治疗，病魔没将我击倒，摧垮，依然艰辛地达到终点，我为此感到欣喜。

我对文学产生兴趣，是从童年喜爱听龙门阵开始，诸如熊外婆、孽龙吞珠、芭蕉精之类的民间传说，都使我听得入迷。

我父亲只读过两年私塾，却很喜欢看书。他看过一本新书后，便热炒热卖，将书中的故事讲给我听。在夜深人静的晚上，他手捧着书，凑近昏黄摇曳的桐油灯，边看边讲，讲得最多的是《天方夜谭》和《聊斋志异》里的故事。我没有一丝倦意，听得津津有味，不断央求：“再摆一个嘛！”我总是带着不满足的心情，勉强钻进被窝，久久不能入睡，牵挂着故事中人物的命运。因此，我非常艳羡识字的人，也想有朝一日自己看书，不需求人讲故事。我天天闹着上学，吵得我母亲心烦，不满五岁，便送我上了学。

在我读小学四年级的时候，像《长鼻子哥哥》那类儿童读物已不能令我满足，我开始看大部头的长篇小说。我渐渐成了小说迷，为此影响了我在其他学科的成绩，高小二年毕业，我却读了三年。我读了三年初中，还在一年级。

多读了几本小说书，接受了一些新思想，喜欢与家长顶牛，惹得我父亲大发脾气，认为我留级降班，不是读书的材料，一气之下，令我辍学，在我十四岁那年，送我去当学徒。

我较早地跨入社会，接触过各式各样的人物，对我后来的创作大有好处。

我开初试着给党报写些通讯报道，以及千字短文之类，偶尔也能发表一篇。慢慢，我得陇望蜀，觉得写千字短文不过瘾，于是不安分地写起短篇小说来。我坚持不懈地写，编辑部坚持不懈地退，最初的习作全是废品，我也曾灰心动摇过，认为自己没有文学才华，很难有成了。

“皇天不负苦心人”，我在寒窗下熬过的夜晚不知有多少！终于感动了“上帝”，一九五五年四月，上海《少年文艺》发表了我的短篇小说《凤尾溪边》。处女作的发表，对我的鼓舞很大，加之，我已在造船厂工作，生活丰富了，视野也扩大了，真是如鱼得水。这段时间，我的创作精力很旺盛，先后在各地报刊发表过十余篇短篇小说，一九五六年就出版了我的第一本小书《老鹰岩探矿》。

我那时发表的几篇小说，非常不成熟，没产生多大影响。不过，凡事开头难，我终于学会了起步，这对我是十分重要的。

一九五六年，我由船厂调到轮驳上工作，常年生活和工作在长江上。海员的生活既艰苦又浪漫，还多少带点传奇色彩，极大地丰富了我的生活积累，为我提供了取之不尽的创作源泉。

长江是一条世界上有名的大河，古往今来描写它的诗文卷帙浩繁，但是从小说领域来说，特别是从长篇小说来说，描写长江的著作还不多见。

长江源远流长，孕育了我们中华民族璀璨的文化，是中华民族的一条母亲河。我青春中最美好的时光，都是在船舱、甲板上度过的。我每天一睁眼，就看见水流奔腾，常常是夜枕江涛，梦绕巴山。冬去春来，我对长江的感情越来越深，有着儿子依恋母亲般的感情，认为我应该描写它，歌颂它，在长篇小说这个文学领域里做点自己力所能及的工作。

我动念写《长江三部曲》，是在一九五六年底，当时颇有点少年气盛，初生牛犊不怕虎，其实远远不具备驾驭长篇的能力。

我动笔写《长江三部曲》，是在一九七六年春，在这近二十二年里，祖国的变化很大，我在各方面也有了一点进步。在这不算短的时期里，为创作《长江三部曲》，我在生活、思想、情感、写作技巧等多方面作了一些准备。

在我二十多年的海员生活里，我与船员朝夕相处，风雨同舟，共享忧愁和欢乐，彼此肝胆相照，无话不说。每当工余饭后，大家喜欢端着一杯清茶，聚在一起摆龙门阵。每个老海员都有自己辛酸和坎坷的经历，都有自己独特的生活和见闻。我听得多了，受到潜移默化的影响，使我从船上这个点，看到了社会生活的面；我不仅看到了长江的今天，也看到了它的昨天和前天。

每到一个码头，我都入乡问俗，访老寻贤，收集到大量的素材和沿江的传闻逸事，对我创作《长江三部曲》，实在受益匪浅。

在这时期，我读过不少的书，不单读文学作品，凡天文、地理、经济、政治、哲学、历史……我都读，甚至医、卜、星、相之类的书，我也读。

我知道要写的《长江三部曲》，除了广博的知识外，还必须熟悉中国的历史，掌握认识和观察生活的正确方法。所以我重点地学习了中国和世界的历史，也认真读了一些政治理论书籍。此外，我还阅读了大量的文史资料。重庆解放前十年的报纸，我选择其中两种：《新华日报》和《新民晚报》，都逐日浏览过一遍，更加深了我对那个时代的了解。我付出的劳动是巨大的。

从少年时起，闲暇时，我喜欢插上遐想的翅膀，编织一些曲折动人的故事，自得其乐地神游在我虚构的世界，驰骋在我幻想的王国里，把这当作消遣。我并没将编织的故事记录下来，随编随丢，然而，这却锻炼了我的观察力和想象力。在我写《长江三部曲》时，过去曾编织过的故事和人物，一个个从脑际跳动、呈现出来，直接对我的创作，带来了意想不到的益处。

我很喜爱中国古典小说的传统描写手法，力图从人物的活动中去刻画人物，尽量避免孤立地、长篇大论地描写人物的心理活动。否则，我觉得那会违背我们民族的欣赏习惯，使读者感到枯燥吃力；我也不作静止的景物描写，而是力求情景交融，起到烘托人物，渲染气氛的作用。

在语言的运用上，我希望做到流畅精练，朴素生动；同时尽量用短句，不用长句，避免语言的欧化。我体会到乱用华丽的词藻，外表看来还不错，但只是花架子，没有功力。写到一定程度，功夫深了，华而不实的词也就少了，从朴素无华的语言中，自会透出一种内在的美，读起来令人舒服，觉得是一种美的享受。我在语言上虽然下过一番功夫，但仍有许多粗糙之处，需在今后进一步提高。

在继承本民族传统的艺术手法的基础上，我认为也要吸取外国文学的长处作营养。例如，中国古典小说线头的发展较单一，要表现《长江三部曲》中如此广阔的生活场景和刻画众多的人物，是有一定困难的。于是，我尝试用西洋小说多线头交叉发展的手法来写。

我写《长江三部曲》，还有个明确的想法，就是力求做到为广大读者喜闻乐见。我认为“阳春白雪”和“下里巴人”都不能偏废，尽量做到雅俗共赏，为更多的读者服务。只有广大读者爱看，才能发挥它的审美作用，认识作用，教育作用。

怎样做到雅俗共赏，使广大读者喜闻乐见呢？我的经验不多，也正在摸索。我认为最重要的是采取具有中国作风和中国气派的艺术形式，不违背本民族的审美心理和欣赏习惯。我写《长江三部曲》，除着意于人物的刻画外，还很注意安排情节的跌宕起伏，一张一弛，曲折有致。既写政治斗争，经济斗争，又穿插一些轻松的生活情趣的描写；既有剑拔弩张，惊心动魄的场景，又有小桥流水的诗情画意。在紧锣密鼓之后，来点轻歌曼舞——这样交叉着写，让读者不断变换口味，不易感到枯燥沉闷。

另外，我还适当注意了情节发展的节奏。一方面时空跳跃不能太大过快——有些外国作品太“现代化”，中国人接受不了；另一方面也不能太缓慢，如果像中国传统京剧那样，人物出场“咿咿呀呀”老半天还不知是怎么回事，那现代的中国人也接受不了。

我认为任何一本写历史题材的小说，都不是为写历史而写历史，也要有现实意义。我写《长江三部曲》当然不例外，是有其现实意义的。不过生活是复杂的，一部容量较大的作品，所表现的思想内容，很难用几句话来概括。我认为一部文学作品的主题，是寓于形象之中的，只需通过作品人物活动，以及生活画面，去对读者潜移默化，而达到它的社会效果，用不着作者在作品中额外的议论和说教。写作时应该想到读者是聪明的，他们有不同的生活经历和思考问题的立足点，应该留给读者艺术再创造的广阔天地，这样，往往能收到作者意料不到的社会效果。拿《漩流》来说，我就没想到海外侨胞读了后，会引起对故乡的怀念，从而激发起他们爱国的热忱，更没想到会引起许多民主人士的关注，扩大了党的统一战线政策的宣传……

《长江三部曲》中的人物，用了真实姓名的，主要事实大都有史料根据。许多虚构的人物，虽然不少有生活中人物的某些影子，但绝不能画等号，文学作品有个集中概括、典型化的问题，这是普通的文学常识，我就不再赘言。

我在写作过程中，不断得到许多同志的鼓励和帮助，这些同志都是可敬的无名英雄，我向他们致意，表示我衷心的感谢。

我是一个低能儿，写《长江三部曲》是我的一次探索，是不成熟的一套书。我由海员、业余作者，成为能写点东西的专业作家，是长江哺育了我，党培养了我。

长江奔流不息，万古长新。我完成了《长江三部曲》后绝不停步，我还将继续勤奋笔耕，创作新的作品，献给我的母亲长江，献给为长江增添异彩的人们。

1985年8月3日写于武昌东湖畔巴山客寓所

长江三部曲